Hans Leifhelm

An des Abgrunds schmalem Saume

Hans Leifhelm

An des Abgrunds schmalem Saume

Gedichte, Erzählungen und Essays

Herausgegeben von Ralf Georg Czapla

Quintus

BIBLIOTHECA FRAENGERIANA, Bd. VII
Herausgegeben von der Wilhelm-Fraenger-Gesellschaft e. V.
www.fraenger.net

1. Auflage 2022

Binzstraße 19, 13189 Berlin
www.quintus-verlag.de

Umschlaggestaltung: Oda Ruthe, Braunschweig,
unter Verwendung eines Porträtfotos von Hans Leifhelm, um 1940
(Fotograf unbekannt)
Satz und Gestaltung: Ralph Gabriel, Berlin
Druck und Bindung: Finidr, s.r.o., Český Těšín

ISBN 978-3-96982-037-7

Inhalt

Übersetzungen

Erzählungen und Kurzprosa

Aufsätze und Essays

Zur vorliegenden Ausgabe

Hans Leifhelm, der 1891 als Sohn eines westfälischen Böttchers in München-Gladbach geboren wurde, galt sowohl Schriftstellerkollegen als auch Literaturkritikern als eine der größten dichterischen Begabungen seiner Zeit. So würdigte ihn Josef Weinheber als den „reinsten, schönsten Lyriker der Gegenwart",[1] während Betty Kötter-Anson bekannte, dass sie mit seinem Namen „einige der schönsten lyrischen Gedichte" verbinde, die sie jemals gelesen habe.[2] Schönheit erschafft freilich nicht, wer viel schreibt, sondern wer wie Leifhelm Zeit darauf verwendet, Geschriebenes sorgsam auszuarbeiten und zu feilen. Zwei Gedichtbände, *Hahnenschrei* und *Gesänge von der Erde*, erschienen auf diese Weise, Zyklen, für deren sprachliche Erlesenheit und innere Stimmigkeit die Feuilletonisten der 1920er- und 1930er-Jahre Worte uneingeschränkten Lobes fanden. Ein dritter Band, *Lob der Vergänglichkeit*, gelangte zwar erst zwei Jahre nach Leifhelms Tod in den Druck, war von ihm aber schon trotz seiner unaufhaltsam fortschreitenden Krankheit dafür vorbereitet worden. Wie in die beiden anderen Bände nahm er auch in ihn einige Gedichte auf, die geraume Zeit zuvor entstanden waren, Gedichte, die er bereits in Zeitschriften dem Lesepublikum zur Kenntnis gebracht oder die er bis dahin in Notizbüchern bzw. Manuskriptmappen gehütet hatte.

Stupend ist die Zahl seiner unselbstständigen Veröffentlichungen. Tageszeitungen und Zeitschriften zählten Hans Leifhelm gern zu ihren Autoren. Bis weit in die 1960er-Jahre waren seine Gedichte in nahezu allen namhaften Anthologien deutscher wie österreichischer Poesie zu finden, ehe sie ebenso wie ihr Autor, der 1947 in Riva

1 Josef Weinheber: Brief an Martin Sturm, Kirchstetten, 19. Mai 1941, in: ders.: Briefe an Sturm. Hg. und eingeleitet von Paul Zugowski. Hamburg: Hoffmann und Campe, 1955, S. 13–15, hier S. 14.

2 [Betty D.] Kötter-Anson: Brief an Hans Leifhelm, Berlin, 27. Dezember 1933 [DLA Marbach, A: Leifhelm, Hans. Briefe an Leifhelm].

am Gardasee fernab jedweder öffentlichen Wahrnehmung starb, in Vergessenheit gerieten.

Die vorliegende Ausgabe will nicht nur an den Lyriker und an den kongenialen Übersetzer italienischer Poesie erinnern; sie will nicht nur den oft unterschätzten Erzähler ins Gedächtnis rufen, sondern sie will erstmals auch den Essayisten vorstellen, und zwar in der Breite seines Schaffens, das sich im weiten Horizont von Literatur- und Kunstgeschichte, Geographie, Volkskunde, Ökonomie und Arbeitsmarktpolitik bewegt. Neben den drei bereits genannten Zyklen, die vollständig wiedergegeben werden, damit ihr innerer Zusammenhang gewahrt bleibt, bietet sie eine Auswahl verstreut oder noch nicht gedruckter Gedichte und Prosatexte, von denen manche Leifhelm bislang deshalb nicht zugeordnet werden konnten, weil sie unter Pseudonym erschienen oder mit variierenden Paraphen gezeichnet wurden. Zeitlich spannen sie den Bogen von Leifhelms Kindheit „auf dem Hermges", einem seinerzeit von Armut und Entbehrung geprägten Viertel München-Gladbachs, bis in die letzte Phase seines Lebens, mag man sie nun als Exil bezeichnen oder als selbstgewählten Rückzug. Der überwiegende Teil von Leifhelms Texten wird in der vorliegenden Ausgabe erstmals datiert, und zwar auf der Grundlage einer sorgfältigen Betrachtung ihrer jeweiligen Entstehungs- und Überlieferungsgeschichte. Die Frage nach ihrem „Sitz im Leben" (Hermann Gunkel), d. h. nach dem persönlichen Hintergrund, vor dem sie entstanden, beantwortet sich damit in vielen Fällen fast von selbst.

Von Hans Leifhelms umfangreicher Essayistik, deren bibliographische Erfassung die Musterung vieler Jahrgänge nicht nur von literarischen Magazinen, sondern auch von ökonomischen Zeitschriften und der Tagespresse erforderlich macht, kann hier nur eine Auswahl geboten werden, die aber zugleich als exemplarisch gelten darf. Beschreibungen von Landschaften und ihren Menschen stehen neben denen von Kunstwerken und ihrer regionalen Bedingtheit. Sie entstanden auf Wanderungen und Reisen, die Leifhelm entweder allein oder gemeinsam mit Freundinnen und Freunden wie Heinrich Lersch, Fritz Silberbauer, Sophie Homann oder Felix Braun unternahm. Leifhelms ökologisches Denken, das auf einem durch Schule und Kirche vermittelten franziskanischen Naturverständnis beruht und mit der Verpflichtung zum Erhalt der Natur eine Handlungsmaxime entwirft, wie sein Landsmann, der Philosoph Hans Jonas, sie später zu einem verantwortungsethischen Entwurf verdichtete, wird ergänzt durch die Einsicht in ökonomische Notwendigkeiten und durch die Bejahung des technologischen Fortschritts.

Gedichte, Erzählungen und Essays des vorliegenden Bandes folgen der jeweils letzten autorisierten Textfassung, unabhängig davon, ob es sich dabei um einen Druck, ein Typoskript oder um eine Handschrift handelt. Sie wurden behutsam an die neue Rechtschreibung angepasst. Offenkundige Druck-, Tipp- und Schreibfehler wurden korrigiert, individuelle, zuweilen regional bedingte Schreibweisen wie z. B. die e-Apokope in Nebensilben oder der Verzicht auf das Fugen-s dagegen beibehalten. Sofern frühere Drucke im Vergleich zu späteren Textvarianten aufwiesen, wurden diese, sofern es sich um Zeugnisse eines Über- oder Bearbeitungsprozesses handelt, in den Erläuterungen verzeichnet. Darüber hinaus sollen diese Erläuterungen westfälische, rheinische und steirische Idiome verständlich machen und Auskunft über die Vielfalt der Wissensformationen geben, die sich in Leifhelms Œuvre verschränken. Sie verstehen sich nicht als erschöpfende Erörterungen, sondern als eine erste, wenngleich möglichst fundierte Lesehilfe. Zitate und Anspielungen wurden in der Regel mit Hilfe von Ausgaben verifiziert, die Leifhelm entweder selbst besaß oder auf die er durch Leihe von Privatpersonen oder öffentlichen Bibliotheken zurückgreifen konnte.

Gedankt sei schließlich allen Institutionen und ihren Mitarbeitern, die mir auch in Zeiten der Corona-Pandemie den Zugang zu ihren Beständen ermöglicht haben: Iuditha Balint und Michaela Wiegand vom Fritz-Hüser-Institut für Literatur und Kultur der Arbeitswelt Dortmund, Stefan Alker-Windbichler und Hannes Schwab vom Franz-Nabl-Institut für Literaturforschung Graz, Susanne Eichtinger von der Steiermärkischen Landesbibliothek Graz, Nadine David von der Universitäts- und Stadtbibliothek Köln, Heidrun Fink und Helmuth Mojem vom Deutschen Literaturarchiv Marbach, Helge Kleifeld und Gerd Lamers vom Stadtarchiv Mönchengladbach sowie Marion Engbarth und Guido Weyer von der Stadtbibliothek Mönchengladbach. Wolfgang Hempel und der Wilhelm-Fraenger-Gesellschaft sei für die Aufnahme der vorliegenden Ausgabe in die Bibliotheca Fraengeriana gedankt, André Förster und dem Quintus-Verlag für die umsichtige verlegerische Betreuung. Hans Leifhelm, dem Enkel des Dichters, danke ich für zahlreiche familiengeschichtliche Auskünfte und die Bereitstellung von Fotografien. Meiner Kollegin Maria Luisa Crosina sowie meinen Mitarbeitern Silvia Cantarelli und Luca Rossi danke ich für Ihre Geduld mit jemandem, der immer alles ganz genau wissen wollte.

Heidelberg, den 1. Dezember 2021
Ralf Georg Czapla

Gedichte

Hahnenschrei

Hahnenschrei

Hahnenschrei ruft mich auf in der Nacht,
Hahnenschrei weckt das Herz in der Nacht,
Führt zurück mich aus Schlaf und aus Traum,
Führt zurück mich in Zeit und in Raum.
Da ich tief schon versank gen den Grund,
Da erreicht, da erweckt mich der Mund,
Und bevor es mich fasst, ist's vorbei,
Gellend ruft mich zurück Hahnenschrei.

Wieder bin ich gewandt zu dem Licht,
Und die Hand, die da greift, zittert nicht,
Und der Blick, der da geht fest und steil,
Zielt hinein in die Welt wie ein Pfeil.
Welt ist Rausch und ist Spiel und ist Sinn,
Und ich weiß, dass ich bin, der ich bin,
Und ich häng wieder froh an dem Schein,
Schau das Licht, ess das Brot, trink den Wein.
O du Lust, o du Leid dieser Welt,
O du Mensch, o du Kind, o du Held,
Graues Meer, Flut im Wind, blankes Schiff,
Urgebirg, hell im Glanz, bleiches Riff.

Doch bevor ich es fass mit der Hand,
Kommt zu mir dieser Schrei über Land,
Übers Schiff weht der Schrei her von Luv,
Immerdar, ferneher, kommt der Ruf.
Sind wir blind und verirrt allzumal?
Weiter gibt Schiff zu Schiff das Signal,
Steppenwärts, wälderwärts, bis zur Bai,
Panisch kreist um die Welt Hahnenschrei.

Beschwörung

An Annette von Droste-Hülshoff

Es blüht in der Heimat die Heide,
Die scheuen Winde sie rufen
Kehr wieder und wandle die Stufen
Empor aus dem Totenland,
Es schimmert der gelbe Sand,
Es leuchtet der Tau wie Geschmeide.

Des salzigen Westwinds Wehen
Erklingt noch wie einst in den Hainen,
Wallhecken gleich summenden Schreinen
Ertönen im einsamen Land.
Es hocken am Ackerrand
Noch immer die alten Raben,
Die einst dich beschrieen haben,
Sie äugen, ob sie dich sehen.

Du fandest des Lichts Kristall,
So komm und erheitre den Reigen
Den düstern der Heimat – es steigen
Unholde Schatten vom Grunde –
Erhelle die dunkle Stunde –
Es streicht mit verschlossener Lippe
Die Schwermut vorüber so stumm,
Der gärende Bluthass geht um,
Vergiftend den Hof und die Sippe –
Kehr wieder, lass wieder erklingen
Durchs Land dein erlösendes Singen.
Wie Glöcklein rufen zur Mette,
So ruft's deinen Namen, Annette,
So ruft ihn der Widerhall.

Noch ragen die rauschenden Haine,
Noch ziehen entlang am Raine
Wallhecken im Taugefunkel –
Dein Leib liegt in fremder Erde,
Dein Geist weilt mit treuer Gebärde
Im Lande – es leuchtet dunkel
Wie Gruß aus dem Totenreiche
Dein Antlitz aus laubiger Eiche.

Verwandlung im Wald

In den Wald schlüpf ich ein wie ein Tier,
Kühles Laub schließt sich grün hinter mir,
Licht und Tag sind schon fern, sind verhallt,
O es rauscht über mir dunkler Wald.

Aus dem Grund wächst der Pilz nackt und bleich,
Beeren glühn, unverwandt, augengleich,
Spürst du wohl, wie sie schaun, wie sie starrn
Rot und blau aus dem Moos, aus dem Farn.

Dürres Laub raschelt auf vor dem Schuh,
Dunkler Raum tut sich auf, tut sich zu,
Wogt wie Flut rings heran, über mir,
Ich bin längst schon gebannt im Revier.

Mich umschlingt das Gewirr rankenfest,
Schon vertraut spür ich Nachbargeäst,
Wie Gezweig ist gestreckt meine Hand,
Rindengleich ist die Brust mir umspannt.

Und das Herz hüpft empor auf den Ast,
Ist als klopfender Specht nun zu Gast,
Flattert auf, schwingt sich kreisend vorbei,
Flieht hinweg mit dem seltsamen Schrei.

Hallend geht dieser Schrei durch den Wald,
Bis er fremd hoch in mir widerhallt,
Bis die Sinne mir träumend vergehn
In des Windes unendlichem Wehn.

Erinnerung an die Heimat

O wiederkehren auf Traumespfaden,
Die Mühlenwehre rauschen im Land,
Im Bruche stehen die Nebelschwaden,
Am Wege rieselt der weiße Sand,
Die Schwalben schnellen entlang am Raine,
Und die Libellen schwirren im Ried,
Und königseinsam im Morgenscheine
Der sonnbeglänzte Seeadler zieht.

Es weht im Winde wie Ruch der Waben
Der Duft der Linde vom Weiler her,
Eichhörnchen zierlich im Hohlweg traben,
Holunder neigen die Zweige schwer,
Das Laub der Espen zuckt hell im Strahle,
Die goldnen Wespen stehn still im Flug,
Und hinterm Walde, von Mal zu Male,
Klingt auf des Wassers strömender Zug.

O Mittagstunde im Wald der Buchen
Wie auf dem Grunde der grünen Flut,
Die Stämme streben, das Licht zu suchen,
Die Wipfel wiegen die junge Brut,

Wie Geisterreigen so weht ein Sausen
Im Waldesschweigen, so hoch und hohl,
Dann geht wie Echo ein fernes Brausen,
Und aus dem Laube ruft der Pirol.

O heimzukehren durch sandige Felder,
Die Mühlenwehre rauschen im Land,
Die Krähen tauchen schon in die Wälder,
Im Bruche winkt es mit Nebelhand,
Auf goldnen Stufen versinkt die Helle,
Die Frösche rufen im feuchten Moor,
Der Herdrauch wirbelt schon vor der Schwelle,
Und eine Schwalbe schlüpft mit ins Tor.

Erinnerung an die Heide

Die Nacht senkt ihre Fahne,
Den blassen Sichelmond am Schaft,
In ihrem dunklen Kahne
Vom flutenden Licht errafft.
Aus starren Binsenringen
Tönt hell der Heidelerche Schlag,
Mit blitzend gespannten Schwingen
Fährt auf der Sommertag.

Der Schnecken Urgebilde
Ziehn hin, soweit der Tau noch reicht,
Heiß dringt es durchs Gefilde,
Ein Findling liegt gebleicht
Einsam an Wegesscheide,
Von tausend Sommern schon besonnt,
Es dehnt sich sandige Heide
Endlos zum Horizont.

O Sommer über dem weiten
Ebenen Land, dem Heideland,
Wo nach den kargen Zeiten
Des Lichts die Nebelhand
Bald ihre blassen Schimmer
Um wehende Schmielengräser spinnt,
Wo Tiere und Bäume immer
Einsam befangen sind.

Doch jetzt im Sommerglühen
Ist abgetan der trübe Bann,
Die heißen Winde sprühen
Die Ginsterbüsche an.
Und überm Heidekraute
Geht irr im Kreis des Zauberrings
Wie nach geheimem Laute
Der Tanz des Schmetterlings.

O schweigende Mittagstunde
Im weiten, ebenen Heideland,
Es zittert über dem Grunde
Die Luft auf kochendem Sand.
In weißen Pfads Geleise
Schwarz schimmert der Wacholderbaum,
Ein Habicht zirkelt Kreise
In perlenden Lichtes Schaum.

Ins Kraut duckt sich die Dohle,
Ameisenlöwen sind tückisch wach
Auf kleiner Krater Sohle
Und stellen dem Leben nach.
Der Schäfer traumverloren
Blickt ostwärts, wo vom Licht umstürmt,
Mit Zinnen und mit Toren
Sich weiß Gewölke türmt.

Dann kommt des Windes Wehen
Wie Hall, der fern durch Klippen braust,
Am Abendstrande stehen
Die Föhren sturmzerzaust.
Es liegt der Sand in Hügeln
Wie stockender Meereswellenschlag,
Mit eulenleisen Flügeln
Beschließt die Nacht den Tag.

Vor Ostern

Kornelkirschen blühn und es klingt aus den Hecken
Der Pfiff der Meisen, der Tauwind weht,
Die Wasser erglänzen in schimmernden Becken,
Und über die braunen Wiesen geht
Ein blasser Falter – o frühes Wagen,
Wie wirst du den Reifhauch der Nacht ertragen.

Des Haselstrauchs Narben erglühen purpuren
Und harren, dass goldener Staub sie betaut,
Die Rinnsale gehen wie tickende Uhren
Und künden lallend des Frühlings Laut,
O zages Gurren der wilden Taube,
Begrabene Stimme im modernden Laube.

Im falben Gesträuche geistern die jungen
Feuchtglänzenden Amseln mit hüpfendem Husch,
Wie Boten, der dunkelsten Tiefe entsprungen,
Blankäugige Wesen im raschelnden Busch,
Zugvögel nahen mit schwirren Akkorden
Und ziehen in rauschenden Wolken nach Norden.

Es tropfen der Fichten breitschirmende Plachen,
Buntröckige Spechte beginnen ihr Spiel,
Schlagwerker der Lüfte, sie trommeln und lachen
Und wecken die Schläfer im Waldasyl,
Die Buchen erwachen, die Knospen springen,
Es hallt in den Stämmen geheimes Klingen.

Der Abend kommt mit berückender Kühle,
Betörender duftet der Seidelbast,
Es spielen goldene Strahlen am Bühle,
Es glüht des Faulbaums bleifarbener Ast,
In Nacht versinken azurene Hügel,
Die Eulen gespenstern mit lautlosem Flügel.

Der Waldkauz ruft aus dem nächtlichen Schweigen
Wie Stimme, die tief in Grüften wohnt,
Dann siehst du am Horizonte steigen
Im gelben Glaste den Frühlingmond,
Gleich goldener Biene, vom Bernstein umründet,
Magisches Zeichen, das Ostern verkündet.

Sommerwende

Juliheiß vom Zenit fließt die Glut,
Regungslos steht die Saat, liegt die Brut,
Es verstummt das Gezirp rings im Feld,
Mittaglicht wabert weiß durch die Welt.

Ferne reckt es sich auf wie ein Troll,
Sieh ein Weib, aller Fruchtschönheit voll,
Sieh ein Weib, aller Lenzschönheit bloß,
Und es trägt hoch und steil seinen Schoß.

Wendezeit – und die Maiblüte fällt,
Wendezeit – neu gebiert sich die Welt,
Flammendrot überm Grün züngelt Mohn,
Lüftenhoch wie Triumph geht ein Ton.

Unerhört kommt daher Zymbelklang,
Unerhört wogt das Licht im Gesang,
Es betäubt dieser Schall jedes Ohr,
Wie ein Meer brandet auf weißer Chor,

Braust dahin und vergeht fern im Land,
Wie ein Spuk schleicht ihm nach Schattenband,
Sommerwind schnellt hervor aus der Schlucht,
Wolken ziehn dunkel auf aus der Bucht.

Trunken singt nun der Wald seinen Psalm,
Rispe wiegt trächtig schwer sich am Halm,
Schon erglänzt früher Frucht Karneol,
Süß und fremd ruft und ruft der Pirol.

Spätsommer

Der Lattich breitet sich überm Schutte,
Wo einst sie gruben nach Sand und Kies,
Granatrot leuchtet die Hagebutte,
Es haust die Spitzmaus im Dornverlies.
Die Grillen zirpen endlose Sage,
Aus feuchter Tiefe hallt Unkenklage.

Zaunkönig schlüpft durch das Strauchgefieder,
Elbisch entschwindend, ein flüchtiger Gnom,
Spätsommersonne sinkt bald hernieder

In gelben Abends metallnen Strom.
Schon rührt der Igel sich in der Hecke,
Schon streckt im Bruch sich die Nebeldecke.

Am harzigen Stamme wimmelt und klettert
Ameisenvolk wie in Zauberei,
Stockende Stille – fanfarend schmettert
Vom fernen Dorf der Hahnenschrei.
Es kommt ein Karren, mit Klee beladen,
Er schwankt inmitten von duftigen Schwaden.

Der Menschenheimkehr harrt das entfernte
Gehöft, die Tore weit aufgespannt.
Von allen Äckern weht Ruch der Ernte
Und unablässig steht überm Land
Wie Ton von Hummeln, wie Ton von Bienen
Das dunkle Summen der Dreschmaschinen.

Nähe des Herbstes

Schwarzes Gewölke der dämmernden Frühe
Wandelt sich kupfrig im Morgenstrahl,
Gleich als wenn er schon herbstlich verblühe,
Bleicht des verfallenen Mondes Fanal,
Dumpf aus dem Dorfe brüllen die Kühe.

Vogelbeeren locken der Näscher
Schwirrende Schwärme, im Wasser streift
Heimwärts der Otter, der scheue Häscher,
Und wo der Bach das Gehöft umschweift,
Schallt von der Tenne der Dreiklang der Drescher.

Sommerlich will noch der Morgen entbrennen,
Aber der Tau liegt wie Reif so schwer,
Weiter Umkreis ist klar zu erkennen,
Und aus der Ferne schreitet schon her
Der, den die Lippen nur flüsternd nennen.

Doch durch den Mittag wie flutende Wogen
Gehen die Düfte von Erde und Frucht,
Und am schimmernden Himmelsbogen
Kommen in Scharen aus ferner Bucht
Weiß und leuchtend die Wolken gezogen.

Fahl an dem Fensterkreuz hängen die Zöpfe
Blätternder Zwiebel und rascheln gelind,
Über die Ställe neigen die Schöpfe
Tuschelnd Holunder, und ragend im Wind
Bleichen am Giebel die Pferdeköpfe.

Und durch die Klappe schlüpft ein in die Tenne
Heimlich die Katze, und lockend die Schar,
Wandelt mit ihren Küchlein die Henne,
Sichernd und äugend nach Sperbergefahr,
Dass nicht der Räuber die Beute gewänne.

Stahlblaue Tauben suchen nach Krumen
Hinter dem Hause, der Sperling pickt
Ölige Kerne der Sonnenblumen,
Drüben am Teiche, mit Silber bestickt,
Hocken die Weiden, gebleichte Muhmen.

Weintrauben reifen mit gärendem Blute
Spät an der Südwand, im Obstbaum hängt
Vogelscheuche mit nickendem Hute,
Und in der Koppel das Fohlen drängt
Furchtsam sich nah an die weidende Stute.

Sieh, in dem Garten die Georginen
Glänzen metallisch, das Bohnenblatt dorrt,
Wehend in glitzernden Serpentinen
Segeln die flüchtigen Herbstfäden fort,
Letzten Gewinst tragen heimwärts die Bienen.

Nah ist die Zeit, da wie jähes Erschrecken
Fremd und verwirrend der Weststurm geht,
Geisterhaft wirbelt es auf an den Ecken,
Flatternd im kreisenden Taumel verweht
Falbes Laub und es knistern die Hecken.

Nach der Mahd

Es sind die Wolken wie Silberhechte
In grünen Lüften auf Wanderschaft,
Vor dunklen Wäldern weht das Geflechte
Der blonden Birken am schwanken Schaft,
Wo in der Ferne die Höfe liegen,
Siehst du phantastisch Windvögel fliegen.

Nun ist die Ernte bald in der Scheuer,
Und bläulich wirbelnd ins Weite geht
Beizender Rauch der Kartoffelfeuer,
Die letzte Garbe im Felde steht
Geweiht als Opfer nach alter Sitte
Dem Schimmelreiter auf seinem Ritte.

Und längs den Rainen und durch die Brache
Treibt seine Herde der Wanderhirt,
Vom Wald zum Felde, vom Feld zum Bache

Die dunkle Wolke der Krähen irrt.
Im Schober knistert heimlich Genage,
Es halten Mäuse ihr Herbstgelage.

Wenn auf die Ähre dann pocht der Flegel,
Schwirrt um die Tenne die Sperlingschar,
Der Takt der Drescher wie Trommelschlegel
Trommelt zu Ende das Bauernjahr.
Wie Honigtropfen hörst du von allen
Obstbäumen prallend die Früchte fallen.

Wehendes Gras

Wehendes Gras,
Gras auf den Inseln im Heidemeer,
Schwankende Halme, von Düften schwer,
Wiegend im Winde, wehendes Gras.

Wehendes Gras,
Silberner Wald im gelben Sand,
Flüsterndes Leben im einsamen Land,
Leben der Erde, wehendes Gras.

Wehendes Gras,
Ersten Kuss ich von dir empfing,
Da ich dir nackt in den Armen hing,
Klein und verlassen, wehendes Gras.

Wehendes Gras,
Streichst mir über mein Angesicht,
Meine Augen glänzen im Licht,
Glänzen wie Tau im wehenden Gras.

In der Nacht

Ein Käuzchen schreit das Nachtsignal,
Es rinnt und tropft der kühle Tau,
In Abendnebel silbergrau
Versinkt das schattenvolle Tal.

In tiefe Dunkelheit gestuft,
Vergehn die Hügel zart wie Rauch,
Die Äcker atmen reifen Hauch,
Der Wachtelschlag betörend ruft.

Verlockend kreist um mich der Ton
Bald nah, bald fern, wie Zauberhall,
Wie Ampellicht im Roggenwall
Verloht, verglimmt der rote Mohn.

Und unter seinem Schattenschild
Seh ich den Dunkelfalter gehn –
Ich fühl im Schattenringe stehn
Gebannt des eignen Lebens Bild.

Des Lebens, karg von Licht erhellt,
Das eine kurze Zeit verweilt,
Das rastlos bald von dannen eilt
Und aus der Zeit hinüberschnellt.

Der ferne Horizont verglüht
Wie fahler Schein am Schwellenband,
Das ist der letzte schmale Rand
Des Sommertags, so lichtumsprüht.

Der Erdball aber kreist schon tief
In Finsternis, und was da lebt,
Ist Ton und Duft, der jäh verschwebt,
Als ob des Todes Horn schon rief.

Das Purpurlicht am Ackersaum,
Der Wachtelruf, der Falterflug,
Der Hügel schattenhafter Zug,
Verwehn gleich einem wirren Traum.

Das ist wie Echo so verwaist –
Indes schon ohne Raum und Zeit
Die Mitternacht hinüberkreist
Und nahe streift die Ewigkeit –

Es mahnt des leisen Windes Wehn,
In dir zu wandeln, dunkle Nacht,
In dein Geheimnis einzugehn,
Zu wachen mit der Sternenwacht.

Ballade vom unheiligen Werk

Sie bauen ein Haus, sie schachten aus,
Sie treiben den Spaten in lebenden Grund,
Es klafft das Geviert, wo die Adern bunt
Im Gefüge verlaufen, wo Muscheln kraus
Berichten von einstigem Meeressund.

Sie fällen das Lot nach des Bauherrn Gebot,
Sie winkeln die Kellerkammern aus Stein,
Sie mauern ins Fundament hinein
Den seltsamen Findling, fremd und tot,
Aus des Urgebirges Granitgebein.

Sie merken es nicht, was aus Tiefen spricht,
Sie schaffen verdrossen in böser Fron,
Sie sprechen Spott, sie lachen Hohn,
Sie achten der flüsternden Stimmen nicht,
Sie denken nur an den feilen Lohn.

* * *

Die Kelle klingt, der Aufzug schwingt,
Sie schichten die Ziegel in klugem Verband,
Die Wasserwage in prüfender Hand,
So sorgt der Polier, dass die Mauer gelingt,
Dass sich tragend und fest das Gewölbe spannt.

Sie strecken den Bau, sie richten genau
Jedes Winkels Maß und der Wände Verlauf,
Sie stufen die Treppen, sie rüsten auf
Die Sparren zum Dach, wo unendliche Schau
Vergeblich sich bietet landab, landauf.

Ihre Augen sind für das Ewige blind,
Ihre Herzen sind schon lange verdorrt,
Sie spaßen, sie fluchen, sie bauen fort,
Sie spüren es nicht, dass im irrenden Wind
Die Geister der Heimat verlassen den Ort.

* * *

Im Bau geht stumm das Böse um,
In den Mörtelfugen keimt schon Verrat,
Sie fahren fort in gewöhnlicher Tat,
Sie verlachen die Vorzeichen dreist und dumm,
Wem frommt das Werk? Wer fällt die Mahd?

Und ungebannt schreibt eine Hand
Geheime Zinken an Pfosten und Stein,
Sie lassen die guten Schatten nicht ein –
Es nisten und hecken in First und Wand
Krankheit und Not in bösem Verein.

Das Werk ist beendet, der Bau ist vollendet,
Vom Giebel prahlt der Maien bunt,
Sie bedenken ihr Werk nur nach Pfennig und Pfund,
Der Erde Schoß ist vergeblich verschwendet,
Eine böse Saat ist gesät in den Grund.

* * *

Die Saat sprießt auf in der Jahre Verlauf –
Das Werk ist unheiligem Willen entstammt,
Sie ziehen ein und sind schon verdammt
Zu Verbrechen und Mord – unsichtbar flammt
Der Wimpel des Unheils hoch am Knauf.

Atmend bin ich auf der Wanderschaft

Atmend bin ich auf der Wanderschaft,
Atmend bin ich dieser Welt in Haft,
Ein Geschöpf, das nicht dem Kreis entrinnt,
Und es weht in mich hinein der Wind,
Weht hinein und haust in meinem Blut,
Bis er tief in meinem Innern ruht,
Bis er meiner ganz teilhaftig wird,
Bis bezaubernd er mein Herz verwirrt

Mit der Ährenfelder schwerem Hauch,
Mit der großen Städte brandigem Rauch,
Mit dem Salzgeruch der grauen See,
Mit dem kühlen Duft vom Firnenschnee.
Steppenluft weht er in mich hinein,
Urwaldbrodem, gärendsüß wie Wein,
Schwaden, die aus Sommerwiesen fliehn,
Staub der Straßen, die die Welt durchziehn.

Tief in mich muss eine Spur verwehn
Von den Wolken, die landeinwärts gehn,
Von dem flüchtigen Rauch der Felsenhöhn,
Von den Wäldern, zuckend in dem Föhn,
Von der winderfüllten Vogelwelt,
Vom Getier, das lebt im offnen Feld –
Wind beteilt mich tief mit jedem Ding,
Wind hält mich gebannt im Lebensring.

Und aus mir führt weg er immerdar,
Was zuvor mir noch zu eigen war,
Sät mich aus, wohin er immer weht,
Wo sein Weg durch Erdenbreiten geht.
Wie der Vogel ausströmt mit Gesang,
Ström ich mit Bewusstsein lebenslang,
Meines Leibs Atome gehn dahin,
Bis ich ganz vermählt, verloren bin.

Aber magisch lebt, was sich erhält
In dem Taumel, im Gewirr der Welt,
Was zuvor ein dunkles Glimmen war,
Festigt sich und wird kristallen klar,
Saugt in sich hinein des Daseins Glanz,
Strahlt sich aus und bleibt doch immer ganz,
Bis es einst, wenn sich der Leib verlor,
Leuchtend hingeht wie ein Meteor.

Die Wespe

Wespe du, auf mein Gewand verflogen,
Sag, aus welchem Land kommst du gezogen,
Fremd wie ich in dieser Flut von Stein –

O dein Blick ist blind vom grellen Schein,
Schwer vom Staube ist dein Flug beschattet,
Und vom Lärme ist dein Herz ermattet.

Du versankst in dem Genuss der süßen
Frucht und musst nun mit Verbannung büßen –
Aus dem fernen Dorfe kam die Fracht –
Und verstört hast du dich aufgemacht,
Willst vertraute Stätte wieder finden
Und den Honigduft der Heimatlinden.

In der Stadt wird dir das Herz verbrennen,
Nimmermehr kannst du den Pfad erkennen,
Wie verlornes Blatt musst du verwehn –
Nimmer wirst du taumelnd stille stehn
In dem heißen Sommermittagglanze,
Wenn du sirrend ruhst vom Sonnentanze.

Aus den Wiesen stieg der Duft berauschend,
Aus der Wabe strecktest du dich lauschend,
Tief versteckt im hohlen Eichenbaum,
Und du wandeltest am Borkensaum,
Noch vom Schlaf beschwert die zarten Schwingen
Und gegürtet mit den goldnen Ringen.

Hoch im Wipfel ging das Morgensausen,
Aus dem grünen Grunde scholl ein Brausen,
Wo das Wasser schäumte im Gestein.
Flügelnd ging dein Weg entlang den Rain
Zwischen Glockenblumen, Skabiosen
Und dem Junirausch der wilden Rosen.

Und du segeltest mit deinen schnellen
Schwingen weit hinaus auf Windeswellen,
Wo der Acker heiß in Blüte stand

Und die Ähren neigte übers Land,
Wo du tanztest in der Mittagstunde
In der Einsamkeit der weiten Runde.

Wespe du, auf mein Gewand verschlagen,
Ich will eilends dich von hinnen tragen,
Eh der Tod an unsre Herzen rührt.
Dich hat ein Geschick zu mir geführt,
Dass wir fliehn aus diesen dürren Gassen,
Dass wir uns der Freiheit überlassen.

In den Bergen

Es weht am bleichen Kalkalpenriffe
Unstät der Jochwind, die Wolken fliehn
Durch dunkle Bläue wie Geisterschiffe,
Und aus den Schroffen die Nebel ziehn
Wie heller Atem der grauen Wände,
Die schweigend ragen, verblasst und kahl,
Bergsonne blendet mit grellem Strahl,
In rissige Steine krall ich die Hände.

Und überm Abgrund häng ich verloren,
So wie ein Geier im Felsgenist,
Hier hat nicht Stätte, was schoßgeboren,
Hier bleibt dem Herzen nur karge Frist.
Doch diese Stunde, in der ich hafte,
Mit Fuß und Hand ins Gestein verkrallt,
Ist heiße Fülle, der Pulsschlag hallt
Wie Baumes Klingen, gesprengt vom Safte.

Es rauscht im Ohre ein dumpfes Brausen,
Das flutend schwillt und verebbt und schwillt,
Sind es die Winde, die fliehend sausen,
Der Felsenklüfte geschrecktes Wild,
Sind es der Berge uralte Sagen,
Die sie da murmeln, für sich allein,
Sind es die Wasser, die im Gestein
Seit tausend Jahren die Bahn sich nagen –

Wie Meeresabgrund so sind die Tiefen
Des Tals durchsilbert vom Sonnenglast,
Als ob die Zeiten versunken schliefen –
Die Hitze dörrt mir die Haut zu Bast,
Erinnerung dämmert, auftauchend leise
Aus Erdenursprungs zeitloser Flut,
Metallisch kochend singt mir das Blut
In dieser Gipfel mythischem Kreise.

Die Kuppen ragen wie Panzertiere,
Es lockt der Höhe magischer Bann,
Dass ich wie Bergrauch mich jäh verliere,
Unendlich weht mich die Ferne an –
Ich wend zum Abstieg all meine Sinne,
Ich komm nach Stunden hinab zur Alm,
Ich greif die Blätter, ich fass den Halm,
Dass ich mich fühlend wieder gewinne.

Nun hockt die Nacht unter bleichen Felsen
Und schickt ins Tal schon den dunklen Blick,
Im letzten Strahle tanzen die Gelsen,
Es tropft melodisch des Quells Getick.
Ich lieg im Grase, schau Lid an Lide
Der Wetterdistel silbernen Stern,
Und tief im Süden ragt steil und fern
Des Großvenedigers Eispyramide.

Lärche in den Alpen

Des Gebirgs Terrassen stieg ich empor,
Wo die Rune des Marmorgeäders verlief –
Die Gewässer entrauschen dem Felsentor,
Und im Schimmer versinken die Täler so tief,
Der Wald schwindet hin, verschrumpft und klein,
Und es grünen mit sturem Grase die Matten,
Wie der nackten Klippen smaragdene Schatten,
Rhododendron leuchtet am steinigen Rain.

Sieh den letzten Baum, sieh den Lärchenbaum,
Versprengt und verloren zu einsamer Rast,
Wie er steht im endlos blauenden Raum,
In den Boden gerammt wie ein ragender Mast,
Eines Schiffes Mast, das die Höhe befuhr
Mit glänzend geschwellten Gaffeln und Raaen,
Eines Schiffes, dem Sturmnot und Strandung geschahen,
Und es blieb nur des Mastbaums türmige Spur.

* * *

Mit den vollen Segeln des Sommers bespannt
So steht er lebendig im starren Gestein,
In den Nebeln der Frühe, im Mittagbrand,
Ohne Schirm der Gefährten, für sich allein.
Es ragen die Steilwände hoch zum Kamm,
Und der irrende Wind fährt über die Kaare
Und tastet näher, als ob er gewahre,
Wie der Schatten kreist um den einsamen Stamm.

Und die Jahre gehen wie Nacht und Tag –
O die Zeit des Erwachens im drängenden März,
Die Lawinen donnern den Stundenschlag
Und wecken im Baum das schlafende Herz,

Das da langsam geht so wie Ebbe und Flut,
Das da lebt und pocht seit fünfhundert Jahren,
Von den brausenden Stimmen der Höhe umfahren,
Von der Öde umweht und umbrandet von Glut.

* * *

Nun erblüht des Sommers flüchtiger Traum,
Und die grünen Wimpel am Baume wehn,
Von Licht umperlt wie von glitzerndem Schaum,
Wie wenn sie in leuchtender Flut sich drehn,
Und das taumelnde Heuschreckenvolk umspringt
Den Stamm mit irrem Gesang und Gegeige,
Gleich als ob ein Pygmäenschwarm entsteige
Dem Fels, wenn des Lichts Fanfare erklingt.

Und es sieht der Baum, in den Stein gebannt,
Wie die Züge der Wolken vorüberfliehn
Und leuchtend vergehen über dem Land,
Wie die Adler über die Grate ziehn,
Und er hört ein leises Echo verwehn
Ganz ferne in den verlorenen Schründen,
Wenn unter ihm in den tiefen Gründen
Die Glocken der Kühe verworren gehn.

Mit hundert Augen trinkt er das Licht,
Und er späht nach den Wundern, die droben geschehn,
Wenn im Lenz der Keim durch die Schneedecke bricht,
Wenn zag Soldanellenglöckchen wehn,
Wenn der Safran erblüht, wenn im Sommertau
Des Steinbrechs Stern im Gerölle flimmert,
Wenn wie träumender Blick des Gebirges schimmert
Der Enzian mit azurenem Blau.

* * *

Das nimmt er mit in die Winterzeit,
Wenn er sinkt in den Schlaf, wenn der Berg erstarrt,
Wenn in ihm dann wandeln, wie Märchen gereiht,
Die Bilder des Traums, wenn er steht und harrt,
Dass ein Nebelschiff hersegle am Hang,
Dass er wieder als ragender Mast soll fahren
Inmitten der eilenden Wolkenscharen,
Wenn in Lüften orgelt des Sturmwinds Gesang.

Nacht in den Alpen

Silberwolken schwingen zart
Ihren Reigen durch den Abend,
Schattenpferde, lautlos trabend,
Heben an die nächtige Fahrt,
Gleiten weithin an den Hängen,
Wehen durch die Fichtenkronen –
Ferne rauscht es von Gesängen,
Wo die Wassergeister wohnen.

Im Gebirge sind erwacht
Dunkle Stimmen aus den Steinen,
Die sich fern und nah vereinen,
Singend durch die Sommernacht.
Und die Wälder stehen lauschend,
Wenn die Tiefen sich verkünden,
Wenn die wilden Wasser rauschend
Strömen aus den Felsengründen.

Namenloser Nachtgesang,
Endlos durch die Täler schallend,
Von den Wänden widerhallend,
Erdgebundner Stimmen Klang.

Brandend schwillt es zu den Firnen –
Heute wie am ersten Tage
Braust empor zu den Gestirnen
Des Gebirges dunkle Sage.

Die Alpendrossel

Aus der Tiefe schwillt die Schattenflut,
Talbedeckend, wogend ohne Ende,
Schweigend heben sich die Felsenwände
In des roten Abendhimmels Glut.
Wie erstarrter Schrei der Einsamkeit
Ragt ein bleicher Gipfel in die Leere,
Mich verlockend, dass ich aus der Zeit
In das Ungeborne wiederkehre.

Eines fernen Wetterleuchtens Schein
So verglüht Erinnrung mir im Herzen,
Weißer Germer zündet seine Kerzen,
Und der Glimmer funkelt irr am Rain.
Wie ein Rauch auf namenloser Flur
Zieht Gewölke hin im Abendstrome,
Mücken wabern, einstigen Lebens Spur,
Das zersprang in tanzende Atome.

Da ertönt unsäglicher Gesang
Aus dem Dunkel eines Tannenbaumes,
Letzte Stimme des verlornen Raumes,
Einmal noch des Lebens süßer Klang –
Da der Alpendrossel Lied mich rief,
Strahlte auf aus purpurdunkler Ferne,
Was verschüttet und begraben schlief.
Leuchtend standen über mir die Sterne.

Im Walde

Kennst du das tiefe Erzittern
Im Walde nicht,
Wenn vor den nahen Gewittern
Die Stille zerbricht,
Wenn im erstickenden Schweigen
Ein Vogel schrill
Aufschrickt aus laubigen Zweigen
Und fliehen will.

Noch steht die zarte Birke
Ganz regungslos,
Es rührt sich im Bezirke
Ein Geistern bloß,
Ein einzelnes Blatt am Strauche
Hebt jählings an,
Zuckt wie im Fieberhauche,
Im Todesbann.

Ein, zwei Mal aus dem Grunde
An dir vorbei
Verhallt aus gellendem Munde
Der Kuckuckschrei,
Sieh, wie spiralig und fauchend,
Verstört, verzagt,
Elbisch ins Grün vertauchend
Das Eichhorn jagt.

In dieser langen Minute,
Die bebend währt,
Spürst du, wie dir im Blute
Erwartung gärt,
Ahnung des Unbekannten
Verzückt und jäh,
Erkenntnis des Niegenannten
In Todesnäh.

Doch eh sich dem Geiste lichtet
Das neue Gleis,
Sind schon die Schatten verdichtet
Im nahen Kreis,
Es bricht aus tosenden Tiefen
Die Windsbraut los,
Es brausen die Stimmen, die schliefen,
Im Waldesschoß.

Du liegst mit gebeugtem Nacken
Ins Moos geduckt,
Dass dich die Wipfel nicht packen,
Vom Blitz umzuckt,
Es rast die flammende Stunde
Mit Urgewalt,
Aufwühlend bis zum Grunde
Dein Herz im Wald.

Hans Leifhelm im Kreise seiner Abiturientia, mittlere Reihe, 4. v. l., 1911, Fotograf unbekannt (Stadtarchiv Mönchengladbach, 15/4/3, Abb. 28).

Das alte Lied
(Niederrhein)

An heißen Sommertagen,
Wenn still die Straßen lagen,
Dann saßen sie im Schatten
Nach wilden Spiels Ermatten.
Wie hell die Stimmen gingen,
Ich hör das Lied verwehn,
Das ich im Traum vernehm,
Ich hör des Kehrreims Singen
„Wo löpt, wo löpt de Steen,
De Steen, dä löpt no heem."

Die Kinderjahre schwanden,
Der Krieg war in den Landen,
Nun saßen sie im Schatten
In Englands Kasematten,
Nun waren sie gefangen
Und hatten schon gesehn
Das Massengrab im Lehm –
Nun saßen sie und sangen.
„Wo löpt, wo löpt de Steen,
De Steen, dä löpt no heem."

Der Krieg, der war verloren,
Sie zogen aus den Toren
Des Vaterlands von dannen,
Wo sie kein Glück gewannen.
Am Helgoländer Riffe,
Da sahn sie untergehn
Der Heimat Diadem –
Sie sangen auf dem Schiffe
„Wo löpt, wo löpt de Steen,
De Steen, dä löpt no heem."

Am Niederrhein

Die Sirenen der heulenden Stadt,
Sie verklangen verschollen und matt,
Und der Strand und das ebene Land
Sind vom Traumfirmament überspannt.

Sieh den Strom, wie er fließt, sieh die Flur,
Wie sie trägt der Jahrtausende Spur,
Sieh die Straßen, auf denen einst schon
Zog der Adler vor Roms Legion.

Der verwitterte Stein sah den Zug
Jener Flotte, die Ursula trug
Mit den Jungfrauen zart, deren Blut
An dem Opfertag färbte die Flut.

Dieses Land ward der Zeiten gewahr,
Da von Xanten die heldische Schar
Fuhr zu Berg auf bewimpeltem Schiff,
Da den Falken noch lockte der Pfiff,

Da noch winkte der Könige Hand,
Da sie zogen zum Heiligen Land,
Da der Sänger die Sage ersann,
Da gigantisch der Dombau begann.

Alle Zeit sank dahin wie ein Traum
Und geschah wie auf Wellen der Schaum –
Es vergeht in den Nebeln der Dom,
Es vermählt sich dem Meere der Strom.

Herbstelegie
(Steiermark)

Schon zerblättert das Maisrohr im Wind,
Schon geht sirrend die Sense durchs Feld,
Aus dem Walde der Elsterruf gellt,
Wenn der nebelnde Morgen beginnt.
Und die Sonne kommt blutig herauf
Aus den kämpfenden Tiefen der Nacht,
Wo das lautlose Wintertier wacht
Und sich anschickt zum eisigen Lauf.

Doch der Tag will noch einmal erblühn,
Dieses Tal hält noch sommerlich Rast,
Eh das prangende Leben verblasst,
Eh die Steinnelken purpurn versprühn.
O du Mittag am glühenden Rain,
Wenn die Grille den Geistertakt spinnt,
Wenn die Weinbeere drängend verrinnt,
Wenn die Eidechse zuckt im Gestein.

Aus der Ferne das Windrad erklingt
Wie Musik im verlassenen Land,
Immerzu als ein tönendes Band,
Das den fliehenden Sommer umschlingt.
In verträumter Kadenz perlt der Klang
Wie ein Lied aus vergessener Zeit,
Hügelab, hügelan, nah und weit,
Wandert magischen Echos Gesang.

Frühe Dämmerung grenzenlos fällt,
Grüne Schlange entflieht in den Wald,
Glück und Leid sinken hin ohne Halt,
Unter Herbststernen wandelt die Welt.

In den Farben des Untergangs brennt
Des Gebirges opalener Kreis,
Bis der Reif alles deckt still und weiß,
Bis das Herz keine Stätte mehr kennt.

Apennin

Tief im Tal verscholl das Glockenrufen,
Und ein früher Stern begann zu funkeln,
Als das Schnittervolk von abenddunkeln
Hügeln mit Gesängen heimwärts zog.
Und ich stieg die kühlen Bergesstufen
Aufwärts zu dem letzten Gipfelröten,
Einsam aus der Höhe klang ein Flöten,
Dem sich lauschend fern das Echo bog.

Blitzend mit geschirrten Silberrossen
Fuhr am Himmel auf der Große Wagen,
Glänzend wie in ewig jungen Sagen
Trat Arkturus aus dem Abendtor.
In der Gipfelrunde, lichtumflossen,
Lagerte der Felsen weiße Herde,
Und es saß auf seiner Muttererde
Pan – er blies auf einem Siebenrohr.

Assisi

Vom Berge leuchten Assisis Mauern,
Oliven silbern im weiten Tal,
Auf reifen Äckern umbrischer Bauern
Finden die Vögel ein gastlich Mahl.

Sie haben Freistatt an diesem Tage,
Es schirmt sie heute des Heiligen Hand,
Blitzende Banner im grünen Hage,
So schwingen Taubenschwärme durchs Land.

Unsichtbar wandelt durch Feld und Auen
Der Poverello, der Erde Gast,
Irdische Stätten wieder zu schauen,
In alter Heimat zu halten Rast.
Er spricht zum Steine, er spricht zum Laube,
Er setzt ins Grüne den nackten Fuß,
Den starren Felsen beseelt sein Glaube,
Die stumme Natter beglückt sein Gruß.

Im Mittagschweigen, beim Baumesschatten,
Befällt den Wandrer geheimer Bann,
Sieh an: hereilend von Bergesmatten
Stöbernd und wehend der Wind kommt an.
Es neigen flüsternd die Blumenstängel
Ihr Haupt, es neigen sich Halm und Blatt,
Mit solchen Zeichen kam einst der Engel,
Das Kind zu künden aus ewiger Stadt.

Und vor Franziskus beginnt ein Reigen,
Einfältiger Winde heimlicher Tanz,
Unsichtbar neigen sie sich und steigen
Und schlingen lieblich den kühlen Kranz.
So wie die Jungen einsamer Tiere
An der Oase verlorenem Strand
Sich spielend haschen, wenn im Reviere
Rings alles ruht in der Wüste Brand.

Ein Lächeln geht um des Heiligen Brauen,
Er lässt sich gerne dem Tanz als Ziel,
Irdisches Auge kann nicht erschauen
Der Winde kindlich geheimes Spiel.

Nur wie im Abglanz erzittert leise
Gesträuch und Gras und des Wandrers Haar –
Dann ziehn sie weiter auf ewiger Reise,
Zypressen winken schon fern der Schar.

Italienisches Sonett

Schon lagen bleiche Schatten in der Runde,
Vom Brunnen schritten, wie in alten Tagen,
Die Hände zur Amphore aufgeschlagen,
Die Frauen, süßes Schweigen auf dem Munde.

Die Stadt erstarb und durch die Dämmerstunde
Schwoll groß ein Rauschen, ferneher getragen,
Rauschen des Meeres wie aus Göttersagen,
Ich ging durchs Tor und kam zum feuchten Grunde.

Aus Wolkendünen stieg der Mond – am Strande
Sah wandeln ich ein schattenhaftes Paar –
War es ein Gott im irdischen Gewande

Mit der erwählten Jungfrau – oder war
Es nicht ein stummes Paar vom Totenlande,
Gemeuchelt einst von Malatestas Schar.

Platanus orientalis

Die Platanen
Hissen ihrer bleichen Äste Fahnen
In die Nacht als sehnsuchtvolle Rufer
An des nebelgrauen Nordens Ufer.

Als Verbannte,
Deren Kindheit andre Stätte kannte,
Küsten, wo die weißen Segel landen,
Wo des Südens blaue Meere branden.

Darum breiten
Sie die Arme nach des Lichtes Weiten,
Darum wollen ihre nachtverwehten
Zweige um die Morgensonne beten,

Darum glänzen
Unter ihres zackigen Laubes Kränzen
Ihre Stämme mit so heißem Lichte
Wie im Abglanz südlicher Gesichte.

Am Meer

Wogenrollend in die Abendglut
Dehnt sich uferlose Wasserflut.

Dünenabwärts steht ein Tannenstrich
Wie im Traum versunken still in sich.

Lauscht dem Sang, der dumpf aus Tiefen scholl,
Urweltahnend und geheimnisvoll.

Sendet Antwort, die hinunter dringt,
Wo sein Spiegelbild zum Grunde sinkt –

Graues Meer und dunkle Tannenschar,
Zwiesprach halten sie schon manches Jahr.

Tausend Jahre werden sie noch sprechen,
Städte, Länder werden morsch zerbrechen.

Heimkehr

So wird es sein: zu deinem Heimatlande
Führt dich ein herbstlich später Wandertag,
Das Herz geht dir mit immer müderm Schlag
Und du liegst still im gelben Heidesande.

Du denkst zurück, noch einmal unermessen
Blüht auf um dich der Erde bunte Pracht,
Du hast die Augen langsam zugemacht,
Dann stirbt dein Herz – doch heimlich unterdessen

Neigt sich der Wind zu dir und küsst mit leisen
Lippen die Seele dir von deinem Mund
Und nimmt sie in die kühlen Hände und
Er spricht vertraut zu dir in Traumesweisen.

Komm, Bruder, einmal noch mit Sturmeswehen
In weißer Wolken weltdurchziehndem Heer
Wollen wir fahren über Land und Meer
Und dann in dunklen Wäldern schlafen gehen.

Die Katze

Zwillingsflecken stehen in dem Glas,
Übertags nur grau und unscheinbar –
Flecken, die des Schleifers Hand vergaß –
Doch im Abendglühn lebendig klar
Wie zwei runde Augen von Topas.

Solche Augen kannte ich vorzeit,
Da ich weilte in dem fremden Land,

Straßen liefen unabsehbar weit,
Bis ich endlich jene Stätte fand,
Wo ich ruhte von der Wanderzeit.

Heimat bot mir einen Sommer lang
Jenes Dach in stillen Kirchspiels Kreis,
Anfangs strich ich scheu den Hof entlang,
Und den Bauer, siebzigjährig, greis,
Sahen meine Kinderaugen bang.

Und Mechthild, die Frau, war alt und taub,
Hatte eine Stimme, hallend, laut –
Der Bedrängnis fiel ich fast zum Raub,
Hätte nicht mein schneller Blick erschaut
Jene Augen, leuchtend aus dem Laub.

Eine Katze war es, schwarz und groß,
Ihre Lichter schauten unverwandt,
Langsam löste sie vom Baum sich los,
Kam zu mir bis an den Mauerrand,
Sprang mit sachtem Sprung auf meinen Schoß.

Hob vertraulich dann zu schnurren an,
Lauschte wieder, schob sich nah und dicht
An den fremden kleinen Gast heran,
Neigte nah mir ihrer Augen Licht –
Und gebrochen war der böse Bann.

Wie ein Irrwisch lief sie dann und wies
Mir den Stall, wo Stern und Bless, die Küh'
Wiederkäuten, wo im Holzverließ
Ungelenk das Kalb mit arger Müh'
Täppisch stand und in den Eimer blies.

In die Scheune schlichen wir hinein,
Uns entgegen schlug der Körner Duft,
Glatt und blinkend in dem Dämmerschein
Lag die Tenne, eine kühle Gruft,
Und das Dreschholz glänzte wie Gebein.

Durch die Hinterpforte ging's gebückt
Längs Holunder und dem grünen Kolk
In des Bungerts Wildnis, wo verzückt
Tanzend waberte das Mückenvolk,
Wo die Bienen summten, lichtbeglückt.

Aus den Dolden klang der Hummel Bass,
Und des Nachttaus klarer Tropfen hing
In der Nesseln schattigem Gelass,
Taumelnd ging ein gelber Schmetterling,
Rote Äpfel klopften in das Gras.

In den Birnbaum turnten wir hinauf,
Oben ritt ich auf dem höchsten Ast,
Sah ringsum der weißen Straßen Lauf,
Die ins Ferne zogen ohne Rast,
Sah den goldnen Hahn am Kirchturmknauf.

Bald schon wusst' ich Winkel und Versteck,
Saß verborgen unterm schrägen Dach,
Sonnenlicht floss durch das Ziegelleck,
Tauben gurrten in dem Holzgemach,
Fledermäuse hingen starr im Eck.

Immer zum Geleite mir gesellt,
Lockte mich das Tier vom Hofe los,
Schmaler Pfad lief in das weite Feld,
Eben war das Land, es kreisten groß
Windmühlflügel fern am Rand der Welt.

O die Stunde, wenn die Dämmrung da
Ihre Schleier wob, von irgendwo
Kam der Sang der Ziehharmonika,
Schaurig aus dem Busch scholl das Hoho
Einer Eule, wie ein Schatten nah.

O die Tage, wenn die Wolken grau
Zogen ihre nasse Wanderschaft,
Den Kalender brachte mir die Frau,
Und die Katze spann zur Nachbarschaft,
Regenschwaden stoben durch die Au.

In dem Schlafgemache, kojenklein –
Zeitungsbilder klebten an der Wand –
Schlief ich dann beim letzten Regen ein,
Das Gesicht der Türe zugewandt,
Horchend, ob die Katze rief: „Lass ein."

Wenn ich dann schon war auf Traumesspur,
Weckte mich ein Kratzen, für und für,
Timpend klang im Haus der Schlag der Uhr,
Mitternacht – ich machte auf die Tür,
Draußen stand die Katze auf dem Flur.

Also weckte sie mich auf zur Nacht,
Hockte mit mir auf der Fensterbank,
Hielt mich an zur aufmerksamen Wacht,
Dass ich tief die kühle Nachtluft trank,
Dass ich sah der Sterngebilde Pracht.

* * *

Manches Mal, wenn ich feldeinwärts geh,
Hör ich leises Rascheln neben mir,
Dass minutenlang ich lauschend steh,

Dass von jenem längstvergangnen Tier
Huschen ich den Geisterschatten seh.

Zeitenvorhang hebt sich Stück um Stück,
Wie Mirakel der Erinnerung
Ruft mir dieser leise Laut zurück
Jenes Kirchspiel in der Niederung,
Jenes fernen Sommers Kinderglück.

Kleines Geschehen

Im Schein des Mondes erglänzt die Flut,
Es streift ein Vogel den Bord des Spiegels,
Und es erbeben die Wasser leise
Und zirkeln weithin die Wellenkreise
Wie in Berührung geheimen Siegels.

Kleines Geschehen geht in die Welt,
Wer kennt der Dinge verschlungene Pfade,
Wer kennt die Regung des Namenlosen,
Im kleinen Funken ist erstes Glosen
Zu Weltenbrandes flammendem Rade.

Und des zum Zeichen ging einstmals Ruth,
Um aufzulesen verlorene Ähren,
Um zu gewähren mit ernstem Sinne
Dem kleinen Dinge die große Minne,
Und ewig sollte ihr Bildnis währen.

Sieh, wie sich kreisend die Woge wellt,
Sie wird noch kreisen nach tausend Jahren
Und oben leuchten als Ring des Mondes,
So wie nun leuchtet als Ring des Mondes
Der Welle Regung vor tausend Jahren.

Industriesonntag

Zechen, Hochöfen und Hütten in loderndem Feuerschein
Donnern sechs Tage Gewitter in den grauen Himmel hinein,
Flammen wie Gottes Zorn in Nächten gelblich und fahl,
Flammen sechs Nächte in fressendem, zuckendem Strahl.

Rauch wühlt wie sturmzerfleischte Seevögel über dem Land,
Schlacken liegen verglimmend wie Wracks am dampfenden Strand,
Sturm heult in tausend Sirenen, schwarz wogt der Dünste Schwall,
Wellen von Menschen branden am steinernen Wall.

Arbeit rast riesengroß, verzerrt sich furiengleich,
Nieder auf hagre Leiber saust pfeifender Geißelstreich,
Stechend und zuckend züngeln die Flammen bläulich und grün,
Wie einer lohenden Hölle giftiges Sprühn.

Sonntag dämmert ganz still, Gewitterbrunst ist verloht,
Tausend Wünsche segeln hinaus in blinkendem Boot,
Weithin über das arme, feuerzerfressene Land
Hält die Sehnsucht den blauen Himmel gespannt.

Der Kanzlist

In das Leben war er fremd gestellt,
Gleich dem Seestern auf dem Sandgestade,
Unwahrscheinlich war's, dass er die Pfade
Wandeln könnte durch die wirre Welt.
Aber tastend ging er in die Schräge,
Windend sich um Stein und Hindernis,
Schon vom ersten Tag an rollte träge
Ihm das Blut wie schwere Finsternis.

In sein Dasein strahlte nie ein Stern,
Der ihn hätte jäh entflammen mögen,
Und es war, als ob die Jahre zögen
Teilnahmlos auf Straßen weit und fern,
Während er für sich im stillen Kreise
Seine schattenhaften Spiele trieb,
Und verloren abseits der Geleise
Ein verstummtes fremdes Wesen blieb.

In vier Wände schloss sich seine Welt,
In Papieren raschelte sein kleines
Dasein – dennoch voll des bunten Scheines,
Wenn auch rings von Dunkelheit umstellt.
Denn ein jeder Lebensfunke – mag
Er auch irr verzerrt sein – ist ein Spiegel,
Darin Gottes Antlitz jeden Tag
Aufscheint wie ein untilgbares Siegel.

Also war auch dieses Sein erfüllt
Von dem Abglanz eines wunderbaren
Universums, kleine Dinge waren
Mit des Abenteuers Glanz umhüllt.
In den Akten schwamm er wie in Meeren,
Hinter Klippen rief er nach dem Land,
Doch beim Ein- und Auslauf seiner schweren
Mappe war er wie ein Kommandant.

Nur der Übergang war ihm gefährlich
In den Abend, groß und unbekannt,
Auf geländerlosem, schwankem Band
Schlich er heim, doch wenn der Urlaub jährlich
Ihn gewohnten Haltes ganz beraubte,
Dann vermochte er nur mühsam sich
Noch zu retten, wo er Boden glaubte,
In des Traumes Reiche, innerlich.

Und er saß versunken hinterm Buche,
Wo die Marken in den bunten Reihn
Ihn verzauberten, als ob das Sein
Seinen Grund in Zahl und Stempel suche,
Oder er verwandte lange Stunden
Prüfend, ordnend, beim Herbarium,
Wo die Gräser, die er aufgefunden,
Zwecklos lagen, gleich ihm dürr und stumm.

Seine Hände waren weiß und fest,
Seine Augen waren unermattet,
Nur die Stirn war haltlos und verschattet
In der wirren Haare moosigem Nest.
Wie ein Motor schlug sein Herz beständig
In der Brust, der nicht vom Leid verletzten,
Und sein Blick ging ratlos und lebendig,
Gleich, als sähen ihn die Vorgesetzten.

Da er sich und aller Welt misstraute,
Wich er auch dem Tode aus im Bogen,
Hundert Jahre wär er noch gezogen –
Doch da Gott dies Körnlein reif erschaute,
Rief er Einen aus der Schar der dunkeln
Todesengel – der verlockte ihn
In das Feld mit eines Irrlichts Funkeln,
Rührte ihn und raffte ihn dahin.

Im Weberdorf

Ich kam ins Dorf, die Häusernacht
Erscholl von meinem Schritt,
Das Öllicht hielt geringe Wacht,
Müd lief mein Schatten mit.

Ein greiser Weber sprach mich an
Und bot mir Brot und Bett,
Gastfreundlich wie ein Fischermann
Vom See Genezareth.

Die Stube drinnen war gekälkt,
Der Boden weiß von Sand,
Und hinterm Holzkreuz stak verwelkt
Der Palmstrauß an der Wand.
Ich aß und trank und legte mich
Aufs Lager, froh der Ruh',
Der Alte auf den Zehen schlich
Und klinkte sachte zu.

Der Mond ging auf und füllte hell
Die Stube, noch im Traum
Sah ich des Webstuhls Holzgestell
Mit Schiff und Kettenbaum –
Das Schiffchen aber flog nicht mehr,
Die Lade ruckte nicht,
Wie durch ein abgrundtiefes Meer
Drang her gebrochnes Licht.

Und auf der Bank saß lange schon
Kein fleißiger Weber mehr,
Verschollen waren Takt und Ton,
Die Schäfte staken schwer
In Mulm und Sand, und wirr und lang
In zeitenloser Flut
Am Stuhle schwankte Moos und Tang
Bei grauer Muschelbrut.

Durchs Garngewirr die Qualle zog,
Seeigel stiegen quer,
Der grünen Algen Fäden bog
Die Strömung hin und her.

Ich sah das bleiche Holzgestöck,
Das in den Fluten schwang,
Da saß auf morscher Bank der Nöck,
Der alte Sagen sang.

Er sang von Dorf und grüner Trift
Im alten Weberland,
Er sang von einer Heiligen Schrift
In frommer Weber Hand,
Er sang von der Dämonenzeit,
Es brach der alte Kreis,
In staubigen Hallen hoch und weit
Maschinen liefen heiß.

Und der Selfaktor breit und lang
Ging in der Spinnerei,
Und Mädchen liefen längs dem Strang,
Bis ihre Zeit vorbei –
O Spinnerin, o Spulerin,
Nie lief dein Fuß durchs Gras,
In Dämmerung ging dein Tag dahin,
Trüb glomm das Licht durchs Glas.

Ihr Weber, früh verkrümmt und schief,
Wie sich der Rücken bog –
Vom Kettenbaum zum Zeugbaum lief
Der Baumwollstrang und sog
Aus euren Leibern Seim und Saft
Und kürzte euren Tag,
In der Fabriken grauer Haft
Bei schwerer Stühle Schlag.

Baumwolle bleichte Flur und Feld
Und hing im dürren Wald,
Baumwolle hielt umgarnt die Welt,
Gewitterschwarz geballt,

Verdunkelt war der Sonne Glut,
Dann brach es heulend los,
Und es begrub die große Flut
Das Land in ihrem Schoß.

* * *

Ich fuhr aus wirrem Schlaf empor,
Der Webstuhl war im Gang,
Des Alten Gruß drang an mein Ohr,
Darin der Nöck noch sang.
Ich schied und ging, und lang noch scholl
Des Webstuhls Melodie,
Am Horizont unheimlich quoll
Der Rauch der Industrie.

Der Irre

Der Irre geht ins Feld
Am Sommermorgen, wenn die Lerche jubiliert.
Voll Wunder, Qual und Wirrnis ist die Welt –
Der Irre fühlt nicht, wie er sich verliert,
Ihn hält nicht Raum noch Zeit noch Folge fest,
Sein Haupt, es ist ein Zelt,
Bald aufgeschlagen hier, bald fortgetragen,
Das in sich eingehn fremde Ferne lässt.

Ihn wundert nicht, dass jetzt ein Wüstenwind
Ihn heiß umweht – er sieht die Karawane gehn,
Tierhäupter schwanken hoch am Himmelrand,
Es steht ein goldner Stern im blauen Licht –
Er weiß es nicht,
Dass er als Kind sie einst im Dom gesehn –

Es ziehn die heiligen drei Könige durch den Wüstensand.
Nun geht er hin –
Da ist es ein Gespann, dabei ein Knecht,
Die keiner sieht – er aber spricht mit ihnen,
Er hebt die Hand, rückt das Geschirr zurecht
Und gibt Befehl, die Brache umzupflügen,
Und Knecht und Tiere, die Jahrzehnte schon
Dahin sind und die irgendwo begraben liegen,
Sie hören ihn mit aufmerksamen Mienen
Und ziehn davon.

Da kommt ein Mann, unscheinbar das Gewand –
Er liebt es, ohne Prunk und unerkannt
Einmal nach seinem Meierhof zu schaun,
Der große Kaiser Karl – er hat sogleich gesehn
Von fern an seiner Haltung, wer es war,
Doch er verrät ihn nicht und lässt ihn gehn –
Er lächelt, da er an den Meier denkt,
Der Gast wird ihn erbaun.

Er gönnt ihm gern
Den kaiserlichen plötzlichen Besuch –
Der Meier ist sein Vater zwar,
Doch tut ihm Not, zu sehen seinen Herrn,
Er führt zu stolz das Regiment, zu jäh
Legt er den andern seinen Willen auf,
Jetzt steht er wohl, gekleidet in Brabanter Tuch,
Die Hand am Silberknauf,
Am Tor – und jetzt erkennt er in der Näh,
Dass es der Kaiser ist.

Er wird noch lange nicht nach Hause gehn,
Er hat es nicht gelernt,
Ihm nahe in sein kaltes Aug zu sehn –
Der Vater ist noch immer Herr zu Haus,

Und da man ihn zum Kirchhof trug, da kam
Er bald zurück, und hinter ihm ging lahm
Der Tod und ordnete sich zum Gesind,
Der Vater schickte ihn ins Feld hinaus,
Und wo er mäht, da fällt das Korn geschwind.

Still ist das Feld,
Die Schnitter schlafen auf den Grund gestreckt,
Nun geht er zwischen reifen Roggenfluren,
Wo rechts und links die Ähren mannshoch wehn,
Von seinem Schritt geweckt
Entfliehn die Käfer in den Räderspuren –
Kristallner Woge gleich so sieht man stehn
Fern das Gebirg – Urahne, die da spann,
Erzählte ihm erst neulich noch davon,
Vom heiligen Land, wo Milch und Honig rann,
Vom Libanon.

Er kommt zum Wald,
Die Buchenhallen stehen grün durchsonnt,
Ein heller Stamm aufleuchtet dort und hier,
Da rasten Engel weiß und blond,
Und das Getier macht sorglos Halt.
Da teilt sich hoch das dunkle Laubgezelt,
Und Gott erscheint –
Wie riesigen Haines Wuchs ist die Gestalt,
Sein Odem weht wie kühler Hauch,
Sein Auge ist wie Zederndunkelheit –
Da steht er nun und kann ihn ruhig schaun,
Das ist der Wald der Ewigkeit
Am Rand der Welt.

Am Abend kommt der Irre aus dem Feld,
Ihm taumelt noch der Gang, ihm bebt das Blut,
Vor den Gehöften ruht
Die Bauernschaft – sie schaun sich nickend an,

Ein Auge kneifend, und sie lächeln dann,
Aus junger Burschen Mund fliegt auf ein Spott –
Er aber geht vorüber als ein fremder Mann,
Denn er kennt Gott.

Der Kapitän

In Blankenese stand sein Haus,
Klein wie ein Vogelbauer,
Zur Elbe ging er oft hinaus
Und sah voll stiller Trauer
Die Schiffe ziehn stromab, stromauf,
Er kannte Namen, Flagg und Lauf,
Er war ja selbst gefahren
Zur See in vielen Jahren.

Wenn er in dunkler Kammer lag
Und auf den Regen lauschte,
Wenn an und ab mit hohlem Schlag
Des Westwinds Flügel rauschte,
Dann sank sein Herz erinn'rungsschwer,
Er hörte branden tief das Meer
Und hoch in Mastes Stiegen
Die Segel knatternd fliegen.

Im Traume führte er sein Schiff,
Dann pflügte wie ein Messer
Der Kiel die See vorbei am Riff
Im südlichen Gewässer –
Hei, wie er segelnd vorwärts schoss,
Im Fluge gleich dem Albatros,
Das Schiff, das pfeilgeschwinde,
Lag ostsüdost am Winde.

* * *

Es stößt ans Haus in dunkler Nacht,
Nun geht es auf der Stiege,
Nun wird die Türe aufgemacht,
Als ob die Flut sie biege,
Da steht und lehnt am Pfosten an
Geschloss'nen Augs der Steuermann,
Vom Ölzeug rinnen Tropfen,
Die auf den Boden klopfen.

O Seemannsmeldung trüb und schwer,
O Wort aus totem Munde,
Wenn Mann und Schiff ertrinkt im Meer
Und sinkt hinab zum Grunde,
O letzte Fahrt zum Heimatland,
Zum Abschied vom vertrauten Strand,
Zur Botschaft für die Treuen,
Die sich der Heimkehr freuen.

Nun geht es fort mit schwerem Schritt,
Dann ist der Spuk verschwunden,
Des Schläfers Geist geht suchend mit,
Nun hat er sie gefunden,
Nun weiß er es, bevor der Schrei
Im Kabel dringt zur Reederei –
Die Toten tief im Sunde
Sie sandten ihm die Kunde.

* * *

Der Alte steht vom Lager auf
Und geht hinab zum Ufer,
Ein Kutter kreuzt von Hamburg auf
Und nimmt herein den Rufer,

Ein bleicher Lotse ist zu Gast,
Dort lehnt er ungesehn am Mast,
Und seine Augen liegen
Auf dem, der eingestiegen.

Und Tag und Nacht entflieht das Land,
Der Alte ohne Schlafen
Blickt immer seewärts unverwandt,
Dann grüßen sie Kuxhaven,
Dann rollt die große Salzflut auf,
Sie segeln mit der Sonne Lauf –
O uferlose Ferne,
O Wasser, Wind und Sterne.

Sie halten Kurs zur Doggerbank,
Die Netze gehen nieder,
Der Alte legt sich müd und krank,
Die Woge singt Kehrwieder,
Aufs graue Meer senkt sich die Nacht,
Nun hält er seine letzte Wacht,
Der Lotse steht zur Seite
Dem Seemann zum Geleite.

* * *

Sie nähen ihn ins Segeltuch
Und kreuzen ihm die Hände,
Sie geben ihm sein Seemannsbuch,
Dass er die Fahrt vollende –
Es sinkt nach Lee die stille Last,
Elmsfeuer flammt am hohen Mast,
Dann fährt er in den Hafen,
Wo die Gefährten schlafen.

Gesänge von der Erde

Vorspruch

Und der Mensch steht am Kreuzweg und spricht:
O gerinne zum Strahle, du Licht.
O halt ein, Fluch der Zeit, im Gefild,
Wirre Welt, steh gebannt mir im Bild!

Irdischer Gesang

Wieder fühle ich den Einklang
 meines Blutes mit dem Meere,
Wieder wiege ich im Schoße
 grüner Wasser sonder Schwere,
Wieder sauge ich der Sonne
 Leuchten, das mich tief durchdringt,
Und ich woge in der Brandung,
 die am Strande rauschend klingt.

Der Jahrtausende Verwandlung,
 die mich aus den Tiefen hob,
Wird in Ahnung mir lebendig,
 mündet in der Sonne Lob,
Der Jahrtausende Verkettung,
 zieht mich wieder abgrundtief,
Lässt Vergangnes auferstehen,
 das in mir verborgen schlief.

Und ich flute mit dem Meere,
 das in Wogen dünend geht,

Und ich wandre mit dem Wasser,
das im Zug der Wolken steht,
Und ich ströme mit den Bächen
adernd, klingend durchs Gestein,
Des Achatkristalls Gewölke
schließt mich weiß und schimmernd ein.

Mit der Zirruswolke weil ich
eisig leuchtend im Zenit,
In die Bergestiefe bannt mich
kühl die Quelle im Granit,
In der dunkelsten der Nächte
meines Blutes Regung klopft,
Wie im Bergwerk aus dem Hangenden
verlornes Rinnsal tropft.

Unbeirrbar meines Herzens
Drängen sich geborgen weiß,
Das beschlossen in des Fließens,
in des Strömens ewigem Kreis,
Und so gehen Flut und Ebbe,
Quell und Brandung durch mich hin,
Und so weiß ich, dass ich irdisch,
dass ich unverlierbar bin.

Mit der Feuchte jedes Herzens,
jedes Auges tief verbunden,
Ist mein Blut und fließt verschwistert
mit dem Blute aller Wunden,
Und das meergeborne Leben
muss ich singen lebenlang,
Eingefangen in der Wasser
weltdurchrauschendem Gesang.

Die Sonne

In heiliger Schönheit dein Sterngesicht,
    Sonne, groß aus dem Osten bricht,
Nicht ermattet dich eisigen Äthers Flut,
    nicht schwarzgeballter Wolken Last,
Du dringst hernieder mit feuriger Glut,
    du kommst zur Erde mit funkelndem Glast.

Flammendes Einaug, von deinem Licht
    erglänzt das dunkelflutende Meer,
Verbleichend sinkt der Gestirne Heer,
    doch leuchtend von deinem Angesicht
Steht auf der Erde im Morgenglanz,
    ein junges Gestirn im Strahlenkranz.

Die Amsel begrüßt dich mit klingendem Laut,
    im Schleier, der sie schimmernd umflicht,
Erglüht die Birke wie eine Braut,
    sie schüttelt den Tau von ihrem Gesicht,
Es flieht die Eule im Schattenflug,
    der Marder auf seinem nächtigen Zug.

Die Lüfte blauen im hohen Azur,
    die Wolke schwimmt wie schäumender Gischt,
Der stäubend an den Klippen zischt,
    des Flusses gleißende Silberschnur
Geht durch das Land in leuchtendem Zug,
    fern blitzt des Turmhahns goldener Bug.

Zu deinem Lichte unverwandt,
    wie schwingendes Banner über dem Land,
Fliegt brausend der Schwarm der Tauben aus,
    die Eidechsen ruhen von ihrer Hast,
Die Schlange verlässt ihr granitenes Haus,
    verhaltend in heißer Felsenrast.

Die Wachtel mit ihrer zagenden Brut
    tritt aus dem Saatfeld und lockt die Schar,
Der trächtige Acker steht in Glut
    und saugt sich heiß und sonnensatt,
Es funkelt der Tau in der Flechten Haar,
    das braune Wild liegt sonnenmatt.

In siebenfarbigem Lichte schäumt
    des fallenden Wassers rauschendes Band,
Es glüht der Eiche heldisches Laub,
    wo der sonnwärts rufende Falke bäumt,
Der Sommerwind fährt heiß durch das Land
    und wirbelt der Straße wölkenden Staub.

Die geblendeten Augen zu dir gewandt,
    so fleht die Erde: enteile nicht,
Groß ist deines heiligen Feuers Kraft,
    du tränkst mit Fruchtbarkeit das Land,
Du lösest des Irdischen dunkle Haft,
    verweile, heiliges Sonnenlicht!

Du bist es, der den eisigen Bann
    der Gletscher, die Fesseln der Ströme bricht,
Und würgt der Winter, so hart er kann,
    mit Starre und Tod, so kommst du doch,
Und gut erwarmen die Alten noch,
    o Sonne, von deinem Angesicht.

Komm näher, o Licht, dass der Sommer sich füllt,
    dass der Wein sich voll aus den Kufen presst,
Dass des Winters Strenge sich dulden lässt,
    dass des Eises Last nicht die Erde umhüllt,
Entfache das flammende Sonnenfest,
    enteile nicht, du heiliges Licht!

Die Winde

Wermutduftender Karst, du Heimat der herrlichen Winde,
Öde und arm bist du und von fruchtbaren Auen leer,
Waldlos sind deine Kuppen, und nackt liegt der Felsen Rinde,
In deine Flanken frisst das unendlich flutende Meer,
Gleißend liegst du im Licht und preisgegeben dem Sengen
Südlicher Sonne, sie bleicht deiner Klippen Gebein,
Aber von den gewaltigen, ehernen Sturmesgesängen
Bist du umklungen und wirst immer umklungen sein.

Diesseits und jenseits der See von ihren Horsten ausfahren
Lüfte und Winde und Stürme im Spiel und im Widerspiel,
Salzflutgetränkt die Schwingen, so stürmen die unsichtbaren
Geister der libyschen Wüste in heißen Schirokkos Gewühl
Flutend steigen die Wasser, aufbranden die Wogen, die blauen,
Düsterer wird das Licht, die Luft schwelt wie gärender Wein,
Bis sich die Bora erhebt aus des Karstes nördlichen Gauen,
Bis in den Horizont fegt sie den Himmel blendend und rein.

Bora, die brausende Bora, sie bricht aus dinarischen Felsen,
Grelle, zerrissene Wolken künden ihr Kommen am Kamm,
Tief in die Buchten flüchten die Möwen mit schrillenden Hälsen,
Tief in das Dornengestrüpp einduckt sich das zagende Lamm,
Fliehend richten die Barken den Kiel, dass die Rahen splittern,
Werkleute bergen mit fliegenden Händen Gerät und Gerüst,
Bohrend und wühlend durchläuft die bleichen Fluten ein Zittern,
Weit hinaus, wo das weiße Segel die Welle küsst.

Meerwärts warnt vergeblich das Licht von des Blinkfeuers Türmen,
Wenn aus den rollenden Wogen aufsteht der nasse Tod,
Tag und Nacht geht die Bora mit alles zerreißenden Stürmen,
Scheiternd versinken zerschmettert und gurgelnd Schiffer und Boot,

Mütter und Frauen beben, wenn draußen die Urmächte toben,
Schoner und Brigg – gar manche liegen am Meeresgrund,
Bei der Madonna macht es nach Monden im Kirchlein droben
Mit einfältiger Hand ein geretteter Seemann kund.

Manchmal rastet der Karst in des Lenzes duftender Süße,
Wenn aus Südwest der Garbino sanft seine Schwingen rührt,
Horch, der Eidechsen Huschen, der Wildtauben krickelnde Füße,
Und das Knistern der blauen Distel, die Wärme spürt,
An den Dolinen erklingt des Steinrötels liebliches Flöten,
Schwärmende Bienen schweifen aus kühlem Felsengelass,
Sieh, wie des stachelbewehrten Wacholders Früchte sich röten,
Wie die Oliven funkeln, von glitzernden Tauperlen nass.

Tage kommen, da wiegt sich der Karst in köstlichen Düften,
Wenn der Ponente mild, der Levante die Felsen umspielt,
Rosmarin und Salbei und Wermut mengt sich den Lüften,
Wenn auf illyrische Inseln die sengende Sonne zielt,
Wochen im Sonnenglanz in des starken Mistrales Wehen,
Oder da aus dem Süden Ostro die Trauben glüht,
Oder da kühlend die Schwingen der Tramontana gehen,
Wenn aus dem wolkenbefreiten Westen der Abendstern blüht.

Also wohnen, von Unrast beseelt, im Karste die Winde,
Und sie fahren lebendig dahin über See und Sund,
Lieblich wie atmender Hauch, der entströmt dem schlafenden Kinde,
Schrecklich wie Kriegsgebraus und dräuend wie Todesschlund,
Brechend das dürre Holz und mit Segen befruchtend die Triften
Wehen sie hin, und Wärme und Kühlung verteilen sie recht,
An den Himmeln gewaltig sich kündend in Wolkenschriften,
Rauschend in Meeren und Wäldern – groß ist der Winde Geschlecht.

Meer und Festland

Meerentwachsen, meerumflutet
    reiht sich Land an festes Land
In die graue Wellenweite
    zieht sich noch der Nehrung Band,
Um die Bucht schlingt sich der Hügel
    weitgeschwungnes Klippenrund,
In die Flut geht ein des Strandes
    Neigung tief zum Meeresgrund.

Wie im Spiegel ruht in Tiefen
    ebnes Land und Felsenkliff,
Ruht im Festland noch als Welle,
    noch als Woge Berg und Riff,
Wie im Spiegel wandern Tiere
    in der Flut und auf dem Grund,
Tut sich droben, meergeboren,
    Vielfalt der Geschöpfe kund.

Atmend wogen Wald und Steppe,
    atmend trinken sie das Licht,
Atmend wogt des Meeres Dünung,
    die sich weiß und schimmernd bricht,
In den Nächten nur verschlingen
    beide enger ihren Strand,
Kommt das Dunkel und umzeltet
    eng vereinend Meer und Land.

Wie in Werbung geht das Rauschen,
    geht das Wogen immerdar,
Wie die Botschaft einer Werbung
    zieht landein die Möwenschar,
An die Küste schlägt die Brandung
    wie ein unruhvolles Blut,

Höhlt die Klippen, nagt die Buchten
in der Werbung tiefer Glut.

Wie Gewährung gießt das Festland
seine großen Flüsse aus,
Tausendfädig im Gefälle
strebt es fort zur Flut hinaus,
Aus der Gletscher starrem Schoße
nimmt das Strömen den Beginn,
Alle Ufer weisen meerwärts,
alles Land gibt fern sich hin.

Die Insel

Eine Insel der Inseln weiß ich,
auf Felsen gegründet im Meer,
Sie hat keine süßen Quellen
und ist von Menschen leer,
Zu ihr hat mich einst gerettet
auf schwanker Barke die Flucht,
Es schlagen die Wogen rollend
in eine homerische Bucht.

Wie zu Beginn der Zeiten,
so ist es heute noch dort,
Die Wasser in rauschender Brandung
ertönen immerfort.
Es schwimmen die weidenden Rinder,
zu trinken am anderen Strand,
Beim dunkelnden Abend hinüber
und steigen schnaubend an Land.

Kein Dach, das birgt den Schläfer,
kein Deich, der die Woge dämmt,
Das Holz zerbrochener Schiffe
kommt mit der Flut geschwemmt,
Mit ihm wird das Feuer entzündet,
der Fisch geröstet am Stein,
Du isst die gebotene Speise
und trinkst den geretteten Wein.

Und unter dem Flug der Möwen
begehst du die Ufer ringsum,
Kein Laut als der Schlange Gleiten,
der wilden Bienen Gesumm.
Vogel und Biene und Schlange,
den Göttinnen sind sie geweiht,
Sie wohnen im heiligen Frieden
hier wie vor aller Zeit.

Du stehst auf den Klippen und Riffen,
von heißer Sonne beglüht,
Du wirst wie der erste Schiffer
vom salzigen Wasser umsprüht,
Du wirfst dich hinab in die Wellen
und rührst die rudernde Hand,
Du schwimmst wie der erste Schwimmer
hinüber zum festen Land.

Die Seen

Schlagt auf das Zelt an den Seen,
das letzte Eis ist vergangen,
Und sommerlich wollen schon wehen
die Lüfte an eure Wangen,

Am Ufer stehen die Reiher,
    es gondelt der Kormoran,
Im Schild betasten die Wellen
    verlangend den ruhenden Kahn.

Die Seen sind voll lockender Liebe
    zum Land, zu den Bergesstufen,
Sie wollen aus heimlicher Tiefe
    mit Wasserstimmen sie rufen
Und ihre Füße benetzen
    und auch ihren grünenden Schoß,
Sie kommen mit werbenden Wellen
    und schmeicheln mit Algen und Moos.

Sie hegen die Sommergedanken,
    die wiegend die Wasser beschwingen,
Sie lassen im Mittaglichte
    die silbernen Fische aufspringen,
Sie schauen versunken in Spiegeln
    der Ufer grünendes Band,
Sie blitzen wie Silberschilde
    im atmenden Sommerland.

Sie halten der leuchtenden Sonne
    die Augen weit aufgeschlagen,
Sie glühen wie flüssige Feuer
    an gleißenden Sommertagen,
Doch wenn der Abend verhüllend
    mit Dunkel das Land umzieht,
Dann legen sie über die Augen
    das schleiernde Nebellied.

Und wenn die Winter sie decken
    mit gläsernen Eises Schollen,
Sind noch in der tiefe lebendig
    die Seen, die unruhvollen,

Im Schlamme schlafen die Fische,
doch drunten sprudelt der Quell,
Im März, in tauenden Nächten,
entbricht ein Schrei ihnen hell.

Der Fluss

Inmitten des Tals, inmitten der Stadt
Geht der Fluss wie vor tausend Jahren,
Und die Steine wandern sich rund und glatt
Im Flusse seit tausend Jahren.
Und die Stadt war klein, und die Stadt ward groß
Und gebar und verschlang mit lebendigem Schoß,
Und die kamen und schieden mit Wink und Kuss,
Wie Schatten sich spiegelnd im eilenden Fluss.

In die Tiefe krallt sich das Fundament
Der Häuser, der Hallen und Dome,
Unabsehbar in Lichterzeilen brennt
Der Abend am dunkelnden Strome,
Und sie schlagen die Brücken wölbend weit,
Und sie binden den Raum, und sie bannen die Zeit,
Doch Kai und Kran und Antenne und Mast
Gebieten der flüchtigen Woge Rast.

Zuweilen geschieht es um Mitternacht,
Ein Wanderer hält auf der Brücke –
Und um ihn versinkt das Gelärme sacht,
Als ob ihn ein Traum berücke,
Er wendet hinunter sein spähend Gesicht,
Da bricht aus den rollenden Wellen ein Licht,
Da glänzt aus den Wassern ein schimmernder Bug,
Der Gott des Stromes auf seinem Zug.

Er wandert stromab und er wandert stromauf
Wie im Wildbach die blanke Forelle,
Über stäubenden Fall ins Gebirge hinauf,
Wo die Gletscher entsenden die Quelle,
Ihm zu Häupten funkelt der eisige Firn,
Der Tau der Täler benetzt seine Stirn,
Durch Wälder zieht er und grünende Aun
Viel tausend Meilen, das Meer zu schaun.

Das eisgrüne Licht seiner Augen blinkt
In der Bergsonne flirrendem Glanze,
Das schimmernde Spiel seiner Glieder versinkt
In des Strudels wirbelndem Tanze,
Von Wand zu Wand die Klüfte entlang
In donnerndem Echo erschallt sein Gesang,
Dann schnellt er hinab in das ebene Land
Und treibt in den Wassern mit rudernder Hand.

Ihn sehen die Reiher, die regungslos
Am einsamen Strande verharren,
Ihn sehen die Flößer auf ihrem Floß,
Die verzaubert hinunterstarren,
Ihn grüßt mit zwitscherndem Vogellaut
Die Wanderschwalbe, die uferhin baut,
Und die blaue Libelle mit gaukelndem Flug
Umtanzt sein Haupt auf seinem Zug.

Bei den Unterirdischen hält er Rast,
Die in schimmernden Erzgängen wohnen,
Die magischen Schlangen sind bei ihm zu Gast
Und des Landes uralte Dämonen,
Die Regenfrauen singen am Strand,
Die Flurgeister tanzen im Nebelgewand,
Und die ewigen Sternbilder sinken ein
In die Wasser mit spiegelndem Widerschein.

Zuzeiten reckt er sich riesengroß,
Umstürzend Deiche und Dämme,
Dann brechen die lehmgelben Wasser los
Und entwurzeln die uralten Stämme.
Kein Antlitz hält stand, wenn die Flut herdröhnt,
Wenn First und Feste zerrissen stöhnt,
Wenn die gurgelnden Wasser reißen hinab
Die Lebendigen zu den Toten ins Grab.

Dann erkennen sie ihn, den sie sonst nicht erkannt,
Und sie flüstern beschwörende Worte,
Dann nennen sie ihn, den sie achtlos genannt
Mit dem Namen aus uraltem Horte.
In der Zeit der Frühlings- und Herbstwende hat
Er die Herrschergewalt über Land und Stadt,
Er gräbt in die Berge die mahlende Spur,
Er deckt mit Geröll und Schlamm die Flur.

Dann kommen sie all aus den Strömen einher,
In den Ozean eilend zum Bunde,
In den Äquinoktien tost das Meer,
Die Wasser aufwühlend vom Grunde –
Die Wasser umgürten der Erdteile Strand,
Die Wasser durchströmen das feste Land,
Die ewigen Wasser durchkreisen die Welt,
Die sich zitternd in ihren Festen hält.

Im Regen

Unterm Holzdach hocken,
Wenn die Wasser rauschen, wenn die Regenfrauen
Murmelnd wandeln durch die nassen Auen,
Triefend wehen ihre Wasserlocken –

Unterm Holzdach ist es gut zu warten,
Einmal wieder wohl
Pfeift der Goldpirol,
Und die Rosen leuchten heiß im Garten.

Hör die Tropfen fallen, hör die Tropfen hallen,
Rings im Kreise singt das Regenlied,
Abwärts geht die Wasserflut mit Schallen,
Die die Erde saugend niederzieht,
Hier im Regenwebstuhl sitzen wir gefangen,
Nässe steht in Fäden steil und schwer,
Nässe flackert wie der Einschuss quer,
Den die Regenweberschifflein schwangen,
Aber müder wehen schon die Strähnen,
Aber ferner wird schon der Gesang,
Wie ein leises Echo nur zu wähnen
Von des talwärts ziehnden Wassers Gang.

Warten noch und lauschen,
Letzte Tropfen fallen, leise durch die Ruhe
Geht schon wieder Takt der Wanderschuhe,
Und die regenschweren Wipfel rauschen,
Unterm Holzdach warten wir noch gerne,
Dampfend liegt das Tal –
Da, mit einem Mal
Leuchtet hoch am Passe blau die Ferne.

Die Berggewässer

Sing einen Sang den Gebirgen, die himmelwärts schaun,
Sing mit azurenen Lüften, die über den Firnen blaun,
Sing mit den Stürmen, die ehern über die Grate wehn,
Und mit den Glocken der Almen, die talwärts gehen.

Von den Gebirgen kostet, wer einsam geht,
Wer verstummt auf den einsamen, ragenden Gipfeln steht,
Wer an den weitgeschwungenen Hängen wandernd lauscht,
Wie in ew'gen Gesängen das Wasser rauscht.

Wasser, das hundertfädig und hüpfend schäumt,
Wasser, das regungslos in den eisigen Bergseen träumt,
Wasser, das eisgrün und tönend durch Klamm und Klause braust,
Wasser, das unterirdisch im Hohle saust.

Urlaut – ihn spricht das Wasser im Berggestein,
Also war vorzeiten das Rauschen und wird es sein,
Über den Ebenen, über den Meeren, über der Zeit
Stehn die Gebirge als Künder der Ewigkeit.

Am Grat in den Uralpen

Wie der Sturmmöwe Pfiff schrillt es auf über mir,
Wie Fanfare erklingt aus den Klüften ein Schrei,
An den Felswänden rollt es dumpfdonnernd vorbei
Und vergeht überm Kar wie ein klagendes Tier,
Dann erstirbt es im Grund, dann verstummt jeder Laut,
Du vernimmst nur ein wisperndes Rieseln im Stein,
Und von Osten, wo gärend der Frühnebel braut,
Wandert glosendes Licht wie ein gelblicher Schein.

Wie ein Spuk tanzt es hin, wie Erglühn und Verlohn,
Und die Steintrümmer glänzen wie bleiches Gebein,
Lüftehoch dann erhebt sich ein winselndes Schrein
Wie dämonischen Lachens ohnmächtiger Hohn,
Bis die Tiefe erklirrt, bis Orkanes Gewalt
Mit unendlichem Ton aus den Felsschlünden bricht,
Da entringt sich der Nacht des Gebirges Gestalt,
Der zerklüftete Kamm steht gemeißelt in Licht.

O heroischer Sang am granitenen Riff,
Im uralten Gestein, das in Trümmer zersprang,
Von Jahrtausenden kündet der eherne Klang,
Da aus flutender See aufragte das Kliff;
Keines Menschen Fuß hat die Woge umspült,
Wo die Fächerpalme sich spiegelnd gewiegt,
Wo der Vorzeit Getier sich riesig gesielt,
Das im Schiefer heute versteinert liegt.

Unter tropischer Sonne erglühte der Stein,
Von den Wohlgerüchen des Lorbeers umweht,
Der Akazien Zweige, wie Schlangen gedreht,
Strömten aus ihre Blüte wie duftenden Wein.
Und der Steineichenwald bedeckte den Hang,
Dessen Grün keinem Winter fiel sterbend zum Raub,
Auftönend, wenn Sommerwind lieblich sang,
Wenn die Fluten der Regenzeit rauschten im Laub.

O du Zeuge der erdumwälzenden Zeit,
Da die Meere verliefen wie schwindender Schnee,
Da das nackte Land aufstieg aus der See,
Da die Tiefe aufbrach und in Fernen weit
Weißschimmernde Klippen sich ragend getürmt
In eisiger Bläue, darunter tief
Die Wolkenbank, zusammengestürmt,
Wie ein lauerndes Ungeheuer schlief.

Dann begruben die stummen Gletscher das Land,
Von den Bergen hinab sich fressend ins Tal,
Doch der Grat stand nackt wie ein ew'ges Fanal
In der kühlen Jahrtausende glosendem Brand,
Bis die Zeiten erfüllt, bis durch Eiswüstenei
Mit auftauender Wärme die Windsbraut schnob,
Da erscholl aus den Klüften ein jauchzender Schrei,
Der sich singend übers Gebirge hob.

Und die Wildbäche rauschten in brausendem Chor,
Und die Adler stiegen in kreisendem Flug,
Und die Täler ergrünten, es klomm der Zug
Fernwandernder Fichten die Hänge empor,
Und wiegend erglühten im wärmenden Wind
Die nickenden Primeln, der Ehrenpreis,
Wie tausend Ampeln, so schwankten gelind
Die Kugelköpfe des Wollgrases weiß.

Noch in eisiger Höhe wollten erblühn
Die Flechten, mit blutroten Tropfen besprengt,
In den Felsritzen nisteten dichtgedrängt
Die Wedel der Zwergfarne zart und grün,
Und wo bröckelnd verwittert das bleiche Gestein
Im klirrenden Winde der Einsamkeit,
Da krochen die Moose, geduckt und klein,
Und beschrieben die Klippen wie Runen der Zeit.

Ich hafte am Grat auf schwindelnder Bahn
Wie ein flüchtiges, windgewirbeltes Blatt,
In die Felsrunse duck' ich mich tief und glatt,
Dass nicht abwärts mich schleudre der wilde Orkan.
Wie der Berg, so werde ich einsam und alt,
Und so lieg ich versteint und des Fühlens bar,
Aus der Tiefe starrt unheimlich und kalt
Ein unmenschlicher Blick – der See im Kar.

In mein Aug' gleißt der Stein wie flüssiges Gold,
An mein Ohr schlägt der Sturm, der wie Donner hallt,
Über Tälern, wo milchig der Nebel wallt,
Ist das Bild der unendlichen Ferne entrollt.
Auftaucht, gespenstisch schwimmend im Licht
Des Kalkgebirgs Zug wie Geschwader gesellt,
Und ragend, wie eines Gottes Gesicht,
Steht in Wolken ein Gipfel am Rande der Welt.

Die Bergblumen

Ihr mit Narzissen besäten
Wiesen an Ache und Traun,
Ihr mit den Lampen der späten
Zeitlosen herbstlich zu schaun,
Ihr mit den Primeln, den lichten,
Unübersehbar geschmückt,
Ihr seid in hellen Gedichten
Lieblich dem Dunkel entrückt.

Hänge in steinernen Tauern,
Feurig im Almrausch entflammt,
Unter den Felsenschauern
Kohlröschen, glänzend wie Samt,
Lila Zyklamen in Schluchten,
Trollblumen an den Seen,
Und wo die Berge sich buchten,
Duftende Orchideen.

Goldgrün erblühende Wiesen,
Glocken und Sterne bunt,
Blüten, smaragden, türkisen,
Leinkraut und Türkenbund,
Fackeltragende Sippen,
Germer auf Glimmer und Gneis,
Und an verlorenen Klippen
Silbern das Edelweiß.

Sieh, wie noch aus den Karen
Leuchtend ein Stern entbricht,
Wie mit wehenden Haaren
Gräser blühen im Licht –
Ihr aus dem Blumengeschlechte,
Wachsend aus Stein und Erz,
Unterirdische Mächte
Künden in euch ihr Herz.

Die Waldberge

Die Waldberge liegen im Land
ohne Stolz, ohne Glanz, ohne Prangen,
Als kämen mit Kuppen und Tälern
die Wellen endlos gegangen,
Wogende, brandende, grünende
Wellen auf Wellen ziehn,
Ihnen ward das rauschende
Atmen der Wälder verliehn.

Wogend Porphyr und Granit und Basalt
im Wellengang,
Rötlicher Sandstein sich hebend
im kosmischen, stummen Gesang,
Schiefer und Jurakreide
und bunten Marmors Gefäll,
Dunkler Tiefe entbrechend
in Steinbrüchen schimmernd und hell.

Aber die Wälder decken,
was drunten geborgen ruht,
Aber die Wälder strecken
sich ehern und felsbeschuht,
Wölbende Dome, so stehen
die Buchenhallen gebaut,
Türmend ragen die Tannen,
vom Lichte himmlisch umblaut.

Und an den Mittaghängen
ausströmen in flimmernder Luft
Zeugende Edelkastanien
ihren versehrenden Duft,
Blühende Fichten entsenden
Wolken von goldenem Staub,
Heldische Kränze windet
des Ahorns zackiges Laub.

Doch auf den Lichtungen weht
der Schmielen rötliches Haar,
Prangend in pfingstlichen Farben
erblüht der Lichtblumen Schar,
Kiefern flugwindgesät
und Weiden silbergeschmückt
Saugen das Licht der sengenden
Junisonne verzückt

Wälder die Kämme entlang
und wo der Abhang fällt,
Wälder bauen den zwitschernden,
singenden Vögeln ein Zelt,
Hegen die Winkel, wo braun
die Rudel der Rehe ruhn,
Und wo die Eidechsen huschen
auf moosigen Felsentruhn.

Waldberge ihr in der Jahres-
zeiten melodischem Gang,
Waldberge ihr, umrauscht
von den Regen sommerlang,
Oder unendlich umklungen
von Winden, die wehen durchs Land,
Und entzündet von herbstlichen
Feuern in blutrotem Brand –

Waldberge, namenlose,
ihr vielen, die niemand kennt,
Irgendwo ist ein einfältiger
Knecht nur, der euch benennt,
Er auch am Abend spricht
zu euch mit leisem Gesang,
Und er geht mit dem Licht
am nächtig dunkelnden Hang.

Die Dörfer

Abendlich endet der Weg in der Häuser Rast,
Tröstlich rauschen die Brunnen dem fremden Gast,
Dort, wo der Körnergeruch des Getreides den Lüften sich mengt,
Wo dich der Holzfeuer Rauch in den Dörfern empfängt.

Schwalben hegen die Brut an des Giebels First,
Wo du geborgen sein und schlafen wirst,
Schlaf der Dörfer, den Atem von Flur und Wald durchtränkt,
Und in den sich das Walten der Ahnen senkt.

Eibe und Buxbaum hüten den Gräberschrein,
Aber die Alten noch immer gehn aus und ein,
Manchmal klinkt irgendwo am Haus eine Pforte im Wind,
Manchmal klirrt an der Kette Pferd und Rind.

Leise rauscht es im Hain, den sie gepflanzt,
Leise knistert das Gras, wo sie getanzt,
Wann im Vorüberwehn sie streifen den Gartensaum,
Fällt eine Frucht ihnen ab von ihrem Baum.

Hahnenschrei ruft landein zur ersten Wacht,
Und noch einmal sinkt in den Schlaf die Nacht,
Bis die frühe Glocke im Turm das Ave singt,
Bis die erste Schwalbe sich kreisend schwingt.

Und der Morgenstrahl auf die Inschrifttafel trifft,
Wo geschrieben steht in der Väter Schrift:
Dieses Haus ist mein und ist doch nicht mein,
Andere kommen, und ihrer wird's auch nicht sein.

Kindeskinder, sie trägt man auch hinaus,
Sagt mir also, wessen denn ist das Haus? –
Keiner den Anfang, keiner das Ende sieht,
Väter und Söhne reihen sich Glied an Glied.

Die Äcker

Die Äcker sind fronendes, nährendes Land,
Sie tragen wie willige Mütter die Last,
Sie breiten sich über Lehm und Sand,
Sie liegen geduldig im Sonnenglast,
Wo die Rodung frisst, dort quillt das Korn,
Dort rinnt des Weizens goldener Born.

In die Erde wühlt sich die Pflugschar ein.
Die Schollen stürzen und schimmern wie Erz,
Der Bauer steht auf vor dem Frührotschein,
Und mit uraltem Bannspruch weiht er sein Herz,
Eh er feldwärts geht und mit schwingender Hand
Den Samen sät in das Mutterland.

Den Frieden braucht die Bauernschaft,
Die Frucht der Äcker liegt unbewehrt,
Die Äcker verlangen die Manneskraft,
Drum fürchtet der Bauer des Krieges Schwert,
Wo der Kriegshuf stampft, die Saat hinstirbt
Und der Keim im Mutterleib verstirbt.

Der First der Höfe steht in Gefahr,
Holunder hält ab vom Haus die Sucht,
Die Linde beschirmt das Bauernjahr,
Der Eichenhain ist der Ahnen Flucht,
Die Wetter zielen auf Schober und Dach,
Und manche Nacht bleibt der Bauer wach.

Mit Pflug und Egge, mit Hacke und Sicht,
Mit der strengen Sorge um Scheuer und Stall
Macht der Acker hart das Bauerngesicht,
Die Bauern gleichen sich überall,
Und überall wird die Erde verjüngt,
Wo der Bauernschweiß den Boden düngt.

Die Fluren liegen blank und fett,
Die Weiden glänzen im Gereut,
Gezügelt geht der Fluss im Bett,
Wenn nur kein Hagel den Saaten dräut,
Der Bauer prüft und schmeckt den Wind
Und harrt, bis die Monde geründet sind.

O Reifezeit, wann die Wachtel schlägt,
Wann der rote Mohn in den Äckern flammt,
Wann hundertfach die Ähre trägt,
Wann das summende Kleefeld glänzt wie Samt,
O Erntezeit, wann die Sichel rauscht
Und die Garbe sich dick auf den Feldern bauscht.

Kein Siegeszug sei so geehrt,
Wie wenn der Bauer führt das Gespann,
Wenn der Karren schwankend heimwärts kehrt
Und die Frucht einfährt aus dem Gewann,
Das ganze Land mit Dorf und Stadt
Wird von den nährenden Äckern satt

Die Wüsten

Dass auch dem Unsäglichen werde sein Recht,
    dem Todesverlangen,
Und der dunklen Schwermut, die tief
    in das Leben mit eingegangen,
Breiten die Wüsten sich über die Kontinente
    von Meer zu Meer,
Unfruchtbare, verlorene Erde,
    öde, einsam und leer.

Diese Lande sind nah noch dem Chaos,
    das nicht bezwungen,
Dem sich in des Lebens Gestaltung
    die Erde formend entrungen,
Dem sie sich trächtig und trauernd
    noch einmal rückwärts gewandt,
Dunkel zieht es sie hin in die Wüste,
    in starrenden Fels, in begrabenden Sand.

Glühender Wind der Vernichtung muss wehn,
    muss die Wurzeln der Felsen nagen,
Muss in ziellose Ferne und in
    Atome das Feste enttragen,
Dünen müssen sich wälzen und türmen
    und überflutend alles begraben,
Geister fahren dahin durch die Wüste,
    die Rast nicht, die Stätte nicht haben.

Erde will sich selber verheeren,
    reißt sich das Gewand von den Brüsten,
Will durch Vernichtung das Chaos mehren
    in wilden, zerstörenden Lüsten,
Wo sich das Leben tastend wagt
    in der Wüsten verlorene Bahnen,
Melden gebleichte Skelette
    die tödlich getroffenen Karawanen.

Grenzenlos und unendlich dehnt sich
    die Flut des wogenden Sandes,
Grenzenlos überwältigt das Herz
    die Größe des einsamen Landes,
Doch auch hier, über tiefer Verlassenheit,
    über bitterem Todesringen,
Aufgeht der göttliche Sonnentag
    mit blitzenden rauschenden Schwingen.

Doch auch hier ist ein Mensch, dem die Sonne
    kündet, sich ostwärts zu neigen,
Sich zu versenken in göttlichen Schoß
    und betend zu schweigen,
Sich mit der schweigenden, trauernden
    Mutter tief zu vereinen
Und das Leben zu loben, zu lieben
    inmitten von Sand und Steinen.

Im Moor

Irgendwo lauert ein Fieber im Sumpf,
Späht umher mit phosphorischem Auge,
Liegt geduckt hinter moderndem Stumpf,
Badet in der grünlichen Lauge,
Hebt sich am Abend mit triefenden Schwingen,
Kommt mit den schleichenden Schatten heran,
Kreist um die Hütte in magischen Ringen,
Bannt mich mit unentrinnbarem Bann.

Haltlos ins Dunkel entsinkt das Haupt,
Leise wehen im Wind die Wände,
Schimmernd steht die Decke belaubt,
Geisterhaft schwanken des Schierlings Hände,
Gärend und quirlend die Blasen steigen
Aus dem Abgrund von Algen und Moos,
Und ich versinke hinab in das Schweigen,
In der schwarzgrünen Dämmerung Schoß.

Zeit fällt ab wie bröckelnder Schorf,
Raum ist nicht mehr vor meinen Augen,
Schwammig drängt sich in mich der Torf,
Bleiche Wurzeln mein Blut entsaugen,

In meine Adern fernher fluten
Wasser der Tiefe, es steigt und fällt
In der Gezeiten endlosen Minuten
Wiegender, wogender Gang der Welt.

Einmal aber schießt wie Kristall
Wille der Formung in mir zusammen,
Aus des Abgrunds brütendem Schwall
Schlagen in mich des Lebens Flammen,
Und ich werde zum Lichte gehoben,
Und ich sehe die Nebel fliehn,
Mit mir strebt die Schlange nach droben,
Mit mir Dommel und Reiher ziehn.

Sieh des Farnes Schössling geballt,
Wie eine Hand, die sich greifend entfaltet,
Und der Sporen Samengewalt,
Die in Äonen nicht mehr erkaltet,
Neu hat begonnen des Herzens Hämmern,
Inniger ist es der Erde gesellt,
Tiefer weiß es hinter dem Dämmern
Eine werdende lichte Welt.

Die Lichtung

Du findest noch
Baumstümpfe schwarz und modernd unterm Gras,
Verwaiste Wurzeln, hell und spröd wie Glas,
Starren im Sand, vom Regen kahlgenagt.
Ein Vogel klagt
Im Dorngestrüpp – o Herz, verzagt und klein.
Dem der Gefährte schon vorm Lenz geraubt –
O vieler Vögel Haus stand einst umlaubt,
Wo jetzt die Halde glänzt im Morgenschein.

Das Pfeifengras
Steht weiß im kalten Licht des Februar,
Im Lufthauch weht der Schmiele bleiches Haar,
Farbloses Bild vergangner Sommerzier,
Fern im Revier
Im kahlen Holze lacht der erste Specht,
Vorm Walde hängt der Nebel regungslos,
Gespenstisch huscht im grüngestirnten Moos
Der schwarzen Spinnen irrendes Geschlecht.

Ein Morgen dann,
Da unablässig ruft die Meise klein,
Bald steht der Hang im Frühlingsonnenschein,
Lieschgras und Segge sprießen grün und licht,
Rosetten dicht
Umschließen zarter Erdbeerblüten Traum,
Es rankt sich wölbend hoch der Brombeerstrauch,
Schwarzginster schließt sich auf im warmen Hauch,
Auf Weidenknospen glänzt kristallner Schaum.

Ein Reich des Lichts
Nahm hier des Waldes dunkle Stätte ein,
Die Weidenröschen zünden roten Schein,
Der Faulbaum sprießt in üppigen Schwärmen rings,
Des Dorngeschlings
Erwehrt sich nicht der Eiche Wurzeltrieb,
Wie Kerzen stehen junge Kiefern zart,
Flugwindgesät, mit Birken hell gepaart,
Und dort der einzige Baum, der noch verblieb.

Ein Lärchenbaum,
Alt und verlassen, ragt am weiten Hang,
Er blieb, als rings die Axt den Wald bezwang,
Einst türmte sich hier der Termitenbau,
Nun wirr und grau

Nur Trümmer noch – das Schattenvolk entfloh
Dem grellen Licht – an seiner Stelle schaust
Du nun die Schar, die in der Erde haust,
Sie wimmeln rot, der heißen Sonne froh.

Die Erle säumt
Mit dunklem Grün den ausgeschwemmten Pfad,
Hier beim Gewitter fuhr das Feuerrad
Splitternd und stäubend wohl entlang den Grund,
Die Kiesel bunt
Zermalmten jedes Grases zarten Spross,
In langen Regennächten grub die Flut
Sich hier ein Bett, dann dörrte es die Glut,
Bis über ihm sich das Gesträuche schloss.

Der Bussard ruft
O Vogelruf, wenn rings die Stille träumt,
O Waldrevier, vom Birkengold besäumt,
Traumdunkler Wald, der tief und schweigend lockt,
Doch wieder stockt
Der Schritt im lichterfüllten Heidekraut,
Zurück, o Traum, zu mir, du lichte Welt!
O Ferne, die der Blick umschlossen hält,
O Firn, zu dem das wache Auge schaut.

O Nähe süß,
Ich fühl' den warmen Hauch der Erde ziehn,
Das Gras steht hoch, ein lichter Baldachin,
Mir überm Haupt – o wunderbare Schau:
Ins Himmelblau
Ragt ein des zarten Silbergrases Haar
Und überragt des Hochgebirges Firn,
Ich fühle den Zenit an meiner Stirn
Und tief die Welt, nun aller Ferne bar.

O Junizeit –
Im Laube birgt sich bäumliche Gestalt,
Der Kuckuck ruft aus dämmerdunklem Wald,
Die Lichtung gibt sich ganz der Sonne preis,
Es sirren weiß
Die Strahlenpfeile über Gras und Kraut,
Sandläufer springen wie in irrem Tanz,
Der Mittaggeist geht um im Ginsterkranz. –
Horch, der Pirol – das ist des Sommers Laut!

Die Zedern

Sie stehn verstreut in der Welt als Heimatlose,
O Traum von Wüste und Zelt, von Sarons Rose,
Weißleuchtende Segel ziehn im Meer, im blauen,
Von Sidons Strand davon – hernieder schauen
Zedern des Libanon.

Wie einstmals wollen sie auch die Kronen breiten,
Es weht von ihnen der Hauch uralter Zeiten,
Da Salomons Bote kam, Hiram zu sagen,
Dass in Judäa fern sie sollten tragen
Das Heiligtum des Herrn.

Des Tempels strahlendes Licht versank in Sage,
Und von den Zedern spricht Jesajas Klage:
Gefällt wird der feste Wald, nur so viel bleiben
Im alten Heimatland, dass sie aufschreiben
Mag eines Knaben Hand.

Dreitausend Jahr nun sind dahingegangen,
Noch weht des Libanon Wind an unsre Wangen,
Noch droben im Gebirg mit Riesenkronen

Stehn Zedern hoch im Licht, drin Engel wohnen,
Denn Gott vergaß sie nicht.

Doch Kind und Kindeskind sind Heimatlose,
Es singt ihnen wehender Wind von Sarons Rose,
Von maronitischen Frau'n, gazellengleichen,
Vom Rauschen der Quellen, von den sagenreichen
Zedern des Libanon.

Schlangenlied

Wo die Libelle streift
Sirrend an meinem Ohr,
Lieg ich im Erlenbusch,
Blase das Weidenrohr –
Flöte der Sommerzeit,
Wie sie mein Herz betört,
Wie sie verlockend die
Schlange beschwört.

> Schlange, schöne Schlange,
> Verborgen im Grund,
> Schlange, schöne Schlange,
> So mache dich kund!
> Schläfst du im Wurzelhaus?
> Höre den Klang,
> Schleich aus dem dunklen Gang
> Zu mir heraus.

Sieh, wie ein Geisterpfad
Läuft's durch die Gräser hin,
Schon kommt es nach heran,
Eh' ich gewärtig bin,

Schon hebt sich dicht vor mir
Züngelnd das Schlangenhaupt,
Von der Spiräen Blust
Schneeig bestaubt.

Schlange, schöne Schlange,
Dein Leib glänzt so hell,
Schlange, schöne Schlange,
Wie adernder Quell,
Schlankes du, blankes Tier,
Pfeilend gezückt,
Wie deine Schläfen schmückt
Mondene Zier!

Funkelndes Silberaug'
Starrt in mein Angesicht,
Zielenden Menschenblick
Fürchtet die Schlange nicht.
Regungslos lieg ich da,
Spüre in kühler Luft,
Wie sie sich ringelnd duckt
Auf meiner Brust.

Schlange, schöne Schlange,
Wer hat dich gesandt,
Du bist der Erde
Am tiefsten verwandt,
Gleitest so heimlich wie
Wasser im Stein,
Flößest ins Blut hinein
Urmelodie.

Lidlos das Auge blickt,
Nimmt mich in seinen Bann,
Nah aus dem Schlangenhaupt
Schaut mich Geheimnis an,

Und schon weiß keines mehr,
So sind wir schweigend eins,
Wessen das Atmen ist,
Deins oder meins.

Schlange, schöne Schlange,
Es flüstert der Wind,
Schlange, schöne Schlange,
Du hebst dich geschwind.
Bist mir entschwunden bald
In dein Revier,
Und nimmst mein Herz mit dir
Tief in den Wald.

Sommerlied

Kling auf, Musik der Grillen,
Lass deine Saiten schrillen
Das gläsernhelle Sommerlied,
Lass aus den Wiesen steigen
Im hohen Junischweigen
Den Reigen zwischen Bühl und Ried.

Die Erde liegt versunken,
Von heißer Sonne trunken,
Umhüllt vom Ruch des Thymian,
Es schwanken sacht die Dolden,
Die Blüten weiß und golden,
In vielverschlungner Sternenbahn.

Es segeln hin die Bienen,
Die Falter sonndurchschienen,
Der Bach geht schimmernd immerfort,

Der Grund liegt duftumflossen,
Es starr'n die Weidenschossen
Wie Kronen grün an Wassers Bord.

Kling auf, Musik der Grillen,
Lass deine Saiten schrillen
Das gläsernhelle Sommerlied –
Wenn sich die Fluren neigen,
Weht auf dein hoher Reigen,
Der mit der Sommersonne zieht.

Wanderschaft

Wenn die weißen Wolken ziehn, hält uns nicht die Haft,
Immerdar die Ferne lockt uns zur Wanderschaft,
Hältst du auf den Hügeln Rast, wieder dich befällt
Ungestüm der Sommerwind, pfingstlich ist die Welt.

Weiße Straße geht durchs Land, klingend immerfort
Geht der Bach, die Natter zieht kühl im Erlenhort,
Bläst du auf dem Weidenrohr, lauschend hält sie an,
Mit der Flöte Silberlaut hältst du sie im Bann.

Hältst im Bann das Wanderglück, wirst den Sommer schaun,
Tiefer als im andern Jahr dir die Lüfte blaun,
Lockender der Wachtelschlag aus dem Weizen schallt,
Rauschender der Sommerwind geht im hohen Wald.

Röter flammt der Mohn im Korn, holder wird am Rain
Honigklee und Thymian würziger dir sein,
Leichter wird der Fuß beschwingt, der ins Ferne geht,
Wo kristallner Woge gleich das Gebirge steht.

Blühend harrt der Lindenbaum in der Sommerflur,
Kühl um ihn der Schatten kreist gleich der Sonnenuhr,
Duftender der Lindenseim fließt aus lichtem Grün,
Tausendstimmig summt es dort bis zum Abendglühn.

Süßer singt die Nachtigall fern im stillen Land,
Leuchtend bleibt am Horizont noch ein helles Band,
Lichter als zu andrer Zeit ist die Welt entfacht,
Wachsend regt die Erde sich in der Sommernacht.

Herbstbeginn

Es leuchten die Winden am Wege schneeweiß,
Es strotzen die Kolben am gilbenden Mais,
Wie schwellende Kugeln aus Kupfer und Gold
Sind die Früchte des Kürbis dem Acker entrollt.

Schon webt im Gehölze ein gelbliches Licht,
Bleichflammend die Herbstzeitlose aufbricht.
Vom nächtigen Grün des Blattes umkränzt
In Ebenholzschwärze die Einbeere glänzt.

September, September – wildgellend hallt
Der Schrei des Falken über dem Wald.
Die Schlange, noch einmal abstreift sie ihr Kleid,
Zum letzten Empfange der Sonne bereit.

Die Hummel zieht tönend die trächtige Bahn
Zum Honigklee und im Thymian.
Die Baldachinspinne ihr Silberwerk spinnt,
Der süße Seim aus den Birnen rinnt.

Mit panischem Warnruf die Drossel entflieht,
Verzaubert steht die Libelle im Ried,
Der Wein auf Mittagshügeln kocht.
Es gilbt der Kranz, den der Sommer flocht.

Schon morgen klirren die Blätter wie Glas,
Schon morgen prallen die Früchte ins Gras,
Schon morgen richten aus kreisendem Flug
Die Schwalben zum Süden den pfeilenden Zug.

Die Vögel

Wisst ihr, dass die Pirole, die scheuen,
Näher schon nisten dem menschlichen Haus,
Ihr Gewand, das sie golden erneuen,
Weist sie als Unverletzliche aus,
O dass der Menschen Herz sich erschlösse
Diesen, die sich vertrauend gesellt,
O dass der Vögel Geschlecht genösse
Frieden in einer befriedeten Welt.

Vögel belebten die Urgeklüfte,
Eh ihnen menschliches Ohr gelauscht,
Adler und Rabe befuhren die Lüfte,
Die mit den Himmlischen Weisheit getauscht,
Rote Flamingos suchten die Landung,
Wo sich der Bambus ein Dickicht gebaut,
Möwen schrien in der rauschenden Brandung
Einsamer Meere mit schrillem Laut.

Als die Völker der Mitte zogen
Hoch in den Norden mit Not und Beschwer,

Sind mit ihnen die Vögel geflogen
Bis in die Breiten am eisigen Meer,
Jetzt noch nach alten Gesetzen kreisen
Unrast und Sehnsucht in ihrem Blut,
Auf den Schwingen der Winde zu reisen,
Länder durchpfeilend und querend die Flut.

Zwischen Scheiden und Bleiben zerrissen,
Treibend die Jungen mit Lockruf und Biss,
Ist den Vögeln im Ungewissen
Eins nur, der Zug ihrer Herzen, gewiss –
Aber auf dass uns nicht alle verlassen,
Dass uns nicht völlig ihr Laut verhallt,
Bleiben die Sperlinge in den Gassen,
Amseln und Meisen und Finken im Wald.

Näher als wir waren sie den Äonen,
Da noch der Gang der Gestirne klang,
Sie überlieferten irdischen Zonen
Sphärische Weise, Musik und Gesang,
Darum auch werden bei musischen Klängen
Unsere Herzen der Erde entrückt,
Darum lauschen wir den Gesängen
In den Auen und Wäldern verzückt.

Lerchen trillern über den Fluren,
Bergdrosseln flöten berückend ihr Lied,
Kuckucke läuten wie Waldesuhren,
Rohrdommeln tönen klagend im Ried,
Einsamen Wandrer auf Bergesstufen
Locken die Käuzchen: komm mit, komm mit,
Und der Pirole klingendes Rufen
Magisch geleitet den pfingstlichen Schritt.

Die Haubenlerchen

Wer sind die kleinen, flinken Gesellen,
Unscheinbar trippelnd auf dem Asphalt?
Sieh, wie sie flüchtig vorüberschnellen,
Zehn Schritte weiter machen sie halt;
Sommers und winters, auch noch im Regen –
Die Spitzgeschopften sind allerwegen,
Die Haubenlerchen.

Hier auf dem Bordstein, dort am Kanale,
Manchmal zu vieren, meistens zu zweit,
Gern auch am Bahnhof, vorm Wartesaale,
Und an den Zügen, wie zum Geleit;
Wie sie sich wenden, das Köpfchen stellen,
Sandfarbne, zarte, kleine Gesellen,
Die Haubenlerchen.

Wie sie die Straßen, die Straßen lieben,
Wie Gassenbuben, so stadtvertraut,
Die Bahnen brausen, die Autos stieben,
Da hörst du flüchtig den süßen Laut,
Du lauschst verloren, willst dich besinnen,
Nach ihnen schauen – sie sind von hinnen,
Die Haubenlerchen.

Brieftauben

An der Ruhr, an der Wupper, am Niederrhein,
Wo Stadt an Stadt sich im grauen Dunste verliert,
Im ganzen Revier, wo Kohle und Eisen regiert,
Und dort, wo die Webstühle ratternd schlagen tagaus, tagein,
Dort hütet manches Werkmanns rauhe Hand
Den Vogel der Reise, den Boten der Sehnsucht nach fernem Land.

Wenn die Hochöfen feurig zum Himmel sprühn,
Wenn der Dampfhammer donnernd fällt, wenn die Walzenstraße zischt,
Wenn im tiefen Schacht der letzte Tagesschein verlischt,
Wenn in tosender Fabrik die Weber sich schweigend mühn,
Dann blitzt zuweilen ein Lächeln über ein ernstes Gesicht,
Dann denkt der Werkmann zärtlich an das Ende der Schicht.

Wenn er heimkehrt in das Massenquartier,
Ist sein erster Gang hinauf unters Dach, und er lauscht,
Wie es drinnen sich regt, wie es trippelt und gurrend plauscht,
Und er hätschelt und tätschelt das zierliche, zärtliche Tier,
Und lange verweilt er mit Augen verträumt und fern,
Und über ihm lächelt die Ferne mit Sonne und fremdem Stern.

Im qualmigen Wirtshaus drüben am Eck
Hängt eine Tafel „Brieftaubenverein Kap Horn“,
Dort sitzen sie und nehmen die Welt aufs Korn
Und spielen mit ihrer heißen Sehnsucht Versteck,
Und sie besprechen die Reisen nach fern und nah,
Nach Koblenz, Stuttgart und Basel und selbst nach Genua.

Und wenn man dann den Fernflug beschlossen hat,
Senden hundert Vereine ihre Tauben zum Sammelort,
Ein paar Invalide begleiten den Transport,
Und es fiebern die Köpfe in mancher rußigen Stadt,
Und irgendwo weit im Süden – kaum kann das Herz es fassen –
Werden vier-, fünftausend Brieftauben aufgelassen.

Flieget, ihr reisenden Tauben, weit über Land,
Flieget heim, wo so manches Herz euer harrt,
Wo so manches Auge heiß über die Dächer starrt,
Bis euch Ferngereiste wieder hält die zitternde Hand –
Liebliche Tröster, wenn Sehnsucht das Herz befällt,
Tauben, reisende Tauben, Boten der schönen Welt.

Die Menschen

In schimmernden Erzgängen hallte der kunstreichen Hämmer Schlag,
Wo die Unterirdischen wohnten, fern dem Tag,
In ihnen brannte noch irdischen Sternenfeuers Gewalt,
Indes die Erde verdunkelte matt und kalt,
Sie waren stahlblau gewandet, und mitten in ihrer Stirn
Flammte ihr Einaug wie sonneblitzender Firn.

Droben unter dem wolkentreibenden nassen Wind
War ein Geschlecht erwachsen, frierend und blind,
Genährt von den dunklen Müttern, gekleidet in Fell und Bast,
Trieben sie hin unter bleichender Nebellast,
Sie riefen die Unterirdischen an mit beschwörendem Flehn,
Und diese beschlossen ein feuriges Auferstehn.

Sammelnd die elementarischen Kräfte in Unterland,
Brachen sie donnernd auf die Erde mit Brand,
Mit tausend Vulkanen öffneten sie den kochenden Schlund,
Die siedenden Feuer lösend aus tiefstem Grund,
Glühende, sprühende Lava ergoss sich in springendem Schwall,
Wirbelnde Flammen umzischten den Erdenball.

Der Gletscher gewaltige Last zerging und zerstob in nichts,
Das Erdendunkel durchdrang ein Strahl des Lichts,
Geöffnet wurde das Tor für der Sonne leuchtende Macht,
Vorüber war die finstere, eisige Nacht,
Nur fern an den Polen lastete dumpf und schwer
Das ewige Eis über frosterstarrtem Meer.

Wechselnd durch Schatten und Licht nun kreiste der Erde Lauf,
Mit drängendem Frühling zog das Fruchtjahr herauf,
Das Meer trieb Feuchte und Kühlung über die Länder hin,
Die Sonne förderte segnend des Wachstums Beginn,
Den blinden Menschengeschöpfen entkeimte im Angesicht
Des schauenden Augenpaares planetisches Licht.

Die Menschen trieben die Herden durch die nomadische Welt,
Sie ritten sattellos und schlugen das Zelt,
Sie kannten nicht Pflugschar noch Acker noch Samenkorn,
Sie tranken an der Euter milchendem Born,
Sie hatten nicht anderes Dach als die Felle überm Gestäng,
Nicht andere Habe als schleifende Last am Gesträng.

Die Unterirdischen haben manche von ihnen belehrt
Und mit der Gedanken Licht ihren Sinn gekehrt,
Ersinnend fortan betrieben sie helfende, fördernde Tat,
Sie formten sich Werkzeug, Beil und Hammer und Rad,
Manch Samenkorn blieb haften in ihrem Gewand,
Sie lernten die Saat, als es keimte im andern Land.

Wenn groß und verwüstend der Drache das Land befuhr,
Suchten sie schreiend der Unterirdischen Spur,
Diese kamen, vor ihres Flammenauges Brand
Hielt keines der gewaltigen Ungeheuer stand,
Helfer waren sie immer mit Rat und Geschenk und Tat,
Sie gewährten schmückendes Gold, Mondstein und Achat.

In Frieden kamen und gingen die Zeiten des Menschengeschlechts,
Sie sprachen: gehst du zur Linken, so gehe ich rechts,
Sie hegten die fruchtbaren Herden und bauten die Acker an,
Es rodete die Axt, und das Spinnrad spann,
Aber dann kam ihrem Sinn der böse Mut,
Habgier und List nisteten in ihrem Blut.

Sie überschritten der heiligen Bannmeile Schnur,
Sie suchten des Golds und der Edelsteine Spur,
Lauernd und fordernd spähten sie das Geklüfte aus,
Den Frieden brechend im unterirdischen Haus,
Die großen Unterirdischen mieden ungleichen Kampf,
Sie warnten mit heißem Geysir und Schwefeldampf.

Da geschah es, dass einer der Unterirdischen ging,
Den man schändlich in listigen Netzen fing,
Man glühte die Esche und brannte ihm aus das Augenlicht,
Denn man ertrug das heilige Feuer nicht,
Da sprachen die Unterirdischen über die Menschen den Fluch,
Sie siegelten ihrer großen Geheimnisse Buch.

Seit jenen Tagen erstand den Menschen der Brudermord,
Sie führten Krieg und versklavten einander immerfort,
Hammer und Rad, in alter Zeit des Segens Gerät,
Seitdem die Menschheit mit würgender Knechtschaft belädt,
Über der Erde und unter ihr müssen sie fronend sein,
Zermalmend bricht eigenes Werk über sie herein.

So hausten sie fort, manche bauten auf Pfählen im Wasser ihr Haus,
Sie schauten voll Tücke und Angst nach dem Feinde aus,
Manche flüchteten hoch in den Norden ins ewige Eis,
Bauten aus Schnee ihre Hütten und suchten des Rentiers Gleis,
Unstet und mordend durchzogen die Menschen das Erdenrund,
Ihnen machte verworrener Geist Verworrenes kund.

Auch ihre Götter mussten nach ihrem Bilde sein,
Sie warfen den Hammer und tötenden Wetterschein,
Sie führten den mordenden Stahl und waren voll arger List,
Sie hatten untereinander und mit den Menschen Zwist,
Mit Hunger und Pest, mit Wasserflut und Feuerbrand
Zogen die apokalyptischen Reiter über das Land.

* * *

Einen anderen Frevel noch haben die Menschen getan
An der dunklen Mütter Sohn, am großen Pan.
Der uralte, ewig junge Pan war den Menschen gut,
Er hatte die Gaben der fruchtbaren Mütter in Hut,
Er trieb aus der Steppe zu ihnen Pferd und Hund,
Er pflanzte Öl und Wein auf ihrem Grund.

Den wandernden Völkern zog er mächtig voraus,
Er machte aus wüster Erde ein grünendes Haus,
Den Nussbaum ließ er schatten und fruchten mit weitem Geäst,
Den Holunder, der die Unholden nicht nahe lässt,
Apfel und Kirsche verlieh er der fruchtbaren Welt,
Den Hahn hat er als kündenden Wächter bestellt.

Der Sterngezeugte wusste der schönen Künste viel,
Er beseelte das Leben der Menschen mit kunstreichem Spiel,
Er lehrte sie schnitzen und flechten, mit Teppichen schmücken die
Wand,
Zu bilden aus Lehm und Ton mit töpfernder Hand,
Die Völker im Urwald lehrte er Trommel und Hörnerklang,
Auf dem Siebenrohr kündete er Musik und Gesang.

Der Holzfäller sang und der rastende Fischer am Quell,
Winzer und Schnitter sangen das Ritornell,
Er kam mit heimlicher Regung im silbernen Nebelglanz,
Er lehrte die Menschen wiegenden Reigen und Tanz,
Zum Klang der Flöten und Geigen auf Anger und Wiesenplan
Tanzten die Menschen den Reigen, den Tanz des Pan.

Er ließ versinken den Schläfer in heißen Mittagstraum,
Er wies ihm die Namen von Wind und Tier und Baum,
Mit den Unterirdischen hatte er besiegelt den Bund,
Er blies sein Mittagslied der Schlange im Grund,
Mit Kröte und Salamander befuhr er die dunkle Schlucht,
Mit Fischen und Aalen schwamm er in Haff und Bucht.

Doch als die Menschen die Künste von ihm erlernt,
Haben sie sich von seinen Pfaden entfernt,
Sie wollten selber die herrscherliche Gewalt
Über die weite Flur, über Dschungel und Wald,
Sie fuhren durch Länder und Meere und schrien von Wagen und
Boot:
Wir sind die Herrscher, der große Pan ist tot.

Sie rodeten mehr als geboten Dickicht und Schlucht,
Nach Notdurft nicht, nach Gewinn entbrannte die Sucht,
Sie feilschten mit Herden und Äckern, mit See und Wald,
Sie ehrten nicht mehr der wachsenden Dinge Gestalt,
Die heiligen Elefanten mordeten sie hin
Um der Tötung willen und Elfenbeins schnöden Gewinn.

Sie meuchelten mit Maschinen Löwe und Jaguar,
Die Antilopenherde jagte blutdürstig die Schar,
Die Büffel schlachteten sie in unersättlicher Gier,
Den Robben verheerten sie das letzte Revier,
Die riesigen Wale rotteten sie aus in der See,
Gemse und Steinbock wurden vertilgt auf Bergeshöh.

Reiher und Kormoran wussten nicht mehr sichere Flucht,
Das Hermelin hatte nicht mehr das Dickicht der Schlucht,
Die Störche wurden erschlagen, die Adler geraubt aus dem Horst,
Die Eichhörnchen fanden nicht mehr Rettung im Forst,
Den Zugvögeln stellten sie listig Netze am hohen Seil,
Die gewürgten Vögel hielten sie marktend feil.

Die Schildkröten wurden getötet für Schmuck und Zier,
Die bunten Schlangen wurden gemordet in Gier,
Otter und Silberfuchs waren nicht mehr in sicherer Hut,
Nicht mehr der Häher und Eulen schutzlose Brut,
Marder, Biber und Bilch raffte die Tücke dahin,
Die eigene Erde verwüstet der Menschen verblendeter Sinn.

* * *

Der Raub an den Unterirdischen hat Zwist und Unheil gebracht,
Der Mord an den Geschöpfen brachte Krieg und Schlacht,
Fäule frisst an der Rebe und am Getreide der Brand,
Friede ist nicht mehr im friedlosen Menschenland,
Die großen Mächte grollen und sind den Menschen fern,
Tod und Verwüstung verheeren den irdischen Stern.

Aber noch lebt im Verborgnen der Rettung Licht,
Sich weisend in ewiger Wahrheit und ahnendem Gesicht,
Künder des ewigen Gebotes standen auf in der Welt,
Groß und klar zieht die Botschaft am Sternenzelt,
In Bahnen steht es geschrieben die Himmel entlang:
Wer die Satzung bricht, hat den Untergang.

Noch rütteln sie und deuteln am klaren, heiligen Wort,
Sie wissen: Du sollst nicht töten! und töten immerfort,
Sie wissen: Du sollst nicht stehlen! und stehlen Raum und Licht,
Sie wissen: Du sollst nicht lügen! und lügen sich ins Gesicht.
Doch dass die Botschaft ergangen, dem Irren gewiesen das Ziel,
Ist schon der keimenden Hoffnung und Rettung viel.

Mit dem Sichelmond, mit dem Abendstern

Auch im fremden Land,
Wo ich dir so fern,
Wo ich lange schon verschollen war,
Strahlt dein Angesicht
Mit dem Abendstern,
Weht am nächtigen Himmel hin dein Haar,
Tanzt dein schlanker Fuß
Mit dem Sichelmond,
Winkt mir lieblich deine weiße Hand,
Grüßt dein Lächeln mich,
Das im Lichte wohnt,
Süßer Trost im bittern Menschenland.

Durch die Fluren geht
Kühl der Abendwind,
Silbersaiten klingen deinem Tanz,
Dunkle Brandung ruht,
Und das Leid verrinnt,

Silberwolken spiegeln deinen Glanz.
Eine Stimme süß
Ist im Tal erwacht,
Horch, ein Nachtigallenflöten fern,
In Vergessenheit
Hüllt mich ein die Nacht
Mit dem Sichelmond und Abendstern.

Über fremder Welt
Winkt dein holder Gruß,
Winkt dein Lächeln, deine weiße Hand,
Mit dem Sichelmond
Schreitet schlank dein Fuß,
Kühler Tau rinnt nieder auf das Land.
Fern am Himmel hin
Weht dein nächtiges Haar,
Wendet nieder sich dein Angesicht,
Mit dem Abendstern
Strahlt dein Haupt so klar,
Meines dunklen Lebens schönes Licht.

Vom hoffenden Leben

Beim Schmelzen des Schnees, bei den lauen
Lüften des Februar
Wollen wir wieder vertrauen
Auf das grünende Jahr,
Sieh, den Amseln, den kleinen,
Schwillt das singende Herz,
Und an den nackten Rainen
Glänzt die Scholle wie Erz.

Schau des Landmanns Beginnen,
Der Schnee um den Obstbaum häuft,
Dass nicht zu früh nach innen
Lösend das Tauwasser träuft,
Dass nicht aus ruhendem Schweigen
Aufbricht, was nicht gedeiht,
Und die Säfte nicht steigen
In der gefährdeten Zeit.

Also ward auch gegeben
Allem das Werdegebot,
Also muss auch das Leben
Warten auf seinen Tod,
Samen, Knospen und Blüten,
Jedes kommt und vergeht,
Uns ist geboten zu hüten,
Was in der Hoffnung steht.

Nichts ist auf Erden verloren,
Was wir dem Leben getan,
Darum sind wir geboren,
Dass wir auf unserer Bahn
Dienen dem hoffenden Leben
Zu des Gestirnes Ruhm,
Das uns zu Lehen gegeben,
Doch nicht zu Eigentum.

Lob der Vergänglichkeit

Der Dichter widmet sein Buch

Der Dichter ist aus diesem Buch verbannt –
Er kündet zwar, was er aus sich bekannte,
Doch es verschweigt, was tief im Herzen brannte –
So hat er denn das Buch hinausgesandt.

Der Botschaft gleich, die in sein Vaterland
Aus ferner Fremde der Gefangene sandte,
Der in verhülltem Wortgeheimnis nannte,
Was nicht zu schreiben wagte seine Hand.

Nun klingt das Wort, nun singen die Gesänge,
Die kaum noch jener Herzensregung gleichen,
Sie sind entfesselt von des Ursprungs Enge.

Doch Einen mag die Botschaft wohl erreichen,
Der zu entwirren weiß des Rätsels Stränge,
Den Sinn erkennend an geheimen Zeichen.

Im März

Wie ein Pfeil trifft ein Ruf dich ins Herz,
Und versehrend der Wind geht im März,
Vor dem Dämmern dein Blut ist entbrannt,
Wenn die Wildwasser rauschen im Land,
Und du lauschst diesem Laut, der dich ruft,
Siehst die Berge schon silbern gestuft,
Mit dem Grate, weißblendend und nackt,
Wie von schneeigem Blitze gezackt.

Unterm Harsch liegt begraben der Hang,
Nur der Rehe verschwiegener Gang
Hat beschrieben das gleißende Weiß
Und der Hasen Getummel im Kreis,
Nur des Haselhuhns zierliche Spur
Und beim Abflug der Schwingen Kontur,
Und wie Tropfen, vom Wald her verweht,
Lärchensamen auf schneekühlem Beet.

Und ins Tannicht einbrichst du vertraut,
Es umringt dich der Wald ohne Laut,
Mit den Bäumen nun stehst du gebannt,
Bis ein Wehen sich rührt überm Land,
In den Stämmen ein Klingen anhebt,
In den Kronen ein Widerhall schwebt,
Bis es weithin dröhnend erschallt
Von des Tauwinds Stimmen im Wald.

Und es reißt dich hinauf zu den Höhn,
In den Lüften zieht orgelnd der Föhn,
Einer schimmernden Lanze gleich steht
Das Gewölk, aus dem Süden verweht,
Auf dich zu, ohne Bahn, ohne Zahl
Gehn die tauenden Wasser zutal,
Und im Echo fern donnernd ohn End
Die Lawine verrollt im Gewänd.

Sommersonnwend in den Alpen

Sieh, mit silberner Sichel auffunkelt der Junimond,
Dunkel gestuft liegt das hohe Gebirg, wo der Frühling noch wohnt,
Wo noch kühl von den schneeigen Kämmen die Abendluft weht,
Wo in blühenden Wiesen noch nicht die Sense der Schnitter geht.

Nacht der Nächte – betörender schloss die Bergdrossel droben ihr Lied,
Wo nun über die Rodung die schimmernde Mondbahn zieht,
Über der Blumen Sterne und Glocken, über der wilden Lilien Gold,
Bis das Schattenrad lautlos hinab in die Tiefen rollt.

Einsam und stumm die Gehöfte – aufleuchtend erblüht ein Stern.
Und der Wind bringt des Wildwassers Rausch, verklingend und schwellend fern,
Dunklen Ruf des Gebirgs, der empor zu den Firnen dringt,
Der wie der Berge Gesang aus den Tälern endlos erklingt.

Hinter den Tälern sinkt nieder der Mond und schwarz steht der Wall
Starrender Fichten, die Tiefen vergehn, aber klar wie Kristall
Zieht des Urgebirgs riesige Linie weit durch die Nacht.
Von des Siebengestirns auffahrendem Zeichen funkelnd bewacht.

Da – mit strahlendem Licht ist am Kamm ein Feuer entbrannt,
Irdischer Bote der Sonnwendnacht hoch über dem Land,
Antwort gibt ein anderes Feuer drüben am Hang,
Antwort geben aufflammende Sonnwendfeuer die Täler entlang.

Stumm sind beisammen die Bauern, nach Weiler vereint und Gewann,
Denkend das steigende, sinkende Jahr, denkend was jeder sorgte und sann.
Wieder begründeten sie den uralten Bann und Bund,
Schweigend stehen die Lebenden und die Toten stehn mit im Rund.

Droben am Firmamente funkelt besternt die Nacht,
Hoch von den Bergen leuchten die Feuer der irdischen Wacht,
Wo die Brände verlodern auf Hängen und Kämmen und Firn,
Ist das Bergvolk verbündet mit kreisendem Himmelsgestirn.

Der Hügel

Eh der Morgen noch golden entbrannt,
Da der Tau noch die Wiesen benetzt,
Treibt das Herz dich schon weiter durchs Land,
Wo kein Staub mehr die Fluten verletzt –
Sieh, ein Hügel liegt droben im Kreis
Dunkler Berge, den Straßen entfernt,
Hoch vom Bord glänzt die Birke dort weiß
Überm Grund, margueritenbesternt.

Wie ein felsenes Riff so entbricht
Dieser Hügel dem Almengefild,
Und er hebt sich empor in das Licht,
Und sein Leben wächst prangend und wild,
An den Flanken starrt nackt das Gestein,
Nur die Bergerle hält sich verkrallt,
Und die Felswurz blüht hier noch allein.
Aber droben ist Anger und Wald.

Keine Axt, keine Pflugschar versehrt,
Was da droben dem Leben geweiht,
Und der Hügel, mit Fichten bewehrt,
Steht geschirmt in der stürmenden Zeit,
Aber nun ist er farbig entflammt
In des Sommers lichtbrausendem Fest,
In der Nelken karminrotem Samt,
In der Moose rundblühendem Nest.

O ihr Lärchen mit Wimpeln so klar,
Und ihr Birken mit wehendem Laub
Und ihr Gräser mit rötlichem Haar,
Das dem spielenden Wind wird zum Raub –

An der Schattseite quillt es und braut,
Denn ein Wasser hat hier seinen Born,
Und von unten mit perlendem Laut
Rittwiwitt ruft die Wachtel im Korn.

Ruft die Wachtel im Korn immerdar,
Und zum gaukelnden Reigen gesellt
Tanzt am Raine der Bläulinge Schar,
Und die Ammern gehn tauchend durchs Feld,
Und vom Hügel hinab fährt der Wind
In des Roggens aufrauschende Flut,
Die in gleißenden Wellen verrinnt
Wie ein wogendes rastloses Blut.

Und dann wieder sinkt alles in Traum –
Ohne Schwingenschlag zieht seinen Kreis
Hoch ein Falke im blauenden Raum
Vor der Wolke schneeigem Weiß,
Und so möchte das Herz ohne Schlag,
Von der Süße der Erde gebannt,
Hier verweilen am Mittsommertag
Auf dem Hügel im einsamen Land.

Der Schmetterling

Ein Falter wird das Schachbrett genannt,
Der kommt im Sommer über das Land
Herauf in mein Thymianreich,
So lautlos wie nur ein Schmetterling fliegt,
Wenn ihn die taumelnde Schwinge wiegt,
Einer wehenden Blüte gleich.

Und flackernd kreist er in engem Ring,
Als ob sich ein Netz um uns verfing,
Dem er nimmer entrinnen mag,
Wie Schatten so schwarz, wie Licht so weiß
Von der Sommersonne, die hoch und heiß
Durchflutet den Julitag.

Und über uns in Zweigeshöhn
Der summenden Wespen, der Bienen Getön,
Der wilden im Lärchenbaum,
Das Land wie ein Meer so wogend weit
Und fern ein verlorenes Almgeläut
Vom dunkelnden Waldessaum.

Und näher zieht seinen Zauberring
Um mich der flatternde Schmetterling,
Er setzt sich auf meine Hand,
Die gefalteten Schwingen umschließen ihn,
Es glänzen schwarz wie Turmalin
Die Augen an Hauptes Rand.

Er entrollt den spiraligen Rüssel, der leis
Mich betastet, wie Tau sich senkt auf ein Reis,
Und dann sitzt er regungslos,
Ich nehme des Grases zartestes Haar
Und entbreite das doppelte Flügelpaar
Und schaue ihn nah und groß.

Ein Bote aus unterirdischer Gruft,
So trägt die Schwärze der Felsenkluft
Der Falter, golden besonnt,
Darinnen der schneeigen Monde Kreis
Wie Sommerwolken, die fern und weiß
Verharren am Horizont.

Mit meinem Grase enthüll ich die Welt.
Solang es dem flüchtigen Falter gefällt,
Und halte den Sommer gebannt –
Da flattert er auf, da entschwebt er im Tanz,
Da weht aus des Sommers leuchtendem Kranz
Die Blüte davon übers Land.

Die Garben stehn

So still der Tag wie nur zu Sommersende,
Im weiten Feld die Garben stehn,
Du hörst das Mahlwerk hinterm Wehre gehn,
Die Wasser spülen lautlos an die Lände.

Schon sammeln sich zum Süd gewandt die Schwalben,
Ein fremder Stern wird bald die Bahn beglänzen,
Die sie entreißt den heimatlichen Grenzen,
Wo fern der Wälder Wipfel herbstlich falben.

Und du, o Herz, willst lautlos stehn und lauschen,
Wie unablässig deine Zeit verrinnt,
Wie schon an deinem Pfade harrt das Kind,
Mit dir den Stab und Wanderschuh zu tauschen.

Lass ab von Traurigkeit und Zeitgedenken – –
Im weiten Feld die Garben stehn,
Auch deine Frucht wird in die Scheuer gehn,
Und hundertfach wird dich der Herbst beschenken.

Herbstlicher Ruf

Komm mit, verlass die Tenne und die Kelter,
Es schwelt ein bittrer Duft in Herbstessüße,
Lass rauschen durch das welke Laub die Füße,
Es rinnt das Stundenglas, die Welt wird älter.

In Herbstessüße schwelt ein bittrer Duft,
Der Sommer geht, das Alte muss verderben,
Sieh wie die Ähren und die Wipfel sterben,
Versehrend haucht die Kühle durch die Luft.

Die Füße rauschen durch das welke Laub –
O Herz, entreiße dich den Herbstgesängen,
Sieh wie die Kätzchen an den Haseln drängen,
Sie bergen schon der neuen Zeugung Staub.

Es rinnt das Stundenglas, komm mit und schau,
Es reift der Same rings in jeder Frucht,
Die Wolken harren trächtig in der Bucht,
Auf weißem Zelter kommt die Winterfrau.

Komm mit, verlass die Kelter und die Tenne,
Es schwelt ein bittrer Duft in Herbstessüße,
Lass rauschen durch das welke Laub die Füße,
Befiehl dem Herzen, dass es neu entbrenne.

Winterwald

Ich geh in einen Winterwald hinein,
Der Winterwald muss voller Wunder sein.

Die Tannen stehen enge angeschmiegt,
So weit das Land in tiefer Schneelast liegt.

Und keine Spuren gehen durch den Wald
Als vom Getier – und die verwehen bald.

Und manchmal ist ein Seufzen in den Bäumen,
Wie Kinder seufzen unter tiefen Träumen.

Der Schnee liegt weiß so weit ich wandern will,
Da werden alle Menschenwünsche still.

Die Wolken

Die Wolken, sie kennen nicht Rast,
Sie kennen nicht Weile, nicht Feste und Bann,
Vom Winde getragen, ins Ferne verschlagen,
So müssen sie ziehen, so müssen sie jagen,
O Wandern, wie's keiner ersann.

So ziehen sie wandernd dahin,
Sie sind noch vom Drange des Ursprungs erfüllt,
Die Welt zu durchreisen in ewigen Kreisen,
Sich neu zu gestalten in endlosen Weisen,
O Sehnsucht, die nie gestillt.

Sie kommen aus Meeresschoß,
Entsprungen der Feuchte, von Jugend noch wild,
So sind sie noch mächtig, ursprünglich und prächtig,
Von aller Gestaltung des Lebens noch trächtig,
In ihnen ist jegliches Bild.

Ist alles, was war und was wird,
Der schattenden Weltesche heiliger Baum,
Die Türme, die ragen, die Riesen aus Sagen,
Die Zinnen der Städte aus goldenen Tagen,
Die Berge mit schneeigem Saum.

Die fliegenden Reiher im Wind,
Die silbernen Fische in eisiger Flut,
Die wandelnden Frauen, in österlich blauen
Märztagen voll holdester Anmut zu schauen,
Die Segel voll leuchtendem Mut.

So ziehn sie gesegnet dahin,
So sind sie der wandernden Erde gesellt,
Die Saat zu beschenken, die Brunnen zu tränken,
Und schattend über die Erde zu senken
Zu unseren Häupten das Zelt.

Aufblick

Leuchtend hängt Gewölke in den Bergen,
Lautlos taucht ein Falke in den Wald,
Wo die Herden gehen in den Bergen,
Läutet noch ein Ton, der fern verhallt.

Kein Gedanke haftet an der Erde,
Alle Sehnsucht nach der Sonne brennt,
Tiefer atmend hebt sich auf die Erde,
Leuchtend steht Gewölk am Firmament.

Das Meer

Am Himmelrand zeichnen sich ferne die starren
    Schiffsmasten und Rahen, hinab sinkt das Land,
Es hebt sich Gewässer in silbernen Barren,
    in endloser Weite umgürtend den Strand,
Durchflutend auch unser Geäder zu schwellen.
    so eilen weißschäumende Wogen herbei,
Wir fühlen zu Häupten die gleißenden Wellen,
    es bricht aus dem Herzen ein lautloser Schrei.

Ein Aufschrei dem Meere – wir fühlen das Wogen,
    das uns überwältigt, das wiegend uns hält,
Als wären wir mit in die Tiefe gezogen,
    so will uns entgleiten die irdische Welt.
Uns einend dem Schoße des flutenden Meeres,
    so sind wir umschlossen, so sinken wir ein,
Zurück bleibt das Festland und scheint uns ein leeres
    Gehäuse verlorenen Lebens zu sein.

Durchtauchend die Schatten der droben im Lichte
    hingleitenden Schiffe noch sind wir im Glanz
Der leuchtenden Sonne, dann wehn wie Gesichte,
    wie Träume die Dinge im schleiernden Tanz,
Die Berge, die bleichen, die Klippen im Reigen,
    sie wanken, sie taumeln hoch droben im Tag,
Die Rufe der Schiffer verhallen und schweigen,
    es wiegt uns die Welle mit schaukelndem Schlag.

Verstummt sind die Münder, geweitet die Augen,
    wir tauchen hinab in verblauende Nacht,
Wir spüren an unseren Poren das Saugen
    der salzigen Wasser, wir folgen der Macht
Der ziehenden Strömung. Wir schweifen im Meere,
    Geschöpfe der Tiefe, wir spannen die Brust,
Auf dass uns das Urelement nicht versehre –
    so wird uns uralte Bewegung bewusst.

Wir treiben hinunter, wo dünend sich heben
    die brackigen Bänke wie droben das Land,
Wo glockige Quallen den Mulden entschweben,
    wo perlende Augen auffunkeln im Sand.
Die Fische, sie wandern in blauen Geschwadern,
    zehntausende folgen dem blinden Gebot,
Es pocht ihnen Unrast in Flossen und Adern,
    sie gleiten zutage, entgegen dem Tod.

Mit nesselnden Fängen, mit blutrotem Munde,
    entwachsen die Seeanemonen dem Stein,
Ihr uraltes Antlitz aufheben vom Grunde
    die Seepferdchen, steigend und ziehend zu zwein,
Und stockend hinwandeln auf gliedrigen Flossen
    Geschöpfe, elektrisch aufleuchtend in Licht,
Indessen, vom deckenden Schlamme umschlossen,
    die Rochen aufstarren mit dunklem Gesicht.

O bergige Tiefe mit Grotten und Klüften,
    wo Schnecken und Muscheln geborgen sind,
Es hausen Langusten in Schluchten und Schlüften,
    Polypen durchschweben das Grundlabyrinth,
Und bohrend einwühlen sich glasige Schollen,
    die Krebse beziehen ihr kalkiges Haus,
Von Klippe zu Klippe Meerigel sich rollen,
    die Seesterne tastend gehen ein und aus.

Die Wälder der Algen nun rauben den Schimmer,
den letzten, der tief das Gewässer noch füllt,
Das treibende Dickicht des Tangs will uns immer
noch dichter umstricken, da Nacht schon uns hüllt,
Die Stürme der Höhe, sie senden ein Zittern,
das leise versickert, das endet und ruht,
Von allen Gewalten, von allen Gewittern
gibt kaum mehr ein Echo die grundlose Flut.

So sind wir gebannt in unendliche Tiefe,
wo nichts mehr uns mahnt an den Wandel im Licht,
Wir sinken und sinken, als ob es uns riefe
mit Stimme des Abgrunds, wir fühlen uns nicht –
Da hebt sich entgegen das Atmen der Wasser,
da reißt es uns aufwärts mit wachsendem Mut,
Im Gang der Gezeiten begegnet ein blasser
aufdämmernder Strahl uns in schwellender Flut.

Empor nun zum Lichte aus purpurnen Nächten,
aufschnellend umspielen Delphine den Zug,
Als ob sie die Botschaft der Sonne uns brächten,
tagfreudige Tänzer am wogenden Bug.
O Drang der Gezeiten vom Abgrund zum Firne,
o Antwort dem Anruf von Sonne und Mond,
O Beben des Sternes im Bann der Gestirne,
o Kraft, die im Herzen der Welten wohnt.

Nun treibt uns die Strömung entlang die Gestade,
wir ruhen im Sunde, wir branden am Riff,
Die Möven umschrillen die blitzenden Pfade,
die Robben, sie schreien urweltlich am Kliff,
Es rufen von felsenen Wänden die Lummen,
die Graugans in schwirrenden Schwärmen fällt ein,
Das Rauschen der Wasser will nicht mehr verstummen,
es tönen die Wellen im Ufergestein.

Es hebt sich die Dünung gewaltig im Lichte,
die Winde durchkreisen den salzigen Raum,
Atlantisch entsteigen die Inselgesichte,
es schweben die Wolken im Mittagstraum,
Bis Wasser und Feste im Abgrund vergluten,
wenn Himmel und Erde im Untergang brennt,
Wenn spiegelnd sich breiten opalene Fluten,
azurene Meere am Firmament.

Die Städte

Ich lernte die Städte kennen mit ihrem gewaltigen Licht
Die Städte mit dem uralten in Fels gehauenen Gesicht,
Die Städte mit ihrem chaotischen Wühlen und Widersinn,
Die Städte wie junge Herden in frühlingshaftem Beginn,

Die Städte gebaut aus Steinen, aus Holz, aus Glas und Stahl,
Die Städte mit heiligen Türmen, die mit der Verdammnis Mal,
Ich sah auch die Städte, in die sich Seuche und Pest verbiss,
Vielhundert hab ich gesehen, da wurde mir Eines gewiss:

Dass es vermessen, mit Raten und Rechnen Städte zu baun,
Dass es geboten, die ewigen Zeichen anzuschaun,
Dass von geheimen Mächten den Städten Segen quillt,
Dass sie nicht alle Städte zu segnen sind gewillt.

Als die Etrusker bauten die Stadt auf des Berges First,
Da sprachen zu ihr beschworene Stimmen: du wächst, du wirst!
Die heiligen Bilder schauten vom hohen Mauerring,
Die Städte stehen noch heute, soviel an Zeit verging.

Und Rom, die ewige Stadt, ist gebaut auf der Götter Geheiß,
Sie liegt an den sieben Hügeln, die segnend sich schließen zum Kreis,
Von hier auch zogen die Scharen, die städtegründenden, aus,
Gesegnet von willigen Mächten, sie bauten fest ihr Haus.

Jerusalem, die heilige Stadt, ward vielmals verbrannt,
Die Kinder Jerusalems wurden in fremdes Land verbannt,
Sie kehrten zurück und ließen von ihrer Stadt nicht ab,
Sie legten sich, wenn sie starben, zu ihren Vätern ins Grab.

Und andere Städte wieder, die wuchsen riesengroß,
Sie bargen ganze Völker in ihrem ummauerten Schoß,
Sie mussten sinken und sterben und in das Nichts vergehn,
Babylon, Ninive, Susa und die Herodot gesehn.

Theben, das hunderttorige, liegt heute begraben im Sand,
Palmyra, das golden glänzende, ist aus dem Gedächtnis verbannt,
Thyrus und Sidon versanken, Karthago hat aufgehört,
Dem Königssitz Ravenna wurden die Tore zerstört.

Wie die Flut des Meeres so brandet die Zeit an das Fundament,
Verloren die Städte, in denen das heilige Licht nicht brennt,
Verflucht die vermessenen Städte, die sonder Gnade und Wahl
Aufwachsen im Schatten der Götzen und dienen dem Belial.

O sieh das Antlitz der Städte, das keine Versehrung spürt,
Denn seine Bestimmung ist ewig und nicht von Verwesung berührt –
Ihr Städte an magischen Strömen, an Küste, Golf und Sund,
Die ihr mit klammernden Wurzeln tief ankert im heiligen Grund –

Was auch an Irrsal und Wirrnis in euren Schößen quillt,
Ihr wahret in eurem Antlitz ein unzerstörbares Bild,
Ihr steht und dauert, bis einmal die Zeit ihr Ende hat,
Aus euch will sich auferbauen die ewige, göttliche Stadt.

Bauernspruch zur Sonnwend

Wir treten zusammen in einen Kreis
Und brennen das Feuer nach alter Weis.
Wir brennen das Feuer, so wie es getan
Zu ihren Zeiten der Vater und Ahn.
Das Feuer der hohen Sonnenwend,
Das in der Nacht mit den Sternen brennt.
Der Lauf der Sonne steigt auf und ab,
Wir selber gehen von der Wiege ins Grab.
Doch heute schlagen die Flammen auf,
Wir rufen den Tod und das Leben herauf.
Wir rufen die, die ihr Tagwerk tun,
Wir rufen die, die in Gräbern ruhn,
So Mann wie Weib, so Kind wie Greis,
Die Toten stehn mit uns im Kreis,
Ein jeder, der diese Erde beging,
Der schließt mit uns um das Feuer den Ring,
Auf dass wir beschwören mit Feuers Macht,
Den Lauf der Sonne in dieser Nacht.
Brenn Feuer, brenn auf!
Schlag hoch zum Himmel hinauf!
Auf dass das Licht nicht verlischt in der Welt,
Auf dass das Leben den Sieg behält.
Brenn, Feuer, brenn rot!
Schlag Hader und Zwietracht tot!
Schlag jeden Feind, der das Land berennt,
Damit das Feuer des Herdes brennt,
Damit kein Verderber die Saat verdirbt,
Damit kein Spross an der Seuche stirbt.
Brenn, Feuer, zu End,
Damit sich das Unheil wend.
So brennt das Feuer, tut ab die Not,
Gott geb uns das Leben und seligen Tod!

Dreikönige

Drei Könige ziehen landein, landaus
Und kehren wieder im jährlichen Kreis,
Drei wandernde Könige ohne Haus –
Sie suchen den Stern, den niemand weiß.

Wo irgend verloren ein Licht erglüht,
Da sind sie nächtlicher Weile zu Gast,
Sie singen ein fremdes, vergessenes Lied,
Dass dich ein süßes Heimweh erfasst.

Sie ziehen drei schützende Ringe ums Haus,
Daran die Welle der Zeit zerbricht,
Und spenden die dreifache Gabe aus
Von Weihrauch, von Myrrhen, von goldenem Licht.

Sie scheiden, sie wandern für und für –
Horch, Herz, in die einsame Nacht hinein,
Es gehen viel Füße, lass offen die Tür:
Es werden vielleicht die drei Könige sein.

Auf dem Turm

Aufwärts gehen unsere Schritte
An des Abgrunds schmalem Saume,
Kreisend um die leere Mitte
In des Turmes schlankem Raume.

Über uns erhebt die welke
Stimme zum Gesang der Wächter,
Von den Eulen im Gebälke
Kommt gespenstisches Gelächter.

Eng sich die Spiralen drängen,
Wo wie Fische in der Reuse
Regungslos die Glocken hängen.
Nur die Uhr tickt im Gehäuse.

Schwankend tragen uns die Bohlen,
Eine Pforte führt ins Freie,
Nah sind uns im Reich der Dohlen
Ihre Flüge, ihre Schreie.

Häusermassen dunkel drohen
Drunten, wo die Schatten modern,
Wo die Pappeln nur, die hohen,
Mit uns auf zum Himmel lodern.

Unser Blick fasst unermessen
Ausgespannte Wolkenrunde,
Und ein trunkenes Vergessen
Hebt zur Ewigkeit die Stunde.

Schiffe auf dem Kanal

Auf dem Kanale perlt in kleinen Lichtern
Der Widerschein der bunten Bootslaternen,
Die Schiffe mit verdunkelten Gesichtern
Liegen in Schlaf und träumen schon von fernen
Seefahrten und vom Sturm und Meeresnöten.
Ein Zittern geht wie ein Erwachungsdehnen,
Noch schlagbefangen müht sich aus den Schlöten
Der Rauch – dann schreiend jauchzend die Sirenen.

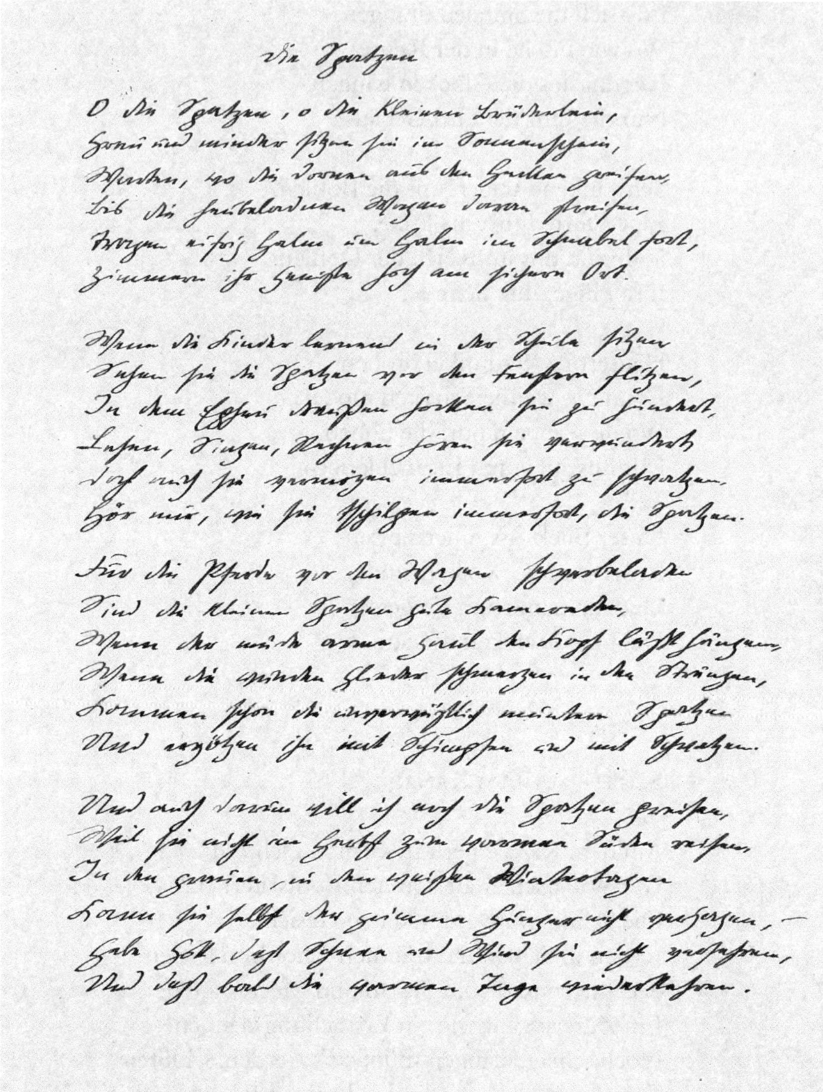

Hans Leifhelm: *Die Spatzen*, 1927, Manuskript (Franz-Nabl-Institut, Graz, LdV-MS 2, Bl. 8r).

Die Spatzen

O die Spatzen, o die kleinen Brüderlein,
Grau und minder sitzen sie im Sonnenschein,
Warten, wo die Dornen aus den Hecken greifen,
Bis die heubeladnen Wagen daran streifen,
Tragen eifrig Halm um Halm im Schnabel fort,
Zimmern ihr Geniste hoch am sichern Ort.

Wenn die Kinder lernend in der Schule sitzen,
sehen sie die Spatzen vor den Fenstern flitzen,
in dem Efeu draußen hocken sie zu hundert,
Lesen, Singen, Rechnen hören sie verwundert,
doch auch sie vermögen immerfort zu schwatzen.
Hör nur, wie sie tschilpen immerfort, die Spatzen.

Für die Pferde vor den Wagen schwerbeladen
sind die kleinen Spatzen gute Kameraden,
wenn der arme müde Gaul den Kopf lässt hängen,
wenn die wunden Glieder schmerzen in den Strängen,
kommen schon die unverwüstlich muntern Spatzen
und ergötzen ihn mit Schimpfen und mit Schwatzen.

Und auch darum will ich noch die Spatzen preisen,
weil sie nicht im Herbst zum warmen Süden reisen.
In den grauen, in den weißen Wintertagen
kann sie selbst der grimme Hunger nicht verjagen –
Gebe Gott, dass Schnee und Wind sie nicht versehren
und dass bald die warmen Tage wiederkehren.

Erinnerung an Maloja

Vor Tage musst du lauschen,
Es stürzt der Fels am Piz Lunghin,
Die Wasser hörst du rauschen
Talab, talab im Engadin.
Die Hütten liegen noch im Schlaf,
Aus fernem Stalle brüllt ein Rind,
Mit leisem Sausen kommt herab
Vom Passe der Malojawind.

Er bringt den Duft der Firnen
Und haucht ihn in die kühle Nacht,
Zu funkelnden Gestirnen
Ragt auf der Gipfel ew'ge Wacht;
Der Arven zackige Kontur
Ist nah und brüderlich vertraut,
Wie Baum und Gras so bist auch du
Von mütterlicher Nacht betaut.

O hoch am Hang zu wandern,
Wenn dann der Dämmergürtel bricht,
Wenn einer nach dem andern
Die Gipfel tauchen in das Licht.
Es windet sich der steile Pfad
An Trümmern von Granit vorbei,
Von Wand zu Wand im Echo hallt
Des unsichtbaren Falken Schrei.

Die letzten Nebelschwaden
Vergehen hoch am Talbeginn,
In sträubenden Kaskaden
Stürzt sich herab der junge Inn,

Er schäumt im klirrenden Geröll,
Gezeugt von Fels und Firnenschnee,
Wie eine Ader, eisig grün,
Durchpulst er hell den Silser See.

In orgelnden Kadenzen
Hörst du den Sang des Windes gehen,
Wie Silberschilde glänzen
Fernher die Engadiner Seen,
Im wolkenlosen Julitag
Flammt rot der Alpenrosen Glut,
Und als des Sommers Zeichen ragt
Tiefblau am Pfad der Eisenhut.

In Latium

Des Haines Stimme ist Rauschen –
Aus felsenem Grund hallt es wider,
Es singen die rauschenden Lieder
Hochkronige Bäume der Schlucht.
Du liegst in den untersten Gründen
Und suchst mit den Augen das Lichte,
Da droben in jagenden Winden
Wird sichtbar die sonnige Bucht,
Es öffnet und schließt sich die Dichte
Des Waldes in wehender Flucht.

Steineichen, die immerdar grünen,
Sie singen mit sausenden Kronen,
Darinnen Jahrhunderte thronen,
Ins laubige Leben gebannt;

Wacholder bewacht die gestürzten
Bildsäulen aus heidnischen Tagen,
Es haucht ihnen myrrhengewürzten
Waldodem das felsige Land –
Buntblitzend die Eidechsen jagen
Hin über Gesicht und Gewand.

Schönblättrige Edelkastanien,
Sie regen die ragenden Äste,
Sie streuen dem herbstlichen Feste
Das leuchtende, goldene Laub.
Es glühen die Beeren korallen
An Ilexzweigen, an starren,
Wie Blutestropfen sie fallen
Dem sinkenden Jahre zum Raub –
Schwarz schrieb auf die Felsenbarren
Sein Zeichen vulkanischer Staub.

Es ruft dich empor aus den Gründen,
Hinauf, wo in weiten Kolonnen
Die Pinien hoch und entronnen
Durchgrünen das gleißende Licht;
Sie stehn wie in göttlichen Auen
Und heben das Antlitz der Kronen
Zenitwärts, die Himmel zu schauen,
Sie fliehen die Sonne nicht,
In Winkeln der Äste wohnen
Dryaden mit dunklem Gesicht.

Sie äugen rundum zu den Bergen,
Den steinern im Wogen erstarrten,
Die nicht mehr wie ehedem warten,
Dass lodernd Vulkane sprühn;
Gedämmt sind der Unterwelt Feuer,

Die träumenden Wasser erfüllten
Die Kessel – ein Frühling, ein neuer,
Will nun aus den Kratern erglühn,
Wenn rings die ginsterumhüllten
Abhänge gelbflammend erblühn.

* * *

O Land mit den heiligen Zeichen,
O Berg, wo vor tausenden Jahren
Die göttersuchenden Scharen
Erstiegen den steinernen Pfad,
Seid hold, wenn in heutiger Stunde,
Da fern in des Westens Runde
Der Abend sich malt wie Achat,
Ein Wanderer über die gleichen
Felsstufen, euch zu erreichen,
Mit suchendem Sinne sich naht.

Römische Brunnen

Kommst du zur Nacht in die Ewige Stadt, wenn die Brandung der Straßen
Ebbend verhallt, wenn der Wind von den fernen lateinischen Bergen
Über die glühenden Dächer mit kühlender Frische einherweht,
O dann hörst du sie rauschen unzählig, die römischen Brunnen,
Hier auf den Plätzen, dort vor den Palästen und tief in den Höfen,
Brunnen in steinerner Stadt, die immerfort spenden die Wasser,
Immerwährend mit rauschendem Sang durchsingen die Stunden.
Und du siehst, wie sie strömen in schneller und stetiger Wandlung,
Rieselnde, steigende, stürzende, perlende, ruhende Wasser,
Hochaufspringend mit glitzerndem Strahl, um wieder in Schleiern,
Niederzuweben und stäubend zu fallen in hundert Kaskaden.
Zeichen auch stehen gemeißelt auf ihren steinernen Becken,
Namen tragen sie alle, sie sind benannte Geschöpfe,

Die, von den Göttern gesegnet, von Menschen zu Diensten gewonnen,
Stadtwärts geeilt aus fernem Gefild – denn dort, wo die zarten
Linien hohen Gebirgs im klaren Osten verblauen,
Haben sie Ursprung und Heimat, entsendet aus felsenem Schoße
Klüftige Gründe, von Quellen gespeist und kristallenen Seen.

Kunstreich waren die Hände, die ihnen die Brunnen hier schufen
Und die bannten in steinernem Bild ihre schirmenden Geister,
Sandstein, Granit, Travertin, Porphyr und adliger Marmor –
Alle boten gehorsam sich dar den köstlichen Wassern,
Ihnen zu dienen und hier eine felsene Heimat zu schenken.
Tief aus dem Steine hörst du sie rauschen und klingend entquillen.
Und du wanderst durch Rom, verlockt von den Stimmen der Wasser,
Weilst bei dem Steintriton, der das Muschelhorn bläst, bei den Löwen,
Die den gleißenden Strahl aus granitenen Mündern entspeien,
Stehst vor Sankt Peter inmitten der riesigen Kolonnaden,
Siehst, wie sie steigt, die Fontäne zur Rechten und jene zur Linken,
Mächtig aufschießende Zwillingsgewässer, durchspielt von der Lüfte
Sonnigem Hauch, sie mischen sich funkelnd dem Atem des Windes,
Weithin wabern die nassen Schleier, sie netzen die Steine,
Köstlich betauend den Platz, den die Scharen der Pilger beschreiten.
Weiter zieht es dich dann zum ovalen Platze, den dreifach
Schmücken die riesigen Brunnen, hier lagern die steinernen Götter
Mächtiger Ströme: La Plata und Nil und Ganges und Donau,
Und zum Ergötzen der Menge der Mohr der Piazza Navona.
Dann wieder öffnet sich dir ein Platz am Fuße des Hügels,
Wo über Mauern der Gärten die Zedern und Pinien schatten.
Hier liegt verankert die steinerne Barke, befrachtet mit Wasser,
Das da tränkt die blumige Zier der Spanischen Treppe.
Acqua Vergine – so ist benannt das starke Gewässer,
Speisend viele Fontänen, vor allem die mächtige Trevi,
Wo Neptun die Wellen befährt, wo in Stein steht gemeißelt
Sage aus uralter Zeit: du siehst die Soldaten Agrippas

Ausgesandt in die Berge von Tibur, die Quellen zu suchen,
Ihnen wies eine Jungfrau den Pfad zu verborgenem Ursprung.
Sieh, da kommt eine scherzende Schar, die dem Freunde Geleit gibt,
Hier in das Becken wirft er die Münze, der scheidende Fremdling,
Folgend dem alten Gebot, um die Rückkehr nach Rom zu erflehn.

Wenn du nun weiter durchwanderst die Stadt, begegnest du vielen
Brunnen im Schatten der Häuser in volkreichen, engen Quartieren,
Wo sie einander finden, die Frauen, zu fröhlichen Scherzen,
Wo das dürstende Pferd und das Maultier weiß seine Tränke.
Wieder dann stehst du gebannt vor seltsam schönen Gebilden,
Die ein Künstler erschuf, vor jenem herrlichen Brunnen,
Wo die Schildkröten tastend erreichen die Fläche des Wassers,
Dann wieder, wo die Delphine die blitzenden Strahlen entsenden,
Oder dort, wo in Ruhe und edel die marmornen Schalen
Feierlich tragen die schimmernden Spiegel, oft zweifach und dreifach
Spenden einander das rinnende Nass, wie der adlige Brunnen,
Den einst besang in ew'gem Gedicht der ergriffene Dichter.
Deutest du aber die Zeichen der Quellen, so hast du vor Augen,
Wie sie da gehen über Hügel und Täler, die wandernden Wasser,
Viel an der Zahl, geführt von gezielten Aquädukten,
Durch die Berge sich bahnend den Weg und hoch über Schluchten,
Vieler Jahrhunderte Zeugen, wie jene zerbrochenen Bögen,
Die fernziehend durchmessen die sonnverbrannte Campagna.
Konsul, Kaiser und Papst, wer immer übte die Herrschaft,
Sann auf das Werk, die Stadt zu beschenken mit quillendem Wasser,
Und du stehst vor den Brunnen und siehst im Geiste den Ursprung
Und die Gefilde, die fernher die Wasser geleiten, sie alle
Ziehen ein mit den Quellen, du trinkst und schmeckst auf der Zunge
Stein und Moos, du trinkst mit den Wassern italische Erde,
Hörst aus den Wassern die Laute der Höhe, den Fall der Kaskaden,
Rauschen der immerdar grünen Steineichen in uralten Hainen,
Reigen der Nymphen und Ruf der Najaden und Stimme der Götter.

Auf den Tod eines Dichters

I

Briefe von deiner Hand
Reden vertrauten Laut,
Da doch auf dich schon taut
Tau aus dem Totenland.

Da schon das Herz dir kühlt
Tau der Vergessenheit,
Da schon der Ewigkeit
Sternraum dein Auge fühlt.

Rede du gütiger Mund –
Einmal noch hören wir
Und wir erneuern dir
Irdischen Bund.

II

Du gedachtest der Sphinx,
Die der Wüste entragt,
An dem ewigen Strom,
Unter himmlischem Raum.
Die Jahrtausende gehen,
Und ihr Haupt hat Bestand,
Unverwandt, unzerstört
Hat dies Antlitz Bestand.
Keine Sandflut verweht
Die gebildete Form
Und gefährdeten Sinn
Wahrt ein menschliches Haupt.

III

Tun deine Worte kund
Leidvolle Wanderschaft,

Löst aus der Erde Haft
Doch sie dein Mund,

Immerdar kündender
Tieferes Angesicht
Und uns entzündender
Reineres Licht.

IV
O du Dichter, der starb,
Sieh, es lebt dein Gedicht,
Sieh ein Bild ist geformt
In gestaltloser Zeit.

Unter himmlischem Raum
Hat dein Antlitz Bestand,
Keine Zeitflut verweht,
Was du formend erfüllt.
Aus chaotischer Welt
Ragt dein menschliches Haupt.

V
Du gingst in die Einsamkeit,
Einsam deinem Tod zu begegnen.
Über dunklen Wäldern schimmerte der Firn,
Nächtlich zog auf der Gestirne Heer,
Ungeheuer über den Himmel funkelte die Milchstraße –
Da trat aus des Orion Bild der lichte Jäger,
Sich zu erlegen das reinste Herz.

Kein Tod von den Äckern.
Kein Tod aus den Städten,
Aus den Gestirnen trat leuchtend der Tod.

Hans Leifhelm mit seiner Frau Sophie, geb. Hennicke, vor dem Wohnhaus der Familie Köchlin, dahinter v. l.: Heinrich Lersch, dessen Schwiegermutter Paula Köchlin und Ehefrau Erika Lersch, geb. Köchlin, 1917, Fotograf unbekannt (Steiermärkische Landesbibliothek Graz, Sammlung Hans Leifhelm, Fotos).

Für Heinrich Lersch

Wer spricht mit brüderlicher Stimme nun zu mir,
Da du gestorben bist,
Du lagst im Grab, als ich zu dir gekommen war.
Ich ging auf deinen Pfaden durch das Tal,
Ich sah das Haus, den Tisch, den Stuhl, wo du gewirkt.
Noch lag die Feder, wie sie deine Hand verließ,
Und dorrend stand die Blume, die dein Aug gegrüßt.
Ich ließ die Stätte, aber Eines nahm ich mit,
Die Grubenlampe, die zu deinen Häupten war.
Ein Bergmann gab sie dir im tiefen Schacht,
Du hütetest sie manches Jahr, du warst ja auch
Ein Mann im Berg der Arbeit und des Leids.

Und nun, da du hinabgestiegen in den Grund,
Durchgehst du weit die Erde, die du so geliebt,
Hier aber, mir zu Häupten, brennt das Grubenlicht
Wie einst in Kameradschaft dir, es fällt sein Schein
In dies Gedicht – dein Bruder sendet es hinaus
Ins Totenland. So wandert es denn, ein Signal,
Durch Schächte und durch Stollen, suchend deine Spur,
Ich seh es wandern fern auf Stufen des Gebirgs,
Empor sich hebend unbeirrt, zum Übergang
Hinüber leitend dich ins Land des Lichts.

Die wir entronnen sind

Die wir entronnen sind
Dem Sterben vor der Zeit,
Wir gehen immerdar
Im Totenkleid
Uns ist in Blut gestählt
Und altert nicht das Herz,
Ein jeder Morgen morgenneu,
Ein jeder Tag wie Tag im März.

Knaben, Jüngling, Mann –
Wir gruben viele ein,
Wir hörten statt des Lerchenrufs
Den Totenvogel schrein,
Uns streifte Nacht für Nacht
Der dunklen Flügel Schlag,
Uns rührte an mit seiner Hand
Der Tod vor Tag.

Das lässt uns nimmermehr
Für uns allein,
Das lässt uns immerdar
Mit unsern Toten sein,
Mit unsern Toten durch
Das lichte Leben gehen,
Mit ihnen schlafen und
Mit ihnen auferstehn.

Schlafen den Schlaf, in dem
Kein Traum lebendig ist,
Kristallne Ruhe, die
Des Wandelns ganz vergisst,
Und auferstehn,
Wie der nur aufersteht,
Durch den Atem der
Erweckung geht.

Wir bringen Botschaft mit
Von ihnen, die verstummt,
Lächeln und Blick
Von ihnen, die vermummt,
Von ihrem Leib,
Der modert und zerfällt,
Tragen wir Puls
Und Atem durch die Welt.

Lob der Vergänglichkeit

Erste Fassung

So will ich dich preisen, Vergänglichkeit,
Flug des Geschehens und Nimmerwiederkehr,
Einmaligkeit, Einzigkeit, die alles Werden weiht.

O Erhabenheit vergangener Welten,
Vor allem Menschengedenken in ungeheurem Wandel
entstehend und vergehend,
Nur dunkle Ahnung weht von euch durch die Zeiten.

Leuchtende Gestirne,
Vor tausend Zeitaltern aufzitternder Strahl, heute
uns zum ersten Male kund und morgen
erloschen,
Welten von Himmelskörpern, strahlend in der
unermesslichen Macht,
Sonnensystem, kreisende Planeten, engschwingende
Monde, geheimnisvolle Parabeln der
Kometen,

Erde, du unsere Heimat, dich wandelnd durch alle
Stadien der Verdichtung,
Flutzeiten, tropische Jahrtausende, Eiszeiten,
Aus unermesslicher Ferne zielend in mein Bewusstsein.

Erscheinung der Vorweltgeschöpfe, riesige Silhouetten
vor den Waldbergen,
Menschen in tierischer Dämmerung, in Betäubung,
Fron, Raserei, Genuss, Begeisterung,
Stimmen der Herden in der Nomadenzeit, die Gärten
von Atlantis, die Erscheinung der Götter,
Verbannung, Wüstenwanderung, Land der Verheißung,
Turm von Babel, steinerne Siedlung von Ninive und
Susa,
Blühender Glanz von Athen, Herrschaft Roms,
Wanderung der Völker, Kreuzzüge, Krieg
und Frieden,
Überquerung der Ozeane, Flug über die Erdteile.

Leben des Tages, Geschehnis im Großen und Kleinen,
O Tanz der Mücken im letzten Sonnenstrahle,
Flucht der Schatten, Aufglänzen der Wiesenfarben,
Verklärung des fernen Gebirgs, Übergang des Abendrots
in leichenblasse Dämmerung.

Du Wolke über dem Hochtal an einem Herbstabend,
Einmal dich formend, in goldenes Licht getaucht,
fließend wie feuriges Metall,
Dich wandelnd in hundert Tönungen,
deren jede nur eine Sekunde währt,
Musik von Farben, abklingend in bleigraue Dunkelheit,
Bis alles wie ein schwärzlicher Rauch hinter den Bergen
vergeht.

Du zitterndes Geschöpf, bei mir zu Gast, wenn ich die
Nacht durchwache,

Glaszarte Flügel, durchsichtig, lichtgrüner Leib,
rotgoldene Augen,
Suchende Fühler – o unsäglich zartes und schönes
Gebilde,
Beim Anhauch entfliegend, nie wiederkehrend,
entschwindend in die taunasse Nacht.

Einmal der Kreuzschnabel auf der Telegraphenstange,
der Häher neben der eilenden Eisenbahn,
Der Bussard im Bergwald, auffliegend mit seltsamem
Pfiff, der Pirol mit klingendem Ruf in der
Morgenfrühe,
Eine Zikade im Süden, vom einsamen Baum durch die
Mittagsstille schrillend,
Während fern am Gebirgshang eine singende Prozession
näher kommt,
Flamingos in einem Garten, hinter der Bambushecke im
spiegelnden Weiher stehend.

Schneeweiß ein Viermaster, wie ein Märchen in
nordische Meere verschlagen,
Ein Mädchen, fern in der zurückbleibenden
Bahnhofshalle zum Abschied winkend,
Landung einer Barke in der Minute vor dem Orkan,
Eines Kindes Lächeln, das dich grüßt in der Fremde,
Volksfest im Süden, Gesang und Tanz, in die Nacht
verklingend.

Schlaf in der Berghütte, von Zeit zu Zeit Rückkehr ins
Bewusstsein, während die kalten Sterne
glänzen,
Während die Wasser von granitener Wand in
rauschenden Kaskaden abwärtsfallen,
Getöse des stürzenden Gesteins, wenn sich die
überhängenden Massen lösen,

Blendender Schneetag, Abfahrt von der weißen Halde,
Rast im dunkelgrünen Fichtenwald,
Föhntag im ersten Frühling, unendliche Klarheit über
dem fernsten Alpenzug,
Wanderschaft, von der tiefsten Musik der
Vergänglichkeit durchklungen,
Wenn Bild auf Bild abrollt, wenn der Weg alles verlässt,
um alles zu gewinnen.

Keines Dinges Art ist zu dauern,
Und auch die Götter blühen und sterben.
Eines aber ist ewig.
Wir kennen es nicht,
Ewig lebt es, sich bekundend in tausendfältiger Gestalt,
in Erscheinung und Gedanken,
Wechselnd, unerschöpflich sich wandelnd,
Eins in sich und allem,
Trunkene Fülle, ebenso vielgestaltig in Elementen wie in
Geschöpfen,
Noch im starren Kristall voll ungeheuren Lebens und
voll Stärke.

Du aber, Kunst, offenbarst die Erhabenheit des
Geschehens,
Du schwingst dich auf aus irdischem Schoß zum
Überirdischen,
Aus seliger Not gewinnst du die Erlösung.
Du hältst, was verrinnt, du überwindest die Zeit,
Du findest die Melodie des Unfassbaren, du formst in
gültigem Wort,
Du bannst die flüchtige Erscheinung und den Raum in
dauernder Gestalt,
Edelstes Kind der Vergänglichkeit und Herold des
Ewigen.

Preisen will ich dich, Vergänglichkeit, Zeugnis des
Unerschöpflichen und Unermesslichen,
Uns bewusst zu Leid und Trost, zu tiefster Ahnung.
Du spornst uns an zu höchster Entfaltung, zu
prometheischem Werke,
Du treibst uns an, selber uns unerschöpflich zu wandeln
zu immerwährendem Auferstehen,
Du führst uns heim in die Urheimat.

Lob der Vergänglichkeit

Letzte Fassung

So will ich dich preisen, Vergänglichkeit, die du
beherrschst die ewige Zeit,
Die du das Leben inbrünstiger machst, die du auch
flammender mich entfachst,
Kündend die Nimmerwiederkehr, kündend das eherne
Nimmermehr.

Einmal und einzig ist jedes Geschehn, nicht wird die
Welle als gleiche entstehn,
Die sich zu meinen Füßen bricht, einmal wird Jedes
geboren zum Licht,
Während sich rings schon der Schatten schart, während
Geburt mit dem Tode sich paart.

Inbrunst sei dir flammend geweckt, – sieh das kleine
glaszarte Insekt,
Das beim Anhauch flüchtig entschwebt, auch in diesem
Vergänglichsten lebt
Schönheit des Einzigen unversehrt, die dir nimmermehr
wiederkehrt.

Leben ist Sterben immerdar, aber einzig und
wunderbar
Jedes Geschehen dem Dunkel entbricht, jedes Leben
auffunkelt im Licht,
In der Einmaligkeit hochgeweiht, unversehrbar in
irdischer Zeit.

Dunkel liegt deine Zukunft verdeckt, Inbrunst sei dir
flammend geweckt,
Nichts im Handeln eitel zu tun, nicht in der Träge
Schatten zu ruhn,
Uns ist verliehen der Liebenden Kraft und des
Wahrhaftigen Leidenschaft.

Leben ist Sterben immerdar, aber lebendig im späteren
Jahr
Macht es die Regung unserer Brust, denn des Ewigen
währende Lust
Wirft schon Abglanz in unser Herz, jedes Geschehen
schreibt sich in Erz.

Gutes und Böses wirkt weiter fort, so wie das Licht, so
strahlt auch das Wort,
Strahlt auch die flüchtigste Regung des Hirns über die
Bahnen unsres Gestirns,
Untilgbar in der Sternenbahn wirkt was getan, was nicht
getan.

Einmal der Mensch und nur einmal der Tag, denk es bei
jedem Herzensschlag,
Nichts, was geschieht, wird nichtig gemacht, nichts, was
versäumt, wird später vollbracht,
Jeder wahre sein heiliges Recht, jeder verbürge des
anderen Recht!

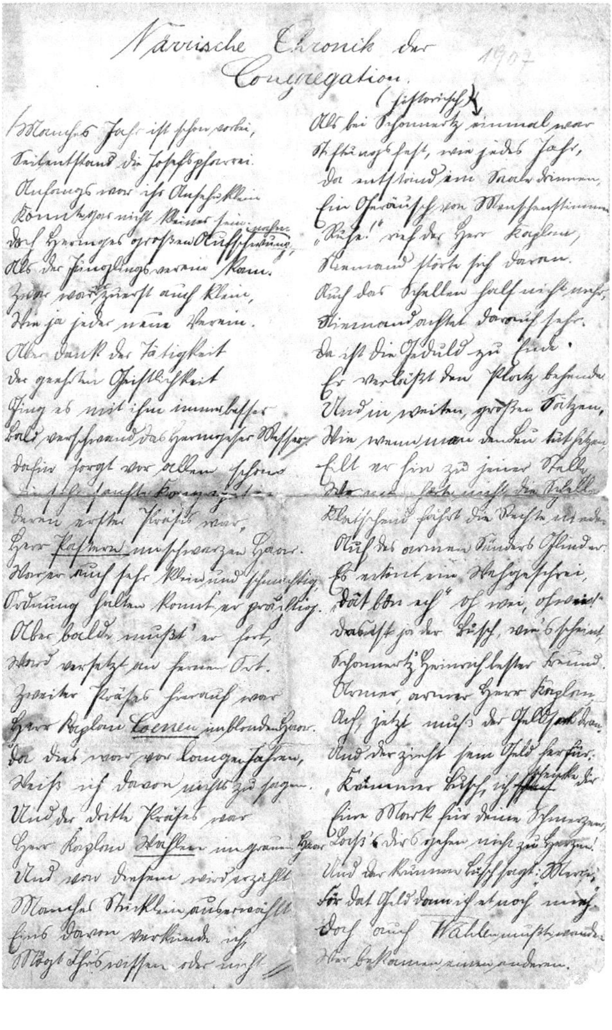

Hans Leifhelm: *Närrische Chronik der Kongregation*, erste Seite des Manuskripts, 1907 (Stadtarchiv Mönchengladbach, 15/4/8).

Närrische Chronik der Kongregation

Manches Jahr ist schon vorbei,
Seit entstand die Josefspfarrei.
Anfangs war ihr Ansehn klein,
Konnte gar nicht kleiner sein.
Doch Hermges großen Aufschwung nahm,
Als der Jünglingsverein kam.
Zwar war er zuerst auch klein,
Wie ja jeder neue Verein.
Aber dank der Tätigkeit
Der geehrten Geistlichkeit
Ging es mit ihm immer besser.
Bald verschwand das Hermgeser Messer.
Dafür sorgt vor allem schon
Die sehr sanfte Kongregation,
Deren unser Präses war
Herr Pastern im schwarzen Haar.
War er auch sehr klein und schmächtig,
Ordnung halten konnt' er prächtig.
Aber balde musst' er fort,
Ward versetzt an fernen Ort.
Zweiter Präses hierauf war
Herr Kaplan Coenen im blonden Haar.
Da dies war vor langen Jahren,
Weiß ich davon nichts zu sagen.
Und der dritte Präses war
Herr Kaplan Wahlen im grauen Haar.
Und von diesem wird erzählt
Manches Stücklein auserwählt.
Eins davon verkünde ich,
Mögt Ihr's wissen oder nicht.
Als bei Schonnertz einmal* war *(historisch)
Stiftungsfest wie jedes Jahr,
Da entstand im Saale drinnen
Ein Geräusch von Menschenstimmen.

„Ruhe“ rief der Herr Kaplan,
Niemand störte sich daran.
Auch das Schellen half nicht mehr,
Niemand achtet darauf sehr.
Da ist die Geduld zu Ende.
Er verlässt den Platz behende
Und in weiten, großen Sätzen,
Wie wenn man den Leu tut hetzen,
Eilt er hin zu jener Stelle,
Wo man hörte nicht die Schelle.
Klatschend fährt die Rechte nieder
Auf des armen Sünders Glieder.
Es ertönt ein Wehgeschrei,
„Dät bön ech, oh wei, oh wei!“
Das ist ja der Busch, wie's scheint,
Schonnertz' Heinrich bester Freund.
Armer, armer Herr Kaplan,
Ach, jetzt muss der Geldsack dran,
Und der zieht sein Geld herfür:
„Krummer Busch, ich schenke dir
Eine Mark für deine Schmerzen,
Lass' dirs gehen nicht zu Herzen!“
Und der krumme Busch sagt: „Merci,
För dat Geld donn ich et noch mieh.“
Doch auch Wahlen musste wandern,
Wir bekamen einen andern.
Dieser, wie ihr alle wisst,
Der Herr Kaplan Jägers ist.
Manches Nützliche und Feine
Führt er ein in dem Vereine,
Den Gesang, ihn kann man brauchen,
Sich die Stimme zu verstauchen.
Auch kann in den Turnerriegen
Man die Knochen sich verbiegen.
Da zum schnellen Menschentöten
Eine Flinte ist vonnöten,

Hat man eine solche auch
Angeschafft nach altem Brauch.
Doch das Wichtigste zumal,
Das sich zutrug hier im Saal,
Das geschah vor fünfzig Tagen,
Als die Wahlschlacht ward geschlagen.
Hitzig wurde mancher Streiter,
Viel geschah dort ernst und heiter.
Da defekt der Vorstand war
Gleich ganz vorn im neuen Jahr,
Musste man was Neues wählen,
Davon will ich euch erzählen.
Wenn sich einer fühlt gemint,
Hat ers redlich auch verdinnt.
Wen es jückt, der kratze sich,
Wir sind nicht verantwortlich.
Von dem Brandenburger Tor
Leuchtet einer schlank hervor,
Karl, so ist er vorbenannt,
Doch den Jungens unbekannt.
Vorstandsmitglied sollt' er werden,
Jede Schuld rächt sich auf Erden.
Da er noch nicht aufgenommen,
War er vielen nicht willkommen.
Ähnlich traf das Schicksal den,
Der mit Farben bunt und schön
Auf der Bundesstraße malt,
Was ihm noch kein Mensch bezahlt.
Statt auf Maler und auf Goldschmied,
Der zwar ganz vernünftig aussieht,
Jetzt das Los gefallen ist
Auf den trockenen Jurist,
der, wie ihr ja alle wisst,
Bald ein zweiter Windthorst ist.
Diesen zog man nie zu Rat,
Nannt ihn auch nicht Kandidat.

Doch durch seine Redekraft
Hat er Gönner sich geschafft.
Er zählt Stimmen viermal zehn,
Zwar für manche wars nicht schön,
Doch das tut ja nichts zur Sache,
Deling hatte seine Rache.
Auch ein anderer sah's mit Groll,
War des bitteren Hasses voll,
Auch ein Brandenburger Sohn,
Pflegt mit Mädchen Umgang schon.
Ebenfalls wie jenes Grüppchen,
Das bei Wagels hat ein Klübchen.
Dort sie oft zusammenkamen,
Wohl versehn mit jungen Damen.
Da dem Präses dies missfiel,
Machte er ein kurzes Spiel,
Auch als Thyssen Franz das hört,
Ist im Herzen er empört,
Spricht mit trockenem Gesicht:
„Ich versteh die Jungen nicht.
Wollen schon mit Mädchen gehn,
Eh sie haben den Schnurrbart stehn.
Aus dem Vorstand sind es sieben,
die mit ihren süßen Trieben
Den Verein verlassen mussten,
Weil sie nichts Gescheitres wussten.
Um der Dummheit Maß zu füllen,
Sandten sie in allen Stillen
Einen Brief zum Präses hin,
Darin stand viel Frechheit drin.
Doch der ließ sich nicht beirren,
Warf sie trotz entstandner Wirren
Kurzer Hand zur Tür hinaus.
O, es war ein grausiger Graus.
Doch es gibt auch andre noch,
Die nicht fielen in das Loch,

Die noch oben sind geblieben,
Trotz der bösen, bösen Sieben.
Wenn ihr jenen nur beseht,
Der das Schreiben so versteht,
Aber auch in andren Sachen
Weiß er vieles schön zu machen.
Er kann gut 'nen Pater machen,
Ist auch fix in Leutnantssachen,
Man erkennt das edle Blut,
Das in seinen Adern ruht.
Wohnt er auch im Siepensteg,
Bringt er manches doch zu weg.
Gar nicht weit von diesem ab
Wohnt ein andrer tüchtger Knab.
Küster ist er, ernst und wichtig,
Spielt die Orgel falsch und richtig.
Alex hat man ihn genannt,
Weitres ist noch nicht bekannt.
Statt des Goldschmieds wählte man
Einen Kesselflicker dann.
Da die Dahler keinen kannten,
Den sie in den Vorstand sandten,
Hat auf Marx man sich geeint,
Lenne Pittäs besten Freund.
So stellt sich der Vorstand dann
Auf 'ne Anzahl von zehn Mann.
So ist durch Mild' und Gütigkeit
Hergestellt die Einigkeit.
Deshalb mögt das Glas ihr heben,
Unser Präses, er soll leben.

Willkommen

Nun lasst die Fahnen von den Türmen rauschen!
Es schwingt sich laut ein Jubellied empor.
Wir wollen den Willkommensgruß hier tauschen
Und öffnen weit Dir unsres Herzens Tor.

Gott grüße Dich! Nimm dieses schlichte Wort
Als unserer treuen Liebe Unterpfand.
Gott grüße Dich und schütze Dich hinfort
Bei uns in Deinem neuen Heimatland.

Sieh uns, die wir oft schwer das Leben tragen,
Die wir am Hammer und am Webstuhl stehn,
Die wir in harten mühevollen Tagen
Gebückt im Joche unsrer Arbeit gehen.

Wir reichen Dir die Hand. Sei unser Freund,
So wie Du Priester uns und Vater bist.
Auf dass ein starkes Band uns eng vereint
Und keiner je des anderen vergisst.

Vereint lass uns das hohe Ziel erstreben,
Das unsre Hoffnung ist in Ewigkeit.
Halt Du das Kreuz hoch über unserm Leben
Dass wir nicht untergehn im Meer der Zeit.

Hilf tragen unsre Last! Vertrauensvoll
Schaun wir auf Dich, der unserm Erdenleben
Ein starker treuer Führer werden soll.
Willkommen! Möge Gott Dir Gnade geben!

1914

Sommer glühte, Völker reisten,
Ährenfeld an Ährenfeld –
Ging ein Klang wie Sensendengeln
Hoch in Lüften ob der Welt.

Und es rauschte wie ein großes
Schreiten starker Schnitterschar,
Halm um Halm und Garb' um Garbe
Sanken, nun es Ernte war.

Reiche Ernte, ruhst geborgen
Still und rasenüberdeckt,
Bis ein reiner Friedensfrühling
Neue Saaten aus dir weckt.

Am Rhein

Schmaler, herbstblasser Mond schwankt auf wogendem Wolkenmeer,
Silbergrau ist die rheinische Nacht und von Nebeln schwer.
Kommt es gezogen über den Strom? Schwarz bäumt sich im Schwung
Gewaltig von Ufer zu Ufer der Brücke gigantischer Sprung.

Eisengewachsenes Tor, deine dunkelnden Bogen sahn
Brandende, graue Flut, ein Meer im Kriegesorkan:
Märker, Westfalen und Friesen, Männer von Heide und See
Zogen dahin, du standst stumm und winktest ein letztes Ade.

Bist du jetzt still und verlassen und harrest der Wiederkehr?
Brücke zur Heimat, viele finden den Weg nicht mehr.
Winke noch einmal zum Gruß. Lass der Scheinwerfer blitzenden Brand
Kreisen wie funkelnde Schwerter hinüber ins feindliche Land.

Borinage

Schwarz über Strom und Ebene hängt es in Wolken schwer,
Schiffe, lastvoll und schleppend, ziehen hinaus auf das Meer,
Quer durch das Land hin hämmern die Züge, kein Ende der Zahl,
Dumpf herheulen Sirenen, die Luft singt von klingendem Stahl.

Schwelende Feuer jagen durch Nächte blutigen Brand,
Rauch wühlt in fahlen Gewittern am Morgen über das Land,
Mittag zittert wie flüssiges Eisen am Horizont,
Eine gleißende Esse, so fiebert die Welt, von Glut übersonnt.

Hoch über Erdengeschehen hinaus wächst der Menschheit Turm,
Doch aus unendlichen Fernen herbraust der ewige Sturm,
Sintflut brandet und wogt auf hinter dem Wolkenwall,
Dräut zu gewaltigem Sturze, zermalmend das Erdenall.

Tod lauert rings, jeder ahnt, wie er tigergleich droht, keiner weiß.
Tausend wirbelnde Scharen von Werkleuten stocken zu Eis,
Räder und Riemen lahmen, Angst würgt den Atem der Welt,
Erdüber kreist die Vernichtung, die schattend die Schwingen hält.

Aber ein Lied klingt, ein uraltes Lied klingt aus Kindermund,
Ringsum aus Tiefen heben sich Glocken und wandern im Rund,
Siehe, die Erde mit Brausen und Lodern und Feuersbrand
Liegt, ein bebend Geschöpf, in Gottes Hand.

Wandel durch die Zeit

Ein Stern geht auf in Mitternacht,
Ein kühler Wind ist aufgewacht,
Es rauscht ein Traum im Laubgeäst,
Es singt ein Lied im Blütennest.
Das alles geht durch diese Zeit
Und wandert in die Ewigkeit.

Ein Kind eintritt in diese Welt,
Bevor der Morgenzeiger fällt.
Aufgeht ein Tor in stummer Wand,
Herwandert aus dem dunklen Land
Ein Lied, ein Traum, ein goldner Stern,
Ein Wind von Wanderstraßen fern.
Sie kommen aus der Ewigkeit:
Ein Herz beginnt den Schlag der Zeit.

Der Sonnenball schwebt hoch vom Meer,
Erdüber blaut es mittagschwer,
Ein Mensch zieht aus in Sommerland,
Ein Herz hält heiß das Sein umspannt,
Aufwölbt ein Dach, aufwächst ein Haus,
Kraft quillt, Herbst strömt die Schale aus – –

Einmal im Nachtwind ruft es dann,
Ein dunkles Boot hält uferan,
Bergab in Ebene fließt die Zeit,
Sternweit aufdämmert Ewigkeit.

Oft schreckt es dich

Oft schreckt es dich in schwüler Mitternacht,
Es ist wie Tod und schwerer Waffenschlag,
Und alles, was schon längst begraben lag,
Wird wie ein schwelender Waldbrand angefacht.

Und aus Vergangenheit steigt Nacht und Tag
Und Dinge schreckhaft, die du sonst verlacht,
Und Taten fallen, die du einst vollbracht,
Dir in den Nacken wie ein Richtbeilschlag.

Dann kommt dir wohl wie jähes Nordlichtleuchten
Das Bildnis jener, deren Heiterkeit
Und frohe Hände allen Trug verscheuchten.

Sie ward dir fremd und hat dich längst verlassen –
Du lehnst die Stirne in die Dunkelheit,
Und es begraben dich die Schattenmassen.

Werktag

Das ist unser Werktag, der grau das verkohlte Land überkriecht,
Wo unserer Kindheit Wiese und Blume und Wald hinsiecht,
Und wo verstaubt der Frühling wie ein dürrer Jungfernkranz
Müde und frech sich brüstet in welkem Glanz.

Das ist unser Werktag, der rußig den jungen Morgen verhängt,
Und mit feuchten Händen unsere sehnende Brust umfängt.
Wir atmen nicht frisches Wehen und fließenden Sonnenschein,
Wir fahren in die nachtdunkle Erde hinein.

Was wir an Hoffen und Wünschen haben, bringen wir dar
Auf unserer Arbeitsstätte rauchendem Opferaltar;
Wir sind meermüde Schiffer, unsre Schiffe sind verbrannt,
Wir sind heimatlose Siedler auf steinigtem Land.

Doch in uns schlagen Herzen ruhig jahraus und jahrein,
Wir säen uns selbst zur Saat in die uralte Erde hinein;
Wir tragen drückende Last und Sterben und Wintersnot:
Ein grüner Menschenfrühling soll keimen aus unserem Tod.

Die Kundengedichte

I. Der Kunde lässt das Tippeln nicht

Klinkenputzen ist das Schlimmste nicht,
Schlimmer ist es abends im Asyl,
Stunden mit verdrecktem Kartenspiel,
Nächte ohne Mond und Sternenlicht.

O wie packt den Kunden da die Pest,
Wenn der Satan ihm als Widerpart
Allen Mist der Welt zusammenscharrt
Und ihn die Bescherung sehen lässt.

„Freundchen", spricht er, „das ist deine Welt,
Weißt du, dass du drin verloren bist,
Dass du für den Dreck geboren bist,
Dass es so dem lieben Gott gefällt."

Doch der Kunde denkt: „Du schreckst mich nicht!
Morgen wird es wieder besser werden."
Und so strebt er weiter auf der Erden,
Und so lässt er auch das Tippeln nicht.

II. Auswanderung der Kunden

Europa, deine Straßen sind alle asphaltiert,
Und wo sich der letzte Feldweg verliert
Da kommt schon das Auto, das stinkende Schwein,
Da soll der Teufel Kunde sein!

Australien ist groß und Sibirien ist weit,
Doch tut es uns um die Sohlen leid,
Der Herrgott hat die Kunden gern,
Der Herrgott schenkt ihnen einen Stern.

Einen schönen Stern, wo kein Gendarm
Den Kunden schreckt mit drohendem Arm,
Mit Straßen weiß und Pennen gut,
Da sind die Kunden wohlgemut.

Die Fleppe stimmt, die Sohle ist ganz,
Da ist das Tippeln als wie ein Tanz,
Viel Arbeit ist von fern zu sehn;
Man kann ihr schön aus dem Wege gehn.

III. Der Kundenheiland

Den Heiland hab ich auch gesehn,
Ich sah ihn durch Toscana gehn.

Mit langen Haaren und mildem Gesicht –
Wer kennt den Kundenheiland nicht.

Er nährt sich von Zwiebeln und altem Brot,
Vielleicht ist er jetzt schon lange tot.

Ich sah mich in ganz Italien um
Und fragte bei allen Kunden herum.

Ein jeder vom alten Heiland spricht,
Doch wo man ihn findet, weiß keiner nicht.

Doch wenn du tippelst durch die Nacht,
Wer sitzt dort am Wegrand? O Kunde, hab acht!

Mir ist, als säße der Heiland dort,
Doch kommst du näher, so ist er fort.

Drum müssen die Kunden tippeln gehn,
Vielleicht, dass sie wieder den Heiland sehn.

IV. Der alte Kunde

Wenn die weißen Frühlingswolken ziehn,
Walzt der alte Kunde durch das Land,
Und er schlenkert mit der braunen Hand,
Zieht den Weg entlang mit krummen Knien.

Und er kennt hier alles, Dorf und Stadt,
Und er weiß ein Mädchenangesicht,
Dass er darum tingelt, sagt er nicht,
Glaubt schon selbst, dass er's vergessen hat.

Aber sag mir, Kunde, warum hast
Du dich feingemacht für diesen Platz,
Trägst ein Blumensträußlein für den Schatz,
Kommst daher als wie ein Sonntagsgast.

Aber geh, mein Sohn, so fein wie hier
Bin ich immer auf der Walz gewesen,
Und du kannst in meiner Fleppe lesen,
Dass ich hier noch nie war im Quartier.

Und schon walzt er weiter, das Gesicht
Starr gradaus, als ob die Sohle brennte,
denn vielleicht, dass sie doch kommen könnte,
Ruhig, Kunde, denn sie kennt dich nicht.

V. Kundenballade

Ein Kunde walzt von Hamburg heran
Und sucht, wo er was verdienen kann.
Die Arbeit betrachtet er von fern,
Das Fechten versteht er, das tut er gern.

Er weiß einen Meister im rheinischen Land,
Mit der Tochter ist er auch bekannt,
In Arbeit stand er schon wochenlang,
Doch die Landstraße hat ihn zu fest am Strang.

Vier Wochen hält er die Werkstatt aus,
Dann packt ihn wieder der tolle Graus,
Er haut in'n Sack, lieber Meister, ade,
Mir tun bei der Arbeit die Sohlen zu weh.

Ade, mein Mädchen, noch einen Kuss,
Weil ich heut noch dringend verreisen muss,
Weil ich hier nicht länger bleiben kann,
Übers Jahr sprech ich wieder um Arbeit an.

Durch Deutschland tippelt er immer im Kreis,
Sein Buckel wird krumm, sein Bart wird weiß,
Das Mädchen wartet sich alt und klein,
Und denkt, wo mag der Oswald sein.

Der Oswald lässt sich nicht mehr sehn,
Doch weiß ich wo ein Kreuzlein stehn,
Keine Schrift sagt seinen Namen an,
Dort liegt ein unbekannter Mann.

Zu Rosa Mayreders siebzigstem Geburtstag

Novembertag vor siebzig Jahren – deuten mag
ich gern die Sterne über deinem Winterschlaf –
einträchtig schirmten ihn die Holden, legten dir
in guter Stunde, mit der Himmelmächte Gunst,
die Gaben hin zum Angebind, es leuchteten
magische Stirnen, freundlich über dich geneigt.

Dies Leben köstlich zu beschenken, eifern sie –
Es sei mit Anmut reich begabt, mit Fraulichkeit,
mit dem geheimen Zauber, Herzen anzuziehn,
verschlossne Pforten aufzusprengen, überall
wie warmer Frühlingswind die Quellen aus dem Grund
hervorzulocken –

und sei es auch ausersehn,
Freundschaft zu säen, dauernd über Not und Tod.
Ein Herz tu hier den letzten Schlag, das fähig ist
der Liebe, welche nie in Zeit und Leid verdorrt,
voll Starkmut, den kein Schicksal je versehrt –

es sei
dies Haupt mit leuchtendem Kristalle angerührt,
auf dass Erkenntnis ihm zuteil, auf dass sein Mund
wirksam verkünde, was erkannte Wahrheit heischt.

Und nun sei noch des Lebens königliche Zier
verliehn, die Gabe aus der Musen holder Hand!
der Künste Dreiklang gebe edle Harmonie
in Farben, Worten, Tönen –

Also wirkten einst
die überirdischen Mächte dein Geschick – Wenn nun
der Tag sich wieder jährt, wenn wieder Aldebaran
als früher Herold hoch aufführt die strahlenden

Wintergestirne, wenn Orions Jäger schweift,
so sei das freundliche Geleit der Holden neu
beschworen, denn du hast treulich dein Teil getan.

Prolog zur 25-Jahr-Feier der Kaiser Friedrich-Halle

Die Stadt ward groß, die Stadt fraß Baum und Halm,
Der Rauch der Schlote fraß das Abendrot,
Heimkehrend oft vom Harik, von der Schwalm,
Erschien sie mir vom Unheil schwarz bedroht.
Wie hab ich sie gehasst in ihrem Qualm,
Wie hab ich sie geliebt in ihrer Not.

Ich rufe Neunzehnhundert euch zurück:
Seht, wie die Stadt in trüben Dünsten liegt,
Maschinen, Schlote, Bahnhof und Fabrik –
Die Technik hat die Menschen längst besiegt.
Bringt die Jahrhundertwende uns das Glück?
Seht, wie die Sehnsucht auf zum Himmel fliegt!

Die Sternennacht stand über Maas und Rhein,
Es schlief die Stadt und nur der Träume Flug
Kreiste in lichte Sternenbahnen ein – –
Doch als die mitternächt'ge Stunde schlug,
Hob sich am Horizont ein heller Schein,
Es nahte sich der hohen Geister Zug.

Beethoven, Haydn, Mozart – siehst du sie
Umgeben von der Genien holdem Tanz?
Und dort den Meister edler Harmonie,
Johann Sebastian Bach, verklärt im Glanz!
Mahler mit seiner achten Sinfonie,
Schubert und Hugo Wolf im Lorbeerkranz.

Und da die Dichterhäupter, hoch und hell,
Shakespeare und Goethe, Schiller, Hebbel dann,
und die sie schufen: Hamlet, Ariel,
Gretchen und Faust und viele, Weib und Mann,
Zum Schluss Mephisto, spöttischer Gesell,
Und auch ein Tier, ein Waldschratt dann und wann.

Nun tritt ein Herold aus den lichten Reih'n
Und spricht: die Musen haben uns gesandt,
Auf dass wir hier die heil'ge Stätte weih'n,
Mitten im Ruß und Qualm, im Arbeitsland.
Es soll die Kunst hier blühen und gedeih'n,
Es soll entbrennen der Begeist'rung Brand!

Des Lebens Sinn liegt nicht in dumpfer Fron,
Liegt nicht in dunklen Alltags öder Hast,
Das Göttliche, es sei der Mühsal Lohn,
Es reiß euch los aus der Gefangenschaft!
Schart euch in Andacht um der Künste Thron,
Schöpft aus den Idealen neue Kraft!

Eh' sich drei Jahre runden, soll ein Haus
Zum Dienst der Musen hierzuland ersteh'n!
Wo immerdar ertönt Fabrikgebraus,
Dort soll man auch der Künste Schaffen seh'n!
Und froher Gäste donnernder Applaus
Soll hier bei jedem guten Spiel gescheh'n!

Ein Wink – ein Dur-Akkord – die Geigen singen,
Die Pauken donnern und die Bässe dröhnen,
Fanfarend hebt sich der Posaunen Klingen,
Das Ohr der Stadt muss sich dem Schall gewöhnen.
Doch während noch die Instrumente ringen,
Vermählt ein Chor sich herrlich mit den Tönen.

Nun singt es: Freude schöner Götterfunken!
Nun tönt es übers Land wie Sturm im März,
Nun hebt sich auf die Stadt, von Feuer trunken,
Die Neunte Sinfonie braust himmelwärts,
Der Alltag liegt vergessen und versunken,
Zum Ew'gen schwingt sich auf das Menschenherz.

Ich ging der Liebsten entgegen

Ich ging auf tauigen Wegen,
Der Thymian blühte am Rain,
Ich ging der Liebsten entgegen,
Wo mochte die Liebste sein –
Wo sie noch ferne verweilte,
Verbarg sich in Wäldern das Tal,
Mein Herz ihr entgegen eilte
Und rief sie tausendmal.

Da kam sie fern gegangen
Bergauf mit beständigem Tritt,
Es spielten auf ihren Wangen
Die Locken bei jedem Schritt,
Der Morgen war golden entglommen,
Es perlte der Lerchenschlag,
Nun war sie doch gekommen
Am leuchtenden Junitag.

O Mittag in duftender Heide,
O Herz am Herzen die Rast,
O du im wehenden Kleide,
Mein holder Herzensgast –

In deine tiefste Liebe
Einging ich zu dieser Stund,
Damit ich darin verbliebe,
Schloss ich dir mit Küssen den Mund.

Die Hausgehilfin

Ich traf sie in der Eisenbahn, sie fuhr in die große Stadt.
Sie kam vom Begräbnis ihrer Freundin, ihr Kleid war schwarz, ihre Augen hatten geweint.
Ihre kleinen Hände waren rissig und hart von der Arbeit.
Aber anmutig war sie, mit ihren dunkelstrahlenden Augen, mit ihren zarten Wangen.
Und sie erzählte: ihr Vater starb vor sieben Jahren, selten hatte sie ihn zuhause gesehen.
Ihre Mutter starb vor zwei Jahren. Sie sagte vor ihrem Tode:
Jetzt haben wir alles für deine Brüder getan, für dich aber ist nicht gesorgt.
Und für dich wäre es am nötigsten gewesen.
Was macht sie nun, allein in der großen Stadt?
Sie dient im fremden Haus, ihr Tag beginnt vor dem Morgengrauen und endet nicht vor der Nacht.
Ihre Kammer ist kalt, gut und kalt sind die Dienstgeber.
Wenn sie abends noch ausgehen möchte, hält die Müdigkeit sie meistens an ihrem Ort.
Aber sie hat ein Kostüm „Gräfin Maritza“,
Letzten Winter auf einem Fest hat sie damit den ersten Preis bekommen.
Bald wird sie es wieder einmal anziehen.
Sie ist zutraulich geworden beim Erzählen, sie lächelt mit ihren dunklen Augen.
Eine Photographie zieht sie heraus, darauf steht sie selber, jung und froh, mit Blumen im Kleid.
Sie sagt – und wer wollte ihr widersprechen –: „das Leben ist schwer, aber wenn man will, kann man es zwingen.“

Stadtlied für Gladbach-Rheydt

Das Los ist uns gefallen
In dieser Arbeitsstadt,
Ein Lied soll ihr erschallen,
Die uns geboren hat,
Die Römerstraßen gehen
Seit alters durch das Land,
Die grünen Linden wehen,
Gepflanzt von Väterhand.

Die Weberschiffchen schwingen,
Es dröhnt der Stühle Schlag,
Und die Maschinen singen
Durch unsern Arbeitstag,
Es weht in breiten Fahnen
Der Rauch vom hohen Schlot,
Der Takt der Eisenbahnen
Schlägt vor dem Morgenrot.

Rings breiten sich die Auen
Im weitgestreckten Land,
Die hohen Türme schauen
Bis an des Rheines Strand,
Die Stadt mit alten Kräften
Bestand schon manchen Streit,
Sie geht mit jungen Säften
Ein in die neue Zeit.

Und wenn auch dräun die Sorgen
Und es an Glück gebricht,
So setzen wir auf morgen
Die bess're Zuversicht,

Wir wollen ohne Zagen
Uns um das Werk bemühn,
Dann wird in späten Tagen
Die Vaterstadt noch blühn.

Die Wiege, die gestanden
Hier zwischen Maas und Rhein,
Soll auch in fremden Landen
Niemals vergessen sein,
Wir wenden unsre Blicke
Zum fernen Himmelsrand
Und bauen eine Brücke
Zu unserm Heimatland.

O du Falada

Fremdling, der du am Gatter stehst,
Der du nun viele Jahre gehst,
Müde bist du und nimmst das Brot,
Das eine fremde Hand dir bot.
An deine Schulter, vom Wandern bestaubt,
Drängt ein stummes Pferd sein Haupt.
Und wieder ins Herz dir und traurig kommen
Die Worte, die du als Kind vernommen –
O du Falada, da du hangest,
O du Königskind, da du gangest.

O du Falada, o du Kind –
Fern aus der Heimat weht der Wind,
Hinter dem Stauwehr die Mühle geht,
Hoch die Linde beim Hofe steht,
Aus dem Hause duftet das Brot,
Rosen brennen im Garten rot,
In der Koppel das Fohlen springt,

Hinter der Scheuer das Dengeln klingt.
Wieder wie ehmals kommen zu dir
Stimmen der Heimat aus Baum und Tier,
Und der Frost der Fremde will brechen,
Hörst du die alten Worte sprechen –
O du Falada, da du hangest,
O du Königskind, da du gangest.

Junizeit – und wieder wie eh
Deckt den Holunder der Blütenschnee,
Bienen summen im Lindenduft,
Schwalben kreisen hoch durch die Luft.
Keiner hört, was du heimlich hörst,
Was du aus deinem Herzen beschwörst,
Nur das Pferd, das leise schnaubt,
Hebt zu deinem Haupte das Haupt –
O du Falada, da du hangest,
O du Königskind, da du gangest.

[Zwischen Fichten, zwischen Lärchen]

Zwischen Fichten, zwischen Lärchen läuft die Straße juniweiß,
Tief im Weizen schlägt die Wachtel und die Lerche jauchzt ins Feld.
Wo die dreigeteilte Birke
Unterm Laube weiß erglänzt
Wo im Lichte fern die Tauern steinern ragen unterm Schnee
Bis zum Abend, wo im Felde „Wittwittwitt" die Wachtel ruft,
Zärtlich ruft ein Meisenpärchen.

Wenn ein Fuhrwerk auf der Straße unter uns mit Knarren zieht,
Wenn die Ebereschen prangen mit der Früchte Karneol.
Und wenn rötlich weht das Gras,
Und die Ammer nickt im Feld,

Hundert Zapfen trägt die Lärche, und die Wespen stehen still,
Wenn am Abend aus den Tälern alle Glocken hallend singen,
Leis ihr Laub bewegt die Pappel.

Saftig eingeschaftet schwanken hoch die Gräser, rötlich blühend,
Goldne Wimpel trägt die Lärche, und die Birke pures Gold,
        Wenn am Rain der Bläuling spielt
        Unter Klee und Enzian,
Im Karmin der grellen Nelken, in der Glockenblumen Wehn,
Fern am Berghang ruft der Kuckuck.

[Der Lagunendampfer]

Der Lagunendampfer
Legt an am Molo von Burano, am flimmernden Inselsaum.
O stille Stadt, vom Salzhauch des Meeres durchweht,
Mindere Schwester von San Marcos Stadt, doch auch du auserlesen unter den Städten Venetiens,
Berühmt durch die Kunstfertigkeit deiner Töchter, der Spitzennäherinnen,
In der Scuola di merletti, wo die saubere Diele glänzt,
Wo der Wind vom Meere durch die offenen Fenster Kühlung weht,
Dort setzen sich die Fleißigen auf ihre niedrigen Stühle,
Sorgsam schlagen sie die feuchte Hülle zurück von den Kissen.
Bläulich schimmert das zarte Muster, so kunstfertig wie keine Spinne ihr Netz zeichnet.
Schon ist das Muster gewirkt, Blüten und Ranken in kunstvoller Verschlingung
Auf dem zarten Rautenwerk des genetzten Grundes, immer der Grund und dann die Form.

Die Finger so weiß und zart, die Nadel so dünn.
Der Faden rollt sich ab vom Knäuel, wie Zeit abläuft, wie Zeit sich gestaltet im lebendigen Geschehen.

Dann gehen die Gedanken, ein Scherzwort fliegt auf, ein Lachen
hallt auf durch den stillen Raum.
Monat um Monat, am kleinen Stück, bis das kunstvolle Werk
beendet ist,
Bis die Spitze prangt, die die königliche Braut schmückt
Oder die der Kardinal am höchsten Feste in der Kathedrale trägt.

Die leichtbeschwingten Gedanken
Gehen an das Inselufer, wo die Barke am Abend landet,
Wo Luigi und Paolo von fern schon ihre Liebsten grüßen.

Auf der Piazza
Stehen die runden Sonnensegel über den gedeckten Tischen.
Der Wirt führt uns in die blitzende Küche, damit wir das Mahl
bestellen,
Silberschuppige Fische, blutrote Tomaten, Melanzane und Polenta.
Die Kinder kommen lustig heran, eine Frucht, ein Brot zu erbitten.
Über den Kanälen flimmert die Hitze, die Barken stehn regungslos.
Am Nachmittag, wenn eine leichte Brise Kühlung bringt,
Führt uns die Barke nach Torcello.

Torcello, mit aufragendem Campanile,
Mit der uralten Kathedrale, einst der älteste Bischofssitz in der Lagune,
Noch ehe das marmorschimmernde Venedig aus der Flut sich erhob.

O gleitende Fahrt, wenn die Ruder im Takt ins Wasser tauchen.
Die Fahrt geht übers Meer, einmündend in den stillen Kanal.
Mit lila Blüten ist links und rechts der karge Inselboden bedeckt.
An der steinernen Brücke legen wir an, über den grasbewachsenen
Platz gehen wir in den Dom.
Da stehen einsam und groß die Mosaikgestalten an den Wänden.
In der Apsis ragt hochauf die erhabene Madonna im schwarzen
Gewande.

Die Singende

Von der Urahne kam Gesang,
Der Enkel lauschte droben im Flur,
Mit langen Schlägen ging die Kastenuhr,
O wie das heilige Singen aus der Stube drang.

Urahne war taub und blind,
Droben saß sie singend allein,
Sie war steinalt und wie ein Kind so klein,
Weise und schweigsam wie die Unmündigen sind.

Nur des Singens ward sie nicht müd,
Psalmen sang sie und Sagen viel,
Manchmal auch summte sie wie ein Saitenspiel,
Am liebsten sang sie von Donar das alte Lied.

Das währte so immerdar,
Doch als ich nach Jahren wiederkam,
War sie gestorben – aber zur Nacht vernahm
Ich wieder das Singen wie einst so nah und klar.

Es kam aus dem Eichenhain,
Der steht beim Hof schon seit grauer Zeit,
Mit schirmenden Wipfeln ragt er hoch und breit,
Dort ging zu den Ahnen auch die Singende ein.

An die Ahne

Die du mich lehrtest zu hüten
Die Schlange hinter dem Haus,
Die du Holunderblüten
Vor der Schwelle warfst aus,
Wiesest des Silbers kalten
Strahl für der Wunde Brand,
Und die Wespe zu halten
In unverwundeter Hand –
Dir sei in sinnender Zeit
Dieses Gedenken geweiht.

Hinter den schweigenden Wäldern
Hört ich den klingenden Mund,
Hoch in den Sternenfeldern
Wurde dein Deuten mir kund,
Jählings erschien mir dein Bildnis,
Warnend vor naher Gefahr,
In der verlorenen Wildnis,
In dem stürzenden Kar –
Nun wie ein suchend Geläut
Ruft meine Stimme dich heut.

So denn send ich als Boten
Dieses arme Gedicht
Aus in das Reich der Toten
Wie ein wanderndes Licht,
Wanderndes Licht an den Hängen,
Das da empor vertraut
Steigt zu den Übergängen,
Wo das Gebirge verblaut –
Heimwärts findend zu dir,
Grüßend herüber zu mir.

Die Wolken (Zweite Fassung)

Wolken wie fliegende Reiher im ersten blauenden März,
Wolken, deren unirdische Anmut verwirrt das Herz,
Wolken wie dunkle Schiffe, die über die Erde fahren,
Wolken wie weiße Zelte, gebauscht an den wunderbaren

Ätherseen und Wolken wie tausendköpfige Herde,
Oder wie eines gewaltigen Heereszugs Tross und Pferde,
Oder wie ragende Türme und schneeiger Berge Pracht,
Oder ihr mondbefahrenen Silberwolken der Nacht –

Wolken, ihr lichte Gestalten, die segnend über uns gehn,
Wolken, ihr Geister der Toten, die zu uns herniedersehn,
Wolken, ihr himmlischen Träume, von keinem Leid versehrte,
Sommerwolken, von Regen trächtig und fruchtbar beschwerte,

Wetterwolken, in denen die schrecklichen Blitze wohnen,
Abendleuchtende Wolken in fernhin sichtbaren Zonen,
Oder du eisiges Zirrusgewölk unendlich entfernt,
Künder der hohen Nächte, die über und über besternt.

Wolken, ihr reisenden Wolken, ihr kennt nicht Feste und Bann,
Als Kind stand ich oft und schaute die wandernden Wolken an,
Bis sie auch mich erfüllten mit ihres Wanderns Kraft,
Bis sie mein Herz verlockten mit ewiger Wanderschaft.

Wo immer die Wolken reisen, da reist mit ihnen mein Sinn,
Wo immer die Wolken kreisen, auch ich geborgen bin,
Sie schlagen zu meinen Häupten der großen Erde Zelt,
Sie bergen der Erde Träume – die Wolken umgürten die Welt.

Gesang vom Mond

Bahnen der Sterne
Hast du verlassen,
Mond, der du wandelst im irdischen Gleis,
Folgend der Neigung,
Uns zu umfassen
Und uns zu bannen im silbernen Kreis.

Zeigst dich melodisch
Irdischen Breiten
In deiner Phasen rhythmischem Lauf,
Kündest die Ostern,
Lenkst die Gezeiten,
Schließest die Tiefen der Meere auf.

Fern uns geboren,
Bist du gekommen,
Folgst als Getreuer dem irdischen Stern,
Was ihm an eigenem
Glanze genommen,
Hast du gerettet und spendest du gern,

Gütig uns leuchtend
Kommst du gegangen,
Der du den Wohllaut der Saiten verdienst,
Der du uns beide
Freundlich umfangen,
Da du das Lager der Liebe beschienst.

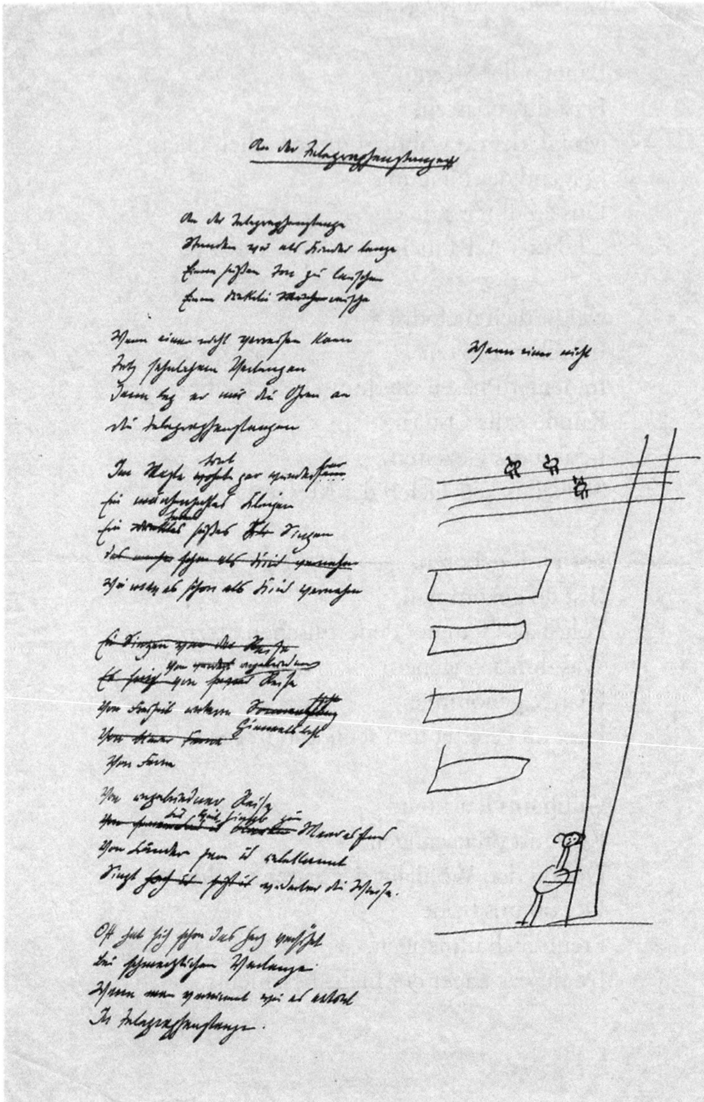

Hans Leifhelm: *An der Telegraphenstange*, 1927, Arbeitsfassung (Deutsches Literaturarchiv Marbach, Nachlass G).

An der Telegraphenstange

Wenn einer nicht verreisen kann
Trotz sehnlichem Verlangen,
So lege er die Ohren an
Die Telegraphenstangen.

Da drinnen tönt es wundersam –
Ein träumerisches Singen,
Ein tiefes, dunkles Klingen,
Wie man es schon als Kind vernahm.

Von ungebundner Reise,
Bis weit hinab zum Meeresstrand,
Von Ländern, fern und unbekannt,
Singt immerdar die Weise.

Drum wenn man nicht verreisen kann
Trotz sehnlichem Verlangen,
So lege man die Ohren an
Die Telegraphenstangen.

Abenddunkel

Manchmal liegt ein Lächeln in der Ferne,
eine müde Schönheit, die in roten
Abendwolken einmal noch herüber
grüßt wie letztes Lächeln einer Toten,

einer Toten, deren müde Seele
noch verweilt, so wie in unbewegten
Gärten noch der Duft der Blütensträucher
liegt, wenn nirgends sich die Winde regten.

Müde Schönheit, müde Seele, beide
haben heiß und sonnenfroh gefunkelt,
wandern beide in die Abendferne –
Nacht fällt ein und alles ist verdunkelt.

Weihnachtsabend

Es wehte von weißen Hügeln
Geheimnisvoll klingend die Luft,
Sie trug auf schwingenden Flügeln
Märchen- und Himmelsduft.

Es ward mir so beklommen
Im hellen feiernden Haus.
Als hätt ich ein Rufen vernommen,
So zogs mich versonnen hinaus.

Da klangen gedämpfte Glocken
Verweht übers schneeige Land.
Noch fielen die letzten Flocken
Auf meine warme Hand.

Ich sah am Himmel erstehen
Sanftblinkend Stern an Stern,
Doch der, den die Weisen gesehen,
Blieb diesem Himmel fern.

Und würde sein Licht aufblinken
Verheißend am Himmelszelt,
Auch ich folgt seinem Winken
Durch die ganze weite Welt.

Emmaus

Sie gingen schweigend aus dem Tor,
Dumpf widerhallte ihr Schritt,
Und heimlich ging, den ihr Herz verlor,
In ihren Gedanken mit.
Sie wandten sich nicht, sie sannen viel,
Sie deuteten nicht, welches Los ihnen fiel,
Sie sannen: Wo mag er sein?
Das Kreuz stand hoch, das Grab war leer,
Und manchmal fiel wie von ungefähr
Ein Spruch seines Munds ihnen ein.

Seines Munds ein Spruch, der dunkel war
Wie die Weissagung alter Schrift.
Ihr Herz erbebte wie vor Gefahr
Und Zweifel fraß wie Gift,
Wie Gift des Bösen, der sie umschlich,
– Denn der Herr war fern, der sichtbarlich
Seine Jünger beschirmte einst –
Und einer zum andern blickte stumm,
Und einer den andern fragte: Warum?
Und flüsterte: Bruder, du weinst.

Und weiter zogen des Wegs die zwei,
Bis der Pfad sich neigte ins Tal,
Von fern erscholl eines Esels Geschrei,
Und das Land lag steinern und kahl.
Sie wussten: Nun kam die Stelle bald,
Wo der Quell entsprudelte rein und kalt,
Wo sie labten den lechzenden Mund.
Da sahen sie, wie schon einer stand,
Der, das Wasser zu schöpfen mit hohler Hand,
Sich niederbückte zum Grund.

Es spielte der Wind mit seinem Gewand.
Da war es den beiden so,
Als hätten sie ihn schon lange gekannt,
Ihre Herzen schlugen froh.
Doch als sie schauten in sein Gesicht,
Da war es ein Fremder, sie kannten ihn nicht,
Sie sahen auf seiner Stirn
Einen Schein so klar, einen Schein so fern,
Einen Hauch von einem andern Stern,
Wie ein Licht auf fernem Firn.

Sie neigten das Haupt zu stillem Gruß.
Der Fremdling blickte sie an.
Sie tranken und setzten weiter den Fuß
Zugleich mit dem fremden Mann.
Und wieder geschah es, dass ihnen war,
Als sei er einer aus ihrer Schar.

Er hatte den gleichen Weg wie sie
Und ging mit ihnen vereint,
So bitter hatte ihr Herz noch nie
In lautlosem Schluchzen geweint.
Denn er glich dem Herrn, und sein Gewand
Fiel im gleichen Schritt auf des Fußes Rand,
Doch anders war sein Gesicht.

Sein Blick kam wie aus der Ferne her,
Seine Augen waren von innen her
Erhellt von anderm Licht.

Heimsuchung des Herrn

Sieh, wir schütteln das Salz der Tränen vom Antlitz,
Wenn Du kommst, uns heimzusuchen, o Herr –
Über das mitternächtige Meer hinwandelnd,
Rührst Du mit weißer Hand an unser Boot.

Und wir lassen die Netze zur Tiefe gleiten,
Und das Ruder der Sorge entsinkt unserer Hand,
Und vor dem Hauch Deines Mundes, wie flüchtige Nebel,
Hebt sich die Wolke der Not von unsrer Stirn.

Herr, wir litten und taten das Werk vergebens,
Unsere Wange ist rissig vom Winde der Zeit,
Herr, nun zerbrich unsere Planke und führe uns heimwärts,
Der Du der Weg bist und Anfang und endliches Ziel.

Sieh, das Zelt ist gebaut im Gefilde der Hügel,
Sternwind und Schneeluft wehen vom Libanon,
Und über ruhender Herde und friedlichem Hirten
Atmet der Ölbaum den würzigen Atem der Nacht.

[Kleine Welt im engen Dorfbezirk]

Kleine Welt im engen Dorfbezirk!
Wunder zogen durch das Kinderland.
Fernes Summen von der Dreschmaschine,
Bär und Affen, und das Dromedar,

Und das sonderbare Puppenspiel,
Sprechen von bewegungslosem Munde,
Und der Hahn, der auf dem Knauf sich drehte,
Und das geisterhafte Spiel der Puppen,
Und das Drama auf dem Erlenschloss.
Sterne fielen von der Himmelswiese,
Goldne Streifen hinter sich zurück,
Und der Westwind, der die Bäume bog.

Im Geviert kanadische Pappeln standen,
Und die Brücke, unter der die Wasser
Schäumend gingen in der Sommernacht.
Mauersegler auf dem alten Turm.
Am Fronleichnamstag der bunte Zug
Durch die Fluren und der heilige Segen
An dem holzgebauten Feldaltar,
Birkenbäume standen an den Türen,
Wenn die Böllerschüsse donnernd krachten,
Tief im Wald der große Widerhall.
Und das Bruch mit dem Kosakenkreuz,
Und die Schwedenschanze grün bemoost.

[Die Insel fand ich]

Die Insel fand ich, wo Cytheres Bild einst stand –
Die Barke fuhr sie an mit gutem Wind,
Der selten weht, er kam als ein Geschenk der Götter
Und lenkte sicher unsern Segler zu dem Eiland,
Das fern im Meer vergessen liegt und unbewohnt.

Sanft war die Landung in der sandigen Bucht –
Die Welle schlug gelinde an den Strand,
Die blaue Distel blühte unversehrt

Und Schatten bot der Pinien kronbreiter Hain.
Eidechsen raschelten im Stein und friedlich zog
Die Schlange ihren Pfad –

Wir aber gingen hügelan,
Verfallene Stufen steigend, die zum Tempel leiteten.
Hier stand er noch, uralt und ragend, rötlich leuchteten
Gesims und Säulen, Gräser wuchsen hoch
Im Innern, das dem Himmel offen war.

Die Zeit versank, lebendig wehte hin
Der Gottheit Atem, alles war wie einst.
Ich sah den Tag – Jahrtausende sind über ihn
Hinweggegangen –, wieder steht im Sonnenglast
Der Liebesgöttin Bildnis im geweihten Raum.

Übersetzungen

Franz von Assisi
SONNENGESANG

O du höchster, allmächtiger, gütiger Herr,
Dein ist das Lob, der Ruhm, die Ehre und jeglicher Preis,
Dir allein, o Höchster, gebühren sie,
Und kein Mensch ist würdig, deinen Namen zu nennen.

Gelobt seist du, o Herr mein Gott, mit allen deinen Geschöpfen,
Besonders mit der Frau Schwester Sonne,
Welche den Tag bringt, und du gibst uns durch sie das Licht,
Und schön ist sie und strahlend mit großem Glanz,
Von dir, o Höchster, ist sie das Gleichnis.

Gelobt seist du, o Herr mein Gott, um des Bruders Mond willen, und der Sterne,
An den Himmel hast du sie gestellt leuchtend und köstlich und schön.

Gelobt seist du, o Herr mein Gott, um des Bruders Wind willen,
Und der Luft und der Wolken und des heiteren und wechselnden Wetters,
Durch welche du allen deinen Geschöpfen Bestand schenkst.

Gelobt seist du, o Herr mein Gott, um der Schwester Wasser willen,
Die da ist sehr notwendig und demütig und köstlich und keusch.

Gelobt seist du, o Herr mein Gott, um des Bruders Feuer willen,
Durch welches du die Nacht erhellest,
Und es ist schön und freudig und stark und wild.

Gelobt seist du, o Herr mein Gott, um unserer Schwester willen,
Der mütterlichen Erde,
Welche uns hält und nährt,
Und sie gebiert viel Früchte und bunte Blumen und Kräuter.

Lobet und preiset den Herrn und saget ihm Dank,
Und dienet ihm in großer Demut.

Gelobt seist du, o Herr mein Gott, um jener willen, die Verzeihen
üben aus Liebe zu dir,
Und die Schwäche und Trübsal erdulden,
Selig, die ausharren bis ans Ende in Frieden,
Denn von Dir, o Höchster, werden sie die Krone empfangen.

Gelobt seist du, o Herr mein Gott, um unseres Bruders willen,
des leiblichen Todes,
Dem kein Mensch, der da lebt, entrinnen kann.
Wehe denjenigen, die in tödlicher Sünde sterben.
Selig, die deinen allerheiligsten Willen erfüllen,
Denn der andere Tod wird nicht über sie kommen.

Giosuè Carducci

Ode an die Quellen des Clitumnus

Wo wie einst die Eschen mit dunklen Kronen
Hoch am Berge rauschend im Winde wogen,
Wo die Lichtung ausströmt den Duft von wildem
Thymian und Salbei,

Steigt zu deinen Ufern herab, Clitumnus,
Heut wie einst die Herde am feuchten Abend,
Taucht in dich das störrische Schaf der junge
Umbrische Hirte,

Da zu ihm vom Busen der dunklen Mutter,
Die vorm Haus bloßfüßig und singend dasitzt,
Her sein rundes Antlitz ein Säugling wendet
Lieblich und lächelnd;

Doch der ernste Vater, um dessen Hüfte
Sich nach Faunes Weise das Ziegenfell schlingt,
Lenkt herab den Karren, den buntbemalten,
Bändigt die schönen

Jungen Ochsen, denen der Bug voll Kraft wächst
Deren Haupt mondförmig die Hörnerzier schmückt,
Die schneeweißen, sanften, die einst Vergil schon
Liebte, der milde.

Dunkel ziehn indessen am Apennin hoch
Hin die Wolken; grünend und groß und ernst blickt
Von den Bergen, die sich im Kreise stufen,
Umbrien nieder.

Heil Dir, grünes Umbrien, dir, Clitumnus,
Gott der reinen Quelle, ich fühl das alte
Vaterland, mir weht um die Stirn der Flug der
Götter Italiens.

Doch wer brachte hier an die heil'gen Ufer
Deine Schatten, trauernde Weide? Sturmwind
Soll entwurzeln, schlaffes Gewächs, dich, Zeichen
Niedriger Zeiten!

Trotzig soll hier ragen in Wintern, brausend
Soll im Lenz hier künden geheime Sage
Die Steineiche, die mit der Jugend Anmut
Kränze der Epheu;

Um den Gott der Quelle als Wächter sollen
Riesig stehn Zypressen, in ihrem Schatten
Sollst du selber singen, Clitumnus, deine
Schicksalsgesänge.

Künde, der du Zeuge bist dreier Reiche,
Wie der Vorzeit Siedler, der finstre Umbrer,
Wich dem lanzentragenden Krieger – kraftvoll
Blühte Etrurien;

Wie dann, den ciminischen Berg bezwingend,
Großen Schrittes eindrang in diese Gaue
Einst Gradivus, pflanzend ins Feld die stolzen
Römischen Zeichen.

Doch versöhnend einte ital'sche Gottheit
Sieger und Besiegte im Geist der Heimat
– Als vom Trasimenischen See erdröhnte
– Punische Schrecknis,

Stieg durch deine Klüfte der Kriegsruf, hallend
Schrie die Kriegsposaune vom Kamm der Berge:
– Hirte, im mevanischen Nebelgrunde
Weidend die Herde,

– Bauer, der du pflügst an den Hügelhängen,
Die zur Linken säumen den Nar, – Holzfäller,
Rodend ob Spoleto, – und du, in Todi
Rüstend die Hochzeit –

Lass das Rind im Schilf, lass den Stier den falben
Stehn in halber Furche, und lass den Keil in
Angeschlagner Eiche, und lass die junge
Braut am Altare!

Eile, eile, eile mit Axt und Köcher,
Lauf und eile, Wurfspeer ergreif und Keule,
Lauf – bedräuend deine Penaten naht dir
Hannibal furchtbar.

O wie strahlend lachte die Sonne über
Diesen schönen einsamen Berggefilden,
Als da sah die heulenden Feinde fliehn das
Stolze Spoleto,

Fliehn das Heer in schmählicher Flucht, so Mann wie
Ross, darüber Regen von Eisen, Fluten
Öles brennend, brausender der Verfolger
Siegesgesänge.

Alles schweigt jetzt – da ich im klaren Sprudel
Schau des zarten springenden Quelles Ader,
Sieh sie zittert, Blasen entquillen leise,
Zeichnen den Spiegel.

Sieh am Grund ein grünes Gebüsch, das aufstrebt,
Regungslos, sich zierlich verästelnd, – scheint nicht,
Dass sich Jaspis mische in heißer Liebe
Dem Amethyste –

Und von Saphir scheinen ringsum die Blumen,
Die in diamantenem Lichte strahlen,
Kalten Glanzes starren sie in das Grün der
Schweigenden Tiefe.

Hier am Fuß der Berge, im Eichenschatten,
Wo die Wasser quillen, Italien, ist der
Quell der Lieder, Nymphen sie liebten, göttlich
ist dies ein Lager. –

Sieh bergauf aus flutenden Schleiern tauchten
Blau Najaden, laut durch den stillen Abend
Ging ihr Ruf empor zu den braunen Schwestern
Hoch im Gebirge.

Und sie tanzten unter dem jungen Monde
Ihre Reigen, singend in frohem Chor den
Sang von Janus, da ihn besiegte die Liebe
Zu Camesena.

Er vom Himmel, sie aber erdgeboren –
Wolkig war da der Apennin das Brautbett,
Wetter barg die Liebenden, die sie zeugten
Volkschaft Italiens.

Alles schweigt jetzt – völlig verwaist bist nun du,
Gott Clitumnus, nur eine einz'ge Stätte
Blieb dir hier, doch unter dem leeren Sinnbild
Wohnst du nicht länger.

Nicht mehr kommt, besprüht von den heil'gen Wassern
Deines Stroms, das Opfer der stolzen Stiere
Dir zum Tempel wie zu der Ahnen Zeiten –
Rom ist gesunken.

Kein Triumph mehr – das Kapitol erstieg ein
Galiläer, rötlichen Haars, im Arm ein
Kreuz, er warf's Rom hin und er sprach die Worte:
Trag es und diene!

Damals flohn die Nymphen, sie bargen weinend
Sich in Fluss und Hain bei den alten Müttern,
Oder sie entschwebten, wehklagend, wie die
Wolken der Berge,

Als gar seltsam zwischen den weißen Tempeln,
Zwischen Säulentrümmern ein fremder Zug ging,
Schwarz in Säcken, schleppenden Schritts und singend
In Litaneien,

Der da Wüste schuf aus bebauten Fluren,
Aus dem Land, wo einstmals das Reich gethront hat,
Der dann die geschaffenen Wüsteneien
Nannte Reich Gottes,

Und das Volk entführte den heil'gen Pflügen,
Siechen Vätern, jugendlich blühenden Weibern, –
Als man dort, wo göttlich die Sonne lachte,
Finster den Fluch sprach,

Finstern Fluch dem heiligen Werk des Lebens,
Werk der Liebe, da sie in dunklen Grotten,
Voll vom Wahn, die Bünde des Schmerzes schlossen
Mit ihrem Gotte.

Trunken zog, verworren die Horde in die
Städte, schrie in Jahrmarktsprozessionen,
Gottlos plärrend, angstvoll zum Kreuz, verworfen,
Selbst sich verwerfend.

Heil dir, Unversehrtheit der Menschenseele,
Die du heiter an des Ilisos Ufer,
Aufrecht am Gestade des Tibers wohntest,
Auf denn und herrsche!

Du auch fromme Mutter der starken Rinder,
Schwer die Scholle brechend, die Brache pflügend,
Mutter auch der kriegsfroh wiehernden Füllen,
Mutter Italien,

Mutter du des Weizens, der Rebe, ew'ger
Satzung Mutter, ruhmreicher schöner Künste,
Heil dir, dir will ich neu in alter Weise
Singen mein Loblied.

Mit mir singen Berge, Gewässer, Wälder
Hier im grünen Umbrien – drüben aber
Schöner neuer Zukunft entgegen jauchzt der
Schrei der Maschine.

Giuseppe Ungaretti
ITALIEN

Ein Dichter bin ich,
ein Schrei aus Allen,
ein Knäuel bin ich von Träumen.

Ich bin eine Frucht
aus ungezählter Gegensätze Pfropfung,
gereift in einem Treibhaus.

Aber dein Volk wird getragen
von der gleichen Erde
die mich trägt,
Italien.

Und, dein Soldat,
ruh ich
in dieser Uniform,
als wär's die Wiege
meines Vaters.

Vielleicht ist es mir gelungen, auf einem Lichtbild, vom Flugzeug aus aufgenommen, die Stelle bestimmen zu können, wo ich beim Sturmangriff zusammenbrach; und ich glaube auch den Graben wieder erkannt zu haben. Ich schweige über die unsagbare Melancholie, die diese Entdeckung verursachte: es war, als hätte man Kunde erhalten von einem Geschöpf, das uns längere Zeit im Leben in Leidenschaft entflammte und als wenn man dieses Geschehen vom ersten Wort an mit den nichtssagenden Ausdrücken der gewöhnlichsten Dinge erwähnen hörte.

Aber wer weiß, was ich eigentlich wollte.

Wahr ist, dass ich mir viele phantastische Vorstellungen gemacht hatte über die Entfernungen und Ziele, in dem sich überstürzenden Angriff dieser Morgenstunde.

* * *

Wenn man sie in dieser Weise überprüft, so hat jede Gefahr den Anschein klassischer Unschuld. Dies ist das Kartenbild einer Landschaft ohne Geschehen, ohne Höhen, ohne Tiefen, ohne Kot, ohne Asche. Jede Ruine ist nur mehr eine Einzelheit in der Intarsie der Landschaft: etwas Schönes für die Augen; dies sind die bunten Arenen des olympischen Theaters.

Etwas Schönes fürs Auge ist das gewundene und eisfarbene Band des Isonzo zwischen der begleitenden Intarsie der angebauten Hänge über schroff aufsteigenden Ufern; die Brücken, die in ihren schattigen Wölbungen beide Enden der lebendig leuchtenden Straße aufnehmen, die kleinen Erhöhungen, welche die Straßen zur Windung zwingen, und die das geheimnisvolle Aussehen von Schatten haben wie von harten Knoten in einem weichen Holz; die Häusergruppen, welche die Straßen sich falten helfen und alle die leichtgezeichneten Linien der Pfade, die sich daran knüpfen, die von den Felsvorsprüngen abwärts laufenden Schatten, die wie die Probestriche eines Pinsels sind auf einer abgeschabten Leinwand. Die Linie der Matten verzahnt sich in die dunklere Linie der Holzungen, die Gebüsche nebeln zwischen den sie umgebenden niedrigen Mauern, die Straßen ziehen breit dahin, um dann in Serpentinen sich einem unregelmäßigen weißen Flecken zu nähern, der die Spitze des Berges ist. Dieses Bild, das wie in Wachs flüchtig von einer zarten Hand geformt ist, trägt ganz die Züge der Alpenlandschaft mit ihren Abgründen und Gipfeln, wenn die Sonne im Zenit steht.

Diese halbe Scheibe des Mondes mit ihren Flecken ist nichts anderes als eine Alpenlandschaft, gesehen durch die Wolkenfetzen. Ein Zusammenklang von rauchzarten Linien und mineralischen Tönen, und das da ist das Fleckchen Erde, das uns so ergrimmen lässt.*

Und gerade diese reiche Fülle von Visionen mit unbegrenzten Ausschmückungen und chinesischen Schatten dient heute dem Krieg wie das Brot dem Soldaten.

Es gibt eine unerbittliche Aufsicht, welche die Kampfhandlungen vorbereitet, die Kampfhandlungen begleitet, die Kampfhandlungen prüft und berichtigt, von der Höhe eines kleinen Flugzeuges aus, das zurechtkommt, um wieder über Neues zu berichten, über das unumgänglich Notwendige hinaus; ihm entgehen nicht die täglichen Veränderungen der Stellungen, die Vorbereitungen der Gegner, jede Art von Feldbefestigungen, die eben ausgeführt werden.

Dieses Haar, das sich von hier nach drüben über den Schnee spannt, ist eine Seilbahn.

Dieser leichte Strich, der im Schatten liegt, bedeutet den Eingang zu einem Unterstand unter dem Eis.

Diese zersprungene kleine Blase im Weißen hat eine Mine aufgetrieben.

Dieser Klecks ist der Zugang zu einer falschen Batterie; dieses andere Zeichen, das dunkler ist, führt zur wirklichen.

* Dante: „L'aiuola che ci fa tanto feroci." (Paradiso, XXII, 151.) Anmerkung des Übersetzers.

Diese zehn seltsamen Schatten unten in der Tiefe sind die Schatten von einer und derselben Bergspitze, die man von einer halben Stunde zur anderen vom Himmel her am gleichen Tag erblickt. Der Berg hat keine Geheimnisse mehr. An unendlich kleinen Zeichen wird jeder Unterschlupf, jeder Unterstand, der Weg der Maultiere, der Weg der Truppen sichtbar. Nichts entgeht uns von dem, was lebt und was sich zusammenzieht unter der unschuldigen Tarnung des Schnees.

Und siehe da, weiter unten in einer dunstigen, undurchsichtigen Sphäre, zwischen Buchten von blendendem Weiß die Zickzackgewirre, Tummelplätze von Schifahrern. Eine Reihe von Soldaten wirft im seitlich einfallenden Licht lange Schatten, dreihundert Meter lang.

Feinde!

Die Linien unserer Schützengräben und der ihrigen erscheinen als sehr feine Risse, die dieselben Straßen entlang ziehen, dieselben Vertiefungen am Saum des Waldes oder einer Gruppe von dachlosen Häusern. Du gehst den schrägen Rissen der Laufgräben nach zwischen den zahllosen Löchern des Holzwurms, vielmehr der Kanone. Die findet die weiter ausgearbeiteten Gräben, wo die Menschen leben, die mit Hilfe des Spatens die Grenzen ihres Vaterlandes vorwärts tragen, wenn sie sie nicht zurück tragen.

Alles verliert in grausamer Weise seinen Sinn von jener vorgeblichen Höhe herab, aus der unsere Augen diese Lichtbilder betrachten.

Hier ergeben sich keine Grenzen zwischen Nationen. Die Annahme, dass die Welt zu einer solchen Verkleinerung gelangt sei, legt in die Seele jedes Menschen, der Menschen jedes Vaterlandes, ein solch äußerstes Bedürfnis nach Mitleid, führt der Geist in solche Versuchungen der Unparteilichkeit, dass das eifersüchtige Herz des Patrioten sich zu Eis gefrieren fühlt.

Nach und nach wenden wir uns und gehen auf die Erde nieder, um rechtmäßig zu hassen.

Erinnern wir uns dessen, was wir gelitten haben: schlagen wir wieder auf das Buch des Inferno; der Mensch hat vor allem die Pflicht, an seinen Leidenschaften keinen Verrat zu üben.

Ugo Betti
DAS MÄDCHEN

Des Vaters Liebling ist die Kleine.
Sie sitzt bei ihrer Schularbeit, noch gell
ist ihre Stimme, rauh die kleine Hand.
Ein Morgen kommt, da wird der junge Busen
bangend und ängstlich spannen das Gewand.
Vergehen wird, von Festen froh beglänzt
und von Erröten ihre zarte Wange.
Dies muss geschehn,
so ist's gewiss, wie es gewiss, dass bald
aufsteigen werden zu den Wiesenhängen
zu warmen Simsen, zu den Bergen
die Schatten, zittern wird das bleiche Feuer
des Abendsternes in des Westens Himmeln.

Die liebe Stimme wird beschatten dann
ein Ton geheim und schmerzlich. Zitternd wird der Vater sehen,
wie herrscherlich in duftiger Seide
sich meißelt eine Macht;
kurz lächelte
die heitere Zeit der Kindheit,
das Auge öffnet gierig sich nach Leiden, voll
von Abschied unter dem sich neigenden Lid.

So will die schwellende
Frucht sich öffnen und vergehn,
auflösen sich und verschenken
an Nächte und an tiefste Erschlaffungen.
So wollen es die Geschöpfe, das Laub,
die Liebe, die Tage.
Dies muss geschehn,

so ist's gewiss, wie es gewiss, dass bald
die Schatten steigen zu den warmen Simsen,
dass zittern wird das bleiche Feuer
des Abendsternes über des Westens Himmeln.

Ugo Betti

Gesang der Auswanderer

Eine Handvoll Korn in den Sack für die Reise,
der mit Elend gefüllt ist bis an den Rand –
die Picke, der Spaten, sie klirren leise,
die Kinder führen wir mit aus dem Land,
Brot gab's und Wein heut; wir aßen nicht trocken,
der Abend ist heiter, die Drehorgel spielt.
Es hat was vom Festtag; doch es schweigen die Glocken.

Und litten wir Unrecht von euch, ihr Leute,
jetzt wurde begraben, was bös und was gut.
Auf frischem Kissen, dem Weibe zur Seite,
mög schlafen der Herr mit reulosem Mut –
Lebt wohl, ihr Äcker, Äcker der bitteren Ähren!
Der Vater ist alt, wollt ihn nicht beschweren.

Vater, um uns sollst du dich nicht sorgen,
hier und dort, es gibt immer zu graben,
dass wir in der Erde zu spiegeln uns haben,
das ist unser Schicksal, heute wie morgen –
Und unser Gesicht hat die Farbe der Erde! –
Jetzt gib mir Bündel. – Du bist nicht schuld,
Geh du nun nach Hause und habe Geduld.

Und unsere Mutter im schwarzen Kleide,
viel möchte sie uns für die Reise schenken,
guten Mut und treues Gedenken,
sie weint und kann nicht sprechen vor Leide.
In ihre Hände, trotz all den vielen
Gebeten und Plagen, legt Gott der Armen
Tränen statt Münzen und hat kein Erbarmen!
Auf, lasst uns gehen – die Drehorgel soll spielen!

Eugenio Montale
ARSENIO

Der Wirbelwind jagt droben auf den Dächern
den Staub im Kreis und auf den leeren Plätzen,
wo Pferde in Kapuzen wartend stehn,
schnuppernd die Häupter erdwärts senkend, vor
den blanken Scheiben des Hotels. Den Corso
gehst Du hinab, im Angesicht des Meeres,
an diesem Tage,
halb regnerisch, halb glühend.
Das Gleichmaß enggefügter Stunden
gleichsam zu wirren, schnellt auf ein Ritornell
von Kastagnetten.

Das Zeichen eines anderen Kreislaufs ist es: folge ihm!
Hinab zum Horizonte steig, ihn überragt
bleiern die Wasserhose, steil erhoben
über den Wogen, schweifender als sie,
salziger Schwall, den aufweht das rebellische
Element hoch zu den Wolken. Lass den Schritt
knirschen im Kies, lass im Gewirr der Algen
straucheln den Fuß: dies ist vielleicht der Augenblick,

der lang erwartete, der dich entreißen mag
dem Ende deiner Bahn, Ring einer Kette du,
o unbewegtes Gehen, Arsenio, allzu
bekannter Rausch der Unbeweglichkeit.

Zwischen den Palmen lausche dem zitternden Bogenstrich
der Violinen, ausgelöscht, wenn rollend geht
der Donner wie ein hohles Blechgerassel.
Gut ist das Ungewitter, wenn das Hundsgestirn
aus blauem Himmel bleich entbricht und fern noch scheint
der nahe Abend, – wenn der Blitz ihn schneidet,
seltsam sich ästelnd wie ein fremder Baum
im Lichte, das sich rosig aufhellt, und die
Zigeunerpauken sind ein leises Dröhnen.

Hinab geht durch die Dunkelheit, die niederbricht,
wandelnd den Tag in eine Nacht entfachter Globen,
die an der Riva schwanken, und weit draußen,
wo Himmel und Meer ein einziger Schatten hüllt,
zuckt her vom Bug zerstreuter Fischerbarken
Azetylenlicht – bis vom zitternden Himmel
der Regen träuft, die Erde trinkend aufrauscht.
Anbrandet alles rings um dich, es flattern
die weichen Sonnensegel, unendliches Rauschen zieht
über die Erde hin, verzischend knistern drunten
schlaff die Papierlaternen in den Straßen.

Und so, verloren inmitten der triefenden
Korbmöbel und der Läufer, Schilfrohr du,
das seine zähen, nie gelösten Wurzeln schleift,
bebst du vor Leben, streckst du dich der Leere hin,
die von erstickten Klagen widerhallt.
Das Spiel uralter Wogen, das dich trug,
schlingt wiederum dich ein, und wiederum

bannt alles, was dich aufnimmt, Straße, Bogengang,
Mauern und Spiegel, dich in eine einzige
vereiste Schar von Toten, und wenn eine Geste
dich streift, zur Seite ein Wort dir niederfällt,
ist dies vielleicht, Arsenio, in dieser Stunde,
die sich jetzt löst, der Gruß eines erdrosselten
Lebens, für dich geboren, und der Wind
entführt es mit der Asche der Gestirne.

Erzählungen und Kurzprosa

Der Westwind ist unablässig bemüht, den Rauch von zweihundert Fabrikschloten vor sich herzutreiben, den schmutziggrauen Wall von Dunst und Qualm, der über der Stadt liegt, zu zertrümmern, den Himmel blank und blau zu fegen. Aber es gelingt ihm nicht, denn unter ihm und hinter ihm qualmen die Schlote vierundzwanzig Stunden am Tage.

Nur hier über der Vorstadt steht für eine kurze Stunde der Zenit in strahlendem Lichte, durch das die weißen Wolken wie sehnsuchttrunkene Schiffe dahinziehen. Unten aber ist die Erde an das Chaos verloren, in ausgeziegelten Mulden starren die lehmgelben Wasserlachen, wie von Grind und Kruste bedeckt breiten sich die Schuttplätze längs der ausgefahrenen Wege, die wenigen kreuz und quer verstreuten Gärten zögern verdrossen mit dem aussichtslosen Wachstum, die Häuser aber stehen wie Baracken im freudlosen Elend.

Die Alten, die hier und dort einen kleinen Gang vors Haus machen, sind längst stumpf geworden, die Rüstigen, Mann und Weib, verbringen ihr Leben zwischen Fabrik und Bett, die Kinder aber, sie wissen nicht, was verloren ist, sie verzichten noch nicht auf die schöne Welt.

Wie ein Vogelschwarm drängt es sich aus dem Schulhaus. Die Knaben trollen sich in kleinen Rudeln davon, die Mädchen mit bunten Schürzen und steifen Zöpfen schlendern eifrig schwätzend hinterher. „Paul“ rufen ein paar Jungen einem Zurückgebliebenen zu. Aber Paul hört nicht darauf. Er bleibt an der Straßenecke stehen, bis die letzten Nachzügler das Schulhaus verlassen, dann lächelt er, denn er sieht die Erwartete kommen.

Es fällt niemandem weiter auf, dass Paul mit Anna nach Hause geht, dass sie auch noch einen Umweg über die Feldwege machen. Sie selber finden es natürlich, denn sie sind schon alte Freunde. Sie erleben auch das Wunderbare des Frühlings miteinander. Lange stehen sie und betrachten gebückt die gelbe Sternblüte des Huflattichs, den zartroten Anhauch der Schuppenränder am Stängel. Unbegreiflich steht die Blume inmitten von Schutt und Verfall, wie sie selber in der Trostlosigkeit der Vorstadt.

Wenn aber der Nachmittagsunterricht beginnen soll, dann ist Paul manchmal nicht zu sehen. Dann ist er längst auf und davon, die Bücher liegen wohlgeborgen in einem Versteck beim verlassenen Ringofen, der Junge aber strebt einem andern Ziele zu, denn es gibt westwärts ein anderes Land, hinter dem lang sich hinziehenden Gebüsch, dort hat man die Industrie im Rücken, vor den Augen aber dehnt sich die ebene Welt, mit braunen Äckern, Rübenfeldern und Wiesen, am Horizont dreht sich eine Windmühle und irgendwo leuchtet ein funkelnder Hahn auf einem fernen Kirchturm.

Paul kennt alle diese Wege, er lässt sich von der Vorstadt nicht fangen und halten, er hat einen unbezähmbaren Trieb hinauszuwandern, irgendwo durch ein grünes Tor in den Wald einzutreten und dort den halben Tag umherzustreifen.

Die Schule mit Tadel und Strafe kann ihn nicht daran hindern. Selbst Annchen mit wortloser Bitte vermag nichts daran zu ändern.

Aber köstlich ist dann ein Sonntag, da sie mit ihm gehen kann. Nie ist ihm der Weg so mühelos, die Wanderung so beflügelt gewesen. Annchen ist nicht an so langes Gehen gewöhnt, tapfer schreitet sie mit ihm aus, doch bis in die Heide kommen sie nicht, wo Paul ihr so gern die spielenden jungen Hasen gezeigt hätte. Schon vorn im Walde muss er sich mit ihr niedersetzen, sie atmet mühsam und eine fleckige Röte steht auf ihren Wangen. Sonntagsstill ist der Wald, nie hat das Mädchen eine so tiefe Stille wahrgenommen. Wie grüner Samt glänzt der Waldboden, die kleinen Steine sind blank und rein wie Elfenbein, ein menschenferner Friede liegt in der Waldesdämmerung, nur oben in den Buchenkronen geht ein leises, unendlich zartes Wehen, geheimnisvoll wie der Laut einer andern Welt.

Paul hat die eine Hand des Mädchens heimlich gefasst, er streichelt sie mit seinen rauhen Knabenfingern, er ist versucht, seine Stirn darauf zu drücken, aber eine unüberwindliche Scheu hält ihn davon zurück.

Plötzlich springt er auf. Ein Gedanke ist ihm gekommen. Da stehen zwei Buchen, aus einer Wurzel gewachsen. Schon ist er an dem einen Stamm hinauf, mannshoch über dem Boden, er hat das geöffnete Taschenmesser in der Hand. „Du fällst herunter!" ruft das Mädchen. Aber er lacht. „Jetzt schneid' ich unsere Namen ein!" gibt er zur Antwort. Und schon ritzt er die Umrisse des Buchstabens in die glatte graue Rinde. Bald steht weißleuchtend ein großes A auf dem Stamm. Dann klettert er herunter und beginnt seine Arbeit am Zwillingsbaum. Ein P wird allmählich in gleicher Höhe sichtbar.

Beide stehen vor ihren Bäumen und betrachten das vollendete Werk. Das Mädchen bewegt wie verneinend ihr Gesicht. Paul wirft ihr einen besorgten Blick zu, in seinen freudigen Stolz mischt sich ein unerklärliches Gefühl von Beklommenheit.

Sie kommen spät nach Hause und trennen sich vor Annchens Tür. In der Nacht erwacht der Knabe, er hat angstvoll geträumt, aber die Sterne stehen klar und funkelnd am nachtschwarzen Himmel. Er schläft bald wieder ein.

* * *

Der Sommer ist gekommen, die Schulzeit ist längst zu Ende, Paul ist Arbeiter in der Fabrik, Anna lernt nähen. Selten sehen sich nun die Kinder. Annchen ist viel zu müde zum Spazierengehen. Sie sitzt am Sonntagnachmittag am liebsten zu Hause, um sich vom ewigen Maschinentreten auszuruhen. In den Wald kommen sie nicht mehr.

An manchem Abend streift Paul um das Haus, wo die Gefährtin wohnt. Er ist glücklich, wenn sie einmal vor die Tür kommt, wenn sie ein paar Minuten bei ihm steht. Dann hört auch dies auf, denn das Mädchen ist krank geworden.

Eine seltene Unrast befällt den Knaben. Er geht manchmal noch am Abend weit hinaus in die Felder, aber es macht ihm keine Freude mehr, es erfüllt ihn nicht mehr mit der wunderbaren Sehnsucht nach der Ferne wie früher, und gewöhnlich kehrt er mit eiligen Schritten zurück und wird nach geraumer Zeit inne, dass er vor Annchens Tür steht und wartet, ohne zu wissen, warum.

An den Sonntagen aber ist er den ganzen Tag unterwegs. Der Herbst ist kühl und nass, aber Paul bleibt auch jetzt nicht zu Hause.

Ein Sonntag kommt, da die ganze Welt von Regenwolken eingehüllt ist. Paul wandert die gewohnten Wege, mit einem dumpfen Gefühl in der Brust, er geht und geht in die graue Ferne hinein, immer weiter in die regenschwere Luft und in die Traurigkeit.

Er ist im Walde. „Hier sind wir doch gewesen", fällt ihm ein. Hier hat er mit ihr gesessen, hat ihre Hand in der seinigen gefühlt, aber wo sind die beiden Buchen?

Da wird es ihm mit einem Schlage klar. Bäume sind hier gefällt worden, hie und da starrt wie eine nasse Wunde die Schnittfläche des abgesägten Baumes, die eine von den Zwillingsbuchen ist weg. Da steht noch der Baum mit seinem eigenen Anfangsbuchstaben, aber der andere ist verschwunden, dicht über dem Erdboden abgeschnitten, schon neigt das hohe Gras seine schwankenden Halme darüber.

Paul kann nicht weiterdenken. „Sie muss sterben", das ist das Einzige, was sich in seinem Kopf zu Worten formt.

Mit hochgezogenen Schultern, die Fäuste in den Taschen zusammengekrampft, geht er heimwärts.

Er besinnt sich vor Annchens Haus keinen Augenblick und tritt ein. Sein Gesicht ist fahl und trägt einen Ausdruck, vor dem die verwunderte Frage der Mutter verstummt. Sie lässt ihn ohne Widerstreben in das Krankenzimmer eintreten.

Da liegt das Mädchen, von Fieberwellen überflutet. Sie merkt nicht, dass Paul sich neben dem Bette auf den Stuhl setzt. Paul sieht die abgezehrte weiße Hand über der Decke irren, er nimmt sie in seine großen kühlen Hände und spürt die verzehrende Hitze. Da wendet ihm die Kranke ihr Gesicht zu, ihre Augen werden plötzlich klar und ein leises Lächeln kommt auf ihren Mund. „Paul", sagt sie, „wo bist du gewesen? – – – Im Wald?" Und nach einer Pause: „Mein Baum ist nicht mehr da!"

Paul widerspricht ihr nicht. Dann sagt sie nichts mehr. Schon ist sie wieder fern, vom Geschick des Gefährten geschieden.

Der Junge geht hinaus. Er umkreist noch ein paarmal in weiter Entfernung das Haus. Schon ist es spät geworden. Dann, als die letzten Schritte in der Runde verstummt sind, kehrt er zur Haustür zurück. Im fahlen Licht der halb von Wolken verhüllten Nacht beginnt er, die Steine, die vor dem Haus verstreut liegen, wegzuräumen und die Unkrautbüschel auszuraufen, die sich vor der Schwelle und auf dem Zugangsweg zur Straße eingenistet haben. Er verrichtet sein Werk wie gedankenlos. „Den letzten Weg bereit machen" – geht es ihm hin und wieder durch den Kopf.

Endlich ist er fertig. Der Rücken schmerzt ihm vom langen Bücken. Er wirft noch einen Blick auf das schwach erleuchtete Fenster, dann geht er seiner Behausung zu. Mitternacht ist lange vorüber. Unendlich steht die große Sternenstille über der Welt. Nur fern am Horizont brandet es dumpf wie ein Meer von dunklem Leid, in das Schmerz und Klage tief versinken.

Unwahrscheinliche Geschichte

Ist es gewiss, dass die Wirklichkeit an der Schwelle des Traumes endet, dass nur das Geschehen des wachen Tages die Wirklichkeit in sich schließt? Diese Frage zu lösen, wird hier nicht versucht. Es sei erzählt, was sich begab.

Ich ging durch die Lessingstraße in G. Diese Straße kenne ich aus der Erfahrung gut und genau. Nichts hatte sich verändert. Aus dem Kellerloch des Hauses Nr. 27 roch es genau wie ehemals, ein Geruch, wie ich ihn auch in Vororten von Köln und im Gassengewirr der Londoner Slums wahrgenommen habe. Im Hause Nr. 30, schräg gegenüber, wo schon damals die lahme Maschinenschreiberin wohnte, saß noch immer ein kampfbereiter Dackel im offenen Fenster und blinzelte mich streitlustig an. Die Technische Hochschule aber stand nicht mehr. Ich wurde irre an der Zeit. „Vielleicht", dachte ich, „steht sie noch nicht, wahrscheinlich aber steht sie nicht mehr." Alle Probleme der Technik waren gewiss längst gelöst, die Technischen Hochschulen waren überflüssig geworden, das Gebiet der Technik bildete nur mehr einen kuriosen Teil der Geschichtswissenschaft, von hornbrilligen Geheimräten doziert in den stillen Räumen der Universität, durch welche der Hauch der Zeitlosigkeit weht.

An Stelle der Technischen Hochschule stand eine Häuserzeile mit einem langen Vorgarten, der von der Straße durch ein Eisengitter abgeteilt war. Hinter dem Gitter sah man fünfzig, sechzig Katzen, mit wildkatzenartigen, aber freundlichen Zügen. Zwei prachtvoll getigerte Elegants beschäftigten sich sehr beflissen mit einem süß hingegossenen Katzenwesen. Eine Matrone mit mantillenartiger Fellzeichnung schlürfte einen Milchkaffee, die Handarbeit lag gewiss neben ihr.

Ein temperamentvoller Einzelgänger mit grünen Augen, in denen die Pupillen wie senkrecht gezückte Dolche standen, macht den strammen und etwas unfreien Eindruck eines Militärs in Zivil.

Während ich stehen blieb, öffnete sich eine Tür des Hauses, und ein sauberes Mädchen mit Häubchen und weißer Schürze kam heraus, in den Händen ein volles Tablett tragend. „Hierher kommt eine Milch", sagt in miauendem Ton einer von den Gästen. Das Mädchen bediente an verschiedenen Tischen. „Zahlen!" erscholl ein Stimmchen aus dem Hintergrunde.

Ich ging die Straße weiter und kam an den Eingang des Gartens. Dort las ich auf einem Schild: „Café Katergarten. Kaffee, Milch, Tee, Schokolade zu jeder Tageszeit. Auch für Menschen."

Unter Steinen

Schon bin ich vierzehn Tage in der Stadt, in der drückenden Enge eines Mietquartiers, irgendwo im dicht besiedelten Bezirk, drei Stock hoch, aber immer noch von weiteren Hausgeschossen bedrückt. Tagsüber wage ich kaum zum Fenster hinauszuschauen, es gibt da lauter Dinge von gespenstischer Dürftigkeit. Gegenüber die gleichen Fenster mit den gleichen Stores, ab und zu ein offenes, das den Blick wie ein Staubsauger in sich hineinzieht, wo Betten und Polster chaotisch zum Lüften aufgetürmt sind. Nachts liegt die ganze Häuserzeile verdunkelt, von Zeit zu Zeit wird eine Jalousie ein wenig aufgezogen, man sieht den unteren Teil von hin und her gehenden Gestalten, über den Dächern aber zeigt sich ein ach so kleines Stück nächtlichen Himmels, ein abgeschnittener Teil des Großen Bären und seitab zwischen zwei schrägen Dächern wahrhaftig der Arkturus. Es ist Mitternacht, und wir sind Ende März, das ist alles, was mir die Zeichen zum Bewusstsein bringen – – nichts von der Unendlichkeit des sternerfüllten Raumes, nichts von der melodischen Phantasie des Horizontes. Nicht einmal der Nachtwind will hier wehen, er steht abgewiesen und erlahmt an der steinernen Front der Hintermauern.

Im Traum erscheint mir Peter Trimm, der Mathematikprofessor, streng und geradlinig, er hat Dreieck und Lineal unter dem Arm, die Logarithmentafel in der Rocktasche, er lässt T-Eisen und Belastungsfähigkeit von Betondecken berechnen, es klappt alles ganz vorzüglich. Dann folgt sphärische Trigonometrie, ihm dient der Arkturus dazu, den Standpunkt zu bestimmen, wir stehen alle herrlich fest auf dem Boden der Wirklichkeit, die Füße in Eisenbeton. Ab und zu wache ich auf, ich höre ein brausendes Automobil vorüberfahren, oder ein spät Heimkehrender bleibt gerade unter meinem Fenster stehen und beginnt vernehmlich eine Ansprache, immer das gleiche wiederholend. Warum er nicht am Morgen noch an derselben Stelle steht, ist mir rätselhaft. So treibe ich es nun schon vierzehn Tage. Ich habe zu tun in der Stadt, in Ämtern und Kanzleien, die unverständlich ihre Existenz führen, untertan einem gleichen Gebote, welches Geschäftigkeit, Pünktlichkeit und Aufopferung fordert. Wenn ich im Wartezimmer sitze, fühle ich in mir eine Feindseligkeit wachsen, die mir zupass kommt, denn ich habe einen Kampf auszufechten, eigentlich eine lächerliche Sache, aber ich habe mir vorgenommen, sie zu Ende zu bringen, als wenn sie nicht mich anginge, sondern einen andern, der sie mir mit der Zuversicht des Vertrauens übergeben hat. So trage ich eine Maskerade und nehme wichtig, was nicht wichtig zu nehmen ist.

Was mich aber beglückt, ist das Bewusstsein, dass ich selber unter der Maske verborgen dabei bin. Ich bilde Abwehrorgane aus, ähnlich den Dipsaceen, die in Blätternäpfen Wasser aufspeichern und ankriechende Feinde ersäufen. Ich werde die Hilfsämterdirektoren, Regierungs- und Geheimräte elendiglich umkommen lassen.

Auf meinen Gängen treffe ich auch einmal Stephan Kühnemann. Wir plaudern fünf Minuten an der Straßenecke. Was für ein Bursche war er vor zwanzig Jahren und was ist aus ihm geworden! Er berechnet seinen Standpunkt nach dem Verkehrsschutzmann, allenfalls nach der Lichtreklame. Und einmal war er ein Held unter heldisch Strebenden, ein Turm in der Schlacht. Einmal riss er nach Antwerpen aus, um sich die Welt zu erobern. Jetzt winkt er besorgt ab, da ich ihn ins Café einlade. Er wird erwartet, er ruft mir im Weggehen noch nach, dass ich die Linie 57 nehmen muss, um an mein Ziel zu kommen.

Ich denke nicht daran. Die Lust, in den Vorzimmern zu sitzen, ist mir vergangen. So schlendere ich denn stadteinwärts. Eine lange Häuserreihe, Pseudofassaden, Pseudogiebel, Geschäft an Geschäft. Eine endlose Ameisenreihe zieht über den Gehsteig, die ihre Glieder seitwärts abstößt und wieder einzieht. Ich bin der Einzige, der vor der Buchhandlung stehen bleibt, ich trete ein, das Gewölbe ist dämmrig und riecht nach Staub, ein Gesicht bleich wie ein Grottenolm hebt sich hinter der Kasse, ich kaufe ein Buch und blättere in Katalogen und vergesse schließlich, meinen Einkauf mitzunehmen.

Dann komme ich an einen feierlichen Bau mit hohen Fenstern – Eintritt so und so viel steht am Eingang, es ist ein Museum.

Ich brauche gar nicht weit durch die Säle zu gehen, hier liegen Steine neben Steinen, stumm und erwartungsvoll. Ein Aufseher folgt mir argwöhnisch, hier scheint ein Mensch ohne bezifferte Mütze selten zu sein. Ich bitte ihn, die Vorhänge aufzuziehen, ein Strom von kühlem Märzlicht dringt herein.

Nun beginnen die Steine aufzuglänzen. Sie sprechen ihre Sprache, ohne Mittelding, ohne Erstarrung und Verblasstheit. Die Lautsprecher an den Straßenecken erscheinen neben ihnen wie mechanisch lärmende Affen.

Es ist Ursprache, unmittelbares Zeugnis des Daseins. Da sind unter einem riesigen Glassturz Salzkristalle zu sehen, in der Tiefe der Erde gefunden und hier unverändert aufgestellt, Quader auf Quader getürmt, ein babylonischer Bau, hier in wunderbarer Kubusgestalt seitlich herauswachsend, hier schichtweise gelagert, hier in einen zertrümmerten Krater abfallend. Salz der Erde, ohne Fehl und Makel, Urbild jeglicher Konstruktion.

Hier gibt es Geometrie, an die Peter Trimm nie gedacht hat. Gesetz der Form und Geist des Lichtes sind die Achsen dieser lebendigen Welt.

Kubus, Hexaeder, Oktaeder, Kugel, Zwillingskristalle, seltsame Paarung, Parallelverwachsung, zwiebelige Bildung – – brausende Symphonie der Formen.

Und tausendstimmige Symphonie von Farben: tiefgelbe Kristalle von Schwefel, wasserklarer Bergkristall, rauchdunkler Topas, violblauer Amethyst, blauleuchtender Azurit, blutroter Granat, rosenroter Beryll.

Verwirrendes Spiel des Lichtes, strahlend, wogend, schillernd, glaukisierend, getrübt, dunkel und hell, Element in hundertfältiger Verhaltungsweise: lichtdurchlassend, lichtbrechend, lichtabsorbierend, irisierend, farbenwandelnd, polarisierend, phosphoreszierend.

Der ganze Planet in seinen wirkenden Kräften wird hier sichtbar: geballt, gepresst, gefaltet, geknickt, gebrochen, verworfen, geformt unter Einwirkung von Eruption, Druck, Abschwemmung, Fall, Verstäubung, Verätzung, Gleitung und Erosion.

Tropfstein führt mich in dunkle Berghöhlen, Cölestin in die Schründe des Vulkans, Kupferglanz in waldreiches Urgebirge. Dieser winzige Diamant berichtet vom Kapland, wo Maschinen und Hände den „blue ground" durchwühlen, dieses Goldkorn von den Geröllbänken Kaliforniens, wo ein Dämon die menschliche Habsucht entzündet, wo man Tag und Nacht das Geschiebe herunterwäscht, schlämmt und fiebernd siebt.

Smaragd und Opal erzählen vom Leben in den Gruben hoch an der Grenze des ewigen Schnees und tief in der Ebene. Dieser Spateisenstein stammt aus dem Herzen der Alpen, wo der steirische Erzberg gleich einem riesigen Magneten die Menschen aller Rassen an sich lockt. Und hier ein Achat aus Island, Schicht auf Schicht gelagert, vom Eisgrün ins Wasserweiß spielend, als wäre Farbe und Strömung des nordischen Meeres darin gebannt.

Die Welt ist weit, die Stadt ist eng, ich reise heute Abend wieder fort.

Hotels zu benützen ist eine geschäftliche Angelegenheit, die unmittelbar zu der Brieftasche in Beziehung steht. Lokalisieren wir also unsere Gefühle in der Brieftasche, hüten wir uns, anders gerichtete Regungen Platz greifen zu lassen. Immerhin haben wir ein Kampfgebiet zu betreten, wenn wir den Beherbergungsvertrag abschließen, eine Zone der Gefahr und der Spannung. Wahrscheinlich ist es kein bloßer Zufall, dass die geldausgebende Männerwelt die Brieftasche auf dem Herzen trägt – –

Solchen Gedankengängen hing ich nach, als ich einmal im Juli von Mailand nordwärts fuhr. Ich will nichts berichten von der sommerlichen Schönheit des Himmels über der Lombardei, nichts von der erfrischenden Abendkühle nach der sengenden Tageshitze von Mailand, als der Zug beim ersten Licht der Sterne einen Blick in die Gartenlandschaft der Brianza tun ließ. Auch des silbern über den östlichen Bergen aufsteigenden Vollmondes, der eine Lichtbahn über den Comosee spannte, kann hier nicht gedacht werden. Eigentlich war es eine etwas trübselige Fahrt, eine Flucht vor der unbeschreiblich kochenden Sommerglut Oberitaliens, vor dem wirbelnden Treiben an den bunten Ufern des Gardasees, welches mit seiner phantastisch-tropischen Hotelblüte wohl den Anstoß zu meinen Meditationen während der Bahnfahrt gegeben hatte. Gut, dass ich einen Gefährten hatte, dass ich mit meinen Gefühlen nicht allein war. Ein Irländer, welcher über den Humor seines Stammes verfügte, fuhr mit mir der Schweizer Grenze entgegen, die wir bis Mitternacht zu erreichen hofften.

„Ich vertraue mich Ihnen an", hatte der Ire gesagt, der hübsche Erfahrungen hinter sich hatte und kein Wort Italienisch verstand. „Sie werden uns gut unterbringen für die Nacht?" Ich beruhigte ihn und stützte mich auf meine nähere Kenntnis von Land und Leuten. – „Seien Sie nicht waghalsig", ermahnte mich mein Begleiter, „die Hotels sind Wolfsgruben." Ich fühlte mich den Gefahren gewachsen.

Nach Mitternacht erreichte der Zug die Endstation, von wo die Passstraße ihren Ausgang nimmt. Wir waren ungefähr die einzigen

Reisenden, die den Zug verließen. Ein alter Facchino nahm unsere Koffer, um sie auf mein Geheiß vor die Sperre zu tragen. Dort pflanzten sich vier bemützte Gestalten vor uns auf. „Hotel Svizzera" – „Albergo Colonna e del Sole" – und andere verheißungsvolle Schreie prasselten uns entgegen. Aber ein langer Bursche, der sehr verdächtig aussah, fegte die Konkurrenz mit einer großartigen Armbewegung gewissermaßen beiseite, hatte schon, ehe wir uns dessen versahen, unsere Mäntel an sich genommen, gab dem Träger einen Wink und befahl: „Die Herren nehmen das Hotel * * *, wobei er mit schwungvoller Begeisterung einen erhabenen Namen gleichsam sichtbar vor unsere Augen malte. Jeder Widerspruch war im Keime erstickt. „Die Herren gehen geradeaus, dann einen Schritt rechts – nur zwei Minuten! Das Gepäck besorge ich."

Wir mussten gehorchen und verließen den Bahnhof. Geradeaus ging es ungefähr fünf Minuten, dort lag Hotel Svizzera, nach rechts öffnete sich eine Straße, in der die beleuchtete Aufschrift „Albergo Colonna e del Sole" sichtbar wurde. Unser Grandhotel aber war weit und breit nicht zu erblicken. Der Ire fluchte, dass der Teufel wohl die zwei Minuten gezählt habe. „Sie verstehen sich ja auf die Leute, wie lange, schätzen Sie, müssen wir noch marschieren?" fragte er mich nach einer Weile tückisch.

Ein nächtlicher Passant, den ich um Auskunft anging, wies mir mit einer weit ausladenden Geste die Richtung. Es mochte eine Viertelstunde vergangen sein, als wir auf einen großen Platz kamen. Dort sahen wir, die wir beinahe schon die Hoffnung aufgegeben hatten, das Hotel wahrhaftig liegen, einen riesigen Bau, mit Benzinstation vor dem hohen Portal und einer langen Reihe von Garagen gegenüber. Aus den Fenstern schimmerte nirgends ein Licht, vielleicht schliefen schon die hundert Gäste alle. Das Portal stand geöffnet, ein Direktor nahm uns in Empfang und forderte unsere Pässe – „Wir sind hier an der Grenze", fügte er erklärend hinzu. Er schrieb und flüsterte mit mehreren Kellnern und Bedienten, wir stellten keine näheren Fragen, die Müdigkeit hatte alles andere in den Hintergrund gedrängt. Wir bestellten, da wir hungrig waren, noch eine Kleinigkeit zu essen und ließen uns in den ersten Stock bringen. Nirgendwo war eine Spur von hinausgestellten Schuhen zu entdecken. Wir bekamen fürstliche Zimmer, jeder ein riesiges Gemach mit mächtigen Rundbogenfenstern, die zum Platz hinausgingen. In jedem Zimmer standen zwei Betten.

Allein geblieben, trat ich vor die Preistafel, die neben der Tür an die Wand geheftet war, und wandte mich ziemlich erschüttert wieder ab. Aber jetzt half keine Überlegung mehr.

Als ich mich gewaschen hatte, klopfte es. Der Ire trat ein und sprudelte aufgeregt hervor: „Soll ich Ihnen was erzählen? Das ist ein Haus ohne Gäste. Wird seinen Grund haben. Es wird wohl vor dem Bankerott stehen. An uns macht die Gesellschaft den letzten Fischzug. Wir sollen wohl das Defizit mindern. Mein Lieber, wir sind in die Falle gegangen wie die hungrigen Mäuse. Auf die Rechnung bin ich gespannt."

Gegen meine Überzeugung suchte ich ihn zu beruhigen. „Sehen Sie, das sind die Preise bei Benützung von zwei Betten. Und wahrscheinlich auch noch die Saisonpreise für die Leute, die im Frühjahr und Herbst mit Auto aus der Schweiz kommen. Und schließlich, gar so schlimm kann es nicht werden, wir bleiben ja nur eine Nacht."

Als wir hinuntergingen, erwartete uns bereits der befrackte Oberkellner. Dieser hielt es für richtig, uns im gewähltesten Französisch zu begrüßen, seine Landessprache schien er überhaupt nicht des Verstehens für würdig zu halten. „Diese Sprachkenntnis bezahlen wir mindestens mit zwanzig Lire extra", murmelte verbissen der Irländer. Wir wurden in den völlig leeren, aber mit allen Kronleuchtern und Tischlampen erhellten Speisesaal geführt. Es war alles bereit, zwei Gedecke, vor jedem eine ganze Kolonne verschiedener Gläser, Sektkühler, Blumen auf dem Tisch, seitwärts ein üppiger Giardinetto mit einheimischen und fremden Früchten. „Eine Kleinigkeit, habe ich gesagt" – der Kellner ist nicht zu erschüttern. „Befehlen die Herren – –" und er rasselt eine endlose Reihe von Genüssen herunter. Dabei standen schon vier Schüsseln mit Vorspeisen, die für etwa sechs Personen gereicht hätten, auf dem Tische bereit.

Der Irländer lispelte nur noch schwach etwas von „Dinner im Palacehotel, Hoftafel" und dergleichen. Wir begnügten uns damit, auf alle Ermunterungen, Anfragen, Lobpreisungen des elenden Kellners mit abweisenden Gebärden zu antworten. Schließlich war es gelungen, den offenkundigen Fallstricken dieses Mitverschworenen eines bankerotten, verzweiflungsvoll auf letzten Raub ausgehenden Hotels einigermaßen uns zu entwinden. Von düsteren Ahnungen erfüllt, begaben wir uns zur Ruhe. „Gott beschütze uns" war das letzte Wort meines Gefährten.

Am Morgen, nach herrlichem Schlafe in den gutgekühlten Zimmern, trafen wir uns zum Frühstück. „Dem Himmel sei Dank, der letzte Raubüberfall", sagte der Ire. Allerdings ließ das Frühstück, das uns unter den Bäumen des Gartens serviert wurde, ziemlich bedenkliche Perspektiven zu, denn es war so reichhaltig und ausgezeichnet, dass selbst mein verwöhnter Inselbewohner nichts daran auszusetzen fand. Nur die Sonne, die durch eine Blätterlücke ihre erbarmungslosen Strahlen zu senden begann, drohte, uns beschwerlich und der Butter gefährlich zu werden. Mehrere Kellner eilten beflissen herbei, um uns auf eine andere Stelle zu placieren. „Würde wieder zwanzig Lire extra kosten", kalkulierte der Ire, wogegen ich nichts einzuwenden wagte. Wir blieben also sitzen, um nicht selber noch weiteren Anlass zur Ausbeutung zu geben.

Der Hoteldiener, der abends das Gepäck besorgt hatte, schlängelte sich mit den schon bekannten, verdächtigen Bewegungen heran. „Die Herren fahren mit dem Kursauto auf den Splügen, die Herren befehlen die Billette?" – „Ich durchschaue dich", murmelte der Irländer, „du Hyäne des Schlachtfeldes." Was blieb uns übrig – wir händigten ihm eine größere Lirenote ein. Er sprudelte noch hervor: „Ich werde die Schweizer Strecke gleich mitbezahlen, kann Franken zur Verfügung stellen", und stob davon. „Aha, einen Geldwechsel betreibt der Kerl auch noch", bemerkte der Ire, als ich ihm die Rede übersetzte, „wird seine Gründe haben."

Die Stunde der Entscheidung schlug. Wir forderten mit gutgespieltem Gleichmut die Rechnung.

Eine Viertelstunde sahen wir von ferne den Bemühungen des Menschen zu, der in der offenen Hotelkanzlei zwei lange Bogen schrieb. „Er rechnet wie ein Satan", flüsterte mir mein Gefährte zu.

Etwas bleich, aber auf alles gefasst, nahmen wir die Rechnung in Empfang und warfen uns in der nächsten Minute einen unsäglich dummen Blick zu.

Da stand: für Zimmer ein paar Lire, für Abendessen – es wurde als „spuntino" gleich Imbiss aufgeführt, ein lächerlich geringer Betrag, für Frühstück – es war das billigste Frühstück, das wir in Italien gesehen hatten. Das Trinkgeld war mit zehn Prozent abgelöst.

In diesem Augenblick erschien der Hoteldiener. Ich hatte mir nach dem Tageskurs den Frankenpreis annähernd errechnet. Meine Rechnung wurde erheblich unterboten. Wir schwiegen und gaben beschämt das doppelte Trinkgeld.

Überwältigt und stumm bestiegen wir das vorfahrende Auto. Wir mussten uns erholen.

Der Schiedsrichter

Durch die Felder läuft der rote Weg, mit ausgefahrenen Wagenspuren und mit bestaubten Brennnesseln am Rande. Bei den sieben Eichen biegt er rechtwinklig ab, und bald begleitet ihn auf der einen Seite ein undurchdringliches Gewirr von strauchförmig wuchernden Buchen, Haseln und Akazien, zahllose Schossen mit vereinzelten dünnen Stämmchen darüber. Hinter diesem Busch aber ragt ein plumper Schlot in die Luft, der bedenklich gebogen ist und dessen oberster Steinkranz zu bröckeln beginnt.

Hier liegt der verlassene Ringofen mit zusammengesunkenen Stapeln zerstäubender Ziegelsteine, hier holen die Wegarbeiter im Frühjahr einen Schubkarren nach dem andern voll Ziegeltrümmer, und eine Stunde weit im Umkreis tragen alle Wege die rötlichen Spuren dieser Zerstörungsstätte.

Die ausgeziegelte Mulde ist zur Wildnis geworden, in den tiefen Löchern steht regungslos das Wasser und spiegelt trübe den blassblauen Himmel mit den ziehenden weißen Wolken, ringsumher aber wachsen unbekümmert die Weidensträucher und hier und da leuchtet an den Erdwällen der nackte Sand, denn immer wieder unterspült der Regen den Boden, und Humus und schwachwurzelnde Gräser gleiten hinab.

Jenseits der Mulde läuft wieder der rote Weg, und über Kartoffelfeldern erblickt man die Ausläufer einer Stadt, gegenüber aber über Wiesen und Schutthalden den Kirchturm einer anderen. Kinder gehen in der Wiese, sie tauchen auf und nieder im hohen Grase, glucksend wie Schilfhühner; dann stehen sie wieder still und aufrecht, honigblond die Köpfe mit den bunten Sonntagsmaschen, wie fremdartige Blumen im grünen Bend.

Hinter den Schuttfeldern kommt ein Schwarm Burschen heran, mit schwarzgelb gewürfelten Hemden. Einige haben Lederschienen an den Schenkeln, einer trägt einen Ball unter dem Arm.

Inmitten der Wiesen streckt sich das Rechteck des Spielplatzes, und zwei Tore, aus Balken gefügt, stehen in gehöriger Entfernung einander gegenüber. Fern zwischen den Kartoffeläckern taucht nun eine zweite Schar auf, in rotweißen Blusen; eine Staubwolke geht mit ihnen.

Die beiden Gruppen messen sich, noch etwas ungewohnt der Gegnerschaft und der bindenden Regeln des Kampfes, sie losen den Platz aus, stellen sich auf und das Wettspiel beginnt. Ein Knäuel, schwarzgelb und rotweiß, wälzt sich über den Platz, bald wie ein Strudel an einer Stelle quirlend, bald sich lösend. Ein Stürmer schießt mit dem Ball weit voraus, drüben am Tor duckt sich ein Bündel Muskeln zur Abwehr – der Ball fliegt vorbei und kommt aus.

Der Schiedsrichter bläst mit der Trillerpfeife ab.

Der Schiedsrichter, ja man muss ihn sich anschauen. Er ist klein und stämmig, er trägt trotz der Sommerhitze einen schwarzen Anzug und sein Rock ist geschnippelt und altfränkisch, aber den Kragen hat er wenigstens abgeknöpft, und wie eine goldene Beere steckt der Knopf im Hemd. Das Gesicht ist rund wie ein Wandteller, von Schweiß überronnen, bleich trotz der Hitze, und wenn die kleinen unsteten Augen sich schließen, so nimmt es den Ausdruck eines Ertrunkenen an.

Der Schiedsrichter gehört nicht daher, er ist wie ein Fremdkörper inmitten des blühenden Lebens der sehnigen Burschen.

Es ist Halbzeit. Die Zuschauer am Rande des Platzes – Kinder, Arbeiter, Mädchen in hellen Blusen – schwatzen mit den Spielern, sie reichen ihnen Zitronenscheiben zur Erfrischung, sie unterhalten sich über das Wettspiel.

Der Schiedsrichter spricht mit niemandem. Er steht abgesondert, mit den Händen in den Taschen, er blickt geistesabwesend über den Platz, er geht schließlich langsam fort. Nur die Kinder schauen ihm nach, ihnen prägt sich sein Bild ein und sie werden ihr Leben lang, wenn man von einem Schiedsrichter spricht, immer ihn im Geiste sehen.

Da das Spiel wieder beginnt, so vermissen ihn endlich die anderen. Sie pfeifen, sie rufen Will – Willy – laut und langgezogen – es hilft nichts. Sie zucken die Achseln und haben bald einen anderen gefunden.

Wäre Einer ihm nachgegangen, so hätte er ihn zwischen den Büschen verschwinden sehen. Nun sitzt er in der Mulde und schaut in die Wildnis.

Noch immer läutet es aus der Ferne – zwei, drei Glocken – mit einem feierlichen trauervollen Geläut. Auf dem Spielplatz ging es unter in Lärm und Geschrei, hier aber weht es manchmal ganz nah über ihm dahin, es überschüttet ihn mit Schall und übertönt in ihm alles andere, es ruft ihn zurück aus der Gegenwart.

Er ist nicht mehr Schiedsrichter, er hat sein Amt abgetan wie eine Maske. Seine Vergangenheit drängt sich in diese kleine Weile, die er hier sitzt. Die kleine Weile nimmt ihn mit übermächtigen Händen aus diesem Sonntagnachmittag heraus, sie entfernt ihn weit von den Burschen und Mädchen. Er löst sich leicht und willig von ihnen, ein Fremdkörper.

* * *

Will ist wieder klein, in ihm ist alles von einer silbernen Dämmerung umhüllt, er ist ganz von Unsicherheit und Unwirklichkeit umfangen, nur den dumpfen Instinkt fühlt er in sich und die Mutter über sich. Es sind zwanzig Jahre noch nicht mit ihm dahingeflossen, es ist wieder alles wie einst, noch alles wie einst. –

„Willke, komm Jöngke", singt süß die Stimme der Waschfrau. Die Küche ist klein wie ein Bienenkorb, an drei Wänden hängt das Mögliche und Unmögliche – Töpfe, Pfannen, ein Stück Speck, Mehl in Säckchen, eine Flasche, Zwiebel und Äpfel an der Schnur. Die vierte Wand ist zum Aufklappen, eine Tür aus rissigem Holz, mit Bildern überklebt. „O, Ann", seufzt die Frau; sie spricht zu sich selber, und das Messer kreist eifriger um die Kartoffel.

Will kommt nicht. Unter dem rot und weiß gewürfelten Federbett liegt er gekrümmt wie eine Schote der Säbelbohne, fern vom Lockruf liegt er, listig wie ein Eichhorn. Die eine Wand des Zimmers hängt schräg über ihm wie ein Zeltdach. Er blinzelt umher in der gekälkten Kajüte, hinauf zu den schaumigen Flecken, über denen zerbrochene Dachziegel den Regen einsickern lassen. O die Flecken, o das kleine baufällige Gewese, o Ann, die Mutter die nach Lauge riecht. Oder schöne Sommer in Feld und Busch, der jetzt vorüber ist.

Zwei Schläge schallen überm Haus, halb acht – und um acht wird er notgedrungen in der Schule sitzen, gewaschen und gekämmt, und – „so kumm, Du Düwelsjong" schreit Ann, rot vor jähem Zorn, den Kopf zur Tür hereinstreckend, vom Boden heraufäugend wie ein kriechendes Untier – denn sie steht mit dem Leib im unteren Stockwerk, auf der vierten Treppenstufe nach Wills Schätzung. Der lange Arm hat die Tür aufgestoßen, jetzt holt er zur Bekräftigung von unten den Besen herauf – marsch heraus.

Will ist plötzlich ganz wach, er spürt fröstelnd, dass es Herbst ist, ein Blatt torkelt an die Scheibe und es riecht nach kühlem Wind, nach Nässe.

Der Junge fährt wie ein Blitz in die Hose, klemmt den Rock unter den Arm, fährt auf der Stiege mit den kurzen Fingern durchs Haar. Unten wäscht er sich über der Waschschüssel, und er schnuppert unter dem herabfließenden Wasser den Duft des Kaffees, der eingeschenkt an der Tischkante steht.

Die Frau blickt unter der Arbeit dann und wann auf ihren Jungen. Über das harte Gesicht huscht ein heller Schein. Sie denkt an den Samstagabend. Dann wird sie den ganzen kleinen

Kerl in ihre Waschbütte stecken und für den Sonntag putzen. Als er noch ganz jung war, konnte sie ihn auf ihren Haaren tanzen lassen.

Die Zeit ist um, der Junge klappert mit seinen Holzschuhen in die Schule, die Mutter begleitet ihn ein Stück und biegt dann ab in die Bellerstraße. Will schaut ihr nach, wie sie da geht, das Tuch um die Schultern, den Henkelkorb am Arm.

In der Schule sitzt er in der vorletzten Bank, hinter dem breiten Rücken von Jupp Tillmanns. Er nimmt volle Deckung, er ist schläfrig und stützt vorsichtig den großen Kopf. Der Lehrer lässt lesen, oben in den ersten Bänken geht der Kanon. Will folgt mit dem linken Zeigefinger der gelesenen Zeile, aber er verfolgt gleichzeitig noch andere Dinge mit seiner Aufmerksamkeit. Da kommt eine Fliege. Wills rechte Hand fährt wie ein sausender Streitkolben über den Tisch – weg ist die Fliege. Aber er hat Geduld, er hat immer viel Geduld. Er liegt auf der Lauer wie ein Speerfischer, bis die Fliege wiederkommt und er sie erlegt.

Vorsichtig bettet er die Leiche auf des Vordermanns Rockkragen, an der Innenseite des Wulstes. Wenn die Stunde vorbei ist – vorher rührt Jupp sich nicht – muss sie ihm in den Nacken rutschen. Mit einer Falte in der Stirn sieht Will das voraus, doch er lächelt nicht, er ist nicht heiter und nicht boshaft. –

Wie im Halbschlaf wandelt Will durch die Schulzeit, selbst auf den schmalen Vorsprüngen der Bruchrechnung, selbst durch die Fährnisse der ungeschlachten Mitschüler. Die großen Raufbolde lassen ihn ziemlich ungeschoren, bloß Atta, der Halbidiot mit dem zarten Gesicht und den irren Augen, kommt manchmal über ihn wie ein Unhold. Dann hält er still, bis er ihm jählings entschlüpfen kann, und erst in vorsichtiger Entfernung fängt er an zu heulen, bis ihn die Mutter findet und ihm mit der groben Schürze übers Gesicht fährt. Wenn nachmittags um vier die Schule aus ist, trollt Will sich nach Hause. Mittags hat er mit der Mutter im fremden Hause gegessen. Jetzt holt er den Schlüssel unter der Matte hervor, tritt in die Küche und sättigt sich am kaltgewordenen Kaffee, den er im Backofen findet. Er verzehrt große Stücke Brot, halb auf dem Tisch liegend. Sein Mund arbeitet, sein Geist geht spazieren. Er wischt sich den Mund, holt vom Wandbrett seine Harmonika, bläst ein paar Takte – gut, in die Tasche damit und hinaus.

Er schlendert ein paar Straßen weiter, dort spielen Kinder, drei- und vierjährige. Will ist auf einmal unter ihnen, er wirft gelegentlich ein paar Worte in das Spiel, zielbewusst wie ein Vogeljäger mit der Lockspeise. Nach einer halben Stunde ist er am Ziel, er zieht mit den Kindern vor sein Haus. Sie folgen ihm gern, denn er hat ihnen von süßen Bäckereien gesprochen. Wie einem Rattenfänger laufen sie ihm nach, in das Haus hinein. Wenn alle drinnen sind, schleicht Will hinaus. Er dreht den Schlüssel zweimal herum, verwahrt ihn in der Hosentasche. Er hat sich Leben eingefangen; jetzt setzt er sich auf den Schwellenstein, nimmt die Mundharmonika und beginnt zu spielen „Es kommt ein Mann von Hamburg heran“ oder „Ein armer Fischer bin ich zwar“.

Drinnen werden die Kinder unruhig. Will spielt schmetternd. Dann beginnen sie zu toben, und Will spielt lockende Weise. Nach einer Zeit ist die Verzweiflung ausgebrochen, bis unters Dach ist das kleine Volk gekrochen, an jeder Öffnung des Hauses erscheint ein tränenüberströmtes, schreiendes Gesicht. Will ist auf dem Gipfel der Glückseligkeit. Das Geschrei dringt weit in die Nachbarschaft, untermischt mit Musik. Die Weiber hören es wohl, aber was sollen sie sich kümmern, es wird keiner totgestochen, es gibt nichts Aufregendes zu mutmaßen, nichts zu beklatschen.

Will späht seitwärts unter dem Musizieren. Es mag geschehen, dass das Verhängnis um die Ecke biegt, dass der Schmied Christian berußt aus seiner Werkstatt kommt und ihm schweigend ein paar hinter die Ohren gibt. Er kommt wirklich, er haut ihm ein paar hinter die Ohren. Der Schlüssel fliegt ins Schloss, es trollt sich ein kleines Geschöpf nach dem andern davon, noch immer nicht gewitzigt. Sie würden die süßen Sachen ein andermal bekommen. – –

Will ist Ministrant. Am liebsten versieht er sein Amt bei der Maiandacht. Links und rechts vom Altar stehen Lorbeerbäume und Oleander. Er sitzt in Weihrauchluft und Blütenduft wie ein Hase in der Frühlingshecke, schnuppernd, wachträumend, lauschend. Ob es eine große Sünde war, dass er in der Ecke der Sakristei einen von Mutters öligen Kartoffelfladen an die Wand geklatscht hat, dass ein großer Fettkreis in der Tünche zurückblieb. Vielleicht war es eine Kirchenschändung. –

Will ist vierzehn Jahre alt geworden. Die Mutter hat einmal einen Vetter gehabt, der ist als Franziskaner gestorben. Er hatte ein wachsgelbes Gesicht und um den Kopf einen Kranz braunen Haares, wie die Heiligen auf den Bildern. Ist Will nicht würdig, auch ein solcher Mann zu werden? Sie geht ihren Weg immer zu Ende, hat sie nicht ihren Jungen dem Tode abgerungen? Der Vater lag schon im Grab, als Will geboren wurde. Vielleicht hätte sie das Kind gar nicht bekommen sollen. Darum ist er nicht wie die anderen Jungen, darum passt er nicht in die Welt. Solche Gedanken gehen ihr häufig durch den Kopf. Jetzt muss ein Entschluss gefasst werden. Sie selbst steht tüchtig im Leben, sie hat wacker ihr kleines Anwesen aufrecht erhalten, nun gut, dann gibt es auch jetzt keine Hindernisse.

Will spaziert in seinem Kommunionanzug, mit zu langen Hosen, draußen vor dem Fenster. „Willke, komm", lockt Ann. Sie liest ihm den Brief aus Holland vor, der vom Guardian des Klosters gekommen ist. Beschreibung und Bild sind recht gewesen, Will kann als Zögling eintreten, in drei Wochen.

Nach drei Wochen bringt Ann ihn weg. Am Bahnhof setzt sie ihn ins Abteil, „adjüs, Jöngke". Will weint lautlos. Der Zug fährt, und Ann winkt tapfer mit Tuch und Henkelkorb. Als der Kopf des Jungen verschwindet, läuft ihr das Wasser über die Backen.

Die Jahre gehen, und wenn Ferien sind, kommt Will hin und wieder nach Hause. Er lockt keine Kinder mehr, er sitzt oben in der Kammer hinter dicken Büchern. Was der Junge bloß für eine Weisheit in Kopf und Koffer mitgebracht hat; ganz ehrfürchtig wird Ann.

Nun kommt Will schon im braunen Habit und er heißt Frater. Der Novizenmeister hat abgeraten heimzufahren, denn er denkt an die Fallstricke, die der Teufel den Jüngern zu legen weiß. Will ist arglos. Noch immer geht er wie nachtwandelnd durchs Leben. Hin und wieder zwar kommt es ihm vor, als ob alles mit ihm verkehrt sei. Er denkt an die Legende von Franziszi Vogelpredigt, und dann erinnert er sich daran, wie er arglistig die einfältige Kinderschar gelockt und nur durch Einsperren festgehalten hat. Er sieht die

Abbildungen der Fresken, auf denen der Heilige verherrlicht ist, und er denkt an sein schändliches Fresko in der Sakristei.

Aber Ann ist ihrer Sache sicher. Auch jetzt, da sie ihren Jungen für ein paar Wochen wieder haben will. Sie will verstohlen hinter sich blinzeln, wenn sie mit Will über die Straße geht, wenn die Leute sich nach ihnen umdrehen und flüstern. Am Waschfass hat sie noch nie einen Triumph erlebt.

Es ist Februar, das Eis steht weiß und zerrissen in den Wagenspuren, es riecht nach gutem Wind. Da kommt der Pfeil, der auf das kleine Haus gezielt ist.

Will soll am Aschermittwoch zurückfahren. Jetzt ist es Sonntag, mit Musik und Fastnachttanz. Nun sitzt der Teufel auf der Schwelle und schickt die süßesten Locktöne ins Haus. Der Schmied Christian kommt nicht über ihn, denn den haben sie vor einem Jahre abgeschnitten. Er hatte sich neben seinem Blasebalg aufgehängt.

Am Abend schleicht Ann mit ihrem Sohn in den Ballsaal, auf eine Stunde. Es wird eine ganze Nacht daraus. Soviel lustige Burschen und Mädchen, soviel Anstoßen und Einschenken und Zutrinken. Sind nicht alle so freundlich, so aufmunternd zur Ausgelassenheit?

Aschermittwoch ist da; Will fährt über die Grenze und wandert mit seinem Bündel dem Kloster zu. Die Glocken läuten fern, im Walde höhnt der Specht. Fremdartige, abweisende Gesichter empfangen ihn. Ein Brief ist ihm vorausgeeilt, aus der Heimat, der ist wie ein fremder Magnetpol, der ihn fortstößt. Eine Unterredung mit dem Novizenmeister, und dann ade; er kann heimfahren.

Er kommt zu Hause an und holt wieder wie einst den Schlüssel unter der Matte hervor. Er sucht in der Küche nach Kaffee, er isst und trinkt. Er langt auch nach der Harmonika, aber er spielt nicht. Nach vielen Stunden kommt Ann nach Hause. Sie sagt nichts. Es wird eine totenstille Nacht.

Was ist dann noch gewesen? Am Sonntag Lätare ist der große Skandal in der Kirche, da Ann beim schadenfrohen Geflüster der Leute die Galle überläuft. Sie bricht los, hemmungslos und unflätig, sie achtet nicht des geweihten Orts. Also noch eine Kirchenschändung, denkt Will, als der Kirchenschweizer die Widerstrebende hinausgeleitet.

Unbarmherzig und doch barmherzig geht die Zeit ihren Lauf. Will wird Beamter in einer Versicherungsgesellschaft. Er bekommt die Anzüge des längst verstorbenen Vaters zurecht geschneidert, und er geht im altfränkischen Schnippelrock eines Tages hinter dem Leichenwagen, in dem Ann hinausgefahren wird. Nun ist sie fort, nun wird alles nach und nach ganz sinnlos und unverständlich für Will. – –

Warum läuft er jetzt als Schiedsrichter auf den Fußballplätzen? Gehört er nicht zu denen da, die frisch und unbekümmert durchs Leben stürmen? –, aber sie können ihn nur als fünftes Rad am Wagen gebrauchen. Höchstens als Schiedsrichter. Da läuft er dampfend, mit der Flöte zwischen den Lippen, ein behender Tropf. Der Stempel des Klosters ist noch unverkennbar, die ergeben geneigten Schultern, der andächtig verschlossene Mund.

Er denkt an die Mutter und an den Tod. Er spricht lateinische Worte, die er aus den Büchern gelernt hat – mater mors. Auch an den Schmied Christian muss er denken, sein Schicksal selbst hat sich aufgehängt. Was erscheint dort drüben auf dem nackten Sandfleck? – ein bekanntes aber schreckliches Gesicht. Das ist Atta, der Unhold. Will flüchtet sich tief in der Mutter Schürze.

Ist es nicht Anns nasse Schürze, in die er sein tränengedunsenes Gesicht hineinlegt? Er fühlt, wie er darin mit Kopf und Schultern versinkt.

Vom Platz jenseits der Büsche trägt der Wind einen Lärm herüber, sie schreien dreimal Hurrah. Will hört es nicht mehr.

Was bleibt von ihm? Noch immer steht in der Sakristei die fettige Spur an der Wand, und im Geist der Kinder taucht ab und zu das Bild des Schiedsrichters auf, das ist alles. –

Der Ringofen zerfällt weiter, der Herbst kommt und der Wind stöbert in der Weidenwildnis, jagt über den Busch und wirbelt Blätter über den Platz. Wills Geist fährt mit dahin, er läuft hinüber und herüber, er pfeift gellend. Wenn der Winter kommt, mit eisigen Sternen, wird er vielleicht einmal erwachen. Er wird ausgehen aus dem dumpfen Schoß seiner Mutter und das Licht der Welt erblicken.

Ich habe von dem Reisenden gehört, der auf schnellem Schiff von Osten nach Westen fuhr, also der Sonne nachjagte und so den Tag verlängerte. Er gewann Zeit, so hieß es, als ich dies alles hier zum ersten Mal erfuhr; aber wie es mit den Begriffen Zeit und Raum zu gehen pflegt: mengen sie sich mit dem sogenannten realen Alltag, so gibt es Verwirrung, und ich gestehe, dass bei einem gewissen Punkt der Überlegung alle Tatsächlichkeiten verblassen und in rettungslose Undeutlichkeit verfallen, aus der sie nur ein großer Philosoph erlösen könnte.

Wenn aber der Holunder blüht und ich dem blühenden Holunder nachreise, so ist dies etwas anderes. Ich gewinne an Sommer, ja ich bleibe ihm nah und erlebe ihn zweifach, dreifach, zehnfach. Und wer sollte dies nicht wünschen in diesem Erdenleben, in dem die Tage rasch dahinwandeln und der Herbst nah ist, der, wie ein Dichter einmal sagte, schon im ersten Blütenblätterfall sich ankündigt. Und da ein gutes Teil unseres Erdenlebens nicht an die eigene ursprüngliche Wahrnehmung gebunden ist, sondern uns vermittelt werden kann, so möchte ich vermitteln, was ich erlebt habe. Mit dem blühenden Holunder ist es mir geschehen, den ich immer im Junimonat erlebt hatte in den schönen gemäßigten Breiten der Heimat. Blühender Holunder, das war immer der betörende Duft des Sommers, wenn die Vogelstimmen des Frühjahrs bereits verstummten, wenn die Amsel nicht mehr sang, dafür aber der sonnentrunkene und sonnenfarbene Pirol seinen Ruf vom Waldrand her über die Wiesengründe sandte, einmal und zweimal und immer wieder, so dass das lauschende Herz ihm beseligt Antwort gab.

Und so empfing ich die Botschaft des Holunders auch diesmal, aber nicht im Juni in der Heimat, sondern im April des Südens. Es war der heißen Tage erster, der mich aus der Stadt verlockte, wo die Menschen schon die Schattenkühle der Bogengänge suchten und wo auf der gleißenden Piazza die Luft flimmerte. Ich ging durch ein Tor, das Porta San Giovanni hieß, in die Vorstadt, wo die Gärten dufteten, und ging weiter hinaus, bis ich den hohen Deich des Flusses sah und davor die himmelwärts zielenden Pappeln, die wie riesige Flammen aufwärts loderten. Und da sah ich den uralten Holunder, der schon wie ein Baum war und der mit schäumendem Blütenweiß über und über bedeckt war, so bedeckt, dass man fast kein Grün mehr an ihm sah, sondern nur die unbefleckte Seligkeit der elfenbeinweißen Dolden. Da war es mir einen Augenblick lang so, als ob der Wald dahinter rauschen müsste, der Wald der Heimat, wie er in Eichendorffs Gedichten gebannt ist, wo fern der Hörnerschall durch die Waldeinsamkeit tönt. Aber dieser Wald war nicht da, sondern es gab einen Flusslauf, in dessen Wasser sich die Umrisse der Pappeln und Weidensträucher abzeichneten, und fern ein paar Häuser mit südlich flachen Dächern und fruchtroten Mauern. Und ein Tor war da, das verschlossen war und durch dessen Gitterwerk man schöne fremde Bäume sah und eine Allee von hohem Lorbeer. Und der Zauber des Südens umgab mich, in dem schon die Erfüllung des Sommers beschlossen war. Da trat ich nah an den Holunder, trank lang und gierig den Duft, den er ausströmte, und war des Sommers voll.

Es kamen die Tage, in denen die Nachmittagsgewitter dröhnend und flackernd über die Stadt zogen, und die Zeit, da die Nächte keine Kühlung mehr brachten. Ich tat meine Arbeit, aber der Holunder hatte mich gefangen. Noch einige Male besuchte ich ihn draußen vor der Stadt, dann war seine Blüte dahin. Aber er lebt an vielen Orten, immer anderen, und ist doch der gleiche. Und so fuhr ich ihm nach, im Mai, hinauf in die südliche Voralpenregion, wo schon die Ahnung des Nordens lebendig ist. Im Juni wusste ich ihn blühen weit jenseits der Berge, in den heimatlichen Gärten, und sah ihn nicht. Aber ein gutes Geschick brachte mich im späten Juli hinauf in die Alpen, wo die kühlen Wasser rauschen. Und da begegnete ich dem Spätling im kleinen Weiler der Hochebene. Und wieder erfahre ich die Sommerbotschaft des Holunders, der hier seine späte Blüte feiert. Im Bergwald gurren die wilden Tauben, die Alpendrossel singt früh am Morgen und spät am Abend ihren vielstrophigen Gesang, der mir süßer und sehnlicher klingt als der Gesang der Nachtigallen. Das Wildwasser rauscht wie von Ewigkeit her, und die Tannenwälder grünen im Licht. Es ist karg hier, die Luft geht scharf und kühl, und lange Tage hingen die Wolken tief in die Täler. Beim Morgendämmern zogen die feuchten Schwaden aufwärts aus den Schründen. Man hätte vermeinen können, der Sommer sei verschüttet und verschollen. Aber dann kam der große Sturmwind, der die Täler ausfegte und der die Felswände blank werden und schimmern ließ. Und nun besuche ich den blühenden Holunder an den Wegrainen, wo der Königsklee wuchert, wo die Glockenblume zart sich wiegt. Ernst ist hier der Holunder, schütterer ist seine Blüte, aber der Duft ist würziger, und seine Gebärde ist erfüllt vom Glauben und Dank an den Sommer. Und ich gedenke der Freunde, die ihn nicht erleben und die ihn vielleicht in diesem Jahr nicht gesehen haben, der Freunde, die in den steinernen Städten lebten, und der Dahingeschiedenen in den Gräbern, über deren Stätte und durch deren Traum der Duft des Holunders wehen möge als ein Gruß des sommerlichen Lebens.

Aufsätze und Essays

Kunst und Literatur

Mosaiken

Wenn die Architektur sich aus Stillstand oder Verfall erhebt, so erscheinen in ihrem Gefolge neubelebt die ihr verbundenen Künste. Sobald der Raum in bester Erfüllung seines Zweckes sich gestaltet, sobald er reine Gliederung, vollendete Stimmung, harmonische Abtönung von Licht und Dunkel erreicht, so drängt die Architektur nach der Farbe. Wie Baum und Blume unter der Lichtkuppel des Himmels, im Gefüge der Landschaft, so blühen im Bauwerke die Wandmalerei, das Mosaik und das bunte Fenster. Linie und Farbe schwingen zusammen zur beseelten Musik des Raumes: zur heiteren Klarheit der Behausung, zum feierlichen Ernste des Festraumes, zur mystischen Weihe des Domes.

Das Mosaik lag am längsten unter dem Staube der Zeit verschüttet. Nach seiner Blüte in den frühchristlichen Jahrhunderten verflachte sein Stil und versandete im öden Naturalismus. Die Freskomalerei, die später in den Vordergrund trat, ließ eine neue Belebung nicht aufkommen. Die klassischen Vorbilder der musivischen Kunst lagen in der stillen Region von Ravenna, abseits vom künstlerischen Pulsschlag des Mittelalters. Die handwerkliche Technik erhielt sich lediglich an zwei Orten, in Rom und Venedig, wo in den Bauhütten von San Pietro und San Marco beständig eine Schar von Werkleuten zur Erhaltung und Ausbesserung der dort vorhandenen Mosaiken tätig war. So blieb wenigstens eine schmale Brücke bis in die neue Zeit. Beim Verfall des Kirchenstiles musste diese Kunst lange in engherziger Nachahmung des Alten beharren. Über plumpe eigene Versuche kam sie nicht hinaus.

Das änderte sich in unseren Tagen, da man in der Architektur neue Wege suchte. Der künstlerische Wille brachte es zu guten Ansätzen. Im Monumentalbau und im streng sachlichen Zweckbau kam man zur Vereinfachung der Linie, zur klaren Formensprache, zur harmonischen Gliederung. In diesem Augenblicke war das organische Wiederaufleben und die Entwicklung für die bildenden

Künste des Raumes möglich. Und so sehen wir, wie die besten und stärksten Künstler sich dieses Gebiet erobern. Hodler, Pechstein, E. R. Weiß, Cesar Klein, Unold, Orlik, Walser – sie alle waren da für die dekorative Wandmalerei, für das Glasbild, für das Mosaik, sobald die Architektur ihnen die geeigneten Räume bot.

Die Mosaikkunst, von den Griechen geübt und von ihnen nach Italien verpflanzt, schritt von der geometrischen Gliederung der Fußböden zur dekorativen Belebung der Wände, vom einfachen Linienmuster zum flächefüllenden Bilde. Was das römische Weltreich an kostbarem und seltenem Material zusammentrug: Marmor, Serpentin, Jaspis, Porphyr, Perlmutter, Edelmetall, das diente alles zu musivischen Arbeiten. Die Künstler des oströmischen Reiches verbesserten die Technik. Sie erfanden neue Materialien im Glasfluss und Goldwürfel. Die orientalische Glut drang in den Bereich der Mosaikkunst und entfachte darin flammende Lichtquellen von Gold und Purpur. Zu den Figuren trat das Ornament aus Laub, Früchten, Blumen und Ranken. Die Sophienkirche, bis in die Kuppel mit Mosaiken geschmückt, wurde ein Tempel von reichstem Glanz und farbensprühender Pracht.

In Italien war Ravenna der Brennpunkt der musivischen Kunst. Apollinare Nuovo, Apollinare in Classe, San Vitale, das Baptisterium haben die kostbaren, in Substanz und Farbe unversehrten Schöpfungen einer ganz auf zeitlose Größe gerichteten Kunst bewahrt.

Der Vergleich mit der alten Kirchenmusik liegt nahe. Wie diese in monumentaler Einfachheit psalmodiert und in erhabener Schlichtheit das tiefste Mysterium kund gibt, so atmen diese frühen Mosaiken den geheimnisvollen Widerschein des Ewigen.

Diese Quellen der Kunst konnten nicht mehr ganz versiegen; sie befruchten späte Jahrhunderte. Heute drängt der Geist wieder zur Einfachheit. Es kann nicht verwundern, dass eine der besten Schöpfungen moderner Mosaikkunst an jene Zeit und ihren monumental einfachen Ausdruck anknüpft. Max Unold, der als Maler zur großen Linie durchdrang, bekam vor wenigen Jahren den Auftrag, den achteckigen Kuppelraum des Neuen Museums in Wiesbaden mit Mosaiken zu schmücken. In die Architekturschöpfung von

Theodor Fischer fügte sich die Kunst Unolds reibungslos ein. Die Raumgestaltung leitete ihn dazu hin, in großartiger Einfachheit, ganz fern von jeder Sucht nach Absonderlichem, seine Mosaiken aufzubauen. Auf Goldgrund in Violett, Rot und Weiß, gestaltete er die uralten Symbole: Fischer, Hirten, Bauern. Die Kuppelwölbung selbst ist zu einem ornamentalen Himmel mit leuchtenden und strahlenden Gestirnen geworden.

Max Pechstein verwendet religiöse Stoffe in zwei Berliner Mosaiken. Die Vertreibung aus dem Paradies und die Geburt Christi stellt er in den Mosaiken dar, die hier wiedergegeben sind. Sie füllen zwei gegenüberliegende Wände in den Ausstellungsräumen von Gurlitt. Die Arbeiten sind in ruhigen und starken Farben aufgebaut. Sie sind von einem ursprünglichen Ausdruck und zeigen im Aufbau und in den Details die ganz persönliche Hand des Malers. Das Pechsteinsche Temperament bricht lebendig durch in Gestalten von köstlicher Bewegung. Das Ganze gibt, streng in die Struktur des Raumes eingefügt, große, beseelende Wirkungen.

Am engsten dem Wesen des Mosaiks vertraut erscheint Cesar Klein. Er hat die sichere Hand für jede kleinste Wirkung, das absolut treffende architektonische Gefühl und den starken Sinn für strahlende Farben.

Den Mosaikkünstlern steht heute ein fast vollkommenes Material zur Verfügung. Eine hochentwickelte Technik vermag Mosaiksmalten zu schmelzen, die den alten Glasflüssen der besten Zeit nicht nachstehen. In Deutschland sind es vor allem die Vereinigten Werkstätten für Mosaik und Glasmalerei Puhl & Wagner, Gottfried Heinersdorff in Berlin-Treptow, die das Handwerkliche des Mosaiks aufs Höchste entwickelt und die schönsten Arbeiten ausgeführt haben.

Die Herstellung des Mosaiks erfolgt heute gewöhnlich so, dass der Künstler den farbigen Karton für das Werk entwirft. Hierauf gehen die Mosaikarbeiter an die Ausführung. Von dem Karton wird eine haarscharfe Abzeichnung genommen und im Spiegelbilde auf einen festen Grund geheftet. Nach dem vorliegenden Karton werden dann die Smalten auf die Zeichnung gekittet, mit der Vorderseite nach unten. Die Glasflüsse sind ganz gleichmäßig durchgefärbt. Die geringsten Nuancierungen des Kartons können absolut genau wiedergegeben werden, da es eine gewaltige Zahl verschiedenfarbig abgetönter Smalten gibt. Die Vereinigten Werkstätten stellen z. B. Glasflüsse in mehr als 10 000 verschiedenen Farbenabstufungen her. Wie dem Setzer die Typen, so stehen dem Mosaikarbeiter in Kästen die Smalten bereit, aus denen er das Werk zusammenfügt. Ist das Stück fertig, so wird es an den Ort seiner Bestimmung gebracht und in den weichen Mörtel oder das sonstige frischbereitete Material seiner Unterlage eingedrückt. Sodann wird das Papier von der Vorderseite abgewaschen, das Ganze noch gleichmäßig verarbeitet, und das Mosaik ist in seiner endgültigen Gestalt sichtbar. Bei großen Stücken teilt sich eine Schar von Arbeitern in die Herstellung.

In öffentlichen und privaten Bauten, Kirchen, Tempeln, Friedhofshallen, Krematorien, Museen, Festräumen, überall kann heute der Architekt mit ebenbürtigen dekorativen Künstlern rechnen. Die Besten haben sich eingestellt. Im schöpferischen Plane des Baumeisters kann das Werk von Linien und Farben zusammenklingen. Schöner, größer und erhabener als heute werden sich die Kräfte entfalten, wenn das Verständnis in weiteren Kreisen geweckt, die Gelegenheit zur Betätigung in reicherem Maße geboten wird.

[Alessandro Manzoni]

Alessandro Manzoni, den man im wesentlichen Sinne des Wortes einen Italiener und fast treffender noch einen Lombarden nennen kann, verkörpert ein Ideal, wie es der tiefste Drang jedes nationalen Lebens erstrebt. Innerhalb der durch Stamm und Landschaft gegebenen Grenzen vereinigt er in sich die Fülle lebendiger Kräfte und edler Strebungen und erhebt sich dadurch in die höchsten Regionen seines Volkes. Der Schauplatz seines Lebens war die Lombardei, an deren Geschick und Geschichte fast alle Völker Europas bedeutsamen Anteil haben, sein Volk war das italienische, in welchem vitaler Trieb und Wirklichkeitsbewusstsein zu harmonischem Ausgleich drängen, sein Zeitalter war die Epoche nationaler und sprachlicher Zerrissenheit, die nach dem führenden Geiste des Einigungswillens verlangte. Manzoni wurde seiner Sendung gerecht: er lebte im Geiste der edlen Traditionen, er war als Mensch und als Dichter ein seltenes Beispiel der aus Bindung entsprossenen Freiheit, er wirkte, obwohl fern vom Streit des Tages, sein Leben lang für die nationale Selbstbestimmung und Geltung und hinterließ seinen Volksgenossen ein Denkmal vorbildlicher Sprachvollendung.

Als Spross einer Mailänder Familie wurde Alessandro Manzoni am 7. März 1785 geboren. Die Eltern ließen ihm eine sorgfältige Erziehung zuteilwerden, und namentlich die Mutter, die Tochter des Rechtsgelehrten Beccaria, öffnete dem Knaben frühzeitig die Pforten der italienischen Geistesbildung. Sie begleitete auch den Zwanzigjährigen nach Paris, wo er in der „Gesellschaft von Auteuil" Berührung mit den führenden Geistern Frankreichs fand. Die vertraute Kenntnis der Schwestersprache, die er in diesem Lande gewann, sollte ihm eine wertvolle Stütze bilden bei der Sprachgestaltung seines eigenen Schaffens. Abgesehen von seinem Aufenthalte in Frankreich verbrachte er sein Leben in der Lombardei. Die Heimat nährte ihn mit den Quellen kulturgetränkter Jahrhunderte, sie stellte ihm die leuchtenden Vorbilder der Kunst vor Augen, sie umgab ihn mit lebendig wirkender Geschichte und mit einer von Größe und Heiterkeit überwehten Landschaft. Dort auch fand er sich inmitten eines Stammes, welcher in seiner glücklichen Zusammenfassung von Trieb und Satzung am meisten von allen italienischen Volksstämmen an das antike römische Bürgertum erinnert und dessen reiche Wesenheit und gehaltvolle Überlieferung sich in einer vielfältigen Skala von Gestalten verkörpert.

Das Leben Manzonis verlief ohne äußere Verwicklungen und Umstände und war ganz darauf gerichtet, den Menschen in der Stille wachsen, sich entfalten und nur in seinen Werken sich äußern zu lassen. Eine empfindliche körperliche Verfassung nötigte ihn, in der Abgeschiedenheit zu leben. „Das Außerordentliche, welches solche Menschen leisten", sagt Goethe mit Bezug auf Manzoni, „setzt eine sehr zarte Organisation voraus, damit sie seltener Empfindungen fähig sein und die Stimme der Himmlischen vernehmen können. Nun ist eine solche Organisation im Konflikt mit der Welt und den Elementen leicht gestört und verletzt."

Im Alter von fünfundzwanzig Jahren, nach aufwühlenden religiösen Kämpfen und Erlebnissen, schrieb er die „Inni sacri", fünf geistliche Hymnen über die Geburt des Heilandes, die Passion, die Auferstehung, die Pfingsten und den Namen Mariä. Diese geistlichen Dichtungen zeigen an, dass Manzoni sich entschlossen dem katholischen Christentum seiner Heimat zugewandt hatte, dem er zeitlebens treu ergeben blieb, ohne aber in Schwärmerei oder in Eiferei zu verfallen. Zwei Dramen, welche in den nächsten Jahren folgten, bekunden die Neigung des Dichters für nationalhistorische Stoffe. Er blieb aber nicht im engen Horizonte haften, wie Goethes Ausspruch beweist, der den Eindruck dieser Dramen „wahrhaft weltgeschichtlich" nannte. Über die Grenzen Italiens verbreitete sich Manzonis Ruhm durch die Ode „Der fünfte Mai", welche er 1823 auf den Tod Napoleons dichtete. Kein Geringerer als Goethe hat sie ins Deutsche übertragen. Manzonis Hauptwerk, dessen ersten Band er in seinem vierzigsten Jahre erscheinen ließ, ist der Roman „Die Verlobten". Damit war sein dichterisches Schaffen im Wesentlichen abgeschlossen. Ein Gedicht und ein Roman, das ist das Werk, welches Weltruhm erntete.

Verglichen mit anderen Dokumenten der Weltliteratur erscheint Manzonis Roman auf den ersten Blick beinahe gering. Aber gerade in dieser Einfalt bekundet sich die hohe Kunst des Dichters. Die Handlung beginnt wie eine schlichte Dorfgeschichte. Der Liebe zweier jungen Menschen stellt sich das verbrecherische Begehren eines Raubritters in den Weg. Es sind die Irrsale dieses Verhältnisses, welche den Faden der Handlung bilden. Aber es entwickelt sich daraus eine Historie, in welcher die ganzen geschichtlichen Ereignisse aus der ersten Hälfte des siebzehnten Jahrhunderts in Oberitalien lebendig werden. Teuerung, Hungersnot, Aufruhr, Fremdherrschaft entrollen ihre furchtbaren Bilder, und verheerend wie die apokalyptischen Reiter geht der Vernichtungsfeldzug der Pest von 1628 über den Schauplatz dieser Geschichte. Auch damals war ein fremdes Regiment im Lande wie zu Lebzeiten Manzonis, auch damals spann sich ein Netz von Ränken und Leidenschaften über das Land. Die heimatliche Landschaft wird mit bewundernswerter Gestaltungskraft gezeichnet. Die südlichen Alpen, der Comersee, die fruchtbare Ebene um Mailand und schließlich die Stadt selbst treten klar vor das Auge des Lesers. Die Gestalten der handelnden Personen, obwohl gering an Zahl, verkörpern das ganze Volk in seinen Ständen und Bildungsstufen. Der Dichter hat sie mit unerhörter Plastik dargestellt und sie alle, ob Mann oder Weib, vornehm oder gering, geistlich oder weltlich, in ihrem tiefsten Wesen erfasst. Nur wer so wie er im lombardischen Volke verwurzelt war, vermochte die Menschen in solcher Lebendigkeit darzustellen.

Bewundernswert wie die Führung der Handlung und die Gestaltung der Personen ist auch die Vollendung der Sprache. Sie verlieh dem Roman eine ganz ungewöhnliche Bedeutung für das neue Italien. Man muss sich vor Augen halten, dass zu Manzonis Zeiten eine nationale wie auch sprachliche Zerrissenheit in seinem Lande herrschte. Eine Fülle von Dialekten machte sich den Vorrang streitig. Manzoni stand vor der schwierigen Aufgabe, die für sein Werk gültige Sprache zu finden, und er löste sie im Bewusstsein seiner Verantwortlichkeit. Es bietet einen fesselnden Anblick und gewährt tieferes Verständnis für das Wesen der heutigen italienischen Sprache, wenn man die Anstrengungen des Dichters verfolgt, die er bei der Abfassung seines Werkes hinsichtlich der sprachlichen Gestaltung machte und die er unablässig bei jeder neuen Bearbeitung fortsetzte. Im Jahre 1840, dreizehn Jahre nach dem ersten Erscheinen des Romanes, entschloss er sich zu einer gänzlichen Neubearbeitung. Er hatte jahrelang seine Mühen darauf verwendet, seine Kenntnis der Sprache zu vertiefen und besonders in das Wesen des Toskanischen einzudringen, dessen Anwendung ihm die literarische Tradition gebot. In zweifacher Hinsicht war seine Arbeit von Erfolg gekrönt. Die Sprache des Romans hat die klassische Form gefunden und erscheint bei der Schilderung von Ereignissen und Stimmungen und im Munde aller Beteiligten einfach und natürlich. Damit erfüllte sie die strenge Forderung, die der Dichter an sich selber stellte. Aber es war auch ein sprachliches Kunstwerk zustande gekommen, welches für die Bildung der neuen italienischen Gesamtsprache von höchster Vorbildlichkeit werden sollte. Manzoni, der den Geschäften und Umtrieben der Politik fernstand, der inmitten der nationalen Bestrebungen zur Zeit der Fremdherrschaft in Italien scheinbar unbeteiligt blieb und in schweigender Abgeschiedenheit sein Leben verbrachte, war so in Wahrheit der stärkste Vorkämpfer für die sprachliche und nationale Einigung geworden.

Die Wirkung des Romans auf die Zeitgenossen erhellt am besten aus den Äußerungen, die Goethe zu Eckermann machte. „Ich habe Ihnen zu verkünden", sagte er, „dass Manzonis Roman alles überflügelt, was wir in dieser Art kennen. Ich brauche Ihnen nichts weiter zu sagen, als dass das Innere, alles was aus der Seele des Dichters kommt, durchaus vollkommen ist, und dass das Äußere, alle Zeichnung von Lokalitäten und dergleichen, gegen die großen inneren Eigenschaften um kein Haar zurücksteht. Das will etwas heißen. ... Der Eindruck beim Lesen ist der Art, dass man immer von der Rührung in die Bewunderung fällt und von der Bewunderung wieder in die Rührung, so dass man aus einer dieser beiden großen Wirkungen gar nicht herauskommt. Ich dächte, höher könnte man es nicht treiben. Manzonis innere Bildung erscheint auf einer solchen Höhe, dass ihm schwer etwas gleichkommen kann. Sie beglückt uns als eine durchaus reife Frucht. Und eine Klarheit in der Behandlung und Darstellung des Einzelnen, wie der italienische Himmel selber. ... Es kommen Manzoni vorzüglich vier Dinge zustatten, die zu der großen Vortrefflichkeit seines Werks beitragen. Zunächst, dass er ein ausgezeichneter Historiker ist, wodurch denn seine Dichtung die große Würde und Tüchtigkeit bekommen hat, die sie über alles dasjenige weit hinaushebt, was man sich gewöhnlich unter Roman vorstellt. Zweitens ist ihm die katholische Religion vorteilhaft, aus der viele Verhältnisse poetischer Art hervorgehen, die er als Protestant nicht gehabt haben würde. Sowie es drittens seinem Werke zugute kommt, dass der Autor in revolutionären Reibungen viel gelitten, die, wenn er auch persönlich darin nicht verflochten gewesen, doch seine Freunde getroffen und teils zugrunde gerichtet haben. Und endlich viertens ist es diesem Romane günstig, dass die Handlung in der reizenden Gegend am Comersee vor sich geht, deren Eindrücke sich dem Dichter von Jugend auf eingeprägt haben und die er also in- und auswendig kennt. Daher entspringt nun auch ein großes Hauptverdienst des Werkes, nämlich die Deutlichkeit und das bewundernswürdige Detail in Zeichnung der Lokalität."

Auch heute noch ist das Werk des Dichters lebendig. Die Gestalten, frei von Sentimentalität und frei von Romantik, führen ein immer gültiges Leben. Es ist eine Kunst der Sachlichkeit, welche der Schöpfung Manzonis Dauer verleiht.

Der greise Manzoni erlebte noch die Genugtuung, das neu geeinigte Italien zu sehen. Er selbst verkörpert die Ideale, die ihm beim Leben und Schaffen als Leitsterne vor Augen standen. Der italienische Schriftsteller De Amicis schildert in den „Pagine sparse" einen Besuch auf dem Landsitz Manzonis bei Mailand. Ein Hauch von antiker Lebenshaltung weht uns aus diesem Berichte an. Wir sehen den Dichter, wie er im Kreise seiner Enkel durch Haus und Garten geht, wie er in lombardischer Mundart mit dem Gesinde verkehrt und wie er in überragender Einfachheit und Menschlichkeit dem jungen Bewunderer gegenübertritt. Vor einer solchen Erscheinung mussten alle Stimmen des Zweifels und des Tadels verstummen. Deshalb gewann er schon zu seinen Lebzeiten eine solche Geltung für sein Volk, dass man ihn mit Recht als das Herz des neuen Italiens bezeichnen konnte.

Der Maler Paul Schmidtbauer

Ein Künstlerleben, das seinen Beginn in einem verborgenen Winkel von Österreich genommen hat, dessen Eintritt ins Mannesalter im Zeichen des großen Krieges stand und dessen Entwicklung unter dem lastenden Bann der heutigen Zeit verläuft, kann sich nicht leicht entfalten und es kann sich nur behaupten, wenn seine Triebkräfte eine besondere Stärke haben. Ein reiches Erbe heimatlicher Tradition ist zwar auch im abgelegenen Heimattal noch wirksam und eine tiefe Fülle der Natur beschenkt den Anfang dieses Lebens, aber der zerstörerische Sturm des Zeitgeschehens droht mehr als einmal alles zu vernichten und hemmt die Kräfte der Entfaltung. Was aber dann bestand hat, ist gestählt und lebenssaftig, und wenn seine Blüte auch spät kommt, so ist sie dafür kraftvoll und wetterhart.

Der Maler Paul Schmidtbauer ist heute achtunddreißig Jahre alt. Seine Heimat ist Lividraga in Kroatien, wo sein deutsches Elternhaus stand. Eine Tagesfahrt führt von Fiume in dieses Gebiet, das schneereiche Winter und farbenbunte Sommer kennt und auf dessen Almwiesen das Edelweiß blüht, wie anderswo die Margueriten. Die unbewusste Kindheit der ersten Jahre verfloss hier in der Atmosphäre der Bergwelt, die tief in das innerliche Wesen des jungen Menschen eindrang, so dass sie seinem ganzen Leben ihre Schicksalsprägung aufstempelte. Dann übersiedelten die Eltern nach Graz, wo der Knabe auch die Mittelschule besuchte zum nicht geringen Verdruss manches fassungslosen Lehrers. Mehr als Schule und Stadt lockte den jungen Menschen die freie Natur. Die Wälder der Mittelsteiermark wie auch die obersteirischen Hochgebirge lernte er wie selten ein anderer kennen und hier empfing er unauslöschliche Eindrücke, die auch für sein späteres Schaffen bestimmend geworden sind.

Den ersten Anschauungsunterricht genoss Schmidtbauer in der Landeskunstschule unter der Leitung von Schrötter und Marussig. Dann ging er nach Wien, um die Kunstakademie zu besuchen, was aber für die meiste Zeit an der Unzulänglichkeit der äußeren Umstände scheiterte. Im Atelier in Döbling entfaltete er aber eine umso eifrigere Arbeit eigenen Strebens. Das Verlangen nach tüchtiger handwerklicher Ausbildung fand seine Erfüllung im Besuch der Graphischen Lehr- und Versuchsanstalt, wo dem jungen Maler unter Puchinger und Mader Gelegenheit geboten wurde, ein vollendeter Lithograph zu werden. Akt- und Gewandstudium wurden aber dabei nicht vernachlässigt. Das erste große künstlerische Erlebnis für Schmidtbauer war Bosnien. Hier zeichnete und malte er von 1913 bis 1914 mit Bienenfleiß und hier öffnete sich ihm der tiefste Sinn der Farbigkeit menschlicher und landschaftlicher Umwelt. Das große, in Graz ausgestellte Türkenbild legte ein glänzendes Zeugnis ab für diese Zeit künstlerischer Reife. Dieses Bild blieb leider nicht im Lande, sondern wanderte nach Ungarn.

Der Weltkrieg legte dann auch diesen Künstler in Fesseln und machte ihn von 1914 bis 1918 zum Soldaten. Als echtem Künstler blieb es ihm erspart, zum Schlachtenmaler mit offizieller Charge befördert zu werden. Er führte das harte Feld- und Schützengrabenleben, das eine bunte und grausige Fülle von Eindrücken brachte, die zu verarbeiten keine Muße blieb. Dem Kriege entronnen, fand er seinen Weg wieder nach Graz, das seitdem seine Heimat geworden ist.

Ein tiefer österreichischer Zug ist dem Schaffen Schmidtbauers eingeprägt. Dies äußert sich vor allem in seiner leidenschaftlichen Verbundenheit mit der Natur, besonders mit der Welt des Waldes und des Gebirges. Sowie er wochenlang im verschneiten einsamen Almwinter sein Vergnügen finden kann, oder wie er in vegetativer Ergriffenheit zwischen See und Wald zu leben weiß, so drückt sein Wesen sich auch aus in einer Fülle von Bildern und Zeichnungen, die ihr Motiv in diesen Bezirken finden. Viele seiner Landschaften atmen eine Stimmung tiefer Versunkenheit, die nur der zu bannen versteht, der dem Leben der Natur bis in seine verborgenen Fasern nachzugehen vermag. So entstand, hervorgehend aus dem unerschöpflichen und immer wechselnden Reigen der Naturgeschichte, eine große Zahl von Werken, die im Heimatlande verwurzelt sind, in den Felsen und Almen des Hochgebirges, den unbegangenen Wäldern, den einsamen Tälern, Bilder mit den bunten Farben der Jahreszeiten, dem lichten Schein der Morgenfrühe und dem Traum der Dämmerung.

Eine andere Seite dieses Malers offenbart sich in den figuralen Bildern. Die verstehende und oft heimlich lächelnde Erfassung des menschlichen Gebärdenspiels führte zu einer Reihe von malerischen und graphischen Arbeiten, die im Gesamtwerk einen bedeutungsvollen Platz einnehmen. Eine überquellende Lust am Berichten und Fabulieren drängt zum Vergleich mit den holländischen Malern des siebzehnten Jahrhunderts, die schon auf den werdenden Künstler während seiner Wiener Zeit einen formenden Eindruck machten. Zu besonderer Blüte gelangte diese Art in Schmidtbauers Wandmalereien, von denen ganz besonders die Ausschmückungen des Grazer Volkskellers hervorzuheben sind.

Die tiefe Kenntnis der menschlichen Physiognomie aus Intuition und reicher Erfahrung und die Sicherheit der Erfassung und Gestaltung machen Schmidtbauer auch zu einem der angesehensten Porträtisten seines Landes.

Die starke soziale Note des Malers muss besonders hervorgehoben werden. Die Quartiere der werktätigen Masse, Vorstadt und Hinterhöfe, die Stätten der Arbeit, Werkstätten und Fabriken, Bergwerke und Erzbrüche hat er in manchem charakteristisch gesehenen Ausschnitte festgehalten. Die Grazer Arbeiterkammer beherbergt unter ihren Wandgemälden die hervorragendsten Werke dieser Art aus dem Schaffen des Künstlers. Tiefe Eindrücke von menschlicher Kraft und Arbeit, aber auch von Not, Elend und Ungerechtigkeit erfüllen viele Bilder und Zeichnungen, ließen aber auch beißende Karikaturen entstehen oder überstrahlten andere Werke mit milder Ironie.

Schon früh wurde das Schaffen des Künstlers von der Öffentlichkeit erkannt und seit dem Jahre 1922 zweimal mit der silbernen, ferner mit der goldenen Staatsmedaille und zweimal mit dem Staatspreis ausgezeichnet. Viele Werke wurden von Galerien und privaten Sammlungen angekauft.

Die Technik des Malers verlangt eine besondere Würdigung. Mit forschendem Eifer und auch mit oft glänzendem Erfolg geht Schmidtbauer dem Sinn und der Wirkung des Materials nach. Er erinnert hierin an die großen Vorbilder seiner Kunst. Eingedenk des schöpferischen Wertes handwerklicher Fähigkeit versenkt er sich immer wieder in die geheimsten Gründe der Technik, nicht nur der Malerei, sondern auch der Radierung, der Lithographie, des schwarzweißen und farbigen Schnittes. In der Malerei blieb er lange bei der Anwendung der Ölfarben, dann aber reichten ihm die dadurch gebotenen Ausdrucksmöglichkeiten nicht mehr aus, und heute bevorzugt er eine kombinierte Technik, vor allem die Verwendung von Tempera und Harzölfarben. Er erreicht dadurch eine besondere Helligkeit und eine große Tiefenwirkung.

Das Schaffen Paul Schmidtbauers vollzieht sich in ungebundener Freiheit, die natürlich ihre große Bedeutung für die Unabhängigkeit des Künstlers hat, die aber heute mehr denn je den Unbilden und Härten der Zeit ausgesetzt ist. Bewunderungswürdig ist die Beharrlichkeit und die allem äußeren Druck trotzende Mannhaftigkeit des Künstlers. Er hat bisher eine große Fülle reifen Schaffens geboten, er steht aber auch noch in der lebendigen und zukunftsträchtigen Entwicklung des Vorwärtsstrebenden. So hoffen wir, dass sein Geschick ihm noch schönere Entfaltung bietet, und wir verbinden mit der Anerkennung seines bisherigen Schaffens den hoffnungsfreudigen Glückwunsch für die künftige Zeit.

Steirisches Land – steirische Kunst

Die „panische" Landschaft webt unmittelbar die Atmosphäre künstlerischen Erlebens, die der Mensch der zweckvoll durchpflügten und durchbauten Welt erst aus der Tiefe seines Blutes heraufbeschwören muss. Damit ist nichts gesagt darüber, ob das aus dem hier oder dort gewonnenen Erlebnis geschaffene Werk höheren oder niederen Wertes ist. Aber das Beispiel aller Kunst beweist es, dass aus dem Boden der Landschaft die Ströme belebenden Blutes in den Bereich des künstlerischen Schaffens aufsteigen und dass, wer als Künstler bedeutsam ist, dies aus der Gesetzlichkeit der ihn tragenden Erde wird, wobei es nichts verschlägt, ob diese Gesetzlichkeit unmittelbar im eigenen Erleben wirksam ist oder im ererbten Blute lebendig weiterwirkt. So ist das Alpenland eine begnadete Landschaft, weil es der Entseelung trotzt und weil es dank natürlicher Gebundenheit an die Mächte der Erde die panische Kraft dauernder bewahrt als manche anderen Landstriche. Es soll aber hier nicht vom großen Bereich der Alpen gesprochen werden, sondern von der Eigenart steirischer Landschaft, die sich wieder in naturgeschichtlicher wie in historischer Hinsicht als ein Eigenes darstellt.

Was andere Bezirke des großen Berglandes voraus haben an günstiger Lage und Zugänglichkeit, das hat die Steiermark voraus

Hans Leifhelm (Mitte) mit Franz Silberbauer und Albrecht Schaeffer in den Windischen Büheln, 1931, Fotograf unbekannt (Steiermärkische Landesbibliothek Graz, Sammlung Hans Leifhelm, Fotos).

an Vielfalt und verborgener Eigenart. Wie vielfältig ist dieses Land, das vom hohen Kalksteingebirg bis zu den vulkanischen Gebilden einer vorgeschichtlichen Meeresküste, vom zentralen Uralpenstock bis zum pannonischen Tiefland reicht. Und wie reich an einzelnen Bildungen ist diese Vielfalt der Erdgestaltung. Vom First der Niederen Tauern und von den Schroffen des Dachsteins geht der Blick über tausend Gipfel und Täler, längs dem Mur- und Mürztal staffelt sich endlos das Land der Waldberge. Bei Graz erfasst das Auge noch von Nordwest bis Südwest die riesigen Linien der Urgebirgsarena, es verdämmert die gewaltige Talebene des Grazer Beckens, es wogt das Hügelland der östlichen Steiermark. Und im Unterland erklingt die betörende Melodie der Weinhügel in toskanischer Anmut. Aber innerhalb jedes einzelnen Bezirkes wieder, welche Fülle von organischen

Lebenskreisen bietet sich dem Erlebenden. Hier das eisige Schweigen der Fels- und Schuttregionen, dort die mythische Einsamkeit des Urgebirgs, dort wieder die weltversunkene Verlassenheit der Waldberge oder die südlich üppige Fülle der trächtigen Erde. Auf diesem Boden erwuchsen die Künste in vielfältigem Reichtum. Die Volkskunst in Sang und Tanz, Tracht und Bildwerk, Bauen und Bilden, all dies namenlose Schaffen ist ebenso reich hier erblüht wie das Leben der individuellen Schöpfung.

Die Steirer machen wenig Wesens von den Denkmälern der Kunst, die in ihrem Lande zu den verschiedensten Zeiten gewachsen sind. Ein kleiner Kreis Wissender und Begeisterter nur pflegt liebevoll das Andenken all dieser Kostbarkeiten und erschließt sie denjenigen, die ehrlich danach suchen. Aber in den namenlosen Schichten des Volkes ist Sinn und Wille künstlerischen Strebens allzeit lebendig geblieben, ebenso wie in den führenden Kreisen, solange sie kulturbewusst und verantwortlich die Kunst zu hüten verstanden. Die Stifte und Klöster, die Kirchen und Kapellen, die Schlösser und Palais, die Häuser der Landstände und die bürgerlichen Bauten, die einer blühenden Kunst entsprossen sind, ihre Zahl ist Legion in der Steiermark.

Die Grazer Sezession ist sich ihrer Aufgabe und Verantwortlichkeit in diesem Sinne allzeit bewusst gewesen. Für sie war es vornehmste Pflicht, die in der Heimat schlummernden Kräfte lebendig zu machen und zu erhalten und an das Ererbte wirksam das Neue anzuknüpfen. Namen sollen hier nicht genannt werden. Aber es waren Künstler der Sezession, die dem Sinn und dem Urgrund der Heimat am tiefsten nachspürten, die zum Beispiel die edelsten Überlieferungen der einst in der Steiermark reich blühenden Freskomalerei in sich aufnahmen und einen neuen Gipfel dieser Kunst erreichten. Es ist diesen Malern gelungen, aus dem bewussten Schaffen ihrer Vorgänger und aus der unbewussten Gesetzlichkeit der Volkskunst, die sich heute wie einst an hundert Stellen kündet, eine neue Synthese zu finden und in gültiger Form das Schicksal der Gegenwart zu gestalten. Es sind Bildhauer, die aus dem Geiste der vergangenen Geschlechter das Neue und für uns Bedeutsame entwickelten, es sind Graphiker, die mit der hier erworbenen Handschrift das Erlebnis unserer Tage bannen, es sind Architekten, die bewusst fortsetzen, was vergangene Geschlechter mit unbewusster Formgebung und Maßsetzung errungen und ausgedrückt haben.

Dabei hat sich die Steiermark mit ihren Künstlern nicht vom breiten Strom der Welt abgesondert. Es muss ja die Gesamtheit des Lebens sein, die das künstlerische Schaffen nährt, und auch da verleitet die Landschaft der Steiermark nicht zu einem unfruchtbaren Idyllismus. Das soziale Moment steht zwingend vor den Augen des Schaffenden. Die Industrie, aus bäuerlichem Kleingewerbe und ländlicher Manufaktur langsam erwachsen, greift ins Herz der Landschaft. In loderndem Feuerschein stehen die Hochöfen am Fuße waldbewachsener Berge, Stahl- und Walzwerke lärmen vor den Toren von Roseggers Waldheimat, und die Eisenhämmer und Sensenschmieden geleiten uns bin ins Innerste des Hochschwabgebietes. Eng, wie wohl nirgends sonst wo, sind hier Arbeit in Bergwerk und Fabrik mit der Arbeit des Pflügers und Holzfällers verbunden. So umfasst die Welt der hier lebenden Künstler den ganzen Umkreis menschlichen Schicksals, vom einsamen Berggehöft bis zum arbeitdurchwühlten Erzberg, von der Heiligenlegende bis zum Proletarierschicksal, von dem erschütternden Andenken des Weltkrieges bis zum dörflichen Frieden.

So führt der Weg der steirischen Kunst von der Heimat in die Welt und von der Welt in die Heimat. Kein Zufall ist es, dass die hier lebenden Künstler ihre Ausbildung zum erheblichen Teil in Wien, Berlin, München, Paris vollenden konnten, ohne entwurzelt zu werden, und dass ihre Werke, die aus dem Blut und Saft steirischen Bodens erwachsen sind, draußen in der großen Welt bestehen können und keine provinziale Beschränktheit aufweisen.

In diesem Sinne möge es auch weiterhin die Sendung der Grazer Sezession bleiben, das Ererbte kraftvoll zu hüten und gleichzeitig die tragenden Brücken zu schlagen zur großen Welt, zum Ruhme wie zur Befruchtung der gesamten Heimaterde.

Zur Stunde, da sich das Grab über Heinrich Lersch schließt, schreibe ich diese Worte des Gedenkens. In der letzten Nacht erst erreichte mich das Telegramm. Und heute in der Morgenfrühe, als ich den Gebirgspfad zum Markt herunterging, wurde mir der Brief übergeben, der mir die nähere Kunde brachte.

Der älteste und nächste Freund hätte seinem ältesten und nächsten Freund gern das Geleit gegeben. Aber die Entfernung ist zu weit zwischen der gemeinsamen Vaterstadt München-Gladbach, wo Lersch seine letzte Stätte findet, und diesem abgeschiedenen Hochtal in den steirischen Alpen.

Im Geist sind wir auch in dieser Stunde beisammen, wie wir beisammen waren auf den Wegen der Jugend, auf den Wanderstraßen vieler Länder, in den Herbergen vieler Nächte.

Heinrich Lersch, der im Jahre 1889 geboren wurde, war zwei Jahre älter als ich. Ich sehe in der Erinnerung die kleine und untersetzte Gestalt des Kindes, das die Treppe zum Schulhaus in der Römerstraße emporeilt. Ich sehe den Knaben, der mit vierzehn Jahren, viel zu schwach für den schweren Beruf, Werkzeug und Gerät des Kesselschmieds in seine Hände nimmt. Sein Gesicht ist schon männlich und entschlossen, so wie wir es alle Zeit an ihm gesehen haben. Sein Auge ist voll dunkler Gewalt, aber manchmal auch voll tiefer Schwermut des reifenden Lebens. Und den Jüngling sehe ich, der mit sechzehn Jahren seine ersten Gedichte schreibt, die er vor sich hinspricht, da wir durch die sternerfüllte Winternacht gehen. Noch ist seine Stimme leise und zögernd, da er seine eigene Sprache versucht, aber dann wird sie klingend und voll, wenn er aus seinem starken Gedächtnis Verse von Liliencron, Whitman, Dehmel, von Mörike, Lenau, Eichendorff spricht. Viele Verse reihen sich aneinander, dann schließt er lächelnd mit Alfons Petzolds Worten: „Ich trag in meiner Brust ein seltsam Glockenspiel."

Der schweren Arbeit und der kargen Ruhe hat Heinrich Lersch die Stunden abgerungen, die ihm die Gemeinschaft mit den Dichtern Deutschlands und der Welt vergönnten. Wenn er todmüde war, wenn er völlig erschöpft von der Arbeit an den Kesseln kam, die manchmal bei eiliger Fabrikreparatur zwanzig Stunden ununterbrochen anhielt, dann konnte ihn ein Dichterwort, ein Geigenstrich mit ungeahntem Anstoß beleben. Ich sehe ihn bei unserem Jugendfreund, dem Geigenspieler Konrad van den Bongaardt, der mit zwanzig Jahren sterben musste und bei dem uns die Welt Beethovens, Bachs, Mozarts und Haydns aufging. Oft bin ich zur Grenze der Städte Gladbach und Rheydt gepilgert, wo im obersten Fenster des Hauses Lerschs Lampe brannte. Oft war ich in der alten Schmiede, die einem Holzschuppen ähnlicher sah als einer Werkstatt, und vor der die großen Kessel in der Wiese rasteten. Oft auch erwartete er mich auf meinem Schulweg. Wir hatten einen gemeinsamen Freund, einen Bahnwärter, und in seiner Bude verstauten wir einträchtig Werkzeug und Bücher, wenn uns die Wälder und Heiden des Niederrheins zu tagelangen Streifzügen lockten.

Aber dann rief die Ferne. Es kam der Tag, da ich die Vaterstadt verließ und nach Straßburg ging. Heinrich Lersch versprach, in einigen Wochen nachzukommen. Aber es kam ein Brief seiner Mutter, dieser von Güte erfüllten und wunderbaren Frau, deren dunkelglühende Augensterne und zart geschwungenen Mund, deren freudiges Herz Heinrich Lersch geerbt hat. Der Brief forderte den Freundschaftsdienst, ihm zuzureden, die Wanderschaft nach Straßburg erst später zu unternehmen, denn er war das älteste der Kinder, und er musste damals, da der Vater krank war, mit seinem Bruder Paul die Werkstatt führen und die Familie erhalten. Aber im späten Herbst gelang die Reise. Er suchte in Straßburg Arbeit, aber in der Stadt war alles Suchen vergeblich. So dehnten wir unsere Wege aus, bis er in Oberkirch am Eingang zum badischen Schwarzwald sein Quartier beziehen konnte. Jener Herbst war reich gesegnet. Das Laub der Bäume verblieb bis tief in den November. Kein Samstag verging, da wir uns nicht mit Gewissheit auf der Landstraße zwischen Kehl und Oberkirch getroffen hätten. Die Nächte auf den Sonntag verbrachten wir meistens wachend, in Decken gehüllt, mit Gespräch und Lesung. Am Sonntag aber waren wir in den Bergwäldern, aus denen uns der Anbruch der neuen Arbeitswoche zurückrief.

Danach trennten wir uns. Der Freund musste wieder daheim arbeiten, mein Weg ging den Alpen zu. Aber als ich mich nach Wien gewandt hatte, wanderte Lersch den Rhein hinauf und über Frankfurt nach Passau, unterwegs Arbeit annehmend, bis er für das letzte Stück der Reise die Eisenbahn bezahlen konnte. Als ich eines Abends mein kleines Zimmer in der Nähe des Westbahnhofes aufsuchte, sagte mir auf der Stiege die Wirtin, es sei Besuch da. Tief und fest schlief Lersch im Bett, als ich eintrat. Diese kleine Kammer beherbergte uns beide eine Zeitlang, bis uns der Gebrauch des Diwans als zweiter Lagerstätte verwehrt wurde. Wieder musste Arbeit gesucht werden. Sie fand sich für den Freund weit draußen in einer großen Maschinenfabrik in Floridsdorf. Nun hielt uns die Woche getrennt, aber Samstags zu Mittag bestieg Lersch draußen die Straßenbahn, die ihn in den sechsten Bezirk führte. Wir pflegten es wieder zu halten wie in Oberkirch, aber nun wurde die große Stadt und ihre Umgebung durchstreift, und der Plan der großen Wanderschaft wurde erwogen. Vorher aber rief die väterliche Werkstatt Heinrich Lersch zurück. Jedoch der Winter hatte viel neues Erleben gebracht, dazu die erste Bekanntschaft mit lebenden Dichtern. Wir hörten Hofmannsthal und Ginzkey, wir lernten Alfons Petzold kennen.

Dann kam der Sommer, und wir durchwanderten das ganze Alpenland, den Karst, den Apennin, die Abruzzen, die Volsker- und Sabinerberge.

Dann kamen die Kriegsjahre, die uns im wechselnden Spiel der Geschicke oft trennten und oft zusammenführten. Vor dem Ausbruch des Krieges hatte Lersch sein erstes Gedichtbuch veröffentlicht, das den Titel „Abglanz des Lebens“ trug und das er dem Freund widmete. Im August 1914 aber machte ihn sein Gedicht des Soldatenabschieds „Lass mich gehn, Mutter, lass mich gehn“ berühmt in allen deutschen Landen. Diesem Gedicht folgten die erschütternden Kriegsgesänge, deren sich Eugen Diederichs liebevoll als Verleger annahm.

Nach dem Krieg packte das Leben Heinrich Lersch noch härter an als in früherer Zeit. Die Jahre des wirtschaftlichen Wirrwarrs drohten den väterlichen Betrieb zu vernichten. Ein unerhörter

Kampf setzte für die Brüder Lersch ein. Heinrich Lersch, vom Krieg schwer in der Gesundheit getroffen, von der Arbeit zernagt und zerschlagen, stritt heroisch gegen die äußere Bedrängnis und um die innere Freiheit. Endlich kam für ihn die befreiende Stunde. Das Buch „Mensch im Eisen", sein größtes Werk, gab ihm die Grundlage des schriftstellerischen Berufes. Anacapri tat sich ihm gastlich auf. Dort erholte sich sein kranker Leib, der oft von schwerem Asthma gepeinigt war. Gern und oft kehrte Lersch auf diese Insel zurück zu der eingesessenen Familie, deren alte Mutter, ebenso wie die Söhne und Töchter, ihn zu den Ihrigen zählten. Das freundliche Zimmer in der Via Boffe, das hohe lichte Studio in der engen Gasse, die nach Caprile führt, manchmal auch die verlassene Einsiedelei bei Santa Maria Citrella droben am Monte Solaro wurden zur Werkstatt des Dichters.

Das Jahr 1933 brachte Lersch die Berufung in die Deutsche Dichterakademie. Die Arbeit seiner Feder wurde in ganz Deutschland sichtbar. Seine Vorlesungen bei den Werktätigen, in den Dörfern und Städten, in Schulen und Sälen, führten ihm unzählige Anhänger und Freunde zu.

Nichts sei vergessen, was er in unerhörter Lebendigkeit gelebt, gelitten, gestritten und geschaffen hatte. Auch sein geringstes Tun war geprägt vom edelsten Menschentum seines selbstlosen Herzens, seiner lichten und unermüdlich sich aufwärts hebenden Seele. Seine letzten Lebensjahre waren wie nie zuvor durchglüht von Freude und Leid des Menschenherzens. Der Stern der Heimat war ihm aufgegangen, und ihn hat er nicht mehr verloren.

Erinnerung an Josef Ponten

Das rheinische Grenzland war die Heimat von Josef Ponten. Eupen und Aachen waren die ersten Brennpunkte seines Lebens: die universale Atmosphäre karolingischer Überlieferung blieb auch in kurzatmigen Zeiten lebendig, und die Blutströme der deutschen Vergangenheit konnten hier ebenso wenig verschüttet werden wie die Keime der Zukunft. Beiden ging Josef Ponten nach mit der frohgemuten Tatkraft des Rheinländers, in welcher bei aller Unrast und aller Ungeduld doch die nie zu verhüllende große Stille merkbar ist, die aus Erfahrung stammt.

Im Anfang war lange das Schweigen um ihn. Ich las seinen Namen zum ersten Mal in der Privatbibliothek eines rheinischen Freundes. Es standen dort an entlegener Stelle zwei Bücher, „Siebenquellen“ und „Jungfräulichkeit“. Beide Bücher, die ihre innere Ordnung und Klarheit nicht endgültig gefunden hatten und die der Verfasser nicht in ihrer ursprünglichen Form bestehen ließ, wiesen bereits die große Fülle seines Wissens auf, die Weite seines Interessenskreises, die Einmaligkeit seiner Originalität. In den damaligen Jahren erschöpfte sich die literarische Anteilnahme des Rheinlandes vorwiegend in der Aufnahme der auf Unterhaltung gerichteten Werke. Ein Schriftsteller, der mit den Forderungen dichterischer Ansprüche an den Leser herantrat, konnte nur auf ein schwaches Echo rechnen. Mehr als ein Dichter der damaligen Epoche stieß in seiner Heimat ins Leere vor. Ein literarischer Verlag rheinischen Gepräges bestand noch nicht. So war auch Ponten unbekannt. Ich fragte den Freund nach ihm, ja, er kannte ihn, wusste einiges mitzuteilen: Josef Ponten war ein fleißiger, bisher noch in der Stille wirkender Schaffer, er schlug sich ehrlich mit den Problemen des Lebens und der Kunst herum, er war aus eigener Anschauung in Griechenland und Italien bewandert. Die eng gewordenen Kreise der Eupener und Aachener Heimat hatte er mehr als einmal vor den Kopf gestoßen. Alles in allem: man hatte einen Schriftsteller vor sich, den es zu respektieren galt, von dem man etwas Bedeutsames zu erwarten hatte.

Dann begegnete mir sein Name wieder in einem anderen Werk, das mir tiefen Eindruck machte, das mich zu geologischen Studien anregte und das mein eigenes Erleben bereicherte. Dieses Werk behandelte die Landschaften Griechenlands. Es wurde zur Brücke zwischen uns, die wir bald zur ersten Begegnung beschreiten konnten und die uns noch oft einander begegnen ließ. In Berlin lernten wir in den zwanziger Jahren einander kennen, und eine gute Schickung wollte es, dass für ihn aus dieser Begegnung die Anregung erwuchs, aus der Fülle seines Erlebens und aus seinem geschulten Wissen eine Reihe eigenartiger, treffender und scharfgezeichneter Landschaftsbilder in der Art der „Griechischen Landschaften" zu verfassen. Denn das Werk über Griechenland verlangte nach Weiterführung der in einer neuen Form erfassten Erdbeschreibung.

Als ich Josef Ponten kennenlernte, stand er im vierten Lebensjahrzehnt. Nicht groß von Gestalt und von gedrungenem Wuchs, trug er mit seiner gestrafften Haltung und seinem großflächigen klaren Gesicht das Gepräge der niederfränkischen Heimat: jene aus Wirklichkeitssinn, kluger Beobachtung, skeptischer Überlegung und gleichzeitig schwungvoller Elastizität seltsam gemischte Natur, deren mehr oder weniger harmonischen Verkörperung man in den alten Siedlungen am Niederrhein begegnen kann. Bei ihm war dies alles auf die Persönlichkeit des Schriftstellers gerichtet: sein Wirklichkeitssinn hieß vor allem Sachlichkeit, die alle Nebelhaftigkeit hinter sich zu lassen trachtete, seine Beobachtung ging auf die Erfassung des Wesentlichen und auf die Suche nach dem jeweils gültigen Ausdruck, zu dem ihn sein gewissenhaftes Verhältnis zur Sprache und seine volkstümliche Erfahrung befähigten, seine Skepsis wandte sich vor allem gegen sein eigenes Schaffen, immer bemüht, dem Gefühlsseligen auszuweichen, lieber einmal der Kälte und der Banalität zuneigend als dem Überschwang, seine Elastizität erwies sich in der Bereitschaft, beharrlich großen Zielen zuzustreben und das Werk immer klarer hinauszustellen.

Er beschäftigte sich damals mit Ägypten, mit Kleinasien, mit Russland, mit Landschaften, die bisher noch nicht von unseren Dichtern geschaut und gestaltet waren, und mit der geologischen, geographischen und kulturgeschichtlichen Bedeutung der großen europäischen und außereuropäischen Ströme. Manchmal gedachten wir des Namens Victor Hehn, der unwillkürlich in unser Gesichtsfeld rückte. Von gleichem Geiste beseelt, aber umfassender, weiter zielend erschien mir Josef Ponten, dem überdies noch die Inspiration und Intuition des Dichters zuteil ward. Das Werk über die Landschaften Griechenlands bot oft Anlass und Ausgangspunkt unseres Gespräches. In der Tat, es ist ein ungewöhnlich gut gelungener Versuch künstlerischer Erdbeschreibung und wird als bedeutsames und vorbildliches Werk bestehen bleiben.

Ein in solcher Weise bestrebter Geist musste über die Grenzen des Geburtslandes und über die Grenzen Europas hinauswachsen. Voll des Dranges nach Erleben, voll der heiligen Schaffensunrast, voll auch des Mutes, ins Unbekannte vorzustoßen, steckte er sich hohe und große Ziele. Doch zunächst schulte er sich an einer enger umrissenen Arbeit, die immer noch groß und der Anerkennung würdig nach Gestaltung rief. Der Roman „Der babylonische Turm" war geschrieben, umgearbeitet und neugeschrieben, bis er für ihn zu einem gültigen Zeugnis des heimatlichen Lebenskreises wurde. Manches eigene Schicksal durchzieht diesen Roman, der aber doch der Phantasie des Dichters weiten Raum ließ. Der Roman ist nicht schlackenlos, doch behauptet er seine Bedeutung als das Werk eines Dichters des neuen Jahrhunderts und als Spiegel unserer Sphäre.

Nun wandte sich Ponten der gedrängten Erzählung und der Novelle zu, eine Arbeit voll kühner Vorwürfe, großer Gestaltungskraft und gereiften Könnens. „Die Bockreiter", „Die Insel", „Der Meister", „Der Urwald", „Der Gletscher" – das sind einige Titel seines reichen Schaffens.

Das Reich der Naturwissenschaften war oft und entscheidend der Ausgangspunkt und das Orientierungszeichen dieser dichterischen Tätigkeit Pontens. Hinzu trat sein Sinn für Geschichte, der ihn vor allem in der Erfassung heimischer und fremder Landschaft begleitete und ihn schon in dem Werk über Griechenland zur Schau großartiger Gemälde befähigt hatte. Dieses wohlfundierte Wissen um die Geschichte sollte später mithelfen, das große Werk über die Schicksale der Deutschen in der Welt zu planen und zu gestalten, wie es auch in fast allen seinen anderen Werken lebendig ist und sein Licht über die deutsche Vergangenheit und Zukunft wirft.

Von den Künsten war es namentlich die Architektur, in die er sich leidenschaftlich vertiefen konnte. Der Geist des Baumeisters waltet im Stil seiner Prosa, die in ihrer Fügung und Ausgeglichenheit daran zu gemahnen scheint, als ob Winkelmaß, Zirkel und Wasserwaage hier dic Arbeit geleitet hätten. Die Ergebnisse dieser

Arbeit öffneten ihm die Tore der Zeitschriften, eine vielseitige schriftstellerische Leistung konnte auf Anerkennung und Wirkung rechnen.

Als ich Ponten in München wiedersah, war er heiter im Bewusstsein der ehrlich errungenen Anerkennung und unerschöpflich an neuen Einfällen und Plänen. Die Kritiken flossen zahlreich und zustimmend, die Germanisten begannen sich mit ihm zu beschäftigen. Charakteristisch aber war und blieb für seine Arbeit, dass auch ein Echo aus dem Lager der Wissenschaftler kam, der Geographen, der Naturwissenschaftler und der Kunsthistoriker. Sein frühes Werk über Rethel, seine Novelle „Der Meister" waren zwei ganz verschiedene und doch in gleicher Weise bedeutsame Erscheinungen, die sowohl methodisch geschulte architektonische Kenntnis wie auch eine von der Sachlichkeit gezügelte Dichterphantasie offenbarten. Nun beschäftigte ihn der Plan eines großen Werkes „Architektur, die nicht gebaut wurde". Sehr kennzeichnend ist dieses Werk für die universale Betrachtungsweise des Dichters besonders in seiner Planung, wenn es auch längst nicht in dem ursprünglich vorgesehenen Ausmaß und der erhofften Ausführlichkeit in die Erscheinung treten konnte.

Wieder vergingen ein paar Jahre, bis ich Ponten auf einer Reise wiedersah. Sein ganzes Sinnen und Trachten war nur auf ein Werk gerichtet, das die Herkunft und das Schicksal der Wolgadeutschen behandeln sollte. Wie es zu geschehen pflegt, so geschah es auch hier: wenn in den Geist eines Menschen ein Plan tritt, der seine Verwirklichung sucht und der von einem tätigen Willen verwirklicht wird, so gesellen sich neue Antriebe und neue nicht geahnte Perspektiven hinzu. Aus der anekdotischen Vorstellung einer Erzählung wurde der Plan einer Buchreihe, eines großen Epos. Ponten hatte den deutschen Osten bereist, war in Russland gewesen, kannte Frankreich, Italien, Griechenland und den Balkan. Und nun schrieb er, von der deutschen Unrast selber besessen, eine Reihe von Büchern, die die Schicksale der Deutschen in der Welt behandeln. Dies hinderte aber nicht, dass er seine Konzentration auch anderen Werken zuwendete, die gewissermaßen nebenher geschrieben wurden. Aber im Vordergrund seines Strebens stand die große

Arbeit, die viel Forschung, Überlegung, Planung und Anschauung erforderte. Und so stand er im Begriff, nach Nordamerika zu reisen. Ponten, Kraftfahrer im Weltkrieg, war an Fahrten gewöhnt, die Entschlossenheit, Tatkraft und ungeschwächten Mut verlangten. Mit seinem Wagen, in Begleitung seiner unermüdlichen Frau, die als Zeichnerin und Malerin ihn beim Erfassen der Landschaft zur Seite stand, durchreiste er auf bekannten und unbekannten Wegen den Norden und die Mitte des amerikanischen Erdteils. Und überall waren seine Sinne wachsam. Mit der wissenschaftlichen Genauigkeit und Weltoffenheit eines Alexander von Humboldt bereiste er die Breiten, von überall her flossen die Anregungen. Und immer wieder nahm der Verfasser seine Manuskripte und Bücher vor, um sie umzuarbeiten, neu zu gestalten, besser in den allmählich reifenden Plan eines großen Epos einzufügen. Eine ungewöhnliche Fülle von Einzelschicksalen, historischen Erinnerungen, gegenwartsbewussten Lebenszügen sollte in das große Werk einfließen.

Ein verständnisloser Verlag würde längst seine Geduld verloren haben und in gelinde Verzweiflung geraten sein. Ponten hatte das Glück, in der Stuttgarter Deutschen Verlagsanstalt einen treuen und opferbereiten Bundesgenossen und in deren Leiter einen persönlichen Freund und Förderer zu finden, Mitarbeiter, die von Anfang an bereit waren, auf die Eigenheiten und manchmal auch auf die freilich immer noch produktiven Schrullen des Schriftstellers einzugehen. Wie beim treuen Verleger Adalbert Stifters, so erwuchs auch hier aus dem Zusammenklang von Dichter und Verlagsunternehmer eine reiche Ernte. Der Verlag hat ein großes Verdienst darum erworben, dass die Pläne des Dichters reifen und sich in die Notwendigkeiten des Gesamtwerkes einordnen konnten.

Eine große, zeitlich ausgedehnte Reise durch Südamerika folgte, immer klarer trat das Idealbild des großen Werkes in das Bewusstsein Pontens. Neue Gesichtspunkte und neue Maßstäbe wuchsen mit der Arbeit, die Einzelheiten des gewaltigen Epos vom Schicksal der Deutschen in der Welt begannen endgültig festzustehen. Nun sollte die große Reise nach Asien erfolgen. Sorgsam war schon vieles vorbereitet. Ein Teil der Arbeit konnte bereits im Entwurf niedergeschrieben werden. In der Zeitschrift „Das Innere Reich" ist der

„Überstieg nach Asien“ erschienen, das Letzte, was der unermüdlich Schaffende geformt und niedergeschrieben hat am Tag seines Abschieds von der Welt der irdischen Erscheinung. Dann nahm ihm der Tod die Feder aus der fleißigen Hand.

Auch für ihn gilt, was er über Johann Georg Frick, den Führer der Auswandererkarawane, in dem genannten Abschnitt geschrieben hat, auch er starb auf dem Weg zum Ziel, auch ihm bot die letzte kurze Spanne des Erlebens den „Ausblick auf den Ararat“.

Reise- und Landschaftsbilder

Heimkehr im Herbst

Bei Benrath ließ ich mich über den Rhein setzen. Es war eine verwunschene Fahrt. Der Fischer stand im Boot, ungewiss zu erkennen; unter dem dünnen Kiel rauschte die Tiefe. Der Nebel, der dicht und grau wogte, ließ uns wie auf dem Grunde eines großen Gewässers dahintreiben, und wie gleitende Gestalten formte es sich hinter uns und uns zur Seite, beschwörend, segnend, verfluchend. Mir, dem Rückkehrenden, dem die Heimat seltsam fremd geworden war, standen Glück, Segnung und Verschulden seiner Jugendzeit vor der Seele sichtbarlich. Wie von weither ein schwerer Pendelschlag, so ging das Ruder im fließenden Wasser, ließ alle Bilder wieder wie Traum entrinnen und vertiefte, voll Trauer und Trost, das Gefühl der Nimmerwiederkehr des Gewesenen.

Mir war es nicht wunderlich, dass ich selber wie ein längst Gestorbener das Ufer betrat. Und am ersten Tage, da ich die ebenen Straßen ging und meine Füße durch das gefallene Herbstlaub rauschten, kam es mir vor, als glitte ich noch immer den ewig fließenden Strom hinab in das namenlose Meer.

Die Gefährten der Jugend, die gestorben und verdorben waren, oder die der Kriegstod ansprang in Frankreichs Tälern und die dahinsanken in den Ebenen von Russland, alle gingen daher in diesen aus der Zeit losgelösten Stunden. Der Weg bog in einen Buchenwald, herbstlich gefärbt. In die stumme Zwiesprache der Toten fiel dann und wann ein schwerer Tropfen vom Baum oder ein Blatt, gelb und müd, von keiner Hand gelöst.

Kein Windhauch ging. Lautlos zog die Straße durch die langen Stunden des Nachmittags. Wenn irgendwo ein Pflug im Felde war, schien er auf der Stelle gebannt, von Nebelhänden gehalten. Ein Karren mit einem schweren, schwarzen Pferde begegnete mir; er ging traumhaft und wie ziellos vorüber, und noch nach Stunden glaubte ich ihn zu hören, hin und wieder schwer knarrend in der unendlichen Stille.

Ein weites Meer schien die Ebene, vom Nebel verhüllt. Ich war wie ein windverlassenes Schiff, das die Straße dahintrieb und ihr wie einer Strömung folgte. Als die Dunkelheit kam, war es mir nicht, als sei ein Tag vergangen, sondern als sei eine Fülle der Zeiten vollendet und als endete eine lange Fahrt im Hafen des Abends.

In der Nacht schlief ich tief und traumlos unter der niederen Decke eines Bauernhauses. Die Worte, die ich am Abend mit meinen Wirtsleuten wechselte, weiß ich nicht mehr, nur weiß ich, dass sie gut und heimatlich waren. Dann erinnere ich mich noch daran, wie im Stall nebenan die Kühe zufrieden kauten und wie die Brunnenkette rasselte, wenn der Eimer zur Tiefe ging. Alles wurde dann still und stiller, und der späte Schlag der Stundenglocke klang schon wie verschollenes Rufen hinter den Hügeln des Schlafes. –

Die Morgenfrühe war blass, und die Luft schauerte herbstlich kühl. Grauverhangen lag die Ferne, rötlich und braun waren die frischgebrochenen Schollen auf weiten Äckern, und in halbentlaubten Büschen hingen die Nebel. Zur Rechten hob sich fern ein Hügel, mitten aus der Ebene ansteigend, mit herbstfarbenen Bäumen umhüllt. Oben ragte die geschwungene Linie eines Turmes und die verwitterten Giebel alten Gemäuers: das Schloss Liedberg. Ein Feldweg führte dahin; ich schlug ihn ein, stieg einen gewundenen Pfad hinan und ging über die steinerne Brücke, unter dem zerbröckelnden Torbogen, in den Binnenhof. Versunkene Herrlichkeit früher Jahrhunderte dämmerte noch in verblichenen Farben, und zwischen den Steinen verwilderten Herbstblumen und fahle Astern in menschenentwöhnter Einsamkeit. Die Sonne stand mattsilbern am Himmel, das Laub von hundert Bäumen ringsum war braun und falb oder leuchtete in sterbender Blässe.

Weiter ging der Weg durch die Niederung. Seitab am Horizont starrten in riesigem Geviert die dunkelgrünen Alleen, die das Schloss Dyck umschließen. Vor mir lag ein Dorf. Es pochte von den Tennen, und flachsblonde Kinder liefen nach den rollenden, glänzenden Früchten der wilden Kastanien. Dann überschritt meine Straße die Eisenbahn, fern zur Linken qualmte aus hundert hohen Schloten der Rauch der Fabriken steil in die Luft, aber noch einmal umschlossen mich große Bäume und leiteten mich einen schmalen Weg am Schloss Myllendonk vorüber, das hinter der herabgelassenen Zugbrücke mit dunklen Mauern hoch aufragte. Auf den Wassergräben lagen die schwarzgrünen Kreise der Seerosenblätter und das gezackte Laub des Ahorns, herbstlich braun.

Der Pfiff der fern vorübereilenden Eisenbahn war wie eine Erlösung aus schwerem Bann. Bald schrie langgezogen auch die Sirene der nahen Fabrik, den Arbeitern das Ende der Vesperpause anzeigend. Die Straße, vorher von alten Bäumen behütet, wurde nun zwischen schwärzliche Häuserreihen gezwängt, Lärm und Wagengerassel erfüllte sie mehr und mehr, und ich war froh, wieder meine Gegenwart zu verspüren und dem kühlen Zauber der Vergangenheit und der Einsamkeit entrissen zu sein.

Früh fiel die Dämmerung ein. An langen Straßenzeilen flammten die Laternen auf, und der Abend senkte wiederum Nebelschleier auf die Erde. Ich verlor mich in Seitengassen, stand hin und wieder im offenen Tor einer gluterfüllten Gießerei, sah das Eisen zischend und lichtsprühend in die vorbereiteten Formen fließen, hörte das Hämmern der Werke und stand lauschend an den fensterlosen Mauern einer Weberei, die im verworrenen Sausen der Transmissionen und im gleichförmigen Klappern der Stühle wie zu ewigem Hasten verdammt schien. Einem Geruch von Kohlenrauch ging ich dann nach und stand mit einem Male am Rande des Güterbahnhofes, eines großen Feldes, von Hunderten von Geleisen durchzogen, von großen Wasserrohren, Stellwerkbrücken, Signallaternenmasten überwachsen. Phantastisch im Nebel hasteten rotglühende Rangiermaschinen vorüber, unendlich lange Kohlenzüge tauchten auf und verschwanden gespenstisch rasch, verschlungen von der Undurchsichtigkeit des Nebels. Lange stand ich da und sah das fremde Leben vorübergleiten, bis ich mit einem jähen Schmerz empfand, dass ich keinen Teil an allen diesen Dingen hatte.

Die Nacht verbrachte ich bei einem alten Freunde draußen vor der Stadt. Er nahm mich mit Herzlichkeit auf. Aber ich war verstört und bangte in Unruhe. Spät erst kam der Schlaf, und als ich mitten in der Nacht wieder wach lag, brauste in der Ferne ein Zug, dunkelhämmernd, und die Lokomotive schrie wie ein Raubvogel. Auch der Wind hatte sich aufgemacht und rauschte draußen in den

Bäumen, und ein Zug von südwärts ziehenden Kranichen musste hoch in den Lüften sein, wo ihr seltsamer Schrei ertönte, näher klang und wieder erstarb.

In den Träumen der späten Nacht war mein Herz unruhig, längst vergessene Straßen lockten mich wieder, enge Alpenpässe stiegen schwindelnd vor meinen Augen, die Ferne rief, das Meer rauschte, Schiffsirenen schrien, und bunte Küsten einst befahrener Gewässer versanken hinter dem Horizont der blauen Woge.

Früh am dritten, letzten Tage meiner Wanderung hatte ich die Stadt hinter mir liegen. Die Luft umgab mich mit feuchten Schleiern. Aus den Bäumen der Landstraße sanken schwer und lautlos die Blätter, von samtnem Tau überschimmert. Dann bog ich links ab in den Wald. Den Weg entlang standen Birkensträucher, regungslos, umfangen vom Traum herbstgoldener und lichterfüllter Kostbarkeiten, dahinter wob Tannengehölz die dunkelgrünen Schleier einsamer Dämmerung.

Als zarte Silhouette zeichnete sich der hohe Kirchturm von Waldniel über den Wäldern. Ein Planwagen zog über die Landstraße, in die mein Weg mündete, dunkelgrüne Felder von Zuckerrüben dehnten sich zu beiden Seiten, und über abgeerntetes Ackerland strich ein verspäteter Rauch beizender Kartoffelfeuer. Niedrige Häuser standen einzeln, bald aber geschlossen an der Windung der Straße, das saubere Pflaster hallte von meinen Schritten, Hausfrieden atmete aus den offenen Türen, Grußworte geleiteten mich in niederländischem Tonfall, und die rotblühenden Geranien an den Fenstern, Efeu und wilder Wein trugen das Gepräge der Jahreszeit in den Wohnort der Menschen. Am Ausgange des Fleckens lag, unverändert, seit ich es zuletzt gesehen, das Haus der Herren Clee, ausgestorben, mit wucherndem Park, hinter dem verschlossenen Gittertor.

Das verlorene Läuten der Kleinbahnglocke weit hinter der Landstraße mahnte mich wieder an die Stunde. Nach einer Weile Wanderns trat wildes Gebüsch eng an den Weg, eine Drossel flog erschreckt auf aus den roten Beerenzweigen der Eberesche, wie ein glühendes Fanal stand blutrot ein wilder Kirschbaum fern an der Krümmung des Weges. Zur Linken schimmerten Wasserlachen aus Schilf und Weidengesträuch: hier führte der Weg dicht am Hariksee vorüber, von ihm geschieden durch eine schmale, aber undurchsichtige Wand von Gebüsch und Dickicht. Ich bog ab und folgte den kaum erkennbaren Spuren eines Fischerpfades. Bald stieg eine von Heidekraut bestandene Sandwelle sacht vor mir auf, und als ich auf ihrer Höhe stand, sah ich den Hariksee vor mir liegen, unverändert, altvertraut und heimatstill.

Wie lange ich stand und schaute, weiß ich nicht. Ich legte mich in das knisternde Heidegras und glaubte, nie weggewesen zu sein. Wie einst sprach der Wind in den Blättern, die Meisen waren laut, ein Rebhuhn schrie im Gebüsch, ein Fasan hob sich schwer aus einem Wipfel. Unten dunkelten die Wellen, schilfgrüner Dampf hing im Ufergesträuch, eine Wildente strich über das Wasser, dann versank alles wieder in geheimnisvolle Stille. Nur die Ferne atmete, und über die windgewiegte Flut bauten die Sonnenstrahlen eine goldene Brücke.

Hariksee, dein Haus ist Einsamkeit, deine rings umwachsenen Ufer hüten die Stille, deine dunkelnden Wasser bergen die Schätze der Heimat. Wenige kennen dich, aber dein Name wurde in ferner Fremde genannt, wenn deine Freunde sich fanden, in der östlichen Steppe, im weglosen Gestein des Südens, in der nächtlichen Ruhe schlafender Hafenstädte, aus den Schiffstraßen unendlicher Meere. Kein Fremder weiß um dich, wenige lieben dich, aber in wessen Kindheit du unvergessen lebst, der gäbe alle Fremde für dich hin. –

Flügelschlag rauschte, ein Seeadler, vom Meere her verflogen, hob sich vom stillen Gewässer empor in die Lüfte. Ich sah ihm nach, bis er hoch im Norden entschwand.

Alle Wege, die ich gegangen, zogen an mir vorüber, alles Wandern und Irren mündete hier in den Hafen der Stille. Hinter den Wäldern lag das Schweigen der Ebene. Tiefer im Land, wo die Schwalm abwärts flachströmend aus dem See zieht, gingen die Mühlen hinter den Stauwehren. Fern bellte ein Hund, dumpf, wie die große Dogge einst in unserem Hause. Ich erhob mich, Dämmerung lag schon über Strauch und Baum, weit zog sich mein Weg um das Ufer herum. Der Pfad kam, der zu dem grauen Haus am See führt. Es wird still und einsam sein, und kein Feuer wird auf seinem Herde brennen.

Der Mond hing schon groß und leuchtend im hohen Tannenbaum. Goldene Sterne flammten im tiefen Wasser auf. Schlaf und Traum waren die Wächter des Hauses. Wird noch einmal das Boot der Kindheit, vom blauen Segel überbogen, in schweigender Nacht über die Flut ziehen?

Bilder aus Westfalen

Ein Land im Lande: das ist Westfalen. Verschlossen liegt es zwischen Rhein und Weser; seine südlichen Bezirke strecken sich über das Süderländische Gebirge, nach Norden ziehen Geest und Heide.

Wenn man das Land durchwandert, erlebt man die ewigen Geheimnisse der Natur und die Geschichte der Jahrhunderte von grauer Vorzeit her. Eroberung und Fehde steigen auf, Schicksal und Ende der Geschlechter, Blüte und Verfall der Städte, Tradition und Entwicklung. Das alles ist lebendig. Noch heute hat dieses Land menschenferne Wälder, verlorene Heide, uralte Bauernhöfe, Wahrzeichen und Erinnerungen wilder Jahrhunderte. Am Hellweg steht der Birkenbaum und bei Dortmund die Femlinde. Um die grauen Burgen und Klöster wuchern Spuk und Legende.

Von Norden zieht der Höhenrauch über die weite Ebene des Münsterlandes, wenn im Herbste der Torf gebrannt wird, und im Süden bröckelt Marmor im waldumwachsenen Steinbruch; im Osten liegen Klöster und stille Städte im grünen Tal der Weser, und im Westen donnern Zechen, Hochöfen und Hütten in nimmer rastender Arbeit, wächst das Riesenwerk der neuen Zeit, von Menschenhirn erdacht und von Menschenhand getürmt.

* * *

In diesem Lande wurzelt ein starkes Volk. Erdverwachsen, verschlossen und schweigsam sind hier die Menschen. Seit undenkbaren Zeiten sitzen sie auf eigener Scholle. Weitab von Nachbar zu Nachbar haben sie seit Geschlechtern gewohnt und gearbeitet. In trotziger Selbständigkeit hat dieser Stamm im Kriege gegen Feind und Eroberer geblutet. Das weiße Ross, das Wahrzeichen der Freiheit, flog ungezäumt und ungezähmt über Land und Hügel.

Der Römer versank hier in Schlucht und Sumpf, als er seine sieggewohnten Legionen gegen Speer und Streitaxt führte. Der große Karl fand hier den ebenbürtigen Gegner, als er unter der Kreuzfahne gegen Widukind zog. Ein Herrscherleben lang trotzte ihm der Herzog, bis durch Verrat und Treubruch die edlen Häupter der freien Niedersachsen in den Sand rollten. Aber die gestürzte Irminsul lebte fort in heidnischen Wahrzeichen am Giebel jedes Hofes. Den großen Kaiser, der eine Welt sich zu Füßen zwang, bannte die Sage des Westfalenlandes in den Desenberg, wo er bis heute unerlöst schläft.

Jahrhunderte rollen. In Westfalens Städten wohnte die Freiheit des Bürgertums. Die Fahne der mächtigen Hansa wehte hoch von den Stadttürmen über das Land. Kein Wunder, dass den Herren und Regenten niemals ein unterdrücktes Volk sich fügte. Die Bischöfe von Münster, Paderborn und Osnabrück fühlten sich in ihren Städten nicht sicher. Weit draußen hatten sie ihren Sitz, in Walbeck, in Petersberg oder Neuhaus oder Iburg.

Soest, die Stadt, die nicht aus Klostergründung oder Festung oder Markt erwachsen ist, sondern aus freier Siedlung von Bauern, sagte dem Landesherrn im 15. Jahrhundert die Soester Fehde an, die Westfalen in Brand und Aufruhr setzte. Die Feme kündete ihre geheimnisvolle Macht, den Kampf der freien Männer gegen Schmach und Unrecht, durch lange Jahrhunderte.

Frei und unlenksam ist das Volk Westfalens. Schweigsam und ernst, erfüllt von Träumen und Gedanken, tatkräftig, wo es nottut, gelassen im Schicksal, unbewusst durchweht von dem Gefühl der Ewigkeit. Der Mensch kann nicht anders sein als sein Land.

* * *

Herbst muss es sein, wenn man dem Lande ins Herz sehen will. Dann mag man aus dem blätterrauschenden, oktoberfarbenen Hügellande, aus den ernsten Waldtälern des Süderlandes nordwärts wandern. Tag und Stunde fallen ab von der Seele wie fremdes Gewand.

Hier ist die Ebene. Das Auge hat keine Schranken mehr. Unendlich wölbt sich der Himmel bis zum fernen Horizont hinab. Schwergeballte weiße Wolken ziehen in Heerscharen über das Land. Die Ackerbreiten dunsten aus frischgebrochenen Furchen. Die Herbstzeitlosen blühen blassbunt und seltsam fremd in den herbstlichen Wiesen.

Eine Linde, einsam im Feld, uralt und wipfelrund, steht am Kreuzweg. Ein Krähenschwarm hebt sich schwerflügelig und mit Geschrei aus der Stille und zieht dem Walde zu, der als schwarze Wand in der Ferne steht. Ein Falke schwebt hoch in den Lüften; fern verblauen im Osten die Züge des Osning. Nebelzart gezeichnet stehen im Norden die Türme der Stadt gegen den Horizont. Lautlos segeln weiße Sommerfäden über das Land.

Nordwärts führen die sandigen Fußwege in die Heide. In dunkler Glut malt sich der Himmel gen Abend. Hier befällt Einsamkeit das Herz, Vergessenheit und Weltversunkenheit. „Mein äußeres Auge sank, mein inneres ward erschlossen.“ Traum und Leben verwischen ihre Grenzen. Der Ginster weht am Wege, uraltes Geflecht nistet in den Steinen. Gewaltige Blöcke, vorzeiten aufgetürmt, heben sich aus Sand und Moos. Das Hünengrab liegt groß und verwittert in düsteren Machandelbüschen.

„Wer senkte diese wüsten Blöcke ein,
Als durch das Haid die Totenklage schallte?
Wer war die Drude, die im Abendstrahl
Mit Run und Spruch umwandelte das Tal,
Indes ihr goldnes Haar im Winde wallte?

Dort ist der Osten, dort, drei Schuh im Grund,
Dort steht die Urne, und in ihrem Rund
Ein wildes Herz zerstäubt zu Aschenflocken,
Hier lagert sich der Traum vom Opferhain,
Und finster schütteln über diesen Stein,
Die grimmen Götter ihre Wolkenlocken.“ (Annette von Droste.)

Durch Wiesen windet sich ein Wasserlauf. In hellgrünen Scharen stehen Algen geneigt im fließenden Wasser. Oft buchtet sich der Bach ins Land und steht still in blanken Spiegeln, auf deren Grunde der Wolken Widerspiel und blauer Himmel sich unendlich vertiefen. – –

* * *

Hinter grünen Wallhecken, im rauschenden Kamp der Eichen oder unter breitdachigen Linden, liegt der Sassenhof. Heute, wie vor Zeiten, zeigt das Land das Bild niedersächsischer Siedlung, wie es der Dichter beschreibt:

„Wo die Brucht durch Schilf und Erlen
Rieselt und zum Drosselsange
Dunkle Runenlaute murmelt,
Lag der Hof am Hügelhange.
Unter Linden, unter Ulmen
Und des Strohdachs warmen Schwingen,
Die, mit Lauch und Moos bewachsen,
Breit und schirmend niederhingen,
Bau an Bau. – Von bunten Giebeln
Nickten nach dem Brauch der Alten
Holzgeschnitzte Pferdeköpfe,
Wicht und Kobold fernzuhalten.“

Der Westfale liebt es nicht, Wand an Wand mit seinen Nachbarn zu wohnen. Knorrig ist dieser Menschenschlag, und ein jeder will unbehindert leben. Uralter Freiheitsdrang lässt ihn sein Haus inmitten seiner Äcker und Wiesen bauen; seine Nachbarn sind hundertjährige Bäume. Hier hat der Bauer etwas vom Grundherrn im Blute, der auf eigner Scholle hausen will.

Der westfälische Hof ist nicht in Flügeln gebaut. Ein mächtiges Dach erhebt sich über dem langgestreckten Bau. Durch das rauchgeschwärzte Tor tritt man durch Stall und Diele in die Küche und Wohnraum.

Einsam ist das Leben des westfälischen Bauern. Harte Arbeit sieht ihn tagsüber auf Acker und Weide schaffen, stille Abende versammeln Herrschaft und Gesinde am gemeinsamen Tisch. Uralte Gewohnheiten walten in Tun und Brauch. Überlieferte Geschichten gehen von Mund zu Mund. Wenn die Dämmerung einfällt, wenn das Konzert der Frösche in den Kolken, die „Bauernorgel", verstummt ist und die Nebel den Kamp umziehen, machen die alten Geschichten die Runde, dass den Mägden die Angst im Halse klopft und die Kinder sich fürchten, zum Schlafen zu gehen. Denn viel Unheimliches ist im Lande.

„Du bist aus jenem Volke,
das von Beginn der Welt an, wie Abt Sturm
von Fulda sagt, in Ketten der Dämonen
gebunden ist." (Gerhart Hauptmann.)

In Westfalen sind sie heimisch, alle die dunklen Mächte, die Gestalten der Nacht, die Zwerge und finstern Schmiede. Jeder Hof hat seine Sage, jeder Flecken seine geheimnisvollen Haine, Höhlen und Kolke. Am Abend, wenn aus dem Bruch die gleitenden Nebel steigen, sieht man die Elfen tanzen in ihren wehenden Schleiern. In der Donnerkuhle auf den Bombergen haust der Grinkenschmied. In den Wäldern des Osning glühen die heidnischen Opferfeuer verwunschener Vorfahren. Im Moor locken die Irrlichter den späten Wanderer:

„Ihr Kinder kommt, kommt schnell herein,
Das Irrlicht zündet seinen Schein,
Die Kröte schwillt, die Schlang im Ried,
Jetzt ist's unheimlich draußen sein,
Der Haidemann zieht."

In Burgen und Klöstern webt geheimes Spiel. Zu Corvey, in den Kirchstühlen der Abtei, erscheint die weiße Lilie, die den Tod ansagt. In den Schlössern des Hauses Lippe geht die weiße Frau um. Bei Hameln im Hannöverschen hört man Stimmen aus dem

Berge. Die alte Handschrift weiß zu berichten, dass Bundting, der Rattenfänger, die Kinder der Stadt ins Verwunschene lockte:

„Im Jahr MCCXXXIIII. Nach der Geburt
Tho Hameln utgeförth worden
Hundert und dröttig Kinder, daselbst geborn,
Durch Einen Piper daselbst verlohrn."

An der Markgrenze am alten Hellweg stand bis 1815 ein knorriger Stamm, der Birkenbaum, wo alte Weissagungen und Gesichte die Schlacht der Zukunft gesehen haben.

In Vergangenheit und Zukunft geht der Blick der blassen, helläugigen Männer aus der Ebene, der Spökenkieker, die das Schicksal des zweiten Gesichtes tragen. Feuersnot, Tod, Schlacht und Blut sehen sie, Anzeichen von Unglück, lange, bevor es geschieht.

„Kennst du die Blassen im Heideland,
Mit blonden, flächsernen Haaren?
Mit Augen so klar, wie an Weihers Rand
Die Blitze der Welle fahren?
O, sprich ein Gebet, inbrünstig, echt,
Für die Seher der Nacht, das gequälte Geschlecht."
(Annette von Droste.)

Einsamkeit ist die Quelle westfälischer Kraft. Wie hier der Bauer in Abgeschiedenheit lebt, so haben es seine Vorfahren getan. Manch starkes Geschlecht ist auf dem Grunde der Roten Erde erwachsen. In Wald und Sumpf liegen versteckt die Burgen und festen Häuser, von breiten Wassergräben umgürtet.

„Auf meiner Heimat Grunde
Da steht ein Zinnenbau,
Schaut finster in die Runde
Aus Wimpern schwer und grau.
An seines Fensters Gittern
Wimmert des Kauzes Schrei,

Und drüber siehst du wittern
Den sonnentrunkenen Weih."

So sagt Westfalens Dichterin von ihrem Stammhause. Man kann dasselbe fast von allen landgewachsenen Schlössern Westfalens sagen. Schwer und massiv sind sie zumeist gebaut, unzugänglich für den Fremden, uralt, verwittert, von Efeu und Schlinggewächs umwuchert.

In der Ebene liegen diese Schlösser verstreut. Dort sind es fast immer Wasserburgen. Burg Itlingen, Haus Vischering, Burg Assen, Schloss Rheda, Schloss Gemen, sie und viele andere haben das gleiche Gepräge. Hinter Waldeswipfeln, inmitten breiter Wassergräben, liegen sie, in Efeu und wilden Wein verstrickt, mit blau beschieferten Türmen, eckig gebaut, finster ragend. Oft sind sie im Innern der Höfe überraschend schön, mit ihren Renaissance-Torbauten, ihren Galerien, ihren stimmungdurchwehten Kapellen.

Keines ist so bekannt geworden wie das Haus Hülshoff im Münsterlande, das Geburtshaus der westfälischen Dichterin. Hier ist sie aufgewachsen und hat alle die starken, erdnahen Eindrücke in sich aufgenommen, die das Fundament ihrer Dichtungen sind. Das Spiel der Jahrhunderte war ihr hier in lebendigen Bildern nah. Sagenhafte Vorzeit webte im Gemäuer. Hier und auf Rüschhaus, wo sie nach des Vaters Tod lebte, war sie auch stets der Natur in Feld und Wiese, in Wald und Heide nahe. Das in vielen Bildern wiederkehrende Leben und Treiben von Kleinwelt, Käfer, Gras und Wurzelwerk wurde ihr in allen Einzelheiten vertraut. Das Elbische und Blumenhafte, das Geheimnisvolle und Dunkelanrührende, das Zarte wie das Herbe war die Mitgift der Heimaterde für ihre größte Schilderin.

Im Hügellande und an der Weser liegen die Schlösser auf den Bergkuppen oder im breiten, freundlichen Tale. Da streckt sich hinter Kastanienalleen die alte Reichsabtei Corvey, die erste Benediktinersiedlung im alten Niedersachsen und ein alter Herd christlicher Kultur. Hier, im späteren Schloss des Herzogs von Ratibor, lebte und starb Hoffmann von Fallersleben, der Sänger des deutschen Liedes.

Nach Westen im Nethegau liegt eines von Westfalens stolzesten Schlössern auf waldiger Höhe, die Hinnenburg. Leuchtend schön beherrscht der langgestreckte Bau Wald und Flur ringsum. In einzelnen ältesten Teilen reicht das Schloss ins 12. Jahrhundert. Das Hauptgebäude mit seiner aus Ernst und Stolz gemischten Renaissance-Barock-Architektur zeigt den westfälischen Schlossbau in seiner Vollendung.

* * *

Westfalens Städte sind heute zum Teil Hochburgen der Industrie. Doch die meisten künden noch ein durch die Jahrhunderte kraftvoll gewachsenes Fundament. Da ist die alte Stadt Höxter an der Weser, die Bischofstadt Paderborn, Minden an der Brücke, Soest, das freigewachsene, Osnabrück, heute hannöverisch, mit seinem ehrwürdigen Dom, und vor allem Münster im Herzen des Landes.

Ein stolzes und freies Bürgertum schuf sich in Münster das Denkmal des Prinzipalmarktes mit seinen prächtigen Renaissancefassaden. Das Münstersche Rathaus ist eines der schönsten Deutschlands. Und das geschichtlich bedeutsamste. Hier im großen Saale endete der Westfälische Frieden den schrecklichsten Krieg der deutschen Vergangenheit.

* * *

Vorzeit, Sage und Geschichte leben im Westfalenlande. Und tätigste Gegenwart lebt hier. Zwischen Rhein, Ruhr und Lippe ist seit fünfzig Jahren das Bild der Welt verändert. Schienenstrang blitzt neben Schienenstrang, Städte tauchen in wenigen Jahren aus dem Boden, riesige Hallen spannen sich, und der Hochöfen lodernde Fanale säumen den nächtlichen Himmel. Hier, wo das Eisen in der Erde wächst und wo der Kohlenlager mächtige Adern zutage treten, ist das Reich der Arbeit erstanden. Ein gigantisches Ringen, ein Formverlangen und Menschheitswehen lässt den Boden erzittern unter dem Ächzen der Walzwerke, unter dem Sausen der Maschinen und dem Hämmern der Industrie. „Phönix“, „Deutscher Kaiser“,

„Gutehoffnungshütte“, „Union“, mit den hundert Werkhallen von Essen, Duisburg, Hamborn, Mülheim: diese deutschen Montanriesen sind in den unerschöpflichen Kohlenfeldern Rheinland-Westfalens verankert. Ein neuer Mythos wuchtet gewaltig über dem Lande.

„Rings Schlot an Schlot vermengt den Koksrauch schwer
Zu hangend langen, schmutzig düstern Schwaden;
Die Sonne sinkt mit Ruß und Staub beladen,
Und lauter halln der Arbeit Stimmen her.
Rangieren, Rollen, Brausen, Hämmern überall,
Fahl wälzt der Strom sich im bedrängten Bette – –
Da schält sich eine grause Silhou[e]tte
Phantastisch, mythengroß, ein Schattenball

Stadtüber hoch: er ist's, des Schlotwalds Pan,
Und schaut ins Land, mit Augen wie ein Tiger,
Sein Kopfhaar flammt ... der alte Gott Vulkan
Lauschte der Arbeit, einen Augenblick,
Und jauchzt, jauchzt wie zehnhunderttausend Krieger
Durch Lärm und Rauch, reckt sich und duckt zurück.“

Im Lande Westfalen ist der Grund, aus dem Kraft und Stolz gewachsen sind. Die Freiheit steht hier in blinkendem Kleide. Düster und ernst sind die Pforten, die ins Land führen, schwer fällt die Schranke zwischen Mensch und Mensch. Dunkle Gewalten liegen über dem Lande, Immerwährend ist der Kampf in Tat und Gedanke. Thor und Baldur stehen zu Westfalens Häupten und Füßen.

In Gustav Sacks Heimat

Der Zug rattert mit Wolken von Dampf und Rauch durch das Industrierevier, vorüber an Wanne-Eickel, Wanne-Unser Fritz, Gelsenkirchen-Bismarck. Das sind Zechenorte, sie tragen mit

Vorliebe solche inhaltreichen Namen aus der Natur oder aus der Geschichte – etwa auch Hannibal, Fröhliches Morgenrot –, um dadurch ein trübes Bild menschlicher Naturgeschichte mit Glanz zu versehen, und dies hat das Revier bei Gott nötig.

Schon in Wanne ist man umgestiegen, jetzt muss man es in Dorsten noch einmal tun, ein Zeichen, dass man sich von den großen durchlaufenden Ost-West- und Nord-Süd-Linien entfernt. Die Überlandlinien schneiden sich in Duisburg und Dortmund, dort blitzen die D- und FD-Züge über die Strecke, hier aber sind wir nördlich vom Revier, die letzten Zechen stehen im Dorstener Feld, und wenn wir jetzt im neuen Zuge die Richtung Wesel nehmen, umfasst der Blick bald ein Stück niederrheinischer Landschaft, das noch ziemlich an frühere Zeiten erinnert, wenn auch die Moore zum Teil trockengelegt sind und die Wälder viel von ihrem Bestand verloren haben.

In Schermbeck verlassen wir die nach Wesel führende Eisenbahn. Hier ist der Weg vom Bahnhof in den Ort, den Gustav Sack so oft und mit vielfältigen Gefühlen zurückgelegt hat, ankommend aus der Ferne der Städte und der Berge, ankommend auch aus dem zermürbenden Stellungskrieg im Westen, abreisend zum letzten Male in fremdes Land, „in Ketten durch Rumänien“, in den Ketten des Feldzuges, der ihn 1916 bei Finta Mare von einer raschen Kugel sterben ließ.

Schermbeck ist die Heimat des „Verbummelten Studenten“, ein Ort mit alter und neuer Siedlung. Merkwürdigerweise steht der massige gotische Ziegelbau mit dem uralten Turm in Neuschermbeck, während Altschermbeck durch einen neuen Kirchenbau aus Hausteinen hässlich gestempelt ist.

Die Landschaft hat einen weiten Horizont. Die endlos zerfließenden Linien erwecken das Bedürfnis nach Gestaltung. Wenn ein Hauch künstlerischen Wollens lebendig wird, muss hier die strenge Form inbrünstig erstrebt werden. Das zeigt sich in der gelungenen Anlage der alten Kirche mit dem alten Turm, das ist unverstanden und gänzlich misslungen in der neueren Architektur. Ein Abbild dieser wirkenden Kräfte, dieser nach Gestalt verlangenden Landschaft ist im Schaffen Gustav Sacks zu finden. Mit schöner Vollendung antwortet Sack auf diese Forderung der Gestalt verlangenden Landschaft in seinem Stil, „dem bewußtest wirkenden Formwillen deutscher Literatur".

In der alten Kirche hängt seitwärts an einem Balken ein riesiges, vielfach zusammengelegtes Netz. Es soll hundertzwanzig Meter lang sein, und der Küster erzählt dir, dass man vor drei Menschenaltern damit die Wölfe fing, die aus den Heiden, Mooren und Wäldern dieses Landes im Winkel von Rhein und Lippe in hungrigen Wintern vorbrachen und bis in die Dorfgemarkung strichen.

Hier steht nicht weit von der Hauptstraße, die Mittelstraße heißt und von der die Kaffeestraße abzweigt, das Geburtshaus des Dichters Sack, ein Bau, der sich wenig von den anderen Häusern unterscheidet. Der Postmeister von Schermbeck, durch dessen Hände einst die lange erfolglosen Manuskriptsendungen gegangen sind, trägt sich mit dem Gedanken, eine Gedenktafel für Sack hier anbringen zu lassen. Der Westdeutsche Rundfunk, getreuer Hüter seiner Sendung, funkt hin und wieder eine heiße Erinnerung an den begrabenen Dichter in die dumpfen Köpfe seiner Heimat.

Nicht weit entfernt, dort wo der „Tiefe Weg" in der Richtung zur Lippe abzweigt, liegt ein niedriges Haus, in dem fast fünfzehn Kindheitsjahre Sacks sich abspielten. Ein kleiner Garten liegt an der Straße, der war nie mit nützlichem Gemüse besetzt, sondern von den Kindern zur freien Entwicklung gestaltet. Von hier aus trieb es den Knaben immer wieder, allein oder gemeinsam mit den Jugendgefährten, am liebsten nach Raesfeld, und die Mutter hielt Essen und trockene Sachen bereit, ohne über Zuspätkommen zu murren, mochte es auch tief in der Nacht sein.

Der ganze Umkreis ist bedeutungsvoll, mich aber zieht es heute nach Norden, nach Raesfeld. Man kommt zuerst nach Altschermbeck. Ein Kriegerdenkmal liegt dicht bei der Kirche, eine gärtnerisch gelungene Anlage mit schöner Architektur. Ich überfliege die Namen der Gefallenen und erwarte, Gustav Sack darunter zu finden, muss aber bald sehen, dass Altschermbeck sich von Neuschermbeck stolz absondert, dass nur die Namen von Altschermbeck hier der Nachwelt überliefert sind und dass der größte Sohn dieser Landschaft ein Namenloser geblieben ist. Hier sind auch konfessionelle Grenzen zwischen den beiden Konfessionen, und ein Einheimischer erzählt mir verruchte Dinge von Feindschaft, Spionage, Zwist, Verschwörung, eine Kampfzone voll menschlicher Bosheit und Verstockung.

Von weither kommen die Kirchgänger, zum Teil auf Rädern, stark niederländischer Typus.

In der nebligen Sonntagsfrühe gehe ich die Chaussee nach Erle, sie zieht kilometerweit schnurgerade durch die Landschaft, nach einer Weile eine deutliche Landschaftsgrenze, die Äcker links und rechts hören auf, Heidecharakter beginnt, Sandwellen, Ginster und Heidekraut, Kiefern und Fichten. Dann kommt Erle. Ein Wirtshaus „Zur tausendjährigen Fehmlinde", daneben die Konkurrenz „Neues Wirtshaus zur Fehmlinde". Der Mittag führt mich durch stilles Land. Eine große Biegung der eichengesäumten Landstraße, dann kommt Raesfeld in Sicht.

Raesfeld mit breitgelagerten Bauernhöfen, Häusern, die im Sommer mit roten Geranien prangen. Durch Gärten nach Schloss Raesfeld, einer mächtigen Wasserburg, um die sich eine Anzahl Bauernhäuser geschart hat. Schilfbewachsener Teich, auf dem die Enten gründeln und die Wasserhühner ihre kurzen, lockenden Rufe von sich geben.

Hauptgebäude ein unwahrscheinlich schlanker, sehr hoher dreimal sich verjüngender Turm.

Wälder mit weiten Durchblicken. Hier hat Lo gehaust, die wilde Mädchengestalt aus dem „Verbummelten Studenten", ihre erdichteten Spuren sind hier wirklicher als das Andenken der tatsächlichen einstigen Bewohner.

Der viereckige Turm mit der Steingalerie, auf dem der Student sein Teleskop aufbaute.

Nachmittags durch eisernes Gittertor in die Gemarkung, Heidewege, dicht mit Gras bewachsen, durch das die Radspuren zwei Rinnen gezogen haben. Eine Kiefernschonung, deren zarte Ansätze aus Sacks Zeiten jetzt schon übermannshoch gediehen sind, die Natur immerdar lebendig.

Von fern die Kirchtürme. Dann Einzug in Schermbeck, bei Dämmerung. Bei Sacks Mutter, bald achtzigjährig. Sie hat mich zum Kaffee eingeladen. Eine lebendige Frau, sicher und geschwind in ihren Bewegungen, von Alter und Zeit und Leid durchfurchtes Antlitz, zwei helle Augen, die mit Klarheit und Schärfe ihre Welt auch jetzt noch umfassen. Wir sprechen wenig. Sie hat auf ihrer Kommode viele Bilder ihrer Kinder stehen, am meisten von Gustav Sack, als kleines Kind, als Vierzehnjähriger mit dem zu Mannheit sich bewusst wandelnden Knabenblick, als Student, mit den Linien der stolzen Besinnung und der trauervollen Erkenntnis als Soldat.

Der Enkel kommt herein, der vierjährige Sohn von Sacks Bruder. Er hat manche Züge des Bildes.

Spät am Abend verabschiede ich mich von der alten Frau. Sie kennt noch keine Müdigkeit, sie wird in den Stunden der Nacht wieder die Umwelt von einst sehen, Stolz und Erwartung der Jugend, ein Leben in Höhen und Tiefen, das Walten der ewigen, unerkannten Gesetze, Vollendung eines Lebens auf der aufsteigenden Bahn, bevor der Zenit erreicht war.

Groß und leuchtend steht Orion über dem Horizont. Die Wälder liegen in Schweigen. Der Wind sendet seine Vorboten aus West, bald wird wieder der jagende Weststurm, der alle Bäume der Landschaft nach Osten sich neigen lässt, über Dorf und Heide fahren.

Landschaft Österreich

Unzählige Male ergreift es den Menschen aus dem städtereichen Norden, seinen Blick und seinen Schritt südwärts zu richten, den Gegenden der hohen Berge zu, in die sonnigere Luft, in das ländlichere Leben, in das zeitlose Gebirge. Hier atmet der Wanderer beglückt den Rauch der Holzfeuer in den Alpendörfern, den Duft der Seen, die im Schoß der Waldberge liegen, den frischen Hauch der Almen und Firne. Unwandelbar steht der Mythos der Alpen über dem Vorland und über den Tälern. Tönend ziehen die Wasser von den Bergen, geheimnisvoll ruhen die Seen in ihren Becken, ewig rauschen die Wälder. Die Kräfte der Natur sind gewaltig und lebendig im Alpenland; der letzte Bergbauernhof, der hoch oben im

Schutze des Lawinenwaldes steht, überdauert die Zeit, die mancher im Industriegebiet fiebernden Stadt den Tod bringt.

Eine Fülle von Landschaften schließt sich zum Kreis der Heimat. Zwar darf man nicht mit jener Erwartung kommen, die mancher Reisende mitbringt, der die Städte alle inmitten gigantischer Alpenpanoramen liegen wähnt, der allenthalben lustigem Gesang und Zitherschlagen zu begegnen hofft, der, wenn er Hochtourist ist, unverweilt den weltbekannten Gipfeln zueilt und an all die minderberühmten Landschaften keinen Blick und keinen Gedanken verschwenden will. Und man darf in dieses Land nicht kommen mit der stumpfen Blindheit des Menschen, der im Banne der Stadt nie gelernt hat, das Wesen der Heimat zu schauen.

Österreich – das ist das uralte Antlitz der zentralen Alpen und der nördlichen und südlichen Kalkalpenketten, das ist das Alpenvorland mit seinem vorgeschichtlichen Gesicht. Das Unmessbare, Unwägbare der österreichischen Atmosphäre drückt sich in jedem Bezirk unverkennbar aus. Wie Thüringen, wie das niederdeutsche Küstenland, wie Bayern, so hat auch Österreich seinen unverwechselbaren Charakter. Einheitlich ist das Ganze vom unnennbaren Schicksalswillen der Erde hier als Teil im All, als einzigartige Melodie in der unendlichen Natursymphonie gesetzt, von der Erdgeschichte besonders geformt und beseelt.

Reich gestuft und vielfältig geartet sind die Bilder. Da ist das Massiv des Wilden Kaisers, das sich hart an der bayrischen Grenze erhebt mit den bleichen Kalktürmen des Totenkirchels und der Ellmauer Halt, da ist die gigantische Arena des inneren und äußeren Karwendelgebirgs, die himmelan gebaute Größe der Tiroler Ferner, das höhlenreiche Tennengebirge, die uralte Kulturlandschaft des Salzkammergutes, die Einsamkeit und Öde des Toten Gebirges. Da sind die in Wolken verlorenen Gipfelketten der Hohen Tauern, die gewaltigen und schwermütigen Züge der Niederen Tauern, die hellen Korallenriffe des Dachsteins und der Karawanken, die weltverlorenen Urgebirgsgrate der Steiermark. Und Österreich findest du in Kärnten, dem Land der Seen, im wein- und fruchtreichen Niederösterreich, im dunkelbewaldeten Mühlviertel, in der felsverwurzelten Landschaft des Waldviertels. Österreichisches Land umfasst der Blick von den steirischen Hochstraßen über Hunderte von Meilen nach allen vier Winden, das über nicht zu zählende Täler aufgerollte Panorama auf dem Gipfel eines der tausend Berge, und österreichisch ist schließlich auch die in die Ebene sich verlierende grenzenlose Ferne am burgenländischen Neusiedlersee.

Österreichische Symphonie, das ist der hundertstimmige Gesang der Berggewässer im Urgebirge, das Echo der kaskadenreichen Täler – wie das kärntnerische Maltatal eines ist –, das Rauschen der Flüsse inmitten der Städte – wie in Steyr, wo die eisgrünen Fluten der Enns und der Steyr im Herzen der Stadt ineinander strömen, wie in Innsbruck, in Salzburg, in Graz, wo Inn, Salzach und Mur die Fundamente der Häuser bespülen –. Das ist der Gesang der Amseln in den Gärten, der Laut des Kuckucks an walddunklen Berghängen, der pfingstliche Ruf des Pirols in den Wiesentälern. Das ist der Schrei des Falken, der von Wand zu Wand im Echo gellt, und das raschelnde Spiel der Eidechse an den Wegrainen.

Leben der Erde – hier ist es noch unverwandelt und unzerstört. Da sind die leuchtenden Scharen weißsterniger Narzissen, die zu abertausenden an den Hängen des Pyhrn, im Ausseer Gebiet und im Murtal erblühen. Da sind die einsamen Almen, die zur Sommersonnenwende das brennende Feuer der Alpenrosen tragen, da sind die dunkelstarrenden Wälder der Tannen und Fichten, die lichten Lärchenhänge an der oberen Baumgrenze, die Laubwälder auf den mittleren Bergen, die hellschimmernden Edelkastanien des Unterlandes. Almen, Wälder und wilde Wiesen decken das Land, wo nicht der Fels nackt zutage tritt oder der Pflug über die Erde geht.

In freudigen Farben prangt Tirol, edel abgestimmt sind ernste Berge und heiteres Barock in Stadt und Land Salzburg, lichter Glanz liegt über Kärnten. Tieftönende Glocken klingen an den Hälsen der schwarzgrauen Kühe auf den hohen Almen in Vorarlberg, Korn und Wein gedeihen in Ober- und Niederösterreich – die letzten Burgen sehen auf die nach Osten schwingenden Straßen, unvergleichlich grün ist die Steiermark.

Die Städte in Österreich sind fast alle schön gewachsen – nicht erzwungen, gehütet – nicht entstellt, dem Land eingefügt – nicht ihm auferlegt. Eine Millionenstadt ist nur Wien, über hundertfünfzigtausend Einwohner zählt sonst nur noch Graz. Und alle sind sie umflutet von reicher Natur. Wer vom Garten des Belvedere in Wien über die Hauptstadt schaut, der sieht, wie sie in den Halbkreis des Wienerwaldes eingebettet liegt, und wer die Stadt durchwandert, der merkt, wie sie durch die Jahrhunderte Ring um Ring angesetzt hat, wie bei einem riesigen Baum.

Salzburg ist kostbar und schön, aber was wäre es ohne die Herzader der Salzach, ohne die grünen Flanken seiner besiedelten Höhen?

Innsbruck ist alt und prächtig, aber von seiner Hauptstraße aus hebst du unmittelbar den Blick auf zur Höttingeralm, und rings ragen die hohen Bergwände und die nahen und fernen Gipfel in die Sicht seiner Straßen.

Graz aber ist durchflutet vom Grün des grünen Landes, ein Hochwald deckt den Schlossberg inmitten der Stadt, in seinem weiten, gründämmernden Stadtpark, der den Schlossberg umgürtet, hausen in Völkern die Vögel und Eichhörnchen in vertrauensvoller Freundschaft mit den Menschen.

Es wäre reizvoll, die Empfindungsskala anklingen zu lassen, die die Städte Bregenz, Innsbruck, Salzburg, Klagenfurt, Linz, Graz, Eisenstadt und Wien wecken. Sie alle sind bestimmt durch gemeinsame deutsche Kultur und österreichische Geschichte, sie alle entbehren des flüchtigen Stempels wandelbarer Gegenwart, sie sind voll besonderer Eigenart, mit der ausgeprägten Silhouette verschiedengearteter Persönlichkeiten. Hier waren es die geistlichen, dort die feudalen, dort wieder bürgerliche oder bäuerliche Stände, die die stärksten Noten einfügten, bis auf Wien, das einen Gesamtausdruck des ganzen Landes und seiner gesamten Tradition darstellt.

Der Ernst einer sturmbewegten Geschichte mischt einen Zug der Strenge in die südliche Heiterkeit der steirischen Hauptstadt. Stadt der Grenzmark, bildhafter Ausdruck bäuerlichen Lebens, bürgerlich-behäbigen Strebens, aber auch der Platz einer weitausgebreiteten, die Bodenschätze des Landes verarbeitenden Industrie – ist Graz.

Ein Mann führt ein Pferd, das den landesüblichen kleinen Gebirgskarren zieht. Das Pferd heißt „Spiegel“ und ist verlässlich und stark. Da der ausgewaschene Hohlweg durchfahren ist, verknotet der Fuhrmann die Leine und tritt hinter den Karren. Jetzt haben wir Zeit genug, einen Gesprächsfaden zu spinnen; denn der gleichmäßig steigende Weg hat noch lange nicht die Höhe erreicht und das Pferd bedarf keines ermunternden Zurufs, es legt selber die Ruhepausen ein, um zu verschnaufen, und zieht von selber wieder an. So reden wir – vom Wetter, vom Kornschnitt, von den Zuwächsen im Stall – und bevor wir noch die Hochfläche von St. Oswald erreicht haben, gewinne ich eine kleine Vorstellung davon, wie es um meinen Begleiter und sein Haus bestellt ist, ich kenne sogar seine Kinder mit Namen, ebenso die Dienstleute und ein Stück von der Dorfgeschichte.

Mein Begleiter hat mich eingeladen, bei ihm über Nacht zu bleiben. So hat mein Weg für heute sein Ziel gefunden und es ergibt sich, dass ich bei der Ankunft schon guten Bekannten die Hand schüttle, das Nachtmahl mit ihnen teile und nachher vor der Haustür auf der langen Holzbank sitze, während der fünfzehnjährige Severin neben dem immerfort fließenden Brunnen die Ziehharmonika spielt. Es ist ein Feierabend, wie er in aller Welt gehalten wird, wo der Mensch noch seine Hände rühren kann, sein Stück Erde unter sich hat und wo die Sterne nicht verscheucht sind.

Als alles schlafen gegangen ist, stehe ich noch lange am offenen Fenster. Die Spätsommernacht ist hell von Sternen, die Berge stehen im magischen Licht, eine große leuchtende Wolkenbank zieht von Norden nach Süden über den nächtigen Himmel. Inbrünstiger als am Tage verhauchen die Wälder und Wiesen ihren Duft.

Der frühe Morgen sieht alle bei der Arbeit, der uralten, mit kräftiger Hand und guter Überlegung zu tuenden Arbeit, alle Männer, bis hinunter zu Severin, mit den mähenden Sensen auf der großen Bergwiese, wo das Grummet so rasch fällt, dass die Mädchen mit dem Ausspreiten kaum Schritt halten können. Wenn sie zu arg in Verzug geraten, stellt sich der Vormäher breitbeinig hin und dengelt spöttisch am Beschlag, ausdauernd und gehässig, und dem letzten klingenden Schlag lässt er einen weitschallenden Juchzer folgen, den die Mädchen mit Schweigen und verdoppelter Arbeit entgelten.

Ich bleibe länger, als ich gedacht habe, es gibt manches zu tun und zu besprechen. Schon bin ich eingesponnen in das Tun und Treiben auf dem Hofe, schon kenne ich die Wege zum Holzschlag, zur Weide und hinauf auf die Hube, wo die freundliche Eva mir die Rührmilch bereitstellt und Tabak für den „Moar“ in Tausch nimmt.

Eines Abends finde ich in meiner Kammer einen Teppich, den die Bäuerin ausgebreitet hat. Der Teppich ist in leuchtenden Farben gewirkt, ein Webteppich. Kette und Schuss aus starken, gedrehten Wollfäden, jeder Faden dick wie Spagat. Er erinnert mich an die Handarbeit schwedischer Weber, bestimmt hat ihn keine Fabrik hergestellt. Die Vermutung bestätigt sich, unten bei St. Kathrein im Mühltal wohnt der Handweber, der diese und andere Dinge ins Haus geliefert hat. Für den nächsten Tag beschließe ich einen Besuch beim Weber Andreas Orthuber.

Den Weg habe ich mir beschreiben lassen; er führt eine Weile über die Hochfläche, an Lärchenbestand und felsübersäten Hügeln entlang, und senkt sich dann ins Tal. Während ich dahingehe, erklingt die Sterbeglocke für den alten Faustin, der droben im höchsten Hofe des Kirchspieles wohnt und der mit fünfundachtzig Jahren sein Leben beschließt.

Ich komme nach St. Kathrein und finde leicht ins Mühltal. Am letzten Hause erblicke ich eine Holztafel. Andreas Orthuber steht darauf geschrieben. Kinder, die ich nach dem Weber frage, antworten: „Der Vater ist in der Werkstatt.“ Nun suche ich die Werkstatt. Ich kann mir nicht vorstellen, dass in der kleinen Holzhütte, unter deren Bretterboden der Bach hervorschießt, die Werkstatt sein soll. Aber durchs Fenster sehe ich einen Webstuhl.

Bei meinem Eintritt stockt der Gang des Stuhles. Ein schmaler, dunkelhaariger Mann sitzt auf der Bank und fängt nun wieder an, das Schiffchen durch die Kette zu werfen. Ich sage ihm, dass ich Werkstatt und fertige Arbeiten sehen möchte. „A bissele noch, bittschön“, erwidert er und rückt den hölzernen Spanner, auf dem die Buchstaben A und O und die Jahreszahl 1780 in zierlicher Schrift stehen, ein Stück nach vorn. Das Stück „Raß“, ein Gewebe, das die Bauern für ihre Arbeitskleidung brauchen, rollt sich in gleichmäßiger Breite auf den Zeugbaum auf.

Dann bleiben alle Fäden, die eben noch in rätselhafter Bewegung waren, stillstehen und der Weber verlässt mit behendem Sprung den Stuhl. Er schüttelt mir die Hand, entschuldigt die Verzögerung und zeigt mir zunächst die Werkstatt. „Eigentlich bin ich aus dem Lungau“, erzählt er, „meine Vorfahren waren alle Weber, derjenige, der den Stuhl da angeschafft hat, trug den gleichen Namen wie ich. Mein Bruder ist droben geblieben, er hat Sorge genug, für den Vater, die Frau und fünf Kinder das Brot zu schaffen. Vor fünfzehn Jahren bin ich hergekommen, mit einem Kasten voll Werkzeug. Den Webstuhl habe ich mir dann nachschicken lassen.“

Er öffnet die Tür zu einem Nebengelass. „Hier steht der Krampler, hier kommt die Wolle hinein, wird zerzaust, zerrupft, manchmal wird helle Wolle mit dunkler gemischt, dann“ – seine schmalen, dünnfingerigen Hände weisen auf eine andere Maschine – „dann kommt sie dort hinein, wird noch einmal gerauft, ‚kartatscht‘ heißen wir’s, und so“ – eine Wolke federleichter Wolle sitzt wie geballtes schneeiges Spinnweb auf seiner Hand – „so ist die Wolle spinnfertig. Jetzt kommt sie auf die Spinnmaschine und wird gesponnen.“ Er führt mich an der Spinnmaschine vorüber und weiter, ein riesengroßer Haspel füllt den Raum, und von vielen Spulen laufen die Fäden auf den Haspel, der sich gleichmäßig dreht. Ich staune, doch der Weber lächelt und sagt: „Ja, das Bergwasser ist gut, so brauche ich keinen Motor, könnt’ mir auch keinen leisten.“ Ein großes Mühlrad läuft hinter dem Hause und liefert die Antriebskraft.

„Vom Haspel kommt die Strähne in die Farb’, ich färbe alles selber und die Farben sind genauso haltbar wie die indanthrenen.“

Dann ist die Wolle bereit und wird auf den Stuhl genommen. Das Stück „Raß", das gerade in Arbeit ist, besteht in der Kette aus Leinen und im Schuss aus Wolle, es ist stark genoppt, leuchtend grün gefärbt und ergibt einen kräftigen schönen Stoff.

Der Weber wird immer aufgeschlossener. „Jetzt wollen Sie die fertigen Stücke sehen", fragt er und führt mich in die Schlafkammer, deren eine Seite ein großer Schrank einnimmt, bis ins letzte Fach gefüllt mit den Webarbeiten. Da gibt es derbe und zarte Gewandstücke, pastellfarbene Teppiche, die aus zu Streifen geschnittenen Resten gewebt sind und deren Kette aus Rupfenfäden besteht, Tischdecken in leuchtendem Bunt, Bettdecken mit alten Ornamentmustern. Mit leisem Stolz berichtet der Weber von der Anerkennung und Zufriedenheit der Kundschaft. Ich suche mir den Stoff zu einem Janker aus, zahle den billigen Kaufpreis und verabschiede mich vom Weber und seinen Kindern.

Beim Abschied vom Mühltal werfe ich noch einen Blick auf die prangenden Bauerngärten, wo alles blüht, Astern, Gladiolen, Montbretien, Löwenmaul, Phlox und Kapuzinerkressen. Die Farben sind die gleichen, wie sie des Webers kunstfertige Hand den Arbeitsstücken verleiht. Jetzt ist mein Blick geschärft, in manchem Hause, an manchem Gewand erkenne ich der Webstücke Ursprung. Der Handwerker verschmäht es, seinen Erzeugnissen eine Marke oder ein Namenssiegel einzuprägen, ihm genügt es, dass das echte Werk namenlos für den Meister zeugt.

Abends berichte ich meinen Hausleuten vom heutigen Besuch. Sie kennen ihn gut, den Weber. Im Winter kommt er auf die Stör, sofern die Bauern noch über einen Webstuhl verfügen, er wandert von Hof zu Hof, seine Spuren finden sich weit ringsum in der ganzen Gegend.

Am andern Tage wandre ich meinen Weg weiter. Auf dem steilen Bergpfad überholen mich drei schnellfüßige Buben. Auf die Frage nach Wohin und Woher erfahre ich, dass sie vom Dorf kommen. Sie gehen „zum Faustin zum Beten". Ich komme dann am letzten Hofe des Kirchspiels vorüber. Im Schuppen steht der Karren bereit, rings mit Astern geschmückt. Er wird morgen früh den alten Faustin hinabführen zum Kirchhof.

Die ganze Gemeinde wird ihm das Geleit geben. Dann wird er zur Erde bestattet, zur Erde, die er bewohnt und begangen, die er mit seinem Pfluge gepflügt und in die er Jahr für Jahr seine Saat eingesät hat. Nun wird er selber zur Saat, die in das dunkle Erdreich eingetan wird. Die Wasser werden durch seinen Leib rinnen, die Wurzeln werden in ihm wurzeln. Aus den Büschen und Bäumen schaut mich schon des alten Faustin Antlitz an wie das der vergangenen Geschlechter.

Fahrt nach Segesta

Ein Wintertag bricht an mit kühler Brise, die vom Meer weht, mit grauen Schichtwolken, mit glosendem Horizont im Osten. Der grüne Garten vor der Terrasse trägt gelb und golden reifende Zitronen und Orangen, der Blick geht über die flachen Dächer der Häuser, über die starrenden Maste und Raaen des Seglerhafens La Cala, über das lichtspiegelnde Meer bis zum Kap Zafferano. Bald trägt uns der Wagen in rascher Fahrt durch volkreiche Gassen dem Gebirg entgegen. Hier, zwischen den Mauern, die die Landgüter abschließen und selten ein Tor öffnen, ritt vor achtzig Jahren Ferdinand Gregorovius beschwerlich auf dem Maultier zum ersten Mal gen Segesta. Heute haben wir die Ebene der Conca d'Oro schnell durcheilt, in langgezogenen Serpentinen klimmt der Wagen die Hänge des Gebirges hinan. Hast du vor der Einfahrt in den Hafen von Palermo schon von weitem die sizilischen Berge auftauchen gesehen, die nackten Kuppen und Gipfel, über deine Erwartung hochragend über dem Meer, die wie aus dem Fluss kochenden Metalls geformten Hänge, so ergreift dich jetzt ihr unmittelbarer Anblick. Sizilisches Bergland, dem Ursprung nahe, umgibt dich, zerrissenes Kalkgebirge, Inselreich der Vulkane, Gebirge des Schwefels und der heißen Quellen. Nah ist die Stätte, wo Proserpina in die Unterwelt einging.

Es ist sizilischer Winter, aber nach kühlem Nachtwind wird die Sonne mächtig. Ein brauner Ton liegt über der Landschaft, gelbbraun ist die Farbe des Gesteins, schwefelgelb der Abbruch der Felswände. Gebüsche am Weg recken ohne Laub ihre Stacheln, grünstarrende Wände des Opuntienkaktus säumen die Raine. Von den Kehren der Straße aus gewinnst du immer neuen, immer weiteren Rückblick. Im gewaltigen Kreis umziehen die Berge die Conca d'Oro, sie enden zu Seiten der am Meeresufer gelagerten Stadt hüben in der geheimnisvoll bewegten Gestalt des Monte Pellegrino, drüben im schöngeformten Kap Zafferano. Der Blick löst sich gleichsam von dir, streift und kreist wie ein Seevogel vor den geschichteten Wolken, über die braunen Berge, und gewinnt immer wieder das weite Meer.

Beim Näherkommen scheiden sich die Farben, grau leuchtet der Fels, der als Geröll über die Hänge stürzt, gelb schimmern die Abbrüche, in denen der Schwefel lagert, grün starren die wasserarmen Gräser und stacheligen Pflanzen. Einsam und öd ist das Land, kein Haus steht auf den Hängen. Da regen sich Geschöpfe im Stein, magere Rinder, struppig, erdfarben und schwarz.

Dann sind wir im Bereich des Golfes von Castellammare, der ebenso weiträumig, ebenso melodisch gebuchtet ist wie der Golf von Palermo. Ein Ort steht in der Ferne – Partinico. Wir werden diesen kleinen Flecken durchfahren, auch Alcamo muss dann auftauchen hoch am Berg. Die Namen dieser Bergstädte, geheimnisvoll und von dunkler Macht erfüllt wie alle wesenhaften Namen, lassen Bilder der Geschichte aufsteigen. Der eine Name hat noch deutlich griechischen Klang, der andere arabischen. Und schon füllt sich die gegenwärtige Stunde, fern aller Vergangenheit und aller Zeitenfolge, mit den Schatten der Völker, die über die Erde Siziliens gewandert sind. Ohne Zwietracht liegen heute die Städte und Flecken in friedlicher Nachbarschaft. Sikelische, punische, griechische, römische, arabische, normannische, spanische, französische – alte und junge Züge vereinigen sich zu dem Bild des heutigen Insellandes, das der von Marsala einreitende Garibaldi dem italienischen Königsgedanken unterwirft.

Doch wie von gewaltiger See wird die kleine Zeitspanne der Geschichte überflutet von dem unermesslichen Wellenschlag des Erdgeschehens. Kontinente lösen sich voneinander, Ebenen versinken unter den Wassern, zwischen den Erdteilen breitet sich ein Meer, das mit gültiger Besinnung sich das mittelländische nennt. Die Adler Siziliens blicken aus der Höhe ihres Fluges hinüber nach Afrika, segelnde Schiffe richten ihren Bug nach drei Kontinenten.

Die Landschaft spricht mit zeitloser Stimme zu uns. Hier ist das Land, das in Stein und Sonne lebt. Jetzt aber endet der Bezirk des nackten Steins und der mit Geröll übersäten Hänge, jetzt lagert über dem Feld fruchtbare, rötelfarbene Erde, die den Pflug erträgt. Den Pflug, der aus Holz gefügt ist, den die breitbrüstigen Ochsen ziehen, den die Menschenhand führt wie vor dreitausend Jahren. Reicher, tragender wird das Land, auch Wasser mag sich im Grund sammeln. Bambus säumt den Weg, in gewaltiger Arena ziehen sich umgebrochene Äcker die Hänge eines Bergkessels hinan. Ein grünender Johannisbrotbaum steht inmitten.

Nun belebt sich die leere Straße, ein zerklappertes Auto, wie ein Wüstenfahrzeug anzusehen, trägt Landleute vorüber, ein Bursche reitet auf einem Maultier, ein biblisches Paar kommt näher, der Mann zu Fuß, mit hohem Stock, die Frau auf dem Rücken eines hochgesattelten Esels, verhüllt bis an die Augen zum Schutze vor Sonne und Wind.

Und jetzt sind wir im Bereich der Weinberge. Das starke, verkrümmte Holz der Rebstöcke steht knorrig in Reihen. Felderweit dehnen sich die Gärten. Im ummauerten Geviert scharen sich die dunklen Zypressen. In Sonne und Stein liegt die Totenstätte.

Eine Steinbrücke geht in lateinischer Art über einen ausgetrockneten Bachlauf. Nussbäume tragen herbstlich gefärbtes Laub. Partinico empfängt uns mit langer Straßenzeile, an deren Ausgang eine hohe Palme ragt. Die Häuser sind weiß, der Umriss der Palme gibt der Stadt ein afrikanisches Gepräge. Nun geht es wieder eine Weile durch freies Land, bis der nächste Ort uns aufnimmt, dieser aber mit dem stummen Schweigen des Todes. Die Häuser sind zerfallen, die Fensterhöhlen leer. Nur auf dem grasüberwachsenen Platz fließt aus steinernen Mündern des Brunnenbaues das lebendige Wasser. In der Stirnseite der Kirche hängen regungslos die Glocken, verstummt und von der Zeit versehrt. Das Dorf ist verlassen, die Malaria hat auch die letzten Menschen von hier vertrieben.

In der Ferne werden die hochgebauten Häuser von Alcamo sichtbar. Mit aufschießendem Schaft stehen Agaven am Weg. In Alcamo kaufen wir Wein und Früchte und Brot, ein duftendes Brot, wie wir es in den Städten nicht finden. Eine Ziegenherde zieht daher, Tiere mit schöngedrehten Hörnern, buntbemalte sizilische Karren mit Getreidestroh hochbeladen oder mit binsenartigem Heu begegnen uns.

Das alles aber, diese wechselnden Bilder von Meer, Erde und menschlicher Siedlung erscheinen mit einem Male wie ein Vorklang zu einer noch gültigeren Schau. Olivenhaine stehen an den Hängen. An einer Wegbiegung hebt sich das Auge zu einem hohen, urgebirgartig aufgebauten Bergrücken. Davor, fast eins mit seinem Hintergrund, erhebt sich auf der flachen Höhe eines Hügels rötlichbraun ein Säulenbau, noch klein in der Ferne, aber bannend durch Adel und Gesetzmäßigkeit seiner Form, der Tempel von Segesta.

Das letzte Stück des steilen Weges gehen wir zu Fuß. Immer klarer, immer sichtbarer steigt der Tempel vor uns auf. Wir kommen von Osten und haben des Tempels Stirnseite vor uns.

Der Tempel ist unser Ziel. Wohl ahnen wir die Lage der versunkenen Stadt, hier zur Linken hat sie einst gestanden. Von den Häusern ist nicht ein Stein auf dem anderen geblieben. Eine Trümmermasse lagert auf dem Berg. Aber der Tempel steht. Erbaut aus dem Stein, den die Insel trägt, so steht er noch heute, niemals ganz vollendet, aber unzerstört.

Der erste erschütternde Eindruck bleibt erhalten, hier sind Tempelbau und Landschaft ein einziges Gebilde geworden, eine gewaltige und herrlich geformte Landschaft und der Tempel in ihrer Mitte als ihr formgewordener Gedanke, die Landschaft in das göttliche Bewusstsein hebend. Hier mag ein sagenhaftes Volk seine Wohnstätten gebaut haben, hier mögen die Wogen der Heereszüge aufeinander geprallt sein, aber was hier lebt und lebendig geblieben ist, ist der Ausdruck hellenischen Geistes, hellenischer Gesittung, hellenischen Lebensgefühls.

Wie kann man den Eindruck dieser Tempellandschaft in Worte fassen? Sie ist so einfach, dass jedes Wortbild an ihr zuschanden wird, so großartig, dass kein Wort an sie heranreicht, so göttlich durchstrahlt, dass keine Sprachmelodie sich ihr einzufügen wüsste. Eine offene Halle, von Säulen getragen – alles ist Raum, ist umhegende und gleichzeitig ausstrahlende Baugestalt. Die Säulen sind mächtig, aus Muschelkalk gemeißelt, die beginnende Arbeit der Verzierung wird kaum sichtbar. An den großen Quadern der Tempelstufen sind die Höcker noch geblieben, an denen die Taue der Beförderung ihren Halt fanden.

Tempel aus griechischem Geist, aus griechischem Weltgefühl, dem die Erde noch der Mittelpunkt war, das Meer das umgürtende Element, der Himmel der Erde gehörig, die Götter der Erde gebietend – eine einheitliche, nicht durch die Unermesslichkeit gesprengte Welt, aber erfüllt und durchgebildet vom Gedanken des Göttlichen. Ist diese Bescheidung des Weltbildes auch unabsichtlich, der zeitgebundenen Erkenntnis gemäß, so ist sie doch so reine Gestalt geworden in dieser Tempellandschaft, dass sie sich auch unserer weiteren Weltschau so einfügt wie ein Muschelgebilde des Strandes dem gewaltigen Bild des Meeres. Du weißt hier, dass nicht die Erkenntnis und der Flug der Gedanken es sind, die das Leben fügen und ordnen, sondern dass den Grund legen muss der Einklang des Herzens in den Gang und in das Gesetz der Welt.

Wir steigen über die Einsattelung, die den heiligen Bezirk einstmals vom Alltag der Stadt trennte, die Stufen des steinigen Hanges hinauf, wir durchschreiten das Trümmerfeld, in dem noch schwache Spuren von Fundament und Straße sichtbar werden. Wilder Fenchel, Iris und Asphodelos wuchern und sprießen zwischen den Steinen. Jenseits der untergegangenen Stadt aber ist noch eine Erinnerung an griechisches Zeitalter erhalten. Am hohen Hang baut sich in die Felsstufen als geöffneter Ring das Theater. Du sitzt auf steinerner Stufe, dein Auge geht hinunter zur Szene, wo einst Tragödie und Chorgesang lebendig war, und umfasst im gleichen Augenblick das weite Halbrund der Berglandschaft, die sich zum Meere hinabsenkt, das endlos in der Ferne vergeht. Am äußersten Vorsprung der Küste aber, aufsteigend hinter nahem Gebirg, ragt der heilige Gipfel des Eryx, auf dem die Götter wohnen.

Wenn man von Venedig über die Laguna nach Chioggia fährt, sieht man am westlichen Horizont die verblauenden Umrisse der Euganeischen Berge. Wählt man nicht die Eisenbahnstrecke über Mestre, so fährt man mit dem Lagunendampfer nach Fusina. Dort wartet eine Tram, die nach Padua führt. Wir aber gehen die schöne Straße längs des Brentakanals flussaufwärts. Nach längerem Aufenthalt in Venedig, der uns dem Festland schon ganz entfremdet hat, spüren wir die terra ferma mit besonderem Gefühl unter unseren Füßen.

Fusina, das ist ein ärmlicher Ort, und die nächste Siedlung und die übernächste wird nicht viel reicher sein, die Dürre des salzigen Standes duldet keine Wohlhabenheit; dann aber wird die Landschaft üppiger, hohe Bäume beschatten die Straße, hinter der sich die Ebene, vielfältig mit kleinen und großen Wasserläufen geädert, in steigender Fruchtbarkeit hindehnt. Langsam wandelt sich das Bild der menschlichen Siedlungen. Wohlhabender und gepflegter zeigen sich die Häuser, liebevoller sind die Gärten gehalten, und da und dort stehen in tiefen Parks die reichen Sommersitze venezianischer Bürger – wahre Sommersitze mit leuchtenden Fassaden und langen luftigen Fensterreihen, die den Durchblick auf die dahinterliegende Weite der Gärten und der Landschaft freigeben. Wie eine fremde Melancholie liegt zur Linken das graudunkle Malcontenta, der Verbannungsort einer leichtfertigen Schönen aus Venedig, die von ihrer Familie geächtet war. Soweit die reichen Bürger Venedigs nicht im Friaul oder in den Euganeischen Bergen ihre Sommervillen besaßen, bauten sie hier an der Brenta ihre prächtigen Quartiere. In der Sommerschwüle der Stadt traf wie eine kühle Erfrischung die Verlockung der Brenta: Dolo, Mira, Piazzola, Terraglio, Stra – wieviel Namen, soviel Erinnerung an fröhliche Sommer und Erwartung künftiger Freuden. Ein angenehmes Schiff, der „Burchiello“, verkehrte täglich zwischen Venedig und Padua, während die reichen Familien ihre eigenen, mit Luxus ausgestatteten Schiffe besaßen. Schon im Settecento wurden die prunkvollen Landhäuser und Paläste längs der Brenta erbaut, die sich bis heute erhalten haben und die oft von Tiepolo und seinen Zeitgenossen mit Wandmalereien geschmückt wurden. In den geschnittenen Alleen der Gärten standen leichtgeschürzt die Götter, die üppig geschmückten Säle luden zu Scherz, Musik und Tanz. Giovanni Sagredo, ein vornehmer Venezianer, hat die Sommerfreuden an der Brenta in seinen Erzählungen „Arcadia in Brenta" festgehalten. Das reichste der Schlösser aber war das der Pisani in Stra, eine Symphonie von reizvoller Architektur, geschmiedeten Gittern, spiegelnden Wassern, Gemächern in Gold und Weiß und windbewegten laubigen Bäumen.

Wir aber folgen unserer Straße weiter, und immer regt sich der leise Lauf des Wassers neben uns, befahren von Barken mit gelben Segeln, ähnlich denen von Chioggia, von breiten, flachen Schuten, die die Saumpferde neben uns flussaufwärts ziehen, beladen mit der Fülle der Güter aus den Lagerhäusern Venedigs.

Die reiche und fruchtbare Pianura bietet sich uns dar, Land der Niederung, glühend unter der Sommersonne.

Spät kommt der Frühling hier in der feuchten Niederung und früher der Herbst. Wenn in der römischen Campagna schon die Mimosen blühn, liegt in den engen Gassen von Padua noch der Schnee. Aber trotzdem blühen die goldenen Büschel der Mimosen in den Händen und am Gewand der Jugend, die den Corso belebt. Bis in die Mittagsstunde lasten oft die zähen Nebel über der Stadt. Wenn die reiche Pianura in üppiger Fülle sich verströmt, so ist dies der Segen der sengenden Sommersonne.

Die große Paduaner Ebene liegt im Mündungsbereich der Flüsse, ja man kann sagen, in einer Deltalandschaft. Das Wesen und das Leben der Elemente sind in dieser Landschaft besonders lebendig. Überall gehen die Gewässer ohne viel Gefälle zwischen hohen Deichen dem Meere zu, aber zu Zeiten der Schneeschmelze und der langen Regengüsse sind sie mit der Drohung der Verwüstung geladen. Die Erfahrung und die zähe Arbeit vieler Generationen halten die Gefahren in Schranken. Doch unablässig strömen die Wasser, nagen an den Uferdämmen und führen die Schwemmassen aus den Gebirgen und der Ebene der Mündung zu, wo wiederum die Gefahr der Versandung weiter Meeresstrecken aufsteht. Wie Ravenna, die einstige Hafenstadt, heute viele Meilen vom Meer entfernt ist, so hat auch die Pianura dem Meer einst näher gelegen.

Über der vor Hitze flimmernden Ebene sehen wir ganz fern die Kuppeln und die Türme von Padua. Ein Gewirr von Wasserläufen und Kanälen, überspannt von flachen Brücken, zieht sich um die Stadt und verleiht ihr venezianische Züge. Aber ihre Atmosphäre ist von Dunst erfüllt. Es gibt hier eine venezianische Baukunst, die sich ganz auf das Festland besonnen hat, die die schwebenden Züge verdichtet und manchmal etwas zu massig geraten lässt. Vieles gemahnt an die Lagunenstadt. Auch in Padua steht der geflügelte Löwe des heiligen Markus als Symbol venezianischer Herrschaft. Auch der paduanische Dialekt klingt an an den venezianischen, aber hier in Schwere und Breite hineingleitend.

Nicht venezianisch aber sind die die Bogengänge, die die Straßen Paduas säumen. Wie in Bologna kann man auch hier an regnerischen Tagen trockenen Fußes durch die Quartiere der Stadt gehen. Und selbst die überdimensionalen Palastbauten der letzten zwei Jahrzehnte sind der traditionellen, dem Klima verpflichteten Bauweise treu geblieben. Immer ist es reizvoll, durch die Bogengänge zu schlendern, ein Gefühl der Geborgenheit weht aus diesen vielfältig abgewandelten „Lauben“, wie diese Bogengänge in den Alpenländern genannt werden, die die Baumeister des Südens da und dort in die Architektur der nördlichen Städte eingefügt haben. Sie scheinen ihr Vorbild den Weingärten entnommen zu haben, den Weingärten, in denen sich die Reben in rundgespannten Bogen aneinander reihen. Sie verleihen den Straßen eine besondere Geste, die zum Verweilen auffordert, zum Aufenthalt lädt. Dort, wo es das Klima erlaubt, ist auch die Straße und die Piazza ein Stück Lebensbühne, deren Spiel der Fremde so oft missversteht. Wenn die Menschen des Südens in dichten Gruppen beieinander bleiben, wenn sie schlendernd auf den Straßen verweilen, wenn in Latium, in Calabrien, in Sizilien die Männer, in eine Decke gehüllt, in kühlen Monaten lange in der Sonne stehn und ihr hungrig nachrücken, so ist dies ein Ausschnitt ihres täglichen

Lebens. Hier bewegt sich das Dasein zu gegebenen Zeiten auf der Straße, auf dem Corso wie auf der Piazza, und das Heim ist nicht in dem Maße wie anderswo der Rahmen der Rast und des geselligen Lebens.

Geburt und Geschichte der Straßen, Gestalt und Charakter der einzelnen Häuser werden in den Bogengängen erkennbar, in der Form ihrer Pfeiler, ihrer Kapitelle, ihrer Voluten. Hier wohnt ihnen ein aristokratischer Zug inne, dort ein festgegründet bürgerlicher Ausdruck, dort wieder ein sakrales Element oder eine dürftige Zweckbestimmung. Da begegnet man einem Versuch farbigen Freskenschmucks in den Winkeln und Wölbungen, dort wiederum wird in Spreitzen und Streben eine altersgeschwärzte Holzarchitektur sichtbar. In der Nacht aber weben die Schatten in den Mauern und lassen den Geist zurückwandern in die Zeiten vergangener Generationen.

Auch das Innere der Stadt ist von langsam ziehenden Gewässern durchflossen, über die die schweren Barken gehn. An vielen Orten fühlt man sich im Bannkreis venezianischer Stadtbilder, aber die Atmosphäre ist eine andere. Hier leuchtet nicht mehr die golddurchwirkte Klarheit Venedigs, wie sie aus Guardis Bildern spricht, hier ruht über dem pastellfarbenen Grund der Landschaft und der Stadt ein leichter silberner Rauch, der an sommerliche Tage in den Niederlanden denken lässt.

Geräumigkeit ist ein besonderes Kennzeichen der Paduanischen Stadtanlage. Weiträumig und groß liegt die Pianura zwischen Gebirge und Meer, und dieses große Raumgefühl drängt sich auch in Planung und Ausführung der Stadt. Doppelt wird dies fühlbar nach der dichten Gedrängtheit Venedigs, das mit dem Siedlungsraum geizen musste. Die sakralen und bürgerlichen Bauten Paduas, die Plätze und die Gärten – alles steht unter dem Zeichen der Weite. Im Palazzo della Ragione, der für die Gerichtsbarkeit bestimmt war, findet man einen ganzen Markusplatz unter Dach und Fach gebracht, denn dieser „Salone“, wie er im Volksmund heißt, sucht seinesgleichen unter den Saalbauten der Welt. An der Wende des 12. Jahrhunderts erbaut, ist er ein einzigartiger und mächtiger Ausdruck städtischen Gemeinschaftswillens. Geräumig sind auch die alten bürgerlichen Wohnhäuser im Herzen der Stadt, viele aus dem Settecento, mit ihren breiten Portalen, weiten Höfen und grünenden Gärten. Hochragende Magnolienbäume und herrlich gewachsene Zedern steigen hinter den Mauern auf. Allenthalben spürt man, wie die fruchtbare weite Ebene ihren Wellenschlag in die Stadt entsendet. Die „Rivieren" tragen dichtgrünende Gärten, vor allem im Süden der Stadt. Hier liegt auch der Botanische Garten, in dem Goethe viele Male verweilte und in dem er den fruchtbarsten Gedanken seiner naturwissenschaftlichen Studien fand. Die durch ihn weltberühmt gewordene Palme, im Jahre 1585 gepflanzt, steht hier noch heute. Nicht weit ist der Weg zur Kirche Santa Giustina, deren kühne Größe und ausgeglichene Räumlichkeit Goethe oft zum Eintritt lockte. Und hier rundet sich das gewaltige Oval von Prato della Valle, das einen der schönsten Plätze bildet, die man in den Städten der Welt findet. Zur Zeit der Antike ein sumpfiges Gelände, war es der Schauplatz der Naumachien, später, zur Zeit Karls des Großen und Barbarossas, die Stätte ritterlicher Spiele und Turniere. Seine heutige Gestalt und Größe dankt Prato della Valle dem Entschluss und der Tatkraft eines einzigen Mannes, des venezianischen Prokurators Memmo. In einem riesigen Oval rahmen schlicht und schön gebaute Häuser mit ihren malerischen Bogengängen den Platz, der nur zu einem Bruchteil gefüllt wäre, wenn alle Einwohner der Stadt sich auf ihm versammelten. Ein Wasserlauf umfließt ein inneres Oval und bildet eine Insel, die mit alten hohen Platanen bestanden ist und in deren innerster Mitte eine Fontäne quillt. Der Wasserlauf, der die Plataneninsel umfließt, ist von hellen Steinrampen eingefasst. Vier Brücken führen auf die Insel, geschmückt mit Steinpyramiden, wie sie dem venezianischen Stil eigen sind. Auf den Rampen aber stehen erhöht siebenundachtzig große Standbilder. Memmo, der genötigt war hauszuhalten, hatte den klugen Einfall, die Länder und Städte Italiens und der Welt einzuladen, ihren berühmten Kindern, die den Weg einmal nach Padua gefunden hatten, zum eigenen und ihrer Sprösslinge Ruhm durch die Stiftung eines solchen Denkmals eine dauernde Erinnerung zu sichern. Und so stehen sie heute da im Schatten der Platanen, sagenhafte und geschichtliche Persönlichkeiten, unter ihnen Galilei, Torquato Tasso, Ariost, Petrarca, Mantegna, Titus Livius, Gustav Adolf, Canova und alle die anderen. Immer bezaubert dieser Platz, sei es wenn die Sommerhitze glühend über der Stadt liegt und hier aus den Platanen erfrischende Kühle niederweht, sei es an winterlichen Tagen, wenn die entlaubten Bäume nackt und kraftvoll ihre Gestalt enthüllen, oder in Vollmondnächten, wenn ein elfenbeinerner Glanz auf den Häuserfronten liegt, oder zu festlichen Gelegenheiten, wenn zahllose Menschen aus Stadt und Land herbeiströmen und hier eine geräumige Sammelstätte finden. Und so hat die Stadt mit Recht das Sonett, das Gabriele D'Annunzio zum Preis von Prato della Valle geschrieben hat, in Marmor eingegraben hier aufgestellt. Vor allem sind es die Tage, die dem „Santo" gewidmet sind, und namentlich sein Namensfest im Juni, die den Platz in festlicher Brandung sehen. Dann wogen die Massen hinüber zum benachbarten Dom des gefeierten Heiligen und durch die Straßen, deren lange Zeilen eine Budenstadt unter ihren Bogengängen beherbergen, die zu Kauf, Spiel und Schau verführt. Immer neue Scharen strömen dann der Kirche des Stadtpatrons zu, drängen und wogen auf den Kirchenplatz, während über ihren Häuptern der von Donatello in Erz gegossene Gattamelata verharrt.

Auf stillen Straßen wieder in das Innere der Stadt zurückkehrend, verweilen wir am stadtbeherrschenden Festungsturm Ezzelinos, der heute die Sternwarte trägt, von der aus man den schönsten Überblick von Padua gewinnt. Da liegt die Stadt mit Gärten und Wasserläufen, da dehnt sich die Ebene hin zu Gebirge und Meer. Im Norden stehen in zarten Linien die Alpen, im Westen und Südwesten die Berge um Vicenza und die Euganeischen Hügel, gegen Rovigo geht endlos der Blick in die Niederung, während im Osten der Turm von San Marco in den Himmel ragt, ein „mystischer Schrei" nach D'Annunzios Wort.

Eine Bauernstadt ist Padua an manchen Tagen, denn zu gegebenen Zeiten kommen die Bewohner der Pianura in die Stadt, beleben die Plätze, besorgen Einkauf und Verkauf und halten

Rast im großen Kaffeehaus Pedrocchi. Pedrocchi, das ist eines der berühmtesten Kaffeehäuser Italiens. Man durchschreitet einen von klassizistischen Säulen getragenen Vorraum, der von steinernen Löwen flankiert wird, und betritt eine Flucht von fünf Sälen, die durch die Farbe der Einrichtung und durch eine schwache architektonische Andeutung voneinander geschieden sind, in Wirklichkeit aber einen einzigen langgestreckten Saal bilden. Hier in diesen Räumen, die früher Tag und Nacht geöffnet waren, ist der Sammelplatz der verschiedensten Kreise der paduanischen Gesellschaft, gleichzeitig eine ruhmvolle Erinnerung an das Risorgimento. Ein Hauch goldonischer Epoche ist hier lebendig. Unvergangene Zeit und unvergangener Brauch leben auch an anderen Stätten. Goethe erzählt in der „Italienischen Reise", wie in Padua die gebildete Welt alltäglich in den Buchhandlungen zu treffen sei und ihre wohlwollende Meinung und ihren Rat dem unterweilen anwesenden Käufer zuteil werden ließ. Dies hat sich hier bis heute nicht geändert. Ein Aufenthalt hier zu gewissen Stunden gehört auch heute noch zum täglichen Leben manches bekannten Vertreters der Wissenschaft und Kunst.

Wissenschaft und Kunst haben dieser Stadt ihr Gepräge gegeben. Padua beherbergt die 1222 gegründete Universität, die zweitälteste Italiens – den sogenannten Bò. Viele Studierende aus aller Welt haben hier geweilt, und die Erinnerung an manchen Deutschen ist in Bild und Schrift festgehalten. Im Arkadenhof der Universität und in den großen Aulen hängen dicht gereiht die Wappenschilder an den Wänden. Besondere Bräuche leben in der Welt der Studenten, die Promotionen werden mit Lorbeerkränzen, Blumen und Festmählern in alten Gaststuben begangen, und die Sitte, mit Witz und Karikatur den Studienabschluss der Studenten anzuzeigen, mag ebenfalls uralt sein.

Das geistige und künstlerische Leben der Stadt bindet manchen berühmten Namen an Padua. Hier begegnen sich Dante und Giotto, hier malten Mantegna und Tizian, hier dichteten Torquato Tasso und Petrarca. Den köstlichsten Schatz Paduas hinterließ Giotto. Die Legende weiß zu berichten, dass der Sohn eines Wucherers die ihm zufallende Erbschaft für die Stiftung und Ausmalung der Cappella Scrovegni verwendet habe. Giotto erhielt den Auftrag, den einfachen strengen Bau mit Fresken zu schmücken. Er konnte ihn nach Belieben gestalten, und eine glückliche Fügung bewahrte die Kapelle vor Umbauten und die Fresken vor unverständiger Behandlung. Zwischen Blumen und Bäumen gelegen, eingeschlossen von den Mauern eines römischen Amphitheaters, ist diese Kostbarkeit vom Getriebe der Straße abgeschlossen, und ungetrübt kann Licht und Luft durch diesen Raum gehen. Hier stehen an den Wänden die Begebenheiten der Heiligen Schrift in strenger und einfacher Gestaltung. Die Lebensnähe dieser Darstellungen rührt unmittelbar an unsere Gegenwart, so dass wir leicht vergessen, dass hier ein Zeitgenosse Dantes gewirkt hat. Die Fresken, die in Farbe und Linien einfach erscheinen, sind von höchster künstlerischer Ausgeglichenheit. In ihnen verbindet sich Lebenswahrheit und überirdische Beseelung so gültig, dass die Betrachtung jeden gedanklichen Umweg vermeidet. Unmittelbar sprechen diese Bilder zum Herzen, unvergesslich bleiben sie im Bewusstsein. In der Nachbarschaft, in der Kirche der Eremitani, finden sich Werke aus anderer Zeit: hier schuf Andrea Mantegna in seiner frühesten Zeit eine Reihe von Fresken, die gleichfalls reifste Künstlerschaft bekunden. Ein Hauch der Strenge, der nüchternen Klarheit zeigt den Geist der norditalienischen Landschaft, der sich mit Ausdruck und Gestaltung der Antike glücklich verbindet.

So leben Vergangenheit und Gegenwart in harmonischer Eintracht. Stadt und Land durchdringen einander in glücklicher Verbindung. Nicht allein die Ebene, deren Weite man erlebt, wenn man die Wege auf den Deichen geht, gehört zur Landschaft dieser Stadt, auch das Gebirge ist nah erreichbar. Die Euganeischen Hügel sind von besonderem Ausdruck und seltsamer Schönheit. Es sind vulkanische Gebilde, wie ihre Form anzeigt. Große Kessel sind in halben Kreislinien zu erkennen, seltsame Kegel erheben sich aus der Landschaft. Das Gestein dieser Hügel, zu mäßiger Höhe aufsteigend, bedingt das äußere Bild einer Urgebirgslandschaft. Es ist so, als ob eine Urgebirgsgruppe zu vier Fünfteln in der Erde versunken wäre, so dass nur die Gipfelregion sichtbar bliebe. So begeht man mit verwandeltem Gefühl die Pfade an den Hängen und die Straßen in den Tälern. Ölbaum und Weinrebe, Fruchtgärten und Kornfelder wechseln in schönem Reigen. Dicht daneben aber ist die feurige Welt der Tiefe lebendig. In Abano, in Battaglia entspringen die kochend heißen Wasser und es gärt der heiße Schlamm.

Anmutig liegen die kleinen Dörfer geborgen in den Winkeln und Falten des Gebirges. Herrliche Gärten umgeben Schlösser und Villen. Hier in diesen Hügeln ist besonders das Andenken Petrarcas lebendig. An der Chormauer des Domes von Padua erinnert eine Inschrift an das in der Nähe liegende Wohnhaus Petrarcas. Aber nicht lange blieb er in der Stadt, die Sehnsucht nach der Provence, die ihm die glücklichste Zeit bedeutet hatte, zog ihn hinaus, bis er in den Euganeischen Hügeln den Ort Arquà fand, der für ihn in seinem letzten Lebensabschnitt zur Heimat wurde und der sich heute Arquà Petrarca nennt. Unverändert liegt das kleine Landhaus hinter Gartenmauern, umwuchert von Granatsträuchern, Lorbeerbäumen und wilden Rosen. Unverändert sind die Räume erhalten, unverändert auch das kleine Gemach, wo er arbeitend verweilte. Da steht die eisenbeschlagene Kiste, in der er seine Bücher verwahrte, das Pult, an dem er las. Durch dieses kleine Fenster schweifte sein Auge über die geliebte Landschaft. Da liegt der fruchtbare Acker, der ihm sein Brot sicherte, der Rebenhang, der ihm seinen Wein spendete. Und dort führt der weißleuchtende Pfad den Hang hinan, der dann an einem Hügelrand entschwindet, als ob ihn die Unendlichkeit aufgenommen hätte. In dieser Kammer fand man ihn eines Morgens tot, die Stirn auf den aufgeschlagenen Virgil versunken, den Federkiel in der Hand. Sein Sarkophag aus rotem Veroneser Marmor, getragen vom Trachyt aus den Euganeischen Bergen, steht drunten vor dem Dom in Arquà, wo die Frauen vorüberschreiten, die das Wasser schöpfen aus dem Brunnen, der seinen Namen trägt.

Wir scheiden und wandern hinunter nach Monselice. Unser Blick geht noch einmal zurück an den Bergen rings im Kreis zur grünen Flut der Pianura, die uns geleiten wird, bis uns der salzige Atem des Meeres wieder trifft.

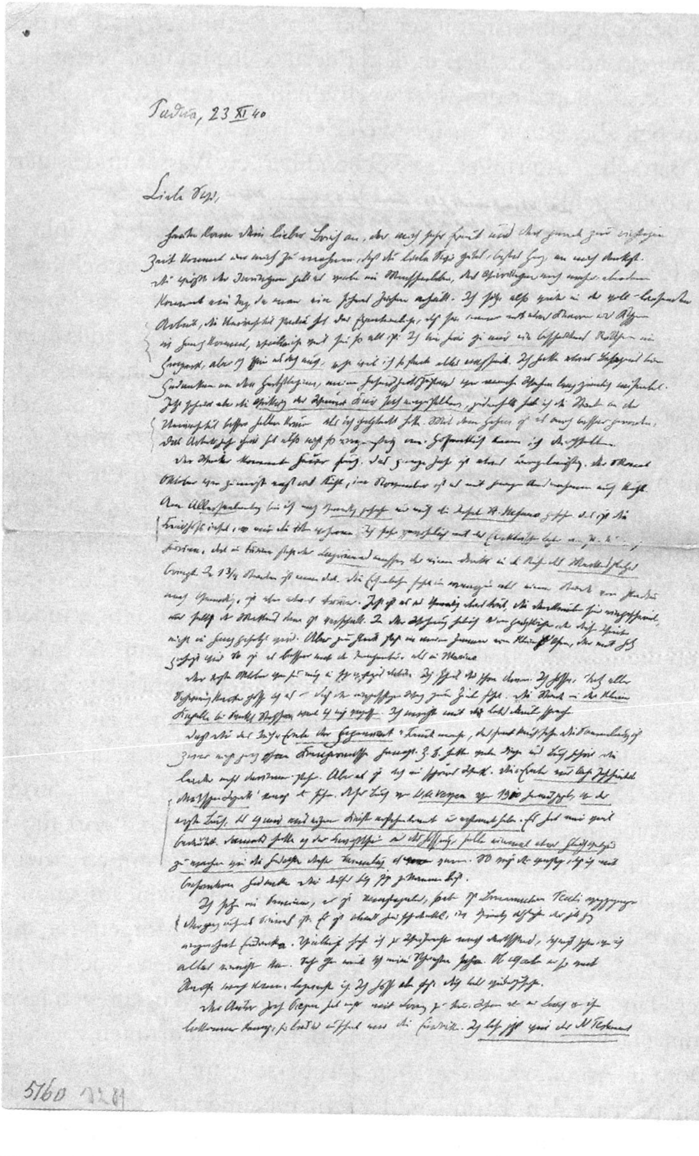

Padua, 23 XI 40

Erste Seite eines Briefes von Hans Leifhelm an Sophie Homann, Padua, 23. November 1940 (Deutsches Literaturarchiv Marbach, A: Leifhelm Hans. Briefe an Sophie Homann).

„E il segno d'un'altra orbita: tu seguilo!"
Eugenio Montale

Rom entlässt uns durch eines der antiken Tore, die landeinwärts schauen. Der Ponentino, der leichte fächelnde Wind, der vom Meer kommt, geht mit uns auf die Reise. Salziger Wind vom Meer, sonnbeglühte Erde der Campagna, fern verblauende Umrisse der Gebirge – das sind die Elemente der geschichtlichen Landschaft, die sich mit ungewohnten Zeichen der Vergänglichkeit und der Beständigkeit uns vor Augen stellt.

Miethäuser, zehn Stockwerke hoch, säumen ein Stück Weges die Straße, eine Kinostadt sucht hinter Mauern die traumhaften Gebilde der Phantasie einer vorzeitigen Öffentlichkeit zu entziehen, hohe Stahlmasten tragen die Antennen einer atemlosen Gegenwart – trotz allem aber ist die lateinische Prägung dieser Landschaft geblieben. Unsere Straße nennt sich Via Appia Nuova. Weinfuhrwerke, bunt bemalt, mit dem gefächerten Sonnendach über dem Fuhrmannssitz, mit dem Widderhorn, dem Zeichen Fortunas, das unter dem Karren schwankt, führen die duftende Fracht der Castelliweine mit Schellengeläut in die Stadt. Hinter dem ockerfarbenen Würfel einer Osteria lagert wie mit Augen der Sphinx die Einsamkeit der Campagna.

Rot blüht der Mohn in weiten Feldern, rot flossen hier die Blutströme einer fast dreitausendjährigen Geschichte. Zwei Palmen geben einer niedrigen Weinschenke ihren Namen. Pinien mit schwarzgrün geballten Kronen ragen wie regungslose Pfeiler des Lichts. Hohe Eukalyptusbäume mit einem rötlichen Schimmer in ihrem grünen Laub stehen in Zeilen und in Hainen, die Gebärde ihres Wuchses ist wie vom Leid der Kreatur gezeichnet. Sie sind die Bäume der Heilung in sumpfiger, jahrhundertelang fieberdurchglühter Campagna. Die geziegelten Aquädukte, zerbrochen und zerfallen, weisen in die Ferne, wo im Gebirge die lebendigen Wasser entspringen, die heute wie einst die Ewige Stadt tränken. Das alte Mauerwerk erglüht gleichsam von innen her in einem goldenen

Licht, goldenes Licht überflutet die weite Landschaft, dort wo sie ein stumpfes Grün trägt, wie auch dort, wo sie unter dem steil fallenden Licht sich wie eine Wüste steppengleich dehnt.

Noch immer zieht die Straße eben dahin, in flachen Wellen breitet sich das Land zur Rechten und Linken, dann aber setzt sie zum schwebenden Sprung an. Wie sanfte Brüste wogt der Grund, der die ersten Olivenpflanzungen trägt, die ersten Weingärten. Der Dreiklang südlichen Lebens hebt an, hier ist die gute Erde, die Öl und Wein und Brot spendet. Ein römisches Landhaus mit dem doppeltgetürmten Aufbau offener Stockwerke krönt die Anhöhe.

Nah steht das Albanergebirge auf, dessen schöne und lockende Linien von den Hügeln Roms sichtbar sind. Vulkanische Bildung hat diese Berge geprägt, hat die gewaltigen Kessel ihrer Kraterseen geformt und die mit fruchtbarem Humus bedeckten Mulden, wo üppig die Gärten und Vignien stehen. Unterirdisches Feuer der Vulkane und himmlisches Feuer der Sonne spenden der alten, immer jungen Erde reiche Fruchtbarkeit. Die Straße zieht über feuergelösten Stein. Hier, auf der ersten Terrasse der Albanerberge, bietet sich schon eine Ahnung des gewaltigen Panoramas, das sich dem Blick öffnet. Im sinkenden Tag wachsen die Schatten. Die Ebene der Campagna wird zu einem flach wogenden Spiegel, dessen Wellen im Auf und Ab erstarrt sind. Endlos reihen sich die Wogenkämme hintereinander. Das Erlebnis der auf sieben und mehr Hügeln erbauten Stadt wächst nun weiter über die ganze Campagna. Fern am Himmelsrand erglänzt das Meer. Die Luft ist so klar und Licht, dass das Auge ein fernziehendes Schiff unterscheiden und seinem Lauf folgen kann.

In den Vignen, in den Ölbaumgärten liegen da und dort, schlicht gebaut, die breiten Würfel der Campagnahäuser. Die Straße führt zwischen Mauern dahin, die die Besitzungen umschließen. Wo ein schöngeschwungenes Tor halb sich öffnet, steht ein alter ländlicher Palazzo am Ausgang der Lorbeerallee, umragt von Palmen und Mimosenbäumen. Dann wieder mündet bald rechts, bald links ein von Jahrhunderten ausgefurchter steiniger Maultierpfad in die Straße ein. Landleute kommen von der Arbeit, die einen zu Fuß mit Pfirsichen und frischen Feigen in den Körben, die mit Weinlaub bedeckt sind, die andern auf Eseln oder Maultieren reitend, die außer dem Reiter auch noch die Lasten des Feldes heimtragen. Das ist das Bild des bäuerlichen Lebens in diesem Land. Das bebaute Land liegt einsam und selten besiedelt, die Menschen, die hier ihre Arbeit tun, wohnen in den Flecken und kleinen Städten, die mit Vorliebe droben auf den Höhen erbaut sind. Mancher Landmann hat einen mehrstündigen Weg zur Arbeit.

Die Menschen sind müde von der Last des Tages. Aber keine Müdigkeit benimmt ihnen den Anstand der Gebärde, lässt sie des freundlichen Grußes vergessen. Gern sprechen sie das lateinische Grußwort Salve, ein jeder ist zur Auskunft oder plaudernden Zwiesprache bereit.

Droben erhebt sich mit ihren abendlichen Lichtern die Stadt. Ihr Name ist uns von Rom her schon vertraut. An mancher Osteria in römischer Straße stehen die Namen der Castelli als Bürgen eines guten Weines. Und die Karren, die den Wein aus den Albanerbergen nach Rom bringen, tragen auf messingenen Schildern den Namen ihrer Herkunft.

Castelli Romani – der Name ist den Liebhabern des Weines geläufig, aber ebenso einprägsam steht er in den Büchern der Geschichte. Die sagenhafte Überlieferung spricht von Roms Mutterstadt Alba Longa, die droben erbaut war am östlichen Ufer des Albanersees. Die Geschichte der Stadt Rom nennt mit den Castelli immer die Namen der römischen Geschlechter, die hier ihre fruchtbaren Gründe, ihre Wildbahnen, ihre Sommersitze und auch die Zuflucht ihrer festen Schlösser hatten. Wie ein leuchtendes Halsgeschmeide säumen die Castelli die nach Rom gerichtete Flanke der Albanerberge. Der bekannteste Ort ist Frascati, weiß erbaut auf einem geräumigen Hang, aber doch der Treppen und Stiegen bedürftig, um die Straßenquartiere zu verbinden. Hier liegen zahlreich die Villen der mächtigen römischen Familien, die zum Teil noch heute in Blüte stehen. Mit Zypressen und Pinien, mit Steineichen, Platanen, mit dem klingenden Spiel der rieselnden und fallenden Gewässer gehen sie ein in die Erinnerung jedes Besuchers. Der gellende Schrei des weißen und bunten Pfau ertönt von den Terrassen, von denen aus der Blick über die schier endlose Campagna geht bis zum gleißenden Band des Meeres. Allbekannt sind die Namen: Aldobrandini, Falconieri, Lancelotti, Torlonia, Rufinella, Mondragone, von denen ein jeder seine bestimmenden Züge der Landschaft aufprägt. Aber auch Tusculum, die legendenumwobene und bis in die Grundfesten zerstörte Stadt, liegt im Bannkreis von Frascati. Heute hat der Spaten das alte Amphitheater wieder sichtbar gemacht, aber wo einst die Stadt sich breitete, wächst das Gras, und der Wanderhirt treibt die Herde seiner Schafe darüber hin. Nah liegt auch Camaldoli mit dem beredten Schweigen seiner klösterlichen Einsamkeit. Frascati, das ist aber auch der Name des golden perlenden Weins, der allenthalben an den Hängen köstlich gedeiht.

Die Eisenbahn führt von Rom hinauf zu den Castelli, in brausender Fahrt durchmisst heute die Littorina die Campagna, um hinaufzueilen nach Frascati, nach Albano, nach Velletri. Aber außer diesen drei radialen Schienensträngen führt auch eine Trambahn von Rom hinauf auf die obere Terrasse der Albanerberge, die den ganzen Kranz der Lazialen Siedlungen miteinander verbindet. Manche ihrer Wagen sind zweistöckig. Mit schrillem Signal, wie mit dem Schrei südlicher Vögel, kündet sie sich von weitem, in halsbrecherischer Eile fegt sie durch die Kurven, rattert sie durch enge Straßen, um dann unvermutet an steilen Serpentinen mit seufzenden Bremsen in eine tastende Gangart zu fallen.

Über Grottaferrata hebt sich als Wahrzeichen der schöngegliederte Campanile des griechischen Klosters, das zu Ende des ersten Jahrtausends von San Nilo gegründet wurde. Bärtige Mönche singen mit fremdartiger Kadenz die Liturgie des Festtages. Der Ort liegt geräumig und geruhsam auf dem hier breiten Rücken der Gebirgsstraße. Zur Seite der Straße erheben sich die großen Lagerhäuser der Weinbauern von Frascati, Grottaferrata und Marino, die ihre Schätze in alle Welt versenden. Poggio Tulliano heißt dieser Teil der Siedlung von Grottaferrata. Villen, Klöster und ummauerte Gärten säumen die Zeile.

An der nächsten Abzweigung steht die Aufschrift „Valle Violata". Hier beginnt die Straße nach Rocca di Papa aufzusteigen. Es liegt unmittelbar am Monte Cavo [...].

Nationalökonomie

AEG

Nicht ganz 40 Jahre ist die AEG heute alt. Ihre Entwicklung spiegelt die jähen Phasen und die phantastischen Kurven, die die deutsche Elektrizitätswirtschaft von ihren Anfängen bis heute durchlaufen hat. Dieser Konzern ist heute neben dem Siemens-Konzern die führende Elektrofirma in Deutschland und auf dem Kontinent.

I.

Emil Rathenau, 45jährig, gelernter Maschinenbauer, als Konstrukteur in englischen Maschinenfabriken und beim deutschen Lokomotivenkönig Borsig tätig, auf der Suche nach einem unerschlossenen Betätigungsfeld, witterte vor 40 Jahren das elektrische Zeitalter. Er brachte vom Besuch der Weltausstellung in Philadelphia den Plan des telephonischen Sprechnetzes nach Berlin, baute trotz der Skepsis des Generalpostmeisters Stephan die erste Fernsprechanlage und verlegte sich dann auf das elektrische Glühlicht. Diese Erfindung Edisons, wegen des unverhältnismäßigen Stromverbrauchs damals noch sehr unwirtschaftlich, sollte bald die Welt erobern. Als Siemens & Halske das erste Bogenlicht in der Leipziger Straße in Berlin anlegten, baute Rathenau in der benachbarten Wilhelmstraße die erste Glühlichtanlage. Ein Jahr später zeigte er im Münchener Glaspalast die erste Zimmerbeleuchtung mit geschmackvollen hängenden Glühbirnen. Im Jahr 1883 konnte er mit fünf Millionen Aktienkapital die „Deutsche Edisongesellschaft für angewandte Elektrizität" gründen. Diese Gesellschaft errichtete die Berliner Elektrizitätswerke und überstand alle Kinderkrankheiten der neuen Industrie dank der Zähigkeit und der fachmännischen Begabung ihres Leiters. Der erfahrene Maschinenbauer stellte als erster für die Lichterzeugung statt der bisher üblichen „Schnellläufer" Großmaschinen ein. Allen üblen Prophezeiungen der Fachleute zum Trotz kam die Anlage gut in Betrieb.

Edison, ebenfalls Gegner der Großmaschine, der sich damals in Berlin aufhielt, besichtigte auf Einladung Rathenaus die Elektrizitätswerke. „Nicht so schlecht, als ich dachte", sagte der Amerikaner zu Anfang. „Gar nicht schlecht", nach einer Weile, „sehr gut", später. Dann die Frage: „wieviel Geld macht ihre Maschine mit jeder Umdrehung?" Die Antwort befriedigte ihn. Edisons Urteil lautete: „your plant is an excellent one."

Rathenau war mit seiner gut und sparsam arbeitenden Maschinenanlage zum rationellen Betrieb gelangt. Im Jahre 1887 vergrößerte er sein Unternehmen und wandelte die Edison-Gesellschaft um in die Allgemeine Elektrizitätsgesellschaft (AEG).

II.

Das Berliner Lichtnetz wuchs beständig und mit ihm der Fabrikationsbetrieb der AEG. Werner Siemens hatte es früher einmal als Utopie bezeichnet, von Zentralstationen aus elektrisches Licht wie Wasser in die Häuser leiten zu wollen. Diese Utopie war inzwischen Wirklichkeit geworden. Die AEG verlegte sich mit Erfolg auf die Fabrikation von Glühlampen. Diese Produktion, in den Anfangsjahren ziemlich geringfügig, erreichte später Jahresziffern von 30 Millionen Stück. Der Fortschritt war möglich, da man nach unablässigen Versuchen und stetigen Verbesserungen von der Strom fressenden Edisonlampe zur sparsamen Metallfadenlampe gekommen war, deren Stromverbrauch sich auf ein Vierzigstel des frühern verringern ließ.

Bei dem einen Fabrikationszweig blieb die AEG nicht stehen. Sie erwarb amerikanische Straßenbahnpatente und baute als Musteranlage die elektrische Bahn in Halle, die aus dem In- und Auslande zahlreiche Interessenten anlockte und der AEG große Aufträge einbrachte. Auf lange Jahre hinaus war es dann die elektrische Kraftübertragung, die ein ertragreiches Arbeitsfeld eröffnete. Das dynamo-elektrische Prinzip, bereits 20 Jahre früher von Werner Siemens entdeckt, war bisher noch nicht lohnend ausgebaut. Ein Ingenieur der AEG konstruierte 1889 den ersten brauchbaren Drehstrommotor. Auf der Internationalen Ausstellung in Frankfurt

a. M. trat die AEG zwei Jahre später mit der Anwendung des Drehstromsystems an die Öffentlichkeit. Von einer Kraftanlage bei Lauffen am Neckar führte sie 184 km weit einen Strom von 20 000 Volt auf die Ausstellung, wo er 1 000 Glühlampen speiste und außerdem durch ein Pumpwerk einen Wasserfall betrieb. Fachleute und Grünlinge waren in gleicher Weise überrascht. Diese staunten die Anlagen an und vermuteten, durch die dünnen Kupferdrähte werde auf wunderbare Weise das Neckarwasser nach Frankfurt geleitet. Jene erinnerten sich, dass Marcel Depréz wenige Jahre vorher im Pariser Ingenieurverein die Behauptung aufgestellt hatte, es sei bei genügender Stromspannung möglich, die elektrische Kraft auf jede Entfernung zu übertragen. Den Mann hatte man als Phantast verlacht; vor Ingenieuren seien Tatsachen, nicht Utopien zu erörtern.

Wie die Glühlampe gegen das Gaslicht, so begann die elektrische Kraftmaschine gegen die Dampfmaschine ihren siegreichen Feldzug. Vom Einzelantrieb einzelner Maschinen ging man bald zum elektromotorischen Antrieb ganzer Betriebe über. An die Stelle der alten Dampfmaschinenbetriebe mit ihrer verwirrenden und gefährlichen Fülle von Transmissionen traten die sauberen, übersichtlichen, einfachen und kraftsparenden Fabrikanlagen mit elektrischem Antrieb.

Es begann die Epoche der Großkraftversorgung mit ihren Zentralstationen auf Stein- und Braunkohlenfeldern, an Talsperren und Stromschnellen. Die AEG baute damals in allen Ländern der Zivilisation zahlreiche Zentralstationen und gewann an Ausdehnung und Ansehen. Emil Rathenaus Ziel ging dahin, alles zu produzieren, was mittelbar oder unmittelbar mit Elektrizität zusammenhing. Bald verfügte die AEG über Hunderte von Nebenbetrieben, die zum Teil, wie das Kabelwerk an der Oberspree, anfangs als reine Hilfsbetriebe eingerichtet wurden, später aber sich zu großen selbständigen Unternehmungen ausbildeten.

III.

Von 1900 bis 1910 stand die deutsche Elektrizitätsindustrie in einer Krise. Die glänzenden Erfindungen, die unerschöpflich scheinenden Ausbreitungsmöglichkeiten und das Beispiel der glücklich geleiteten Großunternehmungen hatten viele Unberufene auf den Plan gelockt. Das gesamte Wirtschaftsleben trat aber jetzt in eine Zeit des Existenzkampfes. Die Unternehmungen, die sich frohgemut auf eine ewige Konjunktur und auf eine stets lächelnde Gunst des Kapitalmarktes verlassen hatten, sahen sich bald vor Schwierigkeiten. Über die Elektroindustrie brach die Krise mit elementarer Gewalt herein und verschonte selbst gut fundierte und altangesehene Firmen nicht. Von 52 Aktiengesellschaften musste ein Drittel in Liquidation treten; 27 Millionen Mark gingen durch Zusammenlegungen oder Konkurs verloren.

Emil Rathenau, der stets mit ängstlicher Vorsicht sich für Rückschläge gerüstet hatte, konnte die AEG sicher durch die damalige Zeit lotsen. Er war von den Banken unabhängig. In der Züricher Elektrobank hatte er ein eigenes Finanzinstitut errichtet, in Holdinggesellschaften hatte er einen sichern Rahmen für seine Betriebsunternehmungen ausgespannt. Ein ebenso originelles wie vorsichtiges System von Trustunternehmungen machte es der AEG möglich, zu allen Zeiten mit verhältnismäßig kleinen Mitteln einen nachhaltigen Einfluss auszuüben. Da sie auch technisch stets auf der Höhe gehalten wurde, so konnte sie alle Fährnisse überwinden. Rathenau und Siemens gingen beide in gleichem Maße gestärkt und vergrößert aus der Krise hervor. Die AEG gliederte sich in diesen Jahren die Firma Gebr. Körting in Hannover, die Union-Elektrizitätsgesellschaft in Berlin und die Lahmeyerwerke in Frankfurt a. M. an und verband sich mit der rheinischen Elektrofirma Felten & Guilleaume. Der Siemens-Konzern schloss sich mit den Bergmann-Elektrizitätswerken und der Nürnberger Schuckertgesellschaft zusammen. Die Zusammenschlüsse brachten gleichartige Betriebe und zahlreiche Filialen im In- und Auslande unter eine Hand.

IV.

Als Emil Rathenau im Jahre 1915 starb, hinterließ er ein Werk, das ohne ihn weiterleben konnte. Die AEG beschäftigte damals über 80 000 Menschen. Die Nachkriegszeit stellte den Elektrizitätskonzern auf die schärfste Probe. Er war in der Lage, trotz vieler Abschnürungen seinen Großbetrieb weiter zu führen und sich den Weg in die Weltwirtschaft wieder zu öffnen. Im Lauf des Krieges hatten die Vereinigten Staaten und Großbritannien den Versuch gemacht, Deutschland abzuschnüren. In Amerika wurde durch die Standard Oil Company, das Haus Morgan und Bankhaus Kuhn Loeb die American International Corporation gegründet, an der die größten amerikanischen Elektrofirmen beteiligt sind. Die Gesellschaft wirkt hauptsächlich auf den bedarfreichen Markt von Südamerika, China und Russland. In England ist es die British Corporation, der die führenden Elektrofirmen des Landes nahe stehen, die mit Unterstützung der Regierung die Industrie Englands und der Kolonien ausbreiten soll. Die beiden großen deutschen Firmen, deren Fabrikate Weltruf genießen, sind der Notwendigkeit gefolgt, ihre Leistungsfähigkeit zu steuern und die Wirtschaftlichkeit ihrer Betriebe zu erhöhen, und haben zu diesem Zweck eine Reihe von Kartellierungen und Konzentrationen vorgenommen. Im Jahre 1919 wurde die Fabrikation und die Absatzorganisation von Glühlampen zusammen mit dem Auer-Konzern in der Osram-Gesellschaft vereinigt. Die AEG schloss ihre Porzellanindustrie durch eine Betriebsgemeinschaft mit der Firma Rosenthal zusammen, ergänzte ihr Schwachstromgeschäft durch eine Verbindung mit der Telephon- und Telegraphenbaugesellschaft Mix & Genest und legte ihre Heizkörperfabrikation mit den Nürnberger Bing-Werken zusammen.

Als im Jahre 1920 der Siemens-Konzern sich an den Montantrust von Hugo Stinnes anschloss, kam auch die AEG zu einem vertikalen Ausbau. Sie schloss zunächst die Verbindungen mit Felten & Guilleaume noch enger und sicherte sich dadurch den Rohstoffbezug aus der Luxemburger Gruppe Burbach-Eich-Düdelingen.

Im Frühjahr 1921 erhöhte die AEG ihr Aktienkapital, das 1918 200 Millionen Mark betrug, auf 850 Millionen. Vor kurzem erfolgte die letzte Emission von 250 Millionen neuer Aktien. Als erste deutsche Aktiengesellschaft hat die AEG die Milliardengrenze überschritten.

Ihre Konzentrationsbewegung hat die AEG vorläufig durch die Vereinigung mit den Breslauer Linke-Hofmann-Werken abgeschlossen. Die Firma Linke-Hofmann ist die größte europäische Waggonfabrik. Die AEG selbst hat vor dem Kriege eine Lokomotivenfabrik in Hennigsdorf errichtet. Durch die Verbindung mit Linke-Hofmann besitzt die AEG heute alle Anlagen für die Erzeugung und Reparatur sämtlicher Materialien für Dampf- und elektrische Eisenbahnen. Die neue Vereinigung sichert ihr ferner den Bezug von Rohstoffen und Halbzeug aus den sächsischen Lauchhammer-Werken.

V.

Die Fortschritte der nächsten Jahrzehnte werden wohl auf dem Gebiet der Elektrizität die einschneidendsten sein. Die Länder werden mit dichten Hochspannungsnetzen überzogen, Industrie, Landwirtschaft, Verkehr und häusliches Leben werden immer mehr auf elektrisches Licht und elektrische Kraft sich einrichten. Auf den Braunkohlefeldern, in den Torfgebieten, in den Montanrevieren mehren sich die Zentralstationen. Im Voralpenlande, am Oberrhein, in Mitteldeutschland geht man an die Erschließung der Wasserkräfte. Neue Industrien suchen nach elektrischer Energie. Die Landwirtschaft, die in Amerika bereits zwei Drittel ihres Kraftbedarfs durch Elektrizität deckt, wird auch bei uns mehr und mehr für die Elektrizität erschlossen. Die Industrie hat die Vorteile der neuen Kraft seit langem erkannt. Der Nutzeffekt der menschlichen Arbeit hängt in den Fabriken zum erheblichen Teile von der Güte der Kraft- und Lichtzufuhr ab. Vor kurzem hat man z. B. in Amerika berechnet, dass dort durch unzureichende Beleuchtung die Jahresleistung von 108 000 Arbeitern verloren ging. Licht und Kraft auch an abgelegenen Stellen des Landes ermöglichen die Dezentralisation der Wirtschaft und wirken der Großstadtentwicklung entgegen.

Ein unermessliches Feld eröffnet sich für die Zukunft der Elektroindustrie. Die deutschen Firmen werden, falls das Versailler Diktat sie nicht erdrosselt, fähig sein, den Binnenmarkt zu behaupten und auch den redlich erworbenen Platz in der Weltwirtschaft festzuhalten.

Brot und Arbeit. Spätere Geschlechter werden dereinst betroffen den Kopf schütteln über die finstere Mittelalterlichkeit des zwanzigsten Jahrhunderts. In diesem aufgeklärten Zeitalter regiert der wirtschaftliche Wahnsinn. Die Bewohner des anmaßenden Planeten suchen nicht mehr die Erde, sondern sich selber gegenseitig untertänig zu machen, sie erschließen Meere und Länder, um sie dann hermetisch abzuschließen, sie arbeiten nicht mehr, um Brot zu gewinnen, sondern um es zu vernichten. In den fruchtbaren Landstrichen der Mais- und Weizenernten kippt man Schiffsladung auf Schiffsladung ins Meer, während die Dampfer auf Fracht und die hungernden Völker auf Nahrung warten. Die Baumwollfelder werden brach gelassen, die Ernten zu nutzlosem Warten aufgestapelt, während hunderte von Fabriken, zehntausende von Arbeitern ohne Beschäftigung und Entlohnung und ganze Länder ohne Fertigware bleiben. Jahrelang baut man Schiffe, um dann die Straßen und Häfen der Welt veröden zu lassen. Sieger verlangen von Besiegten, die sich selber nicht erhalten können, ewige Goldrenten. Man entzieht den besiegten Ländern die Rohstoffe, man unterbindet ihren Außenhandel, man lähmt ihr ganzes wirtschaftliches Leben und rechnet gleichzeitig damit, ihm unermessliche Erträge abzapfen zu können. Kohlen werden in Länder gefahren, die an ihrem Überfluss ersticken und ihre eigenen Gruben müssen feiern lassen, während das Ursprungsland aus überseeischen Ländern mangelhafte Kohlentransporte hereinholen muss und während seine Betriebe wegen Kohlenmangel still liegen.

Während auf den Hilfeschrei der Verhungernden Kommissionen und Organisationen mit Geld und Lebensmitteln aus den reichen Ländern herbeieilen, unterhalten die gleichen Länder kostspielige Besatzungsheere in den notleidenden Gebieten, von denen ein General jährlich 3½ Millionen und ein einfacher Soldat 360 000 Mark jährlich auf Kosten der Besiegten erhält. Russland, einst die Kornkammer Europas, lässt Millionen seiner Einwohner verhungern; die Länder der hohen Valuta können ihres Goldes nicht froh werden. Sie hätten die Möglichkeit, ganze Länder auszukaufen, aber sie können nicht mehr exportieren, denn die verarmten Konsumentvölker haben keine Kaufkraft mehr. Die Märkte der Welt sind verödet, die Handelsstraßen sind unterbunden. Deshalb stockt die Produktion. In Europa sind vier Millionen, in den Ländern der Welt insgesamt zehn Millionen Menschen erwerbslos. Seit den Tagen des Waffenstillstands beträgt der Ausfall der gewohnten Gütererzeugung, geschätzt am Wert des Goldfranken, die ungeheure Summe von 100 Milliarden.

Aber auch die Arbeitslosen wollen Brot haben. Was die Wirtschaft nicht direkt leisten kann, muss sie auf Umwegen leisten. Der Staat muss Unterstützungen zahlen, die er nur durch Steuern decken kann. Stillstehende Wirtschaft wird durch Staatsabgaben in ihrer Substanz angefressen. In England muss z. B. ein Richter von seinem Einkommen von 6000 Pfund den Betrag von 2200 Pfund an Steuern zahlen. Das illustriert die Einnahmen und Ausgaben dieses gewiss nicht an schlimmster Stelle stehenden Landes, das von einer Krise in die andre taumelt. Die vergangene Woche brachte das Scheitern der Verhandlungen in Manchester und damit den Stillstand in der Textilindustrie. Man versteht den Ausspruch des Lords Inchcape, dass England bei solchen Wirtschaftskrisen und bei solchem Steuerdruck zugrunde gehen müsse. Man begreift, warum der englische Premierminister in der von Keynes herausgegebenen Zeitschrift das Leitwort schrieb, dass es nur einen Weg zur Erneuerung gibt, nämlich eine ehrliche und offene Kooperation zwischen allen Staaten Europas.

Deshalb ist das Stichwort für Genua, das verpönt war, bald gefallen. Es wäre die Krönung des wirtschaftlichen Wahns der Welt gewesen, wenn diese Konferenz, die sich die Gesundung der Verhältnisse zum Ziele gesetzt hat, an den Ursachen der Zerrüttung wortlos vorübergegangen wäre.

G e l d u n d W a r e . Deutschland bezahlt schlimmere Posten als die Erwerbslosenunterstützung. Die Arbeitslosigkeit ist verhältnismäßig gering. Das hat darin seinen Grund, dass das deutsche Volk seine Arbeit zu einem erheblichen Teil nicht zu seinem Erwerb leistet. Das Arbeitsergebnis von Tausenden wandert in der Form von Barzahlungen und Sachleistungen ohne irgendeine Gegenleistung in das Ausland. Ein anderer Teil gelangt auf den Weltmarkt zu Preisen, die der niedrigen Valuta entsprechen. Die Gegenleistung bleibt unter dem Maße der Weltgeltung zurück. Deutsche Arbeit wird verschenkt und verschleudert, muss verschenkt und verschleudert werden, weil die Faust des Siegers dem Arbeitsvolk am Halse sitzt.

Das Gesamterträgnis der deutschen Wirtschaft ist geringer geworden. Die Ursachen sind die Abtrennung von Land und Menschen, die gewaltsame Entziehung von Rohstoffen und Betriebsmitteln, die Schwächung der Arbeitskraft infolge von Hunger, Krankheit und Erschöpfung, die Kürzung der Arbeitszeit, die Stilllegung und Einschränkung der Betriebe infolge von Kohlenmangel und Rohstoffknappheit. Was an Erträgnis übrig bleibt, wird dem Volk zum Teil entzogen durch die Verpflichtungen des Versailler Diktats. Dem verbleibenden Teil der Güterproduktion entspricht die Kaufkraft des umlaufenden Geldes. Man kann nur das kaufen, was zur Verfügung steht oder was man mit den zur Verfügung stehenden Gütern einzutauschen vermag. Das aber ist zu knapp für die Deckung des Bedarfs. Die Geldmengen erreichen schwindelnd hohe Ziffern. Diese bolschewistische Aufblühung ist für viele irreführend. Wir haben heute 120mal mehr Geld im Umlauf als früher. Der Umsatz der Reichsbank rechnete bereits 1919 mit über fünf Billionen, im verflossenen Jahr bereits mit 20 Billionen Mark.

Geld ist aber nichts weiter als Kaufmittel der Güter, die in einem volkswirtschaftlichen Verband zur Verfügung stehen. Vor dem Krieg stand ungeschmälert das Arbeitserträgnis des vollarbeitenden Volkes zur Verfügung. Und damals war die durchschnittliche Versorgung wahrhaftig nicht üppig zu nennen. Heute ist das Erträgnis absolut geringer und dieses geringere Erträgnis ist beträchtlich geschmälert. Deshalb sind wir heute schon so weit, dass wir die Reserven unsrer Volkswirtschaft angegriffen und aufgezehrt haben und dass wir von der Substanz zu zehren anfangen. Selbst die verblendetsten Marxisten haben eingesehen, dass die Schuld an der zu knappen Versorgungsdecke nicht bei einer Gesellschaftsklasse, sondern am Wirtschaftszustand liegt. Unterdessen aber fallen allenthalben die Opfer, die Staatspapierbesitzer, die Hypothekeneigentümer, die Sparkassengläubiger, die Versicherungsteilnehmer, die mündelsicher Versorgten, die Rentner. Die Arbeiter, Angestellten, Beamten folgen nach, denn keine Lohn- und Gehalterhöhung vermag mit der Teuerung Schritt zu halten. Das ganze Volk geht zugrunde, wenn das Missverhältnis zwischen Brot und Arbeit, zwischen Geldwert und Kaufkraft bestehen bleibt.

Der Kampf um das Erdöl

M e x i k o . Politik und Wirtschaft sind mit tausend Fäden verknüpft. Selbst herzliche Ententen beginnen zu zerbröckeln, sobald es sich um den Anspruch auf die wichtigen Rohstoffe handelt. Seit den Verhandlungen von San Remo und Washington spielt sich unter der Oberfläche der politischen Besprechungen ein erbitterter und gefährlicher Kampf um das Erdöl ab.

Mexiko hat den Segen und Unsegen der flüssigen Bodenschätze seit zwei Jahrzehnten erfahren. Seinen reichen Erdölvorkommen verdankt es eine rapide wirtschaftliche Blüte, gleichzeitig aber jahrelange Aufstände und Unruhen. Das Erdöl hat Kriege und Revolutionen über dieses Land gebracht, und seit dem Jahre 1900 ist noch kein einziger Monat vergangen, in dem nicht die wirtschaftlichen Interessenten ihre skrupellosen Intrigen in Mexiko geschürt hätten. Diese Erschütterungen treffen bald ein einzelnes Revier, bald aber das ganze Land. Der Aufstand von 1910 entsprang nordamerikanischen Einflüssen, die Revolte Huertas wenige Jahre später begegnete den Sympathien englischer und französischer Wirtschaftskreise. Der viel umstrittene Machthaber erhielt in Anbetracht dieser Umstände mit Leichtigkeit aus England und Frankreich 60 000 000 Pesos. Ihn löste Villa ab, den wieder Carranza verdrängte. Heute hat Obregón noch täglich mit Revolten zu rechnen, denen das Geld der Petroleuminteressenten stets neue Nahrung zuführt.

Carranza erwarb sich den Hass der Petroleummagnaten dadurch, dass er das mexikanische Erdöl für die nationale Wirtschaft zu sichern und das Eigentum an den Bodenschätzen dem Staat vorzubehalten versuchte. Die Konstitution von 1917 zog ihm, der wegen seiner Deutschlandfreundlichkeit schon in bösem Geruch stand, eine Protestnote der amerikanischen, englischen und französischen Regierungen zu. Die Zeiten der Nationalisierungsbestrebungen sind noch nicht endgültig vorüber. Die Angelsachsen sitzen aber vorläufig fest in den mexikanischen Erdölfeldern.

Das Kapital, das in der mexikanischen Erdölgewinnung investiert ist, befindet sich zu 97% in nichtmexikanischen Händen. 15 große Gesellschaften betreiben die Ausbeute, davon zwölf amerikanische, zwei britische und eine holländische.

Die Vereinigten Staaten haben das stärkste Interesse am mexikanischen Erdöl. Das ist leicht verständlich. Zwar stehen die Vereinigten Staaten heute noch in der Erdölproduktion an erster Stelle, aber die dortigen Vorkommen versprechen keine große Ergiebigkeit mehr. Im Jahre 1920 hat Direktor Manning vom Bureau of Mines erklärt, dass mehr als 40% der Erdölfelder der Vereinigten Staaten erschöpft seien und dass in 20 Jahren sämtliche Erdölvorkommen der Union versiegt sein würden. Dabei hat die Union den größten Verbrauch an Erdölerzeugnissen. Kriegs- und Handelsflotte, Fabriken und Eisenbahnen sind zu einem erheblichen Teil auf Ölfeuerung eingestellt, und der Benzinbedarf für Motorfahrzeuge aller Art ist ungeheuer groß. Aus den eigenen Ölfeldern verfügt Amerika über Rohrfernleitungen von 200 000 km Länge. Der Jahresbedarf an Erdöl steigt immer mehr. Das Inland vermag diesen Bedarf bei weitem nicht zu decken und ist auf den Export aus Mexiko angewiesen.

Der Anteil an der Weltproduktion des Erdöls verteilte sich im Jahre 1920 nach einer Statistik des geologischen Instituts der Vereinigten Staaten folgendermaßen:

Vereinigte Staaten	63,8%
Mexiko	23,5%
Russland	3,6%
Niederl. Indien	2,5%
Persien	1,8%

Brit. Indien	1,1%
Rumänien	1,1%
Galizien	0,8%
Andre Länder	1,8%

Noch im Jahre vorher bezifferte sich der Anteil der Vereinigten Staaten auf 67,8%, während der Anteil Mexikos bedeutend geringer als im Nachjahre mit 15,7% bemessen wurde. Neuere Stimmen aus den Vereinigten Staaten äußern sich noch pessimistischer als der oben zitierte Direktor des Bureau of Mines. Man rechnet nur noch mit einer Lebensdauer von 13 Jahren für die nordamerikanischen Erdölvorkommen. Deswegen ist die Union darauf bedacht, zur Sicherung ihrer Lebensnotwendigkeiten ausländische Bezugsquellen fest in ihre Hand zu bekommen. Die Standard Oil Company, die einst wegen ihrer Trustgebahrung scharf bekämpft wurde, ist heute ausersehen, die Interessen der amerikanischen Volkswirtschaft wahrzunehmen. Diese stärkste Erdölgesellschaft der Vereinigten Staaten sieht sich nicht nur in Mexiko, sondern auch in andern Erdölgebieten einer scharfen Konkurrenz, vor allem von Seiten der Royal Dutch Company und der mit ihr vereinigten Shell-Gruppe ausgesetzt. Diese beiden anglo-holländischen Gesellschaften, deren Schwergewicht und Führung in Großbritannien liegt, fochten im Jahre 1921 einen siegreichen Kampf gegen die Standard Oil im Ölgebiet von Djambi auf Sumatra aus. Die Verhandlungen in der holländischen Kammer und der Protest aus Washington an die Haager Regierung brachten die Kämpfe in die Öffentlichkeit.

In Mexiko werden die Vereinigten Staaten wohl die Sieger bleiben. Sie dürften sich damit für die Zukunft wohl den Bedarf an Erdöl und Erdölfabrikaten sichern. Die mexikanische Förderung, die im Jahre 1901 erst 1 500 Tonnen betrug, überstieg 1920 bereits 24 Millionen Tonnen. Dabei wird die tatsächliche Ausbeute nur auf etwa ein Fünftel der wirklichen Leistungsfähigkeit geschätzt. Die Unzulänglichkeit in den Lagervorrichtungen und Ölleitungen und der Mangel an Schiffsraum und Tankdampfern ließen bisher eine stärkere Ausnützung nicht zu.

R u m ä n i e n . Es mutet heute wie eine Mär an, dass man im Jahre 1918 daran gedacht hat, Ölfernleitungen von Rumänien nach Deutschland zu bauen. Der Friedensvertrag hat diese Aussichten vernichtet. Er hat Deutschland nicht nur seine Erdölvorkommen bei Pechelbronn im Elsass genommen, sondern auch seine Hoffnungen und Projekte auf das rumänische Erdöl gründlich vernichtet. Die deutsche Petroleum-Aktiengesellschaft, die in Verbindung mit der Deutschen Bank seit 15 Jahren in der Steaua Romana eines der wichtigsten deutschen Auslandsunternehmen ausgebaut hatte, konnte diesen Besitz nach dem Kriege nicht mehr halten und musste ihn an ein englisch-französisch-rumänisches Konsortium verkaufen. Die Fusion der Deutschen Bank mit der Deutschen Petroleum-Aktiengesellschaft, die in diesen Tagen stattfindet, kann keine stolzen deutschen Erdölunternehmen mehr einleiten.

Neben England ist es Frankreich, das sich für die Zukunft besondre Hoffnungen zu machen scheint. Nicht nur in Rumänien hat Frankreich das Erbe des Besiegten angetreten. Mit Polen hat es in betreff der galizischen Erdölvorkommen einen langfristigen Ausbeutungs- und Exportvertrag abgeschlossen.

R u s s l a n d . Hier treffen die Interessen Frankreichs auf diejenigen Englands. Bei den Verhandlungen von San Remo hat sich Frankreich seinen Anteil am mesopotamischen Erdöl gesichert. Der Kampf um Russland wird in Genua ausgetragen. Auch die amerikanische Standard Oil Company meldet hier ihre Ansprüche an.

Russland steht in der bisherigen Erdölproduktion an dritter Stelle. Die Ergiebigkeit seiner Felder dürfte bei zweckmäßigen Verwertungsanlagen sich bedeutend steigern. Vor dem Kriege waren die russischen Erdölfelder an eine Reihe von Gesellschaften verpachtet, unter denen die Royal Dutch Company und die ebenfalls von England geführte Nobel-Gesellschaft an erster Stelle standen. Diese beiden Gesellschaften verfügten über 70% der gesamten Erzeugung. In den Rest teilten sich amerikanische, belgische und französische Gruppen, für die die Royal Dutch in der Hauptsache den Vertrieb führte, so dass sie insgesamt 90%

des gesamten Exports kontrollieren konnte. Inzwischen sind die Erdölfelder Russlands verstaatlicht worden. Die Produktion ist heute auf weniger als ein Drittel gesunken.

Im Herbst des vergangenen Jahres, als Sir Robert Horne das wirtschaftliche Abkommen zwischen England und Russland abschloss, nahm der Oberst Deyle als Vertreter der Shell-Gruppe und der Royal Dutch Company an den Verhandlungen teil. Durch die Vermittlung Krassins gelang es den Engländern, einen Teil ihrer früheren Betriebe wieder in die Hand zu bekommen. Die Verhandlungen, die seither nicht unterbrochen wurden, führten den Oberst Deyle inzwischen nach Genua. Was in Washington unter der Oberfläche schwelte, brach in Genua zum offenen Brand aus. Die englische Bereitschaft zur Verständigung mit Russland fußt zu einem erheblichen Teil auf den Sicherungen, die die englischen Erdölinteressen dort gefunden haben und noch zu finden hoffen. Frankreich und Belgien werden in ihrer Abneigung gegen Russland bestärkt durch die Verletzung und Missachtung ihrer Erdölinteressen und Erdölansprüche. Der Umstand, dass die amerikanischen Gesellschaften von Russland ausgeschlossen sind, kompliziert die Sachlage. Deutschland befindet sich, so interesselos es auch dem russischen Erdöl gegenüberstehen mag, aus Anlass dieser wirtschaftspolitischen Kämpfe wiederum in einer bösen Zwickmühle. Denn die Vereinigten Staaten werden ihrem Ausschluss aus dem russischen Erdölgebiet nicht interesselos zusehen. Die Gruppierung der Mächte kann es mit sich bringen, dass Deutschland mit seinen dringlichen Forderungen keine Resonanz gewinnt.

Die Mächtigen teilen sich in die Reichtümer der Welt und die Schwachen gehen leer aus. Nach dem verlorenen Krieg hat Deutschland keine Hoffnungen mehr auf eignen Anteil am Erdöl. Amerikanische Gesellschaften legen die letzten Erdölvorkommen in Afrika in Beschlag. Japan streckt die Hand aus nach den Feldern in China. Großbritannien aber, das die Meere beherrscht, kontrolliert 60% aller Erdölvorkommen der Welt.

Im Mai ist August Thyssen achtzig Jahre alt geworden. Der König der Montanindustrie, der schon sein ganzes Leben lang die Öffentlichkeit gemieden und die Zurückhaltung geliebt hat, ist in den letzten Jahren der großen Trustentwicklung im Hintergrund geblieben. Es ist aber nicht die Müdigkeit, die diesen Greis zurückhält. Im Entwerfen neuer Pläne und in ihrer Durchführung kann er es noch mit den um ein Menschenalter jüngeren Wirtschaftsführern aufnehmen. Dies beweisen die letzten Meldungen, die aus dem Thyssenkonzern in die Öffentlichkeit gedrungen sind.

August Thyssen ist zu Eschweiler geboren als der Sohn eines kleinen Bankiers, der in seinen früheren Jahren als Leiter an der Spitze eines Drahtwalzwerkes gestanden hatte. Eine starke Neigung veranlasste ihn, seinen neuen Beruf aufzunehmen, und die finanztechnische Begabung hat sich auf den Sohn vererbt, der zeitlebens ebenso sehr Bankmann wie Ingenieur gewesen ist. Allerdings hat August Thyssen diese Fähigkeiten nicht im Dienste fremder Firmen betätigt, sondern im eignen Konzern, der ihm allerdings früh genug ein ausgedehntes Wirkungsfeld darbot.

Nach dem Besuch der Technischen Hochschule in Karlsruhe und der Handelsschule in Antwerpen trat er als Zweiundzwanzigjähriger in das Geschäft seines Vaters ein, wurde drei Jahre später Teilhaber des Duisburger Puddel- und Eisenwalzwerkes Thyssen, Fossoul & Co. und gründete, um unabhängig zu werden, wenige Jahre später die Kommanditgesellschaft Thyssen & Co. in Mülheim an der Ruhr, an der außer ihm noch sein Vater beteiligt war. Er begann als kleiner Bandeisenfabrikant mit einem Betrieb von 70 Arbeitern. Die aufblühende Wirtschaft des geeinten Deutschen Reiches warf für diesen außerordentlich sorgfältig geleiteten Betrieb reiche Erträge ab. Die Thyssen selber waren anspruchslos und genügsam, fremde Teilhaber gab es bei ihnen nicht, und die Betriebsüberschüsse verwandelten sich in werbende Kapitalien, denen ein willig dargebotener Kredit beistand. Nach einigen Jahren konnte die Röhrenfabrikation und die Blechwalzung angeschlossen werden. Der stets im Vordertreffen stehende August Thyssen wandte sich dann als einer der ersten der Flusseisenerzeugung zu und hielt trotz hoher Selbstkosten und geringer Rentabilität eisern und hartnäckig den neuen Betriebszweig durch, bis nach einem halben Dutzend Jahre die Fabrikation lohnend wurde. Schon frühzeitig trieb es Thyssen vom Einzelunternehmen zur gemischten Betriebsform. Er erkannte diesen Weg als denjenigen der Zukunft und wirkte bahnbrechend für den Gedanken der Betriebsvereinfachung und Betriebsergänzung. In kurzer Zeit wurde die neuerworbene Mülheimer Maschinenfabrik, die zunächst als Reparaturwerkstätte für die eignen Werke gedient hatte, zu einer der ersten Maschinenfabriken Deutschlands. Eine ähnliche Erscheinung bietet im Konzern der AEG das Kabelwerk Oberspree, das auch zunächst als Werkergänzung angelegt wurde und in kurzer Frist sich zu einer großen selbständigen Produktionsstätte entwickelte.

Mit der Mülheimer Maschinenfabrik war Thyssen zur Produktion von Fertigfabrikaten vorgeschritten. Sein kleines Bandeisenwerk war die Keimzelle zu einer Fülle von Betrieben geworden, die sich nebeneinander reihten und nach oben lückenlos ergänzten. Jetzt ging Thyssen daran, dieses Gebäude mit Fundamenten zu sichern und mit Kohlen und Erzen zu unterkellern. Zwischen Emscher und Rhein sicherte er sich den besten Platz im aufblühenden Kohlenrevier, das in seiner Entwicklung nach Norden drängte. Wie in der Eisenfabrikation, so wurde ihm auch im Kohlenbergbau der Weg nicht leicht. Die Sachverständigen schüttelten bedenklich die Köpfe und zweifelten daran, dass die neuerworbenen Kohlenlager rentabel abgebaut werden könnten. Die unmittelbare Nachbarschaft des Rheines vereitelte alle Bemühungen, die Schächte abzuteufen. Thyssen wurde oft der Gedanke nahegelegt, auf den Abbau zu verzichten, aber er biss die Zähne zusammen, bis die Vervollkommnung des Gefrierverfahrens den Weg zur Kohle freigemacht hatte. Die Erschließung der Kohlenfelder führte die Unternehmungen von Thyssen zur Blüte. Wo einst ein Dutzend Bauernhöfe in der Abgeschiedenheit lagen, hebt sich heute Hamborn, eine der jüngsten Großstädte des Reiches, ein zweites Pittsburgh. Die Gewerkschaft „Deutscher Kaiser“ ist der Kristallisationspunkt einer intensiven Industrialisierung und einer dichten Siedlung geworden.

Die Kohlenfelder vermochte Thyssen erst nach hartem Kampfe mit den Naturkräften zu erschließen, aber die Entwicklung zeigte, dass der Kampf lohnte. Der Platz am Rhein verband die Thyssenschen Unternehmungen außerordentlich günstig mit der Wirtschaft des Inlandes und des Auslandes. Dort entwickelte sich der Hafen von Walsum, der bald unter den Rheinhäfen hinter Ruhrort und Mannheim die dritte Stelle einnahm und mit seinem Umschlag die Häfen von Düsseldorf und Köln zusammen überflügelte. Die Anfuhr von Erzen und die Verladung von Kohlen und Eisenerzeugnissen ging ohne Zeit- und Frachtverlust vonstatten.

Die Kohle fand Thyssen im Ruhrrevier, den Erzen musste er weiter nachgehn. Im Minetterevier erwarb er bei Harlingen den siebenten Teil der verfügbaren Felder, deren Erzvorkommen auf dreiundzwanzig Millionen Tonnen geschätzt wird. Hier entstanden die riesigen Hüttenwerkanlagen, zu denen auch ein Elektrostahlwerk gehörte, das jährlich 500 000 Tonnen Rohstahl erzeugen konnte. Außerdem sicherte sich Thyssen große Erzvorkommen in der Normandie und in Südrussland. Für den Umschlag und die Lagerung von Kohlen, Koks und Eisenstein errichtete er Anlagen in Mannheim, Straßburg und Rotterdam. Eine eigene Fluss- und Seedampferflotte vermittelte den Verkehr für die Zufuhr von Rohstoffen und den Abtransport der Fabrikate. Thyssen bezog die holländische Reederei „Vulcaan" in seinen Konzern ein. Er besaß eigne Hafenanlagen am Schwarzen Meer, in Indien und Brasilien.

Der unglückliche Ausgang des Krieges beraubte den Thyssenkonzern der Hagendinger Hüttenwerkanlagen, die bereits im Jahre 1912 ein Anlagekapital von 70 Millionen Mark gekostet hatten. In kurzen Jahren war dort eine dichte Siedlung entstanden, die Thyssen mit der Umgebung durch elektrische Bahnen verbunden hatte. Als Entschädigung für die erzwungene Abtretung flossen nach dem Krieg 150 Millionen Mark, das 1 ½-fache des Friedenswertes, an den Thyssenkonzern zurück, ein dürftiger Ersatz. Thyssen benutzte diese Mittel nicht zu Neuerwerbung fertiger Unternehmungen, sondern zu Neuanlagen. Im Jahre 1920 begann er mit dem Bau neuer Schächte und Arbeiterwohnungen für eine Belegschaft von 3 000 Mann. Die Gesamtanlagen kosten 500 Millionen Mark, von denen allein auf die Kolonie 200 Millionen entfallen. Die Förderung soll noch in diesem Jahre beginnen. In den nächsten Jahren sollen noch drei weitere Doppelschachtanlagen auf dem Felderbesitz der „Gewerkschaft Friedrich Thyssen“ ausgeführt werden. Große Veränderungen sind auf den bestehenden Zechen und Hüttenwerken geplant. Die Kokereien werden durch Neuanlagen ersetzt, die Walzenstraßen sollen nach den Erfahrungen der neuesten Technik umgebaut werden. Der alte Thyssen ist umsichtig wie in jungen Jahren. Die anhaltende Kohlenknappheit kann nur überwunden werden durch die Erschließung neuer Felder. Gegen die Konkurrenz des Auslands wird der Kampf aussichtslos, wenn die Fortschritte der unaufhaltsam vorwärtsdrängenden Technik nicht angewendet werden. Ein übermäßig hoher Bruchteil unsrer Kokereien sind veraltet, das Verhüttungswesen steht hinter dem der Vereinigten Staaten heute vielfach zurück. Thyssen denkt daran und rüstet für die Zukunft.

Der gesamte Kapitalbedarf des Thyssenkonzerns wird auf zwei bis drei Milliarden Mark geschätzt. Die als Entschädigung für Hagendingen zugeflossenen Mittel und die durch Obligationen im Betrag von 500 Millionen Mark aufgenommene Anleihe können nur einen Bruchteil dieser Summe decken. Hier wird Thyssen seine Finanzierungskunst spielen lassen. Sie ist oft erprobt und ebenso durch natürliche Anlage wie durch Erfahrung gestützt. Nicht umsonst stammt Thyssen aus den finanzkundigen Kreisen des Rheinlands. Seine Landsleute Camphausen, von der Heydt, Hansemann, Mevissen, die preußischen Finanzminister rheinischer Herkunft, waren noch seine Zeitgenossen. Seine altfränkischen Grundsätze sind gut und dauerhaft. Er spielt meisterhaft auf der Klaviatur des Kredits, und er hat durch die Solidität seiner Unternehmungen und die Garantie seiner Persönlichkeit erreicht, dass er bei seinen Finanzierungen nie auf erhebliche Schwierigkeiten gestoßen ist. Das Mittel der Aktie hat er zur Finanzbeschaffung fast nie benutzt. Die Anteile der meisten Unternehmungen befinden sich im Besitz der Familie Thyssen. Auf sie entfiel nie, nach den Traditionen der Familie, eine Ausschüttung. So sind die Unternehmungen Thyssens in ihrer Finanzmacht einzigartig. Einst waren Märchen im Schwange, dass das Erzbistum Köln und der Jesuitenorden ihm Kapitalien in jeder Höhe zum Zinssatz von 1% zur Verfügung stellten. Aber nicht fremdes Geld war es, dem Thyssen seine Erfolge verdankt, sondern seinen klaren und in ihrer Einfachheit genialen Gedankengängen und seiner Beherrschung des Kreditwesens.

So steht das Lebenswerk August Thyssens unerschüttert da. In weitem Umkreis reiht sich die Glied an Glied schließende Kette der Betriebe aneinander. Keine Bitternisse des Lebens, keine Hemmungen des Unternehmens haben die Energie Thyssens zu brechen vermocht. Ihn beseelt trotz seines patriarchalischen Alters noch die Kraft der Jugend. Thyssen schöpft seinen Lebensmut und seine Schaffensfreude aus der klaren und unbeirrten Erkenntnis, die sich in seinem Wahlspruch ausprägt: „Ehrliche Arbeit dient dem Allgemeinwohl".

Braunkohle

Die Brennstoffversorgung ist seit dem Kriege ein schwieriges Problem der deutschen Wirtschaft geworden. Ein großer Teil der Steinkohlenförderung geschieht gegenüber der Friedenszeit nicht mehr zum Nutzen Deutschlands, sei es, dass wichtige Reviere abgetrennt oder dass erhebliche Fördermengen von Feindeshand beschlagnahmt worden sind. In dieser Notlage konnten wir zum Glück auf eine Reserve zurückgreifen, deren Ausnützung von Jahr zu Jahr bedeutungsvoller wird.

Deutschland ist das an Braunkohlen reichste Land Europas. In frühern Jahren hat man der Braunkohlengewinnung verhältnismäßig wenig Gewicht beigelegt, da ein Überfluss an hochwertiger Steinkohle vorhanden war. Immerhin stieg die Förderung von rund 40 Millionen Tonnen im Jahre 1900 auf über das Doppelte im Jahr 1913. Im Jahre 1921 hatte sie aber bereits weit mehr als das Dreifache erreicht. In der ersten Hälfte des laufenden Jahres wurden in Deutschland insgesamt 66 Millionen Tonnen Braunkohlen gefördert. Während vor dem Kriege die Syndikate der Braunkohlenindustrie wegen der Absatzschwierigkeiten die Förderung zurückhalten mussten, herrscht heute natürlich kein Mangel an Nachfrage mehr. Dementsprechend ist die Arbeiterzahl gegenüber dem letzten Friedensjahre um 125 Prozent gestiegen, allein im mitteldeutschen Revier nahm sie um 35 000 Mann zu.

Drei große Gebiete der deutschen Erde beherbergen den wichtigen Rohstoff, in Schlesien und im Königreich Sachsen das eine, in Mitteldeutschland das zweite und im Rheinland das dritte. Von der Gesamtproduktion entfallen heute etwa 44 Prozent auf das mitteldeutsche, je 28 Prozent auf die beiden anderen Reviere. Im Gegensatz zur Steinkohlengewinnung mit ihren kostspieligen und oft außerordentlich komplizierten Schachtanlagen vermag die Braunkohlenwirtschaft ihre Schätze mit ziemlich einfachen technischen Mitteln und Betriebsanlagen zu fördern. In den meisten Fällen handelt es sich bei ihr um den Tagbau ohne Schachtanlagen, bei dem Abraummaschinen und Bagger in Tätigkeit treten können. Bei dieser Betriebsweise bedarf es auch nicht so sehr der qualifizierten Arbeiter wie beim Bergwerk.

Allenthalben stützt sich heute das Wirtschaftsleben auf die Braunkohle. Wenn man bedenkt, dass im Jahre 1921 allein über 18 Millionen Tonnen Steinkohlen an die Entente abgeliefert werden mussten, darunter besonders hochwertige Sorten, so begreift man die wichtige Stellung, die heute die Braunkohle einnehmen muss. Der Ersatz der Steinkohle erfolgt jedoch nicht ohne Schwierigkeiten. Einmal ist die Frachtrate bei der Braunkohlenversorgung erheblich höher, dann aber kann die Braunkohle nicht überall den Platz der Steinkohle vertreten. Der Heizwert der Braunkohle beträgt nur ein Drittel der gleichen Gewichtsmenge Steinkohle. Da also zur Erzielung der gleichen Heizwirkung die dreifache Menge von Braunkohle transportiert werden muss, so stellt sich ihre Verwendung bei größern Entfernungen bedeutend teurer als die der Steinkohle. Nach den neuesten Tariferhöhungen der Eisenbahn beträgt bei einer mäßigen Entfernung die Fracht bereits ein Mehrfaches des Kohlenpreises. Deshalb rückt man mit der Verwendung der Braunkohle möglichst in die Nähe der Förderstelle. Die Braunkohlenfelder sind in den letzten Jahren in immer größerm Maße die Standorte der Industrien geworden. Anfangs waren es besonders Ziegeleien, die die Braunkohlen als Brennstoff und die vielfach darüber gelagerte Tonschicht als Rohstoff aus nächster Nähe bezogen, dann folgte die Anlage von Elektrizitätswerken auf den Braunkohlefeldern. So wurde die Braunkohle mittelbar die Grundlage für eine große Zahl von Industriebetrieben. Fast ein Viertel der Rohbraunkohle dient heute zur Speisung von Elektrizitätswerken. Das größte Werk dieser Art ist die Kraftanlage von Golpa im Bezirk Bitterfeld-Wittenberg. Es versorgt die riesigen Stickstoffwerke sowie die mitteldeutschen Elektron- und Aluminiumwerke mit elektrischer Energie und leitet außerdem seinen Strom 120 Kilometer weit nach Berlin. Im Rheinland stützt sich das weitverzweigte Rheinisch-Westfälische Elektrizitätswerk auf die Braunkohle. Hier wie dort bilden Braunkohle und Elektrizität die Basis für eine hochentwickelte chemische Industrie. Über die Hälfte der geförderten Rohbraunkohle wird zu Briketts verarbeitet. Im Umkreis der Braunkohlenvereine sind beim Hausbrand die Steinkohlen fast ganz von den Briketts verdrängt worden. So sind zum Beispiel die Öfen der Berliner Häuser fast ausschließlich mit Brikettverbrauch eingerichtet.

Die Verwendung der Braunkohle in der Industrie ist nicht überall möglich. Auch die Eisenbahnen haben vergebliche Versuche mit ihr angestellt. Vielfach ist es aber unter dem Drucke der Kohlennot gelungen, durch neue wärmetechnische Verfahren zu bessern Ergebnissen mit der Braunkohlenfeuerung zu kommen. Die Not ist es auch, die allen Frachtsätzen zum Trotz die Verwendung der Braunkohle selbst in weitabgelegenen Gebieten erzwingt. Der Braunkohlenversand hat gegenüber der Friedenszeit beträchtlich zugenommen. Als Rohstoff dient die Braunkohle in vorläufig noch beschränktem Maße für die chemische Industrie, die aus ihr Öl und Seifen gewinnt. In der letzten Zeit wendet man besonders der Möglichkeit, aus Braunkohle flüssige Brennstoffe zu gewinnen, erhöhte Aufmerksamkeit zu. Die Wissenschaft sieht sich hier wie bei den Steinkohlen zukunftswichtigen Aufgaben gegenübergestellt. Die wichtigste Aufgabe der Gegenwart erfüllt die Braunkohle als Ersatz der Steinkohle. Aber technische und wirtschaftliche Schwierigkeiten ziehen dabei ihre Grenzen. Der Gesamtverbrauch an Braunkohlen und Steinkohlen zusammen, wobei die Braunkohle auf Steinkohle umgerechnet ist, ist von rund 180 Millionen Tonnen im Jahre 1913 auf 139 Millionen Tonnen im Jahre 1921 zurückgegangen, wobei die Verkleinerung des deutschen Gebietes berücksichtigt ist, oder von 100 auf 77,5 Prozent. Ehe nicht der Abfluss der Kohle ins Feindesland aufhört und ehe nicht die Förderung in den Bergwerken erheblich gesteigert wird, kann das deutsche Wirtschaftsleben nicht gesunden.

Zur Praxis der Berufsberatung und Arbeitsvermittlung

Soll man noch studieren?
Zeitgemässe Frage und Antwort

Diese Frage gehört in Österreich bereits zur täglichen Weltbetrachtung. Kann man sie beantworten? Wie soll man sie beantworten? Wie ist die Lage der Dinge?

Die studierten Berufe leiden bittere Not. Groß- und Kleinstädte beherbergen Scharen von Arbeitslosen, Ärzte sitzen unbeschäftigt in Ordinationszimmern. Advokaten suchen Nebenbeschäftigungen, die oft genug Hauptbeschäftigungen sind. Andere Juristen klopfen vergebens bei Industrien und Verbänden an, Ingenieure warten von Frühjahr zu Frühjahr auf Besserung der Konjunktur, Banken, Fabriken, Handelsunternehmungen vermindern ihr Personal, der Staat baut Beamte ab, geistige Arbeiter versuchen die Einreihung in Hilfsarbeiterkolonnen, und die Augen vieler sind sehnsüchtig und hoffnungslos auf das Ausland gerichtet. Kein Wunder, dass Enttäuschung und Verbitterung sich in den Herzen einnisten, dass Eltern die Zukunftshoffnungen für ihre Kinder begraben, dass begabte junge Menschen sich kein hohes Ziel mehr stecken können.

Das alles sind Tatsachen. Die Erklärung liegt nicht weit vom Wege. In normalen Zeiten verläuft die Entwicklung ruhig, in der geordneten Wirtschaftsgemeinschaft verbürgt die gesicherte Lage der Stände auch die gesicherten Wege zu Beruf und Existenz. Aber heute ist diese Wirtschaftsgemeinschaft zertrümmert. Innen und außen wirken unvorhergesehene Kräfte. Im Innern sind Menschen und Güter vernichtet, Volksmassen umgeschichtet, Vermögen vertilgt, technische Einrichtungen rückständig, die Kaufkraft der Einkommen vermindert, Traditionen zerstört, Energien gebrochen. In unnatürlichen Grenzen quält sich ein verschuldeter Staat. In der Weltwirtschaft vollziehen sich fundamentale Umwälzungen. Agrarstaaten verwandeln sich in Industriestaaten, Absatzmärkte verschieben sich, alte Straßen des Welthandels sind verödet, neue bahnen sich in ungewohnter Ferne. So ist der innere Markt entkräftet und der Export gedrosselt, so liegen Rohstoffe und Arbeitskräfte ungenützt, so tragen die mühsam Produzierenden auf schwachen Schultern eine gigantische Belastung, so sind die Wege zu Beruf und Existenz verschüttet und schwer passierbar.

Ein neues Wirtschaftsklima ist hereingebrochen. Wir müssen uns anpassen, wenn wir nicht zugrunde gehen wollen. Früher wuchsen organisch die Möglichkeiten mit den Notwendigkeiten. Heute müssen wir unvermittelt mit den Notwendigkeiten wachsen, wenn wir uns nicht erdrücken lassen wollen. Materiell sind wir verarmt, aber geistig dürfen wir nicht verarmen, wenn wir nicht zum Pariavolk herabsinken wollen. Deshalb muss man auf die gestellte Frage antworten: „Ja, es soll studiert werden."

Nun zwei Illustrationen zum Berufsproblem: Vor kurzem wurde ein Gerberei-Chemiker für ein Unternehmen in Polen gesucht. Gefordert war besonders fachliche Tüchtigkeit, geboten war eine glänzende Existenz. Unter den arbeitslosen Chemikern Österreichs konnte dieser Mann nicht gefunden werden. Erst nach langen Bemühungen gelang es dem Steirischen Arbeitsnachweis, einen Mann zu finden, der sich in Stellung befand und der nun seine Tätigkeit in Österreich aufgab und nach Polen übersiedelte. – Der zweite Fall: Der Steirische Arbeitsnachweis erlangte die Fühlung mit einer italienischen Großbank. Diese erklärte sich bereit, hochqualifizierte Bankbeamte mit vollendeter Beherrschung der gesamten Bankpraxis einzustellen. Obwohl die Zahl der abgebauten Bankbeamten ständig im Anwachsen ist, ließen sich Beamte mit den geforderten Eigenschaften nicht ausfindig machen.

Diese Beispiele ließen sich vermehren. Aber genug damit. Die Sache liegt so, dass in Österreich genug und übergenug studierte Kräfte vorhanden sind, dass aber immer wieder hochqualifizierte und fachlich durchgebildete Kräfte mit der Laterne gesucht werden müssen. Das muss man sich bei Beginn eines Studiums gesagt sein lassen. Das Studium kann heute nicht mehr nach den Regeln der Vorkriegszeit unternommen werde. Viele hegen noch den bedingungslosen Glauben an das Diplom, an die bestandene Prüfung, und sie erwarten sich davon eine verbriefte Garantie für die Existenz. Das geschieht vielfach bei den Besuchern von Hochschulen wie auch von Handelsakademien, Handelsschulen bis hinab zu den Teilnehmern an den gänzlich ungenügend gewordenen Schnellsiedekursen. Deshalb ist das Wie des Studiums zu beachten. Die Studienzeit muss ernst und gewichtig werden, und sie muss womöglich frühzeitig schon mit praktischer Betätigung und fachlicher Sonderausbildung verbunden sein. Hier öffnen sich für die Studienanstalten sowohl wie für die Studentengruppen neue Betätigungsmöglichkeiten, denn eine wertvoll eingeteilte und ausgefüllte Studienzeit fordert Maßnahmen, die sich gegen Vorurteile, Teilnahmslosigkeit und offene Widerstände Bahn brechen müssten. Es gibt in Deutschland bereits Universitäten, die diese Wege beschritten haben. Dort erhält der Studierende bereits bei der Einschreibung wertvolle Winke und Anhaltspunkte, um sich im Gewirr der Theorie zweckmäßig für die Praxis vorzubereiten. Warum sollte es auch unmöglich sein, dass schon das junge Semester sich schärfer auf die künftige Berufstätigkeit einstellt, Fachzeitschriften und Fachbücher studiert, mit Fachleuten persönliche Bekanntschaft schließt, in Fachorganisationen hospitiert, in einschlägigen Betrieben während der langen Ferien volontiert? Solche Winke müssen natürlich jedem Einzelfall angepasst werden. Ein Jurist zum Beispiel, der sich nicht auf Richter- oder Anwaltstätigkeit einstellen will, tut vielleicht gut daran, sich kommerzielle oder industrielle Fachkenntnisse vom ersten Semester an zu erwerben oder bei organisatorischer Veranlagung sich für eine Tätigkeit als Genossenschaftssekretär, Organisationsleiter, Sozialpolitiker vorzubereiten. Ein Exportakademiker kann sich von vornherein mit den Rechtsfragen des internationalen Verkehres eingehend vertraut machen, eine Medizinerin mit den Problemen der sozialen Fürsorge.

Für Österreicher kommt ferner die Beherrschung fremder Sprachen in Betracht. Wenn das Getriebe der Weltwirtschaft wieder in Gang kommt – und das wird geschehen –, so ist Intelligenz einer der wichtigsten Exportartikel. Die Schweiz sendet schon seit Jahrzehnten ihre akademisch gebildeten Techniker in die Welt, die dank ihrer meist mehrsprachigen Ausbildung sich draußen wie daheim bewegen können. Für Österreich gilt es, das Augenmerk besonders auf den nahen Orient und den Osten zu richten, und außer den Weltsprachen sollte jeder für Handel und Industrie sich Ausbildende noch eine slawische Sprache lernen.

* * *

Wer soll studieren? Es bedarf keiner Erörterung, dass heute nur dem besonders Begabten das Studium angeraten werden kann. Die Mittel- und Hochschulen sind nicht in der Lage, ein bequemes Fortkommen zu verbürgen. Vielfältiger als früher sind die Anforderungen, schwieriger die Findung der Existenz, härter der Daseinskampf. Deshalb ist scharfe Prüfung vor Studienbeginn notwendig, was sowohl die körperliche wie die geistige Eignung betrifft. In den Vereinigten Staaten kennt man schon berufsärztliche und psychotechnische Prüfungen in den Volksschulen, in vielen Ländern widmet man der Eignungsprüfung staatliche Institutionen.

Hier sei auf die Berufsberatung beim Steirischen Arbeitsnachweis hingewiesen, die unter Mitwirkung von Landesregierung, Stadtverwaltung, Handelskammer und Arbeiter- und Angestelltenkammer arbeitet. Dieses Amt führt die ärztliche und psychotechnische Eignungsprüfung kostenlos durch, erteilt Laufbahnberatung und gibt Auskünfte über die wirtschaftliche Lage der Berufe. Bei der heutigen Notlage der Berufe, bei der Unsicherheit der Verhältnisse und der Undurchsichtigkeit der Wirtschaft ist diese Berufsberatung notwendig geworden. Deshalb hat z. B. Deutschland bereits durch Reichsgesetz die Berufsberatung geregelt.

Ist die körperliche und geistige Eignung vorhanden, wird der Studienplan gemäß den Anforderungen der Jetztzeit eingerichtet, ist der Studierende von Berufsfreudigkeit erfüllt, so kann ihm auch heute noch die Frage: „Soll ich studieren?“ getrost mit „Ja“ beantwortet werden.

Aussichtsreiche Frauenberufe
Neue Ausbildungswege

Eine der wichtigsten hygienischen Forderungen besagt, man solle die Mädchen vor dem 16. Jahre von jeglicher Berufstätigkeit fernhalten. Darunter ist natürlich auch das Lernen in einem Handwerk oder einem Geschäft zu verstehen. Es ist unbedingt verwerflich, die seelisch und körperlich in der Entwicklung stehenden jungen Dinger, sieben oder acht Stunden im Tage, in geschlossenen Räumen arbeiten zu lassen. Man lasse die Kinder nach Möglichkeit lange zur Schule gehen, die vierte Bürgerschulklasse, eventuell einen Fortbildungskurs machen, und achte gleichzeitig auf die körperliche Ertüchtigung, die dem zukünftigen Beruf nur zum Nutzen gereicht. Viel Aufenthalt in freier Luft, Turnen, Sport und Beschäftigung mit häuslichen Arbeiten, soweit sie den Kräften angemessen sind, sollen die freie Zeit ausfüllen. Ist es nicht möglich, die Schule zu besuchen, kann das Mädchen vielleicht auf ein Jahr zur Erholung daheim bleiben, doch ist das eigentlich nicht zu empfehlen, weil die Gefahr, unrichtig und über Gebühr im Hause angehängt zu werden, ohne dabei etwas Vernünftiges im Haushalt zu lernen, meist sehr groß ist. Auch ist diese Sache wegen Mangels an geordneter Zeiteinteilung in moralischer Beziehung bedenklich. Jedenfalls ist *eine nach Möglichkeit ausgestaltete Schulbildung* sehr wünschenswert, besonders weil in späteren Jahren in manchen Berufen dadurch die Aufstiegsmöglichkeiten erleichtert werden. Die Ausbildungsdauer in handwerklichen Berufen sowohl, als auch in allen andern, möglichst auszudehnen, ist überhaupt günstig, da sich nun bald der Geburtenausfall der Kriegs- und Nachkriegsjahre in günstiger Weise bemerkbar machen wird, und dann ein Unterkommen leichter sein wird als bisher.

Über eine ganz bedeutende Gruppe von Frauenberufen herrscht heute in der Allgemeinheit noch große Unklarheit. Sie ist aber so wichtig und ausbaufähig, außerdem dem weiblichen Wirkungskreis angemessen, dass darauf die größte Aufmerksamkeit aller Kreise zu lenken wäre. Es ist dies die ganze Reihe der im Haus, Garten und Landwirtschaft beschäftigten Kräfte.

Die landwirtschaftliche Gehilfin zum Beispiel muss eine vielseitig gebildete Dame sein, die ganz schrecklich viel gelernt hat. Denn sie muss eine über das Maß der Bürgerschule hinausreichende Schulbildung (am besten Lyzeum) haben, arbeitet dann praktisch zwei Jahre in einem Betrieb als bezahlte Arbeitskraft, um endlich die Schule, wie wir sie in vorbildlicher Art in Grabnerhof bei Admont haben, durchzumachen. Dort wird alles, was in einem ländlichen Betrieb, hier speziell im Gebirge, vorkommt, aufs genaueste und modernste gelehrt: Buttern, Käsebereiten, Hausarbeit, Gärtnerei, Blumenzucht, Obstbau, Einmachen von Früchten und Gemüsen, Nähen, Bügeln, Körperpflege, Kochen – dieses letztere auch w i r k l i c h für den einfachen ländlichen Haushalt brauchbar – usw. Ein auf diese Art ausgebildetes Mädchen, das mindestens ein Jahr in der Schule zugebracht hat, kann nun als landwirtschaftliche Gehilfin eine Stelle ausfüllen. Sie kann auf großen Gutsherrschaften einen leitenden Posten bekommen, kann ein ländliches Sanatorium leiten, in einem großen Krankenhaus mit eigener Ökonomie unterkommen, kann aber auch selbst ein Gütchen pachten und sich so eine Existenz gründen. Auch sonst wird sie bei diesem Bildungsgang viele Möglichkeiten haben, eine gute Vertrauensstellung in einem mittleren Haushalt, als erste Hausangestellte, als Wirtschafterin in einem frauenlosen Haushalt, finden. Ist sie aber eine Bauerntochter, so ergibt sich ihr künftiges Tätigkeitsfeld von selbst, und so mancher bäuerliche Besitz, der, wenn kein Sohn da ist, veräußert werden müsste, könnte von der Tochter übernommen werden und der Familie erhalten bleiben. Der Beruf ist noch nicht ausgebaut, die Möglichkeiten nicht erschöpft, die Zukunft wird wohl so manche Änderung bringen, die dann den auf diese Art ausgebildeten Mädchen zuerst zugutekommt. Ein schöner, sehr aussichtsreicher Frauenberuf ist auch der der *Gärtnerin*.

Hier sind die Ausbildungswege schon recht geebnet. Wir haben in Österreich drei gute Gärtnerinnenschulen, und zwar zwei in und um Wien und eine in Innsbruck. Diese fordern als Vorbildung die Mittelschule und vermitteln eine umfassende, wissenschaftliche Bildung. Die Absolventinnen werden ebenso wie auch in der Landwirtschaftsschule nach Möglichkeit, und vorausgesetzt, dass sie die vorgeschriebene praktische Lehrzeit vorher absolviert haben, gleich nach Austritt, in Stellungen untergebracht.

Schlimm steht es mit den sogenannten *Modeberufen*. Es ist eigenartig: die Mädchen wissen nicht einmal, was sie wollen, aber sie entscheiden sich kurz und bündig für einen Beruf. Er ist weder aussichtsreich noch besonders anreizend, er ist einfach Mode. Und zwar entsteht diese Mode in erster Linie aus dem Nachbeten fremder Meinungen, was daraus hervorgeht, dass ganze Schulklassen oder sonst miteinander in Verbindung stehende Komplexe von demselben Gedanken ergriffen sind. Die häufigsten dieser Modeberufe sind: Schneiderin, Verkäuferin, Bürogehilfin. Dabei kann man ruhig sagen, dass gerade diese die schlechtesten Aussichten bieten. Die Wahl fällt auch gewiss nur aus äußerlichen Gründen auf diese Zweige. Es ist schwer, die jungen Leute von der einmal gefassten Absicht abzubringen und auf einen gangbaren, aussichtsreichen Weg zu leiten.

Eine sehr wichtige Frage ist es, ob es für die Mädchen praktisch ist, zu *studieren*. Darauf ist die Antwort leichter als man denkt. Wenn nämlich die Begabung und die Neigung sehr stark sind, wenn die Eltern die Mittel garantieren können, dann ist die Frage unbedingt zu bejahen. Aber auch nur dann! – Die Aussichten sind wirklich nicht so schlecht, wie es im allgemeinen dargestellt wird, nur haben sie sich auf andere Gebiete verschoben. Zu warnen ist aber vor dem Studium der humanistisch-historischen Fächer für das Mittelschulamt. Diese Gruppe ist überfüllt. Die Naturwissenschaften bieten da viel günstigere Aussichten. Das juridische Studium wird mit dem Ausbau der Sozialämter für die Frauen, die auch gleichzeitig eine praktische Fürsorgeausbildung haben, so manche Möglichkeiten bieten, ebenso die Medizin, nur wird die Errichtung einer eigenen Praxis immer weniger möglich sein; die Ärztin wird sich eben auch als Beamtin und Wissenschaftlerin im Dienste der öffentlichen Körperschaften betätigen müssen. Eine neue Möglichkeit eröffnet sich durch das seit kurzem gestattete Studium der Frauen an der Konsularakademie; es steht zu erwarten, dass sie sich in der offiziellen Diplomatie so gut bewähren werden wie in der privaten …

Hans Leifhelm an seinem Schreibtisch im Steirischen Arbeitsnachweis Graz, 1929, Fotograf unbekannt (Theodor Kramer-Gesellschaft, Wien, H.LE.I/2).

Was willst du werden?
Die Sorgen nach dem Schulschluss. – Die Vorbereitungen zu den Frauenberufen

Das Schuljahr geht seinem Ende entgegen, die Frage der Berufswahl tritt an Tausende von Eltern und Schülern heran. Sie ist in der gegenwärtigen Zeit der wirtschaftlichen Depression und der durch sie hervorgerufenen Arbeitslosigkeit gewiss nicht leicht zu beantworten.

Heute weiß jeder, dass man nicht einfach sagen kann „Arzt" oder „Schlosser" oder „Schneider". Auch die Jugend, deren Kinderstube schon im Zeichen der Rationalisierung steht, ist sich der Schwierigkeit dieser Frage wohl bewusst. Die Vorstellungen sind häufig unklar, denn ein gewisses, der Jugend zukommendes Maß von Romantik, das man nicht missen möchte, gesellt sich zu den realistischen Erwägungen, und das Bild vom zukünftigen Beruf ist stark vernebelt. Vorgefasste Meinungen, Erlauschtes und Erlesenes ergeben dann trotz der „Vernunft" die tollsten Resultate. Hier ist es Sache des Berufsberaters, einzugreifen.

Entscheidend bei der Berufswahl sind zwei Hauptpunkte: *Neigung und Eignung*. Lust und Liebe zu der Arbeit, die man sein ganzes Leben lang leisten soll, ist von ungeheurer Wichtigkeit; ohne sie ist ein gedeihliches Fortkommen fast unmöglich. Wer seine Arbeit nicht gerne tut, kann sie nie ganz tun, kann nie wirklich Wesentliches leisten, ob er Schumacher oder Weltumsegler ist. Deshalb ist auch vor nichts mehr zu warnen als vor Berufen, die nur um des Broterwerbs, um der Stellung willen gewählt werden, die keine ausgesprochene Begabung erfordern und unbefriedigend und langweilig sind. In irgend einem Winkel seines Wesens hat jeder Mensch eine Vorliebe, ein Talent, eine Zuneigung zu dieser oder jener Tätigkeit verborgen. Sache der Eltern ist es, dies zarte Pflänzchen groß zu ziehen, zu stärken und ihm liebevolle Pflege angedeihen zu lassen. Nur wenn es etwas ganz Unvernünftiges ist, das zu keiner Existenz führen kann, muss mit Vorsicht auf ein anderes, aussichtsreicheres Gebiet hingelenkt werden, damit möglichst viel von der seelischen Kapazität gerettet bleibt. Was nun die

Eignung betrifft, so ist in erster Linie die geistige und körperliche Fähigkeit, einen gewählten Beruf auszuüben und die nötigen Studien zu vollenden, gemeint. Wir sind heute in der Lage, diese Dinge genau festzustellen, und alle Eltern und Erzieher seien auf die Berufsberatungsstelle, welche die nötigen Arbeiten kostenlos für jeden einzelnen leistet, aufmerksam gemacht. (In Graz, Bürgergasse 2, 2. Stock.)

Im ersten Artikel dieser Aufsatzreihe, in der die wichtigsten Berufszweige behandelt werden sollen, sei von den Vorbereitungen zu den Frauenberufen und deren Aussichten gesprochen. Jedes junge Mädchen muss, genau wie jeder Bursche, einen Beruf ergreifen. Die Zeit, wo das Heiraten eine Versorgung war, ist vorbei, und jede Frau muss sich bewusst sein, dass sie ihren Beruf nicht für einige Jahre wählt, sondern dass sie, ebenso wie der Mann, ihn ausbauen und im späteren Leben ausfüllen muss, gleichviel, ob sie heiratet oder nicht. Dieser Standpunkt wird sie automatisch davor bewahren, dass sie sich einer Tätigkeit zuwendet, die keine Aufstiegsmöglichkeit bietet.

Eine der furchtbarsten Schwierigkeiten auf dem weiblichen Arbeitsmarkt war das *Überangebot an mangelhaft ausgebildeten Kräften*, die besonders unter den kaufmännischen Angestellten eine wahre Landplage darstellten und es noch zum Teil tun. Dieses Überangebot bewirkte nicht nur eine schreckliche Arbeitslosigkeit in dieser Kategorie, sondern auch naturgemäß eine besonders scharfe Lohndrückerei und Schmutzkonkurrenz. Außerdem bedeutet es für den Arbeitgeber einen wahren Schrecken, aus der Fülle dieser schlecht und schlampig ausgebildeten Mädchen eine passende Kraft herauszusuchen. Es ist unbedingt verwerflich zu glauben, die Stenotypistin braucht nicht viel gelernt zu haben, ihre Beschäftigung sei nur eine Art Notbehelf für die paar Jahre, bis man heiratet, infolgedessen sei allzu viel Lernen Verschwendung! Gerade die kaufmännische Angestellte muss sehr vielseitig gebildet sein, ihre Ausbildung umfasst eine lange Zeit, denn sie kann eben nur dann vorwärts kommen, wenn sie wirklich etwas auf kaufmännischem Gebiete leistet. Dann sind ihre Aussichten aber auch gute, und sie wird wie jeder, der seinen Beruf ernst nimmt und dafür befähigt ist, etwas darin leisten und Freude daran haben.

Das Wesentliche in dieser Frage, das man gerade den Eltern von Töchtern nicht eindringlich genug sagen kann, ist folgendes: *Versuchet das Äußerste an Opfern*, um eurem Kinde eine gute Existenz zu schaffen. Vermeidet alle schnellen, billigen Wege, um sie „ins Verdienen" zu bringen, sie sind gewiss schlecht. Der Kampf ums Dasein ist ein so harter und unbarmherziger, dass jeder, der nicht mit den besten Mitteln ausgerüstet ist, untergehen muss! Doch ist damit nicht gesagt, dass man Verzweifeln soll, im Gegenteil! Die Möglichkeiten für die Frauen haben sich ja zum Glück vervielfacht und es steht zu hoffen, dass sich die Verhältnisse bessern werden. Doch darf man diese Besserung nicht auf falschem Wege erwarten. Nicht eine Rückkehr der alten Verhältnisse wird es sein, die uns aus dem Elend führt, sondern die Ausgestaltung der neuen bis zu ihrer Vollkommenheit. Wir alle müssen an dieser Ausgestaltung mitarbeiten, es muss für die heranwachsende Jugend mehr denn je das Beste gut genug sein.

Das Bestreben, die Mädchen gut und gründlich zu unterrichten, macht sich erfreulicherweise allgemein bemerkbar. Trotzdem hört man noch manches Wort, das recht bedenklich klingt. So sagte unlängst eine Dame in der Elektrischen zu einem Bekannten: „Ich lasse meine Tochter nicht weiter studieren; die Hauptsache ist, sie kann kochen und nähen und ein bisschen Klavierspielen. Es ist ja doch nichts los mit den gelehrten Frauen." Wo bleibt da der Verstand? Gewiss, es gibt viele „praktische" Tätigkeiten, die heute Aussichten bieten. Doch gerade diese verlangen gründlichstes Können auf ihrem Gebiete und Dilettantismus ist verpönt. Jene Mutter ist eine Verbrecherin, wenn sie Zeit und Mittel, ihr Kind etwas lernen zu lassen, ungenützt lässt. Es ist im Grunde ganz gleich, ob man etwas „Intellektuelles" oder etwas „Praktisches" lernt. Die Anstellungsaussichten sind vorläufig schlecht, werden sich aber bessern. Es handelt sich eben darum, die Ausbildung auf jedem Gebiete äußerst gründlich zu gestalten, womöglich Kombinationen zu machen, und mit der Begabung, der Neigung, der materiellen Möglichkeit in Einklang zu bringen. Nicht weniger dürfen wir lernen als ehedem, sondern anders müssen wir lernen und mehr!

Die handwerklichen Berufszweige, wie Schneiderei, Putzmacherei, Frisieren, Goldschmiedekunst, das Steinmetzgewerbe – vor kurzem wurde in Graz die erste Steinmetzin Österreichs freigesprochen – usw. sind natürlich der allgemeinen Geschäftskrisis unterworfen, doch kann man sagen, dass ein Mädchen, das „seinen Mann stellt", also eine sehr gute Ausbildung genossen hat, im Laufe der Zeit bestehen kann. Geringe und mittelmäßige Leistung wird sich nicht durchsetzen. Die Einzelheiten über Arbeitsaussicht werden vom Berufsberatungsamt verfolgt, sie ändern sich von Jahr zu Jahr. Schwierigkeiten ergeben sich hier in erster Linie von Seite der Genossenschaften, die in vielen Gewerben das Aufdingen weiblicher Lehrlinge nicht erlauben. Ein sehr kurzsichtiger Standpunkt, der hoffentlich im Laufe der Zeiten von selbst aufgegeben werden wird. Es ist ja ganz verkehrt, Personen nach andern als Leistungs- und Begabungsqualifikationen auszulesen. Die Ausbildungszeit erfordert meist sechs Jahre, zwei bzw. drei Lehrjahre und ebenso viel Gehilfenjahre. Dann erfolgt erst die Zulassung zur Meisterprüfung. Vorher werden meist drei Bürgerschulklassen gefordert.

Die ganze Gruppe, die der *Lehrberufe*, von der Kindergärtnerin bis zur Mittelschulprofessorin, ist eines der wesentlichen Gebiete für weibliche Berufstätigkeit. Alle diese Tätigkeiten erfordern bei den Anwärterinnen sehr viel Geduld, ausgesprochenes Lehrtalent, gute Beobachtungsgabe, große Liebe zu Kindern, feste Gesundheit, heiteren Sinn und gute Nerven. Die Ausbildungszeit ist bei der Kindergärtnerin, bei der Handarbeitslehrerin je zwei Jahre, erforderlich das vollendete 16. Lebensjahr und eine Aufnahmeprüfung über den Stoff der Bürgerschule. Die Lehrerin (Volksschule) muss fünf Jahre studieren, das 14. Lebensjahr muss vollendet sein, zur Aufnahmeprüfung werden nur gute Schülerinnen der Bürgerschule zugelassen. Die Mittelschullehrerin muss das normale Universitätsstudium vollenden und die Lehramtsprüfung machen. Die Anstellungsmöglichkeiten sind in allen diesen Gruppen nicht glänzend, auch nicht gerade schlecht, sie bieten gutes, sicheres Einkommen und in den meisten Fällen Altersversorgung.

Die Berufe der sozialen Tätigkeit, wie Fürsorgerin, Säuglingspflegerin, Krankenpflegerin, Hortnerin, sind dem weiblichen Wesen besonders angemessen, haben wahrscheinlich große Zukunftsmöglichkeiten und sind für die, welche sie aus Neigung ergreifen, sehr befriedigend. Sie erfordern vor allem starkes soziales Empfinden, Beobachtungsgabe und Güte, gute Nerven und Gewissenhaftigkeit. Die Ausbildungsdauer ist verschieden, genaue Angaben haben hier leider keinen Platz, gute Vorbildung ist erforderlich.

Es haben sich so manche Zweige den Frauen schon eröffnet, viele werden es noch tun, es müssen aber alle tätig an den Verbesserungen mitarbeiten, besonders die Eltern selbst, welche dann Hand in Hand mit der amtlichen Stelle und den Behörden mitwirken können am Aufbau und der Zukunft unseres Volkes.

Der Akademiker und sein Einkommen
Der Sorgenweg zu den Hochschulen. – Eine notwendige Neueinstellung

Mit heimlicher Besorgnis betrachten die Eltern der jungen Studierenden ihre Kinder, die nun ein neues, selbständigeres und freieres Leben beginnen, voller Freude und Erwartung die altehrwürdigen Bildungsstätten beziehen und eine weitgehende Förderung ihrer Interessen und Befriedigung ihres Wissensdranges erhoffen. Die Eltern, die sich oft unter schweren Opfern und langer Überlegung entschlossen haben, ihrem Kinde den Weg durch die Hochschule zu ermöglichen, sind bei aller Freude und bei allem Optimismus ein wenig ängstlich, ein wenig aufgeregt. Zuviel hört man von der *Arbeitslosigkeit in den geistigen Berufen*, von der Schwierigkeit, nach Vollendung des Studiums eine Existenz aufzubauen. Und wie viele bringen mit knapper Not nur die Mittel auf, das Studium und vielleicht ein Jahr Wartezeit ohne Besoldung zu erschwingen.

Diese Besorgnis ist leider berechtigt. Doch möge man bei diesem trüben Augenblick nicht vergessen, dass sich alle diese Schwierigkeiten, die sich beim fertigen Ingenieur, beim jungen Arzt, dem Juristen, dem Lehrer hindernd in den Weg stellen, auch bei allen anderen Berufsarten bemerkbar machen.

Die erste Nachkriegszeit mit ihren verschiedenen Verdienstmöglichkeiten, die eben den gar nicht oder minder qualifizierten Arbeitskräften Vorteile brachte, verleitete viele zu der Anschauung, dass *der „Studierte" ausgespielt* habe, dass überhaupt nur die „praktischen" Berufe noch irgend eine Zukunft hätten. Auch heute ist es ja so, dass die Spannung zwischen den Einkünften akademisch gebildeter Angestellter und anderer Gruppen sehr gering ist, dass sogar in einzelnen Zweigen, z. B. im Baugewerbe, der Qualitätsarbeiter, der Werkmeister, der Polier, finanziell viel besser stehen als mancher Ingenieur. Solche Tatsachen lassen aber doch falsche Rückschlüsse zu. Es ist vor allem eine sehr materialistische Einstellung, wenn man einen Beruf immer nur vom Standpunkt seiner finanziellen Ertragfähigkeit ansieht. Auch müssen wir uns – wohlgemerkt, in dieser Beziehung! – *ein wenig amerikanisieren*, müssen einsehen lernen, dass ein kunstfertiger, wirklich tüchtiger und pflichteifriger Tischler oder Schneider, der in seinem Fach etwas leistet und sein g a n z e s K ö n n e n bei seiner Arbeit einsetzt, genauso berechtigt ist, sein Teil Lebensmöglichkeit zu haben wie ein opferbereiter Jugendbildner oder ein geplagter Polizeirat. Die Verdienstmöglichkeit nach der aufgewendeten Ausbildungszeit zu berechnen, ist in vielen Fällen kleinlich und kurzsichtig. Man staunt bei den Gesprächen über die Gehaltsfrage immer aufs Neue, wie oft die gewiss mit Sorgen überladenen Beamten der höchsten Kategorien viel weniger über das jammern, was sie – leider – nicht haben, als über das, was die anderen, an Rang und Bildung unter ihnen Stehenden erhalten.

Natürlich ist die Möglichkeit, die ein Beruf auf finanziellem Gebiete zu bieten vermag, äußerst wichtig und soll nicht außer Acht gelassen werden. Aber manche Menschen schauen wie gebannt auf die Gehaltstabelle, wenn sie an eine Berufstätigkeit denken, und vergessen das Wesentliche, das, was ihnen der Beruf menschlich zu geben vermag, und vor allem das, was sie selbst darin zu leisten vermögen.

Es kann gar nicht oft genug darauf verwiesen werden, dass die Arbeit dem Menschen Freude bringen muss, sonst kann er sie einfach nicht befriedigend leisten. An der *Freudlosigkeit so vieler Beschäftigungen* liegt es, dass die Menschen ihnen nicht gewachsen sind, und dass sie als Kompensation zu Mitteln greifen, die ihnen körperlich, seelisch und wirtschaftlich so ungeheuren Schaden bringen.

Die schlechten Aussichten des Akademikers sind nicht zu leugnen. Doch die Arbeitslosigkeit erstreckt sich auf die meisten Wirtschaftsgebiete. Solange unsere Volkswirtschaft unter der allgemeinen Depression leidet, wird sie anhalten. Der Aufstieg – und einen solchen dürfen wir ja doch einmal erhoffen – kann nur ganz allmählich einsetzen, und wenn er einsetzt, wird es allenthalben wieder Arbeit geben. Es ist möglich, dass auf den Gebieten, deren Erzeugnisse heute fehlen und wo nur aus Not nicht erzeugt wird – es sei auf den Mangel an Wohnungen verwiesen –, die Beschäftigungsmöglichkeit etwas schneller einsetzt, doch wird dieser Vorteil in der Auswirkung auf den Arbeitsmarkt wahrscheinlich dadurch wettgemacht werden, dass heute schon allzu viele auf diesen Augenblick lauern und dass sich die jungen Baumeister, Architekten und Ingenieure in beträchtlicher Zahl auf die Arbeitsgelegenheiten stürzen werden, so dass das Endresultat das gleiche sein wird wie in den anderen Erwerbszweigen. Betrachtet man *die Lage des Arbeitsmarktes*, so darf man nicht vergessen, dass viele Angehörige der akademischen Berufe aus dem Bereiche der alten Doppelmonarchie heute in Österreich konzentriert sind. Außerdem haben sich viele frühere Offiziere nachträglich den akademischen Berufen zugewandt. Zum Teil kamen sie seinerzeit im Ausland und in den Nachfolgestaaten unter, zum Beispiel bei Bahnbauten und in den Fabriken, aber heute sind viele von ihnen wieder stellenlos. Denn der Nachwuchs in den Nachfolgestaaten hat die fremden Kräfte überflüssig gemacht, und die wirtschaftlichen Verhältnisse, zum Teil auch Chauvinismus, veranlassen auch diese Länder, bei der Anstellung die fremden Kräfte nicht zu berücksichtigen.

Andere Missstände sind den Verlockungen der Scheinkonjunktur zu verdanken. Zahlreiche junge Leute, namentlich Juristen, glaubten, in der Inflationszeit sich eine gute Existenz gründen zu können, indem sie sich dem Bankfach zuwandten. Die Zusammenbrüche der Banken haben sie wieder aufs Pflaster gesetzt und nun können sie mit ihrer Ausbildung nichts anfangen. Eine umgekehrte Erfahrung hat man auf einzelnen Gebieten des Lehrfaches gemacht. Der große Schrecken vor der Überfüllung des Lehrberufes hat vor sechs und sieben Jahren eine Flucht der Studentenschaft vor diesem Studium hervorgerufen, besonders in den naturwissenschaftlichen Fächern, so dass heute mancherorts geradezu *Mangel an Lehrkräften* herrscht. Das soll aber nun nicht heißen, dass man sich heute in Scharen auf dieses Studium stürzen soll, sondern es soll nur beweisen, dass sich die Wirkungen der wirtschaftlichen Vorgänge immer erst in einem größeren Zeitraume überblicken lassen und dass das Prophezeien eine gefährliche Sache ist.

Es ist natürlich für einen jungen Menschen hart, nach der Matura auf das Hochschulstudium verzichten zu müssen. Und doch gibt es Fälle, in denen es nicht anders geht. Die Möglichkeiten sind hier eng umgrenzt. Es bleibt zu erwägen, ob nicht nach einigen Ergänzungsstudien die Prüfung an der Lehrerbildungsanstalt in Frage kommt, gewarnt muss aber davor werden, diesen Weg als Ausflucht zu wählen. Er darf nur dann gewählt werden, wenn wirkliche Liebe zum Beruf den Ausschlag gibt. Im Übrigen kommt die mittlere Beamtenlaufbahn in Frage oder auch die Absolvierung des Abiturientenkurses an der Handelsakademie und danach der Eintritt in einen privaten oder öffentlichen Dienst. Doch bieten diese Laufbahnen zur Zeit wenig günstige Aussichten.

Wer aber die Hochschule besucht, darf in der Ablegung der Prüfungen keine Gewähr für den reibungslosen Eintritt in das Berufsleben erblicken. Heute haben sich die Verhältnisse gewandelt.

Ganz neue Erfordernisse, ganz neue und wertbildende Kämpfe hat der Studierende zu gewärtigen. Eine bisher ungewohnte Ausbildung aller Kräfte, eine gründliche Bildung, eine noch nicht im Studiengang vorgebildete Vielseitigkeit, das sind die Dinge, welche die heutige Zeit erfordert. Es ist das Gebot der Stunde, dass der einzelne und die Gemeinschaft, dass insbesondere auch die Lehrerschaft der Hochschulen und die Vereinigungen der Studentenschaft sich von den Gepflogenheiten einer vergangenen Zeit losmachen und sich ihrer neuen Aufgaben bewusst werden.

Eines ist sicher: Die landläufige Meinung, dass das Studieren heute eine Sache sei, deren Kosten und Mühen nicht im Einklang mit dem Erfolge stehen, kann durchaus bestritten werden. Denn erstens wird auch in unserem bedrückten Lande die bessere Zeit für den tüchtigen Akademiker wieder kommen, und zweitens verleiht das Studium dem Menschen innere Werte und innere Besitztümer, die nicht mit Geld und nicht mit äußeren Erfolgen gewogen werden können.

Arbeit und Gesundheit
Die Ziele moderner Berufsberatung

Zwei grundlegende Umwälzungen haben in den letzten hundert Jahren das Bild der Wirtschaft verändert: die Einführung der Maschine und die Rationalisierung. Der zweite Prozess ist noch mitten im Flusse und kann in seinen Wirkungen auch noch nicht annähernd abgeschätzt werden. Bei beiden Umwälzungen machte man den Fehler, den Menschen nicht genügend zu berücksichtigen. Bei der Einführung der Maschine glaubte man, auch die menschliche Arbeitskraft mechanisieren zu können. Die Maschine sollte alle wesentlichen Betätigungen ausführen und der Mensch sollte ein Glied der maschinellen Einrichtung werden.

Frauen- und Kinderarbeit kennzeichnen das Anfangsstadium der maschinellen Produktion, und unzählige Tausende von Menschen büßten den großen Irrtum mit dem Verlust von Gesundheit, Lebensfreude und persönlicher Entfaltung. Bei der Rationalisierung, etwa nach den Grundsätzen Taylors, sollte anfangs auch der Mensch völlig rationalisiert werden, was zu einer Deklassierung aller nicht völlig Leistungsfähigen, zu einer Uniformierung und zu einer gewaltsamen Einschnürung aller Besonderheiten führen musste. Der Taylorismus hat heute bereits abgewirtschaftet, die Rationalisierung aber muss ihren Weg weiternehmen wie seinerzeit die Maschine. Rationalisierung bedeutet bessere Ausnützung der Arbeitskraft und Steigerung der Produktion. Der Kampf auf dem Weltmarkt verlangt heute von allen Ländern und namentlich auch von Österreich eine allgemeine Einführung der Rationalisierung.

Die Wirkungen der Rationalisierung auf die Gesundheit des Menschen lassen sich heute noch nicht einwandfrei feststellen. Man muss sich vor allzu großem Optimismus hüten, besonders angesichts der frohlockenden amerikanischen Berichte. Auch die Krankenkassenstatistik gibt ein falsches Bild, weil die Beanspruchung des Arztes noch nicht mit mangelnder Arbeitstüchtigkeit gleichzusetzen ist. Ein weiteres Moment, welches die Beurteilung erschwert, ist die Freizügigkeit des Arbeitnehmers, namentlich des Ungelernten. Mancher wird krank, ohne dass der Betrieb, in welchem er gerade arbeitet, daran schuld ist. So ist heute ein Urteil über die Wirkungen der Rationalisierung auf die menschliche Gesundheit nicht möglich. Die ärztliche Wissenschaft darf aber nicht an der Aufgabe vorbeigehen, diese Einwirkung zu untersuchen. Denn das Gedeihen der Volkswirtschaft hängt in überwiegendem Maße von der Leistungsfähigkeit und der Erhaltung der Gesundheit des Menschen ab.

Drei Einwirkungen der Arbeit auf die Gesundheit lassen sich in der Hauptsache unterscheiden, die Unfallsgefährdung, die Verursachung von Krankheiten und die vorzeitige Abnützung. Für alle drei Wirkungen der Arbeit lässt sich eine mehr oder weniger sichere Prognose stellen. Rationalisierung der Wirtschaft fordert auch Rationalisierung der Arbeitszuweisung. Die ärztliche Wissenschaft verfügt allerdings heute noch nicht über die völlig ausreichenden Voraussetzungen für diese Prognose. Notwendig wäre eine Erfassung des gesunden Menschen in seiner Gesamtkonstitution und eine fachmännische Untersuchung aller Menschen vor dem Eintritt in das Berufsleben. An vielen Orten kennen wir heute bereits schulärztliche Beobachtungen. Es müsste für jeden Menschen ein Gesundheitsbuch angelegt werden, in welches die Ergebnisse periodischer Untersuchungen einzutragen wären. Dieses Gesundheitsbuch würde eine zuverlässige Grundlage für die Beurteilung der körperlichen Leistungsfähigkeit und Arbeitsmöglichkeit bilden. Es ist z. B. bekannt, dass die Menschen in ganz verschiedenem Maße zur Erleidung von Unfallsschäden disponiert sind. Es gibt Menschen, die schon als Kinder eine unverhältnismäßig große Zahl von körperlichen Schädigungen zu erleiden pflegen. Die Ursachen dazu liegen auf den verschiedensten Gebieten. Es kann zum Beispiel mangelnde Konzentrationsfähigkeit, rasches Ermüden, vorschnelles Handeln, Langsamkeit der Bewegung, Nervosität, schlechtes Hören oder Sehen den Anlass zur Unfallserleidung bilden.

Die logische Schlussfolgerung aus diesen Beobachtungen ist die Forderung, dass besonders unfallsgefährdete Berufe erst auf Grund einer sorgfältigen psychologischen und physiologischen Untersuchung von einem Menschen ergriffen werden dürfen. Auch über die allgemeine Leistungsfähigkeit und Widerstandsfähigkeit in der Arbeit kann die ärztliche Untersuchung manches aussagen. Die Ärzte der Berufsberatung sind heute die Pioniere auf dem Gebiete der Gesundenuntersuchung im Interesse der Volksgesundheit. Nationalökonomie und Hygiene müssen Hand in Hand gehen, wenn die wichtigste Voraussetzung für den Aufbau der Wirtschaft, nämlich der gesunde und leistungsfähige Mensch, geschaffen werden soll.

Erläuterungen

Abkürzungen

Allgemeine Abkürzungen

D	Datierung
D^2	Weiterer Druck
DN	Drucknachweis
ED	Erstdruck
hs.	handschriftlich
M	Mappe
MS	Handschrift
ms.	maschinenschriftlich
N	Notizbuch
T	Tagebuch
Ts.	Typoskript
Ü	Überlieferung

Abkürzungen von Werktiteln und -ausgaben

AG	Ausgewählte Gedichte. Hamburg: Ellermann, 1940 (Das Gedicht. Blätter für die Dichtung 6,5).
GP	Gesammelte Prosa. Hg. von Norbert Langer. Salzburg: Otto Müller, 1957.
GS	Die grüne Steiermark. Das österreichische Wanderbuch. Graz/Leipzig/Wien: Styria, 1938 (Die deutsche Bergbücherei, 22/23).
GvdE	Gesänge von der Erde. Gedichte. München: Albert Langen/Georg Müller, 1933.
GvdE-MS	Gesänge von der Erde. Konvolut von Konzepten, Arbeitsfassungen und Reinschriften, hs. und ms. [DLA Marbach, A: Leifhelm, Hans. Leifhelm, Hans: Gedichte. Sammlungen. „Gesänge von der Erde"].
H	Hahnenschrei. Gedichte. Stuttgart: Deutsche Verlags-Anstalt, 1926.
H-MS	Hahnenschrei. Kladde mit buntpapierkaschiertem Einband und Lederrücken, 17,5 x 21,1 cm. Liniertes Papier. Reinschriften in schwarzer Tinte, Blätter vorderseitig beschrieben. Verlust von zwei Lagen jeweils am Beginn und am Ende der Kladde, auf denen sich vermutlich die im Inhaltsverzeichnis

	(Bl. 1r) ausgewiesenen Gedichte „Kapitän", „Weberdorf" und „Lärche in den Alpen" befanden; Verlust von zwei Blättern nach Bl. 34r („Atmend geh ich meine Wanderschaft") [DLA Marbach, A: Leifhelm, Hans. Leifhelm, Hans: Gedichte. Sammlungen. „Hahnenschrei"].
IR	Das Innere Reich. Zeitschrift für Dichtung, Kunst und deutsches Leben 6 (1939), H. 2 (Mai), S. 121–266.
L 1929	Logbuch. Begonnen am 31.VIII.29. Kladde mit schwarz-weiß kariertem Muster und hellgrünem Schnitt, 16,5 x 20,2 cm. 76 Bl. Unliniertes Papier. Einträge mit schwarzer Tinte, eine Korrektur mit rotem Buntstift. Bl. 1r–16r Tagebuch 31. August 1929 – 17. Juli 1930; Bl. 17r–24v Gedichtentwürfe und Konzepte; Bl. 25r–76v leer [FNI Graz: Hans Leifhelm. Box 7: Werk. Lyrik, Epik 4.1–4.2 (Reinschriften, Literarische Notizen)].
LdV	Lob der Vergänglichkeit. Gedichte. Salzburg: Otto Müller, 1949.
LdV-MS 1	Lob der Vergänglichkeit. Arbeitsfassungen und hs. Reinschriften [DLA Marbach, A: Leifhelm, Hans. Leifhelm, Hans: Gedichte. Sammlungen. „Lob der Vergänglichkeit", 2 Mappen].
LdV-MS 2	Kladde mit leinenkaschiertem, rotem Einband, ornamental verziertem Vorsatzpapier, rotem Schnitt, 16,5 x 20,3 cm. 50 Bl. Unliniertes Papier. Einträge mit schwarzer Tinte, eine Korrektur mit rotem Buntstift. Bl. 1r–12r: Gedichte aus *Lob der Vergänglichkeit*; Bl. 13r–50v leer [FNI Graz: Hans Leifhelm. Box 7: Werk. Lyrik, Epik 4.1–4.2 (Reinschriften, Literarische Notizen)].
MdS	Mit dem Sichelmond mit dem Abendstern. Gedichte. Dortmund: Haus Fritz Busche, 1960.
N 1925	Notizbuch 1925. Notizbuch mit lederkaschiertem Einband, ornamental verziertem Vorsatzpapier und roter Schnitt, 10,7 x 17,7 cm. 106 Bl. Kariertes Papier. Einträge mit Bleistift. Bl. 1r–54r: Gedichte, Entwürfe und Konzepte, Bl. 54v–102r leer, Bl. 102v–105v: tabellarische Aufstellung von Gedichtempfängern, Bl. 106 ausgerissen, Bl. 107r: Notiz [FNI Graz: Hans Leifhelm. Werk. Lyrik II (4.1.2.)].
N 1926–1927	Notizbuch 29. Oktober 1926 – 14. Mai 1927. Notizbuch mit Ledereinband, buntem Vorsatzpapier und rotem Schnitt, 10,7 x 13 cm. 58 Bl. Unliniertes Papier. Einträge mit Bleistift. Gedichte, Entwürfe, Notizen [FNI Graz: Hans Leifhelm. Werk. Lyrik II (4.1.2.)].

N 1928 Notizbuch 14. Juli 1928 – 31. Dezember 1928. Notizbuch mit Ledereinband, buntem Vorsatzpapier und rotem Schnitt, 10,7 x 13 cm. 55 Bl. Unliniertes Papier. Einträge mit Bleistift und Tinte. Reisetagebuch, Gedichte, Entwürfe, Notizen, Adressen [FNI Graz: Hans Leifhelm. Werk. Lyrik II (4.1.2.)].

N 1930 Notizbuch 22. August 1930 – 3. September 1931. Notizheft mit kunststoffkaschiertem Einband und grünem, 10,3 x 16,8 cm. 46 Bl. Unliniertes Papier. Einträge mit Bleistift und gelegentlich mit Tinte. Gedichte und Entwürfe für *Gesänge von der Erde*, Notizen, Adressen [FNI Graz: Hans Leifhelm. Werk. Lyrik II (4.1.2.)].

N 1930–1931 Notizbuch 9. September 1930 – 14. März 1931. Notizbuch mit Ledereinband, buntem Vorsatzpapier und rotem Schnitt, 10,4 x 12,8 cm. 45 Bl. Unliniertes Papier. Einträge mit Bleistift und gelegentlich mit Tinte. Gedichte, Entwürfe, Notizen [FNI Graz: Hans Leifhelm. Werk. Lyrik II (4.1.2.)].

Nachlass G Nachgelassene Gedichte, die in SG fehlen [DLA Marbach, A: Leifhelm, Hans. Gedichte. Konvolut nachgelassener Gedichte, nicht in die Gesamtausgabe aufgenommen].

Nachlass IL Übersetzungen aus dem Italienischen [DLA Marbach, A: Leifhelm, Hans. Übersetzungen. Konvolut nachgelassener Übersetzungen italienischer Lyrik].

Nachlass P Nachgelassene Prosatexte, die in GP fehlen [DLA Marbach, A: Leifhelm, Hans. Prosa. Konvolut nachgelassener Prosatexte, die nicht in die Gesamtausgabe aufgenommen wurden].

Nachlass Ü Übersetzungen [DLA Marbach, A: Leifhelm, Hans. Übersetzungen. Konvolut nachgelassener Übersetzungen italienischer Lyrik].

Nachlass VN Einzeltexte, Vordrucke, Nachdrucke [DLA Marbach, A: Leifhelm, Hans. Prosa. Konvolut von Einzeltexten mit Vorabdrucken und Nachdrucken. 2 Mappen].

SG Sämtliche Gedichte. Hg. von Norbert Langer. Salzburg: Otto Müller, 1955 [^{2}1960].

T 1923–1925 Tagebuch 3. November 1923 – 7. April 1925. Fotokopie einer im Besitz der Erben befindlichen Kladde, 12,5 x 19 cm. 63 Bl. Unliniertes Papier. Reinschriften in schwarzer Tinte, Blätter beidseitig beschrieben [DLA Marbach: A: Leifhelm, Hans. Verschiedenes. Autobiographisches].

T 1927 Tage- und Notizbuch 15. Mai 1927 – 1. Februar 1928. Notizbuch mit Ledereinband, buntem Vorsatzpapier und

	rotem Schnitt, 10,7 x 13 cm. 59 Bl. Unliniertes Papier. Einträge mit Bleistift, gelegentlich mit Tinte. Gedichte, Entwürfe, Notizen, Termine, Adressen [FNI Graz: Hans Leifhelm. Persönliche Objekte (2.6.)].
T 1928	Tagebuch 22. Februar 1928 – 26. Juni 1928 (Auszug aus dem Rosenhof). Fotokopie eines wohl nicht mehr erhaltenen Originals. 36 Bl. Unliniertes Papier. Tagebuch, Gedichtentwürfe, Notizen, Adressen, Versandlisten [SLB Graz, Teil-Nachlass Leifhelm, Hans, Box 1, M. 1].
T 1929	Tagebuch 13. Januar 1929 – 13. Dezember 1929. Notizbuch mit Einband aus geschlossenem Leinen und buntem Vorsatzpapier, 10,4 x 12,8 cm. 48 Bl. Unliniertes Papier, Einträge mit Bleistift, Blätter beidseitig beschrieben [DLA Marbach: A: Leifhelm, Hans. Verschiedenes. Autobiographisches. Fragment V].
T 1932/33	Tagebuch 13. August 1932/10. September 1932 – 31. Dezember 1933. Notizbuch mit buntpapierkaschiertem Kunstledereinband, 10,2 x 13,5 cm. 33 Bl. Diverse Blattverluste. Unliniertes Papier, Einträge mit schwarzer Tinte und mit Bleistift, Blätter beidseitig beschrieben [DLA Marbach: A: Leifhelm, Hans. Verschiedenes. Autobiographisches. Fragment VI].
ZdT	Zeuge des Traums und der Zeit. Die Gedichtzyklen „Hahnenschrei“, „Gesänge von der Erde“ und „Lob der Vergänglichkeit“. Mit einem Vorwort von Hubert Lendl und einer Widmung von Alois Hergouth. Graz: Akad. Druck- und Verlagsanstalt, 1991.

Gedichte

Hahnenschrei

Hahnenschrei
D: 8. Januar 1925 lt. T 1923–1925, Bl. 36v.
Ü: T 1923–1925, Bl. 36v–37r; H-MS, Bl. 2r–3r.
DN: H 5, SG 35, MdS 9, ZdT 13.

Hahnenschrei] Anspielung auf die Prophezeiung Jesu (Mt 26,34, Mk 14,30, Lk 22,34, Joh 13,38), wonach Petrus ihn noch vor dem Krähen des Hahnes dreimal verleugnen werde.

ich bin, der ich bin] Ex 3,14, Joh 13,19.

Licht] Vgl. Joh 8,12.

Brot … Wein] Anspielung auf das letzte Abendmahl (Mt 26, 26–29, Mk 14,22–25, Lk 22,17–20).

Urgebirg] Im 18. und 19. Jahrhundert gebräuchlicher Begriff für die ältesten durch Faltung entstandenen geologischen Gebirgsformationen. Man spricht heute von Grundgebirge.

Luv] Dem Wind zugewandte Seite des Schiffes.

Bai] Meeresbucht bzw. -busen.

Beschwörung

D: 12. Februar 1925 lt. T 1923–1925, Bl. 53r (1. Fassung); 13. Februar 1925 lt. ebd., Bl. 54r (2. Fassung).

Ü: T 1923–1925, Bl. 53r–53v (1. Fassung, ohne Zueignung), Bl. 54r–54v (2. Fassung, ohne Zueignung, mit veränderter Stropheneinteilung); H-MS, Bl. 56r–58r, hs. Konzepte und Reinschriften in derselben Mappe.

DN: H 6 f., SG 36 f., ZdT 14 f.

Annette von Droste-Hülshoff] Annette von Droste-Hülshoff (1797–1848), bedeutendste westfälische Dichterin. Leifhelm ahmt den Ton und die Bildlichkeit ihrer Gedichte häufig nach.

Heimat] Droste-Hülshoff stammte aus einem der ältesten Adelsgeschlechter Westfalens. Sie wurde am 12. Januar 1797 auf der Wasserburg Hülshoff zwischen Havixbeck und Roxel bei Münster geboren. Leifhelms Vorfahren stammten ebenfalls aus Westfalen.

Wallhecken] Mit Gehölzen bewachsene, zumeist künstlich angelegte Stein- oder Erdwälle zur Einfriedung oder Grenzmarkierung.

alten Raben] Von den Rabenvögeln erreicht der Kolkrabe mit 28 Jahren das höchste Alter.

Mette] Nächtlicher oder frühmorgendlicher Gottesdienst in der katholischen Liturgie. Der Begriff leitet sich von lat. *matutina*, dem nächtlichen Teil des Stundengebets, her.

Dein Leib liegt in fremder Erde] Droste-Hülshoff wurde am 25. Mai 1848, zwei Tage nach ihrem Tod, auf dem Friedhof von Meersburg am Bodensee beigesetzt.

Antlitz aus laubiger Eiche] Ein ähnliches Motiv findet sich in Theodor Fontanes Ballade *Herr von Ribbeck auf Ribbeck im Havelland*; vgl. auch das Reisebild *Unterwegs*.

Verwandlung im Wald

D: 1. Januar 1925 lt. T 1923–1925, Bl. 29v.

Ü: T 1923–1925, Bl. 29v–30r; H-MS, Bl. 4r–5r unter dem Titel *Anverwandlung im Wald*.

DN: H 8, SG 37, ZdT 15.

Erinnerung an die Heimat

D: 24. März 1925 lt. T 1923–1925, Bl. 59v.

Ü: N 1925, Bl. 11r–12r (Entwurf); 13r (Reinschrift der ersten beiden Strophen); 13v–14r (Reinschrift unter dem stenographisch ausgewiesenen Titel *Erinnerung an die Heimat*); T 1923–1925, Bl. 59v–60r; H-MS, Bl. 64r–65r.

DN: H 7 f., SG 38, ZdT 16.

Bruche] Sumpf- bzw. Moorland.

Ried] Schilfsumpf am Rande von Gewässern.

Ruch] Geruch, Duft.

Weiler] Ansiedlung von geringer Größe.

Hohlweg] Weg, der sich durch jahrhundertelange Nutzung mit Fuhrwerken, durch Viehtritt oder abfließendes Regenwasser bis zu zehn Metern tief in das umgebende Gelände eingeschnitten hat.

ruft der Pirol] Amselgroßer Singvogel der Wipfelregion von Laubgehölzen. Sein geflöteter Ruf klingt melodisch.

Erinnerung an die Heide

D: 3. Dezember 1924 lt. T 1923–1925, Bl. 11v.

Ü: T 1923–1925, Bl. 11v–13r; H-MS, Bl. 26r–29r.

DN: H 11 f., SG 39 f., ZdT 17 f.

Sichelmond] Der zunehmende Mond ist während des ersten Zyklusviertels am Abendhimmel bzw. in der ersten Nachthälfte zu sehen, der abnehmende während des letzten Viertels in der zweiten Nachthälfte bzw. am Morgenhimmel. Vor der Halbphase des ersten und nach der Halbphase des letzten Viertels erscheint der Erdtrabant als Mondsichel bzw. als Sichelmond.

Findling] Erratischer, solitärer Stein von zuweilen beträchtlicher Größe, der während der Eiszeit durch einen Gletscher transportiert wurde.

Schmielengräser] Wintergrüne, horstbildend wachsende Süßgräser mit langen Halmen.

Ameisenlöwe] Larve der Ameisenjungfer, die mit einem Trichter, an deren Grund sie lauert, kleine Insekten fängt.

Vor Ostern

D: 21. März 1925.

Ü: N 1925, Bl. 9r unter dem Titel *März*, 10r–10v unter dem Titel „Vor Ostern"; T 1923–1925, Bl. 58r–59r; H-MS, Bl. 61r–63r.

DN: H 13 f., SG 40 f., MdS 10 f., ZdT 18 f.

Kornelkirschen] Auch als Herlitze bezeichneter Großstrauch mit roten Fruchtständen, die an Kirschen erinnern, mit ihnen jedoch botanisch nicht verwandt sind.

falben] Adjektiv zur Bezeichnung von Farbschattierungen zwischen hellem und gelbstichigem Braungrau.

Plachen] Abdeckung, Dach (österr.).

Schlagwerker] Musiker, der im Orchester Schlaginstrumente (u. a. Pauke, Große Trommel, Becken, Triangel) spielt.

Seidelbast] Auch Kellerhals; kleiner Strauch, dessen violettrosa Blüten vor den Blättern erscheinen.

Bühle] Hügel.

Faulbaum] Kreuzdorngewächs mit markant riechender Rinde.

Glaste] Glanz.

Bernstein] Durchsichtiges, hellgelbes bis dunkelbraunes, versteinertes Kiefernharz aus dem Tertiär, oft mit Einschluss von Insekten oder Blättern.

Sommerwende

D: 6. Februar 1925 (1. Fassung, unter dem Titel *Panischer Mittag*), 11. Februar 1925 lt. T 1923–1925, Bl. 53r (4. Fassung), 27. Februar 1925 lt. ebd., Bl. 55r (5. Fassung).

Ü: T 1923–1925, Bl. 43v–45r (1. Fassung), Bl. 50r–50v (2. Fassung), Bl. 51r–51v (3. Fassung), Bl. 52r–52v (4. Fassung), Bl. 55r–55v (5. Fassung); H-MS, Bl. 49r–50r, ms. Reinschrift in derselben Mappe.

DN: H 15, SG 42, ZdT 20.

Troll] Geisterwesen in männlicher oder weiblicher Gestalt, das oft Schaden bringt.

Wendezeit] Die Sommersonnenwende vollzieht sich auf der Nordhalbkugel am 20., 21. oder 22. Juni. Die Sonne erreicht dann ihren höchsten Mittagsstand. Das Johannisfeuer, das am Festtag Johannes des Täufers (24. Juni) entzündet wird, gilt zugleich als Sonnwendfeuer.

Zymbelklang] Der helle, durchdringende Klang des zumeist aus zwei metallischen Becken bestehenden Instruments.

Karneol] Zumeist undurchsichtiger, zwischen rot und orange changierender Schmuckstein aus Quarz.

Spätsommer

D: 5. Januar 1925 lt. T 1923–1925, Bl. 33r.

Ü: T 1923–1925, Bl. 33r–33v; H-MS, Bl. 9r–10r.

DN: H 16, SG 42 f., ZdT 20 f.

Lattich] Gelb blühender Korbblütler mit weißlichem Milchsaft, der in der Naturheilkunde Verwendung findet.

Elbisch] Nach Elben- oder Elfenart. Die Elben sind Naturgeister der nordischen Mythologie.

Gnom] Kobold, Wichtel, Zwerg.

Nähe des Herbstes
D: 7. Januar 1925 lt. T 1923–1925, Bl. 34v.
Ü: T 1923–1925, Bl. 34v–36r; H-MS, Bl. 11r–14r, ms. Reinschrift unter dem Titel *Gesang vom Herbst* in derselben Mappe.
DN: H 17 f., SG 43–45, MdS 12 f., ZdT 21–23.
Fanal] Ital. Lehnwort, das sich im 18./19. Jahrhundert für das Leuchtfeuer einbürgerte und später als Synonym zu „Signal" verwendet wurde.
Häscher] Jäger.
Tenne] Befestigter Fußboden einer Scheune, auf dem das Getreide nach der Ernte von Hand mit Dreschflegeln gedroschen wurde.
den die Lippen nur flüsternd nennen] Pan.
Pferdeköpfe] Der Brauch, die Giebel der Bauernhäuser mit Pferdeköpfen zu verzieren, wurde seit alter Zeit gepflegt.
Küchlein] Küken (ostmitteldt.).
Muhmen] Tanten.
Georginen] Dahlien.
Serpentinen] Schlangenlinien.

Nach der Mahd
D: 13. Januar 1925 lt. T 1923–1925, Bl. 40v (1. Fassung); 18. Januar 1925 lt. ebd., Bl. 41v (2. Fassung).
Ü: T 1923–1925, Bl. 40v–41r (1. Fassung), Bl. 41v–42r (2. Fassung, mit dem Titel *Vorfrühling*); H-MS, Bl. 54r–55r, hs. Reinschrift unter dem Titel *Vorfrühling* in derselben Mappe.
DN: H 19, SG 45 f., ZdT 23 f.
Mahd] Schnitt von Gras oder Getreide.
Silberhechte] Im Atlantik heimischer Seehecht.
Scheuer] Auch Scheune; Gebäude zur Aufbewahrung von Korn, Heu, Stroh oder landwirtschaftlichen Gerätschaften.
Schimmelreiter] Norddt. Sagengestalt, die auf einem Schimmel durch die Lüfte reitet.
Brache] Aus wirtschaftlichen, ökologischen oder regenerativen Gründen vorübergehend nicht bebautes Feld.
Schober] Lagerungsform für Stroh, Heu und Getreide.
Flegel] Auch Dreschflegel; Werkzeug mit einem Stiel und einer Keule zum Trennen des Korns von der Spreu.

Wehendes Gras
D: 12. Dezember 1924 lt. T 1923–1925, Bl. 26r.
Ü: T 1923–1925, Bl. 26r; H-MS, Bl. 26r, hs. und ms. Reinschriften in derselben Mappe.
DN: H 20, SG 46, MdS 14, ZdT 24.

In der Nacht

D: 12. Dezember 1924 lt. T 1923–1925, Bl. 21v.

Ü: T 1923–1925, Bl. 21v–22v (1. Fassung), Bl. 23r–24r (2. Fassung, mit veränderter Stropheneinteilung), Bl. 24v–25v (3. Fassung); H-MS, Bl. 69r–71r.

DN: H 21 f., SG 46–48, MdS 15 f., ZdT 24–26.

Wachtelschlag] Dreisilbiger Ruf bzw. Gesang der Wachtel, eines bräunlich gemusterten, kurzschwänzigen Hühnervogels.

Dunkelfalter] Auch Nachtfalter; nachtaktive Schmetterlingsfamilie, in der Naturdichtung häufig mit negativer Konnotation; vgl. Börries von Münchhausen: *Dunkler Falter*; Stefan Zweig: *Der dunkle Falter*.

Schwellenband] Teil des Gleiskörpers von Bahnstrecken.

Ballade vom unheiligen Werk

D: 28. November 1924 lt. T 1923–1925, Bl. 6v.

Ü: T 1923–1925, Bl. 6v–8r; H-MS, Bl. 35r–37r.

DN: H 23 f., SG 48 f., MdS 17 f., ZdT 26 f.

Ballade] Hier im Sinne von Erzählgedicht oder Moritat. Die genretypische Figurenrede findet sich bei Leifhelm nicht.

unheiligen Werk] Aus der lutherischen Theologie stammender Begriff für Werke, die Gott nicht gefällig sind.

Geviert] Rechteckige Fläche.

Meeressund] Durchfahrt zwischen dem Festland und einer Insel.

Polier] Baustellenleiter.

Sparren] Dachholz.

schreibt eine Hand / Geheime Zinken] Anspielung auf Dan. 5,1–30, den biblischen Prätext von Heinrich Heines Ballade *Belsazar*.

First] Gebirgskamm, Berggipfel.

Maien] Kranz zur Feier des Richtfestes.

Knauf] Spitze des Giebels.

Atmend bin ich auf der Wanderschaft

D: 6. Februar 1925 lt. T 1923–1925, Bl. 45r.

Ü: T 1923–1925, Bl. 45r–46r; H-MS, Bl. 32r–34r, jeweils unter dem Titel *Atmend geh ich meine Wanderschaft*.

DN: H 25 f., SG 50 f., ZdT 28 f.

Wanderschaft] Leifhelm wanderte schon früh durch Westfalen, das Rheinland, Österreich und Italien. Paula Sack erinnert sich, dass der Dichter „Wanderbeine" besessen habe; vgl. Paula Sack: Bemerkungen zu „Hans Leifhelm – Ergänzungen der biographischen Notizen, aufgezeichnet von seiner Tochter", Vipiteno, 15. Februar 1951 [DLA Marbach, A: Leifhelm, Hans. Konv. Leifhelm-Archiv, 8 Bl., Bl. 8r]; vgl. ferner: Franz Taucher:

Gedenkrede auf Hans Leifhelm, in: *das silberboot. Zeitschrift für Literatur* 3 (1947), S. 267 f.

Firnenschnee] Auch Altschnee oder Harsch; Schnee des Vorjahres.

Urwaldbrodem] Dampf, Dunst bzw. Geruch des Waldes.

Föhn] Warmer, trockener Fallwind nördlich der Alpen, der Mitte Februar den Frühling ankündigt.

beteilt] Beschenkt.

Lebensring] Vgl. Justinus Kerner: Die Seherin von Prevorst. Eröffnungen über das innere Leben des Menschen und das Hereinragen einer Geisterwelt in die unsere. Stuttgart: Cotta Nachf., [6]1892, bes. S. 160–165.

Meteor] Aufleuchten von Sternschnuppen beim Verglühen in der Atmosphäre.

Die Wespe

Ü: T 1923–1925, Bl. 30v–31v; H-MS, Bl. 6r–8r, ms. Reinschrift in derselben Mappe.

DN: H 27 f., SG 51 f., MdS 19 f., ZdT 29 f.

Glockenblumen] Ausdauernde, krautige Pflanze mit bläulichen bis violetten Blüten, deren fünf Kronblätter glockenförmig verwachsen sind.

Skabiosen] Auch Witwenblume oder Grindkraut; Pflanzengattung aus der Unterfamilie der Kardengewächse, die zwischen Frühsommer und Spätherbst in einer breiten Farbpalette von Weiß über Rosa, Rot, Purpur bis Blau blüht.

In den Bergen

D: 10. Januar 1925 lt. T 1923–1925, Bl. 37v.

Ü: T 1923–1925, Bl. 37v–38v (1. Fassung, ohne Titel), Bl. 39r–40r (2. Fassung); H-MS, Bl. 51r–53r, ms. Reinschriften in derselben Mappe.

DN: H 29 f., SG 52–54, ZdT 30–32.

Kalkalpenriffe] Aus hellem und porösem Kalkstein bestehende, rund 600 Kilometer lange Gebirgszüge, die im Norden und Süden die Zentralalpen begleiten.

Jochwind] Kalter Nordostwind, der in den Tauern über die Joche herabkommt.

Schroffen] Steiler Fels (österr.).

des Berges uralte Sagen] Unerklärliche optische, akustische oder meteorologische Phänomene haben in der Bergwelt die Bildung von Sagen mit oftmals ätiologischem Charakter begünstigt.

Sonnenglast] Sonnenglanz.

Bast] Faseriger Bestandteil holziger Gewächse; abgeriebene Geweihhaut von Hirschen.

Wetterdistel] Auch Eberwurz; distelartiger, Milchsaft führender Korbblütler.

Großvenedigers Eispyramide] Der Gipfel des Großvenedigers, der höchsten Berges der Venedigergruppe in den Hohen Tauern, war einst ganzjährig mit Eis bedeckt.

unter bleichen Felsen] In Widmungsexemplaren von Leifhelm handschriftlich aus „über bleichen Felsen" korrigiert.

Lärche in den Alpen

D: Ende 1924.

Ü: H-MS, beiliegende, ms. Reinschriften.

ED: Hans Leifhelm: Lärche in den Alpen, in: *Der Naturfreund. Illustrierte Monatsschrift für Naturverständnis und Weltanschauung* mit Beilage *Natur und Technik* 2 (1925), S. 384 f.

DN: H 31–33, SG 54–56, ZdT 32–34.

Rune] Altgermanische Schriftzeichen, denen aufgrund ihrer Verbindung zu Religion und Mantik auch magische Kraft zugeschrieben wird.

Matten] Insbesondere auf der alpinen Stufe der Hochgebirge (2 400–3 200 Meter über NN) verbreitete natürliche Pflanzenformation, die aus Stauden, Zwergsträuchern und artenreichen Wiesen besteht und als Weidegebiet genutzt wird.

Rhododendron] Auch Alpenrose; immergrünes Heidekrautgewächs, das in den Frühlingsmonaten leuchtend weiß, rot, rosa oder violett blüht.

Gaffeln] Schräg nach oben stehende Spiere am Oberliek eines Gaffelsegels.

Raaen] Auch Rah oder Rahe; Bestandteil der Takelage eines Segelschiffs.

Kamm] Langgestreckter, schmaler Gebirgsrücken.

Kaare] Kare; kesselförmige Vertiefungen, die sich durch eiszeitliche Erosion an Berghängen unterhalb von Gipfel- oder Kammlagen gebildet haben.

Pygmäenschwarm] Im 19. Jahrhundert etablierter Sammelbegriff für kleinwüchsige, zumeist in Gruppen lebende afrikanische Völker.

Grate] Auch Gebirgsgrat; scharfer Bergrücken im Hochgebirge.

Soldanellenglöckchen] Auch Alpenglöckchen; Primelgewächs mit glockenförmigem Blütenstand.

Safran] Violett blühende Krokusart, aus deren Griffeln das gleichnamige Gewürz gewonnen wird.

Nacht in den Alpen

D: Ende 1924.

Ü: H-MS, beiliegende, ms. Reinschriften.

DN: H 34, SG 56, ZdT 34.

Des Gebirges dunkle Sage] Unerklärliche optische, akustische oder meteorologische Phänomene haben in der Bergwelt die Bildung von Sagen mit oftmals ätiologischem Charakter begünstigt.

Die Alpendrossel

D: Ende 1924 / Anfang 1925.

Ü: H-MS, beiliegende, ms. Reinschriften.

DN: H 35, SG 57, ZdT 35.

Alpendrossel] Die Alpen- oder Ringdrossel bewohnt von Frühjahr bis Herbst lichte Wälder, und zwar bevorzugt Nadelgehölze. Die Weibchen tragen ein braunes Federkleid, die Männchen ein schwarzes und besitzen eine hell geschuppte Brust.

Wetterleuchten] Nächtliches Naturschauspiel, bei dem Blitze sich nicht wie gewohnt, sondern als Erhellung des Himmels oder der Wolken entladen.

Weißer Germer] Staudiges Liliengewächs euroasiatischer Gebirge mit zwischen Juni und August traubig-rispigem weißem Blütenstand.

Im Walde

D: 9. Dezember 1924 lt. T 1923–1925, Bl. 16r.

Ü: T 1923–1925, Bl. 16r–17r; H-MS, Bl. 66r–68r, ms. Reinschrift in derselben Mappe.

DN: H 36 f., SG 57–59, MdS 21 f., ZdT 35–37.

Windsbraut] In Anlehnung an einen Elementargeist der germanischen Mythologie gewählte poetische Bezeichnung für den Wirbelwind.

Das alte Lied

D: 2. Januar 1925 lt. T 1923–1925, Bl. 32r.

Ü: T 1923–1925, Bl. 32r–32v; H-MS, Bl. 17r–18r.

DN: H 38 f., SG 59 f., ZdT 37 f.

Niederrhein] Nördlichster deutscher Abschnitt des Rheins.

Kehrreim] Refrain.

„Wo löpt, wo löpt de Steen"] Zur Authentizität von Spiel und Lied vgl. H[einrich] L[ersch]: Der Dichter vom Hermges, in: *Westdeutsche Landeszeitung* vom 14. Januar 1926.

Krieg] Erster Weltkrieg (1914–1918).

Englands Kasematten] Detonationssichere Räume in Festungswerken, die zur Verteidigung, als Wohnungen oder als Magazine dienten; in England seit 1859 zur Landbefestigung errichtet.

Massengrab im Lehm] Anspielung auf den Stellungskrieg, in dem unzählige Soldaten in den Schützengräben verschüttet wurden.

Helgoländer Riffe … untergehn] Anspielung auf den Untergang des Marinekreuzers SMS Mainz am 28. August 1914 vor Helgoland. Das Schiff war von drei britischen Torpedos getroffen worden. 89 Besatzungsmitglieder kamen dabei ums Leben. Seitdem gilt das Wrack als geschütztes Seekriegsgrab.

Diadem] Schmuckstück, Kostbarkeit.

Am Niederrhein

D: 6. März 1925 lt. T 1923–1925, Bl. 56r.

Ü: T 1923–1925, Bl. 56r–57v (mit einem zweiten, numerisch gekennzeichneten Gedicht, auf das für den Druck verzichtet wurde); H-MS, Bl. 59r–60r.

DN: H 40f., SG 60f., ZdT 38f.

Strom] Rhein.

der Adler vor Roms Legion] Das höchstrangige Feldzeichen der römischen Legionen trug einen zunächst aus vergoldetem Silber und später aus reinem Gold gefertigten Adler. 55 v. Chr. überquerte Julius Cäsar erstmals den Rhein bei Neuwied. Zahlreiche Straßen im Rheinland wurden von den Römern als Heeres- und Handelsstraßen angelegt.

Flotte, die Ursula trug] Ursula, Tochter des bretonischen Königs Nothus oder Maurus, sollte mit dem englischen Königssohn Aethereus vermählt werden. Sie willigte in die Heirat nur unter der Bedingung ein, dass dieser sich taufen lasse und ihr selbst es gestattet werde, mit elf Gefährtinnen und 11 000 Jungfrauen nach Rom zu pilgern. Auf der Rückreise von Rom wurden die Frauen in Köln von den Hunnen niedergemetzelt.

von Xanten die heldische Schar] Das Nibelungenlied weist Xanten als Geburtsort Siegfrieds aus, dessen Vater Siegmund über das Niederland herrschte.

den Falken noch lockte der Pfiff] Als Privileg und Statussymbol des Adels erlebte die Falknerei im Hochmittelalter eine Blüte in Europa, nachdem sie in karolingischer Zeit fast bedeutungslos geworden war. Kaiser Friedrich II. verfasste 1241/1248 mit *De arte venandi cum avibus* den ersten Traktat über die Beizjagd.

der Könige Hand] Im Mittelalter wurde der deutsche König gewählt, zunächst von den Herzögen, nach den Bestimmungen der Goldenen Bulle Karls IV. von 1356 bis zum Ende des Heiligen Römischen Reiches 1806 von den Kurfürsten.

Heiligen Land] Die Kreuzzugspropaganda deutete die Kriege als einen Akt der Befreiung Jerusalems und des Heiligen Landes von den Heiden.

der Sänger die Sage ersann] Die Weitergabe von geschichtlichen, gesellschaftlichen und religiösen Informationen insbesondere in Form von Geschichten, Sagen, Legenden und Traditionen erfolgte mündlich.

gigantisch der Dombau begann] Am 15. August 1248 legte Erzbischof Konrad von Hochstaden den Grundstein für den Kölner Dom, dessen Bau Meister Gerhard überwachte.

vermählt sich dem Meere der Strom] Der Rhein mündet über den Haringvliet, den Nieuwe Waterweg und durch das Ijsselmeer in die Nordsee.

Herbstelegie

D: 24. November 1924 lt. T 1923–1925, Bl. 5v.

Ü: H-MS, Bl. 15r–16r; T 1923–1925, Bl. 5v–6r.

DN: H 41 f., SG 61 f., ZdT 39 f.
Steiermark] Im Südosten Österreichs liegendes und wegen seines Waldreichtums als „Grüne Mark“ bezeichnetes Bundesland.
das lautlose Wintertier] „Wintertier“ ist mehrdeutig: 1. der Wolf, der von allen Tieren, die keinen Winterschlaf halten, lautlos jagt; 2. der Winter selbst, der durch den Schneefall alle Geräusche in der Natur dämpft.
Steinnelken] Auch Wildnelke; auf Felsmatten rasenartig wachsend, bringt sie von Juni bis Anfang September rote bis rotviolette Blüten hervor.
Kadenz] Akkordfolge als Gliederung oder Abschluss eines Musikstücks.
Grüne Schlange] Von den im Alpenraum beheimateten Schlangenarten besitzen insbesondere die Nattern eine grüne Haut.
opalener Kreis] Farblich schillernd wie ein Opal.

Apennin
D: 30. November 1924 lt. T 1923–1925, Bl. 8v.
Ü: H-MS, Bl. 23r; T 1923–1925, Bl. 8v.
DN: H 43, SG 62, ZdT 40.
ED: Konrad Overstolz: Apennin, in: *Wieland. Deutsche Monatsschrift* 4 (1918/19), H. 6 (August 1918), S. 2.
Das Gedicht ist hier in vier Quartette gegliedert.
Apennin] Etwa 1 500 Kilometer langer Gebirgszug, der Italien und San Marino in Nordwest-Südost-Richtung durchzieht. Die Schreibweise des Namens variiert bei Leifhelm.
verscholl] klang ED.
Früher Stern] Venus bzw. Hesperus.
Schnittervolk] Mit dem Mähen von Gras oder Korn beschäftigte Landleute.
Einsam … Flöten] Von der Höhe lockt’ ein einsam Flöten. ED.
mit geschirrten Silberrossen … der Große Wagen] Sternenzug im Sternbild des Großen Bären am nördlichen Himmel.
Große Wagen] Sternenkonstellation, die aus den sieben hellsten Sternen des Großen Bären gebildet wird.
Arkturus] Hellster Stern des Nordhimmels und Hauptstern im Sternbild des Bärenhüters (Bootes).
Blitzend … Abendtor] Im ED anderslautend: „Felsentrümmer, blau von Nacht umflossen, / Starten mit den falben Ginsterzweigen, / Von den Sternen flutete das Schweigen, / Und der Mond hing groß am Himmelstor.“
lichtumflossen] lichtumgossen ED.
Lagerte … Herde] Lag die Wiese mit der weißen Herde, ED.
Pan … Siebenrohr] Die mehrröhrige Flöte gehört zu den Attributen des griechischen Hirtengottes Pan. Der Überlieferung zufolge warb Pan um die jungfräuliche Nymphe Syrinx. Als er sich ihrer gewaltsam bemächti-

gen wollte, wurde sie in ein Schilfrohr verwandelt. Aus Kummer schnitt sich Pan aus ihm eine Flöte, auf der er fortan musizierte; vgl. Ov. met. 1,689–713.

Assisi

D: 30. November 1924 lt. T 1923–1925, Bl. 9r.

Ü: H-MS, Bl. 20r–22r; T 1923–1925, Bl. 9r–10r.

DN: H 44 f., SG 62–64, ZdT 40–42.

Assisis Mauern] Im mittelitalienischen Umbrien gelegener, um 399 v. Chr. von den Römern besiedelter Ort, in dem 1181/82 der heilige Franziskus, Gründer des Bettelordens der Minoriten, geboren wurde. Die Stadtmauern aus römischer Zeit haben sich bis heute erhalten.

Freistatt] Asyl, Zufluchtsort.

des Heiligen Hand] Die Legende spricht Franziskus die Fähigkeit zu, mit den Vögeln zu sprechen.

Hag] Von einer Hecke eingehegtes Gelände.

Poverello] Wörtl. „das Ärmchen"; Beiname, den die frühe Franziskus-Überlieferung dem Heiligen wegen dessen Armutsgelübde gegeben hat.

Engel] Anspielung auf die Weihnachtsgeschichte nach Lk 2,8–12.

ewiger Stadt] Himmelreich.

Italienisches Sonett

D: 3. Dezember 1924 lt. T 1923–1925, Bl. 13v.

Ü: H-MS, Bl. 19r; T 1923–1925, Bl. 13v, dort unter dem Titel *Cervia*.

DN: H 46, SG 64, ZdT 42.

Sonett] Gedichtform italienischen Ursprungs, die in der Grundform aus 14, auf zwei Quartette und zwei Terzette verteilten Versen besteht. Die Reimbindung folgt bei Leifhelm der Variante des Petrarca-Sonetts.

Stadt] Rimini.

schattenhaftes Paar … Malatestas Schar] Gemeint sind Francesca da Rimini und ihr Schwager Paolo, die 1283 von Francescas Mann Giovanni Malatesta mit dem Schwert erschlagen wurden, nachdem er sie beim Ehebruch überrascht hatte. Dante erzählt die Geschichte der beiden in der *Divina Commedia*, Inferno V, wo er ihren Schatten in der Hölle begegnet.

Platanus orientalis

D: 2. Dezember 1924 lt. T 1923–1925, Bl. 11r.

Ü: T 1923–1925, Bl. 11r; H-MS, Bl. 24r.

DN: H 47, SG 64 f., ZdT 42 f.

Platanen] Die Morgenländische oder Orientalische Platane (Platanus orientalis) ist von Sizilien und Griechenland bis in den westlichen Himalaya beheimatet. Auf Schotterböden wachsend, erreicht sie ein Alter von mehr als

1 000 Jahren. Aus ihrer Kreuzung mit der Amerikanischen Platane (Platanus occidentalis) ging um 1650 die in Mitteleuropa bevorzugt als Park- und Alleebaum wachsende Ahornblättrige Platane (Platanus acerifolia) hervor.

als Verbannte] Die Platanus orientalis stammt ursprünglich aus Asien.

breiten sie die Arme] Platanen erreichen mitunter eine stattliche Größe. Sie besitzen starke, weit ausladende Hauptäste und mächtige Stämme. Die Krone ist im Alter breitrundlich bis hochgewölbt und spendet reichen Schatten.

beten] Griechen und Römer verehrten die Platane als Heiligtum. Als älteste Platane gilt das unweit der griechischen Stadt Kalavrita befindliche Baumheiligtum Plataniotissa. Der Legende nach stammt der zweistämmige Baum aus dem Jahr 352. Der Stammfuß besitzt einen Umfang von 23 Metern. Im Inneren des Baumes befinden sich ein Altarraum sowie ein Gebetsraum für sechs bis acht Personen.

Am Meer

D: Ende 1914.

Ü: T 1923–1925, Bl. 27r; H-MS, Bl. 30r, ms. Reinschrift in derselben Mappe.

ED: Hans Leifhelm: Ueber den Zeiten, in: *Die Schaubühne* 11/I (1915), Nr. 12 (25. März 1915), S. 266.

D²: Konrad Overstolz: Am Meer, in: *Deutsche Arbeit. Monatsschrift für die Bestrebungen der christlich-nationalen Arbeiterschaft* 2 (1917), H. 6 (Juni), S. 252. Mit Varianten gegenüber dem Erstdruck und der Fassung in H 48.

DN: H 48, SG 65, ZdT 43.

Wie im Traum versunken] Andachtsvoll versunken D².

manches Jahr] tausend Jahr D².

Tausend Jahre … morsch zerbrechen.] Ein von Leifhelm öfters verwendetes Bild, in dem er das Vergängliche menschlicher Kultur der Ewigkeit der Natur gegenüberstellt; vgl. das Landschaftsbild *Landschaft Österreich*.

Heimkehr

D: 1914.

Ü: T 1923–1925, Bl. 26v; H-MS, Bl. 31r, ms. Reinschriften in derselben Mappe.

ED: Hans Leifhelm: Heimkehr, in: *Die Schaubühne* 10/II (1914), Nr. 46 (19. November 1914), S. 384.

D²: Konrad Overstolz: Heimkehr, in: *Deutsche Arbeit. Monatsschrift für die Bestrebungen der christlich-nationalen Arbeiterschaft* 2 (1917), H. 3 (März), S. 104. Mit Varianten gegenüber dem Erstdruck und der Fassung in H 49.

DN: H 49, SG 65 f., ZdT 43 f.

müderm] müd'rem D².

weißen] gelben D².

bunte] goldne D².

weltdurchziehndem] weltdurchziehendem D².
über Land und Meer] Vermutlich unwillkürliche Nennung des gleichnamigen illustrierten Unterhaltungsblattes, das zwischen 1858 und 1923 wöchentlich erschien.

Die Katze

D: 8. Februar 1925 lt. T 1923–1925, Bl. 46v.

Ü: T 1923–1925, Bl. 46v–49v; H-MS, Bl. 42r–48r.

DN: H 50–53, SG 66–69, MdS 23–26, ZdT 44–47.

Zwillingsflecken] Auch Didymosis; gepaart auftretende Hautmutationen bei Menschen, Tieren und Pflanzen.

Topas] Durchscheinend wie durchsichtig vorkommender Edelstein von gelber, manchmal ins Grünliche oder Violette spielender oder weißer Färbung.

einen Sommer lang] Leifhelm verbrachte seine Sommerferien des Öfteren in Westfalen.

Kirchspiel] Auch Parochie; geographischer Einzugsbereich einer Kirchengemeinde.

Stern und Bless] Durchaus geläufige Namen von Kühen.

Kolk] Pfütze.

Bungerts] Streuobstwiese.

kojenklein] Eng wie eine Koje, die Schlafkammer auf Schiffen.

Timpend] Rhythmisch schlagend und nachhallend.

Kleines Geschehen

D: 18. Januar 1925 lt. T 1923–1925, Bl. 42v.

Ü: T 1923–1925, Bl. 42v–43r.

DN: H 54, SG 69 f., MdS 27, ZdT 47 f.

Bord] Schiffsdeck, oberer Rand des Schiffes.

Glosen] Schwaches Glühen, Glimmen.

Ruth … Ähren] Anspielung auf Rut 2,2. Das Auflesen von Ähren ist Witwen- und Armenrecht; vgl. Lev 23,22; Deut 24,19.

Industriesonntag

D: 1917.

Ü: T 1923–1925, Bl. 28v; H-MS, Bl. 72r.

ED: Konrad Overstolz: Sonntag, in: *Deutsche Arbeit. Monatsschrift für die Bestrebungen der christlich-nationalen Arbeiterschaft* 2 (1917), H. 7 (Juli), S. 310.

DN: H 55, SG 70 f., ZdT 48 f.

sechs Tage … sechs Nächte] Bis 1967 war eine Arbeitswoche von sechs Tagen die Regel. Lediglich an Sonn- und Feiertagen ruhte die Arbeit.

hagre Leiber] tausend Leiber ED.

Stechend … Sprühn] Schleppend ziehen die Füße, die Schuhe glitschen in Blut, / Herzen dörren zu Steinen in sengender Glut – – – – ED.
blauen Himmel] blauenden Himmel ED.
verloht] Erloschen.

Der Kanzlist
D: 5. Dezember 1924 lt. T 1923–1925, Bl. 14r.
Ü: T 1923–1925, Bl. 14r–15v; H-MS, Bl. 38r–41r, ms. Reinschrift in derselben Mappe.
DN: H 56–58, SG 70–73, ZdT 49–51.
Kanzlist] Angestellter einer Anwalts- oder Notarkanzlei.
Herbarium] Sammlung von Pflanzen oder Pflanzenteilen zu Forschungs- oder Liebhaberzwecken, oft in Form eines Albums.
Haare moosigem Nest] In Widmungsexemplaren von Leifhelm handschriftlich aus „Rest" korrigiert.
Todesengel] Diffuse, in Anlehnung an Ex 12,27 imaginierte Gestalt, die dem Menschen den Tod bringt, den Verstorbenen ins Jenseits geleitet bzw. dort empfängt und richtet.

Im Weberdorf
D: 9. Dezember 1924.
Ü: T 1923–1925, Bl. 17v–20v.
DN: H 59–61, SG 73–75, ZdT 51–53.
Gastfreundlich wie ein Fischermann … Genezareth] Simon Petrus lebte vor seiner Berufung als Jünger Jesu als Fischer in Kafarnaum, einer Stadt am Nordufer des Sees Genezareth. Sein Gebot der Gastfreundschaft überliefert 1 Petr 4,9 f.
Boden weiß von Sand] Holzböden wurden mit Scheuersand gereinigt und danach mit Bohnerwachs versiegelt.
Palmstrauß] Der Palmstrauß wird am Freitag vor dem Palmsonntag, dem sogenannten Schmerzen-Freitag, gebunden und soll an den festlichen Einzug Jesu in Jerusalem erinnern (Mt 21,8; Mk 11,8; Joh 12,12 f.).
Schiff] Nach seinem Aussehen benannter Teil des Handwebstuhls, in dessen Inneren die Spule für den Schussfaden befestigt ist und das mit seiner Form das Gleiten durch das Webfach zwischen den Kettfäden erleichtert.
Kettenbaum] Auch Kettbaum; Walze am Webstuhl, auf dem die Kettfäden aufgewickelt sind.
Mulm] Durch Zerfall organischer Substanzen wie z. B. Holz entstandene Vorstufe des Schlammes.
Nöck] Wassergeist, der die Furten an Flüssen bewacht, aber auch in stehenden Gewässern wie Tümpeln, Weihern und Seen lebt.
Trift] Viehweg zwischen Stallung und Weide.

alte Kreis] Kreis für die Beschwörung von Dämonen.
Selfaktor] Automatisch arbeitende Spinnmaschine mit einem stehenden Streckwerk und einem auf Schienen geführten beweglichen Wagen.
Spulerin] Arbeiterin für das Auf- bzw. Umspulen von Garnen zu deren Weiterverarbeitung.
Zeugbaum] Auch Unterbaum; Teil des Webstuhls, auf den das fertige Zeug gewickelt wird.
Seim] Dickflüssiger Saft.

Der Irre
D: Frühjahr 1925.
DN: H 62–64, SG 75–78, ZdT 53–56.
Karawane] Zug von Reisenden.
Dom] Gemeint ist mit Blick auf die im folgenden Vers genannten „heiligen drei Könige“ vermutlich der Kölner Dom, der in einem Schrein die Gebeine der Weisen aus dem Morgenland birgt.
Meierhof] Bauerngehöft oder -gebäude, in dem einst der Verwalter einer zu einer adligen oder geistlichen Grundherrschaft gehörenden Landwirtschaft (Meier) gewohnt hat.
große Kaiser Karl] Karl der Große (747/748–814), 768–814 König des Fränkischen Reiches. Seine Krönung zum Kaiser im Jahr 800 bedeutete die Erneuerung der antiken Kaiserwürde.
Brabanter Tuch] Das zumeist azurblaue Brabanter Tuch galt seit dem Mittelalter als Zeichen materiellen Wohlstands.
Heilgen Land] Kanaan, das Land, in dem „Milch und Honig“ fließt (Ex 3,8 u. ö.), d. h. Nahrung im Überfluss vorhanden ist.
Libanon] Höchstes Gebirge Syriens, benannt nach seinen schneebedeckten Gipfeln.

Der Kapitän
D: 7. April 1925 lt. T 1923–1925, Bl. 60v.
Ü: T 1923–1925, Bl. 60v–62v.
DN: H 65–67, SG 78–80, ZdT 56–58.
Blankenese] Westlicher Stadtteil Hamburgs.
Vogelbauer] Voliere, Vogelkäfig.
Ölzeug] Wasserdichte Oberbekleidung für Seeleute.
Sunde] Durchfahrten zwischen dem Festland und einer Insel.
Kuxhaven] Historische Namensform für die Stadt Cuxhaven, an der die Elbe in die Nordsee mündet.
Doggerbank] Sandbank in der Nordsee, die im Nordwesten die Deutsche Bucht begrenzt.

Kehrwieder] Seemannsgruß, benannt nach einer ehemaligen Insel vor dem Hamburger Hafen, die ausfahrende Schiffe zu passieren hatten.

Lotse] Nautischer Beirat, den ein Schiff bei schwierigen Passagen, Einfahrten, Kanälen erhält.

Segeltuch] Das Einnähen eines Verstorbenen und das Versenken seines Leichnams in der See diente bis weit ins 20. Jahrhundert hinein als Notbestattung, die hygienischen Erwägungen folgte.

Seemannsbuch] Ein Seemanns- bzw. Seefahrtsbuch ist ein Ausweis und dient der Identifikation des Inhabers und dem Nachweis seiner Bordanstellungen.

Lee] Dem Wind abgewandte Seite des Schiffes.

Elmsfeuer] Elektrische Entladung bei Gewitter, die an den Toppen der Masten oder an den Spieren kleine Flämmchen entstehen lässt. Im Aberglauben der Seemänner fand das Elmsfeuer unterschiedliche Deutungen. Diese reichten vom Feuerteufel über Wettervorzeichen bis zur Vorankündigung des nahen Todes eines Besatzungsmitglieds.

Gesänge von der Erde

Vorspruch

D: 1932?

DN: GvdE 5, SG 83, ZdT 61.

gerinne zum Strahle, du Licht] Reminiszenz an Christoph Martin Wieland: Auf Gott (Hymnus), in: Auswahl deutscher Gedichte des siebzehnten, achtzehnten und neunzehnten Jahrhunderts, nach der Zeitfolge geordnet […]. Von F[erdinand] Deycks. Koblenz: Bädeker, ²1846, S. 159–163, hier S. 159 „Du sendest, o Schöpfer, / Einen Strahl von dem Licht, in welchem du wohnst, in die Tiefe, / Und er gerinnt zur Sonne, die Leben und blühende Schönheit / Ueber junge, zu ihr sich drängende Welten ergießet."

Wirre Welt] Anspielung auf Georg von der Vring: Regennacht, in: ders.: Die Gedichte. Gesamtausgabe der veröffentlichten Gedichte und eine Auswahl aus dem Nachlass. Hg. von Christiane Peter und Kristian Wachinger. Ebenhausen bei München: Langewiesche-Brandt, ²1996, S. 98 f., hier S. 98.

Irdischer Gesang

D: 1932?

Ü: GvdE-MS, ms. Reinschrift.

DN: GvdE 7 f., SG 83 f., ZdT 61 f.

dünend] wallend, wogend.

Achatkristalls] Vielfarbig gebänderter Halbedelstein.

Zirruswolke … eisig leuchtend] Auch Federwolke; zur Gänze aus Eiskristallen bestehende, daher zumeist in einem leuchtenden Weiß erstrahlende Wolke.

Die Sonne
D: 1932?
Ü: GvdE-MS, Entwürfe und hs. Reinschrift. Titelformulierung wechselt von *Gesang von der Sonne* über *Lied von der Sonne* zu *Die Sonne*.
DN: GvdE 9 f., SG 84–86, ZdT 62–64.
Äthers] Himmel.
Gischt] Weißliches Gemisch aus Wasser und Luft, das entsteht, wenn das Wasser natürlicher oder künstlicher Gewässer durch mechanische Einwirkung aufgewühlt wird.
Kufen] Bottich, Eimer.

Die Winde
D: 1932?
DN: GvdE 11 f., SG 86–88, ZdT 64–66.
Wermutduftender] Wermut, auch Bitterer Beifuß, ist ein aromatisch duftender Korbblütler mit kleinen gelben Blüten.
Karst] Durch Verwitterung und Korrosion von Gestein entstandene Geländeform.
Schirokkos Gewühl] Heißer Wind aus südlicher bis südöstlicher Richtung, der von der Sahara in Richtung Mittelmeer weht.
Bora] Kalter und böiger Fallwind.
aus dinarischen Felsen] Das Dinarische Gebirge bildet den zentralen Teil der westlichen Balkanhalbinsel.
Rahen] Bestandteil der Takelage eines Segelschiffs.
von des Blinkfeuers Türmen] Leuchtfeuer zur Standortbestimmung für Schiffe.
Schoner] Segelschiff mit zwei Masten, von denen der vordere Mast kleiner ist als der hintere oder aber die gleiche Größe besitzt. An allen Masten werden Schratsegel (Segel, das in Ruhestellung in Richtung der Längsachse des Schiffs gesetzt wird) als Hauptsegel geführt.
Brigg] Zweimastiges Segelschiff mit Rahsegeln (rechteckige oder trapezförmige Segel) an beiden Masten und einem zusätzlichen Schratsegel am Großmast.
Garbino] Auch Libeccio; heißer Wind aus westlicher oder südwestlicher Richtung, oft befrachtet mit feinem Sand aus der Sahara.
Dolinen] Auch Sinkhöhle oder Karsttrichter; trichter-, kessel- oder schlotförmige Senke mit unterirdischem Wasserabfluss in Karstgebieten.
des Steinrötels liebliches Flöten] In Gebirgsregionen beheimateter, drosselartiger Singvogel.
Ponente] Im Vergleich zum Levante kühlerer Wind aus westlicher Richtung.
Levante] Im westlichen Mittelmeer entstehender, aus östlicher Richtung wehender, warmer Wind.
illyrische Inseln] Der Küste Damatiens vorgelagerte Inseln, u. a. Brac, Hvar, Korcula und Mljet.

des starken Mistrales Wehen] Kalter, trockener und oft starker Fallwind aus nordwestlicher Richtung.

Ostro] Feuchter, auflandiger Meereswind aus südwestlicher bis südöstlicher Richtung.

die Schwingen der Tramontana] Aus dem Norden bis Nordwesten kommender, kalter und mitunter böiger Wind.

Abendstern] Das nach dem Mond hellste Gestirn am Abendhimmel, oftmals identisch mit der Venus, seltener mit dem Merkur.

Meer und Festland

D: 1932?

Ü: GvdE-MS, Entwürfe sowie hs. und ms. Reinschriften. Titelformulierung wechselt von *Gesang vom Festland* zu *Meer und Festland*.

DN: GvdE 13 f., SG 88–90, ZdT 66–68.

Nehrung] Schmale Landzunge aus Sand, die ein Haff oder eine Lagune vom offenen Meer trennt.

Felsenkliff] Durch Abrasion im Fest- oder Lockergestein von der Brandungszone an aufwärts entstandene Steilkante.

Die Insel

D: 1932?

Ü: GvdE-MS, Entwürfe und ms. Reinschrift. Titelformulierung wechselt von *Gesang von den Inseln* zu *Die Insel*.

DN: GvdE 15 f., SG 90 f., ZdT 68 f.

Insel der Inseln] Kythera, südlich der Peloponnes; siehe auch die Erläuterungen zu dem Gedicht *Die Insel fand ich*.

den Göttinnen … geweiht] Eule und Schlange waren bei den Griechen Athene, die Biene Mellonia geweiht.

Die Seen

D: 20. September 1930 lt. Datierung N 1930–1931, Bl. 10v.

Ü: N 1930–1931, Bl. 10r–10v; GvdE-MS, ms. Reinschrift.

DN: GvdE 17 f., SG 91–92, ZdT 69 f.

gondelt] Zockelt.

Kormoran] In Küsten- oder Ufernähe lebender Wasservogel mit dunklem Gefieder.

Der Fluss

D: 26. August 1930 lt. Datierung N 1930, Bl. 6r.

Ü: N 1930, Bl. 6r–7v; GvdE-MS, Entwürfe sowie hs. und ms. Reinschriften.

DN: GvdE 19–21, SG 92–95, ZdT 70–73.

Tals … Stadt … Fluss] Köln und das Rheintal.

Brücken wölbend weit] Sowohl bei der Südbrücke (erbaut 1906–1910) als auch bei der Hohenzollernbrücke (erbaut 1907–1911) handelt es sich um markante Fachwerkbogenbrücken, die der Eisenbahn, aber auch Fußgängern die Überquerung des Rheins ermöglichen.

Gott des Stromes] Rhenus, der im Volksmund auch „Vater Rhein" genannt wird.

Gletscher … Quelle] Der Tomasee nahe dem Oberalppass bei Sedrun im Gotthardgebiet gilt als Quelle des Rheins und insbesondere des Vorderrheins.

viel tausend Meilen … Meer] Der Rhein erstreckt sich über 1 230 Kilometer, ehe er in die Nordsee mündet.

Wanderschwalbe] Auch Rauchschwalbe; Schwalbe mit tief gegabeltem Schwanz.

blaue Libelle] Auch Gemeine Seejungfer; Prachtlibelle mit blauen Flügeln.

Regenfrauen … Flurgeister] Gestalten der Volksüberlieferung.

umstürzend] Das Extremhochwasser am Rhein und seinen Nebenflüssen infolge einsetzenden Tauwetters im Dezember 1925/Januar 1926 hatte Leifhelm noch unmittelbar vor Augen. Die Schäden waren seinerzeit beträchtlich. Einen Lagebericht gibt die Morgenausgabe der *Kölnischen Zeitung* vom 4. Januar 1926 unter dem Titel *Das sinkende Wasser*.

First und Feste] Dach und Gemäuer.

Namen aus uraltem Horte] Der Name Rhein ist vermutlich indoeuropäischen Ursprungs. *erei- bedeutet „fließen", Rhenus infolgedessen „der Fließende" oder „der Fluss".

Äquinoktien] Tagundnachtgleichen.

Ozean … Bunde] Okeanos-Motiv bzw. die Vorstellung, dass alle Flüsse dem Ozean entspringen und in ihn zurückkehren.

Im Regen

D: Jan./Feb. 1927.

Ü: N 1926–1927, Bl. 26r–28r; GvdE-MS, ms. Reinschrift.

DN: GvdE 22, SG 95 f., MdS 28, ZdT 73 f.

Regenfrauen] Gestalten der Volksüberlieferung.

Einschuss] Auch Schuss, Eintrag, Einschlag; in der Breitenrichtung verlaufendes Fadensystem am Webstuhl.

Regenweberschifflein] Nach seinem Aussehen benannter Teil des Handwebstuhls, in dessen Innerem die Spule für den Schussfaden befestigt ist und das mit seiner Form das Gleiten durch das Webfach zwischen den Kettfäden erleichtert.

Die Berggewässer
D: 29. August 1930 lt. N 1930, Bl. 19v.
Ü: N 1930, Bl. 19v–21r, unter dem Titel *Gesang von den Gebirgen*.
DN: GvdE 23 f., SG 96, ZdT 74.

Am Grat in den Uralpen
D: 1925.
Ü: GvdE-MS, Entwürfe sowie hs. und ms. Reinschriften.
ED: Hans Leifhelm: Am Grat in den Uralpen, in: *Europäische Revue* 1 (1925/26), H. 11 (1. Februar 1926), S. [322]–324.
DN: GvdE 24–26, SG 96–99, ZdT 74–77.
Uralpen] Die Lepontinischen, Rhätischen und Penninischen Alpen als Hauptgebirgsstöcke der Alpen.
Sturmmöwe] Kleinste Möwenart mit überwiegend weißem Gefieder, grauem Rücken und grauen Flügeln. Anders als den Silber- und den Lachmöwen fehlt ihr der Schnabelfleck. Die ruffreudige Möwe ist für ihre schrillen Pfiffe bekannt.
glosendes Licht] Schimmerndes Licht.
Riff] Steiler, schroffer Fels.
Fächerpalme] Die Blätter der Fächerpalme gehören zu den häufigsten floralen Fossilien.
der Vorzeit Getier] Ammoniten und Brachiopoden.
gesielt] Sich herumwälzen.
Akazien] Zu den Mimosengewächsen zählender immergrüner Strauch mit zuweilen dornenbewehrten Zweigen.
glosendem Brand] Loderndem Brand.
Windsbraut] In Anlehnung an einen Elementargeist der germanischen Mythologie gewählte, poetische Bezeichnung für den Wirbelwind.
Klüften] Risse bzw. Spalten im Fels.
Kugelköpfe des Wollgrases] Auch Wiesenwolle, Wiesenflachs; Sauergrasgewächs, dessen Blüten einen weißen bis orangefarbenen Wollschopf ausbilden.
Felsrunse] Auch Spülrinne; durch die Kraft des Wassers in Berghängen eingeschnittene Rinne.
Des Kalkgebirgs Zug] Felsarten, die vornehmlich aus kohlensaurem Kalk gebildet werden.

Die Bergblumen
D: 29. August 1930.
Ü: N 1930, Bl. 21v–23r (Entwurf und Arbeitsfassung, noch ohne Titel).
DN: GvdE 27, SG 99 f., ZdT 77 f.
Ache und Traun] Flüsse in Oberösterreich.

Zeitlosen] Eine dem Krokus ähnliche, im Spätsommer und Herbst auf Wiesen und Triften wachsende, in allen ihren Teilen giftige Pflanze mit blassvioletten Blüten.

steinernen Tauern] Saumpfade, Bergpässe.

Almrausch] Alpenrose.

Kohlröschen] Orchideenart mit roten, nach Vanille duftenden Blüten.

Zyklamen] Alpenveilchen mit weißen, rosa oder violetten Blüten.

Trollblumen] Auf moorigen Gebirgswiesen wachsendes Hahnenfußgewächs mit großen, gelben kugeligen Blüten.

Leinkraut] Kriechend wachsende Wegerichpflanze mit zweilippigen, gespornten Blättern.

Türkenbund] Lilienart mit stark gewölbten Blütenblättern.

Germer] Staudiges Liliengewächs euroasiatischer Gebirge mit zwischen Juni und August traubig-rispigem weißem Blütenstand.

Glimmer] Gesteinsbildendes, blättriges Mineral von auffälligem Glanz und vollkommener Spaltbarkeit.

Gneis] Aus Quarz, Feldspat, und Glimmer aufgebautes, funkelndes Metamorphitgestein.

Die Waldberge

D: 27. August 1930.

Ü: N 1930, Bl. 8r–10r (Entwurf und Arbeitsfassung), 10v–11r (Korrekturen), 11v–13r (Reinschrift).

DN: GvdE 28 f., SG 100–102, ZdT 78–80.

Porphyr] Magmatisches Gestein mit dichter oder feinkörniger Grundmasse und kristallinen Einsprengseln.

Gefäll] Abschüssigkeit.

Lichtblumen] Auch Frühlingslichtblume oder Lichtmessblume; in Gruppen wachsendes Zeitlosengewächs mit rosa bis violetten Blüten.

Die Dörfer

D: 21. September 1930.

Ü: N 1930–1931, Bl. 11v–12r; GvdE-MS, Entwürfe sowie hs. und ms. Reinschriften. Titel wechselt von *Gesang von den Dörfern* zu *Die Dörfer*.

DN: GvdE 30, SG 102 f., ZdT 80 f.

First] Oberste waagerechte Kante des Daches.

Eibe] Auch Taxus; Baum mit flachen, weichen, dunkelgrünen Nadeln und roten Beerenzapfen.

Buxbaum] Auch Buchsbaum; Zierstrauch mit immergrünen, ledrigen Blättern zur Einfassung von Gräbern, Beeten oder Gärten.

frühe Glocke … Ave] Mit dem morgendlichen und dem abendlichen Läuten der Glocke war seit 1318 der Aufruf zum Beten des *Ave Maria* verbunden.

Inschrifttafel] Zahlreiche Häuser in den bayerischen und in den österreichischen Alpen sind mit einem Hausspruch bzw. einer Spruchinschrift versehen.

Dieses Haus … Glied an Glied.] Ein durchaus gängiger, in zahlreichen Variationen überlieferter Hausspruch, der das Motiv der *peregrinatio vitae* aufnimmt, des Lebens als Wanderschaft. Der Mensch ist nur Gast auf Erden, Besitz ihm nur für kurze Frist gegeben.

Die Äcker

D: 29. August 1930 lt. N 1930, Bl. 13v.

Ü: N 1930, Bl. 13v–14r, 17v–18v.

DN: GvdE 31 f., SG 103–105, ZdT 81–83.

Bannspruch] Spruch zur Abwehr böser oder schädlicher Einflüsse.

Holunder … Sucht] Der Holunder galt als Schutzbaum gegen Krankheiten.

Linde beschirmt] Wie dem Holunder, so schreibt der Aberglaube auch der Linde apotropäische Eigenschaften zu.

Eichenhain … Ahnen Flucht] Haine gelten in der germanischen Vorstellungswelt als heilige Orte.

Sicht] Sichte, auch Kniesense; Handwerkzeug zum Mähen von Getreide.

Bauernschweiß den Boden düngt] Anspielung auf ein deutsches Sprichwort; vgl. Karl Friedrich Wilhelm Wander (Hg.): Deutsches Sprichwörter-Lexikon. Ein Hausschatz für das deutsche Volk. Bd. 1. Leipzig: Brockhaus, 1867, Sp. 420: „Wer den Boden mit eigenem Schweiss düngt, dem wächst Gottes Segen darauf."

Gereut] Neubruch, Rodung.

Wachtel schlägt] Dreisilbiger Ruf bzw. Gesang der Wachtel.

Gewann] Ackerflur, an der mehrere Dorfbewohner teilhaben.

Die Wüsten

D: 17. September 1930 lt. N 1930–1931, Bl. 8v.

Ü: N 1930–1931, Bl. 6r–6v (Arbeitsfassung), 8v–9v (Reinschrift mit nachträglichen Korrekturen in Tinte); GvdE-MS, hs. und ms. Reinschriften. Titel wechselt von *Gesang von der Wüste* zu *Die Wüsten*.

DN: GvdE 33 f., SG 105 f., ZdT 83 f.

Chaos] Das Uranfängliche, Form- und Gestaltlose, aus dem alles entstand.

formend entrungen] Das Chaos steht am Beginn einer jeden Kosmogonie; vgl. Gen 1,2; Ov. met. 1,5–9.

enttragen] Entfernen.

Karawanen] Zug von Reisenden.

sich ostwärts zu neigen] Die Ausrichtung des Gebets nach Osten war in der frühen Kirche selbstverständlich. Sie bedeutete die Hinwendung zu Christus, der sich symbolisch in der aufgehenden Sonne vergegenwärtigte.

Im Moor

D: Februar/März 1927.

Ü: N 1926–1927, Bl. 35v–36r, unter dem Titel *Fieber*; GvdE-MS, Entwürfe sowie hs. und ms. Reinschriften.

DN: GvdE 35 f., SG 106 f., ZdT 84 f.

mit phosphorischem Auge] Mit grünlich leuchtendem Auge.

des Schierlings Hände] Weiß blühendes, giftiges Doldengewächs. „Hand" beschreibt metaphorisch die Form der Blüte.

Schorf] Verkrustetes, abgestorbenes Hautgewebe.

Dommel] Auch Rohrdommel; kleiner Reihervogel mit braunem, gebändertem Gefieder.

Sporen] Der ungeschlechtlichen Fortpflanzung, oft auch der Überdauerung ungünstiger Lebensperioden dienende Zelle vieler blütenloser Pflanzen.

Äonen] Zeiträume von unbegrenzter Dauer.

Die Lichtung

D: 12./13. Februar 1927 lt. N 1926–1927, Bl. 31r.

Ü: N 1926–1927, Bl. 8r–8v, 31r–33r.

DN: GvdE 37–39, SG 108–110, MdS 29–31, ZdT 86–88.

Pfeifengras] Langhalmiges Süßgras, dessen Herbstfärbung zwischen gelb, gelbbraun und rotbraun variiert.

Lieschgras] Gras mit walzenförmiger Ährenrispe.

Das Pfeifengras ... Geschlecht.] In einem Manuskript, das Leifhelm dem Maler Paul Schmidtbauer überließ [SLB Graz, Teil-Nachlass Leifhelm, Hans, Box 1, MS in Kopie], findet sich nach der zweiten Strophe eine weitere, die in *Gesänge von der Erde* fehlt: „O Frühlingssturm, / Von schneebedeckten Firnen fährt er her, / Der Aether liegt wie ein smaragdnes Meer, / Die Erde stöhnt im Urkraftüberschwang; / Im Sturmgesang / Wogt auf der Wald und neigt sich schwer und tief, / Die Lichtung duckt sich in der Erde Schoss, / Die Nacht zieht auf mit Sternen klar und gross, / O Stille rings, wie wenn ein Gott sie rief."

Segge] Riedgras mit dreikantigem, knotenlosem Stängel.

Schwarzginster] Auch Sommerginster; Schmetterlingsblütler mit grünen Blättern, kleinen Stängeln und Blättern, strauchigem Wuchs und gelben Blüten. Seinen Namen trägt der Schwarzginster aufgrund der Tatsache, dass alle Teile beim Trocknen schwarz werden.

Weidenröschen] Hohes Nachtkerzengewächs mit schmalen Blättern und meist purpurroten Blütentrauben.

Faulbaum] Kleiner Laubbaum mit eiförmig-elliptischen Blättern, der oft zugleich rote und schwarze Beeren trägt.

Birkengold] Der gelblich-goldene Pollen, den die Birke von März bis Juni entlässt.

Baldachin] Dach aus verziertem Stoff über einem Thron, einem Bett oder dem Allerheiligsten bei einer Prozession.

des zarten Silbergrases Haar] In dichten Horsten wachsendes Süßgras, dessen Blätter sehr dünn und leicht angeraut sind.

Sandläufer] Flugfähige Laufkäfer, die sich am Boden schnell fortbewegen.

Die Zedern

D: 15. Januar 1929 lt. T 1929, Bl. 3v.

Ü: N 1928, Bl. 17v–18r (Entwurf); T 1929, Bl. 3v–4v; GvdE-MS, Entwürfe und hs. Reinschrift.

DN: GvdE 40, SG 110 f., ZdT 88 f.

Sarons Rose] Vgl. Hld 2,1.

Sidons] Heute Saida; bedeutende phönizische Hafenstadt nördlich von Tyrus.

Zedern des Libanon] Wegen ihrer Höhe von bis zu 40 Metern gilt die Libanon-Zeder im Alten Testament als edler Baum (vgl. Num 24,6). Sie ist ebenso ein Bild für Kraft und Macht wie für Überheblichkeit und Stolz (Ps 29,5; Ps 92,13; Jes 2,13; Hes 17,22–24; Hes 31,1–18). Zuweilen wird sie Zeder Gottes (Ps 80,11) oder Baum des Herrn (Ps 104,16) genannt.

Salomons Bote] Vgl. 1 Kg 5,19 f.

Hiram] König von Tyrus, der David für den Bau seines Palastes und Salomo für den von Palast und Tempel Zedernholz zur Verfügung stellte (2 Sam 5,11; 1 Kg 5,15–32; 1 Kg 7,1–11; 1 Chr 2,2).

Judäa] Gebiet südlich von Samaria, das mit Samaria und zeitweise auch Galiläa die römische Provinz Palästina bildete.

Des Tempels Licht versank] Der Salomonische bzw. Erste Tempel, Hauptheiligtum des Königreichs Juda, wurde 587/586 v. Chr. durch den neubabylonischen König Nebukadnezar II. zerstört. Der nach der Rückkehr aus dem Exil von den Judäern wiedererrichtete und von Herodes dem Großen erweiterte Zweite Tempel fiel 70 n. Chr. bei der Einnahme Jerusalems durch den römischen Kaiser Titus.

Jesajas Klage] Jes 14,8; Jes 37,24.

maronitischen Frau'n, gazellengleichen] Die Maroniten, die ihren Namen auf den heiligen Mönch Maron zurückführen, sind eine der ältesten Religionsgemeinschaften im Libanon. Ihre Kirchensprache ist das Westsyrische. Die Gazelle ist im Hohelied ein Sinnbild für das Schöne und Liebliche (Hld 2,9.17; 4,5).

Schlangenlied

D: September 1928.

Ü: N 1928, Bl. 8r–9v (Arbeitsfassung mit Korrekturen in Tinte); GvdE-MS, hs. Reinschrift.

DN: GvdE 41 f., SG 111–113, MdS 32 f., ZdT 89–91.
Schlangenlied] Die Anordnung der Strophen folgt der *figura serpentina*.
Blase das Weidenrohr] Bukolisches Bild; vgl. Verg. ecl. 1,1 f.
der Spiräen] Auch Spire, Spierstrauch; in zahlreichen Arten vorkommendes Rosengewächs mit weißen, rosa oder roten Blüten.
Blust] Blüte.

Sommerlied
D: 21. Januar 1927 lt. N 1926–1927, Bl. 25r.
Ü: N 1926–1927, Bl. 3v–4r (Arbeitsfassung), 25r–25v; GvdE-MS, Entwürfe und ms. Reinschrift. Titel wechselt von *Rast im Sommer* zu *Sommerlied*.
DN: GvdE 43, SG 113–114, ZdT 91 f.
Bühl und Ried] Hügel und Moor.
Weidenschossen] Weidentriebe.

Wanderschaft
D: 1927?
Ü: GvdE-MS, Entwürfe und hs. Reinschrift. Titel wechselt von *Von der Wanderschaft* zu *Wanderschaft*.
DN: GvdE 44, SG 114 f., ZdT 92 f.
Silberlaut] Heller Ton.
Honigklee] Auch Steinklee; an steinigen Wegen vorkommender, hochwachsender Schmetterlingsblütler mit Blütentrauben.
Lindenseim] Ausscheidungsprodukt von Blattläusen, wurde früher für Blütentau der Linde gehalten.

Herbstbeginn
D: 22. August 1930 lt. N 1930, Bl. 1r.
Ü: N 1930, Bl. 1r–1v unter dem Titel *September*; GvdE-MS, hs. und ms. Reinschriften.
DN: GvdE 45, SG 115, ZdT 93.
Winden] Kletterpflanze mit rankenden Trieben sowie einzelnen, trichterförmigen weißen oder rosa Blüten.
Herbstzeitlose] Eine dem Krokus ähnliche, im Spätsommer und Herbst auf Wiesen und Triften wachsende, in allen ihren Teilen giftige Pflanze mit blassvioletten Blüten.
Einbeere] Kleines, staudiges Liliengewächs in Laubwäldern mit vier quirlständigen Blättern und im Sommer mit einer kirschgroßen, blauschwarzen, giftigen Beere.
Honigklee] Auch Steinklee; an steinigen Wegen vorkommender, hochwachsender Schmetterlingsblütler mit Blütentrauben.

Baldachinspinne] Auch Deckennetzspinne; kleine, artenreiche Spinne, die ihr Netz, das vornehmlich im Morgentau sichtbar ist, in Bodennähe horizontal und leicht gewölbt wie einen Baldachin webt. Im Spätsommer und Herbst bewegen sie sich mit Fäden im Wind fort.
Silberwerk] Spinnennetz.

Die Vögel
D: 1930?
DN: GvdE 46 f., SG 116 f., ZdT 94 f.
Pirole] Da Pirole in den oberen Baumregionen leben und sich schnell zwischen den Baumkronen bewegen, sind sie oft kaum sichtbar.
Adler und Rabe … Weisheit] Da der Adler den Weitblick symbolisiert, galt er den Griechen als Vogel des Zeus. Der Rabe dagegen war wegen seines Wissens und seiner Weisheit dem Apoll heilig. Der nordische Göttervater Odin trägt die Raben Hugin und Munin auf seinen Schultern.
Äonen] Zeiträume von unbegrenzter Dauer.
Bergdrosseln] Amselgroßer Singvogel mit braunem Federkleid und heller, gefleckter Unterseite.

Die Haubenlerchen
D: 15. Februar 1927 lt. N 1926–1927, Bl. 36v.
Ü: N 1926–1927, Bl. 36v–37r, 37v–38r (jeweils Arbeitsfassungen); GvdE-MS, ms. Reinschrift.
ED: Hans Leifhelm: Die Haubenlerchen, in: Das Ufer. Ein Buch rheinischer Dichtung. Hg. von Otto Doderer. Siegburg/Leipzig: Walther Gericke, 1928, S. 211.
DN: GvdE 48, SG 117 f., ZdT 95 f.
Haubenlerchen] Lerche mit Federhaube.

Brieftauben
D: 27. September 1927.
Ü: T 1927, Bl. 33v–34r (Reinschrift in Bleistift); GvdE-MS, Entwürfe und ms. Reinschriften. Titel wechselt von *Ballade von der Sehnsucht der Städte* zu *Brieftauben*.
ED: Hans Leifhelm: Brieftauben, in: Das Ufer. Ein Buch rheinischer Dichtung. Hg. von Otto Doderer. Siegburg/Leipzig: Walther Gericke, 1928, S. 210.
DN: GvdE 49 f., SG 118 f., ZdT 96 f.
Vogel der Reise] Die Taube gilt in den Industrierevieren an Rhein und Ruhr als „Rennpferd des kleinen Mannes".
Hochöfen] Hoher Schachtschmelzofen zur Roheisengewinnung.
Dampfhammer] Dampfbetriebener Maschinenhammer zum Schmieden großer Werkstücke.

Walzenstraße] Reihenförmige Anordnung von Maschinen zum Walzen von Eisen und Stahl.
„Brieftaubenverein Kap Horn"] Vermutlich fingierter Name.
aufgelassen] Aufsteigen lassen.

Die Menschen
D: 1928?
Ü: GvdE-MS, Entwürfe und hs. Reinschrift. Titel wechselt von *Gesang von den Menschen* zu *Die Menschen*.
DN: GvdE 51–56, SG 119–125, ZdT 97–103.
Unterirdischen … Einaug] Hesiod beschreibt in der *Theogonie* die Zyklopen als riesenhafte Gestalten, die inmitten ihrer Stirn ein Auge besitzen. Zeus befreite sie aus ihrem Verließ in der Erde, in das Uranos sie eingeschlossen hatte, und erhielt von ihnen im Gegenzug Blitz und Donner als Waffen in seinem Kampf gegen die Titanen.
Bast] Aus Rinde gewonnener Stoff.
ein Geschlecht] Die Menschen.
planetisches Licht] Fähigkeit, mit Hilfe der Sonne zu sehen.
Gestäng] Halterung bzw. Gerüst aus Stangen.
Gesträng] Schleppe aus Strängen und Seilen.
Mondstein] Farbloses oder gelbliches Mineral mit bläulich-weißem, dem Mondlicht ähnelndem Schimmer.
Bannmeile] Geheiligter Bezirk um ein Heiligtum.
Geysir] Heiße Springquelle, die in regelmäßigen Abständen ihr Wasser ausstößt.
Götter nach ihrem Bilde] Umkehrung von Gen 1,26 f.
apokalyptischen Reiter] Anspielung auf Apk 6,1–8.
dunklen Mütter] Naturgottheiten des Gebärens.
Pan] Griechischer Hirtengott, Mischwesen aus Mensch und Bock.
Sterngezeugte] Pan ging nach einer Version des Mythos aus der Verbindung des Aither mit der Nymphe Oinoe hervor.
Ritornell] Italienische Volksliedform mit dreizeiligen Strophen.
Anger und Wiesenplan] Grasplatz bzw. Wiesenfläche.
Tanz des Pan] Pan fördert den Tanz und die Ausgelassenheit.
Mittagstraum] Der Mittag dient dem Pan zur Ruhe und ist ihm daher heilig.
Haff] Flaches Gewässer, das durch Inseln oder einen Dünenstreifen von der See getrennt ist.
der große Pan ist tot] Zitat nach: Plutarch: De defectu oraculorum 17. Dem ägyptischen Matrosen Thamos soll eine göttliche Stimme über das Meer zugerufen haben: „Thamos, wenn du nach Palodes kommst, verkünde dort, dass der große Pan gestorben ist." Plutarch vermutet allerdings, dass Thamos aufgrund seiner geringen Griechischkenntnisse die zeremoni-

elle Klage Θαμοῦς πάνμεγας τέθνηκε („Der unendlich große Tammuz ist tot!") als „Ὁ μέγας Πὰν τέθνηκε" („Thamos, der große Pan ist tot") missverstanden habe.

heiligen Elefanten] Der Hinduismus verehrt den Elefanten als heilig, da in ihm der Gott Ganesha Gestalt annimmt.

Bilch] Auch Schlafmaus; nächtlich lebendes Nagetier mit buschigem Schwanz.

am klaren heiligen Wort] Die zehn Gebote; vgl. Ex 20,1–17.

Du sollst nicht töten!] Ex 20,13.

Du sollst nicht stehlen!] Ex 20,15.

Du sollst nicht lügen!] Ex 20,16.

Mit dem Sichelmond, mit dem Abendstern

D: Ende April 1928.

Ü: T 1928, Bl. 7r–7v (zwei Entwürfe); 8v (Entwurf der Eingangsstrophe), 9r (Entwurf), 9v–11r (Entwurf einer ersten Fassung, datiert 16. April 1928), 11v–13r (Endfassung mit Korrekturen); GvdE-MS, Entwürfe und ms. Reinschriften.

ED: Hans Leifhelm: Mit dem Sichelmond, mit dem Abendstern, in: *Hochland. Monatsschrift für alle Gebiete des Wissens, der Literatur und Kunst* 25,2 (1928), S. 506.

DN: GvdE 57 f., SG 125 f., MdS 34 f., ZdT 103 f.

Abendstern] Das nach dem Mond hellste Gestirn am Abendhimmel, oftmals identisch mit der Venus, seltener mit dem Merkur.

Vom hoffenden Leben

D: 1928?

Ü: GvdE-MS, Entwürfe und hs. Reinschrift.

DN: GvdE 59, SG 126 f., MdS 36, ZdT 104 f.

Schnee um den Obstbaum] Vgl. Jos[eph] W[ilhelm] Fischer: Von der Natur des Frostes, von dessen schädlichen Einwirkungen auf den Obst-Bau, von den Mitteln dagegen, und von den Fischer'schen Frost- und Hagelableitern, in: *Allgemeine deutsche Garten-Zeitung* 8 (1828), Nr. 42 (15. Oktober 1828), S. 329–335, hier S. 331: „Bei mehreren zarten und zeitlich treibenden, oder blühenden Obstbaum- und Weinrebensorten ist zu deren Schuz oft nothwendig, daß ihr Trieb zurükgehalten werde, welches durch Bedekung wider die Einwirkung der Wärme auch dadurch geschehen kann, wenn auf die Erde um den Baum hoch und dicht Schnee angehäuft, und derselbe mit Stroh bedekt wird."

Werdegebot] Vgl. Gen 1,3.6.9.11.14.20.24.26.

Lob der Vergänglichkeit

Der Dichter widmet sein Buch
D: 1925.
Ü: N 1925, Bl. 36r, unter dem Titel *Widmung an FB* [i. e. Felix Braun]. – LdV-MS 1, M. 1, hs. Reinschriften. Titel wechselt von *Der Dichter ist aus diesem Buch verbannt* zu *Der Dichter widmet sein Buch*; LdV-MS 2, Bl. 2r, hs. Reinschrift.
ED: Der Dichter widmet sein Buch, in: *Westdeutsche Landeszeitung* vom 31. Dezember 1926.
DN: AG 9, LdV 5, SG 131, ZdT 107.
in verhülltem Wortgeheimnis] Verschlüsselungen.

Im März
D: Januar/Februar 1937.
Ü: LdV-MS 1, M. 1, Arbeitsfassungen und ms. Reinschrift. Titel wechselt von *Aufbruch und Wanderschaft* zu *Im März*; LdV-MS 2, Bl. 10v–11r, hs. Reinschrift.
ED: Hans Leifhelm: Im März, in: *Simplicissimus* 42 (1937), H. 8 (28. Februar 1937), S. 114.
DN: AG 10, LdV 6 f., SG 131 f., MdS 37, ZdT 107 f.
Harsch] Eiskruste auf einer Schneedecke.
Tannicht] Wald, Gehölz.
Gewänd] Steile Felswand (österr.).

Sommersonnwend in den Alpen
D: Anfang 1935. Leifhelm schickte am 1. April 1935 eine ms. Abschrift des Gedichts an Martin Sturm; DLA Marbach, A: Leifhelm, Hans. Leifhelm, Hans: Gedichte aus den Briefen an Martin Sturm.
Ü: LdV-MS 1, M. 1, Arbeitsfassungen; LdV-MS 2, Bl. 5v–6r, Arbeitsfassung.
ED: Hans Leifhelm: Sommersonnwend in den Alpen, in: *Das Innere Reich. Die neue Zeitschrift für Dichtung, Kunst und deutsches Leben* 2 (1935/36), H. 4 (Juli 1935), S. 485 f.
DN: AG 13 f., LdV 8 f., SG 132–134, ZdT 108–110.
Schattenrad] Einbruch der Dunkelheit.
des Siebengestirns auffahrendem Zeichen] Plejaden; offener, mit bloßem Auge erkennbarer Sternhaufen.

Der Hügel
D: Frühjahr 1935.
Ü: LdV-MS 1, M. 1, Arbeitsfassungen; LdV-MS 2, Bl. 4v–5r, hs. Reinschrift.

ED: Hans Leifhelm: Der Hügel, in: *Das Innere Reich. Die neue Zeitschrift für Dichtung, Kunst und deutsches Leben* 2 (1935/36), H. 4 (Juli 1935), S. 486 f.

DN: LdV 10 f., SG 134 f., ZdT 110–111.

Bergerle] Strauchförmige, im Gebirge wachsende Erlenart mit beidseitig grünen Blättern.

Felswurz] Petersilie, gestielt und mit großen Schüppchen.

Anger] Freier Grasplatz im oder am Dorf zur gemeinschaftlichen Nutzung.

Keine Axt, keine Pflugschar versehrt] Anspielung auf Ovids Darstellung des Goldenen Zeitalters im Rahmen seiner Weltalterlehre (Ov. met. 1,89–112). Dort heißt es, dass die Fichte noch nicht für den Bootsbau gefällt (ebd., 1,94 f.) und die Erde noch nicht von der Pflugschar verwundet (ebd., 1,101 f.) worden sei.

Bläulinge] Kleiner Tagfalter, bei dem die Männchen blau gefärbte Flügeloberseiten besitzen.

Ammern] Mit den Finken verwandte, artenreiche Singvogelfamilie.

Der Schmetterling

D: 1935?

Ü: LdV-MS 1, M. 1, Arbeitsfassungen. Der Titel wechselt von *Der Falter* zu *Der Schmetterling*; LdV-MS 2, Bl. 11v–12r, hs. Reinschrift.

ED: Hans Leifhelm: Der Schmetterling, in: Julius Franz Schütz, Elza Kučera (Hg.): Camilla Lucerna 1868 – 24. VI. – 1938. Graz: Heinrich Stiasnys Söhne, 1938, S. 82 f.

DN: LdV 12 f., SG 135–137, ZdT 111–113.

Falter … Schachbrett] Mittelgroßer Tagfalter, dessen Flügel ein schachbrettartiges Muster aus weißen und schwarz oder dunkelbraun gefärbten Flecken zeigen. Er bevorzugt Weiden, Wiesen oder Waldlichtungen als Lebensräume. Seine Raupen schlüpfen ab Mitte Juni.

Turmalin] Im Fall des Schwarzen Turmalins dunkler Edelstein mit säulenförmigen Kristallen.

Reis] Zweig.

Bote aus unterirdischer Gruft] Die Larven des Schmetterlings verpuppen sich ab Mai am Boden in einem schützenden Gespinst.

Die Garben stehn

D: 1935?

Ü: LdV-MS 1, M. 1, Arbeitsfassungen.

ED: Hans Leifhelm: Im weiten Feld die Garben stehn, in: Julius Franz Schütz, Elza Kučera (Hg.): Camilla Lucerna 1868 – 24. VI. – 1938. Graz: Heinrich Stiasnys Söhne, 1938, S. 83.

DN: AG 11, LdV 14, SG 137, ZdT 113.

Garben] Zum Trocknen gebündelte Getreidehalme mit Ähren.

Mahlwerk hinterm Wehre] Mühlen wurden oftmals mit Wasserkraft betrieben.
Lände] Anlegestelle für Boote an einem Gewässer.
herbstlich falben] Gelblich-bräunliche Färbung annehmen.

Herbstlicher Ruf
D: 1938.
DN: LdV 15, SG 137 f., ZdT 113 f.
Kelter] Presse, insbesondere für Weintrauben.
Kätzchen] Haselkätzchen; männliche Blüten des Haselstrauchs.
Stundenglas] Sanduhr als Vanitas-Symbol.
Bucht] Von Land umgebener Teil eines Meeres oder eines Sees.
Zelter] Reitpferd.
Winterfrau] Volkstümliche Personifikation des Winters.

Winterwald
D: 1916.
ED: Konrad Overstolz: Winterwald, in: *Deutsche Arbeit. Monatsschrift für die Bestrebungen der christlich-nationalen Arbeiterschaft* 2 (1917), H. 1 (Januar), S. 33.
DN: LdV 16, SG 138, ZdT 114.
weiß] weich ED.

Die Wolken
D: 1932?
Ü: LdV-MS 1, M. 1, Arbeitsfassungen. Der Titel wechselt von *Gesang von den Wolken* zu *Die Wolken*.
DN: LdV 17, SG 139, ZdT 115.
Feste und Bann] Mauern und Halt.
Der … Weltesche heiliger Baum] Die altnordische *Vǫlospá* gibt der Weltesche den Namen Yggdrasil (V. 19). Beim Wetteruntergang, dem Ragnarök, zittert ihr Stamm (V. 48). Ausführlich beschrieben wird die Esche in den Grímnismál (V. 29–35). Leifhelm dürfte die Übersetzung der Edda von Karl Simrock gekannt haben.
Riesen aus Sagen] Riesen erscheinen in den Liedern der Edda als Urgewalten, die dem Menschen mal freundlich, mal feindlich gegenüberstehen. Die christliche Überformung germanischer Vorstellungen hat in den Volkssagen sowohl zur Dämonisierung als auch zur Verharmlosung der Gestalt des Riesen geführt.
Städte aus goldenen Tagen] Gemeint ist wohl die Blüte der Stadtentwicklung im Mittelalter durch die Wiederbelebung römischer Siedlungen (Trier, Köln, Mainz), durch das Zusammenwachsen von Siedlungen (Nürnberg, Leipzig, Lübeck oder Berlin) und durch den Ausbau von Handelszentren.

Aufblick
D: 1938?
Ü: LdV-MS 1, M. 1, Arbeitsfassungen. Der Titel wechselt von *Aufblick am Abend* zu *Aufblick*.
ED: Hans Leifhelm: Aufblick, in: *Bergland. Illustrierte alpenländische Monatsschrift* 20 (1938), H. 5 (Mai 1938), S. 33.
DN: LdV 18, SG 140, ZdT 116.

Das Meer
D: 28. Januar 1934 lt. einer hs. Notiz Leifhelms auf der Reinschrift in LdV-MS 1, M. 1.
Ü: LdV-MS 1, M. 1, Arbeitsfassungen und Reinschrift; LdV-MS 2, Bl. 2v–4r, hs. Reinschrift.
DN: LdV 19–22, SG 140–143, ZdT 116–119.
Barren] Wellen, Wogen.
Gesichte] Ahnungen, Erscheinungen.
Urelement] Wasser zählt neben Feuer, Luft und Erde zu den Urelementen bzw. Urstoffen, aus deren Mischung alles Seiende besteht.
brackigen Bänke] Von Salzwasser getränkte Sandablagerungen.
Augen … im Sand] Grundfische jedweder Art.
Geschwadern] Militärischer Begriff anstelle des ichthyologischen „Schwarms".
blinden Gebot] Das Wanderverhalten zahlreicher Fischarten gilt der Suche nach Stätten für die Fortpflanzung und für die Aufzucht der Brut.
Seeanemonen] Auch Aktinie; blumenähnliches, buntes Meerestier, das mit Tentakeln nach Beutetieren greift.
Geschöpfe, elektrisch aufleuchtend] Fluoreszierende Quallen.
Schlüften] Kleine Höhle.
Tangs] Große Meeresalge.
Gang der Gezeiten] Regelmäßiger Wechsel von Ebbe und Flut.
Bug] Vorderer Teil eines Schiffes.
Firne] Höhe (schweiz.).
Anruf von Sonne und Mond] Die Gezeiten werden durch die Gravitation der Sonne und des Mondes verursacht.
Riff … Kliff] Bei Leifhelm beliebtes Reimpaar; vgl. *Am Grat in den Uralpen* und *Meer und Festland*.
Möven] Alte, bis 1901 gebräuchliche Schreibweise für Möwe.
Lummen] Schwarz-weiß gefiederte Meeresvögel, die nur zur Brutzeit die Küsten aufsuchen und dort auf Klippen nisten.
Atlantisch] Wie die mythische Insel Atlantis.
Feste] Festland.

vergluten] Verbrennen.
Opalene Fluten] Schillernd wie ein Opal.

Die Städte

D: Anfang 1934. Leifhelm schickte eine ms. Anschrift des Gedichts am 13. August 1934 an Martin Sturm [DLA Marbach, A: Leifhelm, Hans. Leifhelm, Hans: Gedichte aus den Briefen an Martin Sturm].

Ü: LdV-MS 1, M. 1, Entwürfe und hs. Reinschrift. Der Titel wechselt von *Gesang von den Städten* zu *Die Städte*; LdV-MS 2, Bl. 9v–10r, hs. Reinschrift.

DN: AG 5–7, LdV 23–25, SG 143–145, ZdT 119–121.

Etrusker] Die Städte der Etrusker waren in einem Zwölfstädtebund zusammengeschlossen, der weniger politischen als religiösen Zwecken diente.

Berges First] Berggipfel; Populona wurde von den Etruskern auf einem Felsvorsprung errichtet, der einen Ausblick auf den Golf von Baratti bot.

Städte stehen noch heute] Etruskische Gründungen sind etwa Bologna (Felsina), Rimini (Arimna), Mantua (Manthva), Modena (Mutina) und Ravenna (Ravena).

Rom, die ewige Stadt] Als ewige Stadt wird Rom erstmals von Tibull bezeichnet (c. 2,5,23 f.). Vergil entwickelte diese Vorstellung in der *Aeneis* zur Romideologie.

der Götter Geheiß] Der Vogelflug entschied darüber, wer von den Zwillingssöhnen des Kriegsgottes Mars und der Rhea Silvia, Romulus oder Remus, die Stadt gründen und ihr seinen Namen geben solle.

sieben Hügeln] Quirinal, Viminal, Kapitol, Esquilin, Palatin, Caelius, Aventin in Nord-Süd-Richtung.

Jerusalem, die heilige Stadt] Bezeichnung nach Ps 2,6. Jerusalem ist heilige Stadt für Christen, Juden und Muslime.

ward vielmals verbrannt] Jerusalem wurde im Laufe seiner Geschichte mehrmals zerstört, so z. B. 587 v. Chr. durch Nebukadnezar (2 Kg 25), der sie bereits 605 und 597 v. Chr. eingenommen hatte, und 70 n. Chr. durch den römischen Kaiser Titus. Rabbiner sprechen vom ersten und zweiten Churban.

in fremdes Land verbannt] Die Verschleppung nach und der Auszug aus Ägypten sind wesentliche Momente der Volkswerdung Israels; vgl. Gen. 37 bis Ex 14,31. Die Bibel nimmt mehr als sechzigmal darauf Bezug; vgl. Ps 78,40–55.

zu ihren Vätern ins Grab] Im Tod kommt es nach jüdisch-mosaischer Vorstellung zu einer Vereinigung mit den Vätern; vgl. 1 Kg 2,10; Dt 31,50.

in das Nichts vergehn] Babylon, Ninive und Susa sind heute Ruinenstädte.

Babylon] Die Blütestadt der babylonischen Hauptstadt lag zwischen 1800 und 140 v. Chr.

Ninive] Die Hauptstadt Assyriens war bis zu ihrer Zerstörung durch die Meder und Babylonier 612 v. Chr. ein Zentrum kultureller Blüte.

Susa] Susa war die blühende Hauptstadt des Reiches Elam am Ulai. Um 1259 wurde sie von den Mongolen zerstört.

die Herodot gesehn] Der griechische Geschichtsschreiber Herodot (490/480 v. Chr. – um 430/420 v. Chr.) berichtet in seinen *Historien* u. a. von der Zerstörung von Sardes 499 v. Chr. (Hdt. 5,102,1) und Eretria 490 v. Chr. (Hdt. 6,101,3).

Theben … begraben im Sand] Am Nil gelegene ägyptische Stadt, die Homer das hunderttorige Theben nennt (Il. 9,383). Theben, das trotz mehrmaliger Zerstörung noch in römischer Zeit seine Bedeutung bewahrte, ist heute eine Ruinenstadt.

Palmyra] Syrische Oasenstadt, die aufgrund ihrer Lage an einer Karawanenroute zu finanziellem und kulturellem Reichtum gelangte. 273 n. Chr. wurde sie von den Römern zerstört.

Thyrus] Tyrus, frühe phönizische Metropole am Mittelmeer.

Sidon] Heute Sauda; bedeutende phönizische Hafenstadt nördlich von Tyrus.

Karthago] Nordafrikanische Metropole, die mit den Römern um die Herrschaft im Mittelmeerraum konkurrierte und von ihnen in drei Punischen Kriegen niedergerungen wurde. 146 v. Chr. wurde sie völlig zerstört.

Ravenna] Stadt in der Emilia-Romagna im Nordosten Italiens, 402–476 Hauptresidenz der weströmischen Kaiser.

Belial] Parabiblischer, okkulter Dämon in menschlicher Gestalt mit Teufels- oder Echsenzügen.

ewige, göttliche Stadt] Bild in Anlehnung an die Vorstellung vom himmlischen Jerusalem; vgl. Apk 21,9–27 – 22,1–5.

Bauernspruch zur Sonnwend

D: 1936.

ED: Bauernspruch zur Sommersonnwend, in: Ausritt. Almanach des Verlages Albert Langen/Georg Müller 1936/1937. München: Albert Langen/ Georg Müller, 1936, S. 90 f.

DN: AG 8, LdV 26, SG 145 f., ZdT 121 f.

nach alter Weis] Die Sonnwendfeier zur Begrüßung des Sommeranfangs ist heidnischen Ursprungs, wurde im 12. Jahrhundert jedoch christlich adaptiert, indem sie mit dem Johannistag in Verbindung gebracht wurde und das Sonnwendfeuer als Johannisfeuer interpretiert wurde. In den Bergen gilt das Feuer gleichermaßen als ein Symbol für die Sonne wie für Christus. Johannes wird als Vorläufer Christi gedeutet (Mal 3,1 f.), der im Unterschied zu ihm, der mit Wasser tauft, mit Feuer und mit Geist taufen wird (Mt 3,11).

Dreikönige

D: Am 6. Januar 1917 trug Leifhelm das Gedicht in das Gästebuch von Lerschs Schwiegereltern Köchlin ein; vgl. Faksimile in: *Rheinische Post*. Ausgabe Mönchengladbach, 14. Januar 1961.

Ü: N 1926–1927, Bl. 13r; LdV-MS 2, Bl. 6v, hs. Reinschrift.

DN: LdV 27, SG 146, ZdT 122.

Drei Könige] Drei Sterndeuter, die nach der Erzählung von Mt 2,1–12 durch den Stern von Bethlehem zu Jesus geführt wurden. Zu Königen machte sie die Legendarik des späten 3. Jahrhunderts, die Namen Caspar, Melchior und Balthasar gab ihnen die Westkirche des 6. Jahrhunderts.

Von Weihrauch, von Myrrhen, von goldenem Licht] Geschenke, mit denen nach Mt 2,11 die Sterndeuter dem neugeborenen Kind, als künftigem König von Judäa huldigten. „Goldenes Licht" meint im Sinne einer Enallage den Glanz des Edelmetalls.

Auf dem Turm

D: September 1928.

Ü: N 1928, Bl. 10r–11r (Entwurf), 11v–12r, 12v–13r, 13v–14r (jeweils Arbeitsfassungen). – LdV-MS 1, M. 2, hs. Reinschrift mit dem Titel *Auf dem Turme*.

ED: Hans Leifhelm: Auf dem Turme, in: *Simplicissimus* 41 (1936), H. 36 (29. November 1936), S. 466.

DN: LdV 28, SG 146 f., ZdT 122 f.

Reuse] Feststehendes, trichterförmiges Fangnetz.

Bohlen] Bodenholz, Planke.

Schiffe auf dem Kanal

D: 1913.

DN: LdV 29, SG 147, ZdT 123.

Erwachungsdehnen] Das Recken der Glieder nach dem Erwachen.

Die Spatzen

D: 14. November 1927 lt. T 1927, Bl. 39r. Stefan Zweig erhielt das Gedicht mit Widmung und Gruß vom 12. November 1927 [SLB Graz, Teilnachlass Leifhelm, Hans, Box 2, M. „Hans Leifhelm"].

Ü: T 1927, Bl. 38r–39r (Arbeitsfassung in Bleistift), 39v–40r (Reinschrift in Tinte); LdV-MS 1, M. 2, hs. und ms. Reinschriften; LdV-MS 2, Bl. 8r, hs. Reinschrift.

DN: AG 12, LdV 30, SG 148, ZdT 124.

Erinnerung an Maloja

D: Das Gedicht dürfte auf der Reise entstanden sein, die Leifhelm von Mitte Juli bis Mitte September 1928 von Österreich über die Schweiz nach Italien unternahm. Am 14. August 1928 hält er in seinem Tagebuch fest: „Seit 14 Tagen in Maloja." [N 1928, Bl. 3v]; siehe auch die Erläuterungen zu der Erzählung *Hotelmirakel*.

Ü: LdV-MS 1, M. 2, Entwürfe und Arbeitsfassungen.

DN: LdV 31 f., SG 148–150, ZdT 124–126.

Maloja] Dorf am gleichnamigen Pass zwischen dem Oberengadin und dem Bergell im Schweizer Kanton Graubünden.

Piz Lunghin] Ein 2780 Meter hoher Berg der Lagrev-Gruppe westlich von Maloja.

Engadin] Hochtal im Kanton Graubünden.

Der Arven zackige Kontur] Auch Zirbe oder Zirbelkiefer; fünfnadelige Föhrenart, die zumeist an schattigen Standorten in den Alpen oder Karpaten wächst und im Alter oft bizarre Wuchsformen aufweist.

Kaskaden] Stufenförmiger Wasserfall.

Inn] Der Inn entspringt nordöstlich vom Pass Lunghin im Lunghinsee im Schweizer Oberengadin.

Gezeugt von Fels- und Firnenschnee] Der Lunghinsee speist sich überwiegend aus Gletscherwasser.

Durchpulst … den Silser See] Der Inn durchfließt den Silser-, den Silvaplaner-, den Champfèrer- und den St. Moritzersee. Gemeinsam bilden sie die Engadiner Seenplatte.

Eisenhut] Hahnenfußgewächs mit blauvioletten oder gelben Blüten und helmartigem oberem Kronblatt.

In Latium

D: Anfang Dezember 1938; vgl. Hans Leifhelm: Karte an Sophie Homann, Marino Laziale, 8. Dezember 1938 [DLA Marbach, A: Leifhelm, Hans: Hans Leifhelm: Briefe an Sophie Homann, M. 4]: „Soeben ist ein Gedicht ‚In Latium' fertig geworden, das ich dem ‚Inneren Reich' schicken werde. Du bekommst bald eine Abschrift."

ED: Hans Leifhelm: In Latium, in: *Das Innere Reich. Die neue Zeitschrift für Dichtung, Kunst und deutsches Leben* 6 (1939/40), H. 1 (April 1939), S. 92–94.

Ü: LdV-MS 1, M. 2, Arbeitsfassung.

DN: LdV 33 f., SG 150 f., ZdT 126 f.

Latium] Region in Mittelitalien.

Hochkronige Bäume] Pinien.

Schlucht] In Verbindung mit dem „träumenden Wasser" in der Schlussstrophe dürfte Tivoli gemeint sein.

Bildsäulen aus heidnischen Tagen] Der Vestatempel.

Beeren … Ilexzweigen] Die Beeren der Stechpalme sind leuchtend rot.

Felsenbarren] Felsenbank.

vulkanischer Staub] Das Hügelland von Latium besteht zum überwiegenden Teil aus Tuff, vulkanischem Eruptivgestein.

Dryaden] Baum- bzw. Waldnymphen.

Bergen] Die Monti Tiburtini.

Römische Brunnen

D: Februar 1939; vgl. Hans Leifhelm: Brief an Sophie Homann, [Rom] 28. Februar 1939 [DLA Marbach, A: Leifhelm, Hans. Hans Leifhelm: Briefe an Sophie Homann, M. 5].

ED: Hans Leifhelm: Römische Brunnen, in: *Das Innere Reich. Die neue Zeitschrift für Dichtung, Kunst und deutsches Leben* 6 (1939/40), H. 1 (April 1939), S. 90–92.

DN: LdV 35–39, SG 152–155, ZdT 128–131.

Ewige Stadt] Als ewige Stadt wird Rom erstmals von Tibull bezeichnet (c. 2,5,23 f.). Vergil entwickelte diese Vorstellung in der *Aeneis* zur Romideologie.

lateinischen Bergen] Sabiner Berge.

Hochaufspringend … Strahl] Anspielung auf den Beginn von Conrad Ferdinand Meyers Gedicht *Der römische Brunnen*: „Aufsteigt der Strahl"; vgl. Conrad Ferdinand Meyer: Gedichte. Ausgewählt von Albrecht Schaeffer. Leipzig: Insel, 1929 (Insel-Bücherei, 303), S. 40.

Linien hohen Gebirgs im … Osten] Im Osten Roms befinden sich die Abruzzen, im Nordosten die Sabine Berge.

von Quellen gespeist und kristallenen Seen] Die sogenannten Zwillingsbrunnen auf dem Petersplatz beziehen ihr Wasser aus der Acqua Paola, die über eine 64 Kilometer lange Wasserleitung aus dem nordwestlich von Rom gelegenen Braccianosee gespeist wird, der Tritonenbrunnen erhält sein Wasser aus der Acqua Felice.

Travertin] Kalktuff aus den Sabiner Bergen.

adliger Marmor] Edler Marmor.

Steintriton … Muschelhorn] Tritonenbrunnen (Fontana del Tritone); ein 1642/43 von Gian Lorenzo Bernini (1598–1680) aus Travertin geschaffener, auf der Piazza Barberini befindlicher Barockbrunnen, in dessen Mitte ein muskulöser Triton aus einem Tritonshorn eine Wasserfontäne emporbläst.

Löwen] Vier von Giuseppe Valadier zu Beginn des 19. Jahrhunderts entworfene wasserspeiende Löwen, die den Obelisk Flaminio auf der Piazza del Popolo umgeben.

Sankt Peter … Zwillingsgewässer] Zwei bis auf das päpstliche Wappen identische Brunnen auf dem Petersplatz, von denen der nördliche 1613–1616 von Carlo Maderno (1556–1629), der südliche 1675 durch Gian Lorenzo Bernini geschaffen wurde. In ihren steil aufsteigenden, oft vom Wind erfassten Fontänen bricht sich das Sonnenlicht.

ovalen Platze] Die Piazza Navona, deren Form durch das einst an dieser Stelle befindliche Stadion herrührt.

Götter mächtiger Ströme] Der Vierströmebrunnen (Fontana dei Quattro Fiumi) auf der Piazza Navona wurde 1651 von Bernini fertiggestellt und vergegenwärtigt architektonisch die großen Ströme der seinerzeit bekannten Erdteile.

der Mohr der Piazza Navona] Gemeint ist die Statue eines mit einem Delphin kämpfenden Äthiopiers, die den zentralen Punkt des Mohrenbrunnens (Fontana del Moro) auf der Piazza Navona bildet und 1654 von Gian Lorenzo Bernini dem zwischen 1574 und 1576 von Giacomo della Porta erbauten Brunnen hinzugefügt wurde.

Platz am Fuße des Hügels] Die Piazza di Spagna am Fuß des Monte Pincio.

steinerne Barke … Spanischen Treppe] Der Barkassen-Brunnen (Fontana della Barcaccia) wurde 1627–1629 von Pietro Bernini (1562–1629) aus Travertin gefertigt. Der Brunnen, der sein Wasser aus der Acqua Vergine erhält, erinnert mit der steinernen Barke an die Hochwasserkatastrophe von 1598.

Acqua Vergine] Die Acqua Vergine, ein Aquädukt für die Versorgung Roms mit Trinkwasser aus den Sabiner Bergen, besteht seit 19 v. Chr. Seit seiner Restaurierung während des Pontifikats von Papst Nikolaus V. 1453 speist sie über mehrere unter dem Marsfeld gelegene Kanäle zahlreiche Brunnen Roms, darunter den Trevibrunnen.

die mächtige Trevi] 1762 von Niccolò Salvi unter Verwendung eines Entwurfs von Bernini vollendeter und von Giuseppe Benaglia mit Skulpturen geschmückter Barockbrunnen vor dem Palast der Herzöge von Poli. Gefertigt aus Tivoli-Travertin und Carrara-Marmor, zeigt die Fontana di Trevi neben Fruchtbarkeitsallegorien Szenen aus dem Leben von Augustus' Schwiegersohn, Konsul Marcus Vipsanius Agrippa, der für den Bau der Acqua Vergine verantwortlich zeichnete. Eine Jungfrau – daher rührt der Name des Aquädukts – habe Agrippa die Quelle in den Sabiner Bergen gezeigt.

Soldaten Agrippas] Während Augustus 27–24 v. Chr. Krieg in Spanien führte, verbesserte Agrippa die Infrastruktur Roms. Die Entwässerung des sumpfigen Marsfeldes und der Bau der Wasserleitungen ist u. a. sein Verdienst.

Tibur] Antiker Name für Tivoli.

Münze … Rückkehr nach Rom] Nach einem alten Volksglauben kehrt nach Rom zurück, wer eine Münze diagonal über die Schulter in die Fontana di Trevi wirft. Der Brauch scheint Ende des 19. Jahrhunderts aufgekommen zu sein. Bis dahin glaubte man, dass ein Schluck vom Wasser der Trevi denselben Zweck erfülle.

dürstende Pferd] Der von Gian Lorenzo Bernini 1644 geschaffene Bienen-Brunnen (Fontana delle Api) an der Ecke der Piazza Barberini zur Via Veneto diente ursprünglich als Pferdetränke.

Schildkröten] Der Schildkrötenbrunnen (Fontana delle Tartarughe) auf der Piazza Mattei wurde zwischen 1580 und 1588 von dem Architekten Giacomo della Porta und dem Bildhauer Taddeo Landini geschaffen.

Delphine] So u. a. bei der von Leonardo Sormani nach einem Entwurf von Giacomo della Porta (1533–1602) gefertigten Fontana di Piazza della Rotonda vor dem Pantheon.

in Ruhe und edel] Die Brunnen der Villa Borghese wie z. B. der von Cristoforo Unterperger entworfene und von Vincenzo Pacetti erbaute Seepferd-Brunnen (Fontana dei Cavalli Marini) oder der an der Piazzale dei Cavalli Marini gelegene Brunnen, der Rilke inspirierte.

adlige Brunnen] Edle Brunnen.

in ew'gem Gedicht der ergriffene Dichter] Rainer Maria Rilke in seinem am 8. Juli 1906 in Paris verfassten Sonett *Römische Fontäne. Borghese*; vgl. Rainer Maria Rilke. Neue Gedichte. Leipzig: Insel, 1922, S. 71.

Aquädukten] Altrömische Wasserleitungen, die noch heute die Stadt mit Trinkwasser versorgen.

Campagna] Hügelige Umgebung Roms zwischen Tyrrhenischem Meer und Apennin; im engeren Sinn der von der Via Appia durchquerte, von antiken Grabdenkmälern und Ruinen römischer Aquädukte geprägte Teil der Region Latium zwischen Rom bzw. den Albaner und den Sabiner Bergen.

Konsul, Kaiser und Papst] Die nach den Prinzipien von Kollegialität und Annuität gewählten Konsuln bestimmten die Politik der römischen Republik vom Ende der Königsherrschaft (um 509 v. Chr.) bis zur Einrichtung des Prinzipats am 13. Januar 27 v. Chr. Die römische Kaiserzeit endete 284 v. Chr. mit der Reichskrise. Der Kirchenstaat, den die Päpste als zugleich geistliche und weltlich Herrscher regierten, wurde 754 durch die Schenkung des Frankenkönigs Pippin grundgelegt und endete am 6. Oktober 1870 mit dem Einmarsch der Truppen des Risorgimento in Rom.

Nymphen … Najaden] Weibliche Naturgeister, die über Quellen, Bäche, Flüsse, Sümpfe, Teiche und Seen wachen.

Auf den Tod eines Dichters

D: 20. Januar 1927.

Ü: Vgl. N 1926–1927, Bl. 14r–24v, seit dem 16. Januar 1927 entstandene Entwürfe, Arbeitsfassungen, Reinschriften; LdV-MS 1, M. 2, hs. und ms. Reinschriften. Ursprünglicher Titel: *In memoriam Rainer Maria Rilke.*

DN: LdV 40–42, SG 155–157, ZdT 131–133.

Tod eines Dichters] Rainer Maria Rilke, der am 29. Dezember 1926 in Valmont bei Montreux starb.

Briefe von deiner Hand] Leifhelm soll Briefe von Rilke besessen haben. Ob sie an ihn gingen oder an einen Dritten, lässt sich nicht feststellen, da sie im Nachlass nicht auffindbar sind.

gedachtest der Sphinx] Zu Rilkes Beschäftigung mit der Sphinx vgl. Michael Fisch: „Kairo bringt dreifach Welt über einen." Rainer Maria Rilkes Reise nach Ägypten im Winter 1911 und sein Konflikt zwischen Welt und Werk, in: *Das Wort. Germanistisches Jahrbuch Russland* 2017/18, S. 21–43.

ewigen Strom] Nil.

gingst in die Einsamkeit] Am 30. November 1926 begab sich Rilke zum dritten Mal innerhalb der letzten beiden Jahre wegen schwerer gesundheitlicher Beschwerden ins Sanatorium Valmont sur Territet am Genfer See. Anders als bei den vorherigen konnte sein Leiden nun als eine seltene Form der Leukämie diagnostiziert werden. Er starb am 29. Dezember 1926. Von allen Freunden war nur Nanny Wunderly-Volkart bei ihm.

Orion] Von Artemis unter die Sterne versetzter Jäger von riesiger Gestalt; vgl. Homer, Il. 18,486; Ov. met. 8,207.

Für Heinrich Lersch

D: Vermutlich August 1936.

Ü: DLA Marbach, A: Leifhelm, Hans. Leifhelm, Hans: Gedichte. Sammlungen. „Lob der Vergänglichkeit", M. 2.

DN: LdV 43, SG 157 f., ZdT 133 f.

Heinrich Lersch] Heinrich Lersch (1889–1936), Kesselschmied und Arbeiterdichter, wuchs mit Leifhelm am Hermges in München-Gladbach auf.

mit brüderlicher Stimme] Titel eines Gedichtbandes von Heinrich Lersch; vgl. Heinrich Lersch: Mit brüderlicher Stimme. Gedichte. Stuttgart/Berlin: Deutsche Verlags-Anstalt, 1934.

Du lagst im Grab … gekommen war] Heinrich Lersch war nach einem Fahrradunfall am 18. Juni 1936 um 0:30 Uhr in Remagen verstorben. Der Sarg mit den sterblichen Überresten des Dichters wurde nach München-Gladbach überführt und dort im Haus der Heimat" aufgebahrt. Am Nachmittag des 20. Juni wurde Lersch nach einem pompösen Leichenzug durch die Stadt beigesetzt.

als ich zu Dir gekommen war] Leifhelm besuchte Erika Lersch vermutlich im August 1936 in Bad Bodendorf; vgl. Erika Lersch: Brief an Hans Leifhelm, Bodendorf/Ahr, 24. Juli 1936: „Sicherlich handle ich in Hein's Sinn, wenn ich Dich herzlich bitte, mir bei der Durchsicht und Bearbeitung seines dichterischen Nachlasses zu helfen. Willst Du das tun? Du bist durch Deine lange und innige Freundschaft sicher der Berufenste dazu." [DLA Marbach, A: Leifhelm, Hans. Konvolut Heinrich Lersch, M. 2].

das Haus, den Tisch, den Stuhl] Heinrich Lersch lebte seit 1932 mit seiner Familie in Bad Bodendorf an der Ahr. Oberhalb des Ortes hatte er sich eine Klause gezimmert, in der er ungestört arbeiten konnte.

Die wir entronnen sind

D: 1. März 1933 lt. T 1932/33, Bl. 9v.

Ü: T 1932/33, Bl. 10r–11r; LdV-MS 1, M. 2, Entwürfe und Arbeitsfassungen; LdV-MS 2, Bl. 8v–9r, hsr Reinschrift.

ED: Hans Leifhelm: Die wir entronnen sind, in: *Hochland. Monatsschrift für alle Gebiete des Wissens, der Literatur und Kunst* 31 (1933), H. 11 (1933), S. 161.

DN: LdV 44 f., SG 158 f., MdS 38 f., ZdT 134 f.

Lerchenrufs] Der Lerche begrüßt mit ihrem Gesang den aufgehenden Tag.

Totenvogel] Schleiereule, Stein- oder Waldkauz gelten im Volksglauben als Totenvögel, deren Schrei den Tod eines Menschen ankündigt. Gleiches verband man seit der Antike mit dem Uhu.

Lob der Vergänglichkeit (Erste Fassung)

D: 1928?

Ü: LdV-MS 1, M. 2, Handschrift.

DN: LdV 46–49, SG 159–163, ZdT 135–139.

Atlantis] Mythisches, erstmals von Platon in seinen Dialogen *Kritias* und *Timaios* erwähntes Inselreich.

Verbannung] Knechtschaft der Israeliten in Ägypten; vgl. Ex 1–15.

Wüstenwanderung] Die Wanderung der Israeliten durch die Wüste dauerte 40 Jahre. Sie begann in Ramses am 15. Tag des ersten Monats im ersten Jahr ihres Auszugs aus Ägypten (Num 33,3) am Tag nach dem Passah und endete in Gilgal mit der Passahfeier am 14. Tag des ersten Monats im 41. Jahr ihres Auszugs (Jos 5,10; Deut. 1,3).

Land der Verheißung] Auch Gelobtes Land; Bezeichnung für das von Jahwe den Israeliten durch Schwur versprochene Land (Gen 26,3). Die territorialen Grenzen werden in der Bibel unterschiedlich bestimmt; vgl. Gen 15,18; Num 34,13, Jos 1,14; Ri 20,10.

Turm von Babel] Vgl. Gen 11,1–9.

steinerne Siedlung von Ninive und Susa] Von Ninive und Susa, einst Metropolen des Orients, sind heute Ruinenstädte; siehe auch die Erläuterungen zu *Die Städte*.

Glanz von Athen] Das antike Griechenland hat die Literatur, die Kunst, die Philosophie und das politische Denken der westlichen Welt maßgeblich beeinflusst. Auch nach der Integration Griechenlands ins das Römische Reich 27 v. Chr. dauerte sein Einfluss an.

Herrschaft Roms] Die Herrschaft Roms währte vom 8. Jahrhundert v. Chr. bis zum 7. Jahrhundert n. Chr. Sie reicht von der sagenhaften Gründung der Stadt 753 v. Chr. bis zum Untergang des Weströmisches Reiches 476.

Wanderung der Völker] Migration insbesondere germanischer Völker und Stämme in Mittel- und Südeuropa zwischen dem Hunnensturm um 375/76 bis zum Einfall der Langobarden in Italien 568.

Kreuzzüge] Von der römischen Kirche sanktionierte, strategisch, religiös und wirtschaftlich motivierte Kriegszüge gegen muslimische Staaten im Nahen Osten zwischen 1095/99 und 1444.

Krieg und Frieden] Der Deutsch-Französische Krieg 1870/71 und der Erste Weltkrieg.

Überquerung der Ozeane, Flug über die Erdteile] Vom 20. auf den 21. Mai 1927 flog Charles Lindbergh nonstop von New York nach Paris und überquerte als erster Pilot im Alleinflug den Atlantik von West nach Ost. Am 18. August 1932 nahm der Schotte Jim Mollison die Strecke in entgegengesetzter Richtung. Die erste Atlantiküberquerung im Nonstop-Flug war am 14./15. Juni 1919 den Briten John Alcock und Arthur Whitten Brown gelungen.

Du zitterndes Geschöpf … taunasse Nacht] Beschreibung einer Florfliege, einem Netzflügler mit filigranen Flügeln.

Kreuzschnabel] Finkenvogel, bei dem sich die Spitzen von Ober- und Unterschnabel überkreuzen.

Häher] Rabenvogel.

Zikade] Insekt mit weichhäutigen Flügeln, dessen Männchen laute Töne erzeugen.

Viermaster] Segelschiff mit vier Masten.

Barke] Kahn, mastloses Boot.

Föhntag] Tage in der Februarmitte, wenn ein warmer, trockener Fallwind den Frühling ankündigt.

Eines aber ist ewig] Anspielung auf Strophe 76 der altnordischen Hávamál in der Übersetzung von Felix Genzmer: „Besitz stirbt, Sippen sterben, / du selbst stirbst wie sie; / eins weiß ich, / das ewig lebt: des Toten Tatenruhm.“; vgl. Edda. Übertragen von Felix Genzmer. Bd. 2. Jena: Eugen Diederichs, [3]1941 (Thule. Altnordische Dichtung und Prosa, 2), S. 122–131, hier S. 131.

Herold] Verkünder.

zu prometheischem Werke] Zu schöpferischer Gestaltung.

Urheimat] Nach christlichem Verständnis das Reich Gottes.

Lob der Vergänglichkeit (Letzte Fassung)

D: 14. Oktober 1943 lt. hs. Notiz Leifhelms auf Reinschrift in LdV-MS 1, M. 2.

Ü: LdV-MS 1, M. 2, hs. Reinschrift; LdV-MS 2, Bl. 1r–1v, hs. Reinschrift.

DN: AG 3 f., LdV 50 f., SG 163 f., MdS 40 f., ZdT 139 f.

das kleine glaszarte Insekt] Florfliege.

Erste Ausfahrt nach langer Krankheit

D: Herbst 1943 lt. Typoskript [Stadtarchiv Mönchengladbach, 15/4/30].

Ü: LdV-MS 1, M. 2, hs. Entwurf sowie ms. Reinschrift.

DN: LdV 52 f., SG 164–166, ZdT 140–142.

langer Krankheit] Leifhelm erkrankte während seiner Zeit als Lektor in Palermo an der Kopfgrippe bzw. Enzephalitis. In der Folge trat ein Parkinsonismus auf, der zu starken Lähmungserscheinungen des Bewegungsapparates führte. 1938/39 unterzog er sich in einer römischen Fachklinik der sogenannten Bulgarischen Kur mit Belladonna. 1942 war die Krankheit so weit fortgeschritten, dass er sich zur weiteren Behandlung zunächst nach Malcesine und dann nach Riva begab. Bis zu seinem Tod 1947 verließ er das Ospedale Civile nicht mehr.

Zinnia] Auch Zinnie; mexikanischer Korbblütler mit Blütenköpfen aus Zungenblüten.

Junirose] Auch Hecken- oder Hundsrose; im Juni und Juli rosa blühendes Rosengewächs.

Magnolia] Ziergehölz mit großen, weiß bis rosafarbenen, tulpenähnlichen Blüten.

Ginkgo] Ostasiatischer Baum mit breiten, fächerförmigen Laubblättern.

Paulownie] Auch Blauglockenbaum; aus Ostasien stammender, sommergrüner Baum mit violetten bis blauvioletten Blüten und eiförmigen, holzigen Kapselfrüchten.

Nespolo] Italienische Bezeichnung für die Japanische Wollmispel.

Thujahecke] Auch Lebensbaum; Nadelholz mit schuppenartigen Blättern.

Taube …, die den Ölzweig brachte] Anspielung auf Gen 8,11.

Vigne] Weinberg.

Taube, die den Ölzweig bringt] Möglicherweise hat Leifhelm sich von Francis Jammes' Gedicht *Die Taube*, dem letzten seiner Gedichte der Demut, inspirieren lassen. Ernst Stadler, den Leifhelm wohl während seiner Studienzeit in Straßburg kennenlernte, brachte 1920 eine Übersetzung im Kurt Wolff Verlag heraus. Nach Stadlers Tod kaufte Leifhelm die Restexemplare der Auflage auf und verschenkte sie an Freunde.

Unveröffentlichtes und Verstreutes

Närrische Chronik der Kongregation

D: November 1907.

Ü: Stadtarchiv Mönchengladbach, 15/4/8, Autograph Leifhelms (1907) sowie Abschrift von Wilhelm Deling (1958).

Kongregation] Gemeint ist die im Folgenden auch Jünglingsverein genannte Jünglingskongregation, die seit 1904 mit dem Aloysiushaus in der Römerstraße eine Begegnungsstätte katholischer Männer besaß.

Josefspfarrei] Katholische Pfarrei im Mönchengladbacher Stadtteil Dahl. Die Grundsteinlegung für die gleichnamige Kirche erfolgte im Rahmen einer feierlichen Prozession am 10. Juni 1894, die Einsegnung am 5. Januar 1896, jeweils durch Oberpfarrer Laurenz Krichel (1842–1922).

Hermges] Stadtteil von Mönchengladbach zwischen Stadtgrenze und Eisenbahnlinie.

Hermgeser Messer] Hermges war berüchtigt für Ausschreitungen, Schlägereien und Messerstechereien. Mit dem Bau einer Kirche hoffte man Abhilfe zu schaffen.

Herr Pastern … klein und schmächtig] Wilhelm Pastern (1872–1956), Sohn eines Arztes aus Willich, Studium der Theologie in Bonn; Eintritt in das Priesterseminar zu Köln; Priesterweihe am 2. Juli 1896; seit dem 7. Juli 1896 Kaplan an St. Josef, wo ihm u. a. die Jugendseelsorge oblag und er wegen seiner geringen Körpergröße „dat kleen Kaplönche" genannt wurde; im Herbst 1901 Versetzung nach Essen; Pfarrer in Metternich; vom 27. November 1916 bis zum 19. Juli 1954 Pfarrer in Hehn bei M.Gladbach.

Kaplan Coenen] Franz Coenen (1874–1940), Sohn eines Ackerers aus Brachelen; Studium der Theologie in Münster und Bonn, anschließend Eintritt in das Priesterseminar zu Köln; Priesterweihe am 24. August 1901; wirkte bis zu seiner Versetzung nach Sechtem 1904 als Nachfolger von Wilhelm Pastern als Kaplan an St. Josef. Seit 1924 Pfarrer in Prummern.

Kaplan Wahlen] Rudolf Wahlen (1877–1961), stammte aus Köln; nach dem Studium der Theologie Eintritt in das Priesterseminar zu Köln; Priesterweihe am 23. März 1903, vom 4. April 1903 bis zum 9. August 1906 zweiter Kaplan an St. Josef unter Pfarrer August Oster (1870–1939). Wahlen bereitete Hans Leifhelm durch Privatunterricht auf den Übergang zum Gymnasium vor, der 1905 in die Untertertia erfolgte.

Schonnertz] Die Gastwirtschaft von Heinrich Schonnertz befand sich in der Gasstraße 27.

Stiftungsfest] Das Stiftungsfest findet gemeinhin am 10. November statt.

Busch] Wilhelm Busch wohnte wie sein Freund Heinrich Schonnertz in der Gasstraße 27.

Krummer Busch] Das Adressbuch von M.Gladbach Stadt und Land 1907, S. 112, vermerkt hinter Buschs Namen „Invalide".

Kaplan Jägers] Heinrich Jaeger (1880–1951), Sohn eines Ackerers aus Hülhoven bei Heinsberg; nach dem Studium der Theologie Eintritt in das Priesterseminar zu Köln; Priesterweihe am 15. August 1905; Kaplan zunächst in Raeren, vom 8. November 1906 bis 1911 dann an St. Josef in M.Gladbach, 1911–1916 Rektor des Krankenhauses Maria Hilf ebenda; 1916–1949 Pfarrer in Saeffelen.

gemint … verdinnt] Die Verwendung der dialektalen Formen anstelle der hochdeutschen „gemeint … verdient" erfolgt des Reimes wegen.

Brandenburger Tor] Die Brandenberger Straße läuft durch den Stadtteil Hermges und erinnert an den ehemaligen Ortsteil Brandenberg.

Karl] Karl Jansen (1881–1915), Silberschmied und Uhrmacher; wohnte zuletzt am Siepensteg 3. Jansen fiel am 24. September 1915 als Landsturm-Rekrut nördlich von Beauséjour.

Maler] Gemeint ist möglicherweise der Maler und Lackierer Hugo Bülles, der auf der Rheydter Straße 158 eine Farbwarenhandlung führte.

Jurist] Wen Leifhelm meint, ist unklar.

Windthorst] Ludwig Windthorst (1812–1891), Jurist; 1871–1891 Reichstagsabgeordneter der von ihm 1870 mitbegründeten Zentrumspartei; verstand die gesellschaftliche Benachteiligung infolge seiner Kleinwüchsigkeit durch rhetorisches Geschick zu egalisieren; 1851–1853 und 1862–1865 Justizminister; Gegner Bismarcks, insbesondere während des Kulturkampfes.

Deling] Wilhelm Deling war von 1908–1918 in Mönchengladbach und 1919/20 in Berlin Sekretär Carl Sonnenscheins beim Volksverein für das katholische Deutschland.

Brandenburger Sohn] Nicht identifizierbar.

Wagels] Die Gastwirtschaft von Johann Wagels befand sich in der Gasstraße 47.

Thyssen Franz] Nicht identifizierbar.

das Schreiben so versteht] Pantographist Robert Hagenbusch, wohnhaft Mühlenstraße 136.

Siepensteg] Straßenzug im Stadtteil Hermges mit Jugendstilfassaden; zu Beginn des 20. Jahrhundert Heimat zahlreicher Arbeiter- und Handwerkerfamilien.

Küster … Alex] Der Hilfsküster Alexander Peters wohnte am Siepensteg 15.

Kesselflicker] Nicht identifizierbar.

Marx] Nicht identifizierbar.

Lenne Pittäs] Nicht identifizierbar.

Willkommen

D: Anfang Juli 1914.

Ü: Stadtarchiv Mönchengladbach, 15/4/8 (Autograph/Unikat).

Dir] Leifhelms Gedicht entstand anlässlich der Einführung Peter Zillessens in das Amt des Pfarrers an St. Josef am 5. Juli 1914. Zillessen (1868–1939), Sohn eines Kaufmanns aus Immerath bei Erkelenz; nach dem Studium der Theologie in Bonn Eintritt in das Priesterseminar zu Köln; Priesterweihe am 15. August 1895; Kaplan in Köln-Kalk, M.Gladbach, Essen-Carnap und Solingen-Weg; Pfarrer an St. Josef und Bezirkspräses der Arbeitervereine bis zum 15. Mai 1935; seit 1931 zudem Dechant des Dekanats M.Gladbach-West.

Gott grüße Dich!] Kirchenlied nach einem Text des Köstritzer Dichterpfarrers Julius Sturm (1816–1896).

1914

D: Anfang 1915.

ED: Hans Leifhelm: 1914, in: *Die Schaubühne* 11/I (1915), Nr. 4 (28. Januar 1915), S. 74.

Sensendengeln] Glätten und Schärfen der Schneide einer Sense oder Sichel durch Hämmern.

Schnitterschar … Ernte] Poetische Ausarbeitung der Vorstellung vom Tod als Schnitter, wie sie durch das auch als *Schnitterlied* bekannte *Erntelied* („Es ist ein Schnitter, der heißt Tod") vermittelt wurde. 1640 als Flugblatt verbreitet, wurde es durch die Sammlung *Des Knaben Wunderhorn* von Arnim und Brentano popularisiert, in der es als „Katholisches Kirchenlied" vorgestellt wird; vgl. Des Knaben Wunderhorn. Alte deutsche Lieder gesammelt von L[udwig] A[chim] v[on] Arnim und Clemens Brentano. Drei Teile in einem Bande. Hundertjahrs-Jubelausgabe hg. von Eduard Grisebach. Leipzig: Hesse, 1906, S. 35 f.

Am Rhein

D: 1915.

ED: Hans Leifhelm: Am Rhein, in: *Westermanns Monatshefte* 59 (1915), Bd. 117, S. 827.

der Brücke gigantischer Sprung] Hohenzollernbrücke; siehe auch die Erläuterungen zu *Der Fluss*.

feindliche Land] Frankreich.

Borinage

D: 1916.

Ü: H-MS, hs. Reinschrift.

ED: Konrad Overstolz: Borinage, in: *Deutsche Arbeit. Monatsschrift für die Bestrebungen der christlich-nationalen Arbeiterschaft* 1 (1916), H. 7 (Juli), S. 350.

Borinage] Industrielandschaft bei der wallonischen Stadt Mons in der belgischen Provinz Hennegau; seit dem 18. Jahrhundert bedeutendes Steinkohlerevier in Europa.

der Menschheit Turm] Anspielung auf den Turmbau zu Babel; vgl. Gen 11,1–9.

Sintflut] Vgl. Gen 7,1–24.

zermalmend das Erdenall] Apokalyptische Visionen wie man sie etwa aus Georg Heyms *Der Gott der Stadt* kennt.

Wandel durch die Zeit

D: 1916.

ED: Konrad Overstolz: Wandel durch die Zeit, in: *Deutsche Arbeit. Monatsschrift für die Bestrebungen der christlich-nationalen Arbeiterschaft* 1 (1916), H. 8 (August), S. 377.

Oft schreckt es dich

D: Ende 1916.

Ü: T 1923–1925, Bl. 27v; Nachlass G, MS und TS..

ED: Konrad Overstolz: Nacht, in: *Deutsche Arbeit. Monatsschrift für die Bestrebungen der christlich-nationalen Arbeiterschaft* 2 (1917), H. 2 (Februar), S. 71.

Richtbeilschlag] Schlag mit dem Beil des Henkers.

Nordlichtleuchten] In nördlichen Zonen auftretendes Polarlicht.

Und es begraben dich die Schattenmassen.] Und mußt Dein Herz mit beiden Händen fassen. ED

Werktag

D: Zwischen Januar und Juni 1917.

ED: Konrad Overstolz: Werktag, in: *Deutsche Arbeit. Monatsschrift für die Bestrebungen der christlich-nationalen Arbeiterschaft* 2 (1917), H. 7 (Juli), S. 298.

Die Kundengedichte

D: Ende Dezember 1928.

Ü: N 1928, Bl. 29r–43v (I–V); Nachlass G, I, II, III, V (ms.); IV, V (hs.).

ED: Hans Leifhelm: Der Kunde läßt das Tippeln nicht, in: *Der Kunde. Zeit- und Streitschrift für Vagabunden* 2 (1929), H. 5/6, S. 7; ders.: Auswanderung der Kunden, in: ebd., S. 12; ders.: Der alte Kunde, in: ebd., S. 19 f.; ders.: Der Kundenheiland, in: ebd., S. 28.

DN: SG 173–175 (I–III).

I.

Kunde] Landstreicher, Vagabund.

Tippeln] Den Weg der Landstraße gehen.

Klinkenputzen] Von Tür zu Tür gehen und nach Arbeit fragen.

II.

Pennen] Kneipe, einfache Herberge.

Fleppe] Ausweispapiere.

III.

Kundenheiland] Kenntnis vom Kundenheiland, einem gewissen Kaspar Frohnsbeck aus München, erhielt Leifhelm durch das italienische Wanderbuch von Max Barthel, aus dem er Auszüge im *Wieland* veröffentlichte. Frohnsbeck, heißt es darin, wandere bereits seit 23 Jahren durch Italien und sei allen Landstreichern wohlbekannt, ein hellsichtiger Vagabund, der Gedichte und Reflexionen schreibe und anderen, zumeist in Reimform, Lebensweisheiten mitteile; vgl. Max Barthel: Aus einem italienischen Wanderbuch, in: *Wieland. Deutsche Monatsschrift* 6 (1920), H. 2 (1920), S. 5–7, hier S. 6: „Der Heiland ist der König der deutschen Landstreicher in Italien. […] Er ist ein schöner Mensch mit sanften gleichmäßigen Zügen, die ein gepflegter Vollbart umrahmt. Sein Haupt mit der hohen Stirn krönt ein mächtiger Schlapphut. An den Füßen trägt er dünne Tuchschuhe und unter dem grünen schmierigen Mantel seine Tagebücher."

Toscana] Mittelitalienische, einst das Kernsiedlungsgebiet der Etrusker bildende Region, die im Norden an Ligurien und an die Emilia Romagna, im Osten sowohl an die Marken als auch an Umbrien und im Süden an Latium grenzt. Die Hauptstadt Florenz bildete im 15. und 16. Jahrhundert ein Zentrum der Renaissance.

IV.

Walz] Wanderschaft eines Handwerksburschen auf der Suche nach Arbeit.

walzt] Den Weg der Landstraße gehen.

V.

haut in'n Sack] Ugs. Redewendung für „kündigen" oder „verschwinden".

Zu Rosa Mayreders siebzigstem Geburtstag

D: September 1928.

Ü: N 1928, Bl. 2v–3r (Konzept), 15v–17r (Reinschrift); Nachlass G, hs. und ms. Reinschriften.

ED: Der Aufstieg der Frau. Zu Rosa Mayreders 70. Geburtstag am 30. November 1928 als Ehrengabe dargebracht vom Verlag Eugen Diederichs in Jena. Jena: Eugen Diederichs, 1928, S. 17.

DN: SG 172 f.

Rosa Mayreder] Rosa Mayreder, geb. Obermayer (1858–1938), Schriftstellerin, Frauenrechtlerin und Pazifistin.

Holden] Hilfereiche und wohlwollende Natur-, Ereignis- und Seelengeister.

Gabe … Musen] Als Malerin und Schriftstellerin war Rosa Mayreder eine künstlerische Doppelbegabung. Für Hugo Wolfs Oper *Der Corregidor* schrieb sie das Libretto.

Aldebaran] Rötlicher Hauptstern im Sternbild des Stiers, der den Plejaden zu folgen scheint; einer der hellsten Sterne am Himmel.

Orions Jäger] Von Artemis unter die Sterne versetzter Jäger von riesiger Gestalt; vgl. Homer, Il. 18,486; Ov. met. 8,207.

Prolog zur 25-Jahr-Feier der Kaiser Friedrich-Halle

D: November 1928.

Ü: Nachlass G, hs. und ms. Reinschriften.

ED: Hans Leifhelm: Prolog zur 25-Jahr-Feier der Kaiser Friedrich-Halle, in: *Westdeutsche Landeszeitung* vom 30. November 1928; ders.: Prolog zur 25-Jahr-Feier der Kaiser Friedrich-Halle, in: *Gladbacher Zeitung* vom 30. November 1928.

Kaiser Friedrich-Halle] Die Kaiser Friedrich-Halle am Bunten Garten in Mönchengladbach wurde zwischen 1901 und 1903 nach einem Entwurf der Architekten Friedrich Wilhelm Wertz und Paul Huber aus Wiesbaden im

Jugendstil erbaut. Sie war die erste städtische Festhalle in der Industriestadt und konnte als Theater- wie als Konzertsaal genutzt werden.

Die Stadt ward groß] Die Textilindustrie sorgte in Mönchengladbach um die Jahrhundertwende für wirtschaftlichen Aufschwung.

Harik … Schwalm] Der zwischen Schwalmtal und Niederkrüchten gelegene Hariksee wird von der Schwalm durchflossen.

Schwalm] Südöstlicher und rechter Nebenfluss der Maas, der im Erkelenzer Ortsteil Geneiken entspringt.

Maas] Längster Nebenfluss des Rheins.

Genien] Schutzgeister.

Mahler mit seiner achten Sinfonie] Der österreichische Komponist und Dirigent Gustav Mahler (1860–1911) selbst bezeichnete die größtenteils im Sommer 1906 entstandene 8. Symphonie als sein wichtigstes Werk. Als Vorlage diente ihm ein mittelalterlicher Hymnus.

Hugo Wolf] Hugo Wolf (1860–1903), österreichischer Komponist, der das Kunstlied weiterentwickelte.

Hamlet, Ariel] Figuren aus Shakespeares Dramen *Hamlet* und *The Tempest*.

Gretchen und Faust … Mephisto] Figuren aus Goethes *Faust*.

Waldschratt] Waldschrat; halb menschlich, halb tierisch gestalteter Waldgeist.

Freude schöner Götterfunken!] Schlusschor der 9. Sinfonie von Ludwig van Beethoven unter Verwendung von Friedrich Schillers Ode *An die Freude*.

Ich ging der Liebsten entgegen

D: Herbst 1927.

Ü: Nachlass G, MS und TS.; LdV-MS 2, Bl. 7r, hs. Reinschrift.

ED: Hans Leifhelm: Ich ging der Liebsten entgegen [Ged.], in: *Velhagen & Klasings Monatshefte* 43 (1928), S. 114.

DN: SG 180f.

entglommen] Zu leuchten beginnen.

Lerchenschlag] Morgendlicher Gesang der Feldlerche.

Die Hausgehilfin

D: 7. Dezember 1929 lt. T 1929, Bl. 26v; vgl. L 1929, Bl. 11v: „Im Zuge Dortmund-Cöln die Hausgehilfin."

Ü: T 1929, Bl. 27r–29r; Nachlass P, Arbeitsfassung und hs. Reinschrift; L 1929, Bl. 11v–12r.

große Stadt] Wien.

Gräfin Maritza] Anspielung auf Emmerich Kálmáns Operette *Gräfin Mariza*, die am 28. Februar 1924 im Theater an der Wien uraufgeführt und in den Jahren 1925 (von Hans Steinhoff) und 1932 (von Richard Oswald) verfilmt wurde.

Stadtlied für Gladbach-Rheydt
D: Anfang September 1930.
Ü: N 1930, Bl. 28v–29r, 29v–30r, jeweils Arbeitsfassungen.
Gladbach-Rheydt] Nachdem am 29. Juli 1929 M.Gladbach und Rheydt zu einer Stadt zusammengelegt worden waren, schrieb der Rat ein Stadtlied aus, das bei festlichen Anlässen gesungen werden sollte, und bat Leifhelm und Lersch, sich an dem Wettbewerb zu beteiligen, der dem Sieger RM 150 versprach. Trotz der räumlichen Entfernung entschlossen sich die beiden zur Zusammenarbeit. Ihr Anfang September 1930 eingereichter Text fand allerdings keine Zustimmung. Zu einer Überarbeitung oder Neufassung kam es nicht. 1933 sorgte Joseph Goebbels, gebürtiger Rheydter, für die Zerschlagung von Gladbach-Rheydt, und sicherte sich so die Ehrenbürgerschaft seiner Geburtsstadt.
Das Los ist uns gefallen] Vgl. Ps 16,6.
Römerstraßen] Die im Westen des Rheydter Stadtkerns in unmittelbarer Nähe des Niersgrünzuges gelegene Römerstraße erinnert mit ihrem Namen noch an die Besiedelung des Rheinlands.
Weberschiffchen] Nach seinem Aussehen benannter Teil des Handwebstuhls, in dessen Innerem die Spule für den Schussfaden befestigt ist und das mit seiner Form das Gleiten durch das Webfach zwischen den Kettfäden erleichtert.
Stühle] Webstühle.

O du Falada
D: 27. Dezember 1933 lt. T 1932/33, Bl. 14r.
Ü: T 1932/33, Bl. 14r–14v; Nachlass G, hs. Fassung.
DN: SG 171 f.
Falada] Name eines sprechenden Pferdes in *Die Gänsemagd*, einem Märchen der Brüder Grimm (KHM 89); vgl. Brüder Grimm: Mutiges Herz und starke Hand. Der Grimmschen Märchen zweiter Teil. Leipzig: Insel, 1933 (Insel-Bücherei, 442), S. 37–42.
O du Falada … gangest] Die Königstochter, die als Gänsemagd in der Fremde dienen muss, und der über einem finsteren Tor hängende Kopf ihres getöteten Pferdes Falada beklagen mit diesen Worten das harte Geschick, unter dem jeweils der andere zu leiden hat. Auf ihre Worte „O du Falada, da du hangest" antwortet der Kopf: „O du Jungfer Königin, da du gangest, / Wenn das deine Mutter wüsste, / Ihr Herz tät ihr zerspringen." Leifhelm hat die Anrede „Jungfer Königin" durch „Königskind" ersetzt.

[Zwischen Fichten, zwischen Lärchen]
D: 1930?
Ü: Nachlass G, hs. Fassung.
DN: SG 175 f.

Tauern] Hohe Tauern.
Ebereschen] Baum aus der Familie der Rosengewächse mit gefiederten Blättern und im Herbst leuchtend roten Früchten.

[Der Lagunendampfer]
D: 1940?
Ü: Nachlass G, hs. Fassung.
DN: SG 176–178.
Molo von Burano] Insel in der Lagune von Venedig.
San Marcos Stadt] Synonym für Venedig als Ganzes. San Marco ist einer von sechs Stadtteilen Venedigs und, da sich auf dem Markusplatz der Dogenpalast und die Basilica di San Marco befinden, sowohl geistiger als auch politischer Mittelpunkt der Stadt.
Venetiens] Region im nordöstlichen Italien, die sich von den Dolomiten bis zur Adria erstreckt. Zu den flächenmäßig größte Städten Venetiens gehören neben der Hauptstadt Venedig Verona, Chioggia, Rovigo und Padua.
Spitzennäherinnen] Burano ist bekannt für die Manufaktur von Klöppelspitzen, die einer Sage nach aus der Reparatur von Fischernetzen hervorgegangen ist. Le Pompe, das erste Musterbuch für die Klöppeltechnik, erschien um das Jahr 1557 in Venedig.
Scuola di merletti] Die Scuola dei Merletti wurde 1872 auf Betreiben des Abgeordneten Paolo Fambri und der Gräfin Andriana Marcello eingerichtet, um in einer Zeit schwerer wirtschaftlicher Rezession die historische Klöppelarbeit auf Burano wiederzubeleben. Ausbildung und Produktion waren die Säulen des schulischen Unterrichts, dazu erhielten die Schülerinnen eine warme Mahlzeit.
Piazza] Die Klöppelschule befindet sich an der Piazza Baldassare Galuppi.
Melanzane] Auberginenauflauf.
Polenta] Brei aus Maismehl.
Torcello] Kleine, in der Laguna Morta, dem nördlichen Teil der Lagune von Venedig, gelegene Insel.
Campanile] Der Glockenturm der Basilika S. Maria Assunta. Ihr Vorgängerbau stammt von 639.
Bischofssitz] Torcello war von 638 bis 689 Sitz des Bischofs von Altinum.
Mosaikgestalten] Die byzantinischen Mosaiken gehören zum kostbarsten Schmuck von S. Maria Assunta. Sie zeigen vier Engel mit dem Lamm Gottes, Christus regnans, umgeben von den Erzengeln Michael und Gabriel, die vier Kirchenväter und das Jüngste Gericht.
Madonna in schwarzem Gewande] Byzantinisches Mosaik der Madonna Hodegetria aus dem 12./13. Jahrhundert, das Maria mit dem Christuskind im Arm zeigt. Der Mantel Mariens ist blau.

Die Singende

D: 6. September 1929 lt. L 1929, Bl. 6v: „Von der Urahne kam Gesang – heute ins rote Heft eingetragen."

Ü: Nachlass G, hs. Fassung; LdV-MS 2, Bl. 7v, hs. Reinschrift.

DN: SG 182.

Urahne] Großmutter.

Kastenuhr] Als Stand- oder als Wanduhr genutzte Pendeluhr mit Schlagwerk.

taub und blind] Wortverbindung nach Jes 42,17.

Psalmen] Die Psalmen Davids oder der Psalter; Corpus von 150 poetischen Texten, die David zugeschrieben werden und sich teilweise mit Situationen aus seinem Leben verbinden.

von Donar das alte Lied] Die altnordische *Thrymskvida* erzählt davon, wie der Riese Thrymr Thors Hammer stiehlt und wie Thor als Braut verkleidet ihn wiedererlangt. Ein südgermanisches Donarlied gibt es nicht.

An die Ahne

D: 1929?

Ü: Nachlass G, hs. Fassung.

DN: SG 182f.

Ahne] Großmutter.

Holunderblüten … vor der Schwelle] Siehe die Erläuterungen zu *Die Äcker*.

Die Wolken (Zweite Fassung)

D: 1934?

DN: SG 183f.

Ätherseen] Wolkenlücken, durch die der blaue Himmel sichtbar wird.

Gesang vom Mond

D: 1932?

Ü: Nachlass G, hs. und ms. Fassungen.

An der Telegraphenstange

D: 9. November 1927 lt. T 1927, Bl. 37r.

Ü: T 1927, Bl. 37r; Nachlass G, hs. und ms. Fassungen.

Abenddunkel

D: 1917?

Weihnachtsabend

D: 1917?

die Weisen] Siehe die Erläuterungen zu *Dreikönige*.

Emmaus
D: 1917.
Ü: Nachlass G, Konzepte und Manuskripte.
DN: SG 169 f.
Emmaus] Vgl. Lk 24,13–35. Kleopas und ein weiterer Jünger begegnen auf dem Weg von Jerusalem nach Emmaus dem auferstandenen Christus, doch erkennen sie ihn nicht, bis er beim gemeinsamen Abendmahl, zu dem sie ihn geladen haben, das Brot bricht.

Heimsuchung des Herrn
D: 1917.
ED: Konrad Overstolz: Heimsuchung des Herrn, in: *Deutsche Arbeit. Monatsschrift für die Bestrebungen der christlich-nationalen Arbeiterschaft* 2 (1917), H. 12 (Dezember), S. 483.
DN: SG 170 f., MdS 43 f.
Sieh, wir schütteln] Siehe, wir schütteln ED.
Über das … Meer hinwandelnd] Vgl. Mt 14,22–33; Mk 6,45–52; Joh 6,15–21.
unserer Hand] unsrer Hand ED.
flüchtige] flüchtiger ED.
unsrer Stirn] unserer Stirn ED.
Der Du der Weg bist] Vgl. Joh 14,6.
Anfang und endliches Ziel] Vgl. Apk 1,8.
Sieh, das Zelt] Siehe, das Zelt ED.
friedlichem] friedlichen ED.
Atem] Balsam ED.

[Kleine Welt im engen Dorfbezirk]
D: 1936?
Ü: Nachlass G, hs. Fassung.
DN: SG 179.
Geviert: Wohnviertel in Anlehnung an frz. *quartier*.
kanadische Pappeln] Auch Schwarzpappel oder Saarbaum; bevorzugt an Flussläufen wachsende Pappelart.
Mauersegler] Schwalbenähnlicher, schwärzlicher Vogel mit langen, sichelförmigen Flügeln.
bunte Zug] Fronleichnamsprozession.
Bruch] Sumpf- bzw. Moorland.
Kosakenkreuz] Steinernes Gedenkkreuz, das in der Form dem Tatzenkreuz ähnelt und an die Befreiungskriege erinnert.
Schwedenschanze] Wall, der tatsächlich oder vorgeblich im Dreißigjährigen Krieg zum Schutz gegen die Truppen des schwedischen Königs Gustav II. Adolf diente.

[Die Insel fand ich]
D: 1932?
Ü: Nachlass G, hs. Fassung.
DN: SG 179 f.
Insel ... Cytheres Bild] Auf der südlich des Peloponnes gelegenen Insel Kythera entstieg Aphrodite dem Schaum des Meeres; vgl. Hesiod, Theogonie 190.
blaue Distel] Auch Kugeldistel; Distel mit kugelförmigen blauen Blüten.
Tempel] Der vermutlich älteste Tempel der Aphrodite in Griechenland, errichtet im 6. Jahrhundert v. Chr.

Übersetzungen

Franz von Assisi: Sonnengesang
D: Februar 1927.
V: Eduard Vogt: Der heilige Franciskus von Assisi. Ein biographischer Versuch. Mit einem Anhang, die Lieder des Heiligen in der Ursprache enthaltend, und dessen Bildnis in Stahlstich. Tübingen: Laupp; Wien: Gerold/Mösle/Baumüller; Prag: Haase, 1840, S. 201 f.
Ü: N 1926–1927, Bl. 3v–4r, 25v–27r; Nachlass Ü, Fragment einer Reinschrift.
DN: SG 191 f.
Franz von Assisi] Giovanni di Pietro di Bernardone (1181/82–1226), Sohn eines wohlhabenden Tuchhändlers; erlernte den Beruf des Kaufmanns, ehe er um 1206 die göttliche Berufung zum Erneuerer der Kirche erhielt und als Einsiedler von Almosen lebte; gründete um 1209 den Minoritenorden und übte praktische Fürsorge für Arme und Aussätzige.

Giosuè Carducci: Ode an die Quellen des Clitumnus
D: 1939?
V: Giosuè Carducci: Alle fonti del Clitumno, in: ders.: Odi barbare. Con prefazione di G[iuseppe] Chiarini. Bologna: Zanichelli, 1878, S. 57–69. Die Herausgeber der Nationalausgabe der Werke Carduccis datieren das Gedicht auf den 14. Juni 1876; vgl. Giosuè Carducci: Edizione nazionale delle opere. Bd. 4: Odi barbare e Rime e Ritmi. Bologna: Nicola Zanichelli, 1935, S. 23–29, hier S. 29.
Ü: LdV-MS 1, M. 2, ms. Arbeitsfassung mit Korrekturen und Verbesserungsvorschlägen von Felix Braun und Reinschrift.
ED: Bislang unveröffentlicht. Leifhelm belegte seine Übersetzung gegenüber Paula Sack zunächst mit einem Veröffentlichungsverbot, da er sich in der Obhut von Schwestern befand, die das Gedicht als Gotteslästerung hätten auffassen können.

Giosuè Carducci] Giosuè Carducci (1835–1907), italienischer Dichter, Rhetoriker und Literaturwissenschaftler; 1906 Nobelpreisträger für Literatur.

Clitumnus] Fluss in Umbrien in Italien, der südöstlich von Perugia bei den Fonti di Clitunno in Pissignano entspringt, durch Trevi und Bevagna fließt und bei Cannara schließlich in den Topino mündet.

Lichtung] Anhand des Arbeitsmanuskripts korrigiert aus „Listung".

dunklen Mutter] Archetypische Muttergottheit.

nach Faunes Weise] Mythisches Mischwesen aus Mensch und Ziegenbock.

Hörnerzier] Anhand der Arbeitsfassung korrigiert aus „Hönerzuer".

Vergil] Publius Vergilius Maro (70 v. Chr. – 19 n. Chr.), Dichter des nationalrömischen Epos *Aeneis*, das von der Gründung Roms durch den Trojaner Aeneas erzählt. Carducci spielt hier auf Stellen in Vergils Lehrgedicht vom Landbau an; vgl. Verg. Georg. 2,146–148; ebd., 3, 49–59.

trauernde Weide] Wegen ihrer herabhängenden Äste gilt die Weide als Symbol der Trauer.

Umbrien] Mittelitalienische Region, gelegen zwischen der Toskana, Latium und den Marken, ohne Zugang zum Meer.

Steineiche … Epheu] Das in der Emblematik zumeist negativ konnotierte Bild vom Efeu, der sich um die Eiche rankt und sie tötet, wird hier positiv umgedeutet als Verbindung des Neuen mit dem Alten.

dreier Reiche] Umbrien, Etrurien und Rom.

Etrurien] Antike Landschaft in Mittelitalien; Kernland der Etrusker zwischen Arno und Tiber.

den ciminischen Berg] Der ciminische Wald, eine Hügelkette südlich von Viterbo, markierte die Südgrenze des etruskischen Gebietes, das zwischen 300 und 90 v. Chr. von den Römern annektiert wurde.

Gradivus] Beiname des Kriegsgottes Mars, des mythischen Stammvaters der Römer.

Trasimenischen See … punische Schrecknis] Größter See der Apenninhalbinsel und Schauplatz einer verheerenden militärischen Niederlage der Römer gegen Hannibal und die Karthager (217 v. Chr.).

mevanischen] Heute Bevagna; umbrische, durch ihre Rinderzucht berühmte Stadt am Zusammenfluss des Clitumnus (Clitunno) mit dem Tinia (Topino).

Nar] Schwefelhaltiges Wasser führender Fluss, der in der Provinz Macerata entspringt; größter Zufluss des Tibers.

Spoleto] Stadt in Umbrien; nach der Schlacht am Trasimenischen See am 24. Juni 217 v. Chr. widerstand sie erfolgreich dem Angriff Hannibals.

Todi] Stadt in Umbrien; bis heute ein beliebter Ort für Hochzeiten.

Penaten] Altrömische Schutzgottheiten von Haus und Herd.

Hannibal] Hannibal (247–183 v. Chr.), karthagischer Feldherr, der im Zweiten Punischen Krieg (218–201 v. Chr.) den Römern schwere militärische

Niederlagen beibrachte und sie in der Schlacht bei Cannae (216 v. Chr.) an den Rand des Untergangs brachte.

Jaspis] Feinkörnige, zumeist weiße, durch Beimengungen jedoch oft farbige Quarz-Varietät mit Glas- bzw. Fettglanz.

Amethyste] Durchsichtig bis durchscheinendes Quarzmineral mit violetter Färbung und Glas- bis Fettglanz; gilt als Edelstein.

Saphir] Zumeist blaue Varietät des Minerals Korund; Edelstein.

Nymphen … Najaden] Weibliche Naturgeister, die über die Gewässer wachen.

braunen Schwestern] Oreaden.

Janus] Gott des Anfangs und des Ende; zählt zu den ältesten genuin römischen Gottheiten.

Camesena] Woher der Name stammt, ist unklar. Witte nennt Laurentius Lydus, einen Zeitgenossen Justinians, als Gewährsmann, bei dem Camesena als Schwester und zugleich Gemahlin des Janus erscheint; vgl. Karl Witte: Giosuè Carducci und seine deutschen Uebersetzer, in: *Magazin für die Literatur des Auslandes. Kritisches Organ der Weltliteratur* 49 (1880), H. 15 (10. April 1880), S. 209–213, hier S. 211.

Galiläer … Kreuz] Mit König David war der bedeutendste Vorfahre Jesu (1 Sam 16,12) rothaarig. Deshalb wird auch Jesus mitunter Rothaarigkeit zugeschrieben.

Ilisos] Kleiner, zumeist wasserarmer Fluss in Attika; entspringt am Hymettos, fließt an Athen vorüber und mündet vereinigt mit dem Kephisos in den Saronischen Golf.

Tibers] Drittlängster Fluss Italiens; entspringt im Apennin, fließt durch Rom und mündet westlich der Stadt in das Tyrrhenische Meer.

Mutter du des Weizens] Demeter.

Giuseppe Ungaretti: Italien

D: Ende 1938.

V: Giuseppe Ungaretti: Italia, in: ders.: Allegria di Naufragi. Florenz: Vallecchi, 1919, S. 135.

ED: IR 123.

DN: SG 208.

Giuseppe Ungaretti] Giuseppe Ungaretti (1888–1970), italienischer Dichter und Schriftsteller und bedeutendster Vertreter des Ermetismo; Kriegsfreiwilliger im Ersten Weltkrieg; Professor für Italianistik in Sao Paolo (1937–1942) und Rom (1942–1959).

Italien] Ungaretti thematisiert die Leiden des Einzelnen und die des gesamten Landes am Krieg, das aus der Erfahrung heraus neugeborenen werden müsse.

Pfropfung] Agrartechnik zur Veredlung von Pflanzen.

Antonio Baldini: Das Fleckchen Erde
D: Ende 1938.
V: Antonio Baldini: L'aiuola, in: ders.: Nostro purgatorio. Fatti personali del tempo della guerra italiana 1915–1917. Mailand: Fratelli Treves, 1918, S. 90–94.
ED: IR 224–226.
DN: GP 229–232.
Antonio Baldini] Antonio Baldini (1889–1962), italienischer Schriftsteller; Mitbegründer der Zeitschrift *La Ronda* und Herausgeber der Zeitschrift *La Nuova Antologia*; nahm 1941 am Europäischen Dichtertreffen in Weimar teil.
Lichtbild] Älteste im Deutschen gebräuchliche Bezeichnung für eine Fotografie.
Isonzo] Fluss in der slowenischen Region Goriška und in der italienischen Region Friaul-Julisch Venetien; im Ersten Weltkrieg Schauplatz von zwölf Schlachten zwischen Österreich-Ungarn und Italien mit mehr als einer Million Toten.
Intarsie] Einlegearbeit von Elfenbein, Perlmutt oder Holz in andersfarbiges Holz.
das Buch des Inferno] Erster Teil von Dante Alighieris *Divina Commedia*. Dante beschreibt darin seine Reise durch die Hölle, die von neun konzentrischen Kreisen der Qual gebildet wird. Begleitet wird er vom römischen Dichter Vergil.

Ugo Betti: Das Mädchen
D: Ende 1938.
V: Ugo Betti: Bambina, in: ders.: Uomo e donna. Mailand: Mondadori, 1937, S. 53 f.
ED: IR 130.
DN: LdV 75 f., SG 210 f.
Ugo Betti] Ugo Betti (1892–1953), italienischer Jurist; Kriegsfreiwilliger im Ersten Weltkrieg; veröffentlichte seit 1922 Gedichte und seit 1927 Theaterstücke, die ihn zu einem der erfolgreichsten modernen Dramatiker Italiens machten.
das bleiche Feuer / des Abendsternes] Das nach dem Mond hellste Gestirn am Abendhimmel, oftmals identisch mit der Venus, seltener mit dem Merkur.
Simsen] Felsvorsprünge.

Ugo Betti: Gesang der Auswanderer
D: 1938.
V: Ugo Betti: Canto di emigranti, in: ders.: Canzonette la morte. Premio di poesia dell'Accademia Mondadori. Mailand: Mondadori, 1932, S. 17 f.

ED: IR 195.
DN: LdV 77, SG 211 f.
Drehorgel] Auch Leierkasten; mit einer Kurbel betriebenes Musikinstrument, oft zur Begleitung von Bänkelsang oder Moritaten.

Eugenio Montale: Arsenio
D: 1939.
V: Eugenio Montale: Arsenio, in: ders.: Ossi di seppia. Lanciano: Carabba, [1931], S. 125–137.
Ü: Nachlass Ü, hs. Reinschrift.
ED: *Literarische Revue* 3 (1948), S. 195 f.
DN: LdV 57–59.
Eugenio Montale] Eugenio Montale (1896–1981), in Genua als Sohn eines Unternehmers geborener, antifaschistischer Dichter, Schriftsteller und Journalist; gilt als einer der bedeutendsten Vertreter der modernen italienischen Literatur; 1975 mit dem Nobelpreis für Literatur ausgezeichnet. Der Briefwechsel zwischen Montale und Leifhelm wird im Archivio Adelphi in Mailand aufbewahrt und ist bislang unveröffentlicht; vgl. Ida Campeggiani: Montale e la letteratura tedesca di Leone Traverso. Con un'appendice di lettere di Montale a Traverso, in: *Studi Novecenteschi* 37 (2010), Nr. 80 (Juli–Dezember 2010), S. 259–322.
Arsenio] Arsenio (griech. männlich) fungiert in Montales Gedicht, das erstmals in der zweiten Auflage von *Ossi di seppia* (Turin: Fratelli Ribet,1928) erschien, als Gegenfigur des Dichters und als Projektion seines Pessimismus. Die Figur unternimmt während eines schweren Unwetters eine Reise ans Meer, in der letztlich vergeblichen Hoffnung, in der Begegnung mit der Gewalt der Elemente den Sinn des Daseins zu finden.
Pferde in Kapuzen] Kutschpferde.
Corso] Hauptstraße.
Ritornell von Kastagnetten] Grollen und Donner werden mit Kastagnettenspiel verglichen und wiederholen sich im Lauf eines Gewitters mehrmals.
Das Zeichen eines anderen Kreislaufs ist es: folge ihm!] Orbita, wörtlich Umlaufbahn, meint einen alternativen Lebensentwurf. Leifhelm hat den Vers „E il segno d'un'altra orbita: tu seguilo!" seiner Reiseschilderung *Castelli Romani* vorangestellt.
Hundsgestirn] Der Sirius oder auch Hundstern wurde bereits in der Antike verehrt. Sein Aufgang zu Beginn der heißen Hundstage galt oft als schlechtes Vorzeichen.
Riva] Ufer.
Azetylenlicht] Licht von einer Helligkeit, wie es beim Schweißen mit Azetylengas entsteht.

Vorstadtkinder

D: Um 1926.

Ü: Nachlass VN, M. 2, Manuskript (5 Bl.), Typoskript (5 Bl.). Bei *Vorstadtkinder* handelt es sich um eine überarbeitete Fassung der Erzählung *Kindergeschichte*, die in *Wieland. Deutsche Monatsschrift* 2 (1916/17), H. 2 (Mai 1916), S. 2–4, erschien. Paul und Annchen heißen dort Hein und Malchen. Heinrich Lersch erzählt die tragische Liebesgeschichte in seinem Roman *Hammerschläge* (1930) und weist sie dort als autobiographisch aus. Das Mädchen heißt bei ihm Rosa; vgl. Heinrich Lersch: Hammerschläge, in: ders.: Ausgewählte Werke. Bd. 2: Erzählungen und Briefe. Hg. und mit Einleitungen und Anmerkungen versehen von Johannes Klein. Düsseldorf/Köln: Eugen Diederichs, 1966, S. 5–220, hier S. 34f., 37f. und 57–60.

ED: Hans Leifhelm: Vorstadtkinder, in: *Arbeiter-Zeitung. Zentralorgan der Sozialdemokratie Deutschösterreichs* vom 11. Januar 1928.

DN: GP 177–182.

Grind] Wundschorf.

Huflattichs] Im Frühjahr blühender Korbblütler, dessen gelbe Blüten vor den hufeisenförmigen Blättern erscheinen.

Unwahrscheinliche Geschichte

D: Mai 1927.

Ü: N 1926–1927, Bl. 44v–45v, Nachlass VN, M. 2, Typoskript (2 Bl.).

DN: Bislang ungedruckt.

Lessingstraße in G.] Die Lessingstraße kreuzt sich mit der Rechbauerstraße, in der Leifhelm mit seiner Familie seit 1928 wohnte.

Hauses Nr. 27 … Hause Nr. 30] Die genannten Häuser, die seit den 1920er-Jahren baulich unverändert geblieben sind, sind Teil von Leifhelms Traumvision. Wo sich das „Kellerloch“ und die mutmaßliche Wohnung der „Maschinenschreiberin“ befanden, lässt sich heute nur spekulieren.

Technische Hochschule … stand nicht mehr] Die Liquidierung der 1811 von Erzherzog Johann gegründeten Technischen Hochschule ist imaginiert und stand nie zur Disposition. Das Hauptgebäude der sogenannten Alten Technik befindet sich seit 1888 im Bereich Rechbauerstraße/Lessingstraße. Selbst im Zweiten Weltkrieg blieb es unbeschädigt.

mantillenartiger Fellzeichnung] Bei der Mantilla handelt es sich um ein je nach Ehestand der Frau, die sie trägt, schwarzes oder weißes, in Spitzentechnik gefertigtes Schleiertuch.

Unter Steinen
D: 1928.
Ü: Nachlass VN, M. 2, hs. Entwürfe, Typoskript (4 Bl.).
ED: Hans Leifhelm: Unter Steinen, in: *Arbeiter-Zeitung. Zentralorgan der Sozialdemokratie Deutschösterreichs* vom 9. Februar 1930, S. 16.
DN: GP 154–156.
Stores] Gardinen.
Großen Bären] Sternbild des Nordhimmels.
Peter Trimm] Wie bei Stephan Kühnemann dürfte es sich um einen fingierten Namen handeln. Ein Mathematiker dieses Namens ist jedenfalls nicht nachweisbar.
Logarithmentafel] Tabellarische Darstellung der Mantissen von Logarithmen, die über Jahrhunderte Ingenieuren und Mathematikern als Rechenhilfe diente.
T-Eisen] In Steghöhe und Fußbreite variable Eisenträger, deren T-Form eine höhere Belastbarkeit garantiert.
sphärische Trigonometrie] Teilgebiet der Kugelgeometrie, das sich primär mit der Berechnung von Seitenlängen und Winkeln in Kugeldreiecken befasst. Anwendung findet sie u. a. bei der Ermittlung der momentanen Position eines Gestirns an der gedachten Himmelskugel mit Hilfe des nautischen Dreiecks sowie bei der Bestimmung genauer Sternörter und Bezugssysteme in der Astrometrie.
Eisenbeton] Durch Eisen-, später durch Stahlstäbe oder -matten verstärkter Beton zur Herstellung schwerer Trag- und Stützelemente.
Dipsaceen] Familie einjähriger, ausdauernder Kräuter oder Halbsträucher mit zumeist violetten Blüten.
Linie 57] Die Linie 57 ist eine der ältesten der Wiener Tramwaygesellschaft. Sie wurde 1891 eingerichtet und um die Jahrhundertwende streckenabschnittsweise elektrifiziert. Von 1923 bis 1930 führte die Fahrstrecke werktags vom Burgring bis zur Lainzer Straße.
Grottenolm] Permanent in Larvenform befindlicher Schwanzlurch mit aalartigem Körper. Er lebt bevorzugt in Höhlen.
Museum … Steine neben Steinen] Das 1889 eröffnete Naturhistorische Museum, dessen Gebäude sich zwischen Museumsplatz und Burgring erstreckt.
Glassturz] Gläserne Abdeckung in Form einer Glocke oder einer Haube zum Schutz von Exponaten.
babylonischer Bau] Anspielung auf den Turmbau zu Babel; vgl. Gen 11,1–9.
Salz der Erde] Vgl. Mt 5,13.
Kubus, Hexaeder, Oktaeder] Geometrische Körper: Würfel, Sechsflach, Achtflach.

Zwillingskristalle, seltsame Paarung, Parallelverwachsung, zwiebelige Bildung] Ein Zwilling ist eine Verwachsung von Kristallen der gleichen kristallographischen Spezies, die parallel zueinander liegen oder um eine Spiegelebene miteinander verwachsen sind.

Azurit] Durchsichtiges bis opakes Karbonatmineral von azurblauer Färbung und mit Glas- bis Fettglanz.

Granat] Kieselsäurehaltiges, gesteinsbildendes Mineral von roter Färbung, nichtmetallischem Glanz und großer Härte.

Beryll] Durchsichtiges bis durchscheinendes Silikatmineral mit variabler Färbung, das häufig zu Schmucksteinen verarbeitet wird.

glaukisierend] Blauglänzend.

irisierend] Schillernd, zwischen verschiedenen Farbtönen changierend.

polarisierend] Licht in eine bestimmte Schwingungsrichtung bringend.

phosphoreszierend] Nach Bestrahlung im Dunkeln von selbst leuchtend.

Cölestin] Durchsichtiges bis durchscheinendes Sulfatmineral mit überwiegend bläulicher Färbung und Glas- bzw. Perlglanz.

Schründe] Spalten oder Risse im Felsen.

Kupferglanz] Auch Chalkosin; opakes, graues bis schwarzes Sulfatmineral mit metallischem Glanz.

„blue ground"] Blaues vulkanisches Tuffgestein im südafrikanischen Kapland, in dem Diamanten eingelagert sind.

Goldkorn … fiebernd siebt] Anspielung auf den Kalifornischen Goldrausch zwischen 1848 und 1854, der zur unkontrollierten Einwanderung von Glückssuchern, Händlern und Kaufleuten und zur Vertreibung und Unterdrückung der indigenen Bevölkerung führte.

Geröllbänken Kaliforniens] Der Kalifornische Goldrausch war der größte der Goldräusche in Nordamerika zwischen 1799 und 1874.

Geschiebe] Geröll; von Gletschern mitgeführte und abgelagerte Gesteinsbrocken.

Smaragd] Edelstein, grüne Abart des Berylls.

Opal] Mineral mit schillerndem Farbenspiel.

Spateisenstein] Auch Siderit; durchsichtiges bis durchscheinendes Karbonatmineral mit gelber, brauner oder schwarzer Färbung und gläsernem Glanz.

steirische Erzberg] Berg in der steirischen Stadt Eisenerz; dort wird seit dem 11. Jahrhundert Eisenerz, insbesondere Siderit abgebaut.

Hotelmirakel

D: Leifhelm reiste Mitte Juli 1928 über Salzburg und die Schweiz nach Italien. In seinem Tagebuch vermerkt er: „Hotelmirakel in Chiavenna 31.VI.28." (N 1928, Bl. 3v). Dann folgen Notizen, die er später für die Ausarbeitung der Erzählung verwendet (N 1928, Bl. 3v–5r).

Ü: Nachlass VN, M. 2, Manuskript (5 Bl., beidseitig beschrieben), Typoskript (5 Bl.).
DN: GP 185–190.
Brianza] Hügelland zwischen dem Comer See und Mailand.
Comosee] Inzwischen ungebräuchlich gewordene Bezeichnung für den Comer See, den drittgrößten See Italiens. Er liegt vollständig in der Lombardei und trägt seinen Namen nach dem Ort Como.
Oberitaliens ... Gardasees] Der Gardasee ist der größte der oberitalienischen Seen und seit den 1920er-Jahren zunehmend touristisches Reiseziel.
Endstation, von wo die Passstraße ihren Ausgang nimmt] Chiavenna/Leven am Splügenpass (Passo dello Spluga), der den Schweizer Kanton Graubünden und die Lombardei verbindet.
Facchino] Dienstmann, Gepäckträger.
„Hotel Svizzera" – „Albergo Colonna e del Sole"] Hotels mit diesen Namen sind im *Annuario Italiano* 10/11 (1932/33), S. 748 f., nicht nachgewiesen.
Grandhotel] Als erstes Haus am Ort und als eines der besten Häuser Oberitaliens galt über viele Jahrzehnte das Hotel Conradi, das im Laufe der Jahre von verschiedenen, zumeist deutschen Inhabern (Christian Schreiber, Oscar Weber) geführt wurde; vgl. die Anzeige von Ch[ristian] Schreiber in: *Allgemeine Zeitung* (München), 6. Mai 1867, S. 2072. Das Hotel liegt in fußläufiger Entfernung zum Bahnhof und besitzt eine „Billet- und Gepäckexpedition für die Eisenbahn und Post"; vgl. K[arl] Baedeker: Italien. Handbuch für Reisende. T. 1. Leipzig: Baedeker, [14]1894, S. 13.
großen Platz] Piazza Bertacchi.
Portal] Ein Rundbogen bildete den Eingang zum Hotel.
Falle] Die Neigung, Touristen zu übervorteilen, gehört zu den geläufigsten Stereotypen, die Reisende aus Deutschland den Italienern zuschreiben. Sie finden sich mitunter auch in Reiseführern. So begrüßt das *Lindauer Tagblatt* in seiner Ausgabe vom 25. Oktober 1866 die Übernahme des Hotels Conradi durch Christian Schreiber und seinen Sohn, „da namentlich in den letzten Jahren das Bedürfniß eines guten Gasthofes mit angemessenen Preisen und solider Bedienung in dieser vielbesuchten Stadt immer dringender hervortrat"; *Lindauer Tagblatt für Stadt und Land*, 25. Oktober 1866, S. 1137.
Giardinetto] Gärtchen.
unter den Bäumen des Gartens] Der Garten des Hotels Conradi war mit Kastanienbäumen bewachsen; vgl. Carl Braig: Abendstunden in Italien, in: *Historisch-politische Blätter* 111 (1893), S. 93–114, 367–388, 409–423, 649–651 und 824–840, hier S. 367.
„Die Herren fahren mit dem Kursauto ... Billette?"] Vgl. K[arl] Baedeker: Die Schweiz, die italienischen Seen, Mailand, Turin, Genua, Nizza. Handbuch für Reisende. Koblenz: Baedeker, [8]1859, S. 309: „Der Omnibus, für den

alle Zungen im Hôtel Conradi thätig sind, ist häufig gedrängt voll und dann unangenehm."

„spuntino"] Imbiss (ital.).

Der Schiedsrichter

D: Vor 1936. Sophie Leifhelm hat unter das Typoskript den Namen ihres Mannes gesetzt. Am 12. März 1936 wurde die Ehe der Leifhelms geschieden.

Ü: Nachlass P, Typoskript (12 Bl., einseitig beschrieben).

DN: Bislang unveröffentlicht.

Schossen] Trieb, Schössling.

Ringofen … Ziegelsteine] Es handelt sich vermutlich um die Odenkirchener Ringofen-Ziegelei G.m.b.H., die sich auf der Straße Am Ringofen (heute: Am Ziegelweg) befand und bis zu ihrer Liquidierung 1937 zum Unternehmen von Jakob Durst gehörte; vgl. *Tonziegelei-Zeitung* 61 (1937), S. 228.

im grünen Bend] Regional, vor allem im Aachener Raum gebräuchlicher Begriff für eine große Feuchtwiese.

schwarzgelb gewürfelten Hemden] SpVg Odenkirchen 05/07.

in rotweißen Blusen] Rot-Weiß Hockstein.

sein Rock ist geschnippelt und altfränkisch] Eine zurechtgeschnittene, altmodische Jacke.

Säbelbohne] Gartenbohne; der Name bezieht sich auf die gekrümmte Form der Schoten.

Kajüte] Wohn-, Aufenthalts- oder Schlafraum, vornehmlich eines Schiffes.

Düwelsjong] Teufelsjunge (rhein.).

Bellerstraße] Von der Mülgaustraße, die Odenkirchen mit Rheydt verbindet, abzweigende, über eine längere Strecke nahezu parallel zu ihr verlaufende und schließlich wieder in sie einmündende Verkehrsstraße, die nach dem Ortsteil Bell benannt ist.

Jupp Tillmanns] Fiktive Figur.

Streitkolben] Wuchtwaffe mit einem Schaft aus Holz oder Metall und einem steinernen oder metallenen Schlagkopf.

Rattenfänger] Anspielung auf die Hamelner Ortssage, derzufolge 1284 ein Pfeifer mit seinem Flötenspiel zunächst die Ratten und, nachdem man ihm den vereinbarten Lohn verweigert hatte, die Hamelner Kinder aus der Stadt führte.

Schwellenstein] Bordstein.

„Es kommt ein Mann von Hamburg heran"] Vermutlich eine Variante des Volkslieds *Es kam ein Mann von Ninive*.

„Ein armer Fischer bin ich zwar"] Volkslied von Johann Bürkli, erstmals im *Göttinger Musenalmanach* 1781, S. 154–156, als *Schweizerisches Fischerlied* gedruckt. Von dort gelangte es in zahlreiche Volksliedsammlungen.

Ministrant] Messdiener.
Sakristei] Nebenraum des Kirchengebäudes zur Aufbewahrung der liturgischen Geräte und Gewänder.
Franziskaner] Die Gründung eines Franziskanerkonvents in München-Gladbach erfolgte 1889 auf Initiative von Oberpfarrer Karl Joseph Lelotte (1827–1892), der sich von kirchlicher Seite energisch um die Lösung der sozialen Frage bemühte.
Habit] Ordenstracht.
Frater] Ordensbruder vor dem Empfang der Priesterweihe.
Novizenmeister] Auch Magister; ihm obliegt die Einführung und Ausbildung der Ordensanwärter, der Novizen.
Legende von Franziszi Vogelpredigt] Der Legende nach predigte der heilige Franziskus vor Bevagna den Vögeln und segnete sie. Sie ist überliefert in den anonymen *Fioretti di San Francesco* aus dem 14. Jahrhundert.
Sonntag Lätare] Der Sonntag Laetare („Freue dich!“) ist der vierte Fasten- oder Passionssonntag im Frühjahr und liegt 21 Tage vor dem Ostersonntag.

Blühender Holunder
D: 1940.
Ü: Nachlass VN, M. 2, Manuskript (1 Bl., einseitig beschrieben, frgm.).
ED: Hans Leifhelm: Blühender Holunder, in: *Deutsche Allgemeine Zeitung* vom 20. August 1940 (frühere Fassung).
DN: GP 151–153.
Holunder] Leifhelm lehnt sich zuweilen bis in sprachliche Formulierungen an Wilhelm Raabes Novelle *Holunderblüte. Eine Erinnerung aus dem Hause des Lebens* an.
Piazza] Piazza di Porta San Giovanni.
Porta San Giovanni] 1574, während des Pontifikats von Papst Gregor XIII., errichtetes Tor in der Aurelianischen Mauer; benannt nach der nahegelegenen Basilika San Giovanni in Laterano.
Flusses] Tiber.
Eichendorffs Gedichten] Der oberschlesische Dichter Joseph Freiherr von Eichendorff (1788–1857) gilt neben Ludwig Tieck als Begründer der Waldromantik. Leifhelm denkt hier offenbar an Gedichte wie *Waldgespräch*, *Der Jäger Abschied* oder *Abendlich schon rauscht der Wald*.
süßer und seliger] Formulierung, die bevorzugt in der Predigt- und Andachtsliteratur Verwendung findet.
goldene Klee] Trifolium agrarium, auch gelber Klee genannt.
Königskerze] Pflanzengattung aus der Familie der Braunwurzgewächse; viele Arten werden als Heilpflanzen verwendet.
Königsklee] Auch Gelber Melilot oder Gelber Steinklee; er trägt seinen Namen nach König Heinrich VIII. von England, der ihn als Heilpflanze verwendete.

der abgeschiedenen in den Gräbern] Möglicherweise Hommage an Heinrich Lersch, mit dem Leifhelm 1913 erstmals Italien besuchte. In *Mensch im Eisen* erzählt Lersch von einem Erholungsschlaf auf dem Forum Romanum, aus dem ihn der Traum von seiner Heimatstadt weckte: „Ich öffne die Augen. Im Winde vor mir wiegt der Holunder. / Immer noch blüht blau der Himmel, das ewige Wunder. / […] / Solange die italienische Erde mich trägt, / Kein Mensch aus diesem Lande mich schlägt." Vgl. Heinrich Lersch: Mensch im Eisen, in: ders.: Ausgewählte Werke. Bd. 1: Gedichte. Hg. und mit Einleitungen und Anmerkungen versehen von Johannes Klein. Düsseldorf/Köln: Eugen Diederichs, 1965, S. 181–362, hier S. 219.

Aufsätze und Essays

Kunst und Literatur

Mosaiken

D: 1919.

ED: Hans Leifhelm: Mosaiken, in: *Wieland. Deutsche Monatsschrift* 5 (1919/20), H. 3 (1919), S. 15–18.

DN: GP 165–168.

Naturalismus] Darstellung der sichtbaren Wirklichkeit.

Freskomalerei] Seit der Antike geübte Maltechnik, bei der das Bild auf die frisch verputzte, feuchte Wand aufgetragen wird.

musivischen Kunst] Das Zusammensetzen von verschiedenfarbigen flachen Plättchen aus Stein, Metall oder Holz, sogenannte Tessera, zu dekorativen Mustern oder Bildern.

Ravenna] Stadt in der Emilia-Romagna im Nordosten Italiens, 402–476 Hauptresidenz der weströmischen Kaiser. Von der fortgeschrittenen Mosaikkunst in Ravenna zeugt die Ausstattung der Kirchen.

Bauhütten von San Pietro und San Marco] Die Vorgängerorganisationen der 1908 gegründeten Fabbrica di San Pietro gehen bis in die Zeit des Pontifikats Julius II. (1503–1513) zurück. Die Dombauhütte von San Pietro beschäftigt Wissenschaftler und Handwerker unterschiedlicher Fachrichtungen. Außerdem unterhält sie ein Archiv. – Nach der Zerstörung der Vorgängerkirche durch einen Brand 976 begann man in Venedig mit dem Bau des Markusdoms, an dem auch Architekten aus Konstantinopel mitwirkten. Bei seiner Fertigstellung 1094 wurden die Gebeine des Evangelisten wiederentdeckt; vgl. Fulvio Zuliani: Die Bauhütte der Sankt-Markus-Kirche, in: Liana Castelfranchi Vegas (Hg.): Die Baukunst im Mittelalter. Solothurn/Düsseldorf: Benziger, 1995, S. 71–98.

Hodler] Ferdinand Hodler (1853–1918), Maler des Symbolismus und des Jugendstils. Zu seinen bekanntesten Werken gehört das Wandfresko *Rückzug von der Schlacht von Marignano* (1899).

Pechstein] Max Pechstein (1881–1955), Maler und Graphiker des Expressionismus.

E. R. Weiß] Emil Rudolf Weiß (1875–1942), Maler und Graphiker, der auch Buchumschläge und Sammelbilder entwarf.

Cesar Klein] César Klein (1876–1965), Maler, Grafiker, Bühnen- und Kostümbildner des Expressionismus, der zahlreiche Repräsentationsgebäude in Berlin mit Fensterverglasungen, Deckengemälde und Fußbodenmosaiken ausstattete (u. a. Verwaltungsgebäude, Firmensitze, Theater und Warenhäuser). Ein Beispiel für Unolds Mosaikkunst gibt Leifhelm mit dessen *Kamineinlage*; vgl. *Wieland. Deutsche Monatsschrift* 5 (1919/20), H. 3 (1919), S. 3. Auch das Cover des Heftes zeigt ein Mosaik von Klein.

Unold] Max Unold (1885–1964), Maler und Grafiker der Neuen Sachlichkeit. Unolds Begabung in der Mosaikkunst dokumentiert Leifhelm mit dessen *Tierstück*; vgl. *Wieland. Deutsche Monatsschrift* 5 (1919/20), H. 3 (1919), S. 9.

Orlik] Emil Orlik (1870–1932), Maler, Zeichner und Grafiker, der auch Sammelalben und Plakate entwarf. Prägend für zahlreiche künstlerischen Arbeiten nach der Jahrhundertwende war seine Begegnung mit der japanischen Kunst während seiner Fernostreisen.

Walser] Karl Walser (1877–1943), Maler, Illustrator, Bühnen- und Kostümbildner, Bruder des Schriftstellers Robert Walser. Zwischen 1905 bis 1943 schuf er 32 Wandbilder für öffentliche und private Einrichtungen in Deutschland, Österreich und der Schweiz, darunter *Trauernde und Engel* (1936) für die Aussegnungshalle des Friedhofs Sihlfeld/Zürich und *Aufbau* (1942) für das Rathaus der Stadt Bern.

Serpentin] Meist grünliches, oft seidenglänzendes Silikat-Mineral.

Glasfluss] Auch Emaille; durch Metalloxide gefärbtes, leichtflüssiges Glas, das auf Metall aufgetragen wird.

Goldwürfel] Technik des Vergoldens.

Sophienkirche] Hagia Sophia, von 532 bis 537 n. Chr. zu Ehren der Weisheit Gottes erbaute byzantinische Kirche.

Apollinare Nuovo] Sant'Apollinare Nuovo; Ende des fünften Jahrhunderts erbaute, dreischiffige Basilika in Ravenna. Die noch erhaltenen Mosaiken der einst vollständig ausgekleideten Kirche zeigen männliche und weibliche Märtyrer, dazu die Apostel und Propheten sowie Christus regnans, der von zwei Engeln flankiert wird.

Apollinare in Classe] Sant'Apollinare in Classe; im zweiten Viertel des sechsten Jahrhunderts in der Hafenstadt von Ravenna errichtete Kirche. Das prominenteste der zahlreichen Mosaiken befindet sich in der Apsis und zeigt die Verklärung Christi.

San Vitale] San Vitale, erbaut zwischen 537 und 547, reich ausgestattet mit Boden- und Wandmosaiken. In der Apsiskalotte erscheint Christus als der Weltenrichter, im unteren Apsisgewände sind Kaiser Justinian und seine Frau Theodora in Begleitung ihres Hofstaates zu sehen.

Baptisterium] Das sogenannte Neonische Baptisterium der Kathedrale von Ravenna zeigt in der Kuppelmitte auf einem aus dem dritten Viertel des fünften Jahrhunderts stammenden Mosaikmedaillon die Taufe Jesu im Jordan. Konzentrisch sind um das Medaillon Friese angeordnet, von denen das innere die zwölf Apostel zeigt, während auf dem äußeren Bilder aus der Offenbarung des Johannes zu sehen sind.

achteckigen Kuppelraum des Neuen Museums in Wiesbaden] Zwischen 1913 und 1915 gestaltete Max Unold das von Theodor Fischer entworfene Oktogon des neuen Museums in Wiesbaden mit Goldmosaiken zum Thema Wasser.

Theodor Fischer] Theodor Fischer (1862–1938), Architekt und Stadtplaner, entwarf im bayerisch-fränkischen Raum u. a. Arbeiterwohnhäuser, Schul- und Bankgebäude, Hotels, Kirchen, Grab- und Denkmäler.

hier wiedergegeben] Leifhelm zeigt Pechsteins *Geburt Christi* (S. 7) und *Vertreibung aus dem Paradies* in der Totalen (S. 6), letzte dazu auch im Ausschnitt (S. 5, 8, 11 und 13). Die Wandmosaiken, die seit 1919 die Galerie Gurlitt in der Potsdamer Straße schmückten, wurden im Zweiten Weltkrieg zerstört; vgl. N.N.: Ausstellungen, in: *Kunst und Künstler. Illustrierte Monatsschrift für bildende Kunst und Kunstgewerbe* 17 (1919), H. 7, S. 275–278, hier S. 276.

Gurlitt] Wolfgang Gurlitt (1888–1965), Kunsthändler und -sammler, Galerist; führte ab 1918 in Berlin die Galerie seines Vaters Fritz Gurlitt.

Mosaiksmalten] Auch Schmalte; Kobaltschmelzmasse zum Blaufärben von Glasuren.

Puhl & Wagner] Zwischen 1889 und 1969 bedeutendster deutscher Hersteller von Glasmosaiken und Glasmalereien mit Sitz in Neukölln.

Gottfried Heinersdorff] Gottfried Heinersdorff (1883–1941), Hersteller von Glasmalereien und -mosaiken in Berlin-Treptow, Reformer der Glasmalkunst in Deutschland. Heinersdorff übernahm das von seinem Vater Paul Gerhard Heinersdorff 1875 gegründete Unternehmen im Jahre 1900 und führte es bis zum Berufsverbot infolge der Nürnberger Rassengesetze 1938.

Karton für das Werk] Pechsteins Karton zum Wandbild *Vertreibung aus dem Paradies*, der 1917 entstand, befindet sich Berlin, Nationalgalerie, Staatliche Museen zu Berlin – Preußischer Kulturbesitz, Inventar-Nr. B 51/15.

[Alessandro Manzoni]

D: Herbst 1927.

Ü: DLA Marbach, A: Leifhelm, Hans. Übersetzungen. Alessandro Manzoni, *Die Verlobten*. Zugehörige Materialien. M. 14; Typoskript (5 Bl.). Der

Text ist *Nachwort* überschrieben und sollte wohl als ein solches für Leifhelms Übersetzung von Manzonis *I promessi sposi* dienen, die allerdings nie gedruckt wurde.

DN: GP 203–208.

Alessandro Manzoni ... Lombarden] Alessandro Manzoni (1785–1873) wurde in Mailand, der Hauptstadt der Lombardei, geboren, die bis zur Einigung Italiens unabhängig war.

Rechtsgelehrten Beccaria] Cesare Beccaria (1738–1794), Mailander Rechtsphilosoph und Strafrechtsreformer, Gegner von Folter und Todesstrafe, Begründer der modernen Politischen Ökonomie.

„Gesellschaft von Auteuil"] Die Société d'Auteuil ging aus einem von Anne-Catherine de Ligniville Helvétius (1722–1800) seit 1753 unterhaltenen Kreis von aufgeklärten Künstlern und Intellektuellen hervor und benannte sich nach dem Ort, an dem die Gesellschaft zusammenkam.

„Das Ausserordentliche ... verletzt."] Vgl. Goethes Gespräch mit Eckermann vom 20. Dezember 1829, in: Goethes Gespräche. Gesamtausgabe. Neu hg. von Flodoard Frhr. von Biedermann. Bd. 4. Leipzig: Biedermann, 1910, S. 181–184, hier S. 182.

Inni sacri] Manzonis *Inni sacri* erschienen 1815 bei Pietro Agnelli in Mailand. Paul Heyse brachte 1880 unter dem Titel *Heilige Hymnen* eine deutsche Übersetzung heraus; vgl. Alessandro Manzoni's heilige Hymnen, in: *Deutsche Rundschau* 25 (1880), S. 29–46.

Zwei Dramen] Die Tragödien *Il Conte di Carmagnola* (Mailand: Vincenzo Ferrario, 1820) und *Adelchi* (Mailand: Vincenzo Ferrario, 1822).

Goethes Ausspruch] Johann Wolfgang von Goethe: Il conte di Carmagnola. Tragedia di Alessandro Manzoni. Milano 1820, in: Goethes Werke. Hg. im Aufttrage der Großherzogin von Sachsen. Abt. 1, Bd. 41,1. Weimar: Hermann Böhlaus Nachf., 1902, S. [195]–214, hier S. 206.

„Der fünfte Mai"] Die Ode *Il Cinque maggio* erschien 1823 zusammen mit den *Inni sacri;* vgl. Alessandro Manzoni: Cinque inni sacri ed un'ode. Turin: Giacinto Marietti, 1823, S. 28–32.

Goethe ... übertragen] Johann Wolfgang von Goethe: Der fünfte May. Ode von Alexander Manzoni, in: Goethe's Werke. Vollständige Ausgabe letzter Hand. Bd. 3. Unter des durchlauchtigsten deutschen Bundes schützenden Privilegien. Stuttgart/Tübingen: Cotta, 1828, S. 202–206. Erstmals erschienen in: *Ueber Kunst und Alterthum* 4 (1823), H. 1, S. 182–188.

Hauptwerk] *I promessi sposi* erschien erstmals 1825–1826 in drei Bänden bei Ferrario in Mailand.

Pest von 1628] Die Pest wütete 1628–1631 in Norditalien und führte zum Niedergang der Republik Venedig. 1630/31 starb innerhalb eines Jahres ein Drittel der Einwohner. Allein im November 1630 kostete die Pest 16000 Venezianer das Leben.

1840 … Neubearbeitung] Manzoni begann in den 1830er-Jahren mit einer Überarbeitung des Romans. Damit er in ganz Italien gelesen werde könne, befreite er ihn von Einsprengseln lombardischen Dialekts und hielt ihn durchweg in toskanischer Schriftsprache. Ergänzt um die *Storia della Colonna infame* („Geschichte der Schandsäule") erschien die überarbeitete Fassung 1840–1842 in Fortsetzungen.

Goethe zu Eckermann] Vgl. Goethes Gespräche mit Eckermann vom 18. und Juli 1827, in: Goethes Gespräche, Bd. 4, S. 414–417, hier S. 414f. und 416f.

De Amicis] Edmondo De Amicis: Una visita ad Alessandro Manzoni, in: ders.: Pagine sparse. Mailand: Brigola, [7]1881, S. 90–98.

aus diesem Berichte] Leifhelm hat den Beginn von De Amicis' Bericht (bis S. 92, Z. 7) ins Deutsche übersetzt; vgl. Hans Leifhelm: Ein Besuch bei Alessandro Manzoni von Edmondo De Amicis [DLA Marbach, A: Leifhelm, Hans. Übersetzungen. Alessandro Manzoni, „Die Verlobten". Zugehörige Materialien. M. 14; Handschrift (2 Bl.)].

Der Maler Paul Schmidtbauer

D: 1930.

Ü: Nachlass VN, M. 1; Typoskript (5 Bl.)

Paul Schmidtbauer] Paul Schmidtbauer (1892–1974), eig. Paul Schmidt, expressionistischer Maler, Radierer, Holzschnittkünstler, Lithograph und Zeichner. Der Name Schmidtbauer ist ein Kompositum aus dem Familiennamen und dem Geburtsnamen der Mutter. Schmidtbauers Vater, ein Forstverwalter, stammte aus der Steiermark, seine Mutter aus Schlesien. Seit 1898 lebte die Familie in Graz.

großen Krieges] Erster Weltkrieg.

Lividraga in Kroatien] In der Region Primorsko-Goranska gelegener Geburtsort Paul Schmidts.

Fiume] Zwischen 1920 und 1924 Freistaat; heute kroatische Hafenstadt Rijeka.

Landeskunstschule] Alfred Schötter von Kristelli (1851–1935) und Anton Marussig (1868–1925), beide ihrerseits Maler, unterrichteten seit 1900 bzw. seit 1907 an der Landeskunstschule in Graz. Zu Schötters Schülern gehörte auch Fritz Silberbauer (1883–1974), mit dem Hans Leifhelm ebenfalls befreundet war.

Kunstakademie] Die 1692 gegründete Akademie der bildenden Künste in Wien zählt zu den ältesten Kunstakademien Europas. Hier gehörte Alois Delug (1859–1930) zu Schmidtbauers Lehrern.

Döbling] 19. Wiener Gemeindebezirk, gelegen im Nordwesten der Stadt. Schmidtbauer hatte dort ein Atelier gemietet.

Graphischen Lehr- und Versuchsanstalt] Die 1888 eröffnete Graphische Lehr- und Versuchsanstalt in Wien gehört zu den berufsbildenden Schulen. Außer in den Bereichen Fotografie, Reproduktion und Druck bildete sie in Graphik und Illustration aus. Prägend war für Schmidtbauer der Unterricht bei Erwin Puchinger (1875–1944) und Karl Mader (1884–1952), die nicht nur als Kunsterzieher arbeiteten, sondern sich ihrerseits als Maler und Graphiker einen Namen machten.

Türkenbild] Um welches Bild es sich konkret handelt, ist ungewiss. Möglicherweise meint Leifhelm das *Türkische Stilleben* (1915) von Paul Schmidtbauer.

harte Feld- und Schützengrabenleben] Schmidtbauer, der sich 1914 als Freiwilliger an die Front gemeldet hatte, war 1917 bei Kampfhandlungen in Italien verschüttet worden.

Ausschmückungen des Grazer Volkskellers] Die Malereien gingen verloren.

Grazer Arbeiterkammer] Schmidtbauers Wandbilder für die Grazer Arbeiterkammer entstanden 1925. Die Kammer wurde 1938 aufgelöst.

Staatsmedaille … Staatspreis] Schmidtbauer erhielt 1921 den Österreichischen Staatspreis, 1922 die Goldene Staatsmedaille, 1923 die Silberkunstmedaille der Stadt Graz, 1928 die Silberne Jubiläumsmedaille und 1932 den Staatspreis für seine künstlerische Gesamtleistung.

Viele Werke] Schmidtbauer arbeitete als Auftragsmaler. So finden sich von ihm auch Wandbilder in zahlreichen steirischen Gaststuben wie z. B. in Admont, Bruck an der Mur, Kindberg, Leoben („Schwarzer Adler“), Stainz („Engelweingarten“), Trofaiach und Weißkirchen. Auch aus London, wo er sich 1938 aufhielt, um den Repressalien in Graz zu entgehen, erhielt er Aufträge.

Steirisches Land – steirische Kunst

D: 1933.

ED: Hans Leifhelm: Steirisches Land – steirische Kunst, in: *Österreichische Kunst* 4 (1933), H. 12 (15. Dezember 1933), S. 14–16. Leifhelm hielt den Vortrag anlässlich des zehnjährigen Bestehens der Grazer Sezession, zu deren Mitgliedern er gehörte.

Steiermark] Im Südosten Österreichs liegendes und wegen seines Waldreichtums als „Grüne Mark“ bezeichnetes Bundesland.

Kalksteingebirg] Aus hellem und porösem Kalkstein bestehende Gebirgszüge, die im Norden und Süden die aus Kristallingestein bestehenden Zentralalpen begleiten.

pannonischen Tiefland] Auch Pannonische Tiefebene; nach der römischen Provinz Pannonia benannte Tiefebene im südlichen Ostmitteleuropa, die vom Mittellauf der Donau und vom Unterlauf der Theiß durchquert wird.

Niederen Tauern] Gebirgsgruppe der Zentralalpen, die sich östlich an die Hohen Tauern anschließt.

Freskomalerei] Seit der Antike geübte Maltechnik, bei der das Bild auf die frisch verputzte, feuchte Wand aufgetragen wird.

Dachsteins] Berg in den Nordalpen mit Doppelgipfel; über den Hohen Dachstein verläuft die Grenze zwischen Oberösterreich und der Steiermark.

Mur- und Mürztal] Talungen von Mur und Mürz in der Ober- und in der Mittelsteiermark.

Grazer Sezession] Im November 1923 gegründete Vereinigung avantgardistischer Grazer Künstler und Schriftsteller, zu der u. a. Hans Leifhelm, Paul Schmidtbauer und Fritz Silberbauer gehörten; 1938 im Zuge des „Anschlusses" Österreichs an das Deutsche Reich aufgelöst.

Idyllismus] Zuweilen an die Grenze zum Kitsch tretende Gestaltung von Landschaft als zweitem Arkadien, verbunden mit dem Lob naturverbundenen und einfachen Lebens; oft instrumentalisiert als politische Überwältigungsstrategie.

Roseggers] Peter Rosegger (1843–1918), österreichischer Dichter und Schriftsteller. „Waldheimat" beschreibt eine waldreiche Mittelgebirgslandschaft in den Fischbacher Alpen in der Steiermark. Der Begriff wurde von Rosegger seit 1872 verwendet und etablierte sich seit dem Erscheinen von *Waldheimat. Erinnerungen aus der Jugendzeit* (Pressburg/Leipzig: Heckenast, 1877) im deutschen Sprachschatz.

Hochschwabgebietes] Region um den Hochschwab in der Obersteiermark, den höchsten Berg der Hochschwabgruppe.

Gedenken an Heinrich Lersch

D: 21. Juni 1936.

Ü: StA Mönchengladbach, 15/5/130 (Kondolenzschreiben, Würdigungen und Nachrufe zum Tode Heinrich Lerschs), MS (ergänzt um eine Schilderung zur Geburt von Lerschs erstem Sohn Gerrit 1919).

ED: Hans Leifhelm: Gedenken an Heinrich Lersch, in: *Die Neue Literatur* 37 (1936), H. 9 (September 1936), S. 497–502.

DN: GP 193–197.

Grab] Siehe die Erläuterungen zu *Für Heinrich Lersch*.

abgeschiedenen Hochtal] Der Rosenhof, in dem Leifhelm mit seiner Familie seit 1923 lebte, liegt auf dem Rosenberg, einem Höhenzug im Norden von Graz.

Schulhaus in der Römerstraße] Von Hauptlehrer Franz Wamich (1843–1909) geleitete Volksschule im München-Gladbacher Stadtteil Hermges.

seine ersten Gedichte] Als Lerschs Gedichte in Zeitungen erschienen, reagierte der Vater verärgert; vgl. Heinrich Lersch: Hammer und Feder sind beide von Stahl, in: ders.: Mut und Übermut. Geschichten. Stuttgart/Berlin: Deutsche Verlags-Anstalt, 1934, S. 215–238, hier S. 224.

Liliencron] Detlev von Liliencron (1844–1909), deutscher Dichter und Dramatiker; wie die nachfolgend genannten Whitman, Dehmel und Eichendorff für Leifhelm stilbildend.

Whitman] Walt Whitman (1819–1892), amerikanischer Dichter, Essayist und Journalist; seine 1855 erstmals erschienene und bis kurz vor seinem Tod ständig erweiterte Gedichtsammlung *Leaves of Grass* übte großen Einfluss auf Dichter in Europa und Amerika aus; vgl. Leifhelms Gedicht *Wehendes Gras*.

Dehmel] Richard Dehmel (1863–1920), in den Jahren vor dem Ersten Weltkrieg einer der einflussreichsten deutschen Dichter und Schriftsteller; seine von Vitalismus geprägte, oft sinnlich-erotische Lyrik beeinflusste insbesondere die jungen Autoren des Expressionismus.

Mörike] Eduard Mörike (1804–1875), deutscher Lyriker der Schwäbischen Schule, Erzähler und Übersetzer, der bis zu seiner Versetzung in den Ruhestand 1843 in Cleversulzbach als evangelischer Pfarrer wirkte.

Lenau] Nikolaus Lenau (1802–1850), österreichischer Dichter des Biedermeier, dessen melancholische Naturgedichte zahlreiche Musiker zu Liedkompositionen inspirierte.

Eichendorff] Joseph von Eichendorff (1788–1858), oberschlesischer Dichter und Schriftsteller, bedeutendster Vertreter der Hochromantik; seine Gedichte zählen zu den meistvertonten im deutschen Sprachraum.

mit Alfons Petzolds Worten] Leifhelm zitiert sinngemäß die Eingangsverse von Petzolds Gedicht *Das Glockenspiel*; vgl. Alfons Petzold: Trotz alledem! Gedichte. Auswahl und Geleitwort von Josef Luitpold. Wien: Wiener Volksbuchhandlung, 1910, S. 26: „Ich trag' ein wundersames Glockenspiel / In meiner Brust, das hat der Töne viel."

Konrad van den Bongaardt] Konrad van den Bongardt (1888–1910), Sohn eines Fabrikarbeiters. Der gelernte Buchbinder und begabte Musiker lebte seit 1893 in M.Gladbach und starb früh an einer Lungenentzündung; vgl. Gerd Lamers: Persönlichkeiten „vom Hermges", in: Udo Lembachner (Hg.): Die Pfarrgemeinde St. Josef Mönchengladbach und ihre Entstehung vor dem Hintergrund der Industrialisierung im 19. Jahrhundert. Zum 100jährigen Bestehen der Pfarrkirche St. Josef. Mönchengladbach: Pfarrgemeinde St. Josef, 1994 (Beiträge zur Geschichte der Stadt Mönchengladbach, 33), S. 25–44, hier S. 32 f., Anm. 20.

alten Schmiede] Eine Abbildung des „Holzschuppens" findet sich bei: Lamers, Persönlichkeiten „vom Hermges", S. 36.

Bahnwärter] Der Name des Bahnwärters lässt sich nicht ermitteln.

Straßburg] Leifhelm machte am 18. Februar 1911 sein Abitur am Stiftischen Humanistischen Gymnasium in M.Gladbach und ging zum Sommersemester 1911 nach Straßburg, wo er an der Kaiser-Wilhelm-Universität ein Semester lang Medizin studierte, ehe er sich für Staatswissenschaften einschrieb.

Mutter … Vater] Maria Johanna Cloeren (1861–1927), Tochter des Buchhalters Carl Cloeren, und der Kesselschmied Mathias Lersch (1843–1926) hatten am 2. Mai 1887 in M. Gladbach geheiratet. Aus der Ehe gingen neun Kinder hervor, von der zwei nach der Geburt starben. Heinrich war das zweitälteste Kind.

Bruder Paul] Paul Lersch (1891–1980). Paul Lersch arbeitete wie sein Vater Mathias und sein Bruder Heinrich als Kesselschmied.

Oberkirch] Von Weinbau und Schnapsbrennerei geprägte Stadt nordöstlich von Offenburg.

Kehl] Stadt am Rhein gegenüber von Straßburg; der Rheinhafen ist seit jeher der größte Arbeitgeber.

kleines Zimmer in der Nähe des Westbahnhofes] Leifhelm hatte zunächst in der Trautsongasse 10 gewohnt und zog am 6. November 1912 in die Garbergasse 14/9.

Maschinenfabrik in Floridsdorf] Lersch arbeitete seit dem 6. November 1912 bei der Maschinenfabrik Paukerwerk AG in Floridsdorf; vgl. Heinrich Lersch: Wien [StA MG 15/5/70, Nr. 201–238, hier Nr. 206], S. 5f.

Hofmannsthal] Hugo von Hofmannsthal (1874–1929), österreichischer Schriftsteller, Dramatiker und Librettist; zählt zu den bedeutendsten Repräsentanten des deutschsprachigen Fin de Siècle und der Wiener Moderne.

Ginzkey] Franz Karl Ginzkey (1871–1963), österreichischer Dichter und Novellist der Neuromantik, von Peter Rosegger gefördert.

Abruzzen] Mittelitalienische Region, die sich zwischen der Adria im Osten, Marken im Norden, Latium im Westen und Molise im Süden erstreckt.

die Volsker- und Sabinerberge] Volskerberge, auch Monti Lepini, sind ein Mittelgebirge in der Region Latium; die deutsche Bezeichnung stammt wohl von Ferdinand Gregorovius. Die Sabiner Berge, auch Monti Sabini dagegen bilden das westliche Randgebirge des Abruzzischen Apennin.

„Abglanz des Lebens"] Heinrich Lersch: Abglanz des Lebens. Gedichte. M.Gladbach: Verlag der Westdeutschen Arbeiter-Zeitung, 1914. Die zweite, vermehrte (1917) sowie die dritte Auflage (1919) erschienen im Verlag des Volksvereins. Das Buch trägt die Widmung „Hans Leifhelm in alter und neuer Freundschaft" (S. [3]). Leifhelm schrieb unter dem Namen Konrad Overstolz auch ein Nachwort (S. 119–122).

Gedicht des Soldatenabschieds] Lerschs Gedicht *Soldatenabschied* mit dem Refrain „Deutschland muss leben und wenn wir sterben müssen" gehörte zu den populärsten und meistgedruckten Gedichten des Ersten Weltkrieges. Lersch schrieb es während des Auszugsgottesdienstes in St. Josef am 2. August 1914 und trug es in das Gebetbuch seiner Mutter ein; vgl. Heinrich Lersch: Deutschland muß leben, und wenn wir sterben müssen, in: ders.: Skizzen und Erzählungen aus dem Nachlaß. Hg. von Christian Jenssen. Hamburg: Hanseatische Verlagsanstalt, 1940, S. 92–96.

Kriegsgesänge] Heinrich Lersch: Herz! Aufglühe dein Blut. Gedichte im Kriege. Jena: Eugen Diederichs, 1916. *Soldatenabschied* findet sich auf den Seiten 14f. Von 1915 bis 1918 veröffentlichte Lersch zudem zehn Hefte *Kriegsgedichte*, die der Volksverein herausgab.

Eugen Diederichs] Eugen Diederichs (1867–1930), Verleger, zunächst in Florenz, später in Leipzig und in Jena. Zu den Sparten seines Sortiments gehörten u. a. die Schriftsteller der Antike, die Mystiker, die Romantiker und Friedrich Nietzsche. Von Lersch veröffentlichte Diederichs neben *Herz! Aufglühe dein Blut* (1916) auch den Gedichtband *Deutschland!* (1918) sowie die Auswahlausgabe *Deutschland muß leben* (1935).

„Mensch im Eisen"] Heinrich Lersch: Mensch im Eisen. Gesänge von Volk und Werk. Stuttgart/Berlin: Deutsche Verlags-Anstalt, 1925. Die weitgehend autobiographisch fundierte Gedichtsammlung erlebte bis in die 1940er-Jahre zahlreiche Auflagen.

Anacapri] Anacapri ist einer von zwei größeren Orten auf der im Golf von Neapel gelegenen Insel Capri. Lersch war seit 1926 mit seiner Familie wiederholt dort zu Besuch, zuletzt von Mai 1931 bis Mitte April 1932, um sich im milden Klima von seinem Lungenleiden zu erholen und ungestört zu arbeiten. Leifhelm reiste im April 1936 nach Anacapri und beendete dort seinen Roman *Die Erde wartet.*

Via Boffe] Lersch war mit seiner Familie bei der Familie Vacca in der Via Boffe 7 untergebracht, wo er in bescheidenen Verhältnissen lebte.

Caprile] Zentrum der Gemeinde Anacapri.

Einsiedelei bei Santa Maria Citrella] Die Einsiedlei befindet so dicht bei den Ruinen der Kirche S. Maria Citrella, dass Stefan Andres 1936 in *Capreser Mosaik* schrieb: „[E]ine Einsiedelei, auf eine andre Art über Menschen und Welt gestellt, klebt neben dem zerfallenen Kirchlein Santa Maria Citrella am Berghang. Das ist eine lächelnde Eremitage, in die ein Mensch flüchten mußte, der die Erde liebte wie ein feiner Genießer die Unschuld, eine Liebe von ferne, eine Frömmigkeit voll Erdrausch, Lachen und Armbreiten gegen das Meer und sonnentriefende Felsen, die den Abstand braucht, um ganz mit dem ungeheuerlichen Reichtum des Daseinswunders fertig zu werden."; vgl. Stefan Andres: Capreser Mosaik, in: *Kölnische Zeitung mit Handelsblatt* vom 20. Juni 1936 (Morgenblatt), Beilage *Unterhaltungsblatt*.

Monte Solaro] Höchster Berg der Insel Capri.

Deutsche Dichterakademie] Im Mai 1932 von Börries von Münchhausen und Hans von der Gabelentz als Gegenpol zur Preußischen Akademie der Künste gegründet, strebte die Deutsche Dichterakademie regelmäßige Treffen und eine Vernetzung nationalistischer Schriftsteller an. Ihr Sitz war die Wartburg.

Erinnerung an Josef Ponten

D: April 1940.

DN: GP 197–203.

Josef Ponten] Josef Ponten (1883–1940), Schriftsteller, Kunsthistoriker und Geograph.

Eupen und Aachen] Ponten wurde in Raeren bei Eupen geboren und lebte seit 1890 in Aachen. Seit 1895 besuchte er das Kaiser-Karls-Gymnasium, an dem er 1903 die Reifeprüfung ablegte.

eines rheinischen Freundes] Vermutlich Theodor Rembold oder Heinrich Lersch.

„Siebenquellen" und „Jungfräulichkeit"] Josef Ponten: Siebenquellen. Ein Landschaftsroman. Stuttgart: Deutsche Verlags-Anstalt, 1909; ders.: Jungfräulichkeit. Ein Roman. Stuttgart/Leipzig: Deutsche Verlags-Anstalt, 1906.

Landschaften Griechenlands] Josef Ponten: Griechische Landschaften. Ein Versuch künstlerischen Erdbeschreibens. Farbenbilder, Zeichnungen, Lichtbilder von Julia Ponten von Broich. 2 Bde. Stuttgart/Berlin: Deutsche Verlags-Anstalt, 1914.

neuen Form … Erdbeschreibung] Pontens Form der künstlerischen Erdbeschreibung impliziert zweierlei: die Bejahung fachwissenschaftlicher Faktizität zum einen und deren künstlerische Gestaltung zum anderen.

Ponten kennenlernte] Auskunft über die Verbindung zwischen Leifhelm und Ponten gibt deren Korrespondenz, die im Deutschen Literaturarchiv Marbach sowie in der Stadtbibliothek Aachen aufbewahrt wird. Sie umfasst für Leifhelm den Zeitraum 1920–1938, für Ponten den von 1923–1935.

mit Ägypten, mit Kleinasien, mit Russland] Ponten unternahm zahlreiche Reisen, die ihm Stoffe für seine Bücher lieferten. 1925 besuchte er anlässlich eines internationalen Geographenkongresses Russland.

Victor Hehn] Victor Hehn (1813–1890), Kulturhistoriker, verfasste seit 1838 Berichte von Reisen nach West- und Südeuropa, in denen sich sein oft klassizistisch geprägter sprachlicher Ästhetizismus dokumentiert.

„Der babylonische Turm"] Josef Ponten: Der Babylonische Turm. Geschichte der Sprachverwirrung einer Familie. Stuttgart/Berlin: Deutsche Verlags-Anstalt, 1918.

Novelle] Josef Ponten: Die Insel. Novelle. Stuttgart/Berlin: Deutsche Verlags-Anstalt, 1918; ders.: Die Bockreiter. Novelle. Stuttgart/Berlin: Deutsche Verlags-Anstalt, 1919; ders.: Der Meister. Novelle. Stuttgart/Berlin: Deutsche Verlags-Anstalt, 1919; ders.: Der Gletscher. Eine Geschichte aus Obermenschland. Stuttgart: Deutsche Verlags-Anstalt, 1923 (Der Falke, 11). ders.: Der Urwald. Erzählung. Stuttgart: Deutsche Verlags-Anstalt, 1924 (Der Falke, 17).

„Architektur, die nicht gebaut wurde"] Josef Ponten: Architektur, die nicht gebaut wurde. Mit am Werke Heinz Rosemann, Hedwig Schmelz. 2 Bde. Stuttgart/Berlin/Leipzig: Deutsche Verlags-Anstalt, 1925.

Schicksale der deutschen] Gemeint sind die Romanfolge *Volk auf dem Wege* (6 Bde. Stuttgart: Deutsche Verlags-Anstalt, 1930–1942), die von der Geschichte deutscher Siedler an der Wolga und im Kaukasus handelt, und die *Landschaftsbilder* (3 Bde. Leipzig: Reclam, 1931–1937). Beide Reihen waren auf eine unbestimmte Zahl von Bänden angelegt.

die Tore der Zeitschriften] Ponten war seit dem Ersten Weltkrieg regelmäßig in der Tagespresse (*Berliner Börsen-Zeitung*, *Frankfurter Zeitung*, *Kölnische Zeitung*, *Kreuz-Zeitung*, *Münchener Neueste Nachrichten*, *Rheinisch-Westfälische Zeitung*) sowie in Zeitschriften (*Hochland*, *Literarische Welt*, *Die Neue Rundschau*, *Westermanns Monatshefte*, *Wieland*) und Illustrierten (u. a. *Über Land und Meer*) vertreten. Dort wurden auch seine Bücher besprochen.

in München wiedersah] Leifhelms Briefe an Ponten vom 31. Januar 1923 und 18. September 1923 (Stadtbibliothek Aachen, JPA A.5.22 Leifhelm) lassen vermuten, dass die Begegnung in diesem Zeitraum stattfand.

Rethel] Ponten promovierte 1923 an der Universität Bonn mit einer Dissertation über Alfred Rethel, dem er ferner wissenschaftliche Porträts und Erzählungen widmete; vgl. Josef Ponten: Studien über Alfred Rethel. Stuttgart/Berlin: Deutsche Verlags-Anstalt, 1922. 1912 hatte er bereits eine Auswahl von Rethels Briefen herausgegeben (Berlin: Bruno Cassirer, 1912).

seiner unermüdlichen Frau] Julia Freiin von Broich (1880–1947), Malerin, Illustratorin und Schriftstellerin; seit 1908 mit Josef Ponten verheiratet.

Nordamerika] 1929 bereisten Josef und Julia Ponten Nordamerika.

Alexander von Humboldt] Alexander von Humboldt (1769–1859), Forschungsreisender in Europa, Lateinamerika, den USA und Zentralasien; erweiterte durch naturwissenschaftliche und ethnologische Feldstudien den Wissenshorizont seiner Zeit.

Deutschen Verlagsanstalt] Die Deutsche Verlags-Anstalt ging aus der 1831 von Ludwig Hallberger in Stuttgart gegründete Hallbergerschen Verlagshandlung hervor. 1881 wurde das Unternehmen in eine Aktiengesellschaft umgewandelt, deren Hauptanteilseigner 1920 der Industrielle Robert Bosch wurde. Die Generaldirektion der Deutschen Verlags-Anstalt lag seit 1910 in den Händen von Gustav Kilpper (1879–1963), der den wirtschaftlichen Erfolg forcierte, indem er Autoren wie Thomas Mann gewann. Wegen der Veröffentlichung vermeintlich kritischer Zeitschriften befand er sich während des „Dritten Reiches" vorübergehend in Haft. Nachdem Bosch 1936 unter Zwang seine Anteile verkauft hatte, wurde die Deutsche Verlags-Anstalt zerschlagen und in den NS-Verlag Franz Eher Nachf. eingegliedert.

Adalbert Stifters] Gustav Heckenast (1811–1878) in Leipzig verlegte ab 1841 die Romane und Erzählungen Adalbert Stifters (1805–1868), mit dem er brieflich Kontakt hielt und gelegentlich zusammentraf.

Südamerika] 1937 bereisten Josef und Julia Ponten Südamerika.

„Überstieg nach Asien"] Josef Ponten: Überstieg nach Asien, in: *Das Innere Reich. Zeitschrift für Dichtung, Kunst und deutsches Leben* 7 (1940/41), H. 4 (Juli 1940), S. 202–208.

Johann Georg Frick] Unter der Führung des Weingärtners Johann Georg Frick (1776–1825) brachen am 20. Mai 1817 in Altbach 18 Personen, darunter Fricks Frau Maria Katharina, geb. Stribel (1778–1818), und seine sechs Kinder, ins südliche Kaukasien auf, um dort, bewegt von einer radikalpietistischen Endzeitstimmung, auf die Wiederkehr Christi zu warten. Ihrer Gruppe, die sich den programmatischen Namen Esslinger Harmonie der Gläubigen gab, schlossen sich im Verlauf der Reise weitere Auswanderer an. Nach einer beschwerlichen Reise von vier Monaten, auf der neben anderen auch zwei Kinder Fricks verstarben, erreichte die Gruppe ihr Ziel. Frick ließ sich in Katharinenfeld nieder. Seine Frau starb bereits im Jahr nach ihrer Ankunft.

Auswandererkarawane] Zug von Reisenden.

„Ausblick auf den Ararat"] Leifhelm zitiert sinngemäß aus *Der Zug nach dem Kaukasus*, dem fünften Teil von Pontens Romanwerk *Volk auf dem Wege* (Stuttgart/Berlin: Deutsche Verlags-Anstalt, 1940, S. 252). Der Text erschien zusammen mit Leifhelms Übersetzung von Bonaventura Tecchis Erzählung *Die Maultiere* separat unter dem Titel *Überstieg nach Asien* in *Das Innere Reich* (s. o.), hier S. 207 f.

Reise- und Landschaftsbilder

Heimkehr im Herbst

D: 1916.

Ü: Nachlass VN, M. 1; Typoskript (6 Bl.).

ED: Hans Leifhelm: Heimkehr im Herbst, in: *Wieland. Deutsche Monatsschrift* 2 (1916/17), H. 8 (Oktober 1916), S. 18 f.

DN: GP 121–126.

Benrath] Industriestandort seit dem Ende des 19. Jahrhunderts; 1929 Düsseldorf eingegliedert.

Wie ein längst Gestorbener] Anspielung auf den mythischen Schiffer Charon, der die Toten für einen Obolus über den Acheron setzt.

Schloss Liedberg] Hochschloss aus dem 13. Jahrhundert, gelegen im Korschenbroicher Stadtteil Liedberg; Stammsitz der Grafen von Liedberg.

Geviert] Von vier Seiten umbaute, rechteckige Fläche.

Schloss Dyck] Wasserschloss aus dem 17. Jahrhundert, gelegen nordwestlich des Jüchener Stadtteils Bedburdyck zwischen Grevenbroich und Mönchengladbach.

Wilden Kastanien] Eine Esskastanien-Allee aus dem Jahr 1811 bildete einst die Zufahrt zum Schloss Dyck.

Schloss Myllendonk] Wasserschloss aus dem 13. Jahrhundert, gelegen im Korschenbroicher Stadtteil Herrenshoff an der Grenze zu Mönchengladbach.

Vesperpause] Zwischenmahlzeit am Nachmittag (österr.).
Transmissionen] Zentraler Antrieb mehrerer Maschinen über Riemen.
Alten Freunde] Möglicherweise Theodor Rembold (1897–1946), später Notar in Rheinberg und Krefeld.
Hohe Kirchturm von Waldniel] Waldniel war bis zur kommunalen Neuordnung 1970 eine selbstständige Gemeinde. Der 84 Meter hohe neugotische Turm der 1878 erbauten katholischen Pfarrkirche St. Michael besitzt vier Geschosse und gehört zu den höchsten in der Region.
Kartoffelfeuer] Feuer aus verbrennendem Kartoffelkraut im Spätsommer.
Das Haus der Herren Clee] Mitte des 14. Jahrhunderts erbautes Herrenhaus am Ortsrand von Waldniel, das der Seifenfabrikant Eduard Rosbach aus Barmen von 1870 bis 1874 durch ein neues ersetzte. 1908 ging das Haus in den Besitz Heinrich Ferdinand Bartels über; 1911 erwarb es Kommerzienrat Josef Kaiser, der Gründer von Kaiser's Kaffee-Geschäft. Leifhelm beschreibt den Zustand des Anwesens vor dem Neubau des Hauses 1936–1939.
Große Dogge] Familien- und Wachhund der Leifhelms auf der Rheydter Straße.

Bilder aus Westfalen
D: 1917.
ED: Hans Leifhelm: Bilder aus Westfalen, in: *Wieland. Deutsche Monatsschrift* 3 (1917/18), H. 4 (Juni 1917), S. 10–[12].
DN: GP 113–121.
Süderländische Gebirge] Sauerland.
Geest] Aus eiszeitlichen Lehmen und Sanden aufgebautes, hochgelegenes und die Marsch überragendes Gebiet an der Küste.
Hellweg] Zur Zeit Karls des Großen 775/76 ausgebauter Heer- und Handelsweg zwischen Duisburg und Paderborn bis zum Weserübergang bei Corvey.
Birkenbaum] Bei Werl gelegener Schauplatz einer sagenhaften endzeitlichen Schlacht, in der Russland, Schweden und der Norden gegen Frankreich, Italien, Spanien und den Süden stehen, der letztlich siegreich bleibt; vgl. Friedrich Zurbonsen: Die Sage von der Völkerschlacht der Zukunft „am Birkenbaume". Nach ihren Grundlagen dargestellt und untersucht. Köln: J. P. Bachem, 1897 (Schriften der Görres-Gesellschaft, 1897/3).
Femlinde] Ort des Freistuhls bzw. Femegerichts, das sich an der Stelle der heutigen Stadtbibliothek befand. Die Bezeichnung stammt von dem Dortmunder Gymnasialdirektor Bernhard Thiersch.
Höhenrauch] Auch Haarrauch; Trübung der Luft durch feine, trockene Staubteilchen, die ihr ein rauchiges Aussehen verleihen.
Hütten] Anlage zur Gewinnung von Metall oder Glas.

Weiße Ross] Das Ross war den Sachsen heilig; es war ihr Opfer- und als weißes Pferd auf rotem Feld ihr Wappentier.

Römer versank] Die Niederlage des Römers Varus gegen Arminius 9 n. Chr. im Teutoburger Wald.

Widukind] Die Kriege Karls des Großen gegen Widukind und die Sachsen dauerten von 772 bis etwa 804. 785 ließ sich Widukind, der bis dahin dem fränkischen Herrscher erbitterten Widerstand geleistet hatte, taufen.

Irminsul] Heidnisches Heiligtum der Sachsen, das Karl der Große zu Beginn der Sachsenkriege im Sommer 772 zerstören ließ.

Fahne der ... Hansa] Zwischen 1150 und 1670 bestehende Vereinigung vorwiegend norddeutscher Kaufleute, die gemeinsame wirtschaftliche Interessen vertrat und die Überfahrt sicherte.

Walbeck] Burg Walbeck an der Aller war der Stammsitz der Grafen von Walbeck, die hohe geistliche Würdenträger stellten.

Petersberg] Der Ort ist unklar.

Neuhaus] Von 1370 bis zur Säkularisierung 1802/03 residierten die Paderborner Bischöfe nicht mehr am Dom, sondern in der nahegelegenen Burg Neuhaus, in der sie sich vor bürgerlichen Anfeindungen sicher wähnten.

Iburg] Bernhard II., von 1188 bis 1203 Bischof von Paderborn, ließ 1189 die Burg Iburg, die Karl der Große 799 dem Bistum geschenkt hatte, zu einer Ritterburg umbauen.

Soester Fehde] Von 1444 bis 1469 währender Freiheitskampf der Stadt Soest gegenüber dem Machtanspruch des Kölner Erzbischofs Dietrich von Moers, der seit 1415 als Administrator des Bistums Paderborn fungierte.

Feme] Auch Freigericht; Sondergericht für besonders schwere Straftaten.

Osning] Teutoburger Wald.

„Mein äußeres Auge sank, mein inneres ward erschlossen.“] Beginn der zweiten Strophe von Annette von Droste-Hülshoffs Gedicht *Die Verbannten*, in: dies.: Sämtliche Werke in sechs Teilen. Hg., mit Einleitungen und Anmerkungen versehen von Julius Schwering. Berlin/Leipzig/Wien/Stuttgart: Deutsches Verlagshaus Bong & Co. [1917], S. 28–31, hier S. 28.

Hünengrab] Auch Megalithgrab; vorgeschichtliches, aus großen Steinen angelegtes, von Steinen oder Erde bedecktes Grab.

Machandelgebüschen] Wacholdersträucher.

„Wer senkte ... Wolkenlocken.“] Neunte und zehnte Strophe von Annette von Droste-Hülshoffs Gedicht *Der Hünenstein*, in: Annette Freiin von Droste-Hülshoff: Briefe. Gedichte. Erzählungen. München-Ebenhausen/Leipzig: Langewiesche-Brandt, 1909, S. 188–190, hier S. 189f.

Kamp] Begrenztes, oftmals eingefriedetes Stück Land.

Sassenhof] Frühe Siedlung.

„Wo die Brucht ... fernzuhalten.“] Erste bis dritte Strophe von Friedrich Wilhelm Weber: Dreizehnlinden. Paderborn: Ferdinand Schöningh, ^{9}1881, S. 20f.

Brucht] Linker Nebenfluss der Nethe; er entspringt östlich von Großenbreden, einem Stadtteil von Marienmünster.

„Du bist … gebunden ist.“] Vgl. Gerhart Hauptmann: Kaiser Karls Geisel. Ein Legendenspiel. Berlin: S. Fischer, 1908, S. 14.

Abt Sturm] Sturmi (um 700–779), Gründer und erster Abt des Klosters Fulda.

Zwerge] Nach den Vorstellungen der nordischen Mythologie leben die Zwerge in Höhlen oder unter dem Gebirge, wo sie vor allem mit Schmiedearbeiten befasst sind.

Bombergen … Grinkenschmied] Sagengestalt aus dem Münster- und dem Osnabrücker Land, die unterschiedlich verortet wird. Den Brüdern Grimm zufolge lebte er auf dem Detterberg bei Schapdetten (DS 156); vgl. auch Westfalens Sagenbuch. Die schönsten Sagen der Roten Erde. Ausgewählt von Wilhelm Uhlmann-Bixterheide. Dortmund: Friedrich Wilhelm Ruhfus, ^{4}1922, S. 19–21.

„Ihr Kinder … zieht.“] Neunte Strophe von Annette von Droste Hülshoffs Gedicht *Der Heidemann (Heidenebel)*, in: Droste-Hülshoff, Briefe. Gedichte. Erzählungen, S. 204–206, hier S. 205.

Corvey … weiße Lilie] Nach einer Sage (Grimm, DS 263) befand sich an der Decke des Chores der Abteikirche zu Corvey ein eherner Kranz mit Blumen. Fiel eine Lilie von dort herab auf den Stuhl eines Mönches, so starb dieser am dritten Tag; vgl. Die weiße Lilie von Corvey, in: Westfalens Sagenbuch, S. 115 f.

Schlössern des Hauses Lippe] Der Sage nach soll auf Schloss Varenholz und „anderen Schlössern des Lippeschen Fürstengeschlechts“ bei Nacht eine weiße Frau umgehen; vgl. Ferdinand Freiligrath/Levin Schücking: Das malerische und romantische Westphalen. Barmen: Langewiesche; Leipzig: Volckmar, 1840, S. 31. Bei ihr soll es sich um den Geist einer schönen Adligen handeln, die ihr Ehebruch nach dem Tod hat ruhelos werden lassen.

Bundting] Den vermeintlichen Namen des Hamelner Rattenfängers teilen auch die Brüder Grimm mit; vgl. Die Kinder zu Hameln, in: Deutsche Sagen. Hg. von den Brüdern Grimm, Nr. 244, S. 281–283, hier S. 282.

„Im Jahr … verlohrn.“] Mit geringfügig verändertem Text ebd., S. 283; zu den historischen Merkversen vgl. Bernd Ulrich Hucker: Der Auszug der hämelschen Kinder 1284 aus quellenkritischer Sicht, in: Geschichten und Geschichte. Erzählforschertagung in Hameln Oktober 1984. Hg. im Auftrag der Stadt Hameln von Norbert Humburg. Hildesheim: Lax, 1985, S. 89–102.

Spökenkieker] Geisterseher, Hellseher.

Schicksal des zweiten Gesichts] Sehergabe, von der Leifhelm behauptete, auch seinem Vater und ihm sei sie zu eigen.

„Kennst du … gequälte Geschlecht.“] Erste Strophe von Annette von Droste-Hülshoffs Gedicht *Vorgeschichte*, in: Droste-Hülshoff, Briefe. Gedichte. Erzählungen, S 251–255, hier S. 251.

„Auf meiner Heimat … Weih.“] Erste Strophe von Annette von Droste-Hülshoffs Gedicht *Das erste Gedicht*, in: Annette von Droste-Hülshoff: Sämtliche Werke in sechs Teilen. Hg. mit Einleitungen und Anmerkungen versehen von Julius Schwering. T. 1., Berlin/Leipzig/Wien/Stuttgart: Deutsches Verlagshaus Bong & Co. [1917], S. 270 f.

Stammhause] Burg Hülshoff.

Burg Itlingen] im 14. Jahrhundert erstmals erwähntes Wasserschloss in Herbern, einem Ortsteil von Ascheberg im Münsterland; im 18. Jahrhundert im barocken Stil umgebaut.

Haus Vischering] In der zweiten Hälfte des 13. Jahrhunderts als Trutzburg gegründete, im 16. Jahrhundert jedoch neugebaute Wasserburg am Nordrand von Lüdinghausen; Stammsitz der Familie Droste zu Vischering.

Burg Assen] Wasserschloss im Stil der Lipperenaissance in Lippborg, einem Ortsteil der Gemeinde Lippetal.

Schloss Rheda] Wasserburg mit einer Doppelkapelle aus der Stauferzeit, gelegen in Rheda-Wiedenbrück; Stammsitz des Fürstenhauses zu Bentheim-Tecklenburg.

Schloss Gemen] Durch den Umbau einer Wasserburg aus dem 13. Jahrhundert entstandenes Schloss, gelegen im münsterländischen Borken. Das Schloss ruht auf zwei Inseln, die von einem Gräftensystem umflossen werden.

Haus Hülshoff] Im 11. Jahrhundert erstmals erwähnte münsterländische Wasserburg mit Renaissanceanlage; Geburts- und Elternhaus der Dichterin Annette von Droste-Hülshoff.

Rüschhaus] Nach dem Tod des Vaters übernahm Annette von Droste-Hülshoffs Bruder Werner-Constantin den Familienbesitz. Sie und ihre ältere Schwester Jenny siedelten mit ihrer Mutter auf deren Witwensitz über, Haus Rüschhaus bei Gievenbeck unweit von Münster.

nach des Vaters Tod] Clemens-August II. von Droste zu Hülshoff (*1760) starb am 25. Juli 1826 auf Burg Hülshoff.

Reichsabtei Corvey] Reichsunmittelbare Benediktinerabtei, die in der Karolingerzeit zu einem führenden geistigen und kulturellen Zentrum in Sachsen avancierte. Wichtige Handschriften gingen aus ihrem Skriptorium hervor.

Schloss des Herzogs von Ratibor] Nach der Säkularisierung kam die Abtei Corvey 1820 in den Besitz des Landgrafen Viktor Amadeus von Hessen-Rotenburg, der seine außerhessischen Besitzungen Corvey und Ratibor an seinen Neffen Victor, den Erbprinzen zu Hohenlohe-Schillingsfürst (1818–1893), vererbte. Zunächst verwalteten seine Eltern den Besitz. Mit Eintritt der Volljährigkeit verlieh der preußische König Friedrich Wilhelm IV. Victor 1840 den Titel Herzog von Ratibor und Fürst von Corvey.

Hoffmann von Fallersleben] August Heinrich Hoffmann von Fallersleben (1798–1874), Dichter und Germanist, Verfasser des *Liedes der Deutschen*. Hoffmann betreute von 1860 bis zu seinem Tod 1874 als Bibliothekar die Fürstliche Bibliothek Corvey. Er ruht auf dem Friedhof neben der ehemaligen Abteikirche.

Nethegau] Brakeler Bergland zwischen Weser und Eggegebirge; Schauplatz des Kampfes zwischen christlichen Franken und heidnischen Sachsen in Friedrich Wilhelm Webers Versepik *Dreizehnlinden*.

Hinnenburg] Um 1600 auf einer Bergkuppe bei Brakel errichtetes Schloss im Stil der Weserrenaissance. Annette von Droste-Hülshoff weilte dort des Öfteren zu Besuch bei Franziska Gräfin von Bocholtz-Asseburg.

Prinzipalmarktes] Hauptmarkt in Münster mit beidseitig gereihten bürgerlichen Giebelhäusern, der an der Nordseite durch die Lambertikirche, an der Südseite durch den Stadthausturm abgeschlossen wird.

Münstersche Rathaus] Gotisches Rathaus mit Schmuckfassade; in der Ratskammer wurde am 15. Mai 1648 der Westfälische Frieden zur Beendigung des Dreißigjährigen Krieges geschlossen.

„Phönix"] 1852 in Eschweiler-Aue gegründeter Montankonzern, der vom Abbau bis zur Veredelung alle Bereiche des Eisengewerbes abdeckte. Benannt ist er nach dem mythischen Vogel, der sich am Ende seines Lebens ins Feuer stürzt und der aus der Asche neu ersteht.

„Deutscher Kaiser"] Seit 1867 in Hamborn bei Duisburg bestehendes und 1871 zu Ehren Wilhelms I. umbenanntes Steinkohlenbergwerk, das ab 1876 die Förderung von Steinkohle aufnahm. Zwischen 1885 und 1888 erwarb August Thyssen die Kuxenmehrheit.

„Gutehoffnungshütte"] 1758 als St. Antony-Hütte gegründetes, seit 1873 im Besitz der Familie Haniel befindliches Montan- und Maschinenbauunternehmen mit Sitz in Oberhausen. 1986 wurde es aufgelöst.

„Union"] Union AG für Bergbau, Eisen- und Stahl-Industrie; vertikal integrierter Montankonzern mit Sitz in Dortmund; 1872 hervorgegangen aus der 1868 von Henry Bethel Strousberg erworbenen Dortmunder Hütte; unter Führung der Disconto-Gesellschaft Bildung des größten gemischten Konzerns im Ruhrgebiet mit einem Aktienkapital von 33 Millionen Mark; 1910 Fusion mit der Deutsch-Luxemburgischen Bergwerks- und Hütten-AG.

Rings Schlot an Schlot] Das Sonett stammt aus dem zweiten Teil (*Die Stadt*) von Joseph Wincklers *Eisernen Sonetten*. Wincklers Sammlung erschien 1914 anonym, und so nennt auch Leifhelm den Namen des Dichters nicht; vgl. [Joseph Winckler:] Eiserne Sonette. Leipzig: Insel, [1914] (Nyland-Werke, 1), S. 12.

Thor und Baldur] Gottheiten des nordgermanischen Pantheons, die Kraft und Gewalt (Thor) sowie Licht und Erkenntnis (Baldr) symbolisieren.

In Gustav Sacks Heimat

D: Anfang 1930. Vgl. Hans Leifhelm: Brief an Paula Sack, Dortmund, 7. Februar 1930 [DLA Marbach, A: Hans Leifhelm: Briefe an Paula Sack]: „Augenblicklich bin ich dabei, etwas über Sacks Heimat zu schreiben." Er verspricht ihr eine Abschrift der zweiten Fassung.

Ü: Nachlass VN, M. 1, zwei Manuskripte (5 Bl., einseitig beschrieben; 4 Bl., einseitig beschrieben). Ein Typoskript ist nicht erhalten, befand sich nach Auskunft der Redaktion der Zeitschrift *Der Niederrhein* (s. u., S. 172) aber im Besitz von Elfriede Leifhelm, die es Paula Sack zur Veröffentlichung überließ.

ED: Hans Leifhelm: Gustav Sack's Heimat, in: *Westfalenspiegel. Das Magazin für Kultur und Gesellschaft* 15 (1966), H. 8, S. 14f.; ders.: Gustav Sacks Heimat, in: *Der Niederrhein. Zeitschrift für Heimatpflege und Wandern* 33 (1966), S. 170–172.

Gustav Sacks] Gustav Sack (1885–1916), westfälischer Dichter und Schriftsteller, der an der Front in Rumänien fiel. Sack gelangte erst postum durch das Engagement seiner Frau Paula, geb. Harbeck (1892–1974), die er am 10. Juli 1914 geheiratet hatte, zu literarischem Ruhm. Paula Sack und Hans Leifhelm hatten sich 1919 in München kennengelernt. Leifhelm redigierte dort den *Wieland* und brachte darin ausgewählte Texte ihres Mannes.

Wanne-Eickel] Bis 1974 kreisfreie Stadt im nördlichen Westfalen, deren Entwicklung wesentlich durch den Bergbau bedingt war. Beim ersten Teil des Namens handelt es sich um eine alte Bezeichnung für den im Ort verlaufenden Mühlbach, beim zweiten Teil um eine schon im Frühmittelalter belegte Gemeinde.

Wanne-Unser Fritz] Heute Stadtteil von Herne, der nach der bis 1928 betriebenen Zeche Unser Fritz in Wanne benannt ist. Das Steinkohlebergwerk ging aus der Zeche Vereinigte Gregor hervor und gehörte in der zweiten Hälfte des 19. Jahrhunderts zu den bedeutenden Bergwerken im Norden des westfälischen Kohlereviers. Seinen Namen trägt es nach dem volkstümlichen Kosenamen Kaiser Friedrichs III.

Gelsenkirchen-Bismarck] Stadtteil von Gelsenkirchen, der im Ostteil an Wanne bzw. Herne grenzt. Der Name leitet sich von der 1868 gegründeten und bis Mitte der 1960er-Jahre in Betrieb befindlichen Zeche Graf Bismarck her, die wiederum nach dem damaligen preußischen Ministerpräsidenten Otto von Bismarck benannt ist.

Hannibal] 1856 in Betrieb genommenes Bergwerk in den Bochumer Stadtteilen Riemke und Hofstede, in dem bis 1973 Steinkohle gefördert wurde. Benannt ist es nach dem karthagischen Feldherrn Hannibal.

Fröhliches Morgenrot] Gemeint ist wohl die Zeche Fröhliche Morgensonne im heute zu Bochum-Wattenscheid gehörenden Stadtteil Westenfeld. 1874 gegründet, wurde sie 1963 stillgelegt.

D- und FD-Züge] Seit 1892 verkehrte auf deutschen Bahnstrecken der Durchgangszug, seit 1923 der Fernschnellzug. Beide waren zuschlagpflichtig.

Schermbeck] Stadt im Grenzgebiet zwischen Niederrhein und westfälischem Münsterland.

„in Ketten durch Rumänien"] Seit November 1916 von Sack geplantes, aber nicht mehr zur Ausführung gekommenes Buch.

Finta Mare] Sack fiel am 5. Dezember 1916 bei Finta Mare südwestlich Ploieşti als Leutnant der Reserve.

„Verbummelten Studenten"] Gustav Sack: Ein verbummelter Student. Roman. Berlin: S. Fischer, 1917.

massige gotische Ziegelbau] St. Ludgerus, 1914/15 erbaute neuromanische Kirche in Altschermbeck; nach der Vereinigung von lutherischer und reformierter Kirche wurden hier die Katholiken Schermbecks mit denen von Bricht und Overbeck zu einer neuen Pfarre zusammengefasst.

neuen Kirchenbau aus Hausteinen] St. Georg, im frühen 15. Jahrhundert aus rotem Backstein erbautes und von der evangelisch-lutherischen Kirche genutztes Gotteshaus.

„dem bewußtest wirkenden Formwillen deutscher Literatur"] Herkunft des Zitats unklar.

Netz] Das sogenannte Wolfsnetz, ein Fangnetz, das man bei Bedarf auch an Nachbargemeinden verlieh, wurde zerstört, als die Kirche im Zweiten Weltkrieg einen Bombentreffer erhielt; vgl. Alfred Dorider: Geschichte der Stadt Recklinghausen in den neueren Jahrhunderten (1577–1933). Recklinghausen: Vestisches Archiv, 1955, S. 62.

Kaffeestraße] Parallelstraße zur Mittelstraße.

Geburtshaus des Dichters Sack] Sacks Geburtshaus befand sich in der Mittelstraße 38.

dumpfen Köpfe seiner Heimat] Vgl. Hans Leifhelm: Brief an Paula Sack, Düsseldorf, 6. Dezember 1932 [DLA Marbach, A: Hans Leifhelm: Briefe an Paula Sack]: „Ich war vor 2 Wochen in Raesfeld. Dort haust jetzt die Norddeutsche Jugend, die natürlich von Sack noch nie etwas gehört hatte. Auf meine Fragen erklärten sie, sie wären an dieses Gebiet bei ihren Forschungen noch nicht gelangt. Als ich sie nach Zweck und Ziel ihres Tuns befragte, wußten sie mir nur zu sagen, daß sie ein Bollwerk bilden wollen, aber nicht, gegen wen."

„Tiefe Weg"] Zum Schloss Schermbeck führender Weg.

Raesfeld] Stadt im westlichen Münsterland.

Erle] Ortsteil von Raesfeld; mit der sogenannten Fem- bzw. Ravenseiche steht auf dem Gelände des Pastorats eine der ältesten Eichen Deutschlands und der älteste Gerichtsbaum Mitteleuropas. Ihr Alter wird auf 600 bis 850 Jahre geschätzt. Bis zum 16. Jahrhundert tagte unter der Eiche der Freistuhl, der über schwere Vergehen richtete.

Wirtshaus … Fehmlinde"] Die beiden Gasthöfe lagen nur durch einen Weg voneinander getrennt. Die „Gastwirtschaft zur alten Eiche", der ältere von ihnen, wurde von Bernhard Aulenkamp gegründet. Heinrich Schneemann baute ihn zu Beginn des 20. Jahrhunderts aus und versah ihn mit einem Landhandel. Später wurde er in „Gasthof zur Fem-Eiche von Heinrich Schneemann" umbenannt. Den Namen trug er bis zu seinem Abriss 2014. Der jüngere der beiden Gasthöfe wurde 1899 von Franz Wilms nebst einer Kolonialwarenhandlung in einem umgebauten Kötterhaus eröffnet. 1909 wurde ein Saal angebaut, 1929 die Gaststube vergrößert und die Giebelfront mit einem Stufengiebel versehen, auf dem „Zur alten Femeiche" stand. Um Verwechslungen mit der Konkurrenz zu vermeiden erhielt der Gasthof Mitte der 1990er-Jahre den Namen „Gasthof Brömmel-Wilms".

Schloss Raesfeld] Wasserschloss aus dem 12. Jahrhunderts in Raesfeld, das Mitte des 17. Jahrhunderts zum Residenzschloss im Renaissancestil ausgebaut wurde.

Lo] Loo, eine schöne Grafentochter, in die sich der „verbummelte Student" Erich in Sacks gleichnamigem Roman verliebt.

Sacks Mutter] Sacks Eltern, die aus der Mark Brandenburg stammende Pastorentochter Johanna Sack, geb. Eickhoff (1853–1938), und der ostpreußische Bauernsohn Ernst Sack (1852–1928), unterrichteten an der evangelischen Volksschule in Schermbeck, der Vater sogar als Hauptlehrer. Die beiden hatten am 18. Dezember 1884 geheiratet. Zur Familie gehörten ferner der Sohn Ernst (1890–1970) sowie die Töchter Paula (1886–1975) und Else (1894–1897).

als Student] Gustav Sack studierte von 1906 bis 1911 Germanistik und Biologie in Greifswald, Münster und Halle.

vierjährige Sohn von Sacks Bruder] Helmut Sack (1926–1944), der Sohn von Gustav Sacks jüngerem Bruder Ernst („Enne"), und dessen Frau Johanna („Anni"), kämpfte an der Front in der Ukraine und gilt seit dem 1. Oktober 1944 als vermisst.

Orion] Sternbild, das in Mitteleuropa von August (Morgenhimmel) bis April (Abendhimmel) zu sehen ist.

Landschaft Österreich

D: August 1932.

Ü: Der Text basiert auf Leifhelms Vortrag *Als Reichsdeutscher in Oesterreich*, den Radio Wien im August 1932 sendete. Auf die mit völkischem Pathos aufgeladene Einleitung hat Leifhelm für den Druck verzichtet: „Es ist nicht der Eindruck einer flüchtigen Begegnung, der mir meine Äußerungen über Österreich eingibt, es ist eine vieljährige Verbindung mit Land und Menschen, die meine Gedanken begründet. Wenn ich nicht schlechthin über Österreich spreche, sondern mich als Nichtösterreicher, doch als Deutscher vom anderen Ufer, zum Worte melde, so liegt darin beschlossen, dass ich nicht allein als Redner meinen Stoff behandeln will, sondern dass ich als stammverwandter Gast zum stammverwandten Lande mich äußere. Darüber hinaus aber spreche ich aus der Empfindung des Dankes, den ich Österreich schulde, des Dankes für die Gastfreundschaft, die mir Österreichs Menschen erwiesen und des Dankes für das Erleben, das mir der Genius dieses Landes zuteil werden ließ. So berühre ich bereits die beiden Pole, die im engsten und dabei weitesten Sinne des Wortes die Angelpunkte Österreichs darstellen, die Menschlichkeit seiner Menschen und die Erdhaftigkeit seiner Erde. Die österreichische Landschaft ist deutsches Herzland, als solches klar abgegrenzt gegen den im Wesen anders gearteten Süden und Osten, aber organisch hinüberwachsend in den Westen und Norden. Sehen wir in Österreich die deutsche Landschaft, dann ist es kein willkürliches Spiel blinder Mächte, das zur Zertrümmerung des alten Donaureiches geführt und das deutsche Österreich auf sich begrenzt hat. Dann wird der Sinn der Geschichte offenbar, der trotz Blut und Tränen sein Ziel unverrückbar sucht und der die Zeit heraufgeführt hat, die die einstmals Ausgesandten zurück berufen werden in den Schoß des Mutterlandes, nachdem sie ihre tausendjährige Sendung erfüllt haben. Sie kommen zurück, aber nicht nur mit der Botschaft der erfüllten Sendung, sondern auch mit einer neuen Mission, die die Zeit gebieterisch fordert. Denn sie sind berufen, aus dem Sinn ihrer Erde dem Mutterlande die Kräfte wieder zu vermitteln, die ewig alt und ewig neu sind, die Blutströme, die das ganze Volk durchpulsen und nähren und die lebendig fluten müssen, soll das große Reich nicht verdorren." [Nachlass VN, M. 1, Typoskript (7 Bl., fragm.)].

ED: Hans Leifhelm: Landschaft Oesterreich, in: *Neue Freie Presse* (Wien), 10. April 1938, S. 18.

DN: GS 7–11.

Die Kräfte der Natur sind gewaltig] Vgl. das Gedicht *Am Meer*.

Kalkalpenkette] Aus hellem und porösem Kalkstein bestehende, rund 600 Kilometer lange Gebirgszüge, die im Norden und Süden die Zentralalpen begleiten.

Massiv des Wilden Kaisers] Das Kaisergebirge ist eine Gebirgsgruppe der Nördlichen Kalkalpen in den Ostalpen. Es besteht aus zwei markanten Gebirgszügen, dem Wilden Kaiser und dem Zahmen Kaiser mit dem südöstlich vorgelagerten Niederkaiser.

Kalktürmen des Totenkirchels] Das Totenkirchl ist ein 2 190 Meter hoher Berg im Wilden Kaiser.

Ellmauer Halt] Die Ellmauer Halt ist mit 2 344 Metern der höchste Gipfel des Gebirgsmassivs Wilder Kaiser und des gesamten Kaisergebirges.

Karwendelgebirge] Gebirgsgruppe der Nördlichen Kalkalpen, deren größerer Teil in Tirol und deren kleinerer Teil in Bayern liegt.

Tiroler Ferner] Bezeichnung für die Tiroler Gletscher.

Tennengebirge] Gebirgsgruppe der Nördlichen Kalkalpen in den Ostalpen; stark verkarstetes und höhlenreiches Plateaugebirge.

Toten Gebirges] Gebirgsgruppe der Nördlichen Kalkalpen in der nördlichen Steiermark und im südlichen Oberösterreich. Der Name rührt von der Wasserlosigkeit und der durch sie bedingten Pflanzenarmut her.

Hohen Tauern] Hochgebirgsregion der Zentralalpen, deren Hauptkamm die geographische Mitte der Ostalpen bildet.

Niederen Tauern] Gebirgsgruppe der Zentralalpen, die sich östlich an die Hohen Tauern anschließt.

Korallenriffe des Dachsteins] Beim Dachstein handelt es sich um ein fossiles Korallenriff. Daher schimmern seine Südwände rötlich.

Karawanken] Gebirgsstock der Südlichen Kalkalpen, entlang dessen Hauptkamm seit 1919/20 die Grenze zwischen Kärnten und Oberkrain verläuft.

Neusiedlersee] Steppensee ohne Abfluss, der zum größeren Teil auf österreichischem und zum kleineren Teil auf ungarischem Gebiet liegt.

Maltatal] Das Maltatal ist berühmt durch die Vielzahl an Wasserfällen. Es ist benannt nach dem gleichnamigen Fluss.

Enns] Südlicher Nebenfluss der Donau in Österreich. Die Enns ist der längste Binnenfluss Österreichs und bildet im Unterlauf die Grenze zwischen Ober- und Niederösterreich.

Steyr] Fluss in der oberösterreichischen Region Pyhrn-Eisenwurzen. Er entspringt im Toten Gebirge und mündet in der Stadt Steyr in die Enns.

Inn, Salzach und Mur] Der Inn fließt durch Innsbruck, die Salzach durch Salzburg, die Mur durch Graz.

Hängen des Pyhrn] In den Nördlichen Kalkalpen gelegener Pass nahe der Grenze Oberösterreichs im Norden und der Steiermark im Süden.

Ausseer Gebiet] Auch Ausseerland; Kleinregion im steirischen Salzkammergut zwischen westlichen Ausläufern des Toten Gebirges und Dachsteinmassiv.

Garten des Belvedere in Wien] Für Prinz Eugen von Savoyen (1663–1736) erbaute Schlossanlage mit opulentem barocken Garten.

Höttingeralm] Die 1441 erstmals urkundlich erwähnte Höttingeralm war einst eine wichtige Einrichtung für die Viehwirtschaft der Höttinger Bauern und der seinerzeit gleichberechtigten Innsbrucker Ackerbürger. Sie liegt oberhalb von Innsbruck auf der Nordkette und gestattet einen eindrucksvollen Blick auf die Stadt.

Unterwegs

D: 1934?

Ü: Nachlass VN, M. 1, zwei Manuskripte (2 Bl.; 3 Bl.).

ED: Hans Leifhelm: Unterwegs, in: ders.: Steirische Bauern. Erzählungen und Schilderungen. München: Albert Langen/Georg Müller, 1935 (Die kleine Bücherei, 54), S. 3–7.

DN: GP 5–9.

St. Oswald] Gemeinde ca. zehn Kilometer westlich von Graz in der Weststeiermark.

Grummet] Durch den zweiten oder dritten Schnitt innerhalb eines Jahres gewonnenes Heu.

Ausspreiten] Ausbreiten.

„Moar"] Steirische Bezeichnung für den Maier bzw. obersten Knecht.

Kette und Schuss] Fäden im Webstuhl; die Kettfäden verlaufen parallel zur Webkante, die Schussfäden quer dazu.

St. Kathrein] Gemeinde nordöstlich von Graz.

Schiffchen] Nach seinem Aussehen benannter Teil des Handwebstuhls, in dessen Innerem die Spule für den Schussfaden befestigt ist und der mit seiner Form das Gleiten durch das Webfach zwischen den Kettfäden erleichtert.

die Buchstaben A und O] A(lpha) und O(mega) stehen am Anfang und Ende des griechischen Alphabets. Der Evangelist lässt in Apk 1,8 Gott sich als das „A und O", als den Anfang und das Ende aller Schöpfung, bezeichnen. Auf dem Webstuhl dienen die beiden Buchstaben der Weihe des Handwerks.

Zeugbaum] Auch Unterbaum; Teil des Webstuhls, auf den das fertige Zeug gewickelt wird.

Lungau] Südöstlichster Bezirk Salzburgs, heute Tamsweg.

Nebengelass] Nebenraum einer Wohn- oder Gewerbeeinheit.

‚kartatscht'] Die Kartatsche, ein Brett mit Drahtstiften, dient zum Ausbürsten der Wolle nach dem Waschen und Trocknen.

Haspel] Technisches Hilfsmittel zum Auf- und Abwickeln von Garn und Wolle.

indanthrenen] Lichtbeständig.

„Raß"] Steirische Bezeichnung für ein Gewebe aus Schafwolle und Flachs bzw. Leinen.

Janker] Landestypische Jacke aus gewalkter Schafwolle mit Knöpfen aus Horn oder Metall.

Montbretien] Pflanzengattung in der Familie der Schwertliliengewächse, die an Gladiolen erinnert.

Phlox] Auch Flammenblumen; Pflanzengattung innerhalb der Familie der Sperrkrautgewächse.

Stör] Arbeit eines umherziehenden Handwerkers im Haus des Kunden.

Fahrt nach Segesta
D: 1936?
Ü: DLA Marbach, A: Leifhelm, Hans. Prosa. Konvolut Aufsätze aus Italien, Buchpläne, Übersetzungen (meist Italien betreffend); Typoskript (6 Bl.).
DN: GP 135–140.
Segesta] Antike Stadt im Nordwesten Siziliens, gelegen an den Hängen des Monte Barbaro.
glosendem] Glimmend.
La Cala] Ältester Teil des Hafens von Palermo. Lange Zeit verrufen und wegen seines Schmutzes gemieden, dient La Cala seit dem frühen 20. Jahrhundert als Anlegestelle für Jachten und Segelschiffe.
Kap Zafferano] Capo Zafferano, Kap an der Nordküste Siziliens östlich von Palermo.
Ferdinand Gregorovius] Ferdinand Gregorovius (1821–1891), Historiker, Journalist und Schriftsteller, dessen *Geschichte der Stadt Rom im Mittelalter* zu den Klassikern der Historiographie zählt. Auf den beschwerlichen Ritt auf dem Maultier durch Sizilien kommt Gregorovius in den *Wanderjahren in Italien* wiederholt zu sprechen; vgl. Ferdinand Gregorovius: Wanderjahre in Italien. Bd. 3 (Wanderungen in Neapel und Sicilien). Leipzig: Brockhaus, ^{3}1872, S. 169 und 173 f.
Conca d'oro] Eine für den Anbau von Zitrusfrüchten genutzte Ebene zwischen dem Tyrrhenischen Meer und den Bergen von Palermo, unter denen der Monte Pellegrino hervorragt.
Proserpina] Von Pluto geraubte und in die Unterwelt entführte Tochter des Jupiter und der Ceres, wo sie als Totengöttin herrscht.
Opuntienkaktus] Auch Feigen- oder Ohrenkaktus; strauchig wachsender Kaktus mit ovalen Gliedern.
Monte Pellegrino] Kalkberg an der Nordküste Siziliens, der mit seiner Höhe von 606 Metern die Silhouette der Landschaft prägt.
Castellamare] Castellammare, Ort im Nordwesten Siziliens; in der Antike Hafenstadt für Palermo.
Partinico … Alcamo] Von der Landwirtschaft und dem Weinbau geprägte Orte in der Nähe von Palermo.
Marsala] Hafenstadt an der Westküste Siziliens, Zentrum des Weinbaus. Hier landete am 11. Mai 1860 die Spedizione dei Mille unter Führung von Giuseppe Garibaldi und befreite die Insel von der Herrschaft der Bourbonen.
Garibaldi] Giuseppe Garbaldi (1887–1882), italienischer Freiheitskämpfer und eine der populärsten Gestalten des Risorgimento, der italienischen Einigungsbewegung zwischen 1820 und 1870.
nach drei Kontinenten] Europa, Afrika und Asien.
Johannisbrotbaum] Aus dem Mittelmeerraum und Vorderasien stammender Baum mit kugeliger Krone und in Schoten geborgenen Hülsenfrüchten.

Agaven] Tropische und subtropische Pflanze mit dickfleischigen, lanzettförmigen Blättern.

Tempel von Segesta] Von den Elymern um 430–420 v. Chr. als künftiger kultischer Mittelpunkt von Segesta begonnener, allerdings nicht vollendeter Tempel in dorischem Baustil; gilt als Idealbild eines griechischen Tempels.

Asphodelos] Auch Affodill; Grasbaumgewächs mit weißen oder rosafarbenen Blütenrispen.

heilige Gipfel des Eryx] Monte Erice; mit Zwergkiefern und -eichen bewachsener Berg im westlichsten Teil der nordsizilianischen Bergkette. Auf dem Gipfel des Berges befand sich zunächst ein Heiligtum für die phönizische Astarte und später für Aphrodite bzw. Venus.

Veduta Padovana

D: Juli 1940; vgl. Hans Leifhelm: Karte an Sophie Homann, Padua, 9. Juli 1940 [DLA Marbach, A: Leifhelm, Hans. Hans Leifhelm: Briefe an Sophie Homann, M. 5]: „Sonntag [7. Juli] war ich in Arqua Petrarca, das in den Euganeischen Bergen liegt, dort hat der Dichter, nach dem der Ort benannt ist, gelebt. […] Ich schreibe einen Aufsatz über ihn und die Landschaft."

ED: Hans Leifhelm: Veduta Padovana, in: *Rundmitteilungen der Villa Massimo al Laterano Rom* 5 (1940/41), S. 1–11. Die Mitteilungen wurden vom Leiter der Zweigstelle Rom des Deutschen Akademischen Austauschdienstes und vom Italienbeauftragten der Deutschen Akademie München herausgegeben. Der Vorbemerkung nach handelt es sich bei diesem Text um einen „Abschnitt aus der neuesten Arbeit" Hans Leifhelms, des „deutschen Lektors und Arbeitskreisleiters in Padua" (S. 1).

DN: GP 140–150.

Chioggia] Auf Holzpfählen errichtete, über eine Steinbrücke mit dem Festland verbundene Stadt im Süden der Lagune von Venedig.

Euganeischen Berge] Colli Euganei, Hügelkette vulkanischen Ursprungs, die sich wenige Kilometer südwestlich von Padua aus der Poebene erhebt.

Fusina] An der ehemaligen Mündung der Brenta gelegene Ortschaft; zwischen 1885 und 1954 die östliche Endstation der Straßenbahn Padua-Malcontenta-Fusina, von der mit dem Schiff nach Venedig übergesetzt werden konnte.

Brentakanals] Die im 16. Jahrhundert gebaute Riviera del Brenta verbindet die Lagune von Venedig mit Padua. Die idyllische grüne Landschaft um den Kanal veranlasste zahlreiche Adelsfamilien vom 16. bis 18. Jahrhundert, dort Villen als Häuser für die Sommerfrische zu bauen.

terra ferma] „Festland"; im engeren Sinne Bezeichnung für jene Gebiete im östlichen Oberitalien, die der Republik Venedig seit dem 15. Jahrhundert untertan waren.

Malcontenta] La Malcontenta, auch Villa Foscari; eine in Mira an einem der Mündungskanäle der Brenta gelegene, im Auftrag von Nicolò und Alvise Foscari 1550–1560 nach Plänen von Andrea Palladio erbaute Villa.

leichtfertigen Schönen] Der Überlieferung nach erhielt die Villa den Namen La Malcontenta nach einer Frau des Hauses Foscari, die, um ihren Ausschweifungen ein Ende zu setzen, dorthin verbannt worden sei. Tatsächlich geht der Name auf eine historische Begebenheit zurück, den Widerstand von Padua und Piove di Sacco gegen die 1431 von Venedig angeordnete Grabung eines neuen Bettes für den Brentakanal, an dem heute das Dorf Malcontenta liegt.

Friaul] Region im Nordosten Italiens, die an Österreich, Slowenien und das Adriatische Meer grenzt.

Brenta] Südöstlich von Trient entspringender Fluss in Norditalien.

Dolo, Mira, Piazzola, Terraglio, Stra] Orte in der Region Venetien.

„Burchiello"] Venezianisches Passagierboot mit einer überdachten Kabine und aufwändig gearbeiteten Balkonen.

Tiepolo] Giambattista Tiepolo (1697–1770), venezianischer Maler des ausgehenden Barock und des Rokoko. Seine Wandgemälde zeigen zumeist Szenen aus der Geschichte oder der Mythologie.

Giovanni Sagredo … „Arcadia in Brenta"] Der Text erschien erstmals 1667; vgl. L'Arcadia in Brenta, overo la melanconia sbandita. Di Ginnesio Gavardo Vacalerio. Köln: Francescus Kinchius, 1667. Verlagsort und Verleger dürften ebenso fingiert sein wie der Name des Verfassers. Bei Ginnesio Gavardo Vacalerio handelt es sich um ein Anagramm von Giovanni Sagredo (1617–1682), dem Bruder des Dogen Nicolò. Als Diplomat unternahm er im Auftrag der Republik Venedig Gesandtschaften nach Frankreich, Großbritannien und Österreich. Dem Sonnenkönig Ludwig XIV. war er freundschaftlich verbunden. Sagredo schrieb historische Abhandlungen wie die *Memorie istoriche di monarchi ottomani* (1673), dazu Romane und Gedichte. *L'Arcadia in Brenta* ist eine Sammlung von 45 Novellen und etwa 400 Witzen einer Gruppe heiterer junger Leute, die acht Tage lang am Brenta Urlaub machen.

Pisani] Villa Pisani, auch „La Nazionale"; 1756 nach zwanzigjähriger Bauzeit vollendetes, barockes Residenzschloss am Brentakanal in Stra.

Schuten] Offenes Boot ohne Takelwerk und Eigenantrieb.

Saumpferde] Packpferde, die auch zum Treideln eingesetzt wurden.

Pianura] Ebene, Flachland.

römischen Campagna] Hügelige Umgebung Roms zwischen Tyrrhenischem Meer und Apennin; im engeren Sinn der von der Via Appia durchquerte, von antiken Grabdenkmälern und Ruinen römischer Aquädukte geprägte Teil der Region Latium zwischen Rom bzw. den Albaner und den Sabiner Bergen.

Mimosen] Sinnpflanze, die ihre gefiederten Blätter bei Berührung zusammenlegt.

Padua] Eine der ältesten Städte Italiens mit einer der ältesten Universitäten des Landes.

Corso] Hauptstraße.

Flüsse] Der Brenta streift Padua im Norden, der Bacchiglione fließt vielarmig durch die Stadt hindurch.

geflügelte Löwe] Der Löwe ist sowohl das Symbol des Evangelisten Markus als auch, versehen mit Flügeln, das der Republik Venedig und der Region Venetien. Seit 828 werden die Reliquien des heiligen Marcus im Dom von Venedig aufbewahrt.

Bologna] Das Stadtbild von Bologna wird von den zahlreichen Arkadengängen geprägt. Der längste Bogengang der Stadt und zugleich der Welt führt von der Porta Saragozza zum Santuario della Madonna di San Luca.

„Lauben"] Arkaden.

Latium] Region in Mittelitalien.

Calabrien] Südlichste, bergreiche Region des italienischen Festlands.

Kapitelle] Oberer Abschluss einer Säule oder eines Pfeilers.

Voluten] Spiralförmiges Ornament.

Spreizen] Stange zum seitlichen Stützen.

Streben] Bauteil zur schrägen Ableitung von Kräften.

Guardis Bildern] Francesco Guardi (1712–1793), italienischer Veduten- und Landschaftsmaler des Rokoko.

Palazzo della Ragione] Gerichtspalast in Padua; zählt zu den bedeutendsten Profanbauten vom Übergang des Mittelalters zur Renaissance. Der Ratssaal, salone, besitzt eine Fläche von 82 x 27 Metern und eine Höhe von 25 Metern.

„Rivieren"] Ausgetrocknete, manchmal mit Erde aufgeschüttete und bepflanzte Kanäle.

Goethe … Palme] Goethe besuchte den Botanischen Garten von Padua am 27. September 1786; vgl. Goethes Werke. Hg. im Auftrage der Großherzogin Sophie von Sachsen. Abt. 1, Bd. 30: Italiänische Reise. Weimar: Hermann Böhlaus Nachf., 1903, S. 87–93, hier S. 89 f.

Santa Giustina] Im 16. Jahrhundert im Renaissancestil erbaute, am Prato della Valle gelegene Basilika zu Ehren einer frühchristlichen Märtyrerin. Die Abteikirche eines Benediktinerklosters zählt zu den größten Kirchen der Welt.

Prato della Valle] Weiträumiger, von einem Wassergraben und von 78 Kolossalstatuen gesäumter Platz in Padua, der in römischer Zeit militärischen Aufmärschen und der Nachstellung von Seeschlachten, sogenannten Naumachien, diente, in karolingischer und staufischer Zeit Ritterturnieren. Er gehört zu den größten innerstädtischen Plätzen der Welt.

Karls des Großen] Karl der Große (747/48–814), 768–814 König des Fränkischen Reiches; brachte Padua 779 unter fränkische Herrschaft.

Barbarossas] Friedrich I. (um 1122–1190), 1152–1190 römisch-deutscher König, 1155–1190 Kaiser des Heiligen Römischen Reiches; unter Barbarossa trat Padua 1164 dem Lombardischen Städtebund bei, schloss aber 1177 mit dem Kaiser einen Waffenstillstand, nachdem die Stadt 1175 der Einsetzung eines kaiserlichen Verwalters, podestà, zugestimmt hatte.

Prokurators Memmo] Andrea Memmo (1729–1793), venezianischer Politiker, Diplomat und Schriftsteller, seit 1775 Prokurator von San Marco; befreundet mit Carlo Goldoni und Giacomo Casanova. Bei der Neugestaltung des Prato della Valle, derer er sich gleich nach seinem Amtsantritt annahm, folgte er den Prinzipien seines Lehrers Carlo Lodoli (1690–1761), eines franziskanischen Architekturtheoretikers.

Galilei, Torquato Tasso, Ariost, Petrarca, Mantegna, Titus Livius, Gustav Adolf, Canova] Der Ringgraben am Prato della Valle sollte nach dem Willen der Presidenza auf beiden Seiten von lebensgroßen Statuen umsäumt werden, die bereits verstorbene, in Verbindung zu Padua stehende Persönlichkeiten zeigen. Finanziert wurden die Skulpturen von den Bürgern der Stadt. Statt der ursprünglich vorgesehenen 88 wurden zwischen 1775 und 1838 nur 78 Statuen aufgestellt. Sie zeigen neben Condottieri und ehemaligen Herrschern der Stadt u. a. Wissenschaftler (Galilei), Dichter (Tasso, Ariost, Petrarca), Schriftsteller (Titus Livius), Künstler (Mantegna, Canova) und Könige (Gustav II. Adolf). Der zur Verwitterung neigende Kalkstein aus den Colli Berici machte wiederholt Restaurierungen des Ensembles oder die Ersetzung einzelner Figuren nötig.

Sonett … D'Annunzio] Die Marmortafel mit D'Annunzios Hommage an Padua befindet sich im Säulengang der Loggia Amulea, einem 1859–1861 im neugotischen Stil errichteten Palazzo an der nordwestlichen Ecke des Prato della Valle. Das Sonett stammt aus D'Annunzios Zyklus *Le città del silenzio*; vgl. Gabriele D'Annunzio: Laudi del cielo, del mare, della terra e degli eroi. Bd. 2: Elettra. Mailand: Fratelli Treves, 1918, S. 155 f.

„Santo" … Namensfest im Juni] Die zwischen 1232 und 1310 im neugotischen Stil errichtete Basilica di Sant'Antonio bzw. Basilica del Santo ist dem Kirchenlehrer Antonius von Padua (um 1195–1231) gewidmet, dessen Gebeine dort zur Anbetung aufbewahrt werden. Sein Festtag ist der 13. Juni.

Donatello … Gattamelata] Donatello (um 1386–1466), Florentiner Bildhauer der Renaissance; lebte 1443–1453 in Padua. 1446 schuf er Bronzereliefs für die Basilica di Sant'Antonio, 1447 die Bronzeplastik des Condottiere Erasmo di Narni (1370–1443), genannt Gattamelata, das erste gegossene monumentale Reiterstandbild seit der Antike.

Ezzelinos] Ezzelino III. da Romano, 1241–1256 tyrannischer Feudalherr über Padua; den an der Via Francesco Petrarca gelegenen Wehrturm (auch Turm

Malta), der auch als Gefängnis und als Folterkammer diente, soll er 1251 aus den Steinen von Häusern enteigneter Bürger errichtet haben.

Vicenza] Industriestadt in der Region Venetien im Nordosten Italiens; befand sich 1404–1797 unter venezianischer Herrschaft.

Rovigo] Bischofsstadt in der Region Venetien und Hauptstadt der gleichnamigen Provinz; stand vom 11. bis zum 14. Jahrhundert zumeist unter der Herrschaft des Hauses Este oder der Republik Venedig.

ein „mystischer Schrei" nach D'Annunzios Wort] Gabriele D'Annunzio: Il Fuoco. Florenz: Salani, 1923, S. 12: „Imperturbata, su l'agitazione inferiore, nella nuova pausa, continuava l'armonia molteplice delle architetture sacre e profane su cui correvano come una melodia agile le modulazioni ioniche della Biblioteca, alzavasi come un grido mistico il vertice della torre nuda." [„Unveränderlich, erhaben über die Bewegung unter ihr, verblieb in der neuen Pause die vielfältige Harmonie der heiligen und profanen Gebäude. Und darüber zogen sich, wie eine leichte, bewegliche Melodie, die jonischen Modulationen der Biblioteca hin und erhob sich die Spitze des kahlen Turmes wie ein mystischer Schrei."] Vgl. Gabriele d'Annunzio. Feuer. Roman in zwei Bänden. Autorisierte Übertragung von M. Gagliardi. Bd. 1. Berlin: S. Fischer, [1913] (Fischers Bibliothek zeitgenössischer Romane), S. 8.

Pedrocchi] 1772 von Francesco Pedrocchi eröffnetes und 1831 von seinem Sohn Antonio baulich erweitertes Café, das in unmittelbarer Nähe zur Universität liegt und so schon früh zum Treffpunkt von Intellektuellen wurde. Das Haus ist gekennzeichnet durch eine klassizistische Außenfassade und ein prächtig gestaltetes Interieur.

Risorgimento] Italienische Einheitsbewegung zwischen 1815 und 1871.

goldonischer Epoche] Bereits Ende des 18. Jahrhunderts geprägte Bezeichnung für eine Epoche insbesondere des italienischen Theaters, das wesentlich von der Komödiendichtung Carlo Goldonis (1707–1793) beherrscht wurde, aber auch von der eines Pietro Chiari (1712–1785) und eines Francesco Albergati Capacelli (1728–1804).

Goethe erzählt] Vgl. Goethe's Werke, Abt. 1, Bd. 30: Italiänische Reise, S. 87 f.

Padua … Universität] 1222 gegründet, gilt die Universität Padua zu den ältesten Universitäten Europas. Den Namen Bò trägt die Universität nach dem unweit des Caffè Pedrocchi gelegenen Palazzo del Bò, in dem sich seit 1493 die Universität befindet. Die Galerie des Arkadenhofs zieren rund 3000 Wappen, die Lehrer und Studenten zum Zeichen ihrer Verbundenheit mit der Universität hier angebracht haben. Hans Leifhelm unterrichtete in Padua mit gesundheitsbedingten Unterbrechungen von 1939 bis 1942 deutsche Sprache und Literatur.

Dante und Giotto] Die Begegnung zwischen dem Dichter Dante Alighieri (1265–1321) und dem Maler Giotto di Bontone (1267/76–1337) lässt sich nicht sicher datieren. Dante war im März 1302 in Florenz geächtet worden und danach durch Oberitalien gewandert. Dass mit dem „Dantino", den eine Urkunde vom 27. August 1306 als Zuwanderer nennt, tatsächlich der Dichter gemeint ist, wird vielfach bezweifelt. Giotto dagegen befand sich 1304–1306 zur Ausgestaltung der Wände und des Gewölbes der Cappella degli Scrovegni mit Fresken in Padua. In diesen Zeitraum dürfte auch die Begegnung der beiden Künstler zu datieren sein.

Mantegna] Andrea Mantegna (1431–1506) ging aus der Malerschule von Francesco Squarcione in Padua hervor. Zu seinen Hauptwerken gehören die Fresken in der Chiesa degli Eremitani, der Kirche der Augustiner-Eremiten, in Padua, die Szenen aus dem Leben des Heiligen Jakobus und der Himmelfahrt Mariens zeigen.

Tizian] Ticiano Vecellio (1488/90–1576), einer der prominentesten Maler der italienischen Hochrenaissance. Zu seinen Frühwerken gehören die 1511 in Padua entstandenen Fresken der Scuola del Santo. Sie zeigen Wunder des heiligen Antonius.

Torquato Tasso] Der Dichter Torquato Tasso (1544–1595) studierte in der ersten Hälfte der 1560er-Jahre an den Universitäten von Padua und Bologna Rechtswissenschaften, Philosophie und Eloquenz. In Padua schloss er 1562 sein Versepos *Rinaldo* ab, zudem schrieb er Reime, von denen er einige Lucrezia Bendidio, einer Hofdame von Leonora d'Este am Hof von Ferrara, und, da seine Zuneigung zu ihr keine Erwiderung fand, Laura Peverara, Sängerin des Concerto delle Donne am Hof von Ferrara, widmete.

Petrarca] Francesco Petrarca (1304–1374), 1341 auf dem Kapitol in Rom zum *poeta laureatus* gekrönt, verbrachte seine letzten Lebensjahre in Padua, wo er als Domherr der Kathedrale S. Maria Assunta seit 1349 Präbenden erhielt. Nach seiner Ankunft im Sommer 1368 schenkte ihm Francesco I. da Carrara, der Herr von Padua, ein Stück Land in Arquà in den Euganeischen Hügeln. Sein Landhaus wurde zum Treffpunkt gelehrter Männer.

Inschrift … Wohnhaus Petrarcas] Als Domherr besaß Petrarca ein in unmittelbarer Nähe zu S. Maria Assunta gelegenes Haus. Die von Leifhelm erwähnte, an der Außenmauer des Domchores angebrachte Tafel erinnert seit 1927 an den vermeintlichen Abriss dieses Hauses im Zuge des Neubaus der Kathedrale 1581: „Hic proxime Francisci Petrarchae domus canonica fuit." [Hier in der Nähe befand sich das kanonische Haus Francesco Petrarcas.]. Tatsächlich befindet es sich in der Via Dietro Duomo 26/28; vgl. Claudio Bellinati: La casa canonicale di Francesco Petrarca a Padova, in: *Contributi alla storia della chiesa padovana nell'Età medioevale* 1979, S. 83–224, hier S. 111–115.

Arquà Petrarca] Mit dem Anschluss Venedigs an die Republik Italien 1866 erhielt Arquà den Zusatz Petrarca.

den aufgeschlagenen Virgil] Gemeint ist die heute als Codex Ambrosianus Ms. 49 inf. in der Sala dal Prefetto der Biblioteca Ambrosiana in Mailand aufbewahrte Handschrift, die neben den Dichtungen Vergils auch den Kommentar des spätantiken Grammatikers Servius enthält sowie Dichtungen des Statius, des Horaz und verschiedener Grammatiker. Petrarca hatte sie zwischen 1320 und 1325 in Avignon für sich anfertigen lassen.

Sarkophag] Petrarca starb in der Nacht vom 18. auf den 19. Juli 1374 und wurde am 24. Juli 1374 in einem Erdgrab an der Kirche S. Maria Assunta beigesetzt. Seit 1380 ruhen seine Gebeine in einem Sarkophag aus rotem venezianischen Marmor, der nach römischem Vorbild gestaltet ist und 1547 von Pietro Paolo Valdezocco, einem nachmaligen Besitzer von Petrarcas Landhaus, durch eine Bronzebüste des Dichters ergänzt wurde. Der Sarkophag wurde mehrmals geöffnet, von Grabräubern, aber auch von Wissenschaftlern.

Veroneser Marmor] Der in den Steinbrüchen im Valpolicella nördlich von Verona gebrochene Marmor weist häufig eine rotbraune oder rotorange Färbung auf.

Trachyt] Vulkanisches Gestein.

Brunnen, der seinen Namen trägt] La Fontana del Petrarca; der Brunnen wurde nach Petrarca genannt, weil der Dichter hier sein Wasser geschöpft haben soll.

Monselice] Nachbargemeinde von Arquà Petrarca am Südrand der Euganeischen Hügel.

Castelli Romani

D: 1939; erschlossen anhand eines Briefentwurfs an Wilhelm Ihde, den Geschäftsführer der Reichsschrifttumskammer, der sich auf der Rückseite eines der nachfolgend ausgewiesenen Manuskripte befindet. Er datiert Marino Laziale, 22. Oktober 1939. Leifhelm befand sich zu dieser Zeit in ärztlicher Behandlung im Istituto Regina Elena in Rom.

Ü: Nachlass P, Manuskripte (2, 1, und 3 Bl.) und Typoskript (3 Bl.), jeweils fragmentarisch.

Castelli Romani] Gebiet von 16 Gemeinden in der Region Latium, benannt nach den Burgen und burgenartigen Villen, die sich Adlige und wohlhabende Bürger Roms dort seit der Antike bauen ließen.

„E il segno d'un'altra orbita: tu seguilo!"] Siehe die Erläuterungen zu Leifhelms Übersetzung von Montales „Arsenio".

Ponentino] Leichter, vom Tyrrhenischen Meer sich erhebender Westwind, der im Sommer an den Küsten Mittelitaliens, vor allem der südlichen Toskana und Latiums zu spüren ist.

Campagna] Hügelige Umgebung Roms zwischen Tyrrhenischem Meer und Apennin; im engeren Sinn der von der Via Appia durchquerte, von antiken Grabdenkmälern und Ruinen römischer Aquädukte geprägte Teil der Region Latium zwischen Rom bzw. den Albaner und den Sabiner Bergen.

Kinostadt] Cinecittà; Filmstudio-Komplex an der Via Tuscolana im Südosten Roms, am 28. April 1937 durch Benito Mussolini eröffnet.

Via Appia Nuova] Bereits im Mittelalter entstandene, südliche Einfallstraße von Rom. Sie beginnt an der Porta San Giovanni, führt durch die Campagna und verläuft nördlich zur Via Appia Antica.

Widderhorn, dem Zeichen Fortunas] Das Horn bzw. Füllhorn ist Symbol des Glücks.

Castelliweine] Weiß-, Rosé- und Rotweine, die in den Gemeinden der Castelli Romani angebaut werden.

Zwei Palmen] „Due Palme" ist bis heute ein nicht nur von der römischen Gastronomie häufig gewählter Name für Osterien und Restaurants.

Albanergebirge] Colli Albani; ursprünglich vulkanisches Ringgebirge südöstlich von Rom.

Vignien] Weinberge.

Palazzo] Üblicherweise für städtische Prachtbauten verwendeter Begriff.

Salve] Antiker Gruß, der bis heute in Rom und Latium gepflegt wird.

Alba Longa] Nach Vergil mythische Mutterstadt Roms, die am Westufer des Albaner Sees auf einem felsigen Hügelkamm der Albaner Berge lag und vermutlich dem heutigen Castel Gandolfo entsprach.

Frascati] Eine der Gemeinden der Castelli Romani, bekannt durch ihren Weinbau.

Aldobrandini … Mondragone] Römische Adelsfamilien, aus denen Päpste, Kardinäle und weltliche Herrscher hervorgingen.

Tusculum] Südöstlich von Rom in den Albaner Bergen gelegene Stadt, in der reiche Römer Landhäuser besaßen, in denen sie sich den Sommer über aufhielten. 1191 wurde die Stadt von den Römern zerstört. Ihre Trümmer liegen oberhalb von Frascati, das von den vertriebenen Einwohnern Tusculums gegründet wurde, und in Grottaferrata.

Camaldoli] Von dem heiligen Romuald 1012 in den Wäldern bei Arezzo gegründete Klostergemeinschaft, die Mönchtum mit Eremitentum verband.

Littorina] Zumeist mit Diesel angetriebene, leichte Triebwagen im italienischen Eisenbahnnetz; benannt nach der von Mussolini im Juni 1932 gegründeten Stadt Littoria (heute: Latina).

Albano] Albano Laziale, eine zwölf Kilometer von Frascati entfernt liegende Gemeinde der Castelli Romani.

Velletri] Gemeinde der Castelli Romani, bekannt durch ihren Weinbau.

Trambahn] Die Gemeinden der Castelli Romani waren seit 1903 durch eine Trambahn der Società delle Tramvie e Ferrovie Elettriche di Roma (STEFER) mit der Hauptstadt verbunden. Nach der Eröffnung der Metro-Linie A 1955 wurden diese Überlandlinien eingestellt.

Kranz der Lazialen Siedlungen] Die 16 Gemeinden der Castelli Romani: Albano Laziale, Ariccia, Castel Gandolfo, Colonna, Frascati, Genzano di Roma, Grottaferrata, Lanuvio, Lariano, Marino, Monte Compatri, Monte Porzio Catone, Nemi, Rocca di Papa, Rocca Priora, Velletri.

Grottaferrata] Gemeinde der Castelli Romani.

Campanile des griechischen Klosters] S. Maria in Grottaferrata; gegründet 1004 von dem aus dem griechisch besiedelten Kalabrien stammenden Nilus von Rossano (um 910–1004) und seinem Gefährten Bartholomäus, auf den auch der Bau der Abtei zurückgeht. Von der ursprünglich romanischen Architektur der Kirche ist nur der Campanile erhalten geblieben. Die Ordensgemeinschaft lebt nach ostkirchlichem Ritus.

San Nilo] Wann Nilus kanonisiert wurde, lässt sich nicht feststellen. Sein Festtag ist der 26. September.

Marino] Auch Marino Laziale; Gemeinde der Castelli Romani. Leifhelm mietete von Dezember 1938 bis Februar 1940 eine kleine Wohnung in Marino, von wo er, sofern er nicht stationär im Istituto Regina Elena aufgenommen war, zur Behandlung nach Rom fuhr.

Poggio Tulliano … Valle Violata] Siedlungen bei Grottaferrata.

Rocca di Papa] Stadt südöstlich von Rom; eine von 16 Gemeinden der Castelli Romani.

Monte Cavo] Zweithöchste Erhebung der Albaner Berge, vulkanischen Ursprungs; von Rocca di Papa führt ein Fußweg teils durch den Wald, teils über die Via Sacra zum Gipfel.

Nationalökonomie

AEG

D: April 1922.

ED: Hermann Brinckmeyer: AEG, in: *Westdeutsche Wochenschrift. Politik – Volkswirtschaft – Kunst* 4 (1922), H. 15 (15. April 1922), S. 167–169.

AEG] 1883 in Berlin durch Emil Rathenau als Deutsche Edison-Gesellschaft für angewandte Elektricität (DEG) gegründetes und 1887 als Allgemeine Elektricitäts-Gesellschaft weitergeführtes Unternehmen, das neben Produkten für die elektrische Energietechnik, Haushaltsgeräten und Heizungen auch Automobile, Straßenbahnen und Lokomotiven herstellte.

Siemens-Konzern] Aus der von Werner Siemens und Johann Georg Halske 1847 in Berlin gegründeten Telegraphen Bau-Anstalt oHG hervorgegangenes Unternehmen, das sich nach der Umwandlung in eine AG 1897 zum mächtigsten Energiekonzern Deutschlands entwickelte.

Emil Rathenau] Emil Moritz Rathenau (1838–1915), deutscher Maschinenbauingenieur und Unternehmer, Gründer der AEG; vgl. Hermann Brinckmeyer [i. e. Hans Leifhelm]: Die Rathenaus. München: Wieland, 1922 (Gestalten und Dokumente, 4), S. 18–50.

Borsig] August Borsig (1804–1854) gründete 1837 in Berlin eine Maschinenbau-Anstalt, die Dampfmaschinen und Lokomotiven produzierte und entscheidend den Ausbau der Schienenwege in Deutschland vorantrieb.

Weltausstellung in Philadelphia] Die Centennial International Exhibition fand 1876 zur Feier des 100. Jahrestags der Unabhängigkeitserklärung der Vereinigten Staaten in Philadelphia, Pennsylvania, statt. Sie war die erste offizielle Weltausstellung in den USA. Als technische Neuheiten wurden u.a. die Nähmaschine, die Schreibmaschine und das Telefon vorgestellt.

Stephan] Heinrich von Stephan (1831–1898), Generalpostmeister des Deutsches Reiches seit 1876.

Erfindung Edisons] Thomas Alva Edison (1847–1931), amerikanischer Ingenieur und Unternehmer, erfand die Glühlampe nicht, sondern verbesserte nur bereits patentierte Leuchtmittel amerikanischer, britischer und deutscher Erfinder.

Siemens & Halske … Bogenlicht] 1847 von Werner von Siemens (1816–1892) und Johann Georg Halske (1814–1890) in Berlin-Kreuzberg gegründete Telegraphen Bau-Anstalt, die Pionierarbeit bei der Elektrifizierung von Straßenzügen, Gebäuden und Fahrzeugen leistete; versah 1882 die Leipziger Straße in Berlin, die sich im letzten Drittel des 19. Jahrhunderts von einer Wohn- in eine Geschäftsstraße verwandelt hatte, mit den ersten elektrischen Laternen, sogenannten Differential-Bogenlampen. Bogenlicht hieß das elektrische Licht, weil es durch die Bogenentladung zwischen zwei weißglühenden Lichtquellen entstand. Die Helligkeit der Bogenlampe ließ sich über eine Schutzglocke drosseln.

Rathenau … Glühlichtanlage] Nachdem Emil Rathenau von Edison dessen Patente für Deutschland erworben hatte, illuminierte er am 12. April 1882 die Berliner Börsen-Druckerei Büxenstein mit Hilfe von 60 Glühlampen und stattete die Wilhelmstraße mit Laternen aus. Außerdem gründete er eine Gelegenheitsgesellschaft für die Einführung des Glühlichts.

Münchener Glaspalast] Ein 1854 auf dem Gelände des Alten Botanischen Gartens in der Münchner Innenstadt erbautes Ausstellungsgebäude, in dem 1882 die erste elektrisch beleuchtete Internationale Elektrotechnische Ausstellung stattfand. Am 6. Juni 1931 wurde der Glaspalast bei einem Brand völlig zerstört.

„Deutsche Edisongesellschaft für angewandte Elektrizität“] Name der AEG bei ihrer Gründung 1883 in Berlin.

„Schnellläufer“] Direktantrieb mit einer höheren Drehzahl als Normmotoren.

„your plant is an excellent one.“] Die Herkunft des Zitats, das sowohl in der angloamerikanischen als auch in der deutschen Literatur zu Rathenau zu finden ist, lässt sich nicht nachweisen. Möglicherweise stammt es in dieser

Formulierung von Leifhelm selbst, der es auch in seiner Monographie über die Rathenaus verwendet; vgl. Hermann Brinckmeyer: Die Rathenaus. München: Wieland, 1922 (Gestalten und Dokumente, 4), S. 24.

Drehstrommotor] Mit Dreiphasenwechselstrom betriebener Elektromotor.

Lauffen am Neckar] Ein Drehstromtransformator, der von Oerlikon und der AEG in einem Wasserkraftwerk beim Zementwerk in Lauffen am Neckar installiert worden war, versorgte am 25. August 1891 die Internationale Elektrotechnische Ausstellung in Frankfurt a. M. mit Strom. Elektrische Energie an eine andere Stelle zu transportieren, um sie dort zu verwenden, war damals neu.

Marcel Depréz] Marcel Depréz (1843–1918), französischer Physiker und Elektroingenieur; schuf Grundlagen für die Übertragung von elektrischer Energie durch Überlandleitungen.

Züricher Elektrobank] Auch Bank für Elektrische Unternehmungen, Elektrowatt; deutsch-schweizerisches Beteiligungs- und Finanzierungsunternehmen mit Sitz in Zürich; 1895 von der AEG in Verbindung mit einem Bankenkonsortium unter Führung der Schweizerischen Kreditanstalt gegründet.

Gebr. Körting in Hannover] 1871 in Hannover von den Brüdern Berthold und Ernst Körting gegründetes Apparatebau-Unternehmen, das zunächst Dampf- und Wasserstrahlpumpen nebst Kondensatoren, später Heizungen und Motoren herstellte.

Union-Elektrizitätsgesellschaft in Berlin] 1892 gegründete Tochtergesellschaft der amerikanischen Thomson-Houston-Electric-Company mit Sitz in Berlin, die bis zu ihrer Übernahme durch die AEG 1904 Straßenbahnen, Lokomotiven, Triebwagen und Bergwerksbahnen baute.

Lahmeyerwerke in Frankfurt] Auch Elektrizitäts-AG; 1893 aus der Fusion der Fa. Wilhelm Lahmeyer & Co. und der Actiengesellschaft für Bau und Betrieb elektrischer Anlagen in Frankfurt a. M. hervorgegangenes Unternehmen. 1898 gründete die Elektrizitäts-AG RWE. 1910 wurde sie von der AEG übernommen.

Felten & Guilleaume] 1820 von Johann Theodor Felten und Carl Franz Guilleaume gegründetes Unternehmen zur Herstellung von Hanf- und Drahtseilen sowie von Kabeln. Die 1898 mit den Lahmeyerwerken eingegangene Fusion wurde 1903 wieder aufgehoben. Die Übernahme der Lahmeyerwerke 1910 hatte die AEG zum Großaktionär bei Felten & Guilleaume gemacht. Emil und Walther Rathenau saßen von nun an im Aufsichtsrat.

Bergmann-Elektrizitätswerken] Von Sigmund Bergmann 1891 in Moabit gegründetes Unternehmen, das zunächst Beleuchtungs- und Telefonanlagen herstellte, nach seiner Umwandlung in Bergmann Electricitäts-Werke Aktien-Gesellschaft 1893 auch Elektromotoren Dynamos und elektrische Steuereinrichtungen produzierte. Ab 1911 gehörten Elektrolastkraftwagen zur Angebotspalette.

Schuckertgesellschaft] Siemens & Halske und die Elektrizitäts-Aktiengesellschaft vormals Schuckert & Co. fusionierten 1903 zu den Siemens-Schuckertwerke GmbH, deren Mehrheitsgesellschafterin die Siemens & Halske AG war.

Der Siemens-Konzern ... unter eine Hand.] Vgl. dazu die Korrektur durch die Schriftleitung, in: *Westdeutsche Wochenschrift. Politik – Volkswirtschaft – Kunst* 4 (1922), H. 18 (6. Mai 1922), S. 204: „Hierzu erhalten wir die Erklärung, daß ein derartiger Zusammenschluß des Siemens-Konzerns mit den Bergmann-Elektrizitätswerken nicht stattgefunden hat. Letztere Firma ist absolut selbständig geblieben."

Elektrizitätskonzern] Korrigiert aus: Elastizitätskonzern.

Standard Oil Company] Von John D. Rockefeller 1870 aus einer kleinen Erdölraffinerie in Cleveland gegründetes Unternehmen, das bis 1891 zum Monopol wurde und 70 Prozent des Weltmarktes kontrollierte.

das Haus Morgan] House of Morgan; von John Pierpont Morgan (1837–1913) gegründetes Bankhaus; finanzierte und kontrollierte Elektrizitäts-, Eisenbahn und Stahlunternehmen des Landes.

Bankhaus Kuhn Loeb] 1867 von Abraham Kuhn und Salomon Loeb gegründete Investmentbank mit Hauptsitz in New York; finanzierte prosperierende und rasch wachsende Unternehmen und legte zudem Staatsanleihen auf.

American International Corporation] 1915 von Frank Vanderlip (1864–1937) gegründeter Investment Trust, der seinen Vorstand und seine Mitglieder aus führenden Bankiers und Industriellen rekrutierte; investierte primär in Unternehmen in Südamerika, China und Russland.

British Corporation] British Broadcasting Company; am 18. Oktober 1922 in London von einem Konsortium von sechs britischen und amerikanischen Elektrogeräteherstellern als Kapitalgesellschaft mit dem Ziel gegründet, den Absatz von Rundfunkgeräten durch das Angebot eines gemeinsamen Rundfunkprogramms zu steigern.

Auer-Konzern] Aus der 1892 gegründeten Deutsche Gasglühgesellschaft Aktiengesellschaft hervorgegangenes Berliner Unternehmen zur Herstellung von Gas-Glühstrümpfen und Metallfadenlampen.

Osram-Gesellschaft] Der österreichische Ingenieur Carl Auer von Welsbach (1858–1929) produzierte seit 1905 Glühlampen mit einem Glühfaden aus Osmium und Wolfram, die er unter dem Namen Osram vertrieb. 1906 wurde das Warenzeichen Osram zum Patent angemeldet und in die Warenzeichenrolle des Patentamtes aufgenommen.

Firma Rosenthal] Von den Brüdern Max und Philipp Rosenthal 1879 gegründetes oberfränkisches Unternehmen für die Herstellung von Porzellan, Keramik und Glas, das seit 1921 mit der AEG im Bereich der Technischen Porzellane kooperierte. 1936 wurde die Zusammenarbeit auf die Technische Keramik ausgeweitet. 1939 erfolgte die Gründung der Rosenthal Isolatoren GmbH.

Mix & Genest] Von dem Ingenieur Werner Genest zusammen mit dem Kaufmann Wilhelm Mix 1879 in Berlin-Schöneberg als Telegraphen- und Telegraphendrahtfabrik gegründetes Unternehmen, das Grundlagenarbeit auf den Gebieten der Schwachstromtechnik und der Signalübermittlung leistete. Nach der Jahrhundertwende machte sich Mix & Genest auch als Hersteller von Rohrpost- und Förderanlagen international einen Namen. 1889 in eine Aktiengesellschaft verwandelt, wurde das Unternehmen 1920 durch einen Aktientausch von der AEG übernommen.

Bing-Werken] Von den Brüdern Ignaz und Adolf Bing 1864 in Nürnberg gegründetes Unternehmen, das zunächst Metall- und Haushaltswaren und später Blechspielzeug herstellte, ehe es 1929 in den Konkurs ging.

Montantrust] Zusammenschluss mehrerer Stahl- und Kohleunternehmen unter Aufgabe ihrer wirtschaftlichen und rechtlichen Selbstständigkeit.

Hugo Stinnes] Hugo Stinnes (1870–1924), deutscher Industrieller und Politiker; sein seit 1893 stetig expandierender Montan-, Industrie- und Handelstrust avancierte zu den mächtigsten weltweit; die seit 1901 aufgebaute Deutsch-Luxemburgische Bergwerks- und Hütten-AG schloss sich 1920 mit Gelsenkirchener und Bochumer Bergbauunternehmen zum Montankonzern Rhein-Elbe-Union AG zusammen, der im selben Jahr unter Beteiligung der Siemens-Unternehmen zum Elektro-Montan-Konzern Siemens-Rheinelbe-Schuckert-Union mit Sitz in Düsseldorf erweitert wurde. Leifhelm würdigte Stinnes' unternehmerische Leistung 1921 in einer Monographie. Sie erlebte bis 1922 sieben Auflagen und erschien auch in englischer und französischer Sprache; vgl. Hermann Brinckmeyer [i.e. Hans Leifhelm]: Hugo Stinnes. München: Wieland, 1921 (Gestalten und Dokumente, 3). Bis heute wird sie in der wirtschaftshistorischen Forschung zu Stinnes rege zitiert, ohne dass allerdings die Identität ihres Verfassers dekuvriert worden wäre.

Burbach-Eich-Düdelingen] Die Vereinigten Stahlhütten Burbach-Eich-Düdelingen/Dudelange, kurz ARBED, war ein luxemburgischer Stahlkonzern, der 1911 durch eine Fusion verschiedener Unternehmen aus dem Saarland und Luxemburg gegründet worden war.

Linke-Hofmann-Werken] Die Breslauer Linke-Hofmann-Werke, Hersteller von Schienenfahrzeugen, entstanden 1912 durch die Fusion der von den Söhnen Gottfried Linkes gebührten Breslauer Aktiengesellschaft für Eisenbahnwagenbau und Maschinenbauanstalt mit dem ortsansässigen Konkurrenten Waggonfabrik Gebr. Hofmann & Co. Aktiengesellschaft.

Hennigsdorf] 1913/14 verlegte die AEG den Bau von Elektrolokomotiven aus dem Werk Brunnenstraße in Berlin nach Hennigsdorf nordwestlich von Berlin.

Halbzeug] Halbfabrikat oder Zwischenerzeugnis aus Metall oder Kunststoff, das die Endform durch weitere Bearbeitung erst noch erhält.

Lauchhammer-Werken] Die Kunst- und Glockengießerei Lauchhammer wurde 1725 gegründet und fertigte neben Glocken auch Bronzeplastiken wie z. B. das von Ernst Rietschel entworfene Wormser Lutherdenkmal.

Brot und Arbeit, Geld und Ware

D: Ende April 1922.

ED: Hermann Brinckmeyer: Brot und Arbeit, Geld und Ware, in: *Westdeutsche Wochenschrift. Politik – Volkswirtschaft – Kunst* 4 (1922), H. 18 (6. Mai 1922), S. 203 f.

Valuta] Wert einer Währung.

Goldfranken] Auf dem Weltkongress in Madrid 1920 eingeführte fiktive internationale Währung zur Abrechnung von Post- und Fernmeldeleistungen.

Manchester … Textilindustrie] Stadt im Nordwesten Englands; seit dem Beginn der Industrialisierung ein Zentrum der britischen Textilindustrie. Die Eröffnung des Traffort Parks 1910 führte zur Ansiedlung von Automobilbau- und Elektrotechnik-Unternehmen. Als von der Weberindustrie geprägte Stadt wird M.Gladbach oft als das „rheinische Manchester" bezeichnet; vgl. Heinrich Lersch: Hans Leifhelm, in: ders.: Skizzen und Erzählungen aus dem Nachlaß. Hg. von Christian Jenssen. Hamburg: Hanseatische Verlagsanstalt, 1940, S. 96–100, hier S. 96: „Ja, so unpersönlich war die Stadt, daß man ihr den Namen noch abnahm und sie das ‚rheinische Manchester' taufte… Das war ihr ganzer Ruhm."

Lords Inchcape] James Lyle Mackay (1852–1932), seit 1911 Baron Inchcape of Strathnaver; beriet als ehemaliger Kolonialverwalter die britische Regierung in Fragen des Handels mit Indien; nach der Fusion der British India Steam Navigation Company und der Peninsular & Oriental Steam Navigation Company, deren Vorsitz er innegehabt hatte, mächtigster Unternehmer in der britischen Schifffahrtsindustrie.

englische Premierminister] David Lloyd George (1863–1945), vom 10. Dezember 1916 bis zum 19. Oktober 1922 britischer Innenminister; plädierte auf der Friedenskonferenz von Versailles zwar für eine Bestrafung Deutschlands als Hauptverursacher des Weltkrieges, warnte zugleich aber vor einer territorialen Zerstückelung und dauerhaften wirtschaftlichen Schädigung des Landes, wodurch er eine vermittelnde Position zwischen dem US-Präsidenten Woodrow Wilson und dem französischen Ministerpräsidenten Georges Clemenceau einnahm.

von Keynes herausgegebenen Zeitschrift] John Maynard Keynes (1883–1946), britischer Ökonom und Politiker, gab seit 1912 *The Economic Journal. The Quarterly Journal of the Royal Economic Society* heraus. Der von George verfasste Brief über Ursachen und mögliche Abhilfen der Handelsdepression ist dort allerdings nicht nachweisbar. Er erschien jedoch im *World Reconstruction Supplement* von *The Journal of Commerce*, 24. April 1922. Der Premierminister äußert sich dort folgendermaßen: „There is only one road to recovery, and that is by honest and open cooperation between all the nations of Europe. Nothing else will restore the great markets in Central and Eastern Europe whose extinction is affecting commerce and production throughout the world and paralyzing the purchasing power of other markets, both in the East and the West, no less essential to British producers."

Versailler Diktats] Politischer Kampfbegriff in der Weimarer Republik, mit dem vor allem rechtsgerichtete Gruppierungen und Parteien die Rechtmäßigkeit des 1919 geschlossenen Friedensvertrags von Versailles in Frage stellten.

Genua] Die Konferenz von Genua, an der mit Ausnahme der USA alle am Ersten Weltkrieg beteiligten Nationen teilnahmen, fand vom 10. April bis 19. Mai 1922 statt. Sie befasste sich mit dem Wiederaufbau der durch den Krieg zerrütteten internationalen Finanz- und Wirtschaftssysteme.

Der Kampf um das Erdöl

D: Mai 1922.

ED: Hermann Brinckmeyer: Der Kampf um das Erdöl, in: *Westdeutsche Wochenschrift. Politik – Volkswirtschaft – Kunst* 4 (1922), H. 20 (20. Mai 1922), S. 227 f.

Erdöl] Leifhelm nahm im Spätsommer 1922 noch einmal Stellung zur Bedeutung des Erdöls für die Wirtschaft; vgl. Hermann Brinkmeyer: Der Kampf um's Erdöl, in: *Das Tage-Buch* 3 (1922), H. 35 (2. September 1922), S. 1258–1261.

Ententen] Politische Bündnisse.

Verhandlungen von San Remo und Washington] Die Konferenz von Sanremo fand vom 19.–26. April 1922 statt. Der oberste Rat der Alliierten (Großbritannien, Frankreich, Italien) beschloss im Rahmen der Neuaufteilung des besiegten Osmanischen Reichs verschiedene Mandate (Syrien und Libanon, Mesopotamien, Palästina). Die Washingtoner Flottenkonferenz, an der Großbritannien, Frankreich, Italien, Japan und die USA teilnahmen, einigte sich am 6. Februar 1922 auf die Abrüstung der Marine-Streitkräfte.

Aufstand von 1910] Die Mexikanische Revolution begann 1910 mit politischen Unruhen, die 1911 schließlich zum Sturz des diktatorischen Präsidenten Porfirio Díaz durch oppositionelle Gruppen um Francisco Madero führten; sie dauerte bis etwa 1920.

Revolte Huertas] Victoriano Huerta (1850–1916), General und vom 19. Februar 1913 bis zum 15. Juli 1914 Präsident Mexikos; ließ nach seiner Ernennung zum Oberbefehlshaber der Armee Präsident Francisco

Madero absetzen und ermorden. Eine Koalition revolutionärer Kräfte drängte ihn schließlich aus dem Amt, nachdem die USA ihn hatten fallen lassen.

Villa] Francisco „Pancho" Villa (1878–1923), General, Revolutionär und Kämpfer für die Rechte der Landbevölkerung, zunächst gegen Díaz, dann gegen Madero und Huerta.

Carranza] Venustiano Carranza (1859–1920), Revolutionär und nach dem Sturz Huertas 1914–1920 Präsident von Mexiko; fiel einer Verschwörung zum Opfer, nachdem er seine Reformversprechen, den Einfluss ausländischer Investoren zu beschneiden und die Ölquellen zu verstaatlichen, nicht gehalten hatte.

Obregon] Álvaro Obregón (1880–1924), General, nach einem Putsch gegen Carranza 1920–1924 Präsident von Mexiko; pflegte durch den Verkauf mexikanischen Erdöls gute Beziehungen zu den Vereinigten Staaten.

Konstitution von 1917] Am 5. Februar 1917 in Kraft gesetzte politische Verfassung Mexikos, die 1916/17 von einer verfassunggebenden Versammlung in Santiago de Querétaro ausgearbeitet worden war. Festgeschrieben ist darin das Eigentum des Staates an Land und Wasser.

Direktor Manning vom Bureau of Mines] Van H. Manning (1861–1932), Ingenieur; arbeitete von 1910 bis Mai 1920 für das United States Bureau of Mines (USBM), seit 1915 als Direktor. Das USBM koordinierte Forschungsarbeiten über die Gewinnung, den Abbau und die Nutzung von Bodenschätzen.

Royal Dutch Company … Shell-Gruppe] Die Royal Dutch/Shell-Gruppe entstand 1907 durch die Zusammenlegung der Interessen von Royal Dutch und Shell Transport, wobei jedes Unternehmen seine eigene Identität behielt. Royal Dutch wurde 1890 in Den Haag gegründet, nachdem es eine Konzession für Ölbohrungen in Sumatra in Niederländisch-Ostindien erlangt hatte, und erhielt seinen Namen aufgrund der finanziellen Unterstützung durch das Königshaus. Unter Henri Deterding (1866–1939) expandierte das Unternehmen ab 1901 und konkurrierte sogar mit Rockefeller. Shell Transport hatte in den 1830er-Jahren mit einem Kuriositätenhandel, unter anderem mit dem Vertrieb von mit Muscheln beklebten Nippes-Schachteln begonnen und war 1870 nach dem Tod des Firmengründers Marcus Samuel von dessen Söhnen zu einem Schifffahrts- und Handelsunternehmen ausgebaut worden.

Djambi] Heute Jambi; Provinz im Süden Sumatras, in der 1921 erste Erdölquellen erschlossen wurden. Die bedeutendsten Ölfelder waren seinerzeit Bajubang und Tempino.

Pechelbronn im Elsass] Der Ort trägt seinen Namen nach der „Pechquelle" und ist der erste in Europa, an dem Erdöl gefördert wurde. Die kommerzielle Nutzung dauerte von 735 bis 1965.

Petroleum-Aktiengesellschaft] 1904 von der Deutschen Bank in Berlin zur Förderung und Vermarktung russischen Erdöls gegründetes Unternehmen; es investierte u. a. in das Kasbek-Syndikat in Grosny, das wiederum mit der übernommenen Steaua Română verbunden war. 1906 ging es in die Europäische Petroleum-Union über, die für den Vertrieb ihrer Produkte in Großbritannien die Tochtergesellschaft British Petroleum Company gründete, besser bekannt unter ihrem Kürzel BP.

Steaua Romana] Steaua Română, 1895 mit rumänischem und ausländischem Kapitel gegründete und 1897 in Betrieb genommene Ölraffinerie im Kreis Prahova in Rumänien. Zwischen 1910 und 1913 investierte die deutsche Petroleum A.G. in die Steaua Română und sicherte sich die Aktienmehrheit.

mesopotamischen Erdöl] Erdöl von den Feldern des heutigen Irak, um das u. a. das Vereinigte Königreich und Frankreich konkurrierten.

Nobel-Gesellschaft] 1876 in Baku von den Brüdern Robert und Ludvig Nobel unter dem Namen Branobel gegründetes Erdölunternehmen, das nicht zuletzt aufgrund wegweisender Erfindungen (Raffinierung, Pipelines, Öltanker) zu einem der mächtigsten des 19. Jahrhunderts wurde.

Sir Robert Horne] Sir Robert Horne (1871–1940), Jurist und Politiker; 1920/21 Handelsminister, davor seit 1919 Arbeitsminister. Das von ihm am 16. März 1921 mit Moskau abgeschlossene Handelsabkommen öffnete Russland für ausländische Investoren und Arbeitskräfte, bedeutete zugleich jedoch eine Stabilisierung des Sowjetsystems.

Oberst Deyle] Gemeint ist Sir Nicholas Grattan-Doyle (1862–1941), 1918–1940 Abgeordneter der Tories im britischen Parlament.

Krassins] Leonid Krassin (1870–1926) war seit 1914 Geschäftsleiter der russischen Siemensniederlassungen, ehe er nach der Oktoberrevolution von 1918 bis 1923 zunächst als Volkskommissar für Handel und Industrie und dann für Außenhandel fungierte. Außerdem leitete er 1921–1923 die mit im Handelsabkommen vom 16. März 1921 vereinbarte sowjetische Handelsvertretung in London.

August Thyssen

D: Juni 1922.

ED: Hermann Brinckmeyer: August Thyssen, in: *Westdeutsche Wochenschrift. Politik – Volkswirtschaft – Kunst* 4 (1922), H. 25 (24. Juni 1922), S. 273–275

August Thyssen] Friedrich Thyssen (1804–1877), der Vater August Thyssens (1842–1926), begründete die Unternehmerdynastie; gründete im März 1822 in Aachen mit der Draht-Fabrik-Compagnie AG die erste Walzdrahtfabrik Deutschlands, deren technische und kaufmännische Leitung er 1834–1859 als Direktor innehatte. 1865 wurde der Firmensitz nach Eschweiler verlegt. Mitte des 19. Jahrhunderts gründete Friedrich Thyssen ein privates

Bankhaus in Eschweiler. Als Stadtverordneter von Eschweiler und Mitglied des Kirchenvorstands befasste er sich auch mit der sozialen Frage.

Puddel- und Eisenwalzwerkes Thyssen, Fossoul & Co.] Gemeinsam mit dem Belgier Noel Fossoul am 1. April 1867 gegründetes Walzwerk. Mit dem Puddelverfahren wird im Hochofen hergestelltes Roheisen durch Kochen und Rühren in Schmiedeeisen umgewandelt, das im Unterschied zum Flusseisen keinen körnigen, sondern einen sehnigen Bruch aufweist.

Kommanditgesellschaft Thyssen & Co. in Mülheim] Die Thyssen & Co. KG ging 1871 aus dem Steinkohlebergwerk Gewerkschaft Deutscher Kaiser hervor, dessen sämtliche Anteile August und Joseph Thyssen erworben hatten. Kohlegewinnung und Stahlproduktion fasste Thyssen in einem vertikalen Verbund zusammen, den er durch Rationalisierung, Modernisierung und systematischen Ausbau als internationalen Marktführer etablierte.

Bandeisenfabrikant] Produzent von Bandeisen, einem besonders flachen, zähen Walzeisen mit rechteckigem Querschnitt.

Röhrenfabrikation] Die Anregung, Röhren für den Wasserleitungsbau zu produzieren, erhielt August Thyssen von Gustav Reißer, der 1871 in Untertürkheim ein Unternehmen für Sanitärtechnik gegründet hatte.

Flusseisenerzeugung] Im Bessemer- bzw. Thomas-Verfahren oder in einem Siemens-Martin-Ofen erzeugtes flüssiges Eisen, das seit dem Beginn des 20. Jahrhunderts als Stahl bezeichnet wird.

Kabelwerk Oberspree] Von der AEG gegründete Kabelfabrik im Industriestandort Schöneweide. Sie ging 1897 mit der seinerzeit modernsten Fabrikanlage Europas in Betrieb, die nicht von Dampfmaschinen, sondern von Elektromotoren betrieben wurde, für die das benachbarte Kraftwerk Oberspree die Energie lieferte.

abzuteufen] In der Bergmannssprache Anlage von senkrechten Hohlräumen zur Erschließung abbauwürdiger Lagerstätten.

zweites Pittsburgh] Großstadt im Südwesten Pennsylvanias; Industrie- und Wirtschaftszentrum in den Appalachen.

Gewerkschaft „Deutscher Kaiser"] Seit 1867 in Hamborn bei Duisburg bestehendes und 1871 zu Ehren Wilhelms I. umbenanntes Steinkohlenbergwerk, das ab 1876 die Förderung von Steinkohle aufnahm. Zwischen 1885 und 1888 erwarb August Thyssen die Kuxenmehrheit.

Hafen von Walsum] Heute Südhafen; 1903–1905 als Werkshafen der Gutehoffnungshütte Oberhausen erbaut und 1922 durch ein zweites Hafenbecken erweitert; im Besitz von ThyssenKrupp.

Minetterevier] Lothringisches, zwischen Thionville und Longwy gelegenes Industrierevier mit Erzgruben und Eisenhütten.

Harlingen] Harlingen gehörte, ehe es 1815 zum Königsreich Preußen kam, zum Saardepartement; seit 1920 Ortsteil von Merzig im Saarland.

Reederei „Vulcaan"] Die Rotterdamer Filiale der 1906 gegründeten Transportkontor Vulkan GmbH in Hamborn wurde 1910 zur N. V. Handels- en Transport Maatschaapij „Vulcaan" ausgebaut, um Erz- und Kohletransporte sicherzustellen. 1911 besaß sie zwei Umschlaganlagen in Rotterdam, 1912 einen eigenen Hafen in Vlaardingen. Eine Niederlassung in Antwerpen ermöglichte ab 1913 den Export von Stahl nach Mittel- und Südamerika.

„Gewerkschaft Friedrich Thyssen"] Die Gewerkschaft „Deutscher Kaiser" spaltete sich 1919 in die August-Thyssen-Hütte und die Gewerkschaft Friedrich Thyssen auf, die ihre Schachtanlagen in Zeche Friedrich Thyssen umbenannte. 1922 setzte sie die Abteufarbeiten des gestundeten Schachts auf der Anlage Friedrich Thyssen 4 fort.

Camphausen, von der Heydt, Hansemann, Mevissen] Otto von Camphausen (1812–1896), preußischer Finanzminister von 1869–1878; August von der Heydt (1801–1874), preußischer Finanzminister 1848–1862, 1866–1869; David Hansemann (1790–1864), preußischer Finanzminister 1848; Gustav von Mevissen (1815–1899). Mevissen lehnte das Angebot, preußischer Finanzminister zu werden, wiederholt ab. Hansemann ist von den Genannten nicht „rheinischer Herkunft", sondern hanseatischer.

Erzbistum Köln] Eine der ältesten Diözesen im deutschsprachigen Raum, zugleich die mitglieder- und wirtschaftsstärkste.

Jesuitenorden] Aus einem Freundeskreis um Ignatius von Loyola hervorgegangener und 1540 päpstlich anerkannter Orden mit starker Wissenschaftsorientierung. Die erste Jesuitenniederlassung in Deutschland entstand 1544 in Köln.

Wahlspruch] So schon zu finden in einer Notiz zu August Thyssens 75. Geburtstag in: *Allgemeine Rundschau. Wochenschrift für Politik und Kultur* 14,1 (1917), S. 379.

Braunkohle

D: Ende September 1922.

ED: Hermann Brinkmeyer: Braunkohle, in: *Westdeutsche Wochenschrift. Politik – Volkswirtschaft – Kunst* 4 (1922), H. 39 (7. Oktober 1922), S. 495 f.

Braunkohle] Unter Druck und Luftabschluss durch Inkohlung von organischen Substanzen entstandenes, holzfaseriges, gelbbraunes bis tiefschwarzes Kohlegestein, dessen Volumen zu weniger als 70 Prozent aus Kohlenstoff besteht. Braunkohle wird im Tagebau gewonnen.

Steinkohle] Sammelbegriff für Kohlen, die durch Karbonisierung von Pflanzenresten entstanden sind und zu mehr als 70 Prozent ihres Volumens aus Kohlenstoff bestehen. Steinkohle wird unter Tage abgebaut.

einfachen technischen Mitteln] Braunkohle wird im Tagebau mit Hilfe von Braunkohlebaggern und Förderbrücken bzw. -bändern gefördert. Er ist mit verheerenden Eingriffen in den Natur- und Landschaftshaushalt verbunden und erfordert die Umsiedlung ganzer Regionen. Grundwasserabsenkungen gehören ebenfalls zu den Folgen des Tagebaus. Bis 2028 soll Keyenberg, der zum Stadtgebiet Erkelenz gehörende Geburtsort von Leifhelms Mutter Anna Clara Krahe (1849–1910) dem Tagebau Garzweiler weichen.

Entente] Bündnis der Siegermächte des Ersten Weltkrieges (Frankreich, England, USA, Italien).

Golpa] Seit der Mitte des 19. Jahrhunderts für die Förderung von Braunkohle genutztes Tagebaugebiet in der damaligen preußischen Provinz Sachsen.

Rheinisch-Westfälische Elektrizitätswerk] Das Rheinisch-Westfälische Elektrizitätswerk wurde 1898 als Stadtwerk in Essen gegründet und erlebte unter Hugo Stinnes, der Steinkohle vor Ort verstromte und dadurch die Verbraucherpreise gering halten konnte, eine überregionale Expansion, die das Unternehmen bis 1914 zu einem der größten Stromversorger im Deutschen Reich machte. Ab 1914 erzeugte RWE im Goldenbergwerk Strom aus Braunkohle.

Zur Praxis der Berufsberatung und Arbeitsvermittlung

Soll man noch studieren?

D: Juni 1925.

ED: H[ans] L[eifhelm]: Soll man noch studieren? Zeitgemäße Frage und Antwort, in: *Grazer Montags-Zeitung* vom 29. Juni 1925.

Ordinationszimmern] Ärztliches Behandlungszimmer.

Pariavolk] Angehörige einer unterprivilegierten sozialen Klasse.

psychotechnische Prüfungen] Tests, die im Rahmen von Auswahlverfahren eingesetzt werden, um die kognitiven Fähigkeiten von Bewerbern zu beurteilen.

Arbeitsnachweis] Österreichische Entsprechung zum deutschen Arbeitsamt.

Reichsgesetz] Die Berufsberatung wurde in Deutschland durch das am 22. Juli 1922 vom Reichstag verabschiedete Arbeitsnachweisgesetz geregelt.

Aussichtsreiche Frauenberufe

D: Ende Juni 1927.

ED: [Hans] L[eifhelm]: Aussichtsreiche Frauenberufe. Neue Ausbildungswege, in: *Montagszeitung* (Graz) vom 4. Juli 1927.

Geburtenausfall der Kriegs- und Nachkriegsjahre] Nach dem Ende des Ersten Weltkrieges rückten die demographischen Veränderungen in den Kriegs- und Nachkriegsjahren in das Zentrum der öffentlichen Debatten. Gegenstand statistischer Analysen bildeten die Geburtenausfälle in den Jahren 1914 bis 1919, die Übersterblichkeit der männlichen Bevölkerung und die Entstehung des Frauenüberschusses, die den Altersaufbau der Reichsbevölkerung nach dem Weltkrieg prägten.

Bürgerschule] Seit 1869 in Österreich etablierte städtische Schule, die ihre Schülerinnen und Schüler nicht auf ein Universitätsstudium vorbereitete, sondern auf praktische Berufe im Gewerbe und in der Landwirtschaft. In Verbindung mit einer fünfjährigen Volksschulzeit konnte der dreijährige Besuch der Bürgerschule die üblicherweise acht Jahre umfassende Volksschulzeit ersetzen. Im Zuge einer Bildungs- und Schulreform wurde die Bürgerschule in Österreich durch das Bundesgesetz vom 2. August 1927 in einer Hauptschule mit zwei Klassenzügen umgewandelt.

Lyzeum] Höhere Mädchenschule.

Grabnerhof bei Admont] 1901 in Hall bei Admont aus dem seit 1893 bestehenden Grabnerhof gegründete und zunächst von dem Schweizer Ökonom Paul Schuppli geführt Landesschule für Almwirtschaft des Landes Steiermark. Die Schule bestand bis 2011.

drei gute Gärtnerinnenschulen] Vgl. dazu Ulrike Krippner, Iris Meder: Moderne Gärten für moderne Menschen. Jüdische Wiener Gartenarchitektinnen der 1920er- und 1930er-Jahre, in: *L'Homme. Europäische Zeitschrift für Feministische Geschichtswissenschaft* 27 (1916), H. 2 (Thema: Gärten. Hg. von Gunda Barth-Scalmani und Gisela Mettele), S. 53–71.

Mittelschule] Dreijährige Lehranstalt, die nach dem achten Schuljahr besucht werden kann.

Konsularakademie] 1904 aus der von Kaiserin Maria Theresia 1753/54 gestifteten Orientalischen Akademie hervorgegangene Ausbildungsstätte für den diplomatischen Dienst im 9. Wiener Bezirk. Sie wurde nach dem „Anschluss" Österreichs an das Deutsche Reich 1938 geschlossen.

Was willst du werden?

D: Anfang Juni 1927.

ED: [Hans] L[eifhelm]: Was willst du werden? Die Sorgen nach dem Schulschluß. – Die Vorbereitungen zu den Frauenberufen, in: *Montagszeitung* (Graz) vom 13. Juni 1927.

Eltern von Töchtern] Hans und Sophie Leifhelm waren seit dem 24. November 1917 selbst Eltern einer Tochter.

Elektrischen] Straßenbahn.

Putzmacherei] Herstellung von Damenhüten.

erste Steinmetzin Österreichs] Vgl. *Neues Grazer Tagblatt*, 3. April 1927, S. 21: „Kürzlich hat Frl. Herta Matzer aus Fürstenfeld in Graz die Steinmetzmeisterprüfung abgelegt. Frl. Matzer ist die Tochter des ist Fürstenfeld verstorbenen Steinmetzmeisters Hubert Matzer und hat diesen Beruf auch bei ihrem Vater erlernt. Kaum freigesprochen und im 17. Lebensjahre stehend, hat sie, nachdem ihr Vater im Spätherbst 1921 starb, das Geschäft übernommen und auch mit großer Übersicht, nur auf sich selbst angewiesen, weitergeführt und zu ansehnlicher Höhe gebracht. Frl. Herta Matzer ist somit die erste Steinmetzmeisterin in Steiermark."

freigesprochen] Einen Lehrling aus der Lehrlingszeit entlassen und in den Gesellenstand erheben.

Genossenschaften] Auch Kooperative; Zusammenschluss von Personen oder zur wirtschaftlichen oder sozialen Förderung der Mitglieder durch gemeinschaftlichen Geschäftsbetrieb.

Aufdingen] Jemanden in die Lehre nehmen.

Der Akademiker und sein Einkommen

D: September 1927.

ED: [Hans] L[eifhelm]: Der Akademiker und sein Einkommen. Der Sorgenweg zu den Hochschulen. – Eine notwendige Neueinstellung, in: *Montagszeitung* (Graz) vom 3. Oktober 1927.

Werkmeister] Leiter einer Werkstätte oder Betriebsabteilung

Polier] Vorarbeiter der Maurer und Zimmermänner.

Doppelmonarchie] Österreichisch-Ungarische Monarchie zwischen 1867 und 1918, bestehend aus den im Reichsrat vertretenen Königreichen und Ländern (Cisleithanien) und den Ländern der Heiligen Ungarischen Stephanskrone (Transleithanien).

Arbeit und Gesundheit

D: Ende März 1928.

ED: [Hans] L[eifhelm]: Arbeit und Gesundheit. Die Ziele moderner Berufsberatung, in: *Montagszeitung* (Graz) vom 2. April 1928.

Taylors] Frederick Winslow Taylor (1856–1915), amerikanischer Ingenieur und Begründer der Arbeitswissenschaft; stellte sein Konzept der effizienten, weil wissenschaftlich organisierten Prozesssteuerung von Arbeitsabläufen in *Principles of Scientific Management* (1911) vor. Zwei Jahre später erschien der Text in einer deutschen Übersetzung von Rudolf Roesler.

Taylorismus] Praktische Umsetzung des von Taylor erarbeiteten Konzepts. Die Kritik am Taylorismus betraf vor allem die Trennung von geistig anspruchsvoller Arbeit und einfachen, infolgedessen geringer vergüteten manuellen Tätigkeiten. Die Zergliederung in eine Vielzahl von Arbeitsschritten führe dazu, dass der Einzelne den Arbeitsprozess als ganzen aus dem Blick verliere, da er sich nur für die ihm zugewiesene Aufgabe verantwortlich fühle. Die Monotonie der Arbeit führe auf Dauer zu einem Verlust an Motivation.

Nachwort

Schreiben am Saum des Abgrunds

Hans Leifhelm – Dichter und Übersetzer, Nationalökonom und Berufsberater

Ralf Georg Czapla

Wer nach den Anfängen von Hans Leifhelms literarischem Schreiben sucht, der muss sich in der Publizistik des späten Kaiserreichs umschauen. Als die moderne Zivilisation mit dem Ersten Weltkrieg gerade ihren bis dahin gewaltigsten und zugleich gewaltsamsten Umbruch erlebt, tritt der gebürtige München-Gladbacher erstmals als Autor in Erscheinung. In den *Sozialen Studentenblättern* Carl Sonnenscheins, in dem er als Schüler einen Mentor findet und mit dem er im Zuge seines studienbedingten Umzugs nach Berlin noch einmal zusammentrifft, veröffentlicht Leifhelm einen Nachruf auf Heinrich Schönen, der wie er zum Mitarbeiterstab des umtriebigen Referenten des Volksvereins für das katholische Deutschland gehört; in Siegfried Jacobsohns *Schaubühne* erscheint mit *Heimkehr* zudem ein erstes Gedicht von ihm.[1] Drei weitere, *1914*, *Über den Zeiten* und *Am Rhein*, folgen bereits im Jahr darauf.[2] Dass zwei von ihnen von der Erfahrung des Krieges sprechen, verwundert nicht, dass Leifhelm anders als viele andere Dichter seiner Zeit sich nicht in nationalistischem Pathos ergeht, dagegen schon. Ihm genügt es, einen Blick in den Abgrund menschlichen Handelns geworfen zu haben. Als Gegenstand von Poesie taugt der Krieg seines Erachtens ebenso wenig wie später das selbstgewählte Exil oder die neurologische Erkrankung, die ihn in der letzten Phase seines Lebens immer mehr

1 Hans Leifhelm: In memoriam Heinrich Schönen, in: *Soziale Studentenblätter* 5 (1914), Nr. 4/8, S. 109 f.; ders.: Heimkehr, in: *Die Schaubühne* 10/II (1914), Nr. 46 (19. November 1914), S. 384.

2 Hans Leifhelm: 1914, in: *Die Schaubühne* 11/I (1915), Nr. 4 (28. Januar 1915), S. 74; ders.: Ueber den Zeiten, in: *Die Schaubühne* 11/I (1915), Nr. 12 (25. März 1915), S. 266; ders.: Am Rhein, in: *Westermanns Monatshefte* 59 (1915), Bd. 117, S. 827.

am Schreiben hindert. Die wenigen Verse, in denen er sich darüber vernehmen lässt, kennzeichnen eine künstlerische Haltung, die über die Jahre weder Modifikation erfährt geschweige denn Revision.

Blickt man auf das Jahr 1916, in dem sich die Zahl seiner Publikationen in auffälliger Weise vervielfacht, so scheint Leifhelm spätestens jetzt den thematischen Rahmen für sein künftiges Schreiben abgesteckt zu haben. Der Gegensatz von Heimat und Fremde, die Ohnmacht des Menschen gegenüber seinem Schicksal, die Schönheit der Natur und die Allmacht ihres Schöpfers sowie die soziale Frage und die Notwendigkeit ihrer Lösung – all dies betrifft ihn persönlich und ist doch zugleich auch von gesellschaftlicher Relevanz. Zwei Aufsätze über das Wohnungswesen, die im Juni 1916 in der Zeitschrift *Deutsche Arbeit* erscheinen, präludieren,[3] was Leifhelm in den 1920er- und 1930er-Jahren in Essays zu nationalökonomischen Fragen und in Artikeln zur Berufsberatung entfaltet. Die Sorge um das Wohl des Menschen, das sich ohne wirtschaftlichen und technologischen Fortschritt schwerlich verwirklichen lässt, und um den Erhalt der Natur, die er von ebendiesem Fortschritt bedroht sieht, entspringt nicht nur seiner sozialdemokratischen Haltung, sondern besitzt mit der Lehre des heiligen Franziskus von Assisi zugleich auch ein festes religiöses Fundament. Gelegt wird dieses durch Elternhaus, Schule und Kirche. Sein Vater Franz Joseph Leifhelm, ein 1879 aus dem Westfälischen zugezogener, strenger und gegenüber den musischen Interessen seines Sohnes oftmals verständnisloser Fassbinder, engagiert sich im Vinzenz-Verein. Zu den treibenden Kräften dieser Laienorganisation, die sich vor allem der Armenfürsorge annimmt, gehört auch der Volksschullehrer Franz Wamich, dessen Unterricht insofern als modern gelten darf, als er ungeachtet aller Traditionsbindung von der Anschauung des Kindes ausgeht. Im Kleinen das Große zu erkennen, kommt jenseits aller pädagogi-

3 Johann Leifhelm: Wohnungswesen, in: *Deutsche Arbeit. Monatsschrift für die Bestrebungen der christlich-nationalen Arbeiterschaft* 1 (1916), H. 6 (Juni), S. 269–272 und S. 456–459.

schen Übung einer religiösen Erfahrung gleich,[4] zu der auch die Brüder des München-Gladbacher Franziskanerkonvents die Gläubigen in der Stadt anleiten. Dass Leifhelm in einer Vielzahl von Gedichten das lyrische Subjekt innehalten lässt, um ein Insekt, ein Tier oder eine Pflanze zu betrachten und in seiner Vollkommenheit zu würdigen, ist ein Reflex dieser frühen Sozialisierung.

Zwei Gelegenheitsgedichte entstehen im Umfeld der Gemeinde St. Josef, die bald nach ihrer Gründung Ende des 19. Jahrhunderts zum geistigen Mittelpunkt „auf dem Hermges", einem der ärmsten Bezirke der Stadt München-Gladbach, wird. Die *Närrische Chronik der Kongregation* von 1907, das wohl früheste erhaltene Gedicht Hans Leifhelms, gibt einen Einblick in den Jünglingsverein der Pfarrei, in dem damals die unverheiratete männliche Jugend organisiert ist. Es karikiert nicht nur die geistlichen Würdenträger und andere Mitglieder, sondern mit einer turbulenten Vorstandswahl zugleich auch die Eigentümlichkeit niederrheinischen Vereinslebens, das sich in München-Gladbach auch außerhalb des kirchlichen Horizonts reicher entfaltet als anderswo. Mit dem Gedicht *Willkommen* formuliert Leifhelm sieben Jahre später einen Gruß an Peter Zillessen, den neuen Pfarrer der Gemeinde.

Was sich für die Jahre 1914 und 1915 beobachten lässt, setzt sich ab 1916 in verstärktem Maße fort: Hat eine Zeitschrift oder eine Zeitung erst einmal einen Text von ihm angenommen, dann versucht Leifhelm sofort weitere dort unterzubringen, was ihm in einer Reihe von Fällen auch gelingt. Bedenkt man, dass der junge Mann als Dichter und Schriftsteller zu dieser Zeit noch ein weitgehend Unbekannter ist, dann dokumentiert das Interesse, das namhafte Periodika wie *Westermanns Monatshefte* ihm entgegenbringen, eine frühe Anerkennung und Wertschätzung seines dichterischen Talents. Statt reiner Literaturmagazine bevorzugt Leifhelm freilich Zeitschriften wie *Die Schaubühne* (1914/15) oder *Deutsche Arbeit* (1916/17, 1920),

4 Vgl. Hans Leifhelm: Vom Weg durch Zeit und Raum, in: *Die Neue Deutsche Schule. Monatsschrift für alle Fragen der Volksschule* 10 (1936), S. 504–506, hier S. 504 f.

die mit Literatur und Kunst sowie Politik und Wirtschaft ein denkbar breites Spektrum gesellschaftlicher Realität abbilden.

Um für das Lesepublikum sowohl als Lyriker als auch als Nationalökonom glaubwürdig zu bleiben, ersinnt Hans Leifhelm, nachdem er bis 1916 noch sämtliche Publikationen mit eigenem Namen gezeichnet hat, zwei verschiedene Autoridentitäten: den Lyriker Franz Overstolz und den ökonomischen Fachschriftsteller Dr. Hermann Brinckmeyer. Diese Trennung hält er auch dann noch aufrecht, als er 1917 in München nominell die Redaktion der Kunst- und Literaturzeitschrift *Wieland* übernimmt, für die er bereits seit Mai 1916 vereinzelt Beiträge geliefert hat. De facto fungiert er nach dem Ausscheiden von Bruno Paul damit als Herausgeber des Non-Profit-Unternehmens, dessen Reinerlös der Arbeit des Deutschen Roten Kreuzes zufließt. Nun, da er sich in verantwortlicher Position befindet, kennzeichnet Leifhelm seine Herausgeberschaft sowie seine Urheberschaft an Rezensionen und Essays wieder mit seinem Namen. Geht es jedoch um den Abdruck eigener Gedichte, so verfährt er in der bewährten Weise.

Zwei wirtschaftsgeschichtliche Monographien über Hugo Stinnes und über die Rathenaus, die er im Wieland Verlag veröffentlicht, der die Mitte 1920 eingestellte, gleichnamige Hauszeitschrift um ein paar Jahre überlebt hat, erscheinen unter dem Pseudonym Dr. Hermann Brinckmeyer.[5] Vor allem mit dem Stinnes-Band landet Leifhelm einen publizistischen Erfolg. Er erlebt mehrere Auflagen und wird zudem ins Englische und ins Französische übersetzt. Gelegentlich findet er auch heute noch das Interesse der Forschung,[6] wenngleich man sich bei aller sachlichen Gediegenheit der Darstellung zuweilen

5 Hermann Brinckmeyer: Hugo Stinnes. München: Wieland, 1921 [71922] (Gestalten und Dokumente, 3); ders.: Die Rathenaus. München: Wieland, 1922 (Gestalten und Dokumente, 4).

6 Wolfgang Brenner spricht in diesem Zusammenhang vom „Wirtschaftschronist[en] Hermann Brinckmeyer, der sich in den zwanziger Jahren mit Monographien über Industrielle einen Namen gemacht“ habe. Dass sich hinter diesem Namen Hans Leifhelm verbirgt, weiß er nicht; Wolfgang Brenner: Walther Rathenau. Deutscher und Jude. München/Zürich: Piper, 2005, S. 28.

am hagiographischen Ton des Verfassers stört, der allerdings – wie später auch bei Emil Rathenau – Ausdruck seiner uneingeschränkten Hochachtung vor einer unternehmerischen Leistung ist, von deren Erträgen alle profitieren, nicht zuletzt durch die Schaffung immer neuer Arbeitsplätze in den rasch sich entwickelnden Unternehmen.

Die Veröffentlichung des Stinnes-Buches ebnet Leifhelm den Weg zur *Westdeutschen Wochenschrift*, in der er 1922 eine größere Zahl von Artikeln veröffentlicht. Dass Eberhard Gothein ihn 1918 in Heidelberg mit einer Dissertation zum Thema *Die Lohnarbeiter bei den preußisch-hessischen Staatseisenbahnen, ihre Lage und Organisation* promovierte, tut dabei ein Übriges. Das Studium der Nationalökonomie, das Leifhelm in Straßburg begann und an den Universitäten von Innsbruck, Wien, Berlin und Bonn fortsetzte, ist damit zu einem erfolgreichen Abschluss gekommen, ein Studium, das er gegen den Willen des Vaters, der die Söhne lieber in seinem Handwerksbetrieb gesehen hätte, und mit nur geringen finanziellen Mitteln bestritten hat. Auch Leifhelms älterer Bruder Joseph entzieht sich dem Zugriff des Vaters, indem er sich 1904 dem Orden der Steyler Missionare anschließt. Seit 1909 unterrichtet er im Missionshaus Heiligkreuz in Neiße/Oberschlesien Latein und Geschichte.

Ab 1923 verwendet Leifhelm seine beiden Pseudonyme nicht mehr. Sowohl literarische als auch fachwissenschaftliche Veröffentlichungen tragen nun seinen eigenen Namen. Inzwischen hat er beim Steirischen Arbeitsnachweis in Graz eine Anstellung als Arbeitsvermittler gefunden und sich in der Stadt niedergelassen, in der die Familie seiner Frau seit Generationen zu Hause ist. Im März 1917 hatte er in Köln Sophie Hennicke, die Tochter eines Grazer Hochschuldozenten, geheiratet; bereits im November war die gemeinsame Tochter Elfriede zur Welt gekommen. Mit Heinrich Lersch und Franz Röhr wählte er zwei Männer zu Trauzeugen, von denen ihm der eine seit Kindertagen ein verlässlicher Freund war, mit dem er Streifzüge durch die Literatur, aber auch durch fremde Länder und heimische Landschaften unternahm und der ihm den Weg zu so mancher Publikation ebnete, und von denen der andere als Herausgeber der *Deutschen Arbeit* ihm stets wohlwollend gegenübersteht.

Hans Leifhelm mit Tochter Elfriede und Hund Loni in Graz, um 1926, Foto: Sophie Leifhelm (Privatbesitz Ing. Hans Leifhelm, Graz).

Im Rosenhof, den Leifhelm mit der Familie bis 1928 bewohnt, ehe er nach einem Besitzerwechsel in die Rechbauerstraße umzieht, und von dem er mehr als eine Stunde bis zu seiner Dienststelle in der Bürgergasse zu gehen hat, richtet er sich im oberen Stockwerk eine Schreibstube ein. Die Steiermark mit ihren üppigen Wäldern, die sich zuweilen bis in die Gebirgshänge hinaufziehen, inspiriert ihn zu Gedichten, in denen er nicht nur die Schönheit der alpinen Landschaft mit ihrer Pflanzen- und Tierwelt preist, sondern auch immer wieder seiner niederrheinisch-westfälischen Wurzeln gedenkt. Er fasst die Texte in dem Band *Hahnenschrei* zusammen, der, vorausdatiert auf das kommende Jahr, bereits Ende 1925 in der Deutschen Verlags-Anstalt erscheint. Zugleich schickt er einzelne Gedichte an die Presse und an Zeitschriften, da die Veröffentlichung dort eine gesteigerte Aufmerksamkeit für sein Buch und für ihn als Autor verspricht. All dies geschieht auf dem Postweg, was die enorme Fülle von Leifhelms Korrespondenz erklärt und die Vielzahl von Gedichten auf Durchschlagpapier, bei denen es sich um Beilagen handelt.[7] Sorgfältig hält er in seinen Notizheften und Tagebüchern fest, wem er welches Gedicht hat zukommen lassen, verzeichnet penibel Annahmen und Absagen und merkt gelegentlich auch an, wenn sich die Entscheidung über eine Veröffentlichung noch in der Schwebe befindet.

Obwohl Leifhelm immer stärker Anschluss an österreichische Künstlerkreise wie die Grazer Sezession um Fritz Silberbauer und Franz Schmidtbauer findet, reißt die Verbindung nach München-Gladbach nicht ab. Mit dem Juristen Theodor Rembold und Carl Sonnenscheins ehemaligem Sekretär Wilhelm Deling, der nach einem Intermezzo in Berlin an den Niederrhein zurückgekehrt ist, trifft er sich, sobald sich ihm die Gelegenheit bietet. Kasualgedichte wie die Ode auf das 25-jährige Bestehen der Kaiser Friedrich-Halle oder das gemeinsam mit Heinrich Lersch verfasste Stadtlied auf die durch Zusammenlegung der selbstständigen Städte M.Gladbach und Rheydt politisch erzwungene, von den Einwohnern freilich nie sonderlich geliebte Neugründung Gladbach-Rheydt dokumentieren von literarischer Seite Leifhelms

[7] Eine vorläufige Übersicht von Leifhelms Korrespondenz findet sich bei: Ralf Georg Czapla: Der Schriftsteller Hans Leifhelm (1891–1947). Archivalische Bausteine für eine wissenschaftliche Biographie, in: *Archivfachliche Beiträge*. Hg. vom Stadtarchiv Mönchengladbach. Essen 2020 (Beiträge zur Geschichte der Stadt Mönchengladbach, Beiheft 4), S. 49–58, hier S. 55–57. Online unter: https://www.moenchengladbach.de/fileadmin/user_upload/stadtarchiv/Archivfachliche_Beiträge/Archivfachliche_Beiträge_-_Beiheft_4.pdf. Zugriff am 1. Dezember 2021.

Verbundenheit mit seiner Geburtsstadt, wenngleich er deren Entwicklung durchaus kritisch beobachtet. Als Wahlheimat bedeutet ihm die Steiermark die „vollendete Abbreviatur der Welt".[8] Sie schenkt ihm das, was am Niederrhein unwiederbringlich verloren ist. Wurden dort Heide und Wälder der Industrialisierung und Urbanisierung geopfert, so gehen natürlicher und städtischer Raum hier harmonisch ineinander über.

Als der Steirische Arbeitsnachweis Leifhelm 1926 mit der Leitung der Berufsberatung betraut, stellt dieser das Ressort nicht nur auf eine neue Basis, sondern begleitet seine Tätigkeit auch durch eine rege Publizistik. Richten sich seine Aufsätze in der Halbmonatsschrift *Arbeit und Beruf* vornehmlich an ein Fachpublikum, so erreichen seine Artikel in Tageszeitungen wie der Grazer *Montagszeitung* eine breite Öffentlichkeit. Entschieden und geradlinig in der Sache, im Ton aber von jener Verbindlichkeit, die Menschen, die mit ihm umgehen, an ihm schätzen, bezieht er Stellung zu aktuellen Fragen der Berufsberatung sowie zur Entwicklung des Arbeitsmarktes und spezifischer Berufsfelder. Mit den Frauen, deren Wirkungskreis nach seinem Willen nicht mehr auf Heim und Familie beschränkt bleiben soll, und den Schulabgängern, denen es gemeinhin an beruflicher Orientierung durch die Schulen fehlt, wendet er sich zwei bislang weitgehend vernachlässigten Gruppen der Gesellschaft zu. Mit Plädoyers für das Handwerk versucht er angesichts eines mit Akademikern gesättigten Arbeitsmarktes zudem den Zustrom von Schulabgängern zu den Universitäten abzufedern.

Auch selbst bejaht Hans Leifhelm das moderne Frauenbild. Unablässig wirbt seine Frau Sophie seit 1925 in öffentlichen Vorträgen und in Beiträgen für das *Blatt der Hausfrau* für die gesellschaftliche, d. h. rechtliche und ökonomische Gleichstellung der Frau. Dass Leifhelm sich 1934 von ihr trennt und sich zwei Jahre später

[8] So Hans Leifhelm in einem Gespräch gegenüber Franz Taucher; vgl. Franz Taucher: Rede über die Heimat, in: *Forum. Österreichische Monatsblätter für kulturelle Freiheit* 12 (1965), Nr. 136 (April 1965), S. 194–196, hier S. 195.

scheiden lässt, ist keine Folge dieses Engagements, sondern ihrer immer stärker werdenden Annäherung an kommunistische Positionen, denen er nicht folgen kann und will. Zudem haben sich beiden im Laufe der Jahre einander entfremdet. 1938 geht Sophie Leifhelm nach Wien, wo sie für die Auslandsbriefprüfstelle der Wehrmacht arbeitet. Wegen kommunistischer Umtriebe – sie gehört inzwischen der „Anti-Hitler-Bewegung Österreichs" an – wird sie im Dezember 1943 von der Gestapo verhaftet. Im KZ Ravensbrück lässt man sie verhungern. Sie stirbt im März 1945.

Leifhelms Versuche, noch einmal in Deutschland beruflich Fuß zu fassen, scheitern. Die Anstellung beim Landesarbeitsamt Westfalen in Dortmund im Januar 1930 gibt er noch im selben Jahr wieder auf, weil der berufliche Alltag ihn zermürbt und selbst die Gesellschaft der Schwestern Ferdinande („Nanni") und Sophie Homann, mit denen er durch Westfalen wandert und zu abendlicher Stunde über den Gedichten des Bandes *Gesänge von der Erde* sitzt, ihn nicht aus seiner depressiven Stimmung zu befreien vermag. Während Nanni, an der Universität Freiburg promovierte Nationalökonomin, ihm als Kollegin beim Landesarbeitsamt zur Seite steht, unterrichtet Sophie an einer Gewerbeschule. Ihren verwandtschaftlichen Kontakten ins Ministerium hat Leifhelm es zu verdanken, dass er im Herbst 1932 die Leitung der Fachschule für Wirtschaft und Verwaltung in Düsseldorf übernehmen kann. Seine gewerkschaftliche Orientierung, seine Mitgliedschaft in der Sozialdemokratischen Arbeiterpartei Österreichs (SDAP) und die Tatsache, dass er bei dem jüdischen Fabrikanten Otto Salomon Vöhl zur Untermiete wohnt, dienen den Nationalsozialisten jedoch als willkommener Vorwand, ihn bereits im Frühjahr 1933 wegen politischer Unzuverlässigkeit wieder aus dem Amt zu entfernen.

Zu weiteren unmittelbaren Konfrontationen mit den Nationalsozialisten und ihren Institutionen kommt es nicht, sieht man einmal davon ab, dass Leifhelm während eines Klinikaufenthalts in Rom 1938 von der Gestapo verhört und nach seinen jüdischen Kontakten in Düsseldorf befragt wird und dass er zweimal aus der Reichsschrifttumskammer ausgeschlossen wird, in die man ihn nach

Hans Leifhelm als Direktor der Staatlichen Fachschule für Wirtschaft und Verwaltung in Düsseldorf, sitzend, 6. v. l., 1932, Fotograf unbekannt (Steiermärkische Landesbibliothek Graz, Sammlung Hans Leifhelm, Fotos).

einer Karenz jedoch wieder aufnimmt. Weder in seinen Gedichten noch in seinen Briefen schenkt er dem Erlebten besondere Aufmerksamkeit, obwohl die Bibliothek seiner Schule niedergebrannt und er von SA-Chargen verprügelt wurde. Gleichwohl lässt sich die zweite Strophe des Gedichts *Vom hoffenden Leben*, die er noch aus Düsseldorf dem Journalisten Franz Taucher, den er einst als Arbeitssuchenden betreute, unmittelbar nach den Ereignissen schickt, als versteckte Systemkritik dekodieren. Die „gefährdete Zeit", von der er darin spricht, ist zugleich auch eine „gefährdende Zeit" – sowohl für ihn als auch für alle, die ideologisch nicht auf der Linie der neuen Machthaber liegen oder ihnen als „artfremd" gelten.[9]

Wie nach dem Intermezzo in Dortmund, so begibt sich Leifhelm auch jetzt wieder nach Graz. Diesmal allerdings bleibt ihm die Rückkehr in den Dienst des Arbeitsnachweises verwehrt, der keine Verwendung für jemanden hat, der den Anschein erweckt, als sei er ständig auf dem Absprung, zumal die Stelle, die Leifhelm freimachte, inzwischen wieder besetzt ist. Mit Kursen zur Literatur und Volkswirtschaftslehre bei der Bildungsstelle der Kammer für Arbeiter und Angestellte Steiermarks, einem Lehrauftrag im Sprachinstitut Anderl-Rogge, Vorträgen, Lesungen im Rundfunk und Zeitungsartikeln hält er sich finanziell über Wasser. Auch der Dortmunder Industrielle Fritz Busche, der 1960 postum eine bibliophile Ausgabe ausgewählter Gedichte Hans Leifhelms herausgeben wird, springt helfend ein. 1934 macht der Schriftsteller Franz Nabl Leifhelm mit dem Verleger Erich Gschwend bekannt, der ihn als freien Mitarbeiter für den Styria Verlag gewinnt. Zwischen 1935 und 1938 gibt Leifhelm dort die „Deutschen Bergbücher" und die „Deutsche Bergbücherei" heraus, für die er namhafte Autorinnen und Autoren akquiriert. Er selbst würdigt Land und Leute der Steiermark in den Erzählungen des Bandes *Steirische Bauern*, dem Bildband *Menschen der Berge* (jeweils 1936) und dem Wanderbuch *Die grüne Steiermark* (1938), mit dem er zugleich eine Kulturgeschichte seiner österreichischen Wahlheimat schreibt.

Als die Bände erscheinen, befindet sich Leifhelm in Italien. Von 1935 bis 1937 unterrichtet er als Nachfolger seines Freundes Felix Braun an der Universität Palermo deutsche Sprache und Literatur. Begleitet wird er von Fernande Prissé, einer hochverschuldeten und daher ständig von Gläubigern verfolgten jungen Frau, die ihrerseits literarische Ambitionen hegt, aber kaum mehr als zu dilettieren weiß. Ihr gefällt das Leben an der Seite des älteren, gebildeten Mannes, mit dem sie bereits Ende der 1920er-Jahre cin außerehe-

[9] Vgl. Franz Taucher: Damals in Wien. Anfang ohne Ende. Wien/München/Zürich: Europa, 1981, S. 155.

liches Verhältnis begonnen hat. Im Juni 1936, nur wenige Monate nach seiner Scheidung von Sophie, macht Leifhelm sie zu seiner zweiten Frau.

Der Aufenthalt in Italien bietet Leifhelm nicht nur eine neue berufliche Perspektive, sondern stillt auch eine Sehnsucht, die er hegte, seitdem er 1913 mit Lersch von Wien über den Apennin nach Rom gewandert ist. Landschafts- und Städtebeschreibungen entstehen, die fast alle zu Lebzeiten unveröffentlicht bleiben. Schon bald aber zeigen sich bei Leifhelm Symptome einer Enzephalitis. Starke Kopfschmerzen treten auf, Fieberschübe, dazu Lähmungen der Gliedmaßen. Pathologisch verkleinert sich seine Handschrift und beginnt zu verfallen. Konzentrations- und vorübergehende Sprach- und Gedächtnisstörungen machen Leifhelm das Unterrichten schließlich unmöglich. Er fährt nach Rom, um sich im Istituto Regina Elena mit Belladonna, dem seinerzeit fortschrittlichsten Medikament gegen Parkinsonismus, behandeln zu lassen. Die Therapie scheint anzuschlagen, so dass er 1939 eine Anstellung an der Universität Padua erhält. Leifhelm beginnt Gedichte und Prosa moderner italienischer Autoren wie Papini, Tecchi, Montale, Ungaretti und Betti ins Deutsche zu übersetzen. Paul Alverdes nimmt sie 1939 in das Mai-Heft seiner Zeitschrift *Das Innere Reich* auf. Ungeschrieben bleibt dagegen ein im Oktober 1936 mit dem Styria Verlag verabredetes Buch über Franziskus von Assisi, das außer einer dichterischen Lebensbeschreibung auch eine Übertragung bzw. Nachdichtung seiner Texte enthalten sollte. Eine kongeniale, fast tausend Seiten umfassende Übersetzung von Alessandro Manzonis Roman *I promessi sposi* bleibt ungedruckt.

Immer heftigere Krankheitsschübe treiben Leifhelm an den Rand der Verzweiflung und in die Finsternis der Depression. Im Sommer 1942 reist er ohne Fernande an den Gardasee, der ihn von vielen Wanderungen vertraut ist. Das Val di Sogno bei Malcesine ist sein Ziel. In der Villa Riposo der beiden Schwedinnen Karin und Ingrid Hellström, in der auch Paula Sack, die Witwe des Schriftstellers Gustav Sack, wohnt, findet er zunächst eine Bleibe. Als stationäre Pflege nötig wird, bringen die Frauen ihn nach Riva, da im Krankenhaus von Malcesine alle Armenbetten belegt sind.

Die Stadt am Nordufer des Gardasees ist seit dem letzten Viertel des 19. Jahrhunderts ein ebenso anerkannter wie geschätzter Kurort. Zudem genießt das Ospedale Civile einen ausgezeichneten Ruf. Leifhelm wird es nur noch zu Spaziergängen im Klinikgarten verlassen. Den Gardasee sieht er nicht, stattdessen beobachtet er vom Fenster seines Krankenzimmers aus, wie sich die Fauna im Wechsel der Jahreszeiten verändert. Er plant, das Gedenkbuch für seinen 1936 tödlich verunglückten Freund Heinrich Lersch zu vollenden, doch es bleibt beim Vorsatz. Stattdessen bereitet er den Gedichtband *Lob der Vergänglichkeit* vor, der 1949 postum erscheint. Die Hoffnung auf Genesung, von der Leifhelm in seinem letzten Gedicht *Erste Ausfahrt nach langer Krankheit* im Rückgriff auf Bilder aus der Bibel spricht, erweist sich als trügerisch. Während Paula Sack ihn mit Schreibutensilien, Kleidung und frischem Obst versorgt, erledigt Giuseppina Mazzi, eine alte Lehrerin, die an der Scuola Tecnica in Riva Deutsch und Französisch unterrichtet, seine Korrespondenz. Er selbst ist zeitweise fast völlig gelähmt. Die Hände versagen ihm den Dienst. Für die „wenigen Zeilen seines Einverständnisses mit dem Abdruck seines Gedichtes“, so berichtet der Wiener Dramatiker Franz Theodor Csokor dem gemeinsamen Freund Franz Taucher, habe er „fast eine Stunde gebraucht“.[10] Mit dem Schreiben ist Leifhelm die wirksamste Waffe der Selbstbehauptung genommen. Zwar überlebt er das „Dritte Reich“, mit dessen Ende ihm zugleich die Angst vor einer Zwangsdeportation nach Deutschland genommen ist. Als nach dem Krieg aber alle Versuche seines Freundes Theodor Rembold, ihn in eine Klinik in Deutschland verlegen zu lassen, durch dessen plötzlichen Tod hinfällig werden, verliert er den letzten Lebensmut. In der Frühe des 1. März 1947 erlöst ihn der Tod von seinem Leid.

[10] Vgl. Franz Taucher: Frankfurter Jahre. Wien/München/Zürich: Europa, 1977, S. 67.

Der Herausgeber

Ralf Georg Czapla, 1964 in Immerath geboren, lehrt als apl. Professor Neuere deutsche und Vergleichende Literaturwissenschaft an der Universität Heidelberg. Zahlreiche Veröffentlichungen zur Kultur- und zur Sozialgeschichte der europäischen Literatur. Im Rahmen seiner Beschäftigung mit deutschsprachigen Autoren im italienischen Exil arbeitet er derzeit an einer wissenschaftlichen Biographie Hans Leifhelms. Zuletzt erschien 2021 im Quintus-Verlag, von ihm herausgegeben und kommentiert, Paul Heyses *Das Goethe-Haus in Weimar*.